Christian v. Ditfurth, geboren 1953, ist Historiker und lebt als freier Autor in Berlin und in der Bretagne. Er veröffentlichte zahlreiche Sachbücher und Krimis, u.a. die Reihe um den Historiker Josef Maria Stachelmann. Seit 2014 ermittelt sein eigenwilliger Kommissar Eugen de Bodt in einer Thriller-Reihe, die hoch gelobt und mit dem Stuttgarter Krimipreis ausgezeichnet wurde. Zuletzt erschien bei C. Bertelsmann *Endzeit*, der siebte und letzte Thriller der *De-Bodt*-Reihe.

Die *De-Bodt*-Reihe in der Presse:

»Ditfurth hat mit Eugen de Bodt einen Ermittler kreiert, der aus der Masse der literarischen Kommissare heraussticht.« *NDR Info*

»V. Ditfurth zündet ein Feuerwerk von Intrigen und Gegenintrigen und bedient sich virtuos aus der einschlägigen Literatur, inklusive der polit-thriller-typischen Maulwurfsjagd.« *Deutschlandradio Kultur*

»Jeder Thriller dieser Serie ist ein Politthriller der Extraklasse: Action pur. Fünf von fünf Punkten.« *hr2, »Krimi mit Mimi«*

»Ditfurth liefert Action mit Anspruch. Die beste Art, einen klugen Politthriller zu schreiben.« *Westdeutsche Allgemeine Zeitung*

»Scharf, schnell und bissig wie eh und je ist die Prosa von Christian v. Ditfurth. *Stuttgarter Zeitung*

Außerdem von Christian v. Ditfurth lieferbar:

Das Dornröschen-Projekt · Tod in Kreuzberg · Ein Mörder kehrt heim Böse Schatten · Heldenfabrik · Zwei Sekunden · Giftflut · Schattenmänner Ultimatum · Endzeit

Besuchen Sie uns auf www.penguin-verlag.de und Facebook.

Christian v. Ditfurth

Terrorland

Ein De-Bodt-Thriller

PENGUIN VERLAG

Informationen über dieses Buch:
www.cditfurth.de

Dieses Buch ist ein Roman und kein Tatsachenbericht. Das Beschriebene hat sich so nicht ereignet. Trotz der vom Autor in künstlerischer Freiheit gewählten fiktiven Handlungsabläufe mögen im Einzelfall Anklänge an Verhaltensweisen lebender oder verstorbener Personen oder an öffentlich bekannte Unternehmen nicht immer vermeidbar gewesen sein; dies ist aber von der grundgesetzlich geschützten Freiheit der Kunst umfassend geschützt.

Penguin Random House Verlagsgruppe FSC® N001967

1. Auflage 2021

Redaktion: Claudia Alt
Umschlaggestaltung: Hafen Werbeagentur, Hamburg
Umschlagabbildung: © Getty Images (Matthias Makarinus/Moment; Thomas Trutschel/Photothek); © Textures.com; © Miloje/Shutterstock.com
Satz: Uhl + Massopust, Aalen
Druck und Bindung: GGP Media GmbH, Pößneck
ISBN 978-3-328-10789-7
www.penguin-verlag.de

Meinem in den Ruhestand
geflüchteten Lektor Christian Rohr

Was uns alles versucht, das Vertrauen zu den Sinnen zu rauben.
Freilich umsonst!
Denn die Täuschung entspringt in den meisten der Fälle
Erst dem Denken des Geistes, das wir doch selber hinzutun,
Das uns erblicken lässt, was das Auge doch gar nicht erblickt hat.
Ist doch nichts so schwierig als Scheidung des deutlich Erkannten
Von dem Bezweifelbaren, das unser Verstand noch hinzutut.

Lukrez

Prolog

Boris Borissowitsch Kornilow blickte sich um. Sah die feuchten Wände. Die Matratze. Den Stuhl. Die Glühbirne an der Decke. Den Eimer für die Notdurft. Zwei Plastikflaschen und eine Tüte mit Sandwiches. Keksen. Roch den Modergeruch.

»Ich habe leider kein Luxushotel gefunden, das Sie aufnimmt.«

Kornilow setzte sich auf den Stuhl. »Das kostet Sie den Kopf.«

»Mag sein. Sie können den Aufenthalt hier abkürzen. Erzählen Sie, was Sie wissen, und schon sind Sie draußen.«

»Das kostet Sie den Kopf«, wiederholte Kornilow. »Ich bin Botschafter. Ihre Regierung verarbeitet Sie zu Hackfleisch. Wer immer Ihre Regierung ist.«

»Das geht hier nicht zu wie bei Ihnen zu Hause.«

»Sie werden sich wundern. Unsere Sicherheitsorgane werden Sie finden und erledigen.«

»Glauben Sie nur fest dran.« De Bodt lächelte ihn an. Die Maske wärmte. Schweiß auf der Stirn.

»Ich bin Botschafter, Diplomat. Geschützt.«

»Ich habe die Liste der russischen Diplomaten. Gibt's im Darknet für ein paar Bitcoins. Sie sollten Ihre Leute besser bezahlen. Sie stehen nicht auf der Liste.«

Kornilow starrte ihn an. »Meine Regierung hat mich zum Botschafter in Berlin ernannt.«

»Nett von Ihrem Präsidenten. Die Mutter aller Blitzkarrieren. Sagen Sie ihm, dass ich ihm für die Information danke. Die in dieser Karriere steckt. Sie haben einen Fehler gemacht.«

»Das überleben Sie nicht.«

»Verfallen Sie also endlich in den Ton, den Gestalten wie Sie pflegen.«

»Sie erfahren nichts von mir.«

»Gern. Dann verrotten Sie also hier. Richten Sie sich gemütlich ein. So in zwei, drei Tagen habe ich vielleicht Zeit für Sie. Kann auch länger dauern. Teilen Sie sich alles« – Blick auf Tüte und Flaschen – »gut ein.«

1.

City Sightseeing Berlin. Der Bus bremste, rot, mit gelber Kindersonne. Haltestelle Unter den Linden/Friedrichstraße.

»Nun drängelnse doch nicht…« Mit einer Hand schob er seine Frau nach hinten, um sie zu schützen. Die andere schlug durch die Luft. Zwischen sich und dem jungen Paar. Das sich von der Seite in die Schlange schob. So tat, als wären die anderen nicht da. Sie mit großer Sonnenbrille und einem Pappbecher in der Hand. Stöpsel in den Ohren. Die Hüften zuckten im Takt. Er mit Bierflasche und Basecap. »Ist ja gut, Opa«, sagte er. Schob die Hand weg und stellte sich vor den Alten und seine Frau.

Die junge Frau wackelte mit den Hüften.

»Unverschämtheit«, zischte der Alte.

Das junge Paar fand die letzte Sitzbank oben im Doppeldeckerbus. In der Sonne, dem Riesengrill.

Es war August, die Stadt überschwemmt von Touristen, und der Bus konnte nicht alle Fahrgäste aufnehmen.

»Bald kommt der nächste!«, rief der Fahrer. Auf Deutsch, auf Englisch.

Die Tür schloss sich endlich. Der Alte stieg die Treppe vom Oberdeck hinunter. »Alles voll«, sagte er zu seiner Frau.

Im Unterdeck waren zwei Plätze frei. Einer auf der letzten Bank, der andere hinter der rückwärtigen Tür.

Der Bus ruckelte. Fuhr los. Bremste. Der Fahrer fluchte. Dann rollte der Bus los.

Der Stadtführer begann zu reden. Auf Englisch. Der alte Mann drehte sich um, sah nach hinten. Wechselte einen Blick mit seiner Frau.

»Friedrichstraße«, sprach der Reiseführer ins Mikrofon. Es schepperte aus den Lautsprechern, die über den Sitzen eingelassen waren.

Der Alte verstand nichts weiter. »Komische Oper on the left …« Danach »the Russian embassy«.

Der Bus bremste, hielt an. Der Fahrer schimpfte. Der alte Mann roch etwas. Wie verbrannt. Wenn Kabel schmolzen. Dann spürte er einen Riesenschlag. Den Knall hörte er schon nicht mehr.

2.

»Diesmal steigt ihr ab«, sagte Salinger.

»Du hast doch keine Ahnung.« Yussufs Hertha-Wimpel zitterte vor Wut. Als wäre er bestimmt, Yussufs Gefühle auszudrücken.

De Bodt saß auf seinem Stuhl neben der Tür. Er war irgendwo. Vielleicht überlegte er gerade, wie sich der Geist in einem Wimpel ausdrücken könnte. Vielleicht war er einfach müde. Seit er verspätet im Büro erschienen war, wirkte er abwesend. Vielleicht dachte er über den Pfad des Widersinns nach, der ihn in dieses Büro führte. Tag für Tag. Ausgenommen die Wochenenden. Ausgenommen, wenn er einfach nicht auftauchte. Wie es in jüngster Zeit mehrfach geschehen war. Was Salinger und Yussuf ausbadeten, weil sie Erklärungen erfinden mussten. Es war umso schwieriger, da die Berliner beschlossen hatten, sich gerade nicht gegenseitig umzubringen. Sie leisteten Amtshilfe für Münchener Kollegen, die einen Sexualmord in Berg am Laim ausgegraben hatten. Sie suchten jeden Mann, der vor zwölf bis fünfzehn Jahren dort gewohnt hatte. Ein paar Berliner waren darunter, die nun eine DNS-Probe abgeben sollten. Per Wattestäbchen, das ihren Speichel aufnahm.

Die Tür knallte auf. Im Raum stand Tilly. Der Kriminalrat schwitzte. Seine Hände zitterten. Wie seine Stimme. Obwohl er entschlossen klingen wollte. »Bombenanschlag … Unter den Linden … gegenüber sowjetischer … russischer Botschaft. Ein Bus …«, stotterte er.

»Ja?«, fragte Salinger. Weil ihr nichts Besseres einfiel.

»Sie übernehmen«, sagte Tilly. »Sie übernehmen«, wiederholte er. »Der Erste Hauptkommissar de Bodt … haben Sie verstanden?«

Große Augen blickten de Bodt an. Gefühle mochten sich vielleicht nicht im Zittern eines Wimpels ausdrücken, aber die Angst in den Augen.

De Bodt nickte.

Der Kriminalrat starrte ihn an, immer noch über de Bodt gebeugt.

»Sie gestatten«, sagte de Bodt. Erhob sich. Tilly sprang fast zurück.

3.

»Tilly hatte keine Wahl«, sagte Salinger. »Das hat er sich mit der Beförderung eingebrockt. Herr Erster Hauptkommissar de Bodt.«

De Bodt saß auf der Rückbank. Musste sich festhalten. Yussuf fuhr Slalom. »Das wird ihm nicht schwergefallen sein. Spätestens morgen übernehmen der Generalbundesanwalt und das BKA. Wir dürfen vorher nur aufräumen. Danach sind wir deren Hilfspersonal«, sagte de Bodt.

Von Weitem hörten sie die Sirenen. Ein Jaul-Inferno. Als sie sich dem Tatort näherten, fanden sie die Straße blockiert. Blinklichter, rot und blau. Streifenwagen, Busse der Bereitschaftspolizei, Krankenwagen. Ein Übertragungswagen war schon aufgetaucht.

Yussuf stellte den Passat auf dem Mittelstreifen ab. De Bodt öffnete die Tür. Und trat auf etwas Weiches. Einen Arm, ohne Hand.

Er setzte sich wieder auf die Rückbank. Versuchte sich zu kontrollieren. Yussuf hatte den Arm entdeckt. Pfiff zwei Uniformierte herbei. Sagte nur: »Außerhalb der Absperrung.«

Er setzte sich ans Steuer und ließ den Wagen im Rückwärtsgang rollen. Hielt an.

Salinger saß auf dem Beifahrersitz. Alle Farbe aus dem Gesicht gewichen.

De Bodt spürte, wie die Übelkeit die Speiseröhre hochkroch. Kalter Schweiß auf dem Rücken, dann auf Brust und Stirn.

Ein Hauptkommissar in Uniform stellte sich neben den Wagen. Blickte hinein. »Sie sind de Bodt?«

Der nickte.

»Ein Doppeldeckerbus ist explodiert. Wohl keine Überlebenden unter den Passagieren. Der Bus war voll. Das sind zweiundachtzig Tote. Dazu der russische Botschafter. Enthauptet von einem Trümmerteil. Vor dem Eingang des Gebäudes. Es gibt weitere Verletzte, vielleicht auch Tote durch Trümmer. Leute, die das Pech hatten, in der Nähe zu sein. Wir haben noch keinen Überblick. Die Sanis suchen noch. Als wäre ein riesiges Schrapnell explodiert. Wiesbaden wird sich bald melden.«

Am Himmel ein Hubschrauber. De Bodt sah die Linse der Videokamera blitzen. »Besorgen Sie das Video«, sagte er. Zeigte auf das Rieseninsekt, das über ihnen flappte. »Und erweitern Sie die Absperrung. Bis Sie keine … Überreste mehr sehen …«

Der Hauptkommissar legte den Zeigefinger an die Schläfe und verschwand.

»Der russische Botschafter … na, das gibt Ärger«, sagte Salinger.

Sie stiegen aus. Ein Polizist hob das Absperrband. Zerfetzte Gliedmaßen. Ein Unterschenkel hing in einem Strauch, der Fuß baumelte an einer Sehne.

Eine Rückleuchte lag auf einer Bank, ein Kabel ragte in die Ritze. Daneben, davor, darunter Fleischfetzen. Ein halbes Ohr.

Yussuf blieb stehen. Krümmte sich und erbrach.

Je näher sie dem Buswrack kamen, desto mehr Leichenteile waren verstreut. Plötzlich stand die Zander vor de Bodt. Aufgerissene Augen. »Ein Blutbad … wer das …« Verschwand. Überall Leute in Overalls.

Sie machten einen Umweg. Die Kollegen hatten mit Absperrbändern eine Gasse markiert. Zu einem Lastwagen. Davor ein Tisch. An dem stand Krüger. »Sie übernehmen, bis das BKA uns versklavt«, sagte er. Er war schweißnass. Wischte sich mit dem Ärmel die Stirn trocken. Sonst hätte er sich gesträubt, aber diesen Fall konnte de Bodt haben. Eigentlich hätte der Kriminalrat die Ermittlungen leiten müssen. Doch der traute seinem Gespür. Soll doch de Bodt sich die Finger verbrennen.

Der Pressesprecher aus dem Präsidium am Tempelhofer Damm war schon da. »Sie sollten eine Stellungnahme … vielleicht …« Deutete Richtung Brandenburger Tor. Wo sich der Übertragungswagen vermehrt hatte. Satellitenschüsseln. Leute mit Kameras auf der Schulter. Sie scharrten vor dem Absperrband. Drängelten sich um Plätze nahe der Absperrung.

»Gehen Sie hin«, sagte de Bodt.

»Nein … dann hören wir in den Nachrichten, dass die Polizei keinen Überblick und auch sonst nichts hat.«

»Ich habe nichts dagegen einzuwenden, wenn die Nachrichten die Wahrheit verbreiten.«

Krüger verfolgte das Gespräch. Blickte Salinger an. »So eine Scheiße.«

Ein Oberwachtmeister erschien. »Ein russischer … Diplomat will Sie sprechen. Sofort«, sagte der Uniformierte. Fast stimmlos.

»Bringen Sie ihn her.«

Der Polizist starrte de Bodt an. »Wirklich?« In der Frage klang mit: durch all diese Leichenteile?

»Ja.«

Der Polizist lief zum Absperrband Richtung Botschaft. Kehrte zurück mit einem Mann, der jeder Catchertruppe Ehre gemacht hätte. Umso erstaunlicher die dünne Stimme.

»Ich bin der Erste Botschaftsrat Jewgenij Kamalow, unser Botschafter wurde ermordet bei einem Verbrechen, das außerhalb des Botschaftsgeländes stattgefunden hat. Sie verstehen, dass ich über Ihre Ermittlungen unterrichtet werden möchte.«

»Das verstehe ich. Ich bin der Erste Hauptkommissar de Bodt. Erkundigen Sie sich bitte beim Auswärtigen Amt.« Wandte sich Uhlenhorst zu, der zum Tisch gekommen war.

»Eine Bombe«, sagte Uhlenhorst. »Unterdeck, in der Mitte, nehme ich an.«

»Alle tot?«

»Die Ärzte haben keine Überlebenden gefunden.« Er hätte auch sagen können: Ist nicht mein Job. Doch: »Es hat auch Passanten getroffen. Es gibt Verletzte. Der Bus war voll besetzt … wie die meisten Stadtrundfahrten im Sommer.«

»Es hat auch den russischen Botschafter erwischt«, sagte de Bodt.

»Er ist tot?«

De Bodt nickte.

»Ich verlange im Auftrag meines Präsidenten, dass Sie alles tun, um die Urheber dieses Verbrechens zu fassen. Wir werden Sie selbstverständlich mit allen uns zur Verfügung stehenden Mitteln unterstützen«, sagte Kamalow.

»Schicken Sie Konstantin Merkow«, sagte de Bodt. »Wenn Sie uns helfen wollen.«

4.

Uhlenhorst erschien mit der Zander im Büro. Er setzte sich auf de Bodts Schreibtischplatte, sie sich auf den Stuhl neben der Tür. Die Zander hatte eine Aktenmappe in der Hand. Legte sie auf den Schoß und sagte: »Zwischenstand. Wir haben dreiundneunzig Tote und zweiundzwanzig Verletzte, davon neun so schwer, dass sich die Todesliste verlängern wird. Es handelt sich um zweiundachtzig Opfer aus dem Bus, einschließlich des Fahrers. Außerdem Leute in der Umgebung. Dazu der Botschafter, der das Pech hatte, sich im falschen Augenblick im Vorgarten der Botschaft aufgehalten zu haben …«

»Ein Stahlblechtrümmerstück«, sagte Uhlenhorst. »Scharf wie ein Fallbeil.«

»Die anderen Opfer sind Passanten, meist Touristen. Deren Identifizierung ist vergleichsweise leicht«, sagte die Zander. »Wir haben auch Verstärkung aus Brandenburg und Sachsen-Anhalt erhalten. Weitere stoßen dazu. Pathologen aller Länder, vereinigt euch.« Sie sprach mit dem Boden, blickte nicht ein einziges Mal auf. »Die Identifizierung der Leute im Bus … schlimmer kann es bei einem Flugzeugunglück auch nicht sein.«

Salinger legte den Telefonhörer auf. »Das Präsidium wird bombardiert mit Anrufen von Angehörigen und Arschlöchern. Es richtet eine Nummer für Angehörige ein. Der Pressedepp verlangt, dass du eine PK machst.«

De Bodt winkte ab.

Die Tür öffnete sich. Tilly. Musterte die Kollegen. Nickte der Zander zu.

»Das Präsidium will, dass Sie eine Pressekonferenz abhalten«, sagte de Bodt.

Tilly blickte ihn an. De Bodt las in seinem Gesicht die Frage, ob eine PK ihm nutze oder schade. »Haben wir denn was für eine PK?«

»Die Opferzahlen«, sagte Salinger.

»Schrecklich«, erwiderte Tilly. Sein Hirn hatte noch keine Antwort auf die Frage gefunden.

Uhlenhorst legte eine Akte auf de Bodts Schreibtisch. »Eine Bombe, eindeutig. Sie lag offenbar in einer Tasche unter einem Sitz, vor der Hintertür. Sie wurde womöglich per Funk gezündet.«

»Zeugen haben gesehen, dass der Bus kurz vor der Explosion gebremst hat. Er stand, als er hochging.«

»Frag die Russen, ob sie Bilder haben«, sagte Salinger. »Die haben ihr Grundstück gespickt mit Überwachungskameras.«

»Das muss der Chef erledigen«, sagte Yussuf.

»Wann übernimmt der GBA?«, fragte de Bodt.

»Sobald das raus ist mit der Bombe«, erwiderte Tilly.

»Dann also ab sofort.« Er erhob sich und verließ das Büro.

Tilly öffnete den Mund. Nach einer kleinen Ewigkeit fragte er: »Wohin geht er?«

»Besorgt was fürs Abendbrot«, sagte Salinger.

5.

»Wir müssen unsere Diamanten beschützen. Egal, was es kostet. Gut gemacht«, sagte der Chef.

Adrian nickte. Verstand, dass der Chef sich selbst überzeugen musste.

»Alles ist erlaubt«, sagte der Chef. »Solange niemand unsere Spur findet.« Sein Kopf hob und senkte sich.

Der Chef hatte Schiss um seinen Posten. Wenn der Chef stürzte, würde man weitere Sündenböcke suchen. Es würde auch ihn erwischen. Adrian wusste es. »Niemand findet unsere Spur«, sagte er.

6.

De Bodt erschien zu spät. Salinger kaute am Fingernagel. Yussuf las auf seinem Smartphone.

»Tilly sucht dich«, sagte Salinger.

De Bodt setzte sich auf den Stuhl neben der Tür. Er hatte am Abend die Nachrichten eingeschaltet. Die BKA-Kollegen hatten noch nichts gefunden. Sagte der Generalbundesanwalt. Der machte eine traurige Miene und wusste sonst nichts. Flaggen auf halbmast, eine Fernsehansprache der Kanzlerin war angekündigt.

»Tilly …«, sagte Salinger.

De Bodt hob kurz die Hand. Er wusste, was jetzt kam. Weil es immer so war.

»Der BKA-Präsident verlangt, dass wir ihm mit allen Kräften helfen. Der Polizeipräsident hat es versprochen«, sagte Salinger.

»Ist normal«, sagte de Bodt. »Wir haben denen schon geholfen. Mit einer Bestandsaufnahme.« Sie hatten bis in die Nacht zusammengefasst, was sie gefunden hatten. Nicht viel außer Leichenteilen und Trümmern. Immer wieder war der Botschaftsrat aufgetaucht. Als würde es helfen, wenn der Druck machte. De Bodt hatte es schließlich gereicht: »Sie behindern unsere Ermittlungen. Verschwinden Sie. Wir können das auch übers Auswärtige Amt klären …«

Tatsächlich war Kamalow nicht mehr aufgetaucht.

Uhlenhorst hatte um zwei Uhr am Morgen erklärt, dass es sich wohl um Semtex gehandelt habe. Wie viel, wusste er nicht. »Immerhin genug, um einen Bus zu zerfetzen.«

Wie einen Pappkarton. De Bodt versuchte zu verstehen, was sie besprachen. Er fand keinen Sinn.

Die Zander kommandierte ihre Armee von Rechtsmedizinern. Eine grauenhafte Arbeit. »Die Identifizierung kann dauern. Vielleicht werden wir nie alle Opfer kennen.«

»Das BKA hat Sie angefordert.« Tilly blickte ihn an. »Seit Sie hier sind …«

»Nur mit meinen Mitarbeitern.«

»Geht klar.«

Wahrscheinlich hätte ich auch den Thron der Königin von Saba fordern können, dachte de Bodt und sagte nichts. Es gab keine Bekennerschreiben. Der IS schwieg, dabei hätte er es doch nötig gehabt, Blutbäder für sich zu reklamieren.

»Wir haben nichts erhalten. Nicht von Islamisten, von überhaupt niemandem …«, sagte Tilly, als könnte er de Bodts Gedanken lesen.

»Vielleicht wieder die Russen?«, warf Yussuf ein.

»Oder der Ku-Klux-Klan?«, erwiderte Salinger.

»Wer keine Fantasie hat, soll schweigen«, erwiderte Yussuf.

Aber das war routinierte Alberei, der alles fehlte, was sie sonst ausmachte. Nicht mal Bitterkeit steckte drin.

Das große Nichts, dachte de Bodt. Sagte es. Fügte an: »Wer sprengt …?« Warum das Offensichtliche fragen? »Welche Erklärungen kann es geben?« Fuhr fort: »Erstens islamistische Terroristen, die möglichst viele Ungläubige in die Dschahannam schicken wollen. In den Ofen für die Ungläubigen. Zweitens jemand, der jemanden töten wollte und diesen mitsamt dem Bus in die Luft gejagt hat …«

»Der hätte aber wissen müssen, dass sein Opfer eine Stadtrundfahrt machen wollte. Dass es ausgerechnet in diesen Bus steigen wollte«, sagte Salinger. Hielt den Zeigefinger an die Lippe. »Stimmt, wäre möglich.«

»Oder dem Täter war es egal, wo er sein Opfer umbrachte, und es hat zufällig den Bus erwischt«, sagte Yussuf.

»Vielleicht soll der Anschlag den Tourismus treffen«, sagte de Bodt. »Schick doch deinem Kollegen in Paris den Hinweis. Dass sie aufpassen …«

»Vielleicht galt der Anschlag dem russischen Botschafter«, sagte Salinger. »Hatten wir doch schon. Russische Diplomaten, die serienweise aus dem Leben scheiden …«

»Man könnte fast denken, du hast was gegen Russen«, sagte

Yussuf. »Dann hätte der Täter ein paar Variablen zu viel berechnen müssen.«

»*Variablen*, was du für Wörter kennst.«

Jetzt wäre unter normalen Umständen etwas geflogen, ein Radiergummi oder ein Kugelschreiber.

Tilly verfolgte die Witzelei mit gerunzelter Stirn. De Bodt fand sie schal. Aber es war ihre Manier, mit dem Schrecken umzugehen. Wenn man durch Leichenfetzen gewatet war, konnte man das Leben für sinnlos halten. Zusammenklappen. Zyniker werden. Oder so tun, als ginge alles weiter wie vorher.

De Bodt fragte sich, wie er es verarbeitete. Er begriff das Blutbad als eine Straftat, die er aufklären musste. Den Schrecken nahm er persönlich. Als Angriff, als Beleidigung.

»Na, dann wird ja bald dein Russenspezi mit seiner Haushälterin auftauchen«, sagte Salinger.

7.

»Schon wieder Berlin«, sagte Katt. Tonlos.

Merkow wusste, dass sie de Bodt und seine Mitarbeiter nicht ausstehen konnte. Den Möchtegern-Philosophen. Arrogant, selbstsicher. Mit seinen Zitaten, die alle nur nervten. »Wird Zeit, dass wir was Vernünftiges machen.« Seit einer Ewigkeit erstickte er in Routinearbeiten. Hatte seinen Präsidenten nach Nordkorea begleitet. In diese Karikatur eines Operettenstaats, gebaut auf Konzentrationslagern und Atombomben. Auf der Tour nach Weißrussland durfte Katt mitreisen. Zuvor hatte sie gemeckert, als sie im Büro rumsaß und nichts zu tun hatte. Sie sollte Akten sortieren, die Hinterlassenschaft des GRU-Skandals, den sie aufgedeckt hatten. Wobei sich Merkow fragte, ob er seinem Präsidenten einen Gefallen getan hatte. Oder dessen Plan durchkreuzt. Der Präsident hatte sich nichts anmerken lassen. Hatte die GRU-Führung rasiert. Sich öffentlich distanziert. Merkow fand es schwierig zu verstehen, was der Präsident wollte. Der schwebte im Allgemeinen. Hatte nichts zu tun mit den kreativen jungen Leuten, die Wahlen im Westen manipulierten und Hasskampagnen steuerten. Nichts zu tun mit *Russia Today* und den anderen Fake-News-Produzenten. Obwohl er die RT-Chefin selbst eingesetzt und gepriesen hatte. Nichts zu tun mit den Separatisten in der Ostukraine. Obwohl es die nicht gäbe ohne russisches Geld, russische Söldner und russische Waffen.

So unklar es war, so hilfreich war es für Merkow. Wenn sein Chef alles und nichts wollte, konnte Merkow sich immer auf den Willen des Präsidenten berufen.

»Irgendwann landen wir im Lager«, sagte Katt gern.

Sie hatte recht. Irgendwann würde der Präsident Merkow und Katt wegschaffen lassen. Aus welchem Grund auch immer. Aber noch zeigte ihm der Chef dieses Wachslächeln im Wachsgesicht. Im letzten Fall war Merkow nützlich gewesen. »Diese Verschwörung konnte nur aufgedeckt werden durch die hervorragende Arbeit unserer Sicherheitsorgane.« Hatte der Präsident erklärt. Besser kann man sich nicht absetzen. Auch vom eigenen Plan. Aber Merkow glaubte heute dies und morgen das. Er hatte sich fast daran gewöhnt. Es gehörte zur Aura des Präsidenten. Er würde vielleicht nie erfahren, ob der Präsident die Anschläge auf den Westen befohlen hatte.

»Schon wieder Berlin«, bestätigte Merkow. »Willst du hierbleiben?«

Sie lächelte. Tatsächlich. Jedes Lächeln verdampfte ein Molekül der Finsternis. Ihrer Jugend, ihrer Ausbildung, als das KGB Vater und Mutter gewesen war.

»Unseren Botschafter hat es erwischt. Bombenexplosion vor unserer Vertretung. Die haben einen Bus hochgejagt, um einen Anschlag auf uns zu tarnen. Sagt der SWR.« Der Auslandsnachrichtendienst.

»Diplomatin möchte ich nicht sein, jedenfalls keine russische. Zu kurzes Haltbarkeitsdatum.«

»Ob die Mordserie jetzt weitergeht, obwohl wir die Täter gestellt haben? Vielleicht haben wir uns geirrt. Ein Grund mehr, nach Berlin zu fahren.«

»Zu Hegels Wiedergänger.«

»Mit Hegel schließt die Philosophie überhaupt ab«, sagte Merkow trocken.

»Fängst du jetzt auch mit dem Scheiß an?« Sie grinste. Tatsächlich. Wieder ein Molekül weniger.

»Hast du das nicht bei deinen KGB-Genossen gehört? Stammt von Engels.«

8.

Am Konferenztisch im Polizeipräsidium am Tempelhofer Damm. Blick auf den Flughafen, heute Vergnügungsparadies. Für Menschen, die wegen des freien Blicks in die Großstadt gezogen waren.

»Sorry«, sagte der BKA-Ministerialdirektor Becker. Drahtig, sportlich. Messerscharfer Haarschnitt wie in Langley, Virginia. Glaubte man Hollywoodfilmen, in denen CIA-Agenten auftauchten. Becker hatte klare Augen. Und vermutlich lange Jahre geübt, um den stahlharten Blick zu trainieren. Er fasste den Fall zusammen. Emotionslos.

»Ich habe bei den Kollegen von BND und Verfassungsschutz nachgefragt. Die haben nichts Konkretes. Natürlich sind russische Diplomaten gefährdet. Moskau hat sich einen Haufen Feinde gemacht und die falschen Freunde.«

Tilly saß neben ihm. Auf der anderen Seite der Generalstaatsanwalt und der Polizeipräsident. Der die Nase gerümpft hatte, als de Bodt zu spät erschien. Die Tage der Kanzlerin waren gezählt. Sie würden bald mit ihm abrechnen können.

Gegenüber der Leitung saß ein kleiner Mann. Der an seiner Brille herumfummelte. Sich durch die Haare strich, wenn er die Brille auf die Nase gesetzt hatte. Um sie gleich wieder abzunehmen. Er erschrak fast, als der BKA-Mann ihn fragte. »Sie haben im Kanzleramt auch keine Erkenntnisse, Herr Zahn?«

Der schüttelte den Kopf. »Bei uns gehen tagtäglich Drohungen ein, auch gegen die Russen. Oder gegen uns und die Russen. Zuletzt gehäuft wegen dieser Ostsee-Pipeline. Aber es gab nichts Ungewöhnliches. Wir sind und bleiben Volksverräter, Russenknechte und geldgeile Arschlöcher.«

»Das ist ja beruhigend«, erwiderte Becker. Musterte Zahn. Schien das Gehirn zu schütteln, ohne den Kopf zu bewegen. »Was sind unsere Arbeitshypothesen? Wir werden in Richtung Terrorismus ermitteln müssen. Tschetschenen, Syrer, IS und was es da noch gibt.«

»Der russische Präsident hat von einem Anschlag auf Russland gesprochen«, sagte Tilly.

»Vielleicht ist es Zufall, dass der Bus vor der Botschaft hochging?«, fragte de Bodt.

Becker zeigte auf den Superbildschirm an der Wand. Drückte auf eine Fernbedienung.

Das Video zeigte den Bus. Vor ihm Autos, hinter ihm Autos. Der Bus fuhr Richtung Brandenburger Tor. Dann stoppte er hart. Die Fahrerin eines C-Klasse-Mercedes vor ihm hatte auf die Bremse getreten. Die Bremsleuchten grellten.

»Zufall?«, fragte Becker. »Die Kamera hängt auf der gegenüberliegenden Straßenseite.«

De Bodt sah, wie die Passagiere nach vorn wippten. Sah das linke Bremslicht des Busses leuchten. Es folgte ein Blitz, der Bus zerriss in einem Feuerball. Etwas flog nah an der Kamera vorbei. Eine Hand.

»Wir haben bei den Russen angefragt, ob die uns ihre Überwachungsvideos geben können«, sagte Becker. Er zeigte in Gestik und Stimme Selbstgewissheit. »Aber ich glaube, dass dieses Video eine Spur ist. Wir suchen die Fahrerin dieses Mercedes. Wir haben das Kennzeichen … Aber sie liegt im Krankenhaus. Schwer zu sagen, ob sie überlebt.«

»Spulen Sie zurück und dann in Zeitlupe nach vorn ab sechzig Sekunden vor der Explosion«, sagte de Bodt.

»Gern«, sagte Becker. Er hatte zwar schon alles gesehen, aber bitte …

»Stopp!«, sagte de Bodt. »Sehen Sie das?«

»Was?«, fragte Becker.

Tilly runzelte die Stirn.

»Wirkliche Seelen und Leiber gelangten da nimmer hinunter, sondern nur Schattengebilde und wunderlich blässliche Schemen.«

»Wie bitte?« Becker schüttelte jetzt auch den Kopf mit dem Hirn.

»Ich habe in der Nacht Lukrez gelesen, die Zeilen blieben hängen. Aber Lukrez hat meinen inneren Blick geschärft für Schemen. Schauen Sie genau hin. Da spiegelt sich was in der Windschutzscheibe des Mercedes. Wie ein Schatten.«

»Wir leben in einer Stadt, da spiegelt sich alles Mögliche in Scheiben.«

»Hier ist es ein Elektroroller samt Fahrer. Der wollte die Straße überqueren, hat nicht aufgepasst und die Frau im Mercedes zur Vollbremsung gezwungen. Deshalb hat der Bus gebremst. Deshalb ist die Bombe vor der Botschaft hochgegangen. Hätte der Bus nicht gebremst, wäre sie einige Meter später explodiert.«

Becker zoomte in das Standbild. Das unschärfer wurde. »Kann sein«, murmelte er, »muss aber nicht.«

»Fragen Sie Ihre Techniker. Die werden Reste eines Elektrorollers finden. Und vermutlich die Leiche des Fahrers. Ihre These besagt, dass die Frau im Mercedes ein Selbstmordkommando unternommen hat…«

»Vielleicht wusste sie nur, dass sie bremsen sollte?«, fragte Tilly leise. »Also, jetzt, wo Sie es sagen… kann sein, ein Rollerfahrer…«

»Das wäre jedenfalls eine Erklärung, die sich überprüfen lässt. Außerdem liegt sie nah…«

»Ockham, ich weiß«, sagte Tilly.

9.

»Wir haben Reste eines Elektrorollers gefunden«, sagte Uhlenhorst. »Ich habe das BKA schon informiert.«

»Und der Fahrer?«, fragte Salinger.

»Vergiss es«, sagte Uhlenhorst. »Dessen Überreste sind in Mitte verstreut. Wenn wir die Leiche identifizieren können, dann kriegen wir auch raus, wem der Roller gehörte…«

»Das nutzt nichts«, sagte de Bodt. »Der wollte die Straßenseite wechseln und hat nicht aufpasst. Deswegen musste die Frau bremsen.« Er saß auf dem Stuhl neben der Tür. »Wir werden überschüttet mit Spuren. Und keine führt zu den Tätern.«

»Dein Optimismus ist ansteckend«, sagte Salinger. »Wie war's beim BKA?«

»Vergiss es.«

Noch übler war, dass Becker seine Sklaven jeden Abend sehen wollte. Um sich auszutauschen.

»Ich werde dir das Händchen halten«, sagte Uhlenhorst. »Tagsüber arbeiten wir, am Abend bewundern wir dieses Genie der Kriminologie. Was kann es Schöneres geben!«

»Darin ist jedermann einig, dass Genie dem Nachahmungsgeiste gänzlich entgegenzusetzen sei«, sagte de Bodt leise.

»Vielen Dank, das hilft uns echt weiter«, sagte Salinger.

»Ich wollte doch nur mit Kant sagen, dass sich Genie nicht übertragen lässt.« De Bodt lächelte. »Wir gehen also umsonst zu Beckers Erleuchtungsrunden.«

»Vielen Dank, das erdet mich«, sagte Uhlenhorst.

»Vielleicht kümmern wir uns um den Massenmord vor unserer Nase«, sagte Yussuf. Nachdem er sein Rendezvous per Handy abgeblasen hatte.

»Jasmin?«, fragte Salinger.

Yussufs Gesicht färbte sich rötlich. Er fuhr sich durch die blonde Tolle. »Nichts, gar nichts. Ich habe die einschlägigen Portale abgeklappert. Kein Bekenntnis, nicht mal klammheimliche Freude. Außer auf einer Islamistenseite. Die freuen sich über die Strafe Allahs für die Ungläubigen.«

»Wir brauchen die Biografie jedes Opfers. Wurden die Verletzten schon vernommen?«, fragte de Bodt.

Yussuf nickte. »Die Kollegen haben angefangen. Das BKA hat Krüger in die Krankenhäuser geschickt. Bisher gibt es noch keinen Bericht.«

»Außer in den Medien«, sagte Salinger.

Die hatten es auch schon bei de Bodt versucht. Doch der hatte wortlos aufgelegt. Die Blätter überschlugen sich. Im Netz wurde gehetzt gegen Muslime. Die natürlich dahintersteckten. Die Rechtspartei trommelte lauter denn je gegen die »Asylantenschwemme«, die den Terror nach Deutschland gespült habe. Der Hass raste durchs Internet. Da halfen keine Uploadfilter. Wo eine Lüge gelöscht wurde, sprossen zehn neue.

Es klopfte, die Tür öffnete sich. Tilly. Nach ihm betraten Merkow und Katt das Büro.

»Das Auswärtige Amt und die Kanzlerin persönlich bitten Sie, gut mit unseren Kollegen aus Moskau zusammenzuarbeiten. Der Innensenator …«

»Willkommen«, sagte de Bodt, nachdem er sich vom Stuhl erhoben hatte.

Salinger bestarrte ihren Monitor, als gäbe es nur den in der Welt. Yussuf winkte.

»Bitte halten Sie Herrn Merkow auf dem Laufenden«, sagte Tilly.

»Das ist ganz leicht«, sagte Yussuf. »Wir haben Leichen und Trümmer. Sonst nichts.« Blickte auf den Bildschirm. »Und es war Semtex, sagt die KTU.«

10.

»Mein Präsident glaubt, dass der Anschlag der Botschaft galt«, sagte Merkow. Katt nickte. De Bodt musterte Merkow. Sie saßen im *Café Eliza* in der Sorauer Straße in Kreuzberg.

»Na, Geheimkonferenz?«, fragte Anne, die Café-Chefin.

Aber niemand schien es zu hören. Sie stellte drei Teebecher auf den Tisch. »Dritter Aufguss für dich. Die beiden davor für die anderen. Ich hoffe, es ist recht so. Muss ich den nicht wegschütten. Wir wollen doch die Welt retten, oder?« Sie verschwand um die Ecke.

»Ihr Präsident nimmt sich zu wichtig«, sagte de Bodt.

»Alle Welt ist gegen Russland«, erwiderte Merkow.

»Stimmt doch«, sagte Katt.

»Wenn Ihr Präsident so weitermacht, schafft er, was er beklagt.

Paranoid. Aber lassen wir das …« De Bodt blickte Merkow an. »Der Anschlag galt eher nicht der Botschaft. Dieser Rollerfahrer soll mit Absicht … damit Sie glauben können, was Sie gerade erklärt haben?«

»Ich bitte Sie!«, sagte Merkow.

»Wenn jemand Ihren Botschafter umbringen will, dann wirft er im passenden Augenblick eine Bombe. Verlässt sich auf keinen Fall auf einen Plan, der den Namen nicht verdient hätte. Zu viele Risiken, eher unwahrscheinlich, dass es klappt. Dass der Bus genau in diesem Moment an dieser Stelle ist, dass der Botschafter in diesem Augenblick im Garten steht. Dass ein Trümmerteil ihn trifft. Es war unwahrscheinlich, dass es ihn traf. Er hatte Pech.«

Merkow nickte. Er hatte ja selbst nicht dran geglaubt. »Was dann?«

»Die üblichen Verdächtigen«, sagte de Bodt. »Wir verhören die Überlebenden. Vielleicht hat einer von denen jemanden gesehen. Einen, der etwas in den Bus legte und wieder verschwand …«

»Es sei denn, es war ein Selbstmordattentäter«, sagte Merkow.

»Gewiss.«

De Bodts Telefon klingelte. »Ja, Ali?«

Er hörte zu. Beendete das Gespräch. Überlegte. »Der IS verbreitet, dass er es war …«

»Aber Sie glauben es nicht?«

»Ich glaube gar nichts. Und ich weiß noch weniger. Der IS hat schon viel erklärt. Ali sagt, das komme aus Kanälen, die bisher IS-Meldungen gebracht hätten.«

»Ich nehme an, Ihr BND weiß mehr«, sagte Merkow.

»Damit wird sich jeder Geheimdienst der Welt beschäftigen. Auch weil wir wissen müssen, ob die tatsächlich noch in der Lage sind, so eine Operation zu stemmen. Wobei, wenn es ein selbst ernannter Feind der Ungläubigen war, der sich mit dem Bus in die Luft gesprengt hat …«

»Semtex kann man nicht im Supermarkt kaufen«, sagte Merkow. »Außerdem gibt es Markierungsstoffe. Mit deren Hilfe kann man herausfinden, wo es hergestellt wurde.«

»Wir haben noch keine Markierungsstoffe gefunden, nur Reste

von Nitropenta und Hexogen. Es handelt sich demnach um Semtex H«, sagte de Bodt. »Ich fürchte, wir werden keine Markierungsstoffe mehr entdecken.«

»Was heißt …«

»Dass der IS, dessen finsteren Überreste sich irgendwo in Löchern vergraben haben, in der Lage wäre, Semtex herzustellen. Oder dass Leute, die sich in Deutschland dem IS angeschlossen haben, dazu fähig wären.«

Merkow wechselte einen Blick mit Katt.

»Ja, ich halte das auch für unwahrscheinlich«, sagte de Bodt und setzte den Becher an.

Merkow lächelte. »Demnach wäre es ein Staat …«

»Oder ein Chemie-Unternehmen. Oder jemand, der Zugang zu Nitropenta und Hexogen hat und in der Lage ist, daraus Sprengstoff herzustellen.«

»Oder eine medizinische Forschungseinrichtung«, sagte Katt. »Das Zeug erweitert Gefäße. Wie Glycerintrinitrat. Nebenwirkungen gleich null.«

Merkow blickte sie erstaunt an.

De Bodt nickte. »So habe ich es auch gelesen.« Die Zander hatte ihm eine Mail geschickt. »Wer außer Ihrer Regierung und unseren amerikanischen Freunden käme infrage? Vor allem aber, warum? Sollten es nicht der IS & Co. sein, welchen Grund kann jemand haben, einen Touristenbus in die Luft zu jagen …?«

»Einen Touristenbus vor der russischen Botschaft in die Luft zu jagen«, sagte Merkow.

»Schön, jetzt haben Sie Ihre Pflicht getan. Meiner Ansicht nach hat die russische Botschaft nichts damit zu tun … es sei denn, um eine falsche Spur zu legen. In der Nähe Ihrer Botschaft wäre er auf jeden Fall hochgegangen, auch wenn der Rollerfahrer nicht die Vollbremsung erzwungen hätte. Nur konnte niemand wissen, dass der Botschafter im Garten war. Sie haben kugelsichere Fenster, nehme ich an. Der Schaden kann so groß nicht sein.«

»Vielleicht dient der Anschlag dem Zweck, uns einzuschüchtern«, sagte Merkow.

De Bodt musterte ihn kurz. Grinste innerlich. Klar, der musste sich an seinen Auftrag klammern. Sonst hätte er gleich heimfahren können. Vielleicht langweilte er sich zu Hause? »Wie schön, dass Sie uns die Arbeit abnehmen«, sagte de Bodt.

»Wir helfen gern.«

De Bodt sah Salingers Gesicht vor sich. Er wusste, was sie sagte, säße sie am Tisch. Das Bild löste sich auf. »Wir werden uns die Biografie jedes Opfers anschauen müssen. Ob das weiterführt, weiß ich nicht. Aber sonst haben wir nichts.«

11.

Die Zander ließ sich durch nichts daran hindern. Sie tänzelte vor der Maschine. Ein Schritt rechts, ein Schritt links. Das Ohr zum Kaffeeautomaten geneigt. Dass da bloß nichts falsch zischte oder brummte. Vermutlich hörte sie es, wenn sich eine Schraube im Innern um einen Nanometer löste. Sie stellte eine Espressotasse vor de Bodt. Am Schreibtisch ihr gegenüber. Auf der Platte lagen Akten.

Den zweiten Espresso stellte sie vor sich ab. »Ich versteh schon. Aber wie wollen Sie herausfinden, wer die oder das Opfer sein sollten? Das BKA verlangt alle Obduktionsakten. Aber ich mach Ihnen gern Kopien.«

»Die lassen die durch ihre Rechner laufen. Vielleicht bringt das was.«

»Vielleicht nicht«, sagte die Zander.

»Wir schließen die Kinder aus«, sagte de Bodt.

Die Zander nickte. »Sechzehn Tote.« Sie öffnete eine Akte. »Zweiundachtzig minus sechzehn, bleiben sechsundsechzig. Wir sprechen nur von den Opfern im Bus?«

De Bodt nickte.

»Alle anderen sind Zufallsopfer. Ich hoffe nur, wir finden heraus, wer im Bus umgekommen ist und wer außerhalb.«

»Suchen Sie nach Semtexspuren. Die Leute im Unterdeck müssten solche Spuren aufweisen.«

»Was täten wir ohne Ihre genialen Ideen?«

»Sorry …«

Die Zander lächelte. »Das BKA klappert die Kliniken ab. Suchen Zeugen unter den Verletzten.«

»Werden kaum welche finden.«

»Muss aber sein. Sie sind doch jetzt auch Kuli von denen …«

»Bisher haben die mich übersehen bei der Arbeitsverteilung.«

»Das glaube ich nicht«, sagte die Zander.

12.

»Ich wäre Ihnen außerordentlich dankbar, wenn Sie erreichbar blieben«, sagte Becker. Sie hatten de Bodt in Tillys Büro bestellt.

De Bodt erinnerte sich all der Anrufe, die er nicht angenommen hatte. Weil er die Nummer kannte.

»Ihre Kollegen befragen gerade Zeugen. In den Krankenhäusern. Ist nicht angenehm, ich weiß. Aber Sie sollten vollen Einsatz zeigen. Wir müssen diese Verbrecher kriegen«, sagte Tilly.

»Ich zeige vollen Einsatz. Nur ermittle ich nicht mit den Füßen, sondern mit dem Kopf.«

»Herr Kollege!«, schnappte Tilly.

Becker winkte ab. »Wir wissen, der Kollege wandelt ungern auf ausgetretenen Pfaden. Wir haben es hier mit einem Großverbrechen zu tun. Wir müssen unser Vorgehen koordinieren …«

»Ich hatte in den letzten Jahren verschiedentlich mit Großverbrechen zu tun …«, sagte de Bodt. Klang wie: Sie werden sich doch erinnern, was Sie im Fernsehen gesehen und in der Zeitung gelesen haben.

»Wir sind uns Ihrer Verdienste bewusst«, sagte Becker. »Sie hatten ein paar … Treffer …«

»Leider hab ich nicht Lotto gespielt. Hätte ich glatt was gewonnen.«

Schweigen.

Becker und Tilly wechselten einen Blick. De Bodt las darin: Aufpassen, der Typ hat Beziehungen nach ganz oben.

»Wie stellen Sie sich Ihre Zusammenarbeit mit dem BKA vor, Herr Kollege?«, fragte Becker.

»Sie machen Ihres, ich mach meines. Wenn wir was finden, informieren wir alle.« Er musterte Beckers Gesicht. Der war nicht dumm. Gewiss wuchs bei diesem Gespräch Beckers Gewissheit, dass er besser ohne de Bodt arbeitete als mit ihm. Das war de Bodts Absicht.

»Diese täglichen Runden am Abend bringen mir nichts«, sagte de Bodt. »Erkenntnisse nehmen wenig Rücksicht auf den Dienstplan.«

»Aber wir müssen die Zügel straff halten«, sagte Becker. »Wir müssen die Kollegen motivieren. Uns austauschen. Was uns heute unwichtig erscheint, ist morgen vielleicht der Schlüssel zur Lösung des Falls. Verstehen Sie das nicht?«

»Ich bin kein Pferd«, sagte de Bodt.

13.

Adrian saß am Strand unterm Sonnenschirm. Seine Augen waren ihr gefolgt, als sie wegging. Sie folgten ihr, als sie zurückkam. In der Hand eine Plastiktüte. Er hatte eine Münze geworfen, sie gefangen. Gesehen, dass sie auf die falsche Seite fallen würde. Als er die Hand öffnete, lag sie richtig.

»Du bescheißt mich wieder«, hatte Jane gesagt.

»Klar. Sonst müsste ja ich Proviant besorgen.«

Sie hatte ihn geküsst und war losgegangen. Er beobachtete sie gern. Sie wiegte in den Hüften, nicht auffällig. Er mochte es. Adrian hatte sie an der Uni entdeckt. Sie lange umworben, obwohl sie einen Freund hatte. Adrian stand zufällig am Ausgang des Instituts, als sie herauskam. Er tauchte in Bars und Restaurants auf, die sie mit ihrem Freund besuchte. In einer Bar war dem schließlich der Kragen geplatzt. Er schlug zu, als Adrian sich an der Theke zwischen ihn und Jane drängte. Angeblich, um ein Glas Wein zu holen. Natürlich hatte der Typ keine Chance. Der war auch zu jung für sie gewesen. Fand Adrian. Jane mochte keine Männer, die auf andere losgingen. Aber

Männer, die sich verteidigten. Adrian wusste es. Irgendwie. Jedenfalls hatte er seinen Plan darauf gebaut. Und gewonnen. Eigentlich erreichte er immer, was er wollte. Obwohl er manchmal kämpfen musste. Aber er war intelligent, hartnäckig und konnte sich verhalten, wie andere es erwarteten. Irgendwer hatte ihn mal Chamäleon genannt. Es hatte ihn nicht verletzt. Das Chamäleon erreichte auch, was es wollte. Nicht gefressen werden zuerst. Gab es eine klügere Überlebensstrategie?

14.

Sie trug einen Kopfverband. Sonst schien die Frau unversehrt. Sie hatten ein Bett im Elisabeth-Krankenhaus am Potsdamer Platz für sie gefunden. De Bodt setzte sich auf einen Stuhl.

»Ihre Kollegen waren schon da«, sagte eine leise Stimme. Man hatte sie bewusstlos auf dem Mittelstreifen Unter den Linden entdeckt. Ein Körper war gegen sie geschleudert worden. Hatte die Splitter abgefangen wie ein Schild.

»Wenn Sie nicht mit mir sprechen können oder wollen, gehe ich gleich wieder.«

»Nein, nein, ist schon gut. Ihre Augen wanderten zu einer Thermoskanne auf dem Nachttisch. Aus Stahl, auf Rädern. Wie überhaupt das ganze Zimmer rein funktional eingerichtet war. Über ihrem Kopf hing eine Fernbedienung, um Hilfe zu rufen. Mit ihr konnte sie auch die Lichter ein- und ausschalten. Neonröhren erzeugten kaltes Licht.

»Ob Sie mir Tee besorgen können …?«

De Bodt nahm die Kanne und fand das Schwesternzimmer. Ließ die Kanne füllen. Kehrte zurück.

»Danke.« Sie nickte in Zeitlupe. »Ich kann Ihnen kaum helfen … eigentlich gar nicht.«

»Machen Sie sich keinen Druck. Schildern Sie einfach, was Sie wissen. Lassen Sie sich nicht drängen.«

Er zähmte seine Ungeduld. Es wäre sinnlos gewesen, sie zu bearbeiten. Dass die Aufklärung dieses Großverbrechens mit jeder Minute schwieriger würde. Und so weiter.

Er schenkte ihr Tee ein. Sie trank einen Schluck. »Es war eigentlich ein schöner Tag gewesen. Ich hatte früher Schluss gemacht, war ja Freitag. Ich arbeite bei einem Immobilienmakler in der Mittelstraße ... aber das wissen Sie bestimmt.«

De Bodt nickte. Krüger hatte es in der Akte notiert.

»Ich wollte nicht gleich heimgehen. Das Wetter ...« Sie trank einen Schluck. »Ich war plötzlich ... weg. Ich kann mich nicht einmal an einen Schlag erinnern. Dass mich ein Opfer mit seinem Körper geschützt hat ... irgendwie ist er für mich gestorben.« Sie schüttelte den Kopf. Auch in Zeitlupe.

»Sie sind unschuldig. Wenn Sie nicht da gewesen wären, der Mann hätte es genauso wenig überlebt.«

»Das habe ich mir tausendmal gesagt. Und doch fühle ich mich ... beschissen ... Entschuldigung.« Trank noch mal. »Haben Sie schon was herausgefunden?«

De Bodt schüttelte den Kopf. »Wir wissen nur, dass es Semtex war. Die meisten Bomben bei Anschlägen werden mit Kunstdünger zusammengemischt. Semtex ist was für Profis. Soldaten, Geheimdienste ... vielleicht ein Chemie-Unternehmen.« Das Vorstandszimmer der BBC stand ihm vor Augen. Er musste sich des Anblicks nicht erinnern. Er trug ihn mit sich wie eine chronische Krankheit. Das Blutbad im Vorstandszimmer. Sein erster Fall in Berlin. Als er Salinger kennenlernte.

»Ist Ihnen vor der Tat etwas aufgefallen?«

»Dass es viele Touristen gab. Kam mir vor wie Slalom um Reisegruppen.«

»Sie haben den Bus gesehen?«

»Ja. Ich hatte schon länger überlegt, da mal mitzufahren. Obwohl ich Berlinerin bin. Gott sei Dank ...«

»Irgendwas Besonderes ...?«

»Nein. Er fuhr los. Dann habe ich woanders hingeblickt. Dann ...«

»Der Bus musste bremsen ...«

»Habe ich nicht gesehen.«

15.

Er machte manchmal etwas, das keinen Sinn hatte. Wie um sich davon zu überzeugen, dass er so nicht weiterkam. Er misstraute seiner Wahrnehmung. Immer wieder. Die Zeugenvernehmung im Krankenhaus hatte nichts ergeben. Aber er wollte mit einem Opfer sprechen. Immerhin hatte die Zeugin ihn daran erinnert, dass es ein Freitag im Sommer war. Das Wochenende. Solchen Kleinkram übersah er leicht. Kam am Samstag ins Büro. Die Bürozeiten interessierten ihn ohnehin nicht.

Vielleicht wollte er auch nur jemanden sehen, der noch lebte. Nachdem er über das Schlachtfeld gelaufen war. In der Nacht nach dem Anschlag hatte er sich übergeben. Gezittert. Schweißausbrüche. Er gewöhnte sich nicht an Tatorte. Und an so einen schon gar nicht.

Er fuhr zum Tatort. Stellte sich an die Bushaltestelle, die abgesperrt war. Sah die Kriminaltechniker und Rechtsmediziner in ihren weißen Anzügen. Mit Handschuhen. Mützen. Uhlenhorst kam. Wischte sich den Schweiß von der Stirn. Sagte nichts. Zeigte zum Absperrband. »Warum jagt die niemand in die Luft?«

Kameras. Mikrofone. In die gesprochen wurde, mit dem Rücken zum Tatort. Fotografen drängten sich nach vorn. Weiter hinten Übertragungswagen. Radio und Fernsehen.

Die Medien berichteten rund um die Uhr. Auf den öffentlich-rechtlichen Kanälen hetzte eine Sondersendung die nächste. Journalisten hatten nach de Bodt gefragt. Aber die Pressestelle wusste, dass er nichts sagen würde. Zumal das BKA und der Generalbundesanwalt zuständig waren.

Krüger stellte sich vor ihn. De Bodt hatte ihn nicht gesehen. Vor seinen Augen schienen Weichzeichnerlinsen zu sitzen. Alles unscharf. Wie bei einem Schwindelanfall. Und die Übelkeit meldete sich zurück.

»Sie wollen helfen. Gute Idee«, sagte Krüger.

De Bodt blickte an ihm vorbei. Seine Augen folgten einer Kollegin, die irgendwas aus dem Geäst eines zerfetzten Baums zog. Sie war zu weit entfernt, als dass er hätte erkennen können, was es war.

»Haben Sie etwas gefunden, das nicht im Ermittlungsprotokoll steht?«

»Nein. Aber ich berichte dem Ministerialdirektor Becker.«

De Bodt zog Uhlenhorst an der Schulter zur Seite. »Kommst du klar?«

»Nein«, sagte Uhlenhorst. Rote Augen, aschfahles Gesicht. »Niemand kommt damit klar. Du auch nicht.«

»Stimmt«, sagte de Bodt. »Ich darf es mir nur nicht anmerken lassen.«

Salinger und Yussuf näherten sich.

»An die Arbeit!«, schnauzte Krüger.

Sie überhörten es. »Wie war es in der Klinik?«, fragte Salinger. Während Yussuf sich Überzüge über die Schuhe stülpte.

»Wie erwartet.«

16.

Lebranc frühstückte. Er hatte Floire zum Bistro gegenüber geschickt. Der hatte sich Kaffee und Croissants mitgebracht. Musste nicht raten, was Lebrancs Daumen bedeutete. Der auf die Tür zum Vorzimmer wies. Das Geplapper seines Assistenten zum Frühstück, dagegen war Waterloo ein Spaziergang gewesen. Sie hatten einen Bankräuber gejagt. Der aus Dummheit oder Panik einen Wachmann erschlagen hatte. Ein überflüssiges Verbrechen. Hätten sie den Mann nicht aus einer Bar gezerrt, hätte der sich wohl gestellt. Er hatte gequatscht, und ein Spitzel hatte es Floire gesteckt. Das war das einzig Nervige an diesem Fall. Lebranc erfuhr, dass Floire einen Spitzel im Milieu hatte. Was erlaubte sich der Grünschnabel noch hinter Lebrancs Rücken? In diesem Fall konnte er sich nicht beschweren. Zumal der Bankräuber gleich gestand. Mehr, als die Polizei ihm vorwarf. Er hatte natürlich nicht nur diesen einen Bankautomaten mit Gas gefüllt und gesprengt. Auf einen Schlag waren neun Überfälle in Paris aufgeklärt. Beim letzten war ein Wachmann auf Routinerundgang aufgetaucht. Die Banken hatten die Wachen verstärkt. Und der Bankräuber hatte den Hammer in der Hand gehabt. Sein Anwalt würde versuchen, die Mordanklage zu widerlegen. Totschlag, keine Absicht. Vielleicht würde er damit durchkommen. Vielleicht nicht. Wenn Lebranc die Sache längst vergessen hatte.

Das Telefon klingelte. »Kommen Sie bitte zum Chef«, sagte die Frauenstimme. Eine der Vorzimmerdamen des Polizeipräfekten. Floire kannte die alle mit Namen. Natürlich.

Der Polizeipräfekt saß da in voller Montur. Als erwartete er einen Fotografen. Kein Staubkorn auf der Uniformjacke. Die Orden wie mit dem Lineal gereiht. Er wies auf den Stuhl vor dem Schreibtisch. Wo Kollegen schon Tode gestorben waren. Wenn sie runtergemacht wurden. Man hörte das Geschrei noch im Treppenhaus. Das letzte Opfer hatte es gewagt, die Kulturministerin zur Kasse zu bitten. Parken im Halteverbot.

»Sie haben einen begabten Assistenten«, sagte der Polizeipräfekt.

Der Tag war versaut. Egal, was noch kam. Lebranc zwang sich zu nicken. »Gewiss.«

Der Präfekt musterte ihn. »In Berlin wurde ein Bus in die Luft gesprengt. Sie haben davon gehört …«

»Ja.«

»Neun französische Staatsbürger wurden getötet. Darunter unser Staatssekretär für Verteidigung, Antoine Millet.«

»Um Himmels willen, ich wusste …«

»Ich auch nicht. Es kam gerade vom Bundeskriminalamt in Wiesbaden. Sie haben noch nicht alle Opfer identifiziert. Wir wissen nur, dass der Staatssekretär tot ist. Seine Frau vermutlich auch. Sie wurde aber noch nicht identifiziert. Sie hat ihren Gatten nach Berlin begleitet. Privatbesuch. Ihre Tochter studiert dort …«

»Um Himmels willen«, wiederholte sich Lebranc.

»Der hilft auch nicht«, sagte der Polizeipräfekt trocken.

»Natürlich.«

»Sie fahren nach Berlin. Sehen Sie zu, dass Sie die Reisekosten diesmal begrenzen. Nehmen Sie Ihren schlauen Assistenten mit. Kriegen

Sie raus, ob es ein Anschlag auf unsere Regierung war. Offiziell werden wir jede Spekulation darüber zurückweisen. Aber ich bin befugt, Ihnen zu versichern, dass unser Präsident extrem besorgt ist. Er hat mit der Bundeskanzlerin telefoniert ... obwohl derzeit Eiszeit herrscht. Die Bundeskanzlerin besteht darauf, dass wir die Ermittlungen der deutschen Kollegen vor Ort verfolgen. Niemand ist dazu besser geeignet als Sie.« Der Präfekt legte seinen Kopf fast auf die Schulter.

Lebranc fragte sich, ob der Präfekt ihn auf den Arm nahm. Ob er wusste, dass Lebrancs gepriesene Erfolge wenig mit Lebranc zu tun hatten. Weniger als mit de Bodt. Der den französischen Kollegen aufs Podium der Pressekonferenzen schob und selbst unsichtbar blieb. Selbstverständlich würde die Pariser Regierung die Leistung der eigenen Polizisten nie anzweifeln. Jedenfalls nicht öffentlich. Vielleicht schickten die ihn nur deswegen nach Berlin. Dass er wieder die Lorbeeren einheimste. Lebranc wechselte einen Blick mit dem Chef. In dessen Augen stand – nichts.

»Zu Befehl.«

17.

Die Liste. Die immer länger wurde. Immer neue Namen kamen hinzu. Die Identifizierung war ein grauenhaftes Handwerk. Leichenteile sortieren. Die Rechtsmedizin war überfüllt mit Leichen. Die gekühlt werden mussten. Die Zander und ihre Hilfstruppen nahmen DNS-Proben. »Hätte ich gewusst, dass das ..., ich hätte Botanik studiert.« Sie blickte ihn an. Erschöpft. Zerschlagen. »Antoine Millet und seine Frau Suzanne ... ihn haben wir gefunden, sie noch nicht.« Sie deutete zur Tür. Irgendwo lagen die Reste der Frau. »Mit Glück am Ende alle zusammen in einem Blechsarg.«

»Die Pariser Kollegen wollen wissen, ob der Staatssekretär das Ziel des Anschlags war«, sagte de Bodt.

»Und die Russen fühlen sich als Opfer wegen ihres Botschafters«, sagte die Zander. »Ich habe ganz vergessen ... wollen Sie einen Espresso? Den letzten haben Sie einfach stehen lassen.«

»Danke, nein. Tut mir leid.« Unter normalen Umständen hätte er es nicht gewagt, das Angebot auszuschlagen. Aber der Kaffee hätte seinem Magen den Rest gegeben. Er fühlte die Übelkeit, seit er den Tatort gesehen hatte. Er kriegte die Bilder nicht aus dem Kopf. Sie hatten ihm den Schlaf geraubt. Er hatte mit offenen Augen auf dem Bett gelegen. Schloss er sie, sah er Leichenteile. Blut. Hirnmasse. Am Morgen hatte er in Salinger und Yussufs Gesichtern gelesen. Als spiegelten sie, was er fühlte.

»Jetzt mischen noch ein paar andere mit. Russen, Franzosen«, sagte sie. »Hab schon gehört, dass dieser Merkow wieder im Lande ist.«

De Bodt nickte.

Die Tür in de Bodts Rücken öffnete sich. Ein Weißbekittelter legte eine schmale Mappe auf den Schreibtisch und verschwand. In der Tür sagte er: »Das müssen Sie sich unbedingt ansehen … und der Hauptkommissar de Bodt auch.«

Die Zander schlug die Mappe auf, las. »Scheiße.« Schob die Mappe zu de Bodt.

Der las. »Das hat uns noch gefehlt.«

18.

»Na, toll«, sagte Salinger.

Yussuf brummte irgendwas, den Kopf hinterm Bildschirm verborgen.

»Jetzt traben hier gleich die Kollegen aus der Botschaft an«, sagte de Bodt. Sie hassten ihn, seit er den Russen einen CIA-Mann ausgeliefert hatte. Obwohl er alles dementierte, glaubte ihm niemand.

Sie erschienen in Begleitung des Kriminalrats Tilly. »Die beiden Herren möchten Sie gern unter vier Augen sprechen.«

»Zwölf«, sagte de Bodt. »Es gibt nichts, was meine Mitarbeiter nicht hören dürften.«

»Kommen Sie mit. Bitte!«, sagte Tilly.

Die beiden Besucher blickten ihn ernst an. CIA vermutlich. Offiziell vielleicht Zeugen Jehovas oder Baptisten. Jedenfalls trugen sie Einheitslook. Graue Anzüge, der eine ein weißes, der andere ein himmelblaues Hemd. Krawatten. Strenger Haarschnitt. Der eine schwarze Haare, der andere hellbraune. De Bodt hatte sich schon oft gefragt, ob die Schauspieler nach den wirklichen Agenten hergerichtet wurden. Oder die Agenten nach den Schauspielern.

In Tillys Büro setzten sie sich an den Konferenztisch. Nur de Bodt nicht. Der lehnte mit dem Gesäß am Fensterbrett. Neben Tillys Gummibaum.

Der Hellbraune blickte de Bodt an. Der erwartete etwas Martialisches wie: Bei nächster Gelegenheit räumen wir Sie aus dem Weg. Stattdessen: »Die GRU-Sache haben Sie gut hingekriegt.« Klang wie: Dafür, dass Sie kein CIA-Agent sind. »Im Bus saß der Chef unserer Europaabteilung.«

»Der CIA«, sagte de Bodt.

Der Schwarzhaarige nickte. »Harold Knickerbocker.«

De Bodt hatte den Namen in der Akte gelesen. Die Zander hatte ihm berichtet, dass die Botschaft sie nerve mit Anfragen.

»Darf man fragen, was er in Berlin wollte?«

»Fragen schon.«

»Wie sollen wir ermitteln, wenn Sie uns keine Informationen geben?«

»Die brauchen Sie nicht. Wir haben den Bus nicht gesprengt.«

»Aus humanistischen Gründen würden Sie so etwas nie tun.«

»Sie sagen es.«

»Wie sollen wir ein Motiv ermitteln, wenn wir nicht erfahren, was Knickerbocker in Berlin tat? Vielleicht wurde der Bus gesprengt, weil …«

»Nein«, sagte der Schwarzhaarige.

»Wer dann?«

»Das zu ermitteln ist Ihre Aufgabe.«

De Bodt verließ Tillys Büro. Sah im Augenwinkel noch dessen Gesicht. Rot angelaufen. Vor Wut.

19.

Wie schön war es im Süden gewesen. Sie hatten sich wunderbar verstanden. Auf dem Rückflug hatte Jane sich an ihn geschmiegt.

Aber jetzt saß er im Büro seines Chefs. Der hockte klein auf seinem Sessel, die Füße berührten kaum den Boden. Der Kopf war überproportional groß. Ob es daran lag, dass der Chef der intelligenteste Mensch war? Mindestens weit und breit. Der Chef hatte nicht nur ein Elefantengedächtnis, das jeden Elefanten erblassen ließe. Seine Auffassungsgabe war legendär. Niemand vermochte so schnell zu kombinieren. So sicher das fehlende Teil im Gestrüpp finden. Jeder Kollege war glücklich, wenn die Bitte um ein *kleines Spiel* an ihm vorüberging. Hätte er Schachturniere gespielt, der Chef wäre Großmeister gewesen. Wenn nicht Weltmeister.

Der Chef persönlich führte Iwan, den Agenten. Den niemand kannte außer dem Chef. Dessen Informationen niemand kannte außer dem Chef. Dessen Bedeutung niemand kannte außer dem Chef.

»Du gehst nach Berlin. Diese Busgeschichte.«

Adrian nickte.

»Gleich morgen früh. Du wirst jeden Kontakt zu unseren Leuten meiden. Du wirst in einem Touristenhotel einchecken. Und beobachten. Jeden Abend will ich einen Bericht. Josef wird dir einen VPN einrichten und einen Code geben. Er weiß schon Bescheid.« Adrian hörte genau hin. Der Chef sprach leise und wiederholte sich nicht. »Verstanden?«

Adrian nickte.

»Josef gibt dir einen italienischen Presseausweis und eine Akkreditierung bei der Bundespressekonferenz. Du sprichst Italienisch wie ein Italiener? Steht in deiner Personalakte. Ist geflunkert?« Der Chef lächelte. Kniff ein Auge zu. Das andere musterte Adrian.

»Nein, Chef.« Er hatte zweieinhalb Jahre in Rom gearbeitet. Die Vorbereitung auf den Job, seine Sprachbegabung und das Leben in Italien. Er log seinen Chef nicht an.

»Das ist keine starke Deckung, du weißt das. Wenn jemand gräbt, lässt er dich auffliegen. Also, halte dich zurück.«

»Natürlich. Kein Leichtsinn.«

»Das sagst du so dahin ...« Der Chef blickte ihn an. Die Augen tief in den Höhlen. »Ich mag keine Abenteuer.«

»Ich auch nicht. Jedenfalls nicht im Beruf.«

»Ich weiß, Adrian. Das ist einer der Gründe, warum ich dich schicke und niemand anderen. Und weil du kaltblütig bist. Es kann sein, dass etwas aus dem Ruder läuft. Die haben in Berlin einen Polizisten ... einen besonderen Polizisten. De Bodt ... merkwürdiger Name.«

»Ich habe von ihm gehört«, sagte Adrian.

»Wenn du weißt, was der weiß, weißt du genug.«

»Wenn er zu viel weiß?«

»Wenn auch nur das geringste Risiko besteht, schalte ihn aus. Lass es wie einen Unfall aussehen.«

20.

»Der Staatssekretär für Verteidigung aus Paris, ein CIA-Agent. Das sieht aus wie ein Geheimdiensttreffen im Touribus«, sagte Yussuf. »Und dann noch der russische Botschafter als Opfer.«

»Vielleicht. Dort fiele es am wenigsten auf«, erwiderte Salinger.

De Bodt saß auf seinem Stuhl neben dem Eingang. »Wir haben keine Wahl. Wir müssen jede Opferbiografie anschauen. Hoffen wir, dass das BKA bald mehr liefert. Bisher haben die nicht viel.«

Er hatte auf Weisung des Polizeipräsidenten die Besprechung am Abend besucht. Becker war kleinlaut gewesen. Berichtete von der zähen Arbeit der Pathologen.

»Haben die Rechtsmediziner weitere Opfer identifiziert?«, fragte de Bodt.

»Es melden sich mehr und mehr Leute. Die nichts mehr gehört haben von ihren Verwandten oder Freunden.«

»Das ist keine Antwort auf meine Frage.«

»Ich bedaure es natürlich, dass wir Sie nicht zufriedenstellen können.«

»Die menschliche Vernunft findet nur in einer vollständig systematischen Einheit ihrer Erkenntnisse völlige Zufriedenheit.«

»Wie bitte?«

»Kant.«

21.

»Wir müssen uns zuerst die Opfer anschauen, nach denen keiner fragt«, sagte de Bodt.

Salinger blickte ihn an. »Aha.«

»Das ist vielleicht ein Irrweg. Aber was Besseres ist mir nicht eingefallen.«

»Glaubst du, der Staatssekretär hat keine Familie?«

»Warum sollte den jemand in einem Touristenbus umbringen wollen?«

»So kann man gleich noch einen Haufen Ungläubige in die Hölle schicken.«

»Aber die preisen sich doch laut.« Er blickte Salinger an. Lange. Sie erwiderte den Blick. »Schließen wir diese Figuren aus«, sagte de Bodt.

»Wer dann?«, fragte Yussuf. Versteckte das Gesicht hinter seinem Monitor. Die Tasten klackten im Dreivierteltakt.

»Ich bin Bulle und kein Hellseher«, sagte de Bodt.

»Das hab ich aber anders in Erinnerung.« Salinger lächelte ihn an.

22.

Immer noch Flughafen Tegel. Glücklicherweise keine Boeing 737 Max. Solms war gern geflogen in der alten 737. Das sicherste Flugzeug der Welt. Ein bisschen eng, ein bisschen laut. Und doch hatte er immer gelächelt, wenn er in eine 737 gestiegen war. Er packte seine

Aktentasche. Flug nach London Heathrow. BA 983, Abflug 12 Uhr 25. Er würde noch am Abend zurückkehren. Der Hinflug war pünktlich. Er zeigte am Schalter seine Bordkarte und den Personalausweis. Legte seine Aktentasche aufs Transportband. Wartete, bis sie kontrolliert war, und nahm sie wieder. Betrat den Warteraum, fand einen freien Platz. Setzte sich.

Solms schloss die Augen. Doch die Anspannung wich nicht. Er ahnte, wie die Kollegen vom MI5 reagieren würden. Sie würden ihm vielleicht nicht gleich glauben. Aber sie würden ihn nicht für verrückt halten. Er hatte bisher niemanden eingeweiht, nicht einmal seinen Präsidenten. Er brauchte Beweise. Vielleicht waren die Kollegen in London schon auf etwas gestoßen. Wer, wenn nicht die? Die britische Spionageabwehr war die beste in Europa. Sie hatte auch die meisten Mittel. Sie hatte den Draht zu FBI und CIA. Die Amis weihten sie in Geheimnisse ein. Sie ließen sich davon auch nicht durch diesen Präsidenten abhalten. Dem Absprachen egal waren. Und die Wahrheit sowieso. Der mit der Wut eines verhaltensgestörten Achtjährigen um sich schlug.

Nein, der Kollege Sir Hugh Simon kannte Solms schon lang. Sie hatten zusammengearbeitet, als Simon Abteilungsleiter Terrorismus gewesen war. Wenn er einem sein Geheimnis anvertrauen konnte, dann Simon. Mehr als seinem Chef im Amt.

Er hatte Business-Class gebucht. Die heutzutage den Namen nicht verdiente. Sie trennte nur der Vorhang von der Economy-Class. Und die Verpflegung war besser. Was kratzte einen das bei so einem Flug? Wo man schon landete, während man noch kaute?

Aber er mied das Gedränge. Schon immer. Doch nun umso mehr. Er sah überall Männer, die ihn töten wollten. Ihm eine Spritze ins Bein stachen. Ihm das Messer in den Bauch rammten. Hörte das Ploppen des Schalldämpfers. Das Auto, das heranraste. Darin Leute mit Maschinenpistolen, die ihre Magazine in seinen Körper leerten. Er hatte sich der Paranoia geziehen. Über sich gelacht. Diese Ängste *waren* paranoid. Er wusste es. Warum hatte er sie? Früher hatte er sich nur vor Dingen gefürchtet, die ihn bedrohten. Da brauchte es keine Gespinste. Er hatte sie, seit eine seiner Quellen ihm diese Sache berichtete hatte. Er kannte die Quelle schon seit gut sieben Jahren. Ihre Informationen waren immer brauchbar gewesen. Jedenfalls nicht irreführend. Aber diesmal? Vielleicht war er in eine Falle getappt? Ein Gegenspiel? Aber von wem? Die üblichen Verdächtigen. Die Frage *cui bono?* unterstellte, dass es so was wie einen objektiven Nutzen gab. Woher sollte man wissen, wer was wann für nützlich hielt?

Er arbeitete zu lange beim Verfassungsschutz, um Unmögliches für unmöglich zu halten. Je länger er grübelte, desto tiefer zog es ihn in die Tiefen des Wahns.

Fast hätte er den Aufruf überhört. Flieg da hin. Frag. Dann siehst du weiter. Dann den Präsidenten unterrichten. Und der das Kanzleramt. Es hat keinen Sinn, hektisch zu werden. Er musste einen Schritt nach dem anderen machen. Er brauchte mehr Informationen. Dass sein Chef ihn nicht auslachte. Wenigstens. Vielleicht hatte Simon auch Hinweise. Vielleicht trauten sie sich noch nicht, sie weiterzugeben. Sobald er im Amt war, würde er nach Köln fahren, den Präsidenten aufsuchen. Ihm berichten, dass ihn vorgestern Abend beim Italiener in der Friedrichstraße ein Mann angesprochen hatte. Höflich, schüchtern fast. Ob er ihm eine Geschichte erzählen dürfe.

Er hatte den Kopf geschüttelt. War nicht in der Laune, sich vollquatschen zu lassen. Dann sagte der andere aber: »Sie erinnern sich an die GRU-Sache vor einiger Zeit?«

An die erinnerte sich nicht nur jeder Nachrichtendienstler. Schön gesagt: die *GRU-Sache.* Die man auch als *verbrannte Erde* beschreiben könnte.

Insofern wunderte Solms sich nicht übers Thema, sondern dass dieser Mann ihn darauf ansprach.

Der nahm ein Augenzwinkern als Erlaubnis, sich an den Tisch zu setzen. Und begann zu erzählen. Mit leiser, gleichförmiger Stimme. Unaufgeregt.

Seitdem sah er die Welt mit anderen Augen.

Noch am Abend hatte er Ferdinand gefragt. Seine Quelle, die sich den Namen selbst gegeben hatte. Die schon für die Stasi gearbeitet hatte. Die sich ein Leben ohne Spitzelei nicht vorstellen wollte. Er traf Ferdinand an einem Imbiss am Bahnhof Zoo. Ferdinands Idee. Solms wies ihn an, der Sache nachzugehen.

»Brauche ich nicht«, sagte Ferdinand. »Der Mann hat vermutlich recht.« Er kannte Leute, die so manches aufschnappten. »Warum muss ich danach fragen?« Er linste Solms schräg an.

»Ich wollte noch was überprüfen. Vielleicht ist es eine Falle? Bis wann brauchst du?«

»Bis morgen, mit etwas Glück«, sagte Ferdinand.

Aber Ferdinand war nicht im Hotel aufgetaucht. Sie waren zum Frühstück verabredet gewesen.

Er nahm sich zwei Zeitungen, die am Eingang des Flugzeugs lagen. Kaum saß er, blätterte er in der *Berliner Morgenpost.* Auf Seite 3: *Leichenfund in Spandau.* Dazu ein beschissenes Foto. Doch Solms erkannte ihn sofort. Ferdinand.

23.

»Könnte sein, dass die auf die gleiche Party wollten«, sagte de Bodt. »Der Staatssekretär für Verteidigung aus Paris, der CIA-Fritze Knickerbocker …«

Die Tür öffnete sich. Lebranc.

»Bonjour Monsieur.« De Bodt erhob sich von seinem Stuhl neben der Bürotür.

»Der Kollege an der Pforte hat mich erkannt und durchgewinkt«, sagte Lebranc. »Vielleicht …«

Hinter Lebranc betrat Floire das Büro. Grinste Yussuf an, hob den Daumen. Yussuf hob seinen Daumen und grinste zurück. Erhob sich vom Stuhl und umarmte Floire.

Lebranc beobachtete es mit hochgezogener Augenbraue.

»Wir haben Konferenz«, sagte Salinger zu Engel. Welche die Telefonmuschel mit der Hand bedeckte, nickte und gleich weiterplapperte.

Dann quetschten sie sich in de Bodts Dienst-Passat und fuhren nach Kreuzberg.

»Wie schön, dass ihr reserviert habt«, sagte Anne. »Auch wenn ich es nicht mitbekommen habe.« Das *Café Eliza* war voll. Bis auf den langen Tisch.

»Können wir den rausstellen?«, fragte Yussuf.

Anne rollte die Augen. »Ihr räumt den aber wieder rein.«

»Zu Befehl!«, bellte Yussuf. Alle Augen im Raum richteten sich auf ihn. Er salutierte unbeholfen.

»Wegtreten!«, sagte Anne.

Floire und Yussuf räumten Tisch und Stühle auf den Bürgersteig. Wären fast umgefahren worden von einem Kampfradler, der Menschen mit Slalomstangen verwechselte. Und seinem zarten Hintern Kopfsteinpflaster nicht zumuten mochte.

»Fehlt noch dein Russe«, murmelte Salinger, als sie sich neben de Bodt gesetzt hatte.

»Keine Sorge, dein bester Freund kommt auch noch.«

De Bodt dolmetschte, unterstützt von Yussuf und Floire. Die saßen nebeneinander und tuschelten immer wieder. Lebranc verfolgte es missmutig.

Er hatte sich bei Waltraud eingeladen. In der kleinen Pension am Landwehrkanal. Floire durfte sich in einem Hostel am Spreewaldplatz einmieten. Yussuf hatte ihm die Adresse gegeben. Und gleich als Kommissar dort angerufen. »Hatten Sie schon mal Schwierigkeiten wegen Ihrer Lizenz, Hygieneaufsicht, Meldepflicht und so weiter?« Floire bekam ein Einzelzimmer mit Fenster zum Hinterhof.

Lebranc grübelte, seit der Präfekt ihn nach Berlin geschickt hatte. Er hatte Floire gefragt, ob sein Onkel was von diesem Staatssekretär wisse. Der Onkel arbeitete bei der Spionageabwehr, der DGSI, der Direction générale de la sécurité intérieure. Floire hatte ihn schon mehrfach *angezapft*, wie er das nannte. Diesmal hatte der Onkel so wenig gewusst, dass es verdächtig war. Als wäre ein Verteidigungs-Staatssekretär ein unbeschriebenes Blatt. Dass der seinen Posten erhalten hatte, als er von den Spät-Gaullisten zur Partei des Präsidenten wechselte. Dass der eine Schönheit geheiratet und für sie Frau und Kinder sitzengelassen hatte. Dass der Ambitionen hatte, die weiter reichten als bis zum Ministersessel. Fand man in der Zeitung.

Aber nicht mal das wollte der Onkel verraten. Obwohl die DGSI noch nie Hemmungen gehabt hatte, jeden zu bespitzeln.

»Was wollte ein Staatssekretär aus Paris in einem Touristenbus in Berlin?«, fragte Salinger.

»Seine Frau war dabei«, sagte Floire. »Spricht für eine Vergnügungsreise, oder? Zumal die Liebe noch jung ist.«

De Bodt dolmetschte.

Und sagte: »Wenn man sich unerkannt treffen will, ist ein Touristenbus ein guter Platz. Unterstellen wir, der CIA-Typ will sich mit dem Staatssekretär verabreden. Die machen das nicht in Paris. Der Staatssekretär könnte erkannt werden ...«

»Zumal dessen Gesicht durch die Klatschpresse gegangen ist«, warf Floire ein.

Lebranc warf ihm einen mürrischen Blick zu. Fehlte noch, dass Floires Deutsch reichte, um dem Gespräch ohne Übersetzung zu folgen.

»Ein Argument mehr für die Hypothese«, sagte de Bodt. »Was will ein CIA-Mann von einem französischen Staatssekretär? Wenn es denn kein Zufall war, dass die im selben Bus saßen.«

»Was wollte ein französischer Staatssekretär von einem CIA-Mann?«, fragte Salinger.

De Bodt nickte. »So herum kann man auch fragen.«

»Oh danke«, flötete Salinger.

»Geht's um den Bus?«, fragte Anne. Sie stand hinter Yussuf. In der Hand den grünen Tee, dritter Aufguss, für de Bodt.

»Ist geheim«, sagte Yussuf.

»Also ja«, erwiderte Anne. »Wär nett, ihr würdet die Scheißkerle bald kriegen. Bevor sie mich bei der nächsten Busfahrt hochjagen.«

»Wenn das so ist, beeilen wir uns«, sagte Yussuf.

»Und du, willst du Kakao oder warme Milch?«

24.

Er erschrak fast, als er sich an die Stirn fasste. Schweißnass. Ferdinand tot. Zufall? Mochte sein, dass der Spitzel sich mit den falschen Leuten eingelassen hatte. Vielleicht war er an die Russenmafia geraten. Solms wusste nicht, mit wem Ferdinand sonst noch zu tun gehabt, wo er noch abkassiert hatte. Der Gedanke beruhigte ihn. Nein, tat er nicht. Es war Zufall, dass Ferdinand gestern Nacht ermordet worden war. Finstere Geschäfte. Na klar.

Nichts war klar.

Warum beruhigte ihn dieser Gedanke nicht?

Er versuchte Zeitung zu lesen. Die Buchstaben verschwammen. Ein wirrer Gedanke näherte sich. Er war in der Konferenz gewesen. Wo der Vizepräsident berichtet hatte. Über Spekulationen. Dieser Becker vom BKA hatte geraunt. Es könne kein Zufall gewesen sein, dass der CIA-Kollege und der Staatssekretär aus Paris im selben Bus saßen. Den irgendjemand gesprengt hatte. Auch der russische Botschafter unter den Opfern. Entweder ist das ein absurder Zufall. Oder ein Plan. Der Vize hatte noch den blöden Spruch abgesondert, dass es Zufälle nicht gebe. Was Quatsch war. Überhaupt hörte der Vize sich gern reden. Und hatte Beziehungen in allen Parteien. Bestimmt auch mit Rechtsextremen. Rein professionell, was sonst?

Solms fühlte sich verloren. Um ihn herum geschahen Katastrophen. Die Paranoia erklärte ihm, dass es mit ihm zusammenhinge. Dass er etwas getan habe. Etwas übersehen. Etwas unterlassen. Dass ihm dies zum Verhängnis werde. Was dieser Fremde angedeutet hatte, war schrecklich genug.

Die Sicherheitshinweise. Schwimmwestenballett. Er blickte nur kurz auf. Eine Stewardess stand schlank vor ihm. Ernstes Gesicht. Setzte sich die Atemmaske auf. Zeigte auf die Notausgänge. Und den Weg zu ihnen. Sie zeigten immer, wie man Schwimmwesten benutzte. Sogar wenn man nur über Land flog. Als hätte sich Cécile de France als Flugbegleiterin verkleidet. Nur schwarzhaarig. Wenn der Flieger abstürzte, würde er wenigstens zusammen mit dieser

Schönheit sterben. Sie lächelte ihm zu. Dann gleich einem anderen. Sie schaffte es, allen zuzulächeln. Weil alle sie ansahen. Starrten oder versteckt musterten.

Er zwang sich, die Zeitung anzublicken. Ferdinand. Das Gesicht. In das man den Abstieg hineinlesen konnte. Vom *Offizier im besonderen Einsatz* zur *Vertrauensperson des Verfassungsschutzes.* Er hatte Ferdinand nie vertraut. Aber seine Berichte hatten sich oft als verlässlich erwiesen.

Die Maschine rollte los. Er mochte den Augenblick, wenn der Pilot den Flieger beschleunigte. Sportwagengefühl. Gedämpft durch die Masse der Maschine. Cécile saß keine eineinhalb Meter vor ihm, angeschnallt auf ihrem Platz. Er hob die Augen. Sie trug dieses Lächeln, das sie ein halbes Leben lang geübt hatte. Er wusste, es hatte nichts mit ihm zu tun.

Ferdinand tot. Wie war er umgekommen? Solms überflog den Artikel. *Eines gewaltsamen Todes.* Armes Schwein. Er hatte Ferdinand gebraucht und verachtet. Der für alle Seiten arbeitete. Natürlich verlangte er Geld. Aber es war nicht sein Antrieb gewesen. Er hätte mehr fordern und bekommen können. Ferdinand war Spitzel, weil es ihm Bedeutung verschaffte.

Es piepte. Das Flugzeug lag ruhig. Cécile war in der Küche verschwunden. Solms legte den Kopf zurück, ließ die Lehne nach hinten gleiten. Stellte sich Simon vor. Wie er reagieren würde. Ob er blass würde. Der nie blass wurde oder sonst eine Regung zeigte. Den Kopf leicht geneigt. Ganz Ohr, ganz Auge. Blinzeln war die ganze Mimik. Diesmal nicht. Er flüsterte es: »Diesmal nicht.«

»Ja, bitte?«, fragte Cécile. Er öffnete die Augen. Sie beugte sich zu ihm. Kam ihm näher, als die Dienstvorschrift erlaubte. Oder bildete er es sich ein?

»Sie wünschen etwas zu trinken? Zu essen?« Auf Deutsch.

25.

Adrian hatte in einem Drei-Sterne-Hotel in Mitte eingecheckt. Unverschämte Preise in der Hochsaison. Er hatte die Umgebung besichtigt. Fluchtwege geprüft. Das Hotel hatte einen Hinterausgang. Die Toiletten im Erdgeschoss hatten große Fenster zum Hinterhof. Den Hinterhof konnte man durch drei Türen verlassen. Eine war abgeschlossen, blieben zwei. Dazu kam eine Kellertreppe. Die Tür war mit einem Vorhängeschloss verriegelt. Lange nicht benutzt. Im Schlosszylinder Spuren von Rost. Er würde es aufbrechen und durch ein Neues ersetzen. Dessen Schlüssel er bei sich tragen würde.

Der Haupteingang war leicht abzuriegeln. Und selbst wenn er rauskäme: Er könnte nur nach links oder rechts fliehen.

Im Parkkeller gab es nur die Einfahrt und eine Tür zu Treppe und Aufzug. Mit dem Wagen kam er nicht weg. Der Golf GTI stand neben dem Eingang. Er hatte ihn am Flughafen gemietet.

Nachdem er sich Umgebung und Fluchtwege eingeprägt hatte, fuhr er mit der U-Bahn zum Kurfürstendamm. Bummelte wie ein Tourist. Bog zur Keithstraße ab. Schlenderte am Landeskriminalamt 1 vorbei. Das hatte Anschläge überstanden. Die diesem Kommissar gegolten hatten. Er hatte überlebt. Nicht durch Glück. Weil er Gefahren schneller lesen konnte. Adrian hatte die Berichte von diesem Merkow gelesen. Den er nie gesehen hatte. Aber er wusste, dass der einen Draht zum Präsidenten hatte. Merkow kannte de Bodt. Vermutlich schätzte er ihn auch. Rein beruflich, versteht sich. Merkow würde auch in Berlin auftauchen. Er würde seine Beziehungen nutzen, um dem Präsidenten zu berichten. Der noch misstrauischer geworden war, wie getratscht wurde. Seit dem GRU-GAU. Als de Bodt die Operation hatte auffliegen lassen.

Drei Tage nach seiner Ankunft in Berlin sah Adrian die Zielperson zum ersten Mal. Er saß in seinem Golf und spielte mit dem Handy, als de Bodt den U-Bahnhof Schlesisches Tor verließ. Der Klinkerbau war Endstation, seit die Oberbaumbrücke in die Luft geflogen war. Auch so eine Geschichte, die Adrian in der Akte gefunden hatte.

Er folgte ihm nicht. De Bodt würde nach Hause gehen, in ruhigen langen Schritten. Die Adresse stand auch in der Akte. Dazu ein Haufen Fotos. Der Mann war nicht zu übersehen. In der Akte hatte auch gestanden, dass er eine Schwäche habe. Seine Mitarbeiterin: Salinger. Er habe wegen ihr sogar einen der übelsten Verbrecher laufen lassen. Robert Wedenstein. Adrian wusste schon, wo Salinger wohnte. In den kommenden Tagen wollte er herausfinden, wo sich de Bodt und Salinger bewegten. Wo er sie abpassen konnte. Er zweifelte nicht, dass er de Bodt ausschalten musste. Er gab dem Irrtum eine Chance und wartete noch. Er durfte kein Aufsehen erregen. Schon gar nicht ohne Grund.

Er trug Touristenklamotten. Basecap, Turnschuhe, Jeans, T-Shirt mit *Hard Rock Cafe*. Bummelte durch den Wrangelkiez. Fand Wege, Hinterhöfe. Wimmelte Drogendealer im Görlitzer Park ab. Steckte sich Hörstöpsel in die Ohren. Ohne Musik zu hören. Bog von der Görlitzer Straße in die Sorauer ab. Sah von Weitem schon den Tisch auf dem Bürgersteig. De Bodt, seine Mitarbeiter, zwei Typen, die er nicht kannte. Ein untersetzter Mann mit Halbglatze und großer Nase. Ein junger Mann, blond, neben Yussuf. Sie unterhielten sich.

Er betrat das *Café Eliza*. Vor ihm stand ein Paar, Amerikaner offensichtlich. Das gab ihm Zeit, die Frau hinter dem Tresen zu mustern. Sie gefiel ihm. Er bestellte einen Milchkaffee und ein Stück Schokotorte. Ging hinaus und fand einen Stuhl. Er deutete darauf, die beiden Frauen am Tisch nickten. Und beachteten ihn nicht weiter. Wie ein Fisch im Wasser.

De Bodt und seine Leute sprachen leise. Er wollte nicht auffallen, nicht näher an sie heranrutschen. Die Besprechung konnte nicht so wichtig sein.

Im Augenwinkel musterte er sie. Yussuf, dessen Füße auf dem Boden trommelten. Ihn und den anderen jungen Mann sah er von hinten. Ihre Köpfe rahmten de Bodt ein, manchmal verdeckten sie ihn. De Bodt hörte fast nur zu. Die Frau neben ihm, das war Salinger. Sie sah noch besser aus als auf den Fotos in der Akte. Wirkte angespannt. Der junge und der alte Mann waren womöglich de Bodts

Kollegen aus Frankreich. In der Akte stand etwas über eine Zusammenarbeit. Aber Fotos hatte er nicht gefunden. Schlamperei. Aber kein Beinbruch, die waren nicht wichtig.

»Kümmer dich um de Bodt, nur um ihn«, hatte der Chef gesagt.

26.

De Bodt fühlte den Missmut. Er erfasste ihn. Ohne dass er sich zur Wehr setzte. Sie redeten und redeten. Sie rieten und rieten. Er hatte Beckers Worte im Ohr. Oder sollte er sie Drohungen nennen. Der hatte de Bodt nach der Aussprache bei Tilly angerufen. »Wenn Sie hier nicht mehr erscheinen wollen, sollten Sie an die Folgen denken.«

»Ich denke immer an die Folgen«, hatte de Bodt gesagt und das Telefonat beendet.

Er musste Erfolge vorzeigen. Bald. Wenn er scheiterte und Becker den Fall aufklärte? Dann fuhren sie Schlitten mit de Bodt. Worauf sie schon so lange gewartet hatten. Seit er in Berlin war. Seit er ihnen zeigte, was er von ihnen hielt. Seit er Weisungen missachtete. Jeder seiner Erfolge wurmte sie umso mehr. Sie warteten auf die Kanzlerinnen-Dämmerung und auf seinen Fehlschlag. Beides würde kommen. Er wusste es. De Bodt zweifelte nicht, dass er die Bande in die Tasche steckte. Aber er war nicht unfehlbar. Sobald er versagte, würden sie sich auf ihn stürzen wie Ameisen auf einen toten Käfer.

»Ach, hier sind Sie«, sagte Merkow. Er stellte sich an den Tisch. Hatte einen Stapel Zeitungen unterm Arm. Katt hinter ihm, als wollte sie sich verstecken.

»Holen Sie sich Stühle«, sagte Yussuf.

Salinger belohnte ihn mit einem Giftblick.

Merkow legte die Zeitungen auf den Tisch. Kam mit zwei Stühlen aus dem Café. Stellte sie an den Tisch, während die anderen Platz machten.

Anne erschien. Die Café-Chefin stellte zwei Espresso auf den Tisch. Merkow schob einen zu Katt. Sie trug Schwarz und ein rotes

Halstuch, wie zum Hohn. Trotz der Hitze. Blickte sich um in der Runde. Floire starrte sie an. Blickte schnell weg, als wäre es ihm peinlich.

»Was Neues?«, fragte Merkow. Mehr, um das Schweigen zu brechen.

»Nein.« De Bodt hob die Brauen. Sah aus wie: Ist doch immer so.

Keine Spur im Terrorfall, titelte die *Morgenpost*.

»Mein Präsident wüsste gern, warum sein Botschafter ermordet wurde«, sagte Merkow. »Die Medien bei uns machen Druck.«

»So schlimm wird's nicht sein. Die erregen sich doch nur, wenn Ihr Präsident es will«, schnappte Salinger.

Katt warf ihr einen Blick zu: Was anderes hätte ich von dir auch nicht erwartet.

»Ihre so freie Presse veranstaltet immerhin einen Affentanz«, erwiderte Merkow. Mit freundlichem Lächeln.

»Die regt sich auch nur auf, wenn es sich in Euro auszahlt«, sagte Yussuf. »Bei uns nach Profit, bei Ihnen auf Befehl.« Schickte ein Grinsen hinterher.

»War zu Sowjetzeiten eigentlich genauso«, sagte Salinger.

»Wir werden den Fall auf diesem Weg eher nicht lösen.« Merkow, die Höflichkeit selbst.

De Bodt grübelte, bekam nicht viel mit. Das Gezänk zeigte nur ihre Not. Er hatte keine Idee. Nicht mal eine Ahnung. Der russische Botschafter tot. Zufall? Es konnte nur ein Zufall sein. Kein Supercomputer hätte diese Situation berechnen können. Enthauptet vom Trümmerteil eines Busses, der mehr als hundertfünfzig Meter entfernt in die Luft flog. Der Botschafter hatte im Garten gestanden, geschützt durch einen Stahlgitterzaun. Den das Trümmerblech kunstvoll überflogen hatte. Um im richtigen Moment zu sinken. Dann eine Drehung wie ein Bumerang. »Schließen wir einen Anschlag auf Ihren Botschafter erst mal aus«, sagte er.

»Aber nicht auf die Botschaft«, sagte Merkow. »Eine Riesenexplosion direkt vor unserer Botschaft … es sollte uns treffen. Russland. Dieser CIA-Typ und der Staatssekretär, wenn das Kollateralschäden sind? Auch Agenten und Politiker machen Urlaub. Auch ich bin schon in einen Bus gestiegen.« Er vergaß zu sagen: weil es auch für Spione eine gute Gelegenheit ist, eine Großstadt kennenzulernen.

De Bodt legte die Hände ins Genick, blickte in den blauen Himmel. Sah Kondensstreifen.

Und einen Feuerball.

»Um Gottes willen!«

27.

Solms blickte aus dem Fenster. Das Flugzeug flog noch über Berlin. Er zwang seine Augen, die Zeitung anzublicken. Schlagzeilen schrien über das Chaos. Das Flugzeug erschien ihm als einziger ruhiger Ort auf der Welt. Herausgerissen aus dem Strom. Keine Meldungen auf dem Smartphone. Keine Anrufe. Keine Mails. Keine Kollegen, die in sein Büro stürmten.

Stimmen, hinten. Ein Schrei. Solms drehte sich um. Sah einen Mann herumfuchteln. Und entdeckte die Waffe in dessen Hand. Eine Pistole.

»Lassen Sie die Waffe fallen!«, brüllte einer.

Alle drehten sich um. Solms erhob sich halb. Dann trat er in den Gang. Sah, wie ein anderer Mann eine Waffe zog. Der Luftsicherheitsbegleiter. Bundespolizei. Einer von denen, die noch nicht hingeworfen hatten oder ausgesiebt worden waren. Ein schmächtiger Mann mit rotem Gesicht. Der Typ mit der Waffe war groß, gebaut wie ein Bodybuilder. Er schoss auf den Polizisten. Der fiel um, als hätte eine Faust ihn getroffen. Schreie.

Das ist alles geplant. Pistole mit geringer Durchschlagskraft. Entschlossenheit. Der Mann weiß, was er will.

»Wir können verhandeln!«, rief Solms. Die Hände auf den Kopf gelegt. »Ich bin unbewaffnet. Wollen Sie, dass der Pilot Sie irgendwo hinfliegt?«

»Allahu akbar!«

Die Kugel traf Solms in der Brust. Er stürzte zu Boden. Griff nach den Beinen des Schützen. Aber der Mann stieg über ihn hinweg. Trat ihm mit der Ferse ins Gesicht.

Solms spürte keinen Schmerz. Taubheit in Brust und Gliedern. Er sah, wie der Mann fast bis zum Cockpit ging. Ruhigen Schritts. Federnd. Verfolgt von Blicken, Gejammer und Geschrei. Der Mann drehte sich um. Öffnete das Jackett. Zog einen Gegenstand aus der Innentasche. Grau. Wie einer dieser Akkus, die unterwegs Handys laden. *Wie hat er das Ding durch die Sicherheitskontrolle gekriegt?* Der Mann lächelte. Wie ein Schauspieler auf der Bühne.

»Hoch lebe der Islamische Staat. Tod den Ungläubigen!«

Es donnerte. Der Mann platzte. *Wie in Zeitlupe.* Solms sah den Riss in der Außenhaut. Den Feuerblitz, wie aus einem Flammenwerfer.

28.

Im Himmel eine unförmige Qualmwolke. Trieb träge Richtung Nordosten. Sank kaum. De Bodt erkannte das Cockpit. Winzig, aber deutlich. Getrennt vom Rumpf, raste es zu Boden. Der Flugzeugrumpf taumelte, drehte sich nach unten. Aus einem Triebwerk schossen Flammen.

Schweigen.

Anne stürzte heraus. De Bodt hatte nicht gehört, dass an den anderen Tischen geschrien wurde. Finger zeigten in den Himmel. Hände wurden vors Gesicht gehalten. Sie blickte nach oben. Qualm am Himmel. Schwarz und schwer. »Flugzeug?«

Yussuf nickte. »Flugzeug.« Er blickte auf sein Handy. »Der IS hat sich schon dazu bekannt.«

»Die müssen sich sehr sicher gewesen sein, dass es klappt«, sagte Merkow. »Ein Lebenszeichen des IS, wir haben es schon länger befürchtet.«

»Da passt nichts zusammen, obwohl es zusammengehört«, sagte de Bodt. Den Blick auf die Qualmwolke gerichtet. Die nun ausdünnte, der Wind trug Fetzen davon. »Würde mich nicht wundern, die erklärten, sie hätten auch den Bus gesprengt. Vor der russischen Botschaft. Als Revanche für Syrien.«

»Seit wann schreibst du deren Mist?«, fragte Yussuf. Schob sein Handy zu de Bodt. Der las. Nickte. »Sind die schnell!«

29.

Adrian saß fast neben de Bodt, als das Flugzeug explodierte. Dumpfer Schlag, Feuerblitz, Rauch. Er hatte den Gestank von schmelzendem Plastik in der Nase. Von kokelnden Leichen. Er hatte vor Jahren die Absturzstelle eines Flugzeugs besichtigt.

Jetzt wurde am Nebentisch nicht mehr geflüstert. Sie spekulierten. Das half Adrian nicht weiter. Die Menschenfresser waren also nicht tot. Der IS war ihm von Anfang an absurd erschienen. Er hatte nicht verstanden, warum Menschen aus aller Welt dorthin geströmt waren. Zu Serienmördern, Kopfabschneidern wurden. Für Allah, wie sie vorgaben. Den sie benutzten, um die Zügellosigkeit ihrer Verbrechen zu rechtfertigen. Für ihn war der IS Geschmeiß, das ausgerottet werden musste. De Bodt würde ihn auf die Widersprüchlichkeit dieser Haltung hinweisen. Adrian lächelte. Prägte sich die Gesichter ein. Lebranc, Floire, Merkow, Katt. Er hatte über sie gelesen. Aber jetzt strömte Leben ins Aktenwissen. Die Leute, die in den letzten Jahren Großverbrechen aufgeklärt hatten. Er hatte de Bodts Lebenslauf studiert. Die Hamburger Universität vor dem Examen verlassen. Geschieden. Abwesender Vater zweier Töchter. Die Ex lebte beim Schwiegervater. Die Fotos waren da eindeutig. Adrian verstand nicht, wie de Bodt das aushielt. In der Akte gab es keinen Hinweis. Salinger saß neben ihm. Vielleicht erklärte das etwas. Sie hatte seine Hand gefasst, als das Flugzeug explodierte.

De Bodt zog sein Telefon aus der Tasche. Tippte darauf und steckte es zurück in die Hose.

30.

Jetzt klingelte es auch bei Yussuf und Salinger. Sie hörte zu. Trennte das Gespräch. »Wir sollen ins LKA kommen. Du musst zu diesem Becker ins Präsidium.«

Im Präsidium sagte ihm der Pförtner, er solle gleich weiterfahren. Ins Kanzleramt, in die Julius-Leber-Kaserne im Wedding.

Er setzte das Blaulicht aufs Dach und schaltete die Sirene ein. Raste über die Stadtautobahn. Wurde am Kasernentor nur kurz kontrolliert. Der Beamte schien ihn zu kennen.

Im Konferenzraum saßen Innenminister, Generalbundesanwalt, Becker vom BKA, die Präsidenten von Verfassungsschutz und Bundesnachrichtendienst. Der Innensenator saß neben dem Polizeipräsidenten. Der Berliner Generalstaatsanwalt. Als de Bodt sich an den Tisch gesetzt hatte, öffnete sich eine Seitentür. Die Kanzlerin. Grau. In ihrem Gesicht stand: Warum tu ich mir das an? Ich hätte längst abtreten sollen. Nach mir die Sintflut. Sie setzte sich an den Kopf des Tisches. Nickte de Bodt zu. Sie hatte offenbar darauf bestanden, dass er eingeladen wurde. Keine Katastrophe ohne de Bodt.

»Offenbar ist der IS nicht so tot, wie unsere amerikanischen Freunde es behauptet haben.« In routinierter Resignation. Seit aus Washington nur Lug und Trug kamen, womit sollte man rechnen? Außer mit Lug und Trug. »Zuletzt tauchte der eigentlich längst umgekommene IS-Chef auf. Inzwischen ist er wieder tot. Jetzt begehen die Anschläge bei uns. Ich bitte um Ihre Einschätzung.«

»Ein Angriff auf die freie Welt«, sagte der Innenminister.

Die Kanzlerin fiel ihm ins Wort. »Warum? Die Anschläge haben doch in Berlin stattgefunden, nicht in München.« Sie hob die Hand einige Zentimeter. Um sich zu entschuldigen. »Wir haben keine Zeit, um uns zu erklären, dass es schrecklich ist. Verstehen Sie?«

Der Minister starrte sie an. »Glücklicherweise …« Er schloss den Mund. »Das Ministerium hat noch keine Erkenntnisse. Wir warten auf Ergebnisse der polizeilichen Ermittlungen. Ich möchte anregen, dass der Becker-Kommission auch der Anschlag auf das Flugzeug übertragen wird.«

Becker saß drei Plätze weiter auf derselben Tischseite. Nickte.

Die Kanzlerin nickte zurück.

»Wir übernehmen … also das BKA … ist dafür sowieso zuständig«, sagte Becker.

Der Generalbundesanwalt, bleich, mit zuckenden Lidern. »Ja, ja.« Blickte die Kanzlerin an, dann Becker. »Das habe ich schon entschieden.«

Der Verfassungsschutz hatte das Telefon in der Hand. Schüttelte den Kopf. »Ich hatte keine Ahnung …«, flüsterte er. Blickte auf. Schüttelte wieder den Kopf. Starrer Blick. »Im Flugzeug saß der Chef unserer Spionageabwehr, Ministerialdirektor Solms … Abteilung 4. Ich erfahre es gerade …«

»Was wollte Solms in London? Oder wollte er von dort weiterfliegen?«, fragte de Bodt. Alle Blicke auf ihn gerichtet.

»Mein Beileid«, sagte der Innenminister.

»Unser aller«, sagte die Kanzlerin. »Der Herr Hauptkommissar hat Ihnen eine Frage gestellt.«

Der Verfassungsschutz putzte sich die Brille. »Ich wusste nichts von dieser Reise. Herr Solms war auch nicht verpflichtet … Er hat bestimmt einen Dienstreiseantrag gestellt, aus dem hervorgeht, wohin …«

»Ob Sie sich vielleicht erkundigen könnten? Jetzt?«, fragte de Bodt.

Der Innenminister schüttelte den Kopf. Der Polizeipräsident tat es ihm nach. »Herr Kollege, ich muss schon bitten …«

»Mich interessiert die Frage auch«, sagte die Kanzlerin.

Der Verfassungsschutz verließ den Raum. Das Telefon in der Hand.

»Wir lesen eine Verlautbarung. Und wir glauben, was darinsteht. Und auch, dass sie vom angegebenen Absender kommt.« De Bodt hatte in der Nacht keine zwei Stunden geschlafen. Alles durchdacht. Alles bezweifelt.

»Es ist die einzige Spur, die wir haben«, sagte der Polizeipräsident.

»Haben Sie was?«, fragte die Kanzlerin. Blick zum BND.

»Das Übliche. Geplapper in der Blase. Nichts Handfestes.«

»Eine Einschätzung?«

»Ich halte die Erklärung für plausibel ... Der IS gibt ein starkes Lebenszeichen. Seine Anhänger soll es ermutigen, auch zum Angriff überzugehen. Könnte sein, dass da was auf uns zukommt ... Kann nur hoffen, dass der Kollege vom VS seine Kunden im Blick hat.«

Der kam gerade zurück. »London«, sagte er, bevor er saß. »Verabredung mit einem Kollegen vom MI5.«

»Der britischen Spionageabwehr«, sagte der Innenminister. Als müsste er Unbemittelten etwas erklären. »Etwas Außergewöhnliches? Warum weiß ich nichts davon?«

»Ein Routinetreffen, bestimmt. Wenn Sie es wünschen, informieren wir Sie künftig über die Dienstreisen unserer Mitarbeiter ...«

»Sie schließen aus, dass die Reise etwas mit dem Anschlag zu tun hat?«, fragte der BND.

»Ich schließe gar nichts aus.« Der Verfassungsschutz hatte sich gefasst. »Für mich verrät das erst mal gar nichts. Ich werde mich in London erkundigen, was auf der Tagesordnung stand.«

Die Tür öffnete sich. Der Außenminister. Wie aus dem Ei gepellt. Er würde dem Weltuntergang frisiert, rasiert und schick gekleidet entgegentreten. Er setzte sich neben die Kanzlerin. Flüsterte ihr etwas ins Ohr. Blickte in die Runde. Nickte. An de Bodt blieb der Blick eine Sekunde hängen. Und das Nicken fiel aus.

»Wir haben bei beiden Anschlägen wichtige ... Persönlichkeiten unter den Opfern«, sagte der Polizeipräsident.

»Sobald eine bestimmte Mindestzahl erreicht ist, steigt die Wahrscheinlichkeit, dass Menschen unter den Opfern sind, die manche für wichtig halten«, sagte de Bodt.

»Ersparen Sie uns die Belehrungen«, sagte der Innenminister.

Die Kanzlerin schüttelte den Kopf. Eine Andeutung nur. »Ich fasse zusammen: Wir haben bisher nichts außer einem Bekenntnis des IS. Für wie glaubwürdig halten Sie es?«

»Bisher haben die sich eindeutig verhalten. Sie reklamieren nur Anschläge ihrer Anhänger.« Der Verfassungsschutz strich sich übers Haupthaar.

»Dann ist das also eine starke Spur?«

Der Verfassungsschutz nickte. »Sie haben sich zum Anschlag bekannt, während er gerade begangen wurde. Das lässt wenig Interpretationsspielraum ...«

»Und die Quelle?«

»Eine Internetseite, die wir zuverlässig dem IS zuordnen können.«

Die Kanzlerin nickte. »Die haben nachträglich auch den Busanschlag übernommen«, sagte sie mehr, als dass sie fragte.

»Ja, auch das halten wir für einen starken Hinweis. Es ist in der jüngsten Verlautbarung die Rede von einem Anschlag auf die russische Botschaft. Wegen Syrien.«

»Sie halten das für glaubwürdig? Es ist doch eher ein Zufall, dass der Botschafter umkam. Oder?«

»Ja«, sagte der Generalbundesanwalt. »Dass man einem Verbrechen im Nachhinein einen weiteren Sinn gibt, ist nicht ungewöhnlich. Sie haben viele Ungläubige ermordet, und dass der Botschafter zu den Opfern zählt, dürfte die IS-Führung bejubelt haben.«

»Hat der IS sich jemals so schnell zu einem Anschlag bekannt?«, fragte de Bodt.

Becker schüttelte den Kopf. »Natürlich nicht. Sie haben das Problem noch nicht verstanden. Wenn es gerade jemand nötig hat, seine Existenz zu beweisen, dann der IS. Während die Leute glauben, er sei zerstört, organisiert er technisch perfekte Anschläge. Ich hätte nicht gedacht, dass jemand noch mal ein Flugzeug in die Luft sprengen kann. Wenigstens in Europa. Und die wussten, dass die Bombe im Flugzeug war und wann sie detonieren würde. Auf die Sekunde genau.«

»Die Bewegung des Wissens geht darum auf der Oberfläche vor, berührt nicht die Sache selbst, nicht das Wesen oder den Begriff und ist deswegen kein Begreifen«, sagte de Bodt.

»Ich dachte, Poesiealben gäbe es nicht mehr«, sagte der Innenminister.

»Niemand hätte einen Satz Hegels in ein Poesiealbum geschrieben. Weil er den meisten Leute so wenig geläufig ist wie Ihnen«, sagte de Bodt gelassen. Im Inneren war er es nicht. Er begriff den Fall nicht. Der waberte in seinem Verstand, war nicht fassbar, nicht zu entschlüsseln. Glaubte er, ein Wabermolekül geschnappt zu haben, löste es sich auf. Natürlich waren es die IS-Terroristen. Natürlich waren sie es nicht. »Und wenn beides zutrifft, dass sie es waren und gleichzeitig nicht?«

Alle Augen richteten sich auf ihn. Die Kanzlerin hob die Brauen. Schüttelte den Kopf. Kaum sichtbar, aber unwillig.

»Sie stehlen unsere Zeit«, sagte Becker nach einigen Schweigesekunden. »Wenn Sie sich mit sich selbst geeinigt haben, sagen Sie bitte Bescheid.«

De Bodt hörte kaum zu. Fixierte den Haaransatz der Kanzlerin. Schloss die Augen. Öffnete sie. Ließ seinen Blick langsam in der Runde streifen. Die kapierten es nicht. Sie kapierten es nie. Nicht mal, wenn er es ihnen erklärte. Es war der IS, und er war es nicht. Das sagten die Tatsachen. Der IS bekennt sich zu einem Anschlag. So weit das Übliche. Aber er meldet sich im Augenblick des Anschlags. Er hinterlässt keine Spuren.

»Hat im Bus einer mit einem Sprengstoffgürtel gesessen?«

Beckers Gesicht klarte auf. Eine sachliche Frage. »Vermutlich nicht. Jedenfalls haben unsere und Ihre Techniker nichts gefunden, das darauf hindeutet.«

»Danke.« De Bodt nickte. »Dann ist das also so.«

»Wie?«

»Dass es der IS war und nicht war.«

31.

»Nein, nichts. Die deutschen Kollegen haben nichts.« Lebranc hätte gern einen Hörer auf die Gabel geknallt. Wie man es früher tat, wenn es einem zu blöd war.

»Was ist denn los?«, fragte Waltraud.

»Ach … der Präfekt. Will, dass wir den Fall schon gelöst haben … pupt in seinen Sessel und …«

Sie hatte ihm das beste Zimmer gegeben. Blick auf den Kanal. Doppelbett. Sie saßen am kleinen Tisch und leerten eine Flasche Rotwein. Sie war erschöpft vom Tag. Das Zimmermädchen hatte sich krankgemeldet. Und Lebranc hatte eine Scheißlaune. Er hatte sie aus Paris mitgebracht. Und überhaupt, er tauchte ohne Anmeldung auf. Und erwartete, dass sie ihn hinten und vorn bediente. Sie mochte ihn, aber nicht seine schwarzen Phasen. Wenn ihm der Sinn verloren ging. Wenn ihn sein Assistent nervte. Allmählich begann Waltraud den jungen Mann zu bewundern. Er war einmal aufgetaucht. Fröhlich, hatte Lebrancs Missmut weggesteckt wie ein Zitronenbonbon. War die Höflichkeit selbst. Sprach sogar Deutsch. So halbwegs. Aber er strengte sich an. Wogegen Lebranc noch in zwanzig Jahren kein Wort Deutsch sprechen würde.

»Du sollst also rauskriegen, wer euren Staatssekretär umgebracht hat«, sagte sie, um etwas zu sagen.

»Wie soll ich das tun? Hier ermitteln die Berliner Kollegen, und ich darf zugucken.«

»Bei den letzten Fällen hast du am Ende vor der Weltpresse gesessen«, erwiderte sie trocken.

Weltpresse, das Wort gab es also noch. Er erinnerte sich, wie sie in Auray über die *Weltpresse* sprachen. Als sein Vater Rechtsanwalt und ein umtriebiges Mitglied des politischen Lebens der bretonischen Kleinstadt gewesen war. Als die *Weltpresse* vom Tod des Generals berichtete. Wie es im Lokalblatt stand. Die Welt und die *Weltpresse* bei de Gaulles Beerdigung.

»Es war der IS«, sagte er. »Er hat den Staatssekretär ermordet. Und den russischen Botschafter. Und die Passagiere des Flugzeugs.«

»Warum?« Es rutschte ihr heraus. Damit sie weitersprachen und er sie nicht nur anschwieg.

»Aus dem gleichen Grund wie immer.«

»Wie haben die das geschafft?«

»Was?«

»Eine Bombe ins Flugzeug zu bringen. Wenn ich daran denke, was für einen Zirkus die bei der Sicherheitskontrolle veranstalten …«

32.

Adrian saß am Morgen wieder im Café Eliza. Die Chefin war verschwunden. Nun servierte eine junge Frau. Sie gefiel ihm. Er ließ sich einen Cappuccino bringen. Als wäre nichts geschehen. Adrian fand im Gastraum die *taz*. Er blätterte. Als gäbe es nur diese Anschläge auf der Welt. »Alles deutet auf den IS, nicht nur das Bekennerschreiben.« Na schön, dachte Adrian. Lehnte sich zurück. Genoss die Wärme. Die Ruhe. Den Anblick der Kellnerin. Beobachtete sie. Sie würde es nicht merken. Wenn er etwas konnte, dann war es beobachten. Er versank in Unscheinbarkeit.

Er hatte de Bodt beobachtet. Der wusste nichts. Doch hatte Adrian ein blödes Gefühl. Da waren die Franzosen. Dann die beiden aus Moskau. Dazu die Mitarbeiter. Sie würden immer weitersuchen. Und wenn er Pech hatte, würden sie etwas finden. Dann war sein Urlaub vorbei.

Die Kellnerin stellte sich vor den Tisch. »Wie heißt du?«

33.

»Wie kriegt man eine Bombe ins Flugzeug?«, fragte Yussuf. Er saß an de Bodts Schreibtisch, dieser auf dem Stuhl neben dem Büroeingang.

»Bestechung des Personals. Hacken der Scanner-Software im Flughafen. Schlucken von Plastiksprengstoff. Verstauen von Sprengstoff in Alltagsgegenständen ...«

»Ich würde einen Zusatzakku nehmen und den Geschäftsmann geben, das Telefon am Ohr. Wenn man aus dem Akku einen Teil der Zellen ausbaut und knetbaren Sprengstoff in Form von Akkuzellen ...«, erwiderte Salinger.

»Wie schön, dass du bei den Bullen arbeitest. Es gab doch diesen Test von Nacktscannern ... 2014 oder so. Da haben die alles Mögliche vorbeigeschmuggelt ...«

»Die haben die Dinger inzwischen nachgerüstet«, sagte Salinger. »Behaupten sie jedenfalls.«

»Aber wenn man die Scanner-Software so manipuliert, dass das Bild nichts Gefährliches anzeigt?«

»Hm, das ist vielleicht möglich. Wer weiß so was?«

»Die Firma heißt Avinor, das Überwachungssystem Airsphere, die Software PaxControl. Die Schleusen verbinden sich über ein kabelgebundenes Netz mit dem Airsphere-PaxControl-System in Oslo. Alle PaxControl-Sicherheitsschleusen können zentral verwaltet werden. Per Netz verteilt die Zentrale auch die Sicherheitsupdates. Avinor hat weltweit sechsundvierzig Flughäfen mit ihrem Sicherheitssystem ausgerüstet und arbeitet auch für das norwegische Militär«, sagte de Bodt.

Er straffte den Rücken. War hundemüde, hatte in der Nacht versucht, seine Gedanken zu ordnen. Hatte recherchiert. Antworten gesucht. Die technischen Fragen waren die einfachsten. »Wären die Schleusen dezentral, wüssten wir, wo wir zu suchen haben. Auf dem Flughafen Tegel. Aber wir haben es mit einem weltweiten Netz zu tun. Es genügt, wenn sich in Oslo einer bestechen lässt. Oder wenn Hacker in den Server eindringen. Dann kann sogar ein Blödmann mit Knarre und Bombe ins Flugzeug steigen.«

Yussuf ließ die Tastatur rattern und die Füße trommeln. »Ach, du Scheiße …«

»Aber natürlich ist so ein System schwer abgesichert. Zumal das Militär drinhängt«, sagte de Bodt.

»Das begrenzt nur die Zahl der Gangster, die das Ding übernehmen können. Wenn man bedenkt, was die in letzter Zeit so alles gehackt haben«, sagte Salinger.

»Seit wann kennst du dich mit so was aus?«, fragte Yussuf.

»Seit wann übersiehst du den Ochsen, der vor dir steht?«

»Bei uns sind es Schafe … die übersieht man leichter als Ochsen.« Er schaffte es, eine Hand von der Tastatur zu lösen und ihr den Stinkefinger zu zeigen.

»Jeder hat sein Diskursniveau«, sagte sie.

»Was für ein Ding?«

»Das verstehst du nicht.«

Ratterratter. »Pfff.« Ratterratter.

De Bodt rief Becker an. Kam sogar durch. »Haben Sie die Mitarbeiter an den Sicherheitsschleusen vernommen? Kann sich jemand von denen an was Auffälliges erinnern, außer dass sie schlecht bezahlt werden?«

»Ja und nein.«

»Offensichtlich hat jemand eine Bombe ins Flugzeug gebracht ...«

»Und eine Pistole«, sagte Becker. »Die hat die Spurensicherung gerade gefunden. Genau gesagt zwei Pistolen. Der Sicherheitsbegleiter trug auch eine. Er wurde erschossen. Kein Schuss aus der eigenen Waffe. Beantwortet das Ihre Fragen?« Becker klang stinksauer.

»Wo war die Bombe untergebracht?«

»Im Handgepäck eines beschissenen Arabers«, sagte Becker.

»Kein Sprengstoffgürtel?«

»Nein, mal was Neues.«

»Na, danke.« Steckte das Telefon in die Tasche.

»Eine Pistole war auch an Bord«, sagte de Bodt. »Außer der vom Luftscheriff.«

»Wie bitte?« Salinger starrte ihn an.

»Und es war ein Selbstmordattentäter, sagt Becker.«

»Ach, du Scheiße.«

34.

Merkow saß im Chiffrierraum der Botschaft. Katt lehnte an der Wand. Es war noch immer der nette Leutnant, der hier Dienst tat. Der sich in Katt verguckt hatte. Dessen Augen strahlten, wenn er sie sah.

»Nach dem Stand der Ermittlungen war es ein Selbstmordattentäter«, sagte Merkow.

Der Leutnant tippte mit. Blickte auf den Bildschirm, korrigierte einen Fehler. Alles flink, routiniert. Zeit für Seitenblicke.

»Beim Anschlag auf den Bus gibt es noch keine Bestätigung durch die deutschen Ermittler, obwohl der IS auch diesen Anschlag für sich beansprucht. Der BA-Flug …«

»Der BA-Flug«, wiederholte der Leutnant. »British Airways?«

Merkow nickte. »Schreiben Sie: Das BKA geht von einem islamistischen Terroranschlag auf das BA-Flugzeug aus …«

»BKA?«, fragte der Leutnant.

»Bundeskriminalamt, müssen Sie aber nicht ausschreiben. Die Leute am anderen Ende kennen sich aus …«

Der Leutnant duckte sich.

»Schreiben Sie: Beim Bus können wir islamistischen Hintergrund nicht bestätigen und nicht ausschließen.«

»… nicht ausschließen …«

Merkow blickte auf den Bildschirm. »Den Tippfehler sehen Sie schon …«

»Ja, ja … natürlich.«

Sie gingen spazieren. Am Brandenburger Tor. Wie immer, wenn sie ungestört und ungehört reden wollten. Touristen, Kindergeschrei. Ein Hund bellte hysterisch.

»Zufall, das mit dem Bus?«, fragte Katt. »Ich glaub nicht an Zufälle.«

»Ich schon«, erwiderte Merkow. »Zumal wir wissen, dass der IS das Flugzeug gesprengt hat. Dafür gibt es wenigstens starke Indizien. Beim Bus wissen wir nur, dass ihn jemand in die Luft gejagt hat. Wir wissen nicht mal, ob der Täter im Bus saß oder nicht.«

»Und der Staatssekretär aus Frankreich war nur Tourist. Genauso wie der CIA-Europachef. Das stinkt zum Himmel.«

»De Bodt hat gesagt, der Flugzeuganschlag verkleinere den Kreis der möglichen Täter. Er hat recht. Irgendein hergelaufener Allah-Anbeter schafft das nicht. Die Täter waren Profis.«

»Wie wir«, sagte Katt. »Wer profitiert von diesem Anschlag? Und wenn es die gleichen Täter waren, warum auch den Bus?«

»Im Flugzeug saß ein Abteilungsleiter vom Verfassungsschutz, haben mir die Kollegen aus Moskau gesagt. Im Bus die CIA und der Franzose. Was für ein Bild ergibt das?«

»Keines. Oder abstrakte Kunst.«

35.

»Ich habe mit meinem Onkel telefoniert. Er arbeitet bei der DGSI ...«

De Bodt nickte ihm zu. Begann wieder zu übersetzen.

Lebranc widmete ihm einen Seitenblick. Ihn nervte Floire jeden Tag mehr. Dieses ewig Fröhliche. Nichts schien dem Mann was auszumachen. Schiss er ihn zusammen, erntete Lebranc einen erstaunten Blick. »Ja, Chef.« Kein bisschen mehr. Als wäre nichts gewesen. Wichtigtuer. Mit dem Onkel. Ein Wichtigtuer auch der. Das lag in der Familie. Dabei hatte die DGSI bei den letzten Fällen danebengelegen wie der Fußballklub Paris St. Germain, als er sich an die Katarer verkaufte.

»Millet oder seine Frau hatten keinen Auftrag. Der Staatssekretär hatte einen Kurzurlaub beantragt. Seine Frau ebenso.«

»Wo hat die gearbeitet?«

»Bei der DGSE ... hatte ich das noch nicht gesagt?«

»Bei der Direction générale de la sécurité extérieure also, der Generaldirektion für äußere Sicherheit. Ihr BND ...«, sagte de Bodt. Der wieder auf seinem Stuhl neben dem Eingang saß.

Floire nickte.

»Ach, du Scheiße, da haben wir aber was übersehen!«, sagte Yussuf. »Ach, du Scheiße.«

»So weit der Zwischenbericht zur emanzipatorischen Reife unserer Ermittler«, sagte Salinger.

Warum hat der Idiot mir das nicht vorher gesagt? Lebranc hatte gedacht, mehr als genug Gründe zu haben, seinen Assistenten nicht ausstehen zu können. Aber der servierte immer wieder neue.

»Weiß man mehr?«, fragte Salinger. »Wo hat sie gearbeitet?«

»Nachrichtenabteilung«, sagte Floire.

»Geht's genauer?«, knurrte Lebranc.

»Sie war zuständig für Osteuropa und Russland.«

36.

Adrian hatte ihn *Chef* genannt. Alle nannten ihn Chef. Sogar die Chefs des Chefs. Er war jung geblieben im Kopf. Sah immer noch gut aus. Klein und drahtig. Die Frauen blickten ihn gern an, manche eine Sekunde länger. Seine Chefs schätzten ihn. Seine Untergebenen mochten ihn. Er war ruhig, gestand Fehler ein. Schob die Verantwortung nicht von sich, wenn es schiefging. Er fand sich nicht alt. Wusste aber, dass er nicht erwarten konnte, lang zu bleiben, wo er war. In den letzten Wochen schlief er schlecht. Lag auf dem Bett und sah überall Fallstricke. Er war immer vorsichtig gewesen. Diesmal besonders vorsichtig. Jüngere mochte das beruhigen. Er aber wusste, dass er Risiken nur verringern konnte, nicht ausschalten. Er hatte zu viel erlebt. Es gab immer etwas, das alle übersehen hatten. Dass der Gegner einen Zug machte, mit dem sie nicht gerechnet hatten. Dieser de Bodt war ein Risiko. Es beruhigte ihn aber, dass er Adrian auf ihn angesetzt hatte. Der war gerissen, klug, zuverlässig. Einen besseren Mitarbeiter konnte man sich kaum wünschen. Wenn man über Disziplinlosigkeiten hinwegsah. Die seine Aufträge aber nie gefährdet hatten. Adrian wusste, wann er leichtsinnig sein durfte. Und wann nicht.

37.

»Adrian«, sagte er. »Und du?«

»Svenja«, sagte sie. »Ich hab bald Feierabend. Lädst du mich zum Essen ein?«

Er nickte, lachte sie an. »Wo?«

»Beim Brasilianer … Falckensteinstraße …«

»Hab ich gesehen. In eineinhalb Stunden?«

Svenja nickte. »Nimm genug Geld mit. Ich bin hungrig.«

»Gut, ich leer den Geldautomaten.«

Sie drehte sich weg und verschwand in der Tür. Steckte den Kopf raus und zwinkerte ihm zu.

38.

»Ich hatte gehofft, Sie nicht mehr zu sehen. Da Sie ja nicht die Absicht haben, mich demnächst in der Uckermark zu besuchen.« Sie lächelte.

Er wusste so gut wie sie, dass sie in Berlin bleiben würde. Wo ihr Mann arbeitete. Den de Bodt gerettet hatte.

»Ich würde ganz gern noch zurück ins Bundeskanzleramt ziehen. Diese Kaserne ist … absurd.« Sie hob die Brauen. »Aber ich fürchte, die haben das Personal von der Baustelle des Flughafens abgezogen. Was damit enden wird, dass weder der Flughafen noch das Kanzleramt jemals fertig werden.«

De Bodt lächelte. Er lehnte an der Wand neben der Tür im Kanzlerinnenbüro.

»Weiß Becker das auch schon?«, fragte sie. »Dass Frau Millet beim französischen Nachrichtendienst gearbeitet hat?«

»Der Innenminister wird ihm das doch mitgeteilt haben …«

»Ihr Wort in Gottes Ohr. Oder wer immer die Wege des Ministers leitet.« Sie trank einen Schluck Tee. Die Tasse zwischen Aktenstapeln auf dem Schreibtisch. »Ich habe Sie hergebeten, weil Sie mir das … Geschehen vielleicht erklären können. Müssen wir uns Sorgen machen? Blöde Frage. Also, Sorgen, die über die Anschläge hinausgehen? Wie zuletzt, als wir angegriffen wurden. Ist es wieder die GRU? Und was bezwecken die Täter diesmal? Das Gleiche wie vorher? Versuchen die es immer wieder, weil wir denen ja schlecht den Krieg erklären können?«

De Bodt überlegte. Blickte sich um. Sah nichts. Nur Fragen. »Ich weiß es nicht. Ich glaube es nicht. Ich glaube, dass etwas anderes dahintersteckt. Vielleicht hat es mit den Opfern zu tun, mit denen wir uns gerade beschäftigen. Dem Staatssekretär und seiner Frau, die beim französischen Nachrichtendienst arbeitete. Dem CIA-Agenten, der mit denen im Bus saß. Dem russischen Botschafter, den es aber wohl zufällig getroffen hat. Immerhin haben unsere französischen Kollegen herausgefunden, dass Frau Millet keineswegs auf Urlaub war. Die DGSE hat erklärt, dass sie dienstlich unterwegs gewesen sei. Vielleicht könnten Sie den französischen Präsidenten bitten, seinen Nachrichtendienst zu mehr Auskunftsfreude zu bewegen?«

Sie nickte. »Was wissen Sie noch? Sie dürfen gern spekulieren.«

»Was anderes haben wir nicht. Sollten die Agenten im Bus und der VS-Mitarbeiter im Flugzeug das Ziel gewesen sein, ahnt man einen Zusammenhang. Was mich verblüfft, ist allerdings der Aufwand. Man kann Leute leichter umbringen. Ein Grund dafür könnte sein, dass die Täter ihre Absichten tarnen wollten. Allerdings würde ich an deren Stelle annehmen, dass wir auf den Zusammenhang kommen. Vielleicht war es ein russischer Geheimdienst wie beim letzten Mal. Vielleicht hat er den Anschlag vor der Botschaft begangen, um sich zu tarnen. Dann wollte er an der Botschaft Schaden anrichten, um den Verdacht abzulenken. Und der Botschafter war ein zufälliges Opfer.«

Die Kanzlerin nickte. »Vielleicht wollten die auch jemanden erschrecken.«

»Diese Leute aus irgendeinem Grund töten, um andere zu warnen?«

»Ja«, sagte die Kanzlerin. »Wäre doch möglich.«

»Ja. Leider ist so ziemlich alles möglich. Auch dass es sich gar nicht um diese Opfer dreht, sondern um andere. Oder dass der IS die Anschläge begangen hat. Dass die Abweichungen von seiner bisherigen Öffentlichkeitsarbeit Änderungen in der IS-Struktur spiegeln. Schließlich hat sich deren Lage dramatisch verschlechtert. Vielleicht ist es auch ein Verzweiflungsschlag. Die Welt soll sehen, dass der IS weiterhin Angst und Schrecken verbreiten kann.«

39.

Robert »Bob« Wedenstein blickte in sein Glas. Whiskey. Draußen schien zwar noch die Sonne, aber er hatte sich eine Ausnahmegenehmigung gegeben. Ihn ärgerte es doch ein bisschen, dass John nach Sydney zurückgekehrt war. Die Polizei hatte Deary nicht auf dem Schirm. Sie konzentrierte sich auf den *Killer im Rollstuhl.* Sie konnten nicht mal eine Phantomzeichnung von John erstellen. Die wenigen Zeugen vor dem Marinemuseum hatten nur Bob angeglotzt.

Der hatte in den letzten Monaten den Ort erkundet. Finschhafen, Neuguinea. Immerhin gab's ein Krankenhaus. Die Ärzte waren hilfsbereit, die Schwestern entzückend. Sie besorgten ihm Morphium, wenn die Wunden schmerzten. Sie hatten sogar einen Ersatzreifen gefunden für den Rollstuhl. Er hatte sich mit John in der Nacht an Land geschlichen. Dem Hafenmeister ein paar Dollarscheine auf den Tisch gelegt. Was den Polizeichef ins Hotel trieb. Er war des Hafenmeisters Bruder und wurde Bobs bester Freund. Wedenstein verfolgte im Internet, wie die Ermittlungen in Australien gegen ihn sich festliefen. Wie neue Sensationen seine Verbrechen bald verdrängten. Ein Bankraub im Finanzviertel, eine Messerstecherei in Chinatown. Er musste bald nach unten scrollen, bis er endlich verschwand.

Und dann der Anschlag in Berlin. Der Flugzeugabsturz. Was war da los? Bob las, was es zu lesen gab. Las *Berlins Superbulle machtlos.* Las, dass Geheimdienstleute unter den Opfern waren. Kombinierte. Grübelte. Kam auf nichts. Er hasste Spekulationen. Zeitverschwendung. Aber wenn Agenten, ein Staatssekretär, ein Botschafter binnen ein paar Tagen umkamen? So viele Zufälle gab es nicht. Oder doch? Bob hatte überlebt, weil er mit dem Unmöglichen rechnete. Nur nicht an diesem beschissenen Tag. Als dieser Irre ihn vor aller Augen zum Krüppel schoss. Als Bob verhaftet war, unter Polizeischutz stand. Später sagte er sich, dass es kein Wunder war. Wenn er schon mal unter dem Schutz der Bullen stand, musste es schiefgehen. De Bodt hätte es verhindert. Aber der hatte ihn verhaftet, und seine Kollegen hatten es vermasselt.

Berlins Superbulle machtlos? Er glaubte es nicht. Dem würde was einfallen. Dem fiel immer was ein. Die Urheber der Anschläge wussten es vielleicht. Wenn es der IS war, vielleicht auch nicht. Aber war der IS fähig, solche Operationen auszuführen? Punktgenau? Gab es für jeden Anschlag verschiedene Drahtzieher? Ein Zusammentreffen von Umständen? Zufälliger als zufällig? Warum nicht?

Bob fand es aufregend. Nach ewiger Rumhängerei passierte endlich was. Er konnte bis zum Ende seiner Tage gut leben, ohne einen Finger krumm zu machen. Er würde den Rollstuhl nicht mehr verlassen. Alles Gründe, Zuschauer zu bleiben. Gewissermaßen Theaterkritiker. Das war großes Theater in Berlin. Und er war der Kritiker. Und was für einer. Konnte er doch selbst Stücke auf die Bühne bringen, die dem Publikum den Atem raubten. Er überlegte, welche Pläne dahinterstecken mochten. Wie sie erarbeitet und ausgeführt worden waren. Was den Anschlägen folgte. Was die Täter zur Tarnung organisiert hatten. Wie hätte er es gemacht? Wie lange würde die Tarnung halten? Erstaunlich fand er, dass der IS die Anschläge auf sein Konto genommen hatte. Und dass niemand widersprach.

Bob saß auf seinem Balkon und blickte auf den Hotel-Swimmingpool. Wo sich ein älteres Ehepaar und zwei junge Frauen bräunen ließen. Er trank sein Glas leer, rollte ins Zimmer. Holte die Flasche, schenkte sich ein. Trank einen Schluck. Spürte, wie der Nebel in seinen Kopf stieg. Alkohol und die Affenhitze. Er wurde bald müde. Neben den Schmerzen auch dies eine Folge der Schüsse. Bob ließ den Blick schweifen. Er blieb an den jungen Frauen hängen, schweifte zurück, wieder zu den jungen Frauen. Deren Anblick ihn schmerzte. Ihn an die Zeit erinnerte, als er noch ein Mann war. Wie er es verstand. Ihm war nicht viel geblieben. Außer einem Haufen Geld, seinen Erinnerungen und einem Hirn, das arbeitete wie immer. In seinem zerschossenen Kopf. Und dieses Hirn brauchte etwas anderes als herumzusitzen. Als an die guten Zeiten erinnert zu werden. Bob war einsam. Trank mehr, als er sollte. Ihm fehlte der Kampf. Die Gefahr. Die Herausforderung. Und er gestand es sich ein, weil der

Alkohol es leichter machte: Ihm fehlte de Bodt. Er rollte wieder ins Zimmer. Öffnete die Kommodenschublade und entnahm ein Buch. Dem Einband nach zu urteilen ein Abenteuerroman. Zerfleddert. Er hatte es nicht gelesen. Aber zwischen Zeilen notiert, was ihm wichtig war. Lesbar nur mit einer starken Lupe. Er fand die Telefonnummer gleich.

»Ich bin's«, sagte er.

»Lange nichts gehört. Freut mich.« Die Stimme zeigte keine Freude.

»Ich such was. Aber kein Kinderkram.«

»Ich habe nichts Fettes für dich.«

»Und die Sache in Berlin … das Flugzeug.«

»Keine Ahnung.«

»Kannst du lancieren, dass ich einen Auftrag suche?«

»Ich hätte ein paar kleinere Jobs. Naher Osten, Indonesien. Betriebsschutz, Gegnerbearbeitung …«

»Das interessiert mich nicht.«

»Du willst doch nicht für den IS arbeiten?«

»Nein. Aber für die, die es wirklich waren. Und die mich brauchen. Sie wissen es nur noch nicht.«

Schweigen. »Bist du unter die Hellseher gegangen?«

»Nein, unter die Realisten. Sie werden mich brauchen. Ich weiß mehr über ihren Feind als sie. Nur ich weiß, wie er tickt. Und wie er auszuschalten ist.«

»Du hast noch eine Rechnung offen in Berlin?«

»Mehrere.«

40.

»Sie haben an alles gedacht?«

Der Chef nickte. Er saß im Büro. Das eher ein Saal war. Er hatte schon oft hier gesessen. Andere waren hier gekreuzigt worden. Aber er, er hatte keine Angst. Vielleicht trauten sich seine Chefs deswegen nicht, ihn fertigzumachen. Wie so viele andere. Außerdem leitete er eine Operation. Die bisher wichtigste Operation. Sie wollten ihn bei Laune halten. Denn auch ihre Jobs hingen von ihm ab. Wenn das Unternehmen schiefging, begann das Aufräumen. Schuldige wurden gefunden und bestraft. Er hatte schon eine Idee, wie er ein Desaster vielleicht doch überleben könnte. Vielleicht.

»Wir müssen um jeden Preis verhindern, dass der Feind eine Spur findet, die zu uns führt.«

Wie oft hatte der das schon gesagt? Der Chef konnte es nicht mehr hören. »Wir haben die Operation abgesichert. Nach allen Seiten.« Sah, wie der andere ihm ein Blatt Papier zuschob.

Der Chef überflog den Text. Es war, wie er es befürchtet hatte. Gab es ein Loch, strömte Wasser ein. Immer mehr, bis das Boot absoff.

»Das ist ein Verdacht, aber wir müssen den Verdacht als Tatsache nehmen. Wir haben kein Recht, uns zu irren. Wenn auch nur einer redet…«

Der Chef las das Papier. Mehrfach. Prägte sich den Text ein. Der Mann hinter dem Schreibtisch musterte ihn. Sagte kein Wort.

Der Chef gab das Papier zurück. Der andere steckte es in einen Aktenvernichter. Der kurz ratterte.

Als der Chef durch den langen Flur lief, sah er nichts und niemanden. Fast hätte er eine Frau angerempelt. Die sich nicht traute, ihn anzuraunzen. Der Chef sah nur, was ihm befohlen war.

»Wir müssen jedes Risiko ausschalten. Wenn Sie also meinen, dass dieser de Bodt…«

Der Chef war versucht zu widersprechen. Mit Clausewitz zu sagen, dass auch der schönste Plan sich in Luft auflöst, sobald der erste Schuss fällt. Dass man das Risiko nicht ein für alle Mal ausschalten kann. Der Chef nickte. »Ich werde etwas ausarbeiten.« Natürlich hatte er längst einen Plan B. Dazu C, D, E…

41.

»Nichts gesehen, nichts gehört. Außer dem Knall«, sagte Yussuf. »Es ist ein Elend.« Er hatte eine Zigarettenrauchwolke ins Büro getragen. Und schlechte Laune. Er musste sein Rendezvous mit Jasmin absagen. »Die Arbeit…« Noch faszinierte es Jasmin, von Bullen und Gangstern zu hören. Yussuf hatte ihr am Telefon erzählt, dass er zu den Ermittlern gegen die Terroristen gehöre. Er hatte sich ihre Augen vorgestellt. Wie sie größer wurden. »Natürlich, das ist wichtiger.« Er wollte widersprechen. Nicht wichtiger, als sich mit ihr zu treffen. Aber er habe kein Wahl. Yussuf machte sich keine Illusionen. Was sie jetzt faszinierte, würde sie ihm bald vorwerfen. Dass er zu wenig Zeit für sie habe. Diese Anrufe vom LKA. Dass er nicht abschalten könne, wenn er mit ihr zusammen sei. Immer aufs Telefon starre. »Ich habe die Zeugenvernehmungen durch. Nichts, was wir nicht schon wussten.«

De Bodt balancierte seinen Stuhl auf den Hinterbeinen. *Nichts, was wir nicht schon wussten.* Sie wussten gar nichts. Außer dem, was die Mörder hinterlassen hatten. Ein perfektes Verbrechen? Seit wann beging der IS perfekte Verbrechen? Wenn es jemand anderes war: Wer? Warum? Sie wussten nicht einmal, warum diese Verbrechen begangen worden waren. Er erkannte den Anschein. »Das, was das Wahrhafte an Gegenständen, Beschaffenheiten, Begebenheiten, das Innere, Wesentliche, die Sache ist, auf welche es ankommt, findet sich nicht unmittelbar im Bewusstsein ein. Es ist nicht schon dies, was der erste Anschein und Einfall darbietet, sondern dass man erst darüber nachdenken muss, um zur wahrhaften Beschaffenheit des Gegenstandes zu gelangen, und dass durch das Nachdenken dies erreicht wird.« Er murmelte mehr, als dass er sprach. In der Nacht hatte er nicht geschlafen. Um müde zu werden, hatte er Hegel gelesen. War auf dieses Zitat gestoßen. Hatte es immer wieder gelesen. Als hätte Hegel es für ihn geschrieben.

»Was hast du gesagt?«, fragte Salinger.

»Nichts, unwichtig.« Aber wenn jemand recht hatte, dann Hegel. Wer immer die Täter waren, sie hatten ihnen den Anschein in die Hirne geblasen. Wie einen Nebel, der alles Denken erstickte. *Cui bono?* Nicht einmal das ahnte er. Dem IS nutzte jeder Mord. Egal, wie, wann, wo. Wer hatte sonst noch ein Interesse an Anschlägen? Wenn man Leute ermorden wollte, schaffte man das mit weniger Aufwand. Und geringerem Risiko. Je größer die Operation, desto größer die Gefahren. Desto größer die Wahrscheinlichkeit, dass sich irgendein Rädchen unter Tausenden nicht so drehte wie geplant.

»Was sagt die Kanzlerin?«, fragte Salinger. Die Füße auf der Schreibtischplatte. Eine Espressotasse in der Hand. Die Yussufs Monsterkaffeemaschine gefüllt hatte. Er war vernarrt in jedes Zischen und Brummen des Geräts. Wie die Zander. Und trank zu viel Kaffee, nur um es zu hören und zu sehen. Wie die Zander.

»Dass ich sie nicht in der Uckermark besuchen werde. Womit sie recht hat. Ihre Regierungszeit werden spätere Historiker als verlorene Jahre beschreiben. Aber das gilt auch für ihre Vorgänger.«

»Was über unseren Fall?«

»Ich nehme an, die zapfen jede Quelle an, die sie haben. Die Geheimdienste ebenso. Wenn sie etwas wüsste, sie hätte es mir verraten. Aber sie weiß nichts.«

»Beruhigend«, ächzte Salinger. »Und nun?«

»Warum würdest du einen Bus in die Luft jagen und ein Flugzeug sprengen? Warum würdest du Hunderte von Menschen umbringen? Wenn du kein Islamist bist, der es für Allahs Wille hält, möglichst viele Ungläubige umzubringen.«

»Du schließt IS und Konsorten aus?«

»Versuchen wir mal eine andere Hypothese«, erwiderte de Bodt.

»Also ja …«

»Vielleicht war er es, vielleicht nicht. Ich glaube, er war es und er war es nicht. Warum würdest du einen Bus sprengen?«

»Wenn jemand drinsäße, den ich pathologisch hasste.«

»Wie gut, dass ich nie Bus fahre«, sagte Yussuf.

»Deshalb habe ich ja auch noch keinen gesprengt«, erwiderte Salinger. »Nein, es muss etwas Außerordentliches sein.«

»Etwas Außerordentliches«, wiederholte de Bodt.

Die Tür öffnete sich. Merkow und Katt. Sie blieben im Raum stehen.

»Haben Sie etwas herausgefunden?«, fragte Salinger.

»Ja, es hat ein Attentat auf unseren Präsidenten gegeben.«

42.

Adrian saß schon eine Weile beim Brasilianer in der Falckensteinstraße. Er nannte sich *Bärsilien.* Adrian fand die Stühle unbequem. Wie abgesägte Barhocker. Im Fenster die Flagge Brasiliens. Trotzdem sah er noch den Supermarkt schräg gegenüber. Im kleinen Gästeraum saßen ein paar Südamerikaner. Touristen, Einheimische. Musik, um das Klischee zu vervollständigen. Die Frau hinterm Tresen hatte ihn gefragt, was er bestellen wolle. Er warte noch. Sie hatte die Karte dagelassen. Viel Fleisch, Wein aus Chile.

Adrian war schlecht gelaunt. Sein Chef war nervös geworden. Er hatte über ihren VPN-Kanal geschrieben.

Du kriegst Besuch. Ein Freund.

Verstärkung. Er hatte keine gefordert. Warum auch? Die Polizei hatte nichts ermittelt. Keine Spuren. Sogar dieser Superkommissar wurde in den Medien zerrissen. *Totales Polizeiversagen.* Die beiden Russen, die Franzosen. Sie vergeudeten ihre Zeit. Die Russen konnten in Moskau nachfragen. Aber was sollten sie dort erfahren? Außer dass sie nichts wussten. Niemand wusste was. Außer den Chefs. Er wusste auch nichts. Außer dass es Anschläge gegeben hatte. Dass er auf de Bodt aufpassen sollte. Er hatte es sich aufregender vorgestellt. Er meldete, was er sah und hörte. Was machte seine Chefs so nervös?

Er sah sie in der Tür. Er winkte. Sie lachte ihn an. »Genug Geld dabei?«

»Ich habe schnell noch eine Bank überfallen.«

»So mag ich es.«

Sein Telefon vibrierte. Eine SMS.

Bin schon da.

Dass die einen gern spät informierten, hatte er gelernt. Das verminderte das Risiko. Er wusste es und fühlte sich dennoch wie eine Marionette.

So eine Scheiße. »Ich muss weg.« Er deutete aufs Telefon. »Dringend. Geschäftlich.«

Sie blickte ihn schräg an. »Hast es dir anders überlegt?« Packte ihre Jacke und ging.

Er musste die Verstärkung am Hauptbahnhof abholen. Am *Meeting Point.* »Wenn wir Verstärkung schicken müssen, triffst du sie im Bahnhof. Wir schicken aber nur im Notfall jemanden.«

Nur im Notfall. Wenn das schon ein Notfall war. Na, danke schön.

Er steuerte seinen GTI zum Hauptbahnhof. Als er vor dem Eingang stand, vibrierte das Telefon. Er las die SMS. Schüttelte den Kopf. So ein Schwachsinn. Er sah den Mann im Rollstuhl sofort.

43.

»Wann? Wer?« Salinger blieb der Mund offen stehen. Sie schloss ihn, blickte Yussuf an. Der schüttelte den Kopf. Tippte, nickte. »Wird gerade gemeldet. Eine Rakete, große Straße in Moskau. Wo die neuen Herren durchrauschen wie die alten.« Er tippte, klickte. »Der Präsident aber saß nicht im Wagen. So was Ähnliches hatten wir doch schon mal… Ein persönlicher Mitarbeiter, ein Leibwächter wurde getötet…«

»Sergej«, flüsterte Merkow. »Ich habe ihn gekannt. Ein guter Kollege. Ein sehr guter…« Stimmte belegt, die Lider blinzelten. Katt drückte ihn am Ellbogen.

»Sie kannten ihn auch?«, fragte Yussuf.

»Nein«, sagte Katt. »Aber ich habe von ihm gehört. Nur Gutes.«

»Warum saß der Präsident nicht im Wagen?«, fragte Salinger.

»Er musste nach Murmansk, wurde mit dem Hubschrauber zum Flughafen gebracht…«, erwiderte Merkow.

»Ich lese gerade, in Murmansk sei eine Munitionsfabrik in die Luft geflogen. Viele Opfer, man weiß noch nicht, wie viele. Es heißt, der Präsident wolle dafür sorgen, dass die Brände eingedämmt, die Opfer versorgt und die Angehörigen entschädigt werden… Ich dachte, so was ginge auch ohne Präsident…«, sagte Yussuf.

»Das ist eine Riesenkatastrophe«, sagte Merkow. »Bei so etwas könnte auch Ihre Kanzlerin nicht den Ministerpräsidenten von Sachsen-Anhalt empfangen. Sie müsste zum Unfallort. Allein schon die Anwesenheit des Präsidenten hilft den Überlebenden und den Angehörigen der Toten. Außerdem, Sie wissen doch selbst, wie übel es aussähe, der Präsident machte einfach weiter, als wäre nichts passiert. Seien Sie realistisch. Immerhin, so ist er dem Anschlag entgangen. Schon wieder…« Er blickte de Bodt an.

Der nickte.

»Vielleicht haben wir es mit einer Anschlagserie zu tun, die nun Murmansk erreicht hat?«, fragte Salinger.

»Es ist unheimlich. Es geschehen fürchterliche Dinge, und keiner hat auch nur eine Ahnung, worum es geht«, sagte Yussuf leise. Lauter, zu Merkow: »Sie etwa?«

»Warum sollten wir mehr wissen als Sie?«, antwortete Katt.

»Ihre Nachrichtendienste suchen doch schon die Täter«, sagte de Bodt. »Ihre Polizei auch. Haben Sie Spuren? Hinweise?«

Merkow schüttelte den Kopf. »Dafür ist es zu früh.«

»Warten wir also, was noch so in die Luft fliegt. Solange es nicht das LKA ist, wenn ich hier sitze… bei der da allerdings…« Yussuf lugte am Bildschirm vorbei zu Salinger und folterte gleich seine Tastatur weiter. Unterbrach deren Martyrium nach ein paar Tastenklicks. »Der IS will auch in Murmansk zugeschlagen haben. Rache für Syrien. Meldet al-Dschasira… dass es die noch gibt… egal.«

»Bisher hatten Sie doch vor allem mit islamistischen Tschetschenen zu tun«, sagte Salinger. »Oder mussten ein paar Anschläge selbst begehen…«

Merkow schien den zweiten Satz überhört zu haben. Katt aber erschoss Salinger mit einem Blick.

»Die wollen sich für Syrien rächen, fürchte ich«, sagte Merkow. »Wir haben von Anfang an gewusst, dass unser Einsatz in Syrien teuer werden wird. Wir haben auch mit Anschlägen im eigenen Land gerechnet. Es gibt bei uns viele Muslime. Da werden sich leicht Fanatiker finden und vom IS anwerben lassen.«

44.

Lebranc streckte sich. Er hatte gut geschlafen. Die Flasche Wein vom Abend hatte geholfen. Es roch nach Waltraud. Sie waren in ihren Rhythmus zurückgekehrt. Darüber mussten sie nicht sprechen. Das Telefon vibrierte. *Floire* stand auf dem Bildschirm. Vor dem Frühstück.

»Ja.«

»Mein Onkel kann nicht bestätigen, dass es der IS war.«

»Aha.«

»Er kann auch nicht bestätigen, dass es nicht der IS war.«

»Sehr hilfreich. Und deswegen rufen Sie an?«

»Bisher wussten die es immer, wenn der IS verantwortlich war. Die haben Quellen vor Ort. Verstehen Sie?«

Ich habe schon alles verstanden, als du noch in die Windeln geschissen hast, dachte Lebranc. »Das ändert nichts. Wir suchen sowieso überall.«

»Gut, Kommissar, ich wollte nur, dass Sie es wissen.«

Dieser Scheißkerl wollte nur angeben. Mit seinem Onkel beim Nachrichtendienst. Dass er durch den einen direkten Draht hatte. In ein Milieu, das Lebranc verschlossen war. Ich weiß mehr als du. So verstand Lebranc den Anruf. Er trennte das Gespräch.

Sie wussten gar nichts. Keine Spur. Nichts.

Er ächzte aus dem Bett. Der Tag fing gut an. So ein Mist. Fehlte noch, dass der Polizeipräfekt sich meldete. Das tat er neuerdings jeden Tag. Als müsste er Lebranc überwachen. Anspornen. Was hieß, dass der Präfekt seinen Untergebenen verdächtigte, ein fauler Sack zu sein. Der Streber auf der einen Seite, der Oberlehrer auf der anderen. Er hätte nicht in den Dienst zurückkehren sollen. Hatte sich rumkriegen lassen, als sie ankrochen. Ihn in ihrem Schleim fast erstickt hätten. Aber er war darauf reingefallen.

Wieder klingelte es. »*Monsieur Inspecteur général*, ich verbinde Sie mit dem Präsidenten.« Eine Frauenstimme. Wie bitte?, lag Lebranc auf der Zunge. »Guten Tag!« Die Stimme kannte er. Jugendlich, fordernd, selbstbewusst.

»Bonjour, Monsieur le Président de la République.« Er hörte das Zittern seiner Stimme.

»Sie sind überrascht«, sagte der Präsident. »Ich will Sie nicht von Ihrer Arbeit abhalten. Und mich nicht von meiner. Ich wollte Ihnen zu Ihrer Beförderung gratulieren. *Inspecteur général* klingt nicht schlecht, oder?«

»Nein, Herr Präsident. Danke! Vielen Dank!«

»Danken Sie nicht mir. Sie haben es sich verdient. Verstehen Sie die Beförderung als Ansporn.«

»Natürlich, Monsieur le Président.«

»Was haben Sie ermittelt?«

»Die deutschen Kollegen sind … langsam. Wir hängen hier ganz von ihnen ab. Meines Wissens gibt es keine Klarheit. Ich habe aber herausgefunden, dass die IS-Hypothese keineswegs gesichert ist.«

»Bemerkenswert«, sagte der Präsident. Als informierten ihn seine Geheimdienste nicht mehr. »Was führt Sie zu dieser Überzeugung?«

»Die haben sich gleichzeitig mit dem Anschlag auf das Flugzeug dazu bekannt. Und mit Verspätung zum Anschlag auf den Bus. Das passt nicht zusammen.«

»Ich verstehe«, sagte der Präsident. Als wäre diese Annahme neu für ihn. »Machen Sie nur so weiter. Sie vertreten unser Land, vergessen Sie es nie.«

»Selbstverständlich, Monsieur le Président.«

45.

»Ich habe eine Ferienwohnung gemietet. Naunynstraße 16a«, sagte Bob.

Der Typ war also schon länger in Berlin.

»In Kreuzberg.«

Das hatte das Navi auch schon gemerkt.

»Und dann habe ich noch einen Keller gefunden. In einem Hinterhaus am anderen Ende der Straße.« Er hätte auch sagen können: Ich habe dem Makler fünftausend Euro ohne Quittung auf den Tisch gelegt und eine unverschämte Miete für ein Jahr im Voraus bezahlt. »Da war früher eine Ölheizung drin. Ist absolut schalldicht. Doppelte Wand, Stahltür. Zweigt vom jetzigen Heizraum ab, der auch mit einer Stahltür gesichert ist. Wir werden beizeiten die Schlösser austauschen und hoffen, dass es keine Heizungspanne gibt.« Er sah im Geist den Heizungsfritzen an der Tür rütteln.

Von der Ferienwohnung im Vorderhaus erzählte er nichts. Bob hatte bisher überlebt, weil er sich absicherte. Plan A brauchte einen Plan B, mindestens.

Adrian hatte den Rollstuhl im Kofferraum verstaut. Wedenstein saß auf dem Beifahrersitz, bis zum Anschlag zurückgeschoben.

»Verstärkung wofür?«, fragte Adrian. Er konnte den Kerl nicht ausstehen. So was merkte er gleich. Außerdem stank der nach Schmutz und Schnaps.

»Für eine Operation, die unserem Chef am Herzen liegt. Die du nicht allein durchführen kannst.«

Abschätziger Blick, kurz und deutlich. Der wortlos sagte: Mit einem Typen im Rollstuhl. Tolle Verstärkung. Will der Chef mich verarschen?

»Bei dieser Operation habe ich das Sagen. Bist du damit nicht einverstanden, frag deinen Boss.«

Das wird ja immer schöner.

Es war eine Erdgeschosswohnung. Mit kleinem Garten. Der

Rasen frisch gemäht, Rosen kletterten am Gerüst neben der Terrassentür. Zwei Stühle, ein Tisch. Drinnen Wohnküche und ein Schlafzimmer. Funktionell eingerichtet. Das Badezimmer mit Haltegriffen für Behinderte.

»Trinken wir noch einen Kaffee?«, fragte Adrian.

»Morgen, 18 Uhr. 18-0-0, verstanden?«

46.

Im *Nest* war nicht viel los an diesem Abend. Im Eck saßen sie sich gegenüber. Wenn sie schwiegen, fiel ihnen ein, was sie erlebt und gesagt hatten. Dass es Folgen haben müsste für sie. Wie sie miteinander umgingen. Aber sie taten so, als wäre nichts gesagt worden. »Ich liebe dich«, hatte er gesagt. Sie würde es nicht vergessen. Aber er hatte es gesagt, kurz bevor er sterben sollte.

Besser reden. »Ich blicke nicht mehr durch. Überall explodiert was, nun hat der IS auch die Verantwortung für Murmansk übernommen.«

»Als sie stark waren, da haben sie das nicht hingekriegt. Waren sie angewiesen auf Wirrköpfe, die sich per Internet verleiten ließen. Oder selbst die Initiative ergriffen. Ihre erbärmliche Existenz heldenhaft beenden wollten. Jetzt Anschläge, meisterhaft orchestriert. Gedacht, um unsere Aufmerksamkeit zu lenken. In Wahrheit machen die Öffentlichkeitsarbeit. Ich leg mich fest: Der IS war es, aber er war nicht allein. Vielleicht haben sie mächtige Verbündete gewonnen.«

»Wen?«, fragte Salinger.

»Das ist eine lange Liste.«

Sein Telefon summte. Er blickte auf die Anzeige. *Becker.* De Bodt steckte das Telefon zurück in die Tasche.

»Was wollte Tilly?«

»Dass ich doch in der Sonderkommission mitarbeite.«

»Warum?«

»Weil Journalisten gefragt haben, ob wir mitmachen.«

»Die wissen doch längst, wie es in Wahrheit war bei den letzten Fällen.«

»Diesmal wollen unsere Oberen sichergehen. Niemand soll auf die Idee kommen, dass so eine Kommission gescheitert ist, der Fall aber gelöst wurde. Weil es diesmal allein darum geht, sich auf das Scheitern vorzubereiten. Weil das unvermeidlich zu sein scheint.«

»So pessimistisch warst du nicht mal vor dem GAU.« Als er erwartete, dass das Atomkraftwerk hochging. In dem er festgesessen hatte.

»Da wusste ich wenigstens, dass es zu Ende war. Es hatte nicht den Anschein. Ich war mir sicher. Ungewissheit finde ich schlimmer. Da keimt die Hoffnung. Nur, um zu trügen. Man bescheißt sich selbst. Diesmal habe ich von Anfang an keinen Durchblick.«

Sie legte ihre Hand auf seine. Blickte ihn an. »Es gibt auch Gewissheit.« Drückte seine Hand. Zog ihre zurück.

»Ja.« Strich sich durch die Haare. »Aber alles andere ist ungewiss.«

»Ich hab dich noch nie so … ratlos erlebt.«

»Dafür gibt es tausend Gründe, dagegen keinen.«

»Du übertreibst.«

»Unerträglicher Zustand der Ungewissheit und der Unentschlossenheit!«

»Solange du mit Zitaten nervst, ist noch nicht alles verloren.« Sie lachte. »Nun sag schon.«

»Fichte. Hat sich unmöglich gemacht mit seinem Nationalismus. Als Philosoph aber interessant. Die Welt existiert nur in deinem Kopf, in meinem. Als Diagnose mancher Politiker originell. Solipsismus.«

»Da kenn ich auch ein paar.« Lächelte ihn an. »Du gehörst auch dazu, manchmal.«

»Danke. Fehlt noch Freud beziehungsweise die Verallgemeinerung des Solipsismus als Weltreligion.«

»Hör auf!«

De Bodt legte den Zeigefinger an die Schläfe. »Zu Befehl! Ist aber ein interessanter Gedanke. Am Ende vielleicht Blödsinn …«

»Schluss. Ich brauch fünf Gläser von dem da« – deutete auf ihr Weinglas –, um Scheiß zu erzählen. Du schaffst das nüchtern.«

»Wirklich interessant. Freud hat die eigenen Macken allen Menschen zugeschrieben. Schon war es nicht mehr sein ganz besonderer Wunsch, die eigene Mutter zu ficken, sondern der Ödipuskomplex. Der angeblich in allen Jungs schlimmste Verheerungen anrichtet.«

»Du dagegen hast einen Vaterkomplex«, sagte sie trocken. »Der ist zwar nicht so schick wie Ödipus-Schnödipus. Aber dafür gibt es ihn wenigstens.«

»Da ist was dran.« Der Vater, Hamburger Ehrenbürger. Patriarch. Der sich mit Stiefelleckern umgab. Der die Schwiegertochter ins Haus geholt hatte. Mit ihr in den Urlaub reiste. Während die Polyarthritis de Bodts Mutter zerstörte. Der den eigenen Sohn für einen Versager hielt. Dass der Polizist geworden war, empfand er als Beleidigung. So, wie er alles nur auf sich bezog. In diesem Fall hatte er aber recht. Der Vater verstand de Bodts Entscheidung als Tritt in den Hintern. Es *war* ein Tritt in den Hintern. Den der Sohn längst bereute. Er hatte eine Unikarriere ausgeschlagen und steckte fest bei der Polizei. Er litt mehr unter dem Tritt als sein Vater.

De Bodt schüttelte den Kopf. Als könnte er so die schwarzen Gedanken vertreiben. »Was hat Murmansk mit den anderen Anschlägen zu tun?«

»Wenn wir ein russisches Opfer vom Flugzeugabsturz entdecken, hätten wir vielleicht einen Anhaltspunkt«, sagte Salinger.

Er dachte: Wenn ich sie mit zu mir nehme? Was dann? Vielleicht war er morgen tot. Warum weiter Rücksicht nehmen? Auf Vorschriften und Gefahren.

47.

Sie stand an seinem Tisch und blickte ihn an. Die Sonne schmerzte in den Augen, als er zu ihr hochsah. Ihr Gesicht im Schatten, aber die Augen glitzerten grün. »Was machst du beruflich?« Klang wie: Was ist so wichtig, dass du mich beim ersten Treffen versetzt?

»Ich arbeite in der Sicherheitsbranche.« Adrian hatte sich die Antwort zurechtgelegt. »Manchmal gibt es Notfälle.«

Sie musterte ihn. Kopf und Körper. Von oben nach unten. Von unten nach oben. Nickte. »Genaueres erzählst du mir heute Abend?«

»Das geht nicht.«

»Notfall?«

»Wichtiger Auftrag.«

»Untreue Ehefrau bespitzeln?«

»Nein, ich berate Unternehmen. Sicherheitseinrichtungen. Cyber-Sicherheit. Leider darf ich keine Einzelheiten nennen. Gehört zum Job. Verschwiegenheit, du verstehst?«

»Da gibt es Notfälle …« Sie nickte. »Ich überleg mir, ob ich darauf Lust habe. Gib mir deine Handynummer.«

»Darf ich nicht. Gib mir deine.«

Sie schüttelte den Kopf. Doch dann zog sie einen Kellnerblock aus der Gesäßtasche und schrieb. Riss das Blatt ab. Gab es ihm.

Du nervst, stand da. Und die Telefonnummer.

Er blieb nicht mehr lang. Blickte auf die Uhr. Bezahlte bei der Kollegin hinterm Tresen und verließ das *Café Eliza*.

Schlenderte durch den Görlitzer Park. Überschwemmt von Touristen. Drogendealer. Radfahrer. Ein Mann zeigte Keulenkunststücke. Andere spielten. Fußball, Boule, Federball. Er trödelte auf dem Weg zu seiner Wohnung. Und überlegte, was der Rolli von ihm wollte. Adrian hatte ein blödes Gefühl. Er fand den Typ zum Kotzen. Die Tarnung als stinkender Alki-Penner. Ungewaschen. Schmuddelklamotten. Natürlich war der Typ nicht betrunken. Mit so einer Fresse würde Adrian sich auch tarnen hinter einem Stirnband, das übers Auge rutschte.

Er blickte auf die Uhr. Lief los. Klingelte an der Haustür. Niemand öffnete.

48.

Bob saß in der Küche seiner zweiten Wohnung am anderen Ende der Straße. Überblickte die Naunynstraße mithilfe eines Spiegels, der am Fensterrahmen lehnte. Sah Adrian. Er war allein. Bob ließ ihn bis zur

Haustür der anderen Wohnung laufen. Sah, wie er klingelte. Alles lief wie gedacht.

Bob rollte auf die Straße. Er war schnell, seine Oberarme waren kräftiger geworden. Er hatte trainiert.

»18-0-0«, sagte Adrian. Übel gelaunt.

»Das galt für dich«, erwiderte Bob. »Ich musste noch was erledigen.« Schob er nach, als Andeutung einer Entschuldigung. »Komm rein.«

Sie setzten sich in die Küche. »Reden wir nicht rum. Ich weiß, dass du mich nicht ausstehen kannst. Das ist egal. Solange wir professionell arbeiten. Ich habe einen Operationsplan mitgebracht. Unsere Chefs haben den bewilligt. Was mich nicht wundert. Schließlich haben sie die Operation bestellt. Bei mir ist der Kunde König.«

»Aha«, sagte Adrian. Nach der Besprechung würde er Svenja treffen. Immerhin hatte der Abend noch was zu bieten.

»Wir müssen schnell handeln. Wir kennen die Gewohnheiten der Zielperson. Ich habe einen Transporter per Internet gemietet. Das macht die Sache leichter. Wir erledigen die Sache morgen Abend. Wenn sich nichts ergibt, übermorgen. Und so weiter.« Schob eine Karte über den Tisch. Tippte auf eine Stelle. »Da könnte es klappen. Wenn wir schnell sind.«

»Wir sind zu … zweit«, sagte Adrian.

»Du bist ja ein Mathematikgenie.«

49.

»Haben Sie untersucht, ob die Opfer sich kannten?«, fragte de Bodt.

Er stand in Tillys Büro. Der hatte de Bodts Sekretärin Engel beauftragt, ihren Chef ins Büro des Kriminalrats zu schicken. Sollte er mal auftauchen. Am Ecktisch saßen Krüger, Tilly und Becker.

»Haben Sie?«

»Das ist weit hergeholt«, sagte Becker. Setzte eine Miene auf, die Arroganz spiegelte. Und ein Eingeständnis. De Bodt hatte sie ertappt.

»Das gehört zur Routine«, erwiderte de Bodt. Klang wie ein Lehrer, der einen Schüler tadelte.

»Eigentlich haben Sie recht«, sagte Tilly. Der fügte sich im Eiltempo ins Unvermeidliche. »Wollen Sie sich darum kümmern?«

»Wenn Sie mir Einladungen zur Soko ersparen.« Blickte Becker an.

»Ist doch klar«, sagte der. »Aber Sie halten uns auf dem Laufenden.«

»Und der IS?«, fragte Krüger. »Der hat sich bekannt. Der Massenmord Unschuldiger macht denen so richtig Spaß. Nur kommen wir an den nicht ran. Wie ich hörte, hatten Sie eine … bemerkenswerte These. Ja und nein. Oder so ähnlich.«

»Der IS war es, und er war es nicht.«

Zurück im Büro. Salinger blickte ihn an. Sie hatten die Nacht nicht zusammen verbracht. Er hatte sie bis zur Haustür begleitet und seine Hand aus ihrer gelöst.

»Wir sind dran«, sagte er. »Besorg die Opferlisten. Bus und Flugzeug. Und sieh zu, dass du sie aktuell hältst.«

»Zu Befehl, mein Führer!«, bellte Yussuf.

»Bei dir spurt er immer. Wie machst du das?«, fragte Salinger.

»Der Chef hat dieses Führergen«, warf Yussuf ein.

»Jetzt weißt du es«, sagte de Bodt.

»Wenn's der IS war, dann nutzen Opferlisten nichts. Der bombt einfach los, es wird schon genug Ungläubige treffen«, sagte Salinger.

»Er war es, und er war es nicht.«

»Du wiederholst dich.«

»Er gibt eben die Hoffnung mit dir nicht auf. Warum auch immer …«, sagte Yussuf und versteckte seinen Kopf hinter dem Bildschirm.

Der Radiergummi traf die Oberkante des Monitors und dann Yussufs Blondschopf.

»Au!«, brüllte er. »Kann jemand diese Irre einsperren? Sofort!«

»Wenn wir den Fall lösen sollten, frag noch mal«, sagte de Bodt.

Eine Büroklammer landete an seinem Hemdkragen.

»Die wirft mit Staatseigentum um sich! Unfassbar!«, meckerte Yussuf. Tippte, der Drucker brummte. Schleifend spuckte er die Seiten aus.

Listen, Listen, Listen.

»Jeder nimmt sich eine: Silvia die vom Bus, Yussuf die vom Flugzeug. Setzt euch nebeneinander und tauscht die Listen, wenn ihr fertig seid.«

»Darf ich dabei in der Nase bohren?«, fragte Yussuf.

»Von mir aus.«

»Und du?«, fragte Salinger.

»Ich denke«, sagte de Bodt.

50.

Salinger verließ das LKA spät. Namen schwirrten in ihrem Hirn. Orte, Straßen, Unternehmen. Sie waren nicht weit gekommen beim Abgleich. Sie suchten nach gemeinsamen Arbeitgebern. Vielleicht hatte einer von der Firma XYZ im Flugzeug gesessen und eine andere derselben Firma im Bus. Vielleicht hatten die beiden gemeinsam im Bus gesessen. Oder im Flieger. Namensgleichheiten oder -ähnlichkeiten. Wohnorte. Facebook oder LinkedIn. Sie suchten auf den Seiten. Aber sie fanden keine Übereinstimmung. Keine Verbindung. Der Staatssekretär war nur auf der Seite der französischen Regierung zu finden. Seine Frau hatte ein Facebook-Konto, aber sie hatte es seit ein paar Monaten nicht mehr erneuert. Offenbar züchtete sie Rosen und hatte sich mit anderen Rosenzüchtern in einer Gruppe zusammengeschlossen. Auf ihrer Seite lachte sie Besucher an.

Salinger war traurig und wütend. Welche Scheißkerle hatten diese Menschen umgebracht? Welche Scheißkerle beanspruchten dieses Blutbad als Heldentat? Eugen zweifelte offensichtlich daran, dass der IS es war. Oder wenigstens, dass der es allein durchgezogen hatte. Aber mit wem sollte der IS sich verbünden? Doch nicht mit Ungläubigen. Vielleicht mit dem saudischen Kronprinzen. Dem waren Wahnsinnstaten zuzutrauen. Nur, welchen Zweck könnte er damit verfolgen? Der Öffentlichkeit unterschieben, dass Teheran dahintersteckte? Einen Grund fabrizieren, um endlich einen Krieg gegen die Iraner anzuzetteln? Was den Saudis passen würde. Den USA womöglich auch. Der israelischen Rechtsregierung sowieso. Darüber hatten sie diskutiert und hatten kein Puzzleteil gefunden, um einen Anfang zu wagen. Nie hatte sich Salinger hilfloser gefühlt. Vor den Augen, Tag und Nacht, Leichenberge. Und sie saßen im Büro und redeten. Weil sie keine Ahnung hatten, in welcher Richtung sie ermitteln sollten. Nichts, nichts, nichts. Wie schaffte man es, solche Blutbäder anzurichten, ohne eine Spur zu hinterlassen?

Am Nachmittag hatte Merkow angerufen und erklärt, auch im Fall Murmansk gebe es nichts. Sie hätten die Geheimdienste auf den Fall angesetzt. Der Präsident mache Druck. Köpfe rollten, wenn sie die Täter nicht fänden.

Salinger stieg am Schlesischen Tor aus der U1. Ging die Treppen hinunter. Überquerte die Oppelner Straße. Folgte ihr. Eugen war im Büro geblieben. Fast glaubte sie wegen ihr. Wenn sie gemeinsam das LKA verließen und nach Kreuzberg führen, wäre er versucht, sie mit zu sich zu nehmen. Oder zu ihr zu gehen. Sie bog in die Querstraße ein. Am Ende der Görlitzer Park. Am Straßenrand stand ein schwarzer Transporter. Ein Mann half einem Rollstuhlfahrer, den Laderaum zu verlassen. Sie blockierten den Bürgersteig.

Salinger blieb stehen. »Kann ich helfen?«

»Ja«, sagte der Mann im Rollstuhl. Sie blickte ihn an. Der sah aus wie ein Penner. Aber das Auge kannte sie. Und jetzt fiel ihr ein, dass sie die Stimme schon gehört hatte. Verfluchte Scheiße!

51.

Was für eine dumme Idee, sich in Berlin einzunisten. Lebranc langweilte sich zu Tode. Er hatte de Bodt angerufen. Nichts Neues über den Staatssekretär. Dafür eine nervige Aufgabe. Opferlisten bearbeiten. Sie der DGSI schicken.

»Geben Sie das Ihrem Onkel. Vielleicht findet der Zusammenhänge unter den Opfern.«

»Klar, Chef«, hatte Floire gesagt und war losgezogen. Lebranc saß in seinem Zimmer und las die Namen, bis sie vor seinen Augen verschwammen.

Nach nicht mal zwei Stunden rief Floire an. »Im Bus saß ein Typ, der einen Bankrott vertuscht und sich mit der Kohle in die Südsee verdrückt hat. Belgier.«

»Bestimmte Mindeststandards des sprachlichen Ausdrucks kann man auch von einem Nachwuchspolizisten erwarten.«

»Ja, Chef. Im Flugzeug gab es außerdem einen britischen Steuerhinterzieher, der mit Haftbefehl gesucht wird.«

»Warum haben die den nicht im Flughafen verhaftet? Dann wäre er jetzt noch am Leben.«

»Weil er im Schengenraum geflogen ist. Es gibt auch keinen regelmäßigen Datenaustausch zwischen den Fluggesellschaften und der Polizei. Personenkontrollen sind selten. Mich hat noch nie jemand kontrolliert.«

»Das ist ja beruhigend.«

»Finde ich auch, Chef.«

Lebranc nickte vor sich hin. Steuerhinterziehung war ein minderes Vergehen. Der Typ hatte nicht auf der Fahndungsliste gestanden. Diese Listen taugten sowieso nichts.

»De Bodts Leute prüfen die Opferlisten auch. Sie versuchen herauszufinden, ob es Verbindungen unter Opfern gegeben hat. Vielleicht finden sie, sagen wir, die Zielgruppe der Terroristen. Um von der Zielgruppe aufs Tatmotiv zu schließen. Und vom Motiv auf die Täter.« Floire klang so, als wäre nichts einfacher als das.

»Das ist doch sinnlos«, sagte Lebranc.

»Natürlich, Sie haben eine bessere Idee. Wie konnte ich daran zweifeln?«

Früher gab es die Guillotine, noch früher Verbrennung und Vierteilung nach langer Folter. Die Inquisition. Was waren das für herrliche Zeiten. Lebranc legte auf.

52.

»Ich hoffe, Sie überstürzen nichts«, sagte der Mann.

Der Chef hörte: Wenn Sie das vermasseln, hätten wir einen schönen Arbeitsplatz für Sie. Dort, wo niemand hinwill.

»Wir beugen vor«, sagte der Chef. »Wenn wir es später machen, wäre es riskant. Stellen Sie sich vor, die hätten eine Spur. Eine richtige …«

»Ich dachte, es gäbe keine.«

»Manche brauchen keine … materielle Spur. Ein Gedanke, eine Annahme, der sie folgen. Auf die sie durch Kombination kommen. Verstehen Sie?«

»Kein Wort.«

»Wenn de Bodt oder ein anderer auf die Idee kommt, indem er Motivation, Absicht, die Folgen mit der Frage *cui bono* zusammendenkt …«

»Dann würde der sich bestätigt fühlen durch unsere Aktion. Ich verstehe. Sie behindern die Ermittlungen, solange Sie es tun können, ohne einen Hinweis zu geben. Ein guter Gedanke, gebe ich zu. Ich weiß schon, warum wir Ihnen diese Operation anvertraut haben. Sie wissen aber, dass ich Sie nicht schützen kann, wenn es schiefgeht. Niemand kann Sie dann schützen.«

Nach dem Gespräch saß der Chef an seinem Schreibtisch. Augen geschlossen. Er hätte sich nicht darauf einlassen sollen. Er war zu alt, um ein Scheitern auszuschließen. Der Plan war perfekt. Sie taten alles, um den Feind ins Leere laufen zu lassen. Aber vielleicht war alles nicht genug? Er hatte viele Operationen geleitet. Manche waren gelungen, andere gescheitert. Man war nicht allein auf dem Schlachtfeld, der Feind hatte Truppen. Man musste den Feind am schwächsten Glied packen. Die Akten hatten ihm verraten, wo es zu finden war. Das schwächste Glied.

53.

»Guten Tag«, sagte Wedenstein.

Der andere Mann stand hinter ihr und drückte ihr die Pistole in den Rücken. Es schmerzte.

»Du steigst ein. Und wir machen eine kleine Tour.«

»Sie Schwein!« Der Typ drückte sie zum Laderaum. Sie stieg ein. »Leg dich auf die Bank. Ein Wort, und du bist tot.«

Sie überlegte, wie sie sich wehren könnte. Stürzte nach vorn. Hoffte, der Typ würde das Gleichgewicht verlieren und auf sie fallen. Aber der Typ blieb stehen. Er knallte die Schiebetür von innen zu. Riss ihre Arme auf den Rücken. Wickelte Klebeband um die Handgelenke. Dann um die Knöchel. Schließlich knebelte er sie. Band ihr ein Tuch über die Augen. Es stank nach Motoröl.

Als er sie verpackt hatte, wickelte er ihren Körper mit mehreren Lagen Klebeband an die Rückenlehne. Tätschelte ihre Schulter und stieg aus.

Salinger hörte, wie der Mann Bob auf den Beifahrersitz half. Den Rollstuhl im Laderaum verstaute.

Dann fuhr der Wagen los.

54.

De Bodt war noch lang im Büro gewesen. Hatte Uhlenhorst gefragt. Aber die Spurensicherung hatte nichts gefunden. Die Rechtsmediziner und die Spurensicherung suchten Leichenteile und Trümmerreste. Unter den Linden blieb gesperrt. De Bodt gelang es nicht, sich den Stress der Kollegen vorzustellen. Uhlenhorsts Blick flackerte.

»Du musst auch mal schlafen«, sagte de Bodt.

»Gute Idee. Aber sobald ich im Bett liege, habe ich diese Bilder vor Augen. Fast schlimmer, als es wirklich zu sehen. Vielleicht kann ich wieder schlafen, wenn das Trümmerfeld gereinigt ist. Aber das dauert …« Er blickte de Bodt an. »Es würde meinem Schlaf auch helfen, wenn ihr die Scheißkerle bald fändet.«

De Bodt nickte. Er verkniff sich die Bemerkung, dass es auch für seinen Schlaf gelte. »Wir stehen auf dem Schlauch. Leider. Suchen Verbindungen zwischen den Opfern.«

Uhlenhorst zuckte die Achseln. »Ich glaube nicht, dass ihr denen mit unseren Möglichkeiten auch nur nahe kommt. Da hilft nur die moderne Variante der Blutrache, die Drohne … Okay, ich hab nichts gesagt.« Winkte ab.

Dieser Gedanke plagte de Bodt schon länger. Irgendwer hatte Anschläge begangen, sich spurlos verzogen, war vermutlich nicht mehr im Land. Wie sollten sie diese Leute stellen? Sie durften im Ausland nicht ermitteln. Natürlich halfen Europol, Interpol. Aber wen oder was sollten die suchen, wenn aus Berlin nichts kam?

In der U-Bahn musterte er die Gesichter. Sie sahen aus wie immer. Gelangweilt, müde vom Drittjob. Starrten auf Handys. Eine junge Frau las ein Buch. Ein alter Mann den *Tagesspiegel*. De Bodt sah die Fassaden. In den Hirnen der Leute saß die Angst. Das Leben war auch ohne Großverbrechen eine Zumutung für viele. Gewissheiten verrauchten im Nu. Der einst sichere Job war die Vorbereitung auf Hartz IV. Womit man gestern rechnen konnte, hatte sich längst in Sozialroulette verwandelt. Die Stadt wurde umgeschichtet. Mieter vertrieben. War man nicht Manager mit millionenschwerer Pension, IT-Profi oder Beamter, war man angeschmiert. Und nun noch Anschläge. Bei denen es jeden erwischen konnte. Vielleicht jagten diese Arschlöcher morgen einen Zug in die Luft. Eine U-Bahn, S-Bahn. Einen Spreedampfer. Auch der Terrorismus war unberechenbar geworden. Zu RAF-Zeiten wusste man wenigstens, ob man zur Zielgruppe der Terroristen gehörte oder nicht. Heute war es Fanatikern sogar egal, ob es Muslime erwischte oder nicht. Ob Terrorismus oder Sozialroulette, die Angst kroch ins Leben. Während die Politik nach Kräften dilettierte. Nicht mal den Anspruch erhob, die Bürger zu schützen. Und wenn sie es beansprucht hätte, hätte sie sich der Lächerlichkeit preisgegeben.

Schlesisches Tor. De Bodt stand vor dem Eingang. Unschlüssig.

Ob er nach Hause gehen sollte. Ins *Nest.* Das *Café Eliza* hatte geschlossen. Er musste mit jemandem reden. Weil er so nicht weiterdenken konnte. Die Beschwörung des Elends machte es nicht erträglicher. Er musste diese Gedanken loswerden. Und wenn es nur für eine Stunde wäre.

Er klingelte. Niemand öffnete. Eifersucht. Sie biss, kniff. Mit wem war Salinger unterwegs? Bestimmt hatte sie es zu Hause nicht ausgehalten. War spazieren gegangen. Im Görli. Um sich abzulenken.

Er stand unschlüssig. Schlenderte Richtung Park. Betrat ihn. Touristen, Berliner. Türkische Familien grillten noch so spät. Rauchschwaden zogen über die Wiese. Umhüllten Bäume. Er roch Holzkohle und verbranntes Fett.

Ließ die Augen streifen. Sie fanden Silvia nicht. Vielleicht war es auch gut so. Er fühlte sich schwach. Erschüttert, ohnmächtig. Verführbar, und wenn es nur des Trostes wegen war.

Zu Hause legte er sich aufs Bett. Beglotzte die Decke. Nichts, um ihn abzulenken. Nicht mal eine Spinne. Die erschienen auch nur, wenn man sie nicht brauchte.

Er hatte schwierige Fälle gelöst. Er hatte immer eine Idee gehabt, manchmal sogar eine Spur. Und sei es nur im Kopf. Aber er hatte nicht die geringste Idee, wer hinter den Anschlägen stecken mochte. Nicht, wenn er sie zusammendachte. Nicht, wenn er sie als Einzeltaten betrachtete. In Murmansk, das mochten wirklich rachsüchtige Tschetschenen gewesen sein. Aber wer sprengt einen Touristenbus in die Luft? Außer dem IS? Wer lässt ein Flugzeug abstürzen? Außer dem IS? Etwas in ihm fand sich nicht ab mit der einfachsten Erklärung. Der IS tötete so viele Ungläubige, wie er konnte. Er hatte in Europa mehrfach zugeschlagen. Ockhams Rasiermesser, das er so gern anführte. Das alles wegschnitt, was umständlich war. Einer einfachen Erklärung im Weg stand. Was war es, das ihn hinderte, Ockham zu folgen? Er verstand es nicht. Er verstand sich selbst nicht. Ockham verriet ihm allerdings auch, dass drei monströse Anschläge binnen kurzer Zeit etwas miteinander zu tun hatten. Wenn dies zutraf: Wer war fähig, drei Anschläge an verschiedenen Orten kurz hintereinander vorzubereiten und auszuführen? Anschläge, die perfekt geplant waren und perfekt geklappt hatten. Taschendiebe waren das nicht. Ebenso wenig die Mafia, welche auch immer.

Er rief Merkow an. »Sie sind auch noch wach?«

»Keine Zeit zu schlafen. Wie Sie.«

»Haben Sie sich bei Ihren Kollegen umgehört?«

»Natürlich. Ich habe mit Kollegen aller unserer Geheimdienste gesprochen. Die einen verdächtigen die Amerikaner, die anderen die Chinesen … den IS …«

»Den Mossad?«

»Natürlich, hätte ich fast vergessen. Die jüdische Weltverschwörung.«

55.

Salinger schwitzte und fror. Handgelenke und Schultern schmerzten. Sie versuchte sich auf Geräusche zu konzentrieren. Ein Diesel. Asphalt, wenig Löcher. Dann bog der Lieferwagen rechts ab. Es holperte. Asphalt mit Wellen. Kein Kopfsteinpflaster. Der Fahrer fuhr nicht schnell. Klar, bloß nicht auffallen. Doch musste er mit Zeugen rechnen. Mit einer Fahndung nach einem schwarzen Transporter. Mercedes-Benz. Ohne Aufschrift. Vielleicht hatte jemand sich die Nummer gemerkt? Nein, auf solches Glück durfte sie nicht hoffen. Sie kannte das von Zeugenvernehmungen. Nur wenige zückten das Telefon, um ein Auto zu fotografieren. Kaum einer war so geistesgegenwärtig, das Nummernschild aufzuschreiben. Sie hatte zu viele Zeugen befragt, um sich Illusionen zu machen.

Was wollte Bob? Warum hatte er es gewagt, nach Deutschland zurückzukehren? Wo seine Visage jedem Polizisten ins Hirn gebrannt war. Wo seine Fresse zigmal im Fernsehen gezeigt worden war, in Zeitungen. Wo sich eine Talkshow mit ihm befasst hatte. Als Prototyp des modernen Verbrechers. Der die Polizei vorführte wie kein anderer. Natürlich hatten sie de Bodt gefragt, ob er in die Sendung kommen wolle. Natürlich hatte der nicht mal geantwortet.

Ali hatte Talkshow gespielt. »Sie sind der einzige Polizist, der Wedenstein verhaften konnte. Was macht das mit Ihnen, dass dieser gefährliche Verbrecher aus dem Gefängnis entkommen konnte? – Ich tröste mich mit Hegel.«

Sie hatten gelacht. De Bodt hatte ihr zugezwinkert.

Der Pressesprecher hatte sich alle Mühe gegeben. »Sie müssen den Ruf der Polizei verteidigen. Niemand kann dies besser als Sie.«

»Meine Aufgabe ist es, Verbrecher zu verhaften. Ich betreibe keinen Waschsalon.«

Fehlte noch, die Kanzlerin hätte angerufen. Aber die war gerade damit beschäftigt, in Fettnäpfe zu tappen, die niemand hingestellt hatte. Seit den Anschlägen war nichts mehr wie vorher.

Tilly war schließlich ins Studio gegangen. Ließ sich feiern als Chef des LKA, das Wedenstein gefasst hatte.

De Bodt hatte die Sendung nicht gesehen. Und nicht auf Kollegen reagiert. »Der Kriminalrat hat Ihnen die Show gestohlen.« Sagte der Portier. Sagten und dachten die Kollegen.

»Das macht dir wirklich nichts aus?«, hatte Salinger ihn bei einem Essen im *Nest* gefragt.

»Es ist gut so. Das schlechte Gewissen Tillys erweitert unseren Spielraum.«

»Schön, dass du glaubst, der habe ein Gewissen.«

Der Wagen bog ab. Links. Holperte kurz, beschleunigte und fuhr auf glattem Asphalt. Der Fahrer blieb auf dem Gaspedal. Autobahn. Nur welche? Der Ring. Vielleicht fuhr er auf der 24 Richtung Hamburg.

Dann stieg der Fahrer auf die Bremse, bog rechts ab.

Es ging immer weiter. Der Straßenbelag wechselte, die Richtung wechselte. Bald hatte sie das Gefühl, der Typ kurvte wild rum.

Warum? Sie hatten ihr das Handy gleich abgenommen. Niemand konnte der Fahrt folgen. Und ein schwarzer Mercedes-Transporter, wer achtete auf so was? Vielleicht wollen sie dich verwirren, dachte sie. Nur, was sollte das nutzen?

Die Panik griff nach ihr. Sie hatte Bob gesehen. Das erlaubte ihr keine Illusionen. Der würde sie abknallen und verscharren. Wenn er es für richtig hielt. Daran hatte sich nichts geändert, auch wenn er im Rollstuhl saß. Leider hatten ihn die Kugeln nicht getötet. Sie erschrak keine Tausendstelsekunde bei diesem Gedanken. Hätte der junge Mann ihn getötet, sie läge nicht in diesem Scheißauto. Verschnürt und hilflos.

Der Wagen holperte. Immer weiter.

Die Panik. Aber sie dachte nach. Das lenkte sie ab. Und vielleicht fand sie etwas, das ihr half. Die wollen die Ermittlungen behindern. Bob wusste, dass sie mit de Bodt ein besonderes Verhältnis hatte. De Bodt hatte ihn schon mal laufen lassen, um sie zu befreien. Und jetzt spielte Bob die gleiche Karte? Warum hatten sie sich nicht Eugen geschnappt? Das war ihnen zu riskant. Der hatte Bob schon einmal alt aussehen lassen. Der hing nicht so stark an seinem Leben, dass er nicht jedes Risiko einginge. Eugen war gefährlich für die. Er hatte Wedenstein bewiesen, dass ihm immer etwas einfiel. Sogar wenn es ihn das Leben kosten könnte. Wenn die Entführer nur zu zweit waren, dann lagen sie richtig mit ihr. Sie waren sogar nur eineinhalb. Auf jeden Fall zu wenig, um einen Angriff auf Eugen zu riskieren. Sie war Eugens Achillesferse. Niemand wusste es besser als Bob.

Der Wagen hielt. Türen klappten. Die Schiebetür öffnete sich. Der Typ durchschnitt das Klebeband, das sie an die Sitzbank fesselte. Dann an den Knöcheln. Zog sie hoch wie eine Puppe. Er hatte Kraft. Und intelligente Augen. Der machte so was nicht zum ersten Mal. Ihr wurde übel. Aber sie wollte es sich nicht anmerken lassen.

Bob saß in seinem Rollstuhl und lächelte. Sie waren in einer Halle. Es roch nach Feuchtigkeit und Öl. Gegenüber stand ein VW-Passat-Kombi. Die Heckklappe geöffnet. Sie wusste, was jetzt kam. So eine verfluchte Scheiße.

»Mach keinen Unsinn, dann überlebst du es. Vielleicht.«

Sie hätte ihn gern angespuckt. Der Knebel hinderte sie auch, ihn zu verfluchen.

56.

Am Morgen fehlte Salinger. Yussuf hatte schon versucht, sie zu erreichen, de Bodt mehrfach. Er rief Uhlenhorst an.

»Wir öffnen Silvias Wohnung. Bring einen mit, der so was kann.«

»Mich selbst also«, erwiderte Uhlenhorst.

De Bodt klingelte lange an der Wohnungstür. Nichts.

»Mit einer Büroklammer kriegt man das Schloss nicht auf. Aber vielleicht damit.« Uhlenhorst hatte einen Elektro-Dietrich dabei. Der brummte und klapperte. Das Schloss klackte auf.

De Bodt trat ein. Blieb im Flur stehen. Es roch sauber. Und nach Silvia. Sie trug nie mehr als einen Hauch Parfüm. Er roch auch ihr Shampoo. Er betrat das kleine Wohnzimmer. Kein Fernsehgerät. Ein Bücherregal neben dem Fenster, das zum Hinterhof zeigte. Alles sauber, aufgeräumt. Kein Glas auf dem Tisch vergessen. In der Küche Geschirr im Trockenständer neben dem Waschbecken. Ein kleiner Klapptisch. Eine Tür zu einer winzigen Vorratskammer, fast leer. Eine Küchenunterzeile, außer dem Waschbecken die Waschmaschine, eine alte Filterkaffeemaschine. Eine Dose, darin grüner Tee. De Bodt lächelte. Aber nur kurz. Die Angst hatte eine Weile gelauert. Jetzt meldete sie sich. Er hatte Salinger schon einmal befreit. Der Preis war, Bob entkommen zu lassen.

»Die bleibt nicht weg, ohne uns Bescheid zu geben«, sagte Yussuf. Mit belegter Stimme. »Das ist eine Riesenscheiße.«

»Ruf mal die Krankenhäuser an«, sagte de Bodt.

Yussuf verließ die Wohnung. Setzte sich ins Auto und suchte die Telefonnummern.

57.

»Auch mein Onkel hat keine Verbindung zwischen unserem Staatssekretär und dem CIA-Agenten gefunden«, sagte Floire.

Sie saßen im Frühstücksraum der Pension. Waldtraud schenkte Kaffee nach.

»Ich hätte lieber einen Café au lait«, sagte Floire. »O pardon …«

»Kein Problem … oder lieber doch einen Cappuccino?«

»Gern«, sagte Floire. Er hatte es nicht zu hoffen gewagt. Zu Lebranc gewandt: »Mein Onkel sagt auch, dass die beiden dieselbe Person in Berlin aufsuchen wollten. Vielleicht.« In Wahrheit hatte Floire sich das ausgedacht.

»Wen?«

»Vielleicht jemanden in der russischen Botschaft?«

»Was wollen ein Pariser Staatssekretär, seine Frau von der DGSE und ein CIA-Agent in der russischen Botschaft?«

»Ich glaube, dass die Frau und der CIA-Agent in der russischen Botschaft waren. Dass Madame Millet anschließend ihren Mann an der Bushaltestelle getroffen hat. Eine Stadtrundfahrt ist eine schöne Tarnung.«

»Und dieser Agent?«

»Der hatte mit Madame Millet und den Genossen in der Botschaft was zu bereden. Solche Besprechungen sollen nicht so selten sein. Zur Aufklärung von Missverständnissen. In Sachen Terrorismus. Was weiß ich?«

»Ihr Onkel weiß da mehr.«

»Der rückt sonst nichts raus. Ist ja auch ein Hinweis.«

»Oder keiner. Gut, die beiden hatten ein Rendezvous mit einem Geheimdienstler in der russischen Botschaft. Was wollten die dabei besprechen? Und: Wer den Bus gesprengt hat, hat der von dem Treffen gewusst? Wie wahrscheinlich ist das?« Lebranc neigte den Kopf zur Seite. »Wie wahrscheinlich ist das, dass derjenige dann gleich einen Sprengsatz im Bus verstaut hat … um vom Flugzeug gar nicht zu reden. Vielleicht geht es um was völlig anderes. Vielleicht um andere.

Vielleicht haben unsere deutschen Kollegen zu kurz gedacht. Vielleicht finden sie andere Opfer, die Ziele von Anschlägen sein können.«

»Viele vielleicht«, sagte Floire. »Viel zu viele. Ich glaube, dass im Augenblick alles für den IS spricht. Ohne jedes Vielleicht.«

»Dann arbeiten Sie an der Spur! Reden Sie nicht rum, arbeiten Sie.«

Floire öffnete seine Aktentasche. Zog eine Mappe hervor. Schob sie vor Lebranc. Der öffnete sie. »Ja?«

»Ausdrucke von Chats in Islamistenkreisen. Fans des IS.«

Lebranc blätterte. »Und was sagen die Idioten? Seit wann können Sie Arabisch?«

»Die Übersetzung hängt an.«

»Von wem stammt die?«

»DGSI … Büro meines Onkels.«

»Sagen Sie das doch gleich!« Warum musste er dem Scheißkerl die Funde einzeln aus den Zähnen ziehen? »Kurzfassung!«

»Großer Jubel. Die Leute in den Gruppen haben keinen Zweifel, dass es der IS war.«

»Was nichts beweist.«

»Im Darknet gibt es eine Chatgruppe, in der auch Leute der IS-Führungsebene aktiv sind … sagt mein Onkel beziehungsweise ein Mitarbeiter meines Onkels, den mein Onkel für vertrauenswürdig hält.«

»Wär ja noch schöner, wenn Ihr Onkel mit Leuten zusammenarbeitete, denen er misstraut.«

»Soll vorkommen in Behörden«, sagte Floire. »Man kann sich seine Vorgesetzten … und Mitarbeiter schwer aussuchen.«

Lebranc musterte ihn. Fragte sich, ob die Guillotine nicht zu mild wäre für Floire. »Und diese IS-Führer bestätigen, dass sie es gewesen seien?«

»Kann man so sehen. Sie sprechen von einem Werk Allahs. Nehmen die Gratulationen dafür entgegen.«

»Ihr Onkel glaubt auch, dass die es waren?«

»Offiziell nicht. Er will sich nicht festlegen. Aber sagen wir, persönlich glaubt er, dass es der IS war. Er kennt auch niemand anderen, dem er so eine Sauerei zutraut.«

»Mir fielen da schon welche ein«, sagte Lebranc nachdenklich.

Vielleicht war es wirklich so, dass das Wesen der Erscheinung entsprach. De Bodt hatte sich so geäußert. Aber er hatte die Idee befremdlich gefunden. *Befremdlich*, was für ein Wort!

»Für die Kriminalistik gilt auch, was Hegel über die Mathematik gesagt hat: Die Bewegung des Wissens geht auf der Oberfläche vor, berührt nicht die Sache selbst, nicht das Wesen oder den Begriff und ist deswegen kein Begreifen.«

Lebranc schwieg lang. Er fand die Zitierwut de Bodts prätentiös. Aber dass nun auch Floire mit der Hegelei anfing, war der Höhepunkt der Frechheit.

»Dann lassen Sie doch bitte auch Hegel den Fall lösen. Aber woher wissen Sie das überhaupt?«

»Das hat mir der Kollege de Bodt erzählt.« Blickte Lebranc an wie ein Fünfjähriger voller Unschuld. »Das ist der einzige Mensch, den ich kenne, der am Ende immer recht hat. Finden Sie nicht auch, *Patron*?«

58.

Der Kellerraum war vorbereitet. Ein Klappbett, sogar Bettwäsche mit Bezügen. Eine Chemietoilette, dazu Klopapier, als wäre es ein Campingausflug. Ein Tisch mit einem Stuhl. Darauf abgepackte Fressalien, zwei Flaschen Wasser. Es stank nach Öl. Schmierige Flecken auf dem Boden.

»Ist ja richtig gemütlich«, hatte Salinger gesagt.

»Nur für dich. Für jemand anderen hätte ich das nicht gemacht«, hatte Bob erwidert.

»Ich bin gerührt. Und was nun?«

Sie lag seitdem auf dem Bett und grübelte. Hatte sich vorher die Zelle angeguckt. Die Tür war aus Stahl. Sie hatten ein Loch hineingebohrt, um sie beobachten zu können. So tief, dass Bob hindurchschauen konnte. Der andere Typ hatte sogar geklopft, bevor er in den Spion blickte und die Tür öffnete. Genauer gesagt, hatte er mit der Hand an die Tür geschlagen.

Wie jetzt wieder. Salinger sah das Auge im Guckloch. Die Tür öffnete sich. Bob rollte hinein. Der andere hatte eine SIG Sauer M17 in der Hand. Hielt Abstand. Sah aus, als könnte er mit der Pistole umgehen. Starrte sie an.

»Was wollen Sie?«

»Dich bewundern, was sonst?« Bob lächelte. Was in seinem zerschossenen Gesicht fies aussah.

»Reden Sie keinen Quatsch, Wedenstein.«

»Niemals, Gnädigste.«

»Was wollen Sie also?«

»Nichts«, sagte Wedenstein.

»Was hat meine Entführung mit den Anschlägen zu tun?«

»Welche Anschläge?«

»Ich habe Sie nie für besonders helle gehalten«, log Salinger. Sie wollte ihn provozieren. »Aber die Anschläge auf Bus und Flugzeug sollten Ihnen nicht entgangen sein. Schließlich hat mein persönlicher Held Ihnen nicht das Hirn aus dem Kopf geschossen.«

»Ich habe immer gewusst, dass du auf Gewalt stehst.«

»Also, warum?«

»Um dich zu verwöhnen. Vielleicht fällt auch ein bisschen Glanz auf uns ab. Von solcher Schönheit.«

»Ihr Fall ist hoffnungslos. War er schon, bevor der Typ leider nicht richtig traf.«

»Für eine Vertreterin des Rechts klingst du aber doch … wie soll ich es sagen … ach, das weißt du selbst.«

»Wenn ich die Gelegenheit bekomme, ich schieße nicht vorbei.«

»Das ist dein Problem, Silvia. Du bist zu impulsiv. Hass ist kein guter Ratgeber. Nimm dir ein Beispiel an mir. Ich hasse niemanden.«

»Klingt geradezu drollig angesichts der Leichenspur, die Sie überall hinterlassen, wo Sie auftauchen.«

»Das betrübt mich jetzt aber. Ich habe keinen von den Leuten gehasst.«

»Welch vornehme Ausdrucksweise für einen Auftragskiller.«

»Du arbeitest umsonst?« Er tat so, als schaute er sich um. »Dir fehlt es an nichts?« Blickte sie eine Weile an. »Na, umso besser. Wenn dir doch was fehlt, klopf gegen die Tür. Oder willst du ein Babyfon?«

59.

Er hätte gern gesagt, dass sein Gefühl ihn trog. Es war mies, das Gefühl. Der Chef erinnerte sich vieler Situationen. Oft hatte er eine Vorahnung, er reise direkten Weges in den Hades. Stattdessen hatte er Belobigungen gesammelt. Und Geld, noch wichtiger. War aufgestiegen. Trotzdem verlangte das Gefühl, beachtet zu werden. Es verwies ihn auf Gefahren. War es richtig, die Polizistin zu entführen? Was sollte mit ihr geschehen, wenn sie fertig waren? Sie durfte nicht am Leben bleiben. Sie würde sich etwas zusammenreimen. Sie hatte Wedenstein wiedererkannt. Sie kannte jetzt auch Adrian. Schade. Er bedauerte es immer, wenn Menschen getötet werden mussten. Besonders bei Frauen. Er war da altmodisch.

Lass dich nicht ablenken. Sie muss sterben. Einen Mann hätte er auch töten lassen. Gleiches Recht für alle. Er lächelte, fand es aber falsch. Es gab nichts zu lachen.

60.

»Nichts«, sagte Yussuf. »Auch bei den Notdiensten, Krankentransportern und so weiter. Sie ist spurlos verschwunden.«

»Das ist immerhin ein Hinweis«, erwiderte de Bodt leise. »Sie wurde entführt. Nur Profis trauen sich das bei einer Polizistin. Oder Verwirrte. Aber die hinterlassen Spuren.« Er erhob sich vom Stuhl neben der Tür. Trat zum Fenster, schaute hinaus. Seit den Anschlägen war der Parkplatz überfüllt. Autos der Spurensicherung. Die Kollegen aus Wiesbaden. Und wer sich noch für zuständig hielt.

»Hat der IS sie entführt? Hat der IS jemals jemanden außerhalb der arabischen Welt entführt? Nie. Ich glaube, die Entführung ist der erste Fehler, den diese Leute machen. Das ist eine Ahnung, ein Verdacht.« Er murmelte es vor sich hin. »Dieser Verdacht kann uns schon auf die rechte Spur führen, das Blendwerk zu entdecken, was uns so lange irregeführt hat.«

»Wer war der Schlaumeier?«

»Kant.«

»Aha, der erste Kriminalist. Ich dachte immer, es wäre dieser andere …«

De Bodt lächelte. »Alle, die uns Denken gelehrt haben, sind erste Kriminalisten.« Nickte Yussuf zu. Der saß hinter de Bodts Schreibtisch.

Die Worte fielen aus de Bodt heraus wie Münzen aus einem Spielautomaten. Es war alles falsch. Fühlte sich falsch an. Was er sagte, war falsch. Was er nicht sagte, war falsch. Alles. Er hätte diesen Zug des Feindes ahnen müssen. Er hatte Salinger in die Falle laufen lassen. Sie hatten Salinger entführt, um ihn zu treffen. Sie mussten ihm die Botschaft nicht schicken. Er hatte sie schon erhalten. Aber er hatte keine Ahnung, wer der Absender war. Doch er wusste: Sie würden ihm keine Forderung schicken. Sie würden kein Lösegeld verlangen. Sie wollten, dass er die Ermittlungen einstellte. Oder in den Sumpf leitete. Sie hatten nicht Yussuf entführt. Nicht de Bodt. Wer kannte ihn so genau, dass er wusste, was Salingers Entführung bewirkte? Nein, unmöglich. Du spinnst. Die Angst hat dir das Hirn vernebelt.

»Was machen wir, wenn wir keine Spur haben?«, fragte Yussuf. »Die Befragung der Nachbarn hat nichts ergeben. Wir haben Fotos zur Fahndung rausgegeben. Bis auf dumme Kommentare nichts.«

»Wir fassen zusammen, was wir wissen. Und überlegen, was wir daraus machen. Ich gehe davon aus, dass die Urheber der jüngsten Anschläge die Entführung veranlasst haben. Gehörte sie von Anfang an zum Plan? Dann haben die Terroristen auch die Entführung übernommen. Gehörte sie nicht zum Plan …«

»Dann können sie die Entführung trotzdem selbst unternommen haben«, sagte Yussuf.

»Möglich, wenn sie Kapazitäten frei hatten. Aber wann hat man das? In Wahrheit pfeift der IS auf dem letzten Loch.«

»Wenn er es denn war.«

De Bodt nickte. Salinger fehlte, und Yussuf wuchs binnen Minuten in seine Rolle als Nummer zwei hinein, als hätte er sie schon immer ausgefüllt. »Wenn er es war, sehen wir bald das Video. Silvia mit einem Messer am Hals. Links und rechts bewaffnete Typen mit Maske.« Ihn schauderte. Ihm war, als wäre der Hals abgeschnürt. Er konnte sich Gefühle nicht leisten. Schon gar nicht in diesem Fall. »Die müssen dieses Video produzieren. Weil sie es immer so gemacht haben. Jede Abweichung von dieser Routine verwirrt die Anhänger.«

»Du glaubst an die Zuverlässigkeit des IS?«

»Ja, leider.«

»Gut, dass wir Sie hier begrüßen dürfen«, sagte Becker. Die Runde hatte an Prominenz verloren. Es stellten sich vor: ein Abteilungsleiter Terrorismus des Verfassungsschutzes, ein mausgrauer Vertreter des Bundesnachrichtendienstes, ein Regierungsdirektor aus dem Bundesinnenministerium und ein Staatssekretär des Berliner Innensenators. Also die Leute, die wirklich arbeiteten.

»Ich nehme an, Sie haben alles versucht, um den Aufenthaltsort meiner Kollegin und die Identität der Entführer aufzuklären«, sagte de Bodt und setzte sich Becker gegenüber.

Die Herren wechselten Blicke.

»Sie glauben, dass Sie Wichtigeres zu tun haben. Nur hängt die Entführung der Kollegin Salinger mit den Anschlägen zusammen«, sagte de Bodt.

»Ach ja? Und ob es überhaupt eine Entführung ist?« Becker blickte ihn an. »Haben Sie die Liste ihrer Feinde abgearbeitet?«

»Sie steht auf keiner anderen Liste als ich. Wenn sie überhaupt auf einer Liste steht. Jeder Täter, den wir in den letzten Jahren verhaftet haben, hat allen Grund, mich auf eine Liste zu setzen. Nicht sie.«

»Das gilt auch für Wedenstein?«, fragte der Staatssekretär.

»Das gilt auch für Wedenstein. Bei dieser Gelegenheit und weil ich an Wedenstein auch gedacht habe, allerdings aus einem anderen Grund: Haben Sie die Passagierlisten der letzten Tage gefilzt?«

»Wir haben die Listen ab zwei Wochen vor den Anschlägen und zwei Tage danach geprüft. Nichts gefunden. An deren Stelle wäre ich irgendwo in den Schengenraum gesickert und dann mit dem Auto gefahren.«

»Haben Sie die Mietwagenfirmen …«

»Natürlich.«

»Sie haben gewiss die Herkunft, Kleidung und die Essgewohnheiten von Fluggästen ausgewertet. Sie haben nach einem Mann im Rollstuhl gefahndet?«

»Sie halluzinieren«, sagte der BND hüstelnd. »Wedensteins Spur haben wir in Australien verloren. Der hat in Sydney eine Polizistin ermordet und ist blitzschnell abgetaucht. Der sitzt auf einer Südsee-Insel und lässt sich die Füße kraulen. Der wär ja wahnsinnig, wenn er hier auftauchte, wo ihn jeder Streifenpolizist sucht.«

»Als könnte ein Rollstuhlfahrer sich nicht tarnen«, sagte de Bodt. »Ich weiß nicht, ob Wedenstein im Land ist. Ich habe nur ein blödes Gefühl. Haben Sie geprüft, wie viele Rollstuhlfahrer auf EU-Flughäfen gelandet sind …?«

»Unterstellen wir, Sie haben recht. Glauben Sie ernsthaft, Wedenstein riskiert es, über einen EU-Flugplatz einzureisen?«

»Haben Sie …?«

Becker erhob sich und zog im Hinausgehen sein Telefon aus der Tasche. Als er zurückkam, nickte er. »Er müsste gefälschte Papiere benutzen. Sehr gut gefälschte … und ich frage mich, ob ich an seiner Stelle dieses Risiko einginge. Sein Konterfei war in jeder Zeitung, im Fernsehen, Internet.«

»Das wissen wir doch alles. Das Bekannte überhaupt ist darum, weil es bekannt ist, nicht erkannt. Es ist die gewöhnlichste Selbsttäuschung wie Täuschung anderer, beim Erkennen etwas als bekannt vorauszusetzen und es sich ebenso gefallen zu lassen«, sagte de Bodt. »Anders gesagt, den Denkfehler kannte schon Hegel. Und ein paar vor ihm.«

Schweigen.

»Wenn wir in dem, was wir zu wissen glauben, nicht bohren, kommen wir auf keinen Grund. Ja, Wedenstein wird gesucht. Sein Gesicht kennt jeder. Der Rollstuhl fällt auf. Aber vielleicht spielt er damit. Ein Gesicht kann man verstecken. Ein Rollstuhl kann dabei helfen. Jeder weiß, dass da niemand genau nachschauen will.«

»Stimmt, Herr Kollege. Wir müssen alle Möglichkeiten im Blick behalten. Das wussten wir schon ohne Hegel. Aber es gibt auch Abstruses …«

»Wofür Wedenstein ein Spezialist ist.«

»Warum sollte er das riskieren? Vermutlich hat er ausgesorgt«, sagte der Staatssekretär.

»Weil Wedenstein nicht so denkt wie ein deutscher Beamter.« Es war ihm rausgerutscht. Der Ärger, die Sorge um Salinger.

»Sie sind nicht weniger deutscher Beamter«, sagte Becker. »Und wie gesagt: Von einer Entführung sind allein Sie überzeugt. Ich halte sie für möglich, aber sonst …«

»Wedenstein muss sich beweisen, dass er der Beste ist. Und dass er es im Rollstuhl nicht verlernt hat. Er weiß mit sich nichts anzufangen …«

»Haben Sie ihn nicht für Hegel begeistern können?«, fragte der BND.

»Leider nur für meine Kollegin.« Er schluckte den Ärger hinunter. »Wedenstein stirbt lieber an einer Kugel als vor Langeweile. Er kann mit sich nichts anfangen. Außer im Kampf. Er gehört zur fast ausgestorbenen Spezies der Krieger. Und was den Rollstuhl angeht, er sieht ihn nicht als Beweis seiner Unfähigkeit, sondern als Zeichen seiner Entschlossenheit. Seines Mutes. Die Krieger rühmten sich nicht ihrer Heldentaten, sondern zeigten ihre Wunden, wusste Rousseau über die Römer.«

»Was Sie so alles erzählen«, sagte der Staatssekretär. »Aber warum Wedenstein? Warum einen Mann im Rollstuhl, wenn es andere für schmutzige Jobs gibt? Warum sollte ich als Auftraggeber einer Entführung nicht eigene Leute nehmen? Und wenn die mit anderen Verbrechen ausgelastet sind: Warum nicht irgendeine Mafia, Söldner, frustrierte Elitesoldaten oder Agenten? Warum ausgerechnet einen Krüppel, den jeder kennt?«

»Sie haben recht. Mag sein, dass alles anders ist. Aber bei Wedenstein kann man sicher sein, dass er schweigt, wenn er verhaftet wird. Wir haben nie etwas aus ihm herausgekriegt …«

»Ich dachte …«, sagte Becker.

»Wir haben sein Verhalten entschlüsselt, als er in Moabit einsaß.

Wir haben Schlüsse gezogen. So, wie wir jetzt Schlüsse ziehen müssen, weil wir keine Wahl haben. Aber ausgesagt hat der Mann nie. Ich habe alles versucht. Ihm Hafterleichterung und -verkürzung angeboten, mehr, als in meiner Macht stand. So was interessiert den nicht. Er gibt Loyalität und erwartet Loyalität. Sie haben mich da vielleicht nicht verstanden: Er kennt Salinger. Er weiß, dass ich mich für die Kollegin einsetzen werde. Er hat sie genommen. Ich bin ihm schon einmal entwischt. Ich kann mich körperlich besser wehren. Warum den Holperweg gehen, wenn es zum Ziel eine Autobahn gibt.«

»Gehen wir einmal davon aus, dass Sie recht haben. Was ist die Forderung?«

»Dass ich meine Ermittlungen einstelle. Ich hatte einige Male mit ihm zu tun. Jedes Mal war es unerfreulich für ihn. Der Mann ist intelligent und nicht stur.«

»Die Forderung hat er Ihnen geschickt?«

»Nein. Die muss er nicht schicken. Das spricht auch für die These, dass es Wedenstein ist.«

61.

Sie hatte jeden Quadratmillimeter ihrer Zelle abgesucht. Es gab keinen Lichtschacht. Keine Öffnung. Keinen Riss. Nur eine elende Neonleuchte. Immerhin flackerte sie nicht. Nur ein Ausgang. Sie ärgerte sich. Die hatten sie von der Straße gepflückt wie eine Kirsche vom Baum. Einfach so. Als wäre es ein Kinderspiel. Sie hatte sich von eineinhalb Arschlöchern überrumpeln lassen. Sie hatte keine Millisekunde Zeit gehabt, sich zu wehren. Ihr Rücken schmerzte, wo der Lauf gedrückt hatte. Erinnerte sie an ihre Hilflosigkeit. Warum hatten die sie entführt? Fürchteten sie, dass de Bodt auf der richtigen Spur war? Was würden die mit ihr machen? Sie mussten sie töten. Sie war Zeugin. Sie wusste, dass Wedenstein in Deutschland war. Sollte sie sich befreien können, wäre Wedenstein aufgeschmissen. Polizisten und Geheimdienste würden ihn jagen. Er käme aus der EU nicht mehr raus. Der Rollstuhl.

Sie hatten nichts herausgefunden. Warum die Entführung? Hatte Eugen irgendwen nervös gemacht, ohne es zu wissen? Ein Anruf. Vielleicht stand in einer Zeitung eine Spekulation. Und die Entführer glaubten, die stamme von Eugen. Nein, sie wussten nichts. Und wenn es weniger als nichts gab, dann das. Irgendwer verübte Anschläge. Keiner wusste, warum. In den Medien stand, dass die EU, nicht zuletzt die Berliner Regierung, den Amis eine Abreibung verpasst habe. Da habe sogar der Bekloppte im Weißen Haus mit den Ohren gewackelt. Die Drohung: Wir können uns auch mit den Chinesen zusammentun. Die sind uns zwar unsympathisch. Nicht mal unsere Überwachungsfanatiker mögen sich für Orwell 4.0 begeistern. Für Konzentrationslager schon gar nicht. Aber warum sollten wir die weniger mögen als die USA? Wenn die uns angreifen? Handelskrieg können wir auch, zusammen mit Peking klappt das. Selbst der Präsidentendarsteller hatte das geschnallt.

Und die Russen? Die trauten sich das noch weniger. Sicher, ein bisschen hacken und trollen. Das konnte man ihnen doch nicht verbieten. Sie wollten doch nur spielen. Nein, derzeit war ein verdeckter Krieg gegen die EU nicht angesagt.

Was dann? Was dann, wenn alles so aussah, als wäre es ein verdeckter Krieg? Warum dieser Einsatz? Dieses Risiko? Das konnte nur dem IS egal sein.

Schritte. Die Tür öffnete sich. Da quietschte nichts.

Bob. Ein Tablett auf dem Schoß. Typ Nummer zwo blieb in der Tür stehen. Die SIG Sauer in der Hand.

»Happi, happi«, sagte Bob.

»Sie hätten einen Mustervater abgegeben.«

»Deine Menschenkenntnis war noch nie gut.«

»Sonst würde ich Sie anbeten, ich weiß.«

In ihrem Kopf tanzten die Gedanken Twist. Wenn die reinkommen. Nur dann. Sonst überlebte sie das nicht. Sie musste den anderen ausschalten. Und dann Wedenstein. Wie komme ich an den Typ ran? Wie kann ich ihn überraschen?

Sie lächelte ihn an.

»Jetzt werd ich aber eifersüchtig«, sagte Bob.

»Dazu haben Sie allen Grund. Ich habe nie verstanden, warum man auf so was wie den Glöckner von Notre-Dame abfahren kann.«

»Geht es nicht um die inneren Werte? Also wenn ich den Film kapiert habe …«

»Da sieht es bei Ihnen noch übler aus.«

»Sag ich doch, Mangel an Menschenkenntnis.« Bob lachte.

Schade, dass er sie umbringen musste.

62.

Adrian saß vor dem *Café Eliza*. Auf dem Tisch ein Kaffee und Kekse. Svenja hatte ihn angelacht. Er mühte sich zurückzulachen. Ihn nervte die Entführung. Sie fesselte ihn an den Ort. Bob kriegte das nicht allein hin. Solange die Tür verriegelt war, sorgte sich Adrian nicht. Bob würde mit der Bullin aber nicht allein fertig, wenn er die Tür öffnen musste. Warum beseitigten sie die nicht gleich? Es war ohnehin unausweichlich. Die Entführung selbst war die ganze Aktion. Es gab keine Forderung. Niemand würde nach einem Lebenszeichen verlangen.

»Wir warten ab«, hatte Bob befohlen. »Nur Blödmänner berauben sich grundlos anderer Möglichkeiten. Vielleicht dreht sich die Sache, und wir brauchen doch ein Lebenszeichen. Stell dir vor, die kriegen dich. Wie soll ich dich rausholen ohne Salinger?«

Es hatte nach einem Vorwand geklungen. Bob hatte sich in die Polizistin verguckt. Kein Wunder. Auch keines, dass er Adrian erlaubte, sich zu entfernen. Es genüge, wenn er zur Nachtschicht zurückkomme.

Hoffentlich machte Wedenstein keinen Fehler. Hoffentlich lief die Entführung nicht aus dem Ruder. Hoffentlich ließ sich Wedenstein von der Frau nicht doch noch bezirzen. Adrian ließ seine Finger einen Rhythmus auf dem Tisch spielen. Der Chef würde ihm den Kopf abreißen, wenn die Polizistin entkam.

63.

»Später kann ich sagen, dass ich nach schwarzen Transportern gesucht habe in meinem Leben. Wenn meine Enkel mal fragen. Opa, was hast du früher gemacht? Polizist warst du? Ist ja irre. Und ich? Ich sage: Gar nicht irre. Ich habe nur nach schwarzen Transportern gesucht. Wenn man die verbietet, sinkt die Verbrechensrate weltweit um die Hälfte.« Murmelte Yussuf vor sich hin. Gangster hatten ein Faible für schwarze Transporter. Mercedes, GM, Volkswagen, Toyota. Die Marke war egal. Hauptsache schwarz. »Ist dir eigentlich schon aufgefallen, dass die IS-Killer oft in weißen Toyota-Pick-ups durch die Gegend fahren?«

»Kann man nur hoffen, dass die Entführer Silvia nicht nach Libyen verschleppen. Wenn es der IS sein sollte. Der feiert da gerade seine Wiedergeburt. Mit internationaler Hilfe.«

Die Enttäuschung suchte sich ihren Weg. Es war zum Kotzen. Es hatte sich ein zweiter Zeuge gemeldet. Aber der wusste auch nicht mehr als der erste. Schwarzer Transporter. Marke? Weiß ich nicht? Nummer? Weiß ich nicht. Berliner Kennzeichen? Weiß ich nicht. Leute im und am Transporter? Ein Mann … mehr weiß ich nicht. Was, verflucht, sahen die Leute eigentlich, wenn sie irgendwo hinguckten? Nichts, was ihre Fantasie belasten könnte. Leute, ich hab die Entführer gesehen. Die aus dem Fernsehen! Und *Bild* hat das ganz groß gebracht. Ich habe die gleich angerufen. Mein Name steht da. Da, schau hin. Ist falsch geschrieben. Macht doch nichts.

»Scheiße!«, brüllte Yussuf. »Nichts, dreimal nichts.«

»Wedenstein ist in Berlin. Das wissen wir immerhin. Na gut, wissen … Gehen wir davon aus. Wir brauchen eine Arbeitshypothese …«, sagte de Bodt.

»Wedenstein arbeitet für den IS?« Unglauben in der Stimme.

»Nein«, sagte de Bodt. »Wenn die Attentäter Silvia entführt haben … wenn Bob das war … dann war es nicht der IS. Aber irgendwie war er es doch …«

»Viele Wenns, und den Rest erklärst du mir bitte bei Gelegenheit, ja?«

Aber de Bodt war schon weit weg.

64.

Frida. Sie hatte ihm geschrieben. Er hielt die Transkription des verschlüsselten Textes in der Hand. Las sie noch mal.

»Frida? Das ist doch ein deutscher Name?«

»Ja«, hatte der Chef geantwortet. »Dann passt das ja. Wenn auch auf eine besondere Weise.«

Je länger er über den Namen nachgedacht hatte, desto besser hatte er ihm gefallen. Nicht gefallen hatte ihm, dass sie Frida brauchten. Sie einzubauen war riskant gewesen. Frida war auch nicht einfach. Sie wollte immer alles genau wissen. Schließlich müsse sie ihren Körper und ihr Hirn opfern. Gewiss, in diesem Fall sei kein Opfer groß genug. Sie sei ja nicht blöd. Aber dennoch. Und wenn alles vorbei sei, wünsche sie sich ein Luxusleben ohne Sorgen. Jedenfalls ohne die, die man beseitigen könne. Wenn das Geld nicht reiche, wolle sie mehr. Und das ohne Gezerre. Damit das klar sei. Und sie hatte ihn ernst angesehen aus ihren schönen Augen im schönen Gesicht. Sie wolle das schriftlich. Nein, sie werde den Vertrag nicht mitnehmen. *Für wie blöd halten Sie mich?* Sie schickten einen auf die gefährlichste Mission der Welt und hielten einen für blöd. Passt nicht gut zusammen, stimmt's? Ja, ja, gewiss. Noch sei er ein kleiner Fisch, ihr Auftrag. Aber weil sie eben nicht blöd sei, habe sie eine Idee, wo es hinführen könne. Wenn sie sich den Arsch aufreiße. Frida konnte derb werden. Der Chef kannte das.

Und niemand außer dir erfährt was. Keine Andeutung, nichts. Verstanden? Und wenn sie dich auf die Streckbank legten und die Eier wegkokelten: nichts, nichts und noch mal nichts! Klar?

Er sah sie vor sich und lächelte. Sie hatte die Furie gegeben. Und war eiskalt geblieben.

Er erinnerte sich gut. Hatte lange über Frida nachgedacht. Erst nach einer Weile erkannt, dass sich hinter dem Getue ein klarer Verstand verbarg. Sie tarnte sich, um umso wirksamer zu handeln. Manchmal hatte sie ihn an diese Katt erinnert. Oder an das, was man über die erzählte. Aber der Vergleich passte nicht. Frida war eine Klasse für sich.

Frida hätte die Coolness erfunden, wenn es die noch nicht gegeben hätte. Aber jetzt hatte sie plötzlich die Panik gepackt.

Ich verliere die Kontrolle.
Iwan glaubt wirklich, dass er ist, was er ist.

Nicht mal der Dechiffriertyp würde diese Nachricht verstehen. Aber der Chef verstand sie. Er hatte diesen Augenblick befürchtet. Iwan drehte durch. Sie hatten ihn behutsam aufgebaut. Ohne dass er es ahnte. An ihm gefeilt wie Bildhauer an ihrem Meisterwerk. Aber der Chef hatte immer gewusst, dass ihr Unternehmen erst jetzt gefährlich würde. Wenn sie Erfolg hätten. Und Iwan den Rappel kriegte.

Er hatte Frida vorbereitet. Auch sie hatte Ideen beigetragen. Es hatte immer Krisen gegeben. Doch Frida war cool geblieben. Sie hatte Iwan eingetrichtert, was der Chef ihr auftrug.

Was sollte er tun, damit Iwan wieder richtig tickte? Damit es weiterging? Damit sich die Operation nicht gegen sie richtete? Dass sie nicht dastanden wie die Meisterschüler, denen der Flaschengeist in den Arsch trat.

Immer ging etwas schief. Immer hatte er es wieder in den Griff gekriegt. Und diesmal? Diesmal würde er im Fegefeuer rösten. Immerhin würde er herausfinden, ob es wirklich brannte in der Hölle. Ob es die Hölle wirklich gab.

Der Chef öffnete die Schreibtischschublade. Nahm einen Block heraus. DIN A5, liniert. Überlegte, schrieb:

Versprich ihm alles. Sag ihm, er sei der Größte aller Zeiten.
Das lenkt ihn ab. Wenn er ansprechbar ist, frag ihn, ob er bleiben will, was er ist.

Er las es noch einmal. Fügte ein Komma hinzu. Das zwar nicht chiffriert würde. Aber er war korrekt. Er würde noch Rechtschreibfehler in seiner Traueranzeige berichtigen.

Er telefonierte den Chiffrierer herbei. Der erschien sofort. Nahm den Zettel, den der Chef vom Block abriss. Verschwand.

Iwan würde sich diesmal vielleicht einfangen lassen. Sie hatten Mittel. Sie konnten ihn erinnern. Aber Iwan hatte in letzter Zeit angedeutet, dass es ihm egal sei. Sollten sie doch!

Der Chef grübelte. Er bedachte Möglichkeiten. Er schuf Möglichkeiten. Er kannte seinen Iwan. Hatte ihn erfunden. Sie müssten ihm etwas anbieten, das er nicht ablehnen konnte. Sie müssten ihm einen Traum zeigen. Wenn Iwan den Traum noch nicht geträumt hatte, würde der ihn anfixen. Dass es erst begonnen hatte. Dass ihm eine noch größere Zukunft bevorstand. Wenn er sich an die Regeln hielt. Der Chef klopfte leise auf den Schreibtisch. Die Nachricht würde Iwan für eine Weile ruhigstellen. Aber er würde schon im Sommer fordern, was ihm als Weihnachtsgeschenk versprochen war. So war er.

65.

»Weg von der Tür!«

Sie erkannte Bobs Stimme. Sah etwas Dunkles im Guckloch. Sie stellte sich an die Rückwand. Die Tür öffnete sich. Wedenstein war allein. Mit seiner Pistole auf dem Schoß. Er warf einen Plastikbeutel in die Zelle. Packte die Pistole. Richtete sie auf Salinger.

»Wo ist Ihr Aushilfsgangster?«, fragte sie. »Haben Sie den schon vergrault?«

Bob lächelte. So mochte er sie. Sie jammerte nicht. Sie stellte sich. Das machte sie gefährlich. Aber berechenbar. Würde sie ein Heulkonzert beginnen, müsste er mit allem rechnen. Mit einem Verzweiflungsangriff. Damit, dass sie testete, ob er wirklich abdrücken würde. Ob er es durfte, ob seine Auftraggeber sie noch lebend brauchten. Natürlich hatte Salinger all das längst berechnet. Sie hätten sie gleich umbringen können. Dass sie es nicht getan hatten, war eine Botschaft.

»Hast du einen Wunsch? Dein Chef hat mir ja auch Gutes getan in Moabit.«

»Er hätte dir ein Glas Marmelade mit Zyankali schenken sollen.«

»Wenn, dann bitte Himbeere.«

»Wenn Sie mir noch mal vor die Flinte laufen, drück ich ab. Da hilft Ihnen auch der Rollstuhl nichts. Hätt ich längst machen sollen.«

»Hast du aber nicht. Und jetzt steckst du im Loch, mein Herz.«

»Ich komm raus. Und dann reicht's nicht mal mehr für den Rollstuhl.«

»So mag ich dich.« Wedenstein lachte. Fröhlich. Schüttelte den Kopf, rollte rückwärts. Die Waffe im Anschlag. Zog die Tür zu.

Der Besuch hatte ihre Laune verbessert. Erstens hatte sie dem Scheißkerl die Meinung geigen können. Zweitens würde sie eine Chance bekommen, Wedenstein anzugreifen. Sie wusste schon, wie. Beim nächsten Mal.

Sie nickte, wie um ihre Entscheidung zu bekräftigen. Beim nächsten Mal.

66.

»Erst was essen oder gleich zu mir?«, hatte sie gefragt.

»Gleich zu dir«, hatte Adrian geantwortet.

Es war heftig gewesen. Wie Adrian es mochte. Sie lag schnaufend auf dem Rücken. Seine Hand auf ihrem Oberschenkel.

»Jetzt hab ich doch Hunger«, sagte sie.

»Lassen wir uns was kommen«, erwiderte Adrian. Deutete auf ihr Handy auf dem Nachttisch. »Asiatisch, was mit Fisch.«

Sie bestellte bei einem Lieferdienst. Einen veganen Auflauf für sich, Lachs für ihn. Zog sich an. Ging in die Küche. Kam mit einer Flasche Riesling zurück. In der anderen Hand zwei Gläser.

»Du errätst meine geheimsten Wünsche.«

»Wenn das schon alles ist.« Sie lachte. Er fiel ein. Es war leichter mit ihr als mit Jane. Jane hatte manchmal *trübe Stunden*, wie sie ihre Zeiten des Missmuts nannte. Sie wollte in Ruhe gelassen werden. Wenn er nicht gleich abzog, maulte sie ihn an. Aber auch sonst war sie meist ernst. Als müsste sie pausenlos etwas bedenken. Etwas Schweres.

Adrian blickte auf die Uhr. Noch eine knappe Stunde. Er hatte ein blödes Gefühl. Bob. Würde er es schaffen? Allein mit der Polizistin. Die nicht heulend auf ihrer Matratze lag. Die beherrscht war, kalt wie die Flasche Riesling aus dem Kühlschrank. Sie hatte ihm die Flasche gegeben, er hatte sich eingeschenkt. Er verstand wenig von Wein. Aber der schmeckte. Die Polizistin würde versuchen, Bob anzugreifen. Einen Augenblick zuckte der Gedanke durch sein Hirn, die Polizistin habe Bob schon überwältigt. Und warte jetzt auf ihn. Bob hatte ihn gewarnt. Und jetzt war er mit ihr allein. Aber er würde nicht so blöd sein, die Tür zu öffnen. Aber wenn er sie beeindrucken wollte? Doch Bob war ein Profi. Einer der besten. Ein Mann mit Erfahrung. Dessen Spur Adrian im Internet gefunden hatte. Der Angriff auf die Berliner BBC, ein paar Morde. Der Chef hatte ihm geschrieben, verschlüsselt.

Auf Wedenstein können wir uns verlassen. Er ist ein Söldner. Wir halten den Vertrag, er hält ihn. Er hat reichlich Erfahrung. Weiß, wer die Befehle gibt. Neigt nicht zu Alleingängen. Du wirst seine Spur im Internet finden. Wir haben die Geschichte in Sydney ausgewertet. Er hat sich verteidigt, weil sein Auftraggeber vertragsbrüchig geworden war. Er wird dort gesucht, u. a. wegen Polizistenmord. Es gibt einen internationalen Haftbefehl der australischen und der deutschen Polizei.

»Was ist?« Mit schrägem Blick.

»Nichts, nichts …«

»Hast du an deine Freundin gedacht?« Sie schickte ein Lachen hinterher.

»Nein, an die Arbeit …«

»Ich möchte keine Arbeit haben, die mich verfolgt«, sagte Svenja.

»Ich möchte nichts haben, was mich verfolgt«, erwiderte er.

Sie lehnte sich an den Türrahmen und blickte ihn an.

Es klingelte. Er sah einen Mann mit Pistole, Schalldämpfer. »Ich geh«, sagte er.

Es war der Essensbote.

67.

»Und nun?«, fragte Katt.

Sie saßen in einem Café in der Oranienstraße. Wo sie trotz der Touristenmassen noch einen Tisch gefunden hatten. Eine übel gelaunte Serviererin knallte ihnen die Cappuccino auf den Tisch. Spritzer auf den Untertassen.

»Ich dachte immer, nur bei uns wären sie so unhöflich«, sagte Merkow.

»Oder es ist eine Mode, die in Moskau geschaffen wurde und nun die Welt erobert. Die Rotzigkeit…«, sagte Katt.

»Nun?«, nahm Merkow die Frage auf. »Nun warten wir. Dass die Weisheit über die deutsche Polizei hereinbricht.«

»Das erfreut unserem Präsidenten bestimmt nicht«, erwiderte Katt.

»Wir können nicht zaubern. Steht auch nicht im Dienstvertrag, dass wir es können müssen.«

»Außerdem sind wir für den IS nicht zuständig«, sagte Katt. Als änderte diese Banalität irgendwas.

»Natürlich kann ich Ihnen nichts vorwerfen. Schließlich sind Sie nicht zuständig«, flüsterte Merkow. »Genau das wird der Präsident sagen, oder?«

Katt winkte ab. In Wahrheit waren sie in den Augen ihres Präsidenten für alles zuständig. Zumal wenn es um die Zuteilung der Schuld ging. Wenn übers Versagen verhandelt wurde. Da hatte sich nicht viel geändert seit KGB-Zeiten. Die längst wieder verherrlicht wurden. *Tschekisten. Kühler Kopf. Heißes Herz. Saubere Hände.* Was so zusammengekitscht wurde, wenn die Wirklichkeit das Gegenteil hergab. Von wegen saubere Hände, von wegen heißes Herz. Kühler Kopf: Gewiss, das brauchten die Drahtzieher im Marionettentheater. Der größte Drahtzieher war ihr Präsident. Erbe des Sowjetimperiums.

»Was sollen wir machen außer warten?«, fragte Katt.

»Ermitteln«, erwiderte Merkow und lachte. »Wir buchen eine Schiffsreise nach Libyen und fragen den IS-Häuptling, ob sie es wirklich waren. Wenn ja, wer ihnen geholfen hat. Warum sie vom Absturz des Flugzeugs schon wussten, als es noch flog. Was man so fragt, wenn einem jemand ein Messer an den Hals hält und wartet, bis die Kamera endlich funktioniert. Damit die Gläubigen unsere Hinrichtung in aller Welt bejubeln.«

»Du bist wirklich allerbester Laune«, sagte Katt.

Das hob Merkows Stimmung. Jetzt wurde Katt auch noch sarkastisch. Der Fortschritt war wirklich unaufhaltsam. Wie früher.

68.

»Scharfes Weib, mit der würde ich gern mal. Neid auf ihre Entführer«, las Yussuf. »Facebook-Post unterm Fahndungsfoto von Silvia. Die anderen Einträge erspare ich dir.«

De Bodt nickte. Einen Vorteil hatten die modernen Medien. Sie offenbarten die Niedertracht. Die zuvor weniger Erscheinungsformen gefunden hatte jenseits des Tratsches und der *Bild*-Zeitung.

Die Niedertracht war allgegenwärtig geworden. Mitsamt den instinktiven Zuckungen, die der Menschheit von Beginn an wesenseigen gewesen waren. Als hätten sie seit Jahrtausenden darauf gewartet, dass ein Verstärker wie das Internet entstünde. Es gab keine Niedertracht ohne ihren Ausdruck, und sie wuchs mit diesem. Als würde ein Damm weggeschwemmt.

»Wo steckt sie?«, fragte de Bodt. »In Berlin, vielleicht in der Umgebung. Sie sind vermutlich nicht weit gefahren. Das war nicht nötig, und mit jedem Kilometer wäre das Risiko gewachsen.«

»Die Kollegen checken schwarze Transporter. Aber wenn die nicht mal eine Ziffer oder einen Buchstaben des Kennzeichens kennen … Das ist eher Beschäftigungstherapie.«

De Bodt nickte. »Wenn Wedenstein mit von der Partie ist … Fast möchte man denken, die hätten Wedenstein eingesetzt, weil das die Botschaft verdeutlicht. Wir kennen Wedenstein, jeder weiß es. Jeder weiß, dass wir mit dem noch ein Hühnchen zu rupfen haben. Und der mit uns. Dass der trotzdem in Berlin auftaucht, ist ein Zeichen. Missverständnis ausgeschlossen …«

»Schön, dass Sie ein Missverständnis ausschließen können«, sagte Tilly. Er stand plötzlich in der Tür.

»Die schicken keine Forderung. Die melden sich gar nicht. Die haben sich schon gemeldet. Und verlangen, dass wir die Ermittlungen einstellen, also ich …«

Tilly legte die Stirn in Falten. »Wenn Sie nicht mehr ermitteln, lassen die Entführer die Kollegin Salinger laufen?«

»Nein. Die wollen die nicht laufen lassen. Sie wollen uns unter Druck setzten, Yussuf und mich.«

»Aber haben Sie denn eine Ermittlungsrichtung, die denen gefährlich erscheint? Wenn ja, woher könnten die das wissen? Ich verstehe gar nichts mehr.«

»Ich auch nicht«, sagte de Bodt.

Tilly blickte ihn erstaunt an. De Bodt hatte noch nie zugegeben, etwas nicht zu begreifen. So schlimm stand es also. »Becker hat angerufen. Sie haben die Ermittlungen am Flughafen erst mal beendet. Nichts gefunden. Keine Zeugen. Die Videoüberwachung zeigt nur, was wir wissen.«

»Und unter den Flugzeugtrümmern?«, fragte Yussuf.

»Außer der zweiten Pistole nichts. Nichts, was uns weiterhilft. Wir werden herausfinden, was für ein Sprengstoff benutzt wurde. Aber die Chemiker wollen sich da noch nicht festlegen.«

»Vielleicht ein Flüssigsprengstoff. Abgefüllt in Hundert-Gramm-Flaschen, beschriftet als Haarshampoo. Ich wüsste, wie ich Sprengstoff in ein Flugzeug schmuggeln könnte. Beispielsweise in Insulinspritzen. Damit kommt man durch jede Sicherheitskontrolle.

Keiner überprüft, ob da wirklich Insulin drin ist. Dazu ein gefälschtes Rezept, und fertig ist die Flugzeugbombe.«

Tilly starrte ihn an.

»Wenn man nicht wie ein Verbrecher denkt, fängt man keinen«, sagte de Bodt. »Hat Becker herausgefunden, wie das Flugzeug gesprengt wurde? Selbstmordattentäter, Bombe mit Zeitzünder oder ferngesteuert?«, fragte er.

»Die haben nichts gefunden, was auf Fernsteuerung hindeutet. Aber was sagt das schon?« Tilly schüttelte den Kopf.

»Der IS hat die Verantwortung für beide Anschläge übernommen. Das sagt schon was. Zumal es niemanden gibt, der das bestreitet. Fehlte uns noch, dass eine andere Bande auftauchte und die Anschläge für sich beanspruchte. Ist nicht geschehen«, sagte de Bodt. »Also nehmen wir an, dass der IS es war. Das könnten wir so zu den Akten nehmen. Die Organisatoren im Land suchen, an die Drahtzieher kämen wir sowieso nicht ran. Die zu finden wäre Aufgabe der Geheimdienste. Am Ende stünde das Gerichtsverfahren per Drohne. Aber wir haben diese … besonderen Opfer. Ich glaube, die sollten ausgeschaltet werden …« De Bodt blickte Tilly an. »Nein, dafür habe ich nicht den geringsten Beweis. Ich behaupte nur, dass die Anschläge zu perfekt waren, zu kompliziert für die üblichen IS-Idioten. Das ist eine andere Handschrift. Da weiß jemand, was er tut. Und jemand schickt Wedenstein, um Salinger zu entführen. Das war in meinen Augen eine Dummheit. Oder die Einsicht, dass ich der IS-These misstraue und die Täter sichergehen wollen. Was haben die Grenzkontrollen ergeben?«

»Nichts«, sagte Tilly. »Um Himmels willen, wenn Sie recht haben …« Blickte sich um, als schwebe im Büro eine Antwort. Er fand nur Fragen. »Wir wissen nicht mal, ob Wedenstein unsere Kollegin entführt hat. Wir wissen nichts, gar nichts. Wir haben nur Spekulationen.«

»Das Wort kommt von *speculari*. Das bedeutet, sich auf einen erhöhten Standpunkt zu begeben und zu versuchen, den Überblick zu gewinnen. Die Erscheinungen im Denken zu ordnen, um einen Blick auf das Wesen der Dinge zu gewinnen. Wir haben Spekulationen, aber das ist nicht schlecht. Wir müssen nur vernünftig mit ihnen umgehen.«

Es gibt verschiedene Möglichkeiten, mit Panik umzugehen. Sich ihr hingeben. Vor ihr weglaufen. Sie mit dem Verstand bezwingen. Letzteres wählte de Bodt, obwohl er mehr Angst hatte als jemals zuvor. Sie hatten nur Vermutungen, aber sie hatten immerhin diese. »Wir dürfen Spekulationen nicht geringschätzen. Sondern benutzen. Spekulation verrät uns, dass Wedenstein Silvia entführt hat. Der kurvt mit seinem Rollstuhl durch Berlin und begeht Verbrechen, als wollte er uns beleidigen.« Fast hätte er gesagt, was er glaubte: mich. Dass es Bob Vergnügen bereitete, ihm etwas zu zeigen. Dass er auch im Rollstuhl ein Genie sei. De Bodt eine mitgeben konnte. Was ihm nicht gelungen wäre, hätte er versucht, de Bodt zu entführen. Zu riskant, selbst wenn es erst mal gelungen wäre. Vor allem: Er traf de Bodt am härtesten, wenn er Salinger entführte. Es war genial. Bob schaffte es, seine Rachsucht mit den Notwendigkeiten seines neuen Jobs zu verbinden.

Tilly schüttelte den Kopf. »Wenn ich mich mal darauf einlasse ... das wird nicht an der Polizeischule gelehrt ...«

»Den Tinnef von der Polizeischule überlassen wir gern dem Kollegen Krüger«, sagte Yussuf.

Seit wann kennst du dieses Wort?, hätte Silvia gefragt. Er hätte heulen können.

»Hast du heute Morgen im Wörterbuch gelesen?«, fragte er leise.

Yussuf blickte ihn an. Als wollte er ihn tadeln: So scharf wie Silvia, so schlagfertig kriegst du das aber nicht hin. Doch Yussuf sagte nichts.

Der Kriminalrat blickte vom einen zum anderen. Schwieg.

»Sagen Sie mir, wie uns die Kriminalistik hier hilft.« De Bodt blickte Tilly an. Ungeduldig. Sie vergeudeten Zeit mit dem Geschwätz.

»Verstärken Sie die Fahndung nach Wedenstein. Die Kollegen sollen jeden Rollstuhlfahrer kontrollieren. Nicht nur nach dem Ausweis fragen, sondern mal am Haar ziehen. Ob da nicht eine Perücke auf dem Kopf sitzt. Mal die Wangen tätscheln. Vielleicht schlagen sie auf

Gummi oder kriegen schmierige Hände vom Make-up. Wir brauchen Zeugen, die Ungewöhnliches bei Rollstuhlfahrern gesehen zu haben glauben …«

»Sie wissen, was das bedeutet. Dass wir zum Ziel aller Behindertenbeauftragten und -verbände werden. Dass uns der Bundestagspräsident beschimpfen wird. Und überhaupt alle, die …«

»Sollen Sie mich beschimpfen. Sagen Sie dem Presseheini, ich mach eine Pressekonferenz. Sollen die Leute mich für ein Arschloch halten …«, sagte de Bodt.

»Mich auch«, sagte Krüger. Der stand in der Tür, ohne dass ihn einer wahrgenommen hätte.

Tillys Kopf zuckte zur Tür. »Sie auch …« Leise, kaum hörbar. Setz dich auch aufs Podium, sagte eine Stimme im Raum. Lautlos, aber drängend, als würde jemand schreien. »Ich frag den Polizeipräsidenten.« Wollte sich an Krüger zum Flur vorbeidrängen. Nichts wie weg hier. Es war die Minute, die ihm die Karriere versauen konnte. Sein innerer Alarm schrillte, dass es wehtat.

»Sagen Sie dem Präsidenten, dass ich die Konferenz auch ohne seine Erlaubnis halten werde. Es wäre also besser, er genehmigt sie. Er braucht ja nicht aufzutauchen.« Wandte sich an Krüger: »Danke, aber ich bade meine Fehler gern allein aus.«

69.

Wedenstein hängt also mit drin. Von wegen IS, dachte Salinger. Insofern war die Entführung eine Information. Das hatte sie von de Bodt gelernt. Aktionen lesen. Dass das Wesen sich in Erscheinungen zeigte. Es ohne diese gar nicht existierte. Dieser ewige Hegel. Er nervte. Besser gesagt, de Bodt nervte mit Hegel. Vielleicht sollte sie doch mal was von ihm lesen. Wedenstein hatte mit der Entführung mehr verraten, als ihm lieb sein konnte. Deshalb musste er sie töten.

Nicht mal Eugen würde sie finden. Wie sollte ihm das gelingen?

Sie musste mehr erfahren.

Schritte im Flur. Es war der andere. Tatsächlich waren sie zu zweit. Die andere Stimme brüllte: »An die Wand!«

Sie sah das Auge im Guckloch.

Sie stellte sich an die Wand. Zählte im Kopf mit. Eins, zwei, drei, vier, fünf. Bei elf öffnete sich die Tür. Wedenstein musste erst von der Tür zurückrollen. Sie öffnete sich nach außen. Er blieb in der Tür stehen, die SIG Sauer in der Hand. Der andere legte eine Plastiktüte in den Raum. Deutete auf die Chemietoilette. »Schon vollgeschissen?«

»Nein«, log Salinger.

Der Typ ging in den Flur, kehrte mit zwei Flaschen Wasser zurück. Die er neben die Tüte stellte.

»Champagner wär mir lieber«, sagte Salinger.

»Ich denk drüber nach«, sagte Wedenstein.

»Hat das was mit den Anschlägen zu tun?«, fragte Salinger.

»Sei nicht so neugierig.«

»Dass Sie für Schweine wie den IS arbeiten, wär mir neu. Oder alle Gangsterehre ist perdu. Auf die alten Tage und in dem jämmerlichen Zustand …«

Bob verzog sein zerschossenes Gesicht zu einem Lächeln. »Keine Sorge, noch such ich mir meine Auftraggeber aus. Und noch geht es nach meinen Regeln.«

»Haben Sie was mit den Anschlägen zu tun?«

»Auch jetzt noch Bullin, Respekt.« Er rollte hinaus. Der andere folgte ihm. Die Tür schlug zu. Das Schloss knackte.

Ich muss hier rauskommen. Ich muss Eugen und Ali sagen, was ich herausgefunden habe. Eugen hatte recht gehabt. Aber sie wusste noch mehr.

70.

Frida schien sich beruhigt zu haben. Iwan war ein Schwachkopf. Er bewunderte niemanden außer sich selbst. Hielt sich für unfehlbar. Erfand sich seine Welt. Aber noch brauchten sie ihn. Er legte den

Block vor sich. Kaute am Bleistift. Schrieb etwas. Strich es durch. Riss das Blatt ab, zerknüllte es. Warf es in den Papierkorb. Holte es heraus und steckte es in den Aktenvernichter.

Er musste es besser vorbereiten. Musste sich etwas überlegen, um Iwan zu beschäftigen. Koste es, was es wolle.

71.

Adrian konnte nicht anders. Er bewunderte die Frau. Sie zeigte keine Schwäche. Im Gegenteil, sie war bissig.

»Woran denkst du?«

Wie er diese Frage hasste. Zumal wenn sie ihn im falschen Augenblick erwischte. Diese Frage, die sich jedes Recht herausnahm, sein Innerstes auszuforschen. Das geht dich einen Scheißdreck an, hätte er am liebsten geantwortet. Zweimal gefickt, und schon wollte sie seine Gedanken überwachen.

»Nur an dich«, sagte er. »Wie es mit dir ist im Bett.« Wobei es diesmal nicht das Bett war, sondern ihr Küchentisch.

»Mit dir ist es auch toll«, sagte sie. »Sollte ich eigentlich nicht sagen, du wirst sonst übermütig.«

Er lachte. Wie es wohl mit Salinger wäre?

»Ich muss gleich weg«, sagte er.

»So plötzlich? Ich dachte, wir gehen ins Kino, was essen …«

»Ich komme wieder. Wahrscheinlich.«

»Toll«, maulte sie.

»Ist beruflich.«

»Komischer Beruf.«

»Hab ich gleich gesagt.«

»Stimmt«, sagte sie. »Trotzdem komischer Beruf.«

»Hast recht. Einen anderen hab ich nicht.«

»Ist ja gut.« Sie kramte in der Schublade des Küchentischs. Zog einen Schlüssel hervor. »Nimm den mit.«

72.

Alle redeten durcheinander. Eine Journalistin erhob sich. Winkte. Er nickte ihr zu.

»Sie behaupten, dass Robert Wedenstein in Berlin ist. Er ist zur Großfahndung ausgeschrieben. Worauf stützt sich Ihre Gewissheit, dass er wirklich hier ist? Haben Sie Beweise?«

De Bodt nickte. »Aus ermittlungstaktischen Gründen kann ich Ihnen nicht mehr sagen. Es gibt daran keinen Zweifel. Die Fahndungsfotos mit der Personenbeschreibung erhalten Sie im Anschluss an die Pressekonferenz.«

»Hat Wedenstein etwas mit den Anschlägen zu tun?«

»Davon gehen wir aus.« Er stellte sich vor, wie Becker blau anlief. Weil ihm der Atem wegblieb. Wie der Polizeipräsident sich ans Herz fasste. Wie Tilly sich im Spiegel anbrüllte, weil er sich woanders nicht traute. Dass er so irre gewesen war, diesem durchgeknallten Kommissar eine Bühne für eine Pressekonferenz zu bereiten. Eine Pressekonferenz, die in die Geschichte eingehen würde. Zum Modell würde für alle Polizeischulen der Welt. Wie man es nicht machte. Auf gar keinen Fall machte. Zuließ, dass jemand Gerüchte in die Welt setzte. Von Beweisen sprach, obwohl sie nicht mal Indizien hatten. Gar nichts hatten sie, und dieser Irre riss das Maul auf, als wäre er allwissend. Als stünde der Fall vor der Aufklärung. Es würde ihn den Kopf kosten. Sie würden den Kriminalrat in den Ruhestand versetzen. Sich das Maul zerreißen über ihn. Ihn lächerlich machen.

De Bodt lächelte innerlich. Er hatte sich festgelegt. Und wenn ihm seine Spekulation um die Ohren flog? Na und? Er musste Silvia rausholen. Egal wie. Er würde das Blaue vom Himmel herunterlügen, wenn es half. Er wollte Wedenstein unter Druck setzen. Ihm klarmachen, dass er Salinger laufen lassen musste, wollte er überleben. Bob würde nicht in Panik geraten. Nichts tun, was er bereuen musste. Wenn er Salinger auch nur verletzte, würde de Bodt ihn umbringen. Wenn er ihn kriegte. Die Voraussetzung dafür schuf er gerade. Alle Grenzen waren dicht für Wedenstein. Bahnhöfe, Flugplätze. Überall Straßenkontrollen. Wenn die Polizei einen aus den eigenen Reihen retten musste, verdoppelten die Kollegen ihre Anstrengungen.

»Wedenstein erpresst die Polizei. Gibt es ein Erpresserschreiben? Was fordert er?«

»Darf ich Ihnen nicht sagen.« De Bodt hatte selten so oft in so kurzer Zeit gelogen. Er saß mit dem Pressesprecher auf dem Podium. Der Mann blickte ihn kaum an, hatte sich so weit wie möglich von ihm weggesetzt. Überließ de Bodt alles. Der nickte einem Journalisten der *Tagesschau* zu.

»Wo ist der Ministerialdirektor Becker, wo der Innensenator, vielleicht der Generalbundesanwalt? Wo die Beamten, welche diese Ermittlung leiten?«

»Sie müssen mit mir vorliebnehmen«, sagte de Bodt.

Der Mann fuchtelte mit dem Zeigefinger in der Luft wie der Streber in der Schule. »Gibt es … Streit in der Kommission?«

»Nein, natürlich nicht. Wir arbeiten alle am selben Ziel. Die Aufklärung der Attentate, die Befreiung der Kollegin Salinger.«

»Gefährden Sie Ihre Kollegin nicht durch diesen Auftritt?«

»Im Gegenteil. Wedenstein wird es nicht wagen, ihr etwas anzutun.« Im Inneren war er sich da nicht so sicher. Bob würde immer rational handeln. Er tötete nicht aus Wut oder Rache. Er tötete, wenn sein Plan es verlangte. Es war eine Entscheidung wie jede andere auch. Bob berechnete die Risiken. Sein Ziel Nummer eins war es immer gewesen, eine Aktion zu überleben. Am liebsten mit einem Haufen Geld an einem schönen Platz auf der Erde. Im schlimmsten Fall im Gefängnis. Für ihn war das keine Endstation. Es war eine Station, auf der er planen konnte. War er tot, konnte er nicht mehr planen. Warum sollte er sich Feuergefechte mit der Polizei liefern, wenn er keine Chance hatte zu entkommen? Bei aller Hoffnung blieb ein Zweifel. Wenn Silvia ihn angriff, würde er sie umbringen. Hoffentlich blieb sie ruhig. Hoffentlich wartete sie, bis sie gefunden wurde. »Abraham hat geglaubet auf Hoffnung, da nichts zu hoffen war«, flüsterte er vor sich hin.

»Ich habe Sie nicht verstanden, Herr Hauptkommissar«, sagte der *Tagesschau*-Fritze.

73.

Die Zander hatte mal erzählt, dass es ein Skandal sei. Chemietoiletten galten als ungiftig. Das Gegenteil sei wahr. Die Chemikalien bestanden aus ätzenden Stoffen und auf jeden Fall aus Aldehyden wie dem berüchtigten Formaldehyd. Diese und weitere Stoffe in der Chemiesuppe zersetzten Fäkalien. Salinger hatte die Leiche im Wohnmobil geschockt. Am Beginn ihrer Karriere, als sie Schutzpolizistin gewesen und zum Campingplatz in Spandau gerufen worden war. Ein Ehekrach war ausgeartet. Die Frau lag mit dem Messer in der Brust auf dem Boden des Wohnmobils in einer scharf stinkenden Pfütze. Neben ihr ein tragbares Klo, auf der Seite liegend. Ihr Gesicht zerstört, ein Auge weißgefressen. Gefüllt mit einer Säurepfütze. Dann erkannte Salinger Kotreste im Haar und auf der Brust. Sie rannte raus und übergab sich. Die Geruchsmischung stieg ihr später immer wieder in die Nase.

Sie hatte die Toilette angehoben. Zu schwer für ihren Zweck. Dann hatte sie überlegt, die Chemielösung in die beiden Plastikflaschen zu füllen. Das ginge, aber konnte das klappen? Sie hatte noch die Tüte, in der abgepackte Sandwiches, Klopapier, eine Tafel Schokolade und Salzstangen gelegen hatten. Auf der Schokolade hatte jemand ein Herz aufgemalt. Bob liebte Scherze. Und langweilte sich.

Sie leerte die Plastiktüte. Untersuchte sie. Knüllte die Öffnung zusammen und blies hinein. Luftdicht. Zu gefährlich für Kinder. Ideal für Selbsttötungskandidaten. Die Frage war nur, wie lange die Tüte hielt, wenn sie mit der Chemie-Kot-Urin-Suppe gefüllt war. Und ob sie kotzen musste, wenn sie das Zeug in die Tüte umfüllte. Sie mühte sich. Stellte sich vor, wie es war und wie es roch. Hatte die Leiche im Wohnmobil vor Augen. Sah sie, wollte sie sehen. Wollte es wieder riechen. Was sie sah und roch, gab ihr Hoffnung.

74.

»Ich weiß, sie hasst mich«, sagte Merkow. »Aber ich will Ihnen helfen, sie zu finden.« Er war im Büro aufgetaucht, Katt im Schlepptau.

»Wenn Sie wissen, wo sie gefangen gehalten wird, immer zu«, sagte Yussuf. Ohne die Augen vom Bildschirm zu lösen. Er las die Reaktionen auf die Pressekonferenz. Auf Foto und Personenbeschreibung. Wedensteins Gesicht war überall. Das Präsidium hatte sogar Geld für eine Plakataktion lockergemacht. Auf der Internetseite der Polizei und auf Facebook prangten Fotos von Salinger und Wedenstein. Auf Twitter rief die Polizei alle halbe Stunde zur Suche auf.

Gleichzeitig sammelten de Bodts Vorgesetzte weiter Munition gegen ihn. De Bodt hatte sich weit rausgehängt auf der PK. Hatte sich festgelegt. Hatte die Fahndung nach den Attentätern sabotiert. Wenn er sich irrte. Hatte er aber recht, waren alle anderen bloßgestellt. »Sie haben sich gerade ein paar Hunderttausend Freunde gemacht«, hatte Krüger geätzt, als sie sich zufällig im Gang begegneten.

»Dann ist ja alles wie immer«, hatte de Bodt zurückgegeben. Lächelnd, obwohl ihm zum Heulen war. In der Nacht hatte er nur ein paar Minuten geschlafen. Bis ihn Angst und Elend aufweckten. Das teuflische Duett, das ihn verfolgte. Er wusste selbst am besten, dass er zockte. Der Irrtum gehörte zum Zocken wie der Durst in der Wüste. Verzweifelt überlegte er, was er übersehen hatte. Man übersah immer etwas. Es durfte nur nichts Entscheidendes sein. Die Sache konnte anders sein, als sie sich gerade darstellte. Wer wusste das besser als er?

»Wir sind auf Zeugen angewiesen«, sagte de Bodt. Sie hatten seit dem frühen Morgen gesucht. Er hatte sich gemüht, in Bobs Hirn zu kriechen. Wo würde er Silvia verstecken, wäre er Bob? Aber die Antworten taugten nichts. Manches sprach fürs Berliner Umfeld. Manches für die Stadt. Manches für die Niederlande, Belgien oder für Polen. Für jede Ecke fand er Gründe. Wo würde ich Silvia verstecken, wäre ich Bob und wüsste, dass mich de Bodt suchte? Egal, solange es keine Zeugen gab. Solange ich meine Visage nicht ins Schaufenster stellte.

Er konnte nur hoffen, dass Salinger sich nicht wehrte.

75.

Lebranc lag noch im Bett. Der Fernseher lief. Sie wiederholten Bilder von de Bodts Pressekonferenz. Prompt hatte ihn der Polizeipräfekt angerufen. »Die deutsche Polizei steht vor der Lösung des Falls … der Fälle?«

»Nein«, sagte Lebranc. Und hatte sich bemüht, die Stimme fest klingen zu lassen. Er hatte doch keinen Schimmer, was der Kollege da veranstaltet hatte. Lebranc hatte de Bodt angerufen. Aber der nahm nicht ab, oder es war besetzt. »Die haben einen Testballon gestartet.« Er war immer noch stolz auf die Formulierung. Die ihm auf die Zunge gerutscht war, als er den Mund öffnete.

»Na ja. Die deutschen Kollegen waren schon immer etwas … eigen. Sie berichten mir, wenn es was Neues gibt. Unverzüglich.«

Lebranc sah wieder und wieder de Bodt. Wie er selbstsicher auf dem Podium saß. Allein mit dem Pressesprecher der Berliner Polizei. Obwohl er die Ermittlungen nicht leitete. Eine halbe Kompanie Vorgesetzte überging. Und sie alt aussehen ließ. Bürokraten, denen nichts einfiel als die Routine.

»Haben Sie diese PK mit Ihren Vorgesetzten und dem Generalbundesanwalt abgestimmt?«, fragte eine Journalistin. Deren Nase empfindlich zu sein schien.

»Wie kommen Sie darauf, dass ich es nicht hätte tun können?«

Lebranc brauchte eine Weile, um diese Formulierung in Waltrauds Übersetzung zu kapieren. Aber den Journalisten auf der Pressekonferenz ging es nicht besser. Blicke wurden gewechselt. Was heißt das nun?

»Haben Sie es?«, beharrte die Journalistin.

»Ich habe Ihre Frage beantwortet und werde mich nicht wiederholen.«

Welche Arroganz.

»Der traut sich was«, sagte Waltraud, bevor sie abzog. Lebranc schaltete den Ton aus.

Er rief Floire an. »Haben Sie mit Ihrem Onkel telefoniert? Weiß der, was die deutsche Polizei weiß?«

»Mein Onkel weiß in der Regel mehr als die Polizei. Aber weniger als der Kollege de Bodt. Wir sollten ihn fragen …«

Unverschämtheit. Was glaubte der? Dass Lebranc es nicht versucht hatte?

»Ich habe mit Ali Yussuf gesprochen. Er hat sich etwas … blumig ausgedrückt. Wenn ich es recht verstanden habe, will de Bodt die Täter herauslocken, provozieren …«

»Warum?«

»Das weiß vermutlich nur de Bodt.«

»Wegen Salinger?«

»Fragen Sie de Bodt, bitte.«

Wieder versuchte es Lebranc. Ein Wunder. De Bodt nahm das Gespräch an.

»Ja?«

»Sie haben neue Hinweise?«

»Wir haben weder alte noch neue Hinweise. Wir haben eine Idee.«

Mein Gott, er hatte eine Idee. Aber keine Hinweise. Er drehte den Spieß um. Versuchte Salinger zu befreien, um die Drahtzieher der Attentate zu stellen. Träte er mit so einer Idee vor seinen Präfekten in Paris, der würde die Guillotine aus dem Keller holen, sie persönlich schmieren und schärfen. Lebranc spürte so etwas wie Halsschmerzen. Fasste sich an den Kehlkopf, das Genick.

Um Himmels willen, de Bodt war übergeschnappt. Dessen Methoden hatte er schon immer grenzwertig gefunden. Dessen Umgang nicht immer kollegial. Aber diesmal drehte er durch.

76.

Sie waren wieder zu zweit. Bob rief vor der verriegelten Tür: »An die Rückwand!« Blickte durchs Guckloch. Dann rollte er in die Zelle. Der andere blieb in der Tür stehen. Sie sah keine Waffe an Bob. Nicht blöd. Sie hatte mitgezählt. Wäre Bob allein gewesen, er hätte länger gebraucht als elf Sekunden. Auch wenn der andere die Tür entriegelte, musste Wedenstein erst vom Guckloch zurückrollen. Sonst blockierte er sie.

Wedenstein blickte auf die Plastiktüte, die an der Wand lehnte. »Brauchst du noch was?« Blickte zum Chemieklo. »Wenn's nach dem da gegangen wäre, hättest du in einen Eimer pinkeln müssen. Kannst du mal sehen, was persönliche Beziehungen wert sind. Connections!« Für seine Verhältnisse war das eine Rede, deren Länge mit Fidel Castros Parteitagsauftritten wetteiferte.

»Dann will ich mich artig bedanken«, sagte Salinger. »Womit ich das nur verdient habe?« Bleib ruhig. Sieh zu, dass er bald verschwindet. Heute Nacht kommt er noch einmal. Allein. Hoffentlich.

Aber etwas wollte sie noch wissen. »Da ihr mich sowieso umbringt, könnt ihr wenigstens sagen, was der Scheiß soll.« In ihrem Inneren erstickte sie die Hoffnung, dass sie keine Antwort erhielt. Dass ihr Tod noch nicht beschlossen sei.

»Ich weiß es nicht«, sagte Bob. Als bedauerte er es wirklich. »Wir haben einen Auftrag erhalten …«

»Von wem?«

»Du weißt doch, dass ich das nie verraten würde. So lange kennen wir uns schon …«

Diese Antwort enttäuschte beide: die Hoffnung und die Neugier.

»Bevor ihr mich umlegt, verratet ihr mir es?«

»Nein, meine Schönheit.«

77.

»Sie können derzeit nur eines zu den Ermittlungen beitragen: Fragen Sie Ihre Sicherheitsbehörden, ob sie einen Hinweis haben. Meine Regierung hat bei der amerikanischen nachgefragt, ob CIA, NSA und so weiter etwas wissen. Schließlich saß ein CIA-Agent im Bus. Die Amerikaner wissen nichts, wollen aber helfen, sagt die Regierung. Ich muss Ihnen nicht erklären, dass diese Regierung auf der Glaubwürdigkeitsskala von eins bis zehn bei minus fünf liegt. Aber was wissen Ihre Behörden?«, fragte de Bodt. Er saß hinter seinem Schreibtisch, Merkow auf dem Stuhl neben der Tür. Katt lehnte an der Wand.

Die Tür öffnete sich. Lebranc und Floire erschienen. Lebranc setze sich auf einen Besucherstuhl vor de Bodts Schreibtisch. Floire parkte sein Gesäß an der Fensterbank. Immerhin spendete er so ein wenig Schatten. Lebranc wischte sich die Stirn ab, steckte das Tuch zurück in die Tasche.

De Bodt übersetzte.

Merkow hob die Brauen. »Wir haben vorhin gerade nachgefragt. Alle wollen die Mörder unseres Botschafters hinter Gittern sehen …«

Oder auf dem Friedhof, hätte Salinger geschnappt.

»Der Präsident, das darf ich verraten …«

Das sollen Sie verraten, um uns in die Irre zu führen, hätte Salinger gesagt. De Bodt lächelte unsichtbar. Das Lächeln tat weh.

»… wird alles veranlassen, dass die Terroristen gefasst werden. Er hat seine besten Leute auf den Fall angesetzt. Ich soll Ihnen sagen, dass er der deutschen Polizei mit allen zur Verfügung stehenden Mitteln …«

Einschließlich Bügeleisen und Tauchsieder.

»… helfen will. Sie müssen nur fragen.«

»Ich frage«, sagte Yussuf.

»Wir können Ihnen Ermittlungsergebnisse nur liefern, wenn wir welche haben«, erwiderte Merkow. »Wir sind nicht schneller als die deutsche Polizei.«

Beim Abknallen und Einsperren schon.

»Wir auch nicht«, sagte Lebranc.

Floire wagte es, den Halbsatz zu übersetzen. Lebranc widmete ihm einen tödlichen Blick.

»Unsere Geheimdienste sind auf beiden Augen blind«, sagte Floire.

»Dann haben Sie genauso viel wie wir. Aber ich habe eine Idee. Es war der IS, und er war es nicht. Aber das wissen Sie bestimmt schon …«, sagte de Bodt.

Alle außer Yussuf starrten ihn an.

»Das klingt merkwürdig …«, sagte Floire.

»Nach Hegel«, warf Merkow ein.

De Bodt nickte. »Der IS hat die Taten vielleicht diskutiert, aber festgestellt, dass er die Aktionen mit seinen Holzköpfen in Europa nicht hinkriegt. Also hat er Leute beauftragt.« Er überlegte eine Weile. »Oder einen Auftrag ausgeführt?«

Merkow schüttelte den Kopf. »Der IS führt keine Aufträge aus. Er vertritt quasi Allah auf Erden. So jemand vergibt vielleicht Aufträge …«

Die Tatsachen sollten schon zur Idee passen. So seltsam sie ist. Aber die Tatsachen waren nicht weniger seltsam.

»Wenn wir Silvia rausholen könnten, wird sie uns was verraten.«

Es klopfte, die Tür sprang auf. Der Polizeipräsident. Wann war der das letzte Mal im LKA 1 gewesen?

Der Präsident sagte: »Guten Tag miteinander. Herr Hauptkommissar, ob Sie ein paar Minuten erübrigen könnten?«

»Nein«, sagte de Bodt. »Wir sitzen in einer wichtigen Konferenz. Wir suchen Salinger. Jede Minute zählt.«

»Wenn wir unsere Kollegin retten, dann doch mithilfe der Zeugen, die wir bei der Fahndung finden. Kommen Sie bitte.« Sein Arm winkte de Bodt hinaus.

Im Büro des Kriminalrats rötete sich das Gesicht des Präsidenten. Als könnte er die Umfärbung befehlen. »Sie stürzen uns in Teufels Küche.«

De Bodt spürte des Präsidenten Mühe, sich zu beherrschen. Wahrscheinlich hätte er seinen Untergebenen am liebsten verprügelt. »Wir sind in Teufels Küche. Also können wir nicht hineinstürzen.« Murmelte: »Es gibt keinen Teufel und keine Hölle. Deine Seele wird noch schneller tot sein als dein Leib: fürchte nun nichts mehr!«

»Wie bitte?«, fauchte der Präsident.

»Ich versuche nichts mehr zu fürchten.«

»Sind Sie wahnsinnig! Man hat von Ihrer Hegel-Marotte ja schon gehört. Aber dass Sie sogar in einer solchen Situation …!«

»Nietzsche«, sagte de Bodt.

»Wie bitte?« Eine Mischung aus einer Frage, die keine Frage war, und einer mittleren Atombombenexplosion. »Wie bitte?«, brüllte der Präsident.

»Ich habe es schon beim ersten Mal verstanden«, sagte de Bodt. »Wir sollten hier aber nicht über Philosophie diskutieren, sondern …«

»Dass Sie es wagen! Wagen!«

Tilly trat einen Schritt zurück. Wollte nicht von der Druckwelle der Explosion hinweggefegt werden.

De Bodt drehte sich um, ging zur Tür, zuckte die Achseln und verschwand.

78.

Der Chef las den Bericht. Frida. Er fragte sich, ob Iwan sie angesteckt hatte. Sie sollte einen Bericht pro Woche liefern. Stattdessen schrieb sie täglich.

> *Er sitzt vorm Fernseher. Sieht was und entscheidet. Sieht was anderes und entscheidet das Gegenteil. Ich rede ihm gut zu. Er entscheidet wieder anders. Nachts wacht er auf, geht zum Fernseher. Und entscheidet. Widerruft die Entscheidung, bestätigt sie. Alles binnen weniger Stunden. Ich habe meinen Einfluss verloren und bitte um Ersatz. Schick jemanden, der den Laden hier in den Griff kriegt.*

Wie stellte sie sich das vor? Dass Iwan sich einer anderen so anvertraute, wie er sich Frida anvertraut hatte? Der Chef war enttäuscht. Es hatte Jahre gedauert, bis sie endlich so weit waren. Und jetzt alles hinwerfen? Hatte sie den Verstand verloren? Er schrieb auf den Block.

Ein Bericht pro Woche. Wir schicken niemanden. Lass dir was einfallen. Schlag ihm vor, mit dem dicken Hammer zu spielen. Vergiss nicht: Du hast alle Freiheiten, um Iwan bei der Stange zu halten. Nutz sie.

79.

»Was wollte der?«, fragte Yussuf.

»Den Polizeipräsidenten drängte es, uns zu unserer Arbeit zu gratulieren.«

Yussuf grinste.

Merkow blickte ihn fragend an. »Obwohl wir nichts ermittelt haben?«

In Deutschland schicken die einen nicht gleich nach Sibirien, wenn es einem Präsidenten oder Minister gefällt. Hätte Salinger geantwortet.

»Finde ich auch seltsam. Aber bestimmt soll uns das anspornen.«

Yussuf blickte auf seinen Bildschirm. Erstarrte. Und sagte: »Ach, du lieber Himmel. Der Bekloppte hat eine Cruise-Missile auf einen iranischen Flugplatz geschossen. Keine Verwundeten, Gebäudeschäden. Die Leute dort waren offenbar informiert, dass es knallen würde.«

»Besser als unter Obama«, sagte Merkow. »Der hat am liebsten Familienfeste gesprengt.«

»Das geht ja auch weiter, obwohl die Medien das nicht mehr spannend finden. Vielleicht weil der Präsident verboten hat, die Öffentlichkeit über Zivilopfer zu informieren«, sagte Yussuf. »Recherche ist eben mit Arbeit verbunden. Und ich dachte, Leute wie Sie wüssten alles.«

Merkow lächelte. »Schmeichelhaft. Stimmt leider nicht.«

Leute wie wir wissen nur, was sie wissen dürfen oder müssen.

»Schluss!« Yussuf hob die Hand. »Die haben eine Spur. In Kreuzberg. Rollstuhlfahrer, Begleiter, aber kein schwarzer Transporter. Ein Kombi. Die haben den Wagen gewechselt. Natürlich. Wir haben sie! ... Hoffentlich.«

Yussuf raste wie ein Besengter. Er hängte alle ab. De Bodt saß auf dem Beifahrersitz und klammerte sich an den Türgriff. Merkow versuchte ihnen zu folgen. Lebranc und Floire auf der Rückbank. Dahinter die Sirenen der Streifenwagen. Dazu das Mobile Einsatzkommando. Bundespolizei. Bereitschaftspolizei.

Ein Polizei-Passat hatte sich gegenüber dem Eingang des Mietshauses postiert. Die beiden Uniformierten lehnten an der Wand, Pistole in der Hand. Der eine winkte herrisch. Yussuf fuhr ein Stück weiter und stellte den Wagen quer auf die Straße. Ein Mercedes raste heran und hupte. Yussuf zeigte ihm den Mittelfinger. Das Seitenfenster öffnete sich. Ein junger Mann mit Drei-Tage-Bart und Basecap brüllte etwas. Das im Sirenengeheul unterging.

Yussuf stieg aus und rannte zu den Kollegen an der Wand. »Fahren Sie den Wagen weg. Kehren Sie zu Fuß zurück.«

Der Streifenführer musterte ihn. Kaute Luft. Und setzte sich ins Auto. Der andere folgte.

De Bodt sprach derweil mit dem Chef des MEK. »Ich öffne die Haustür. Wenn ich die Kellertür gefunden habe, rufe ich Sie.« Tippte auf sein Funkgerät in der Hand. »Alle anderen gehen die Haustreppe hoch und durchsuchen die Wohnungen. Vier Mann Bereitschaftspolizei sichern die Haustreppe unten, vier Mann oben. Damit keiner übers Dach abhaut.«

Er blickte den erstaunlich schlanken und kleinen Mann an. Der blickte zu de Bodt auf. Nickte. »Geht klar. Bevor Sie es sagen: Wir wissen, dass unsere Kollegin Salinger in diesem Haus festgehalten werden soll. Wir sind vorsichtig und ballern nicht wild rum. Wie immer übrigens.«

De Bodt lachte ihn kurz an. Schlug ihm auf die Schulter und ging zur Tür. Uhlenhorst wartete schon. Aber de Bodt drückte eine Klingel.

»Ja, bitte?«

»Die Post, ein Paket …«

»Ach, die gibt's noch? Hatte euch schon für eine Erscheinung in meinen Albträumen gehalten.«

»Sie irren sich. Lassen Sie mich bitte rein.«

»Nicht, dass Sie mir in den Flur pissen.«

»Versprochen!«

»Ob ich Ihnen das glauben kann? Wir hatten hier in letzter Zeit …«

»Ihre Nachbarn wollen ihre Pakete heute und nicht morgen«, sagte de Bodt. »Wenn Sie nicht öffnen, notiere ich mir das. Dann wird Ihre Adresse aus der Empfängerliste gestrichen.«

»Das dürfen Sie nicht.« Klang wie Goebbels im Olympiastadion. Oder wie Höcke …

»Postgesetz, Paragraf 209, Absatz 7 … Wer die Annahme von Postsendungen, gleich welcher Art, verweigert oder die Zustellung mit Absicht behindert, kann als Empfänger von Postsendungen gelöscht werden. Näheres regelt eine Verordnung. Soll ich Ihnen die auch vorlesen? Die klingt noch besser.«

80.

Dass der sich so viel Zeit nahm. Dem Idioten an der Gegensprechanlage noch irgendwas erklärte. Statt die Tür mit dem Rammbock aufzustoßen. Oder sie zu sprengen. Lebranc hörte noch de Bodts Frage: »Welcher Stock?«

Dann stieß de Bodt die Tür auf. Winkte das MEK zur Tür und verschwand im Flur.

Floire lehnte neben ihm am Wagen. »Interessant, wie de Bodt so was regelt. Dessen Ruhe möchte ich haben.«

Lebranc verstand: Es gibt auch intelligente Methoden der Polizeiarbeit, also nicht Ihre.

Merkow und Katt stellten sich zu Ihnen.

»Heute nicht dabei im Kugelhagel?«, fragte Floire.

Merkow lachte trocken. »Sie ja auch nicht.«

»Die brauchen uns hier nicht«, sagte Lebranc.

Ein Uniformierter rannte zu ihnen. »Wer ist Lebranc?«

Der hob die Hand. Hatte seinen Namen verstanden.

»Kommen Sie mit. Der Erste Hauptkommissar braucht Sie ...« Drehte sich weg und tobte los. Lebranc verstand, humpelte mehr, als dass er rannte. Im dritten Stock keuchte er wie ein Diesel, der sich nach fünfhunderttausend Kilometern großflächiger Feinstaubverteilung in die Hölle verabschiedete. Um dort von Winterkorn und Zetsche zu neuem Leben erweckt zu werden.

In der Wohnungstür stand ein junges Paar, tiefschwarze Hautfarbe. Sie hatten Angst. Kein Wunder. Überall Polizei.

»Könnten Sie die beiden bitte vernehmen? Ich muss in den Keller. Die sprechen nur Französisch«, sagte de Bodt. Und nahm mehrere Stufen auf einmal auf dem Weg hinab.

De Bodt hatte nicht gefragt, er hatte befohlen. Lebranc sah Floire. Wie der die Treppe hochfederte. Keine Glanzstellen im Gesicht, Schweißtropfen sowieso nicht.

»Der Herr de Bodt kam mir entgegen ... sagen wir ... geflogen.« Stellte sich vor das Paar. »Wir suchen eine entführte Polizistin. Sie haben vielleicht den Fahndungsaufruf gesehen.«

Die Frau schüttelte den Kopf. Sie war viel kleiner als der Mann. Zierlich. Die Füße in Gummilatschen.

Floire zog einen Fahndungsaufruf aus der Tasche, entfaltete ihn und zeigte ihn den beiden. »Haben Sie die Frau gesehen? Den Mann im Rollstuhl?«

Sie schüttelte den Kopf. »Die Frau nicht. Aber einen Mann im Rollstuhl ... auf der Straße ... der sah dem ähnlich.« Sie tippte auf Wedensteins Foto.

»Und einen Kombi?«

»Hab ich auch gesehen. Allerdings gibt es davon ... Aber der Rollstuhlfahrer, der war auf der Straße.«

»Wann haben Sie ihn gesehen?«

Sie überlegte, drehte am Ehering und blickte ihren Mann an. »Vorgestern, am Abend. Gegen neunzehn Uhr … ungefähr. Er hatte eine … Fresse. Versucht sie hinter einem Mundschutz zu verstecken.«

81.

»Bullen, überall Bullen!«

Adrian war außer Atem. Er hatte im *Café Eliza* mit Svenja gequatscht. Auf die Uhr geblickt. Und war losgerast. Scheiße, er durfte nicht zu spät kommen.

Er sah die Bullerei schon von Weitem. Sie hatten alles aufgefahren, was schießen konnte. Er hatte Bob angerufen und war einen Umweg gegangen. Hatte sich gezwungen, nicht zu rennen.

»Wo?«, fragte Bob, als Adrian im Flur stand.

»Vor unserem Haus. Die haben mich angehalten. Die suchen die Bullin, einen Typen im Rollstuhl und den Kombi.«

»Dass er das riskieren würde«, flüsterte Bob vor sich hin.

»Zieh dich aus«, sagte Bob.

»Wie bitte?«

82.

Komm, wenn du Zeit hast. Es ist toll hier.

Nur wenn höchste Not war. »Sonst reiße ich dir den Kopf ab. Und wenn ich es nicht schaffe, schicke ich die Kollegen. Niemals Klartext …«

Und nun diese SMS. Scheiße. Vereinbarter Code. Dafür brauchte er keinen Chiffrierer. Er blickte noch einmal auf das Prepaid-Handy. Mit einer deutschen Nummer.

Komm hieß, was es bedeutete.

wenn du Zeit hast hieß: sofort.

Es ist toll hier hieß: Das ist ein Notfall. Es geht um alles.

Er überlegte ein paar Sekunden. Rief an. Gab die Adresse durch. Alarm! Er sprach ruhig, konzentriert.

Lehnte sich zurück. Verfluchte Scheiße. Was war passiert? Es würde eine Untersuchung geben. Seine Vorgesetzten würden fragen, wer sie an den Abgrund geführt hatte. Sie würden alles besser wissen. Wie immer. Man hatte nicht recht, weil man recht hatte. Man hatte recht, weil man in der Position war, in der man immer recht hatte.

Der Tsunami würde kommen. Ihn mit der Flutwelle mitreißen. Irgendwohin. Sie würden mit dem Finger auf ihn zeigen, sollte er überleben. Das ist der Versager. Sie würden ihn ächten. Oder ihm gleich den Kopf abschneiden. Erschießen. Bei einem Unfall umkommen lassen.

Er konnte nur beten, dass Adrian umkam. Dann könnte er den Vorgesetzten ein Opfer anbieten. Es würde ihren Blutdurst für eine Weile stillen. Vielleicht konnte er mehr tun, als nur zu beten. Er griff zum Hörer.

83.

De Bodt sprang die Treppe hinunter. Als er im ersten Stock angekommen war, hörte er es knallen. Schüsse. Eine Maschinenpistole. Er zog die Waffe. Im Flur standen Kollegen neben der Kellertreppe. »Nehmen Sie Deckung, Chef!«

De Bodt stieg die Kellertreppe hinunter. Ein Schuss hallte. Am Ende des Gangs. Das Licht funzelte. Fast hätte er einen Mann vom MEK angerempelt. »Bleiben Sie hier. Dahinten ist der Teufel los.« Der Mann zog ihn hinter sich.

Salinger, dachte de Bodt, Salinger. Er befreite sich. Drückte den Mann am Ellbogen. »Danke«, flüsterte er. Ging weiter. Sprang zur Wand neben der nächsten Tür. Hörte Stimmen. »Schöne Scheiße«, sagte einer. »Der ganze Aufstand wegen so was. Wann kommt endlich der Sani?«

De Bodt näherte sich dem Licht, das aus der Tür strahlte. Darin zwei MEK-Beamte. Einer fuhr herum und zielte auf de Bodt.

»Ruhig bleiben, Kollege.«

»Ach, Sie sind es.«

»Haben Sie Salinger gefunden?« Fragte mit einer Tonne Blei im Magen. Schluckte.

»Nein, wir haben nur die und das gefunden.«

Ein großer Raum. An der Decke Leuchten. Das Licht blendete. Auf einem langen Tisch unter den Lampen Pflanzen. In den Regalen an den Wänden Behälter mit Chemieprodukten, wenn die Aufschriften stimmten. Laborgläser, Bunsenbrenner. Ein Abluftschlauch führte zum Lichtschacht und durch ein Loch in der Verkleidung nach oben.

Auf dem Boden lag ein Mann. In einer Ecke kauerten ein Mann und eine Frau.

»Wer hat geschossen?«

Der MEK-Chef setzte den Helm ab. Sein Gesicht war bleich und verschwitzt. »Der Kollege Warmbier.« Deutete auf einen Mann, der an der Wand lehnte. Den Kopf gesenkt. »Wir hatten keine Wahl. Der Typ da« – deutete auf den Körper auf dem Boden – »hat sofort gefeuert. Ist wohl der Chef gewesen. Mein Gott, warum hat der Idiot sich nicht gleich ergeben?«

»Salinger?«

»Die ist nicht hier. Das ist nur ein Drogenlabor.« Zuckte die Achseln.

De Bodt zog sein Telefon. Rief Yussuf an. »Sag den Kollegen, die sollen die Straße abklappern. Wir brauchen Verstärkung. Wir müssen das ganze Viertel abriegeln. Such die besten Orte für die Blockade aus. Schnell.«

»Das brauchst du mir nicht zu sagen.«

»Entschuldigung.«

Aber Yussuf hatte schon aufgelegt.

84.

Die Oberkommissarin Baumann klingelte an der Tür der Erdgeschosswohnung. Es dauerte. Bis ein Mann die Tür öffnete. Verschlafenes Gesicht. In Unterhose, nackte Füße.

»Ja?« Ärger im Gesicht.

»Wir glauben, dass eine Kollegin hier im Kiez festgehalten wird.«

»Wie bitte …?«

Baumann hielt ihm Salingers Foto unter die Nase. Der Hauptwachtmeister Sendlinger fasste nach der Türklinke. »Darf ich mich bei Ihnen mal umsehen?«

»Spinnen Sie?« Verschlafener konnte einer nicht sein.

»Wir müssen ausschließen, dass unsere Kollegin sich in Ihrer Wohnung befindet.«

Der Mann blickte sie an. Mitleid in den Augen. »Na, wenn Sie das müssen. Aber Sie klauen nichts. Man hat da ja schon Sachen gehört …«

Sendlinger betrat die Wohnung. Ein winziges Schlafzimmer, ein Wohnzimmer, Bad mit Klo. Runtergewohnt. Unpersönlich. Kein Foto, nirgends. In der Küche stank es. Der Mülleimer quoll über. Ein Transistorradio auf dem Tisch.

Sendlinger verließ die Wohnung. Sie hatten schon Dutzende Wohnungen geprüft. In den meisten roch es nach altem Zeug, nach Armut. Er verglich sie mit seiner Wohnung. Auch nicht viel besser. Seine Miete war vor zwei Jahren angehoben worden. Achthundertfünfzig Euro für fünfundsiebzig Quadratmeter in Schöneberg. Kalt. Die Nebenkosten stiegen auch schneller als sein Gehalt.

Die Wohnungsbegehungen deprimierten ihn nur weiter.

»Ich hoffe, Sie finden Ihre Kollegin«, murmelte der Mann. Sendlinger roch eine Fahne, als er sich an dem Typen vorbeidrückte. Er nickte Baumann zu.

»Danke für Ihre Unterstützung. Schlafen Sie gut«, sagte die und nahm die Treppe nach oben.

85.

»Das war knapp«, sagte Adrian. Öffnete den Kleiderschrank.

»Scheiße«, sagte Bob. Zusammengeklappt wie ein Taschenmesser steckte er zwischen Mottenfutter. Gequetscht vom zusammengeklappten Rollstuhl.

86.

Bob brauchte fast zwei Stunden, bis er sich erholt hatte. Dann wartete er, bis die Polizei abgezogen war. Nicht, dass die Zelle in Moabit unbequem gewesen war. Aber draußen rollte es sich besser. Er hatte sich auf seiner Insel in der Südsee angewöhnt, *gehen* durch *rollen* zu ersetzen. Fand es angemessen und witzig. *Wie rollt es Ihnen heute?* Auf der Arbeit vermied er seinen Privatjargon. Er verwirrte nur. *Wir rollen hinten rein.* Er sah seine Leute zur Tür rollen. Das war zwar ein komisches Bild. Konnte aber eine Aktion gefährden.

Adrian war draußen gewesen. Hatte sich umgesehen. Die Bullen waren abgezogen. »Komm mit«, sagte Bob. Er rollte zum anderen Haus. Adrian half ihm die Treppe hinunter.

»Lange geht das nicht mehr gut«, sagte er.

»Wo du recht hast, hast du recht. Schreib das dem Chef. Grüß von mir. Dass die Bullen aber auch so schnell hier auftauchen …«

Bob lugte durchs Guckloch. Salinger lag auf der Matratze. Tat so, als würde sie schlafen. Bob grinste. Ließ Adrian eine Wasserflasche und Sandwiches holen. Schickte ihn dann weg. »Guck dich im Kiez um, ob es noch Bullen gibt. Dich kennen die ja schon.«

Er legte die Flaschen und die Tüte auf seinen Schoß. Die Pistole obendrauf.

»An die Wand!«, brüllte er. Sah im Türspion, wie sie sich hochquälte. Vielleicht hatte sie doch geschlafen. Egal.

Er öffnete das Schloss. Drückte die Klinke. Riss die Tür auf.

Sie stand vor ihm. Hass in den Augen. Unbändigen Hass.

87.

Sie hatte gedöst. Dann kreiste ein Gedanke in ihrem Hirn. Hoffentlich finden sie dich nicht. Bob würde sie sofort erschießen. Oder dieser andere Typ. Hoffentlich finden sie dich nicht. Sie murmelte es mehrfach vor sich hin. Es stärkte ihre Entschlossenheit. Wenn sie nicht sterben wollte, musste sie tun, was sie geplant hatte.

Die Plastiktüte hatte ausgedient. Sie würde doch die Flaschen nehmen. Bis zum Rand füllen und fest draufdrücken. Wie eine Riesenwasserpistole. Sie hatte eine Flasche so geleert. Um zu üben mit dem Wasser. Sie musste mit flachen Händen draufdrücken und die Flasche gleichzeitig nach vorn rucken. Alles mit Höchstgeschwindigkeit. Danach die zweite.

Die Flaschen lagen neben der Tür. Im toten Winkel. Die Tür öffnete sich nach außen. Sie konnte direkt vor Bob stehen, die erste Flasche in der Hand. Einen halben Meter vor ihm. Sie würde die Schrecksekunde nutzen. Sogar ein Berufskiller erschrak. Was hatte Eugen eine Zeit lang zitiert? Lukrez. Sie konzentrierte, erinnerte sich. Hatte sein Gesicht vor Augen, als sie sagte:

Ja wir bemerken wohl oft, wie ein plötzlich Erschrecken des Geistes
Menschen zu Boden stürzt. Leicht kann da ein jeder erkennen,
Seele sei innig verbunden mit Geist.

Wenn sie Bob erschreckte und angriff, würde sie Zeit gewinnen, um ihn zu packen. Die Pistole auf dem Schoß. Auf dieser Scheißdecke oder darunter. Er hatte sie immer bei sich. Mal zeigte er sie, mal nicht.

Sie legte sich aufs Bett. Für Bob, wenn er durchs Loch guckte. Sie hörte keine Schritte. Sah das Auge im Guckloch. Sobald es verschwunden war, sprang sie auf. Geräuschlos. Drei Schritte auf Socken zur Tür. Die Flasche zwischen beide Hände, seitlich gehalten, um Schwung zu gewinnen.

88.

Wenn die Entführer in der Umgebung waren, hatten sie die Polizei längst entdeckt. So eine Befreiungsaktion klappte sofort. Oder sie wurde zum Drama. De Bodt hasste Entführungen. Die zogen sich hin, bis die Geiselnehmer die Geiseln umbrachten. Oder nicht. Er hatte beim letzten Mal Glück gehabt. Man hatte nicht ewig Glück. Hätte er die Wahl, er würde das Glück vom letzten Mal eintauschen. Mochte der Professor draufgehen. Bitter, gewiss. Aber er durfte Salinger nicht verlieren.

De Bodt hatte mitten auf der Straße gestanden. Sah den Trubel, sah ihn nicht. Niemand kam aus dem Häuserblock. Yussuf hatte alle Straßen sperren lassen: die Naunynstraße sowieso, dazu die Oranienstraße, die Adalbertstraße ab der Waldemarstraße, die Manteuffelstraße. Aber sie würden die Scheißkerle nicht mehr kriegen, selbst wenn sie hier gewesen waren. Dazu war Bob zu schlau.

Verfluchter Mist!

89.

Der Chef saß regungslos am Computer. Verfolgte auf dem Bildschirm, wie sich die Berliner Polizei blamierte. Weit entfernt, aber das Teleobjektiv war gut. Ein TV-Kanal hatte schon eine Kamera aufgestellt. Woher immer er den Tipp bekommen hatte. Auf Facebook gab es Handyvideos.

Wie gut, dass er Wedenstein aufgetrieben hatte. Adrian war gut. Aber gegen eine Übermacht im Feindesland war einer zu wenig. Und zwei waren einer mehr. Immer noch zu wenig, aber ein Genie wie Wedenstein würde einen Weg finden. Schade, dass sie ihn nicht einstellen konnten. Für immer. Aber davor standen Glaubensfragen. Wedenstein war Einzelgänger. Hatte so überlebt. Gab es ein besseres Argument?

Auf der Straße stand ein Mann. Groß gewachsen, schlank. Die

Hände in den Hosentaschen. Er kannte ihn: de Bodt. Der Mann war die Pest.

Dann sah der Chef, wie die Polizei abrückte.

90.

Sie schleuderte ihre Hände nach vorn. Drückte auf die Flasche. Die Chemiebrühe schoss Bob ins Gesicht. Er schrie, riss den Arm mit der Pistole hoch. Die Flaschen und die Tüte fielen auf den Boden. Aber Salinger schlug die Pistole weg. Sie rutschte in der Brühe hinter den Rollstuhl. Salinger nahm die zweite Flasche. Drückte die Ladung wieder in Wedensteins Gesicht. Diesmal schrie er nicht. Versuchte sie zu fassen. Aber Salinger hatte damit gerechnet. Sie trat den Rollstuhl zur Seite. Hob die Pistole auf und drückte Wedenstein den Lauf ins Genick.

»Nee, so nicht«, sagte eine Stimme hinter ihr.

91.

»Immerhin haben wir ein Drogenlabor hochgenommen«, sagte Yussuf auf der Fahrt zurück ins Büro. Merkow, Katt, Lebranc, Floire fuhren im zweiten Wagen. »So eine Scheiße!«, fluchte Yussuf.

Sie hatten die Berichte der Kollegen gehört. Die Oberkommissarin Baumann berichtete als Letzte. »Nichts. Wir haben arme Schweine geweckt, Leute beim Ficken genervt, eine Schlägerei beendet, tausend Fragen beantwortet. Man kriegt ja einen interessanten Eindruck vom Leben der Stadt. Es gibt sogar Leute, die leben in ihrer Wohnung, als ob sie dort nicht lebten. Traurig.«

»Ferienwohnungen?«, hatte Yussuf gefragt.

»Nein, nein. Einen haben wir geweckt. Hat wohl Nachtschicht. Der hat weder Frau, Familie oder sonst was. Nur ein Transistorradio auf dem Küchentisch.«

Yussuf bog auf den Parkplatz hinterm LKA in der Keithstraße ein.

»Wart mal«, sagte de Bodt. »Was hat die Baumann gesagt? Da leben Leute in ihrer Wohnung, ohne darin zu leben. Nur ein Transistorradio …« De Bodt schlug sich gegen die Stirn. »Ich muss mit der Baumann sprechen. Sofort.«

Hinter Yussuf hupte es. Er blickte nicht mal in den Spiegel.

»Sie können doch nicht einfach die Einfahrt blockieren, *Herr Kollege*!« Krüger stand neben der Fahrertür. Yussuf reagierte nicht. Stöberte im Telefon, tippte, reichte de Bodt das Gerät.

Krüger klopfte gegen die Scheibe.

Yussuf fuhr ein paar Meter, parkte an der Seite. Im Halteverbot.

»Die Wohnung mit dem Kofferradio auf dem Tisch und ohne Familienfotos?«

Kurze Pause. »Naunynstraße 16 a«, schallte es aus dem Lautsprecher.

»Fahren Sie dort hin. Rufen Sie Verstärkung.«

Yussuf wendete und gab Gas. Der Passat raste los. De Bodt öffnete das Fenster, setzte das Blaulicht aufs Dach. Yussuf schaltete die Sirene ein.

De Bodt bemerkte die Überraschung in Merkows Gesicht im Wagen, der ihnen entgegenkam. Im Rückspiegel sah er, wie Merkow wendete und ihnen folgte. De Bodt schickte ihm die Adresse per SMS.

92.

Salinger beugte sich und schwang ihren Körper nach hinten. Knallte dem Mann ihre Faust in die Eier. Traf ihn mit dem Kopf am Kinn. Fing die Pistole auf, die aus seiner Hand fiel.

Adrian sackte zusammen. Lag mit dem Kopf in der Chemiebrühe. Sie richtete beide Pistolen auf ihn.

Wedenstein wischte die Chemie-Kot-Urin-Suppe aus dem Gesicht. Drehte den Rollstuhl. Spuckte aus. Noch einmal. Hustete. »Ich wollte dich nicht töten.«

Salinger lachte. »Morgen wählen die Sie zum Papst. Wenn Sie näher kommen, schieße ich. Zufällig treffe ich Ihren Kopf. Die Kollegen werden mir das abnehmen. Stress, Angst, Hand hat gezittert. Also, kommen Sie näher. Ich warte.«

Adrian drehte sich auf die Seite. Salingers Fuß traf ihn im Magen, dann unterm Kinn. Er spotzte wie die Kaffeemaschine der Zander. Nur lauter.

Dann entspannte sich sein Körper. Salinger steckte eine Pistole in den Hosenbund, beugte sich zu ihm. Fand Adrians Telefon in der Gesäßtasche. Wählte de Bodts Telefonnummer.

93.

Statt einer Begrüßung: »Du wolltest deinen Freund Bob, ich hab ihn. Und noch eine Zugabe.«

De Bodt erstarrte. »Silvia? Wo bist du?«

»In einem Keller, ob in Warschau oder Rimini … der Fahrt nach zu urteilen, irgendwo in Berlin. Zeigt dein Handy eine Nummer an?«

»Nein. Aber ich glaub, ich weiß, wo du bist. Halt die Typen in Schach, wir finden dich.«

»Ich habe zwei Pistolen, die keine.« Ihre Stimme klang gut. »Wenn einer sich falsch bewegt, drück ich ab. Aus irgendeinem Grund würde ich kein Tränchen vergießen.«

»Für die Nächstenliebe bist du echt verloren.« De Bodt lachte laut auf.

»Dass du das erst jetzt merkst.«

94.

Es geht wieder. Ich habe ihn vor den Fernseher gesetzt. Er guckt ohne Ende. Trinkt Cola und frisst Chips. Hoffentlich kommt kein Scheiß im Fernseher.

Der Chef lächelte. Kurz nur, es gab ja nichts zu lachen. Gar nichts. Wenigstens eine gute Nachricht. Frida hatte sich wieder gefangen.

Wenn alles klappte, würde sie einen Orden kriegen. Geheim natürlich. Aber der Chef wusste, was es seinen Agenten bedeutete, in einer feierlichen Zeremonie mit Reden einen Orden überreicht zu bekommen. Die Anerkennung. Wichtiger als Geld. Daran hatte sich nichts geändert.

Immerhin. Aber er hatte den Kontakt zu Adrian verloren. Keine Mail im gemeinsamen Postfach. In Berlin hatte die Polizei Häuserblocks abgesperrt. Sie suchten die Polizistin. Das war klar, obwohl der Pressesprecher nichts rausrückte. Ermittlungstaktische Gründe. Sie wollten nicht, dass Adrian und Wedenstein zu früh gewarnt wurden. Als begriffen die nicht, dass jede Großfahndung in Berlin ihnen galt.

Der Chef kalkulierte. Er kalkulierte immer. Er berechnete die Gefahren und die Chancen. Kamen Adrian und Wedenstein raus, blieb alles, wie es war. Vielleicht hatte er einen Fehler gemacht mit der Entführung. Vielleicht. Immerhin lenkte es die Polizei ab. Sie würde mit der Ermittlung noch eine Weile zu tun haben. Das einzige Risiko war, dass sich Adrian auf ein Geschäft einließ. Er setzte Vertrauen in Adrian. Aber in jedem lauerte die Schwäche. Adrian wusste zu viel. Er kannte seinen Auftraggeber. Konnte beschreiben, wo der saß. Adrian war ein harter Hund. Aber bei de Bodt wusste man nie, was dem einfiel. Er hatte Wedenstein schon mal laufen lassen. Vielleicht ließ er Adrian laufen, wenn der auspackte.

Wedenstein würde schweigen wie ein Grab. Er hatte nichts zu verlieren. Er wurde weltweit gesucht wegen vielfachen Mordes und anderer Verbrechen, die allein schon für zwanzig Jahre Knast reichten. Er gewann nichts, wenn er auspackte. Er hatte längst jede Aussicht auf Haftverkürzung verloren. Er würde im Gefängnis vermodern, bis er starb. Seine einzige Hoffnung war, dass ihn jemand aus dem Knast holte. Wie es schon mal geklappt hatte. Wedenstein durfte es sich mit niemandem verderben außer mit den Bullen. Das war logisch. Und Wedenstein tickte logisch. Bis zur letzten Sekunde. Er würde tun, was er mit ihm vereinbart hatte. Für den schlimmsten Fall.

95.

Die Baumann wartete schon. Mit verkniffener Miene. De Bodt stieg aus, nachdem Yussuf das ABS getestet hatte.

»Tut mir leid, ich hätte gleich, als mein Kollege …«

De Bodts Hand befahl ihr zu schweigen. »Sie haben alles richtig gemacht. Wenn wir die Kollegin finden, verdanken wir das nur Ihnen.« Er blickte sich um. Hörte die Sirenen. Sah, wie Merkow, Katt und Floire herbeirannten. Wie Lebranc versuchte ihnen zu folgen.

»Ich geh allein hinein«, sagte er. Er deutete auf Yussuf und Baumann. »Sorgt dafür, dass die Artillerie draußen bleibt. Die sind mir zu gefährlich.«

Yussuf blickte ihn angesäuert an.

De Bodt klingelte in den oberen Wohnungen. Der Türsummer. Er drückte die Tür auf. Die Waffe in der Hand. Sah die Kellertür gegenüber den Briefkästen. Drückte die Klinke. Zog die Tür auf. Brüllte: »Silvia!«

»Keine Panik! Hab alles im Griff!«

»Dann kann ich ja wieder gehen!« Stieg die Treppe hinunter.

»Nee, ich brauch jemanden, der die Schweinerei aufwischt.«

De Bodt sah den Lichtspalt sich weiten, als sie die Tür öffnete.

Ein dumpfer Schlag. Silvia schrie. »Du Arschloch!«

Mit einem Satz war de Bodt an der Tür. Sah, wie Salinger auf Bob blickte. Der lag neben einem anderen Mann. Dessen Gesicht sie anstarrte. Das Entsetzen in den toten Augen.

»Kann mir jemand in meinen Rollstuhl helfen?«, fragte Wedenstein. »Außerdem würde ich gern duschen.«

96.

Der Chef am Radio. Livebericht von der Geiselnahme aus Berlin. Als er hörte, dass ein Entführer im Rollstuhl aus dem Haus getragen worden sei, lächelte er. Als er hörte, dass der andere Geiselnehmer tot sei, klopfte er auf den Tisch. Für seine Verhältnisse eine fast ekstatische Äußerung von Freude. Er spürte die Erleichterung, erst ungläubig, dann umso stärker. Er hatte sich nicht geirrt. Ohne Weiteres zu wissen war ihm alles klar. Bob hatte Adrian umgebracht. In der Tat, jetzt sprach der Reporter von einem Gerücht, dass der zweite Entführer an Genickbruch gestorben sei. War es die Polizistin? Hatte sie sich gewehrt? Hatte sie sich gerächt? Der Chef wusste es besser. Wedenstein hatte seinen Auftrag ausgeführt. Sie würden sich erkenntlich zeigen.

97.

Wedenstein saß im Vernehmungsraum. Sie hatten ihm eine Dusche erlaubt und neue Kleidung gegeben. Bob schien zufrieden. Obwohl er nichts sah mit seiner zweiten Augenklappe. Er zeigte nicht, dass er unter Schmerzen litt.

»Warum haben Sie Ihrem Komplizen den Hals umgedreht?«, fragte Salinger.

De Bodt hatte versucht, ihr die Vernehmung zu ersparen. Tilly hatte Salinger beurlaubt. Es interessierte sie nicht. Sie kam einfach mit, und niemand traute sich, sie daran zu hindern. »Das könnte die Vernehmung anfechtbar machen«, hatte Tilly gesagt.

»Das ist mir scheißegal. Der sagt sowieso nur, was er sagen will. Und es wird der Staatsanwaltschaft vielleicht gelingen, den Mann wegen Mordes, Entführung und noch ein paar anderer Sachen lebenslang wegzusperren. Davon abgesehen, dass lebenslänglich schon auf ihn wartet.«

»Ich habe versucht, ihn zu retten. Sie haben ihn umgebracht«, sagte Bob. Und schickte ein Lachen hinterher. Er genoss das Spiel. Im Geist hatte er sich schon mit seiner Zelle in Moabit angefreundet. Ein Zwischenaufenthalt. Den würde er sich so gemütlich wie möglich machen.

»Reden Sie keinen Unsinn«, sagte de Bodt. »Ich bin Augenzeuge. Habe gesehen, wie Sie den Mann ermordet haben.«

»Sie? Gesehen?« Dann nickte er. Gut, für seine Kollegin würde der Bulle lügen, was das Zeug hielt. Außerdem hatte er ja recht. Ihm konnte es egal sein, wegen wie vielen Morden er in den Knast wanderte. »Meinetwegen.« Er winkte ab.

»Warum haben Sie ihn getötet?«

»Es überkam mich. Wissen Sie, noch mal was Sinnvolles machen im Leben. So etwa.«

»Wer war dieser Mann?«

»Keine Ahnung. Der hat mich am Hauptbahnhof angequatscht. Lust, 'ne Bullin zu entführen? Da konnte ich schlecht Nein sagen. Außerdem, Sie kennen meine Liebesbeziehung mit Ihrer Assistentin …«

»Arschloch«, sagte Salinger.

»Das kann vor Gericht aber nicht gegen mich verwendet werden. Ich zeig dich auch nicht an wegen Beleidigung. Versprochen. Aber du besuchst mich doch? Wie früher. Ja, mein Schatz?« Er deutete einen Kuss an.

Salinger erwiderte kalt: »Wir sehen uns nur noch zweimal. Einmal im Gerichtssaal. Das zweite Mal auf dem Friedhof. Ich werde extra in den Sarg hineinschauen. Damit ich sicher sein kann, dass Sie es sind. Dann zünde ich in der Kirche eine Kerze an und schmeiß 'ne Party.«

»Das mit der Kerze müsste ich dir richtig übel nehmen. Aber ich bin nicht nachtragend. Übrigens hab ich dir das Leben gerettet, auch wenn du mir nicht glaubst. Wäre es nach meinem Kumpel gegangen, hätten wir dich sofort erledigt. Jetzt siehst du mal, was wahre Liebe ausmacht.«

»Sie lügen, wenn Sie das Maul öffnen.«

De Bodt tippte ihr an die Schulter. Erhob sich. »Passen Sie gut auf ihn auf.« Der Uniformierte neben der Tür nickte.

»Komm.«

Draußen fasste er sie am Oberarm: »Du lässt dich von Ali nach Hause fahren. Du tauchst eine Woche nicht im Büro auf. Ich lad dich abends zum Essen ein. Dann erzählst du mir alles.«

»Aber ich will …«

»Nein, du versaust mir das Verhör. Du hasst den Mann. So kommen wir nicht weiter.«

»Du hasst ihn nicht?«

»Nein. Warum sollte ich?«

Sie blickte ihn lange an. Nickte. Löste sich aus seinem Griff. Winkte Ali zu sich. Und verließ das LKA.

Kaum war sie verschwunden, rief er sie an. »In welcher Sprache haben die sich verständigt?«

»Englisch, Ausländerenglisch. Wedenstein spricht fast akzentfrei. Der andere … ich weiß nicht. Irgendwas zwischen einem Spanier und einem Polen. Hilft nicht, schon klar.«

98.

Lebranc flog Business-Class, Floire Economy. Wenigstens ein Ort auf der Welt, an dem er vor ihm sicher war. Kaum war er eingenickt, tippte ihm jemand auf die Schulter.

»Ich habe einen Plan«, sagte Floire. »Wir haben nachher einen Termin beim Präsidenten der DGSE. Und können auch mit Kollegen von Madame Millet sprechen.«

Wie hatte er das wieder gedeichselt? Seine Miene schaffte es zuverlässig, das Gegenteil von Lebrancs Gesichtsausdruck zu spiegeln. Er lächelte freundlich, fast unterwürfig. Floire war wie Rotz beim Nasebohren. Der blieb auch immer irgendwo kleben, wenn man ihn wegschnipsen wollte.

»Wie haben Sie so schnell einen Termin bei der DGSE gekriegt?« Mist, er hätte nicht fragen sollen. Sondern seiner ersten Regung nachgeben: die Tür aufreißen und Floire rausschubsen. Aber wahrscheinlich würde der das auch überleben.

»Ich habe angerufen«, sagte Floire verwundert. War doch echt keine Herkulesaufgabe: Man rief an, bat um einen Termin und kriegte ihn. Gut, der Onkel hatte ein bisschen geholfen. Außerdem wollte Monsieur Prudence, der DGSE-Chef, schon wissen, wer seine Agentin warum umgebracht hatte.

»Schön«, sagte Lebranc. »Und jetzt setzen Sie sich auf Ihren Platz. Schnallen Sie sich an. In Paris holen Sie den Wagen und warten am Ausgang 4 auf mich.«

»Gern, Chef.«

Er sah Floire, wie er sich mit vor Entsetzen verzerrtem Gesicht am Türrand festklammerte, bevor Lebranc ihm auf die Hand trat. In einem Rückfall jugendlicher Gelenkigkeit.

Nein, nein! Weg war er. Strampelte im Fall. Der Windelscheißer, der er war.

Floire wartete brav am Ausgang. Hatte das Armaturenbrett mit dem Schild *Police nationale* garniert. Fuhr zügig ins 20. Arrondissement, zum Boulevard Mortier 141. Ein Glastunnel zwischen zwei älteren Gebäuden mit Satteldächern. An der Eingangskontrolle wurden sie erwartet. Gleich eilte ein junger Mann auf sie zu. »Ich darf Sie zum Herrn Direktor führen.«

Prudence empfing sie im Vorzimmer. »Ich habe viel von Ihnen gehört, Monsieur. Nehmen Sie doch Platz.« Kein Büro, eher ein Saal. Schreibtisch schräg zum Fenster. Konferenztisch. In einer Vitrine in der Ecke Modellflugzeuge. Hinter dem Schreibtisch an der Wand Akten, Akten, Akten. Lebranc und Floire setzten sich an den Konferenztisch, gegenüber. Prudence setzte sich an den Kopf.

»Unsere Kollegin Millet ...« Prudence legte Trauer in die Stimme. Schwieg.

Lebranc fragte sich, ob sie das auch an der ENA lernten. Jener Elitehochschule, aus der sie alle stammten. Die Politiker der Regierung und der Opposition, die Generaldirektoren, die Präfekten, die Manager.

»Was wollte sie in Berlin?«, fragte Floire.

Prudence blickte ihn erstaunt an. Dann Lebranc. Die grauen Schläfen unterm schwarzen Haar standen ihm gut. Auch die rahmenlose Brille. »Sie war Touristin ...«

»Wirklich nur Touristin?«

Prudence legte das Kinn auf die Brust. Seufzte leise. »Ich verstehe Ihr Interesse, *Monsieur Inspecteur général.*« Blickte Lebranc an. »Ich habe den Herrn Innenminister gefragt, was ich Ihnen anvertrauen darf… Sie haben keine Vorstellung, wie viel Hoffnung der Herr Minister in Sie setzt. Sie, der uns schon mal gerettet hat. Die Frau des Präsidenten und er selbst werden Ihnen ewig dankbar sein. Aber die Sicherheit des Staats ist die Sicherheit des Staats. Ich darf Ihnen… unter vier Augen, nur unter vier Augen…«

Lebranc winkte Floire hinaus. Der machte kurz Anstalten, sich am Tisch festzukrallen wie am Türrand des Flugzeugs auf zehntausend Meter Höhe. Dann zog er ab.

»Eifriger Assistent, meinen Glückwunsch.«

»Übereifrig und naseweis… wenn Sie ihn übernehmen wollen…«

»Danke, danke, Herr Kollege, wenn ich das sagen darf.«

»Ich fühle mich geehrt.«

»Aber nicht doch.«

»Also, die bedauernswerte Kollegin Millet…«

Prudence blickte ihn traurig an. »Sie ist zwei Tage vor dem Anschlag zu mir gekommen. Sie wollte nur mit mir sprechen. Sie müsse dringend einen amerikanischen Kollegen treffen. Nicht offiziell. Der komme nach Berlin. Sie würden Touristen spielen. Das falle niemandem auf. Sie habe da so einen Verdacht. Einen schlimmen Verdacht. Sie habe den Eindruck, der amerikanische Kollege habe diesen Verdacht auch. Und wisse mehr.«

»Welchen Verdacht?«

»Das wollte sie mir nach ihrer Reise berichten.«

»Sie haben nicht darauf bestanden, dass sie ihren Verdacht nennt?«

»Natürlich. Aber sie hat mich gebeten, keine Antwort zu verlangen. Ich dachte, sie werde ihre Gründe haben. Wolle sich nicht blamieren. In der Tat, ich mag es nicht, wenn meine Mitarbeiter mit unausgegorenen Geschichten kommen.«

Lebranc nickte. »Vielleicht könnten Sie…«

»Der wartet schon.« Prudence lächelte. Er hatte an alles gedacht. Ging zum Schreibtisch, drückte auf einen Knopf. Die Tür zum Vorzimmer öffnete sich. Es erschien ein massiger Mann mit Kinnbart.

Wartete zwei Meter vor dem Tisch. Bis Prudence auf Floires Platz deutete. Keine Vorstellung, gleich zur Sache. »Madame Millet, was hat sie Ihnen gesagt?«

»Das habe ich« – er duckte den Schädel, blickte Lebranc an – »Ihrem … Chef schon gesagt. Ich hoffe, das war in Ordnung.«

Lebranc wünschte sich einen Sprengstoffgürtel. Den er sofort gezündet hätte.

»Nein, das war nicht in Ordnung«, sagte Prudence. So musste es geklungen haben, wenn Robespierre gut gelaunt war. Prudence: »Wir sprechen später darüber.« Klang nach einer Stelle auf Mayotte. »Was haben Sie dem Assistenten des *Inspecteur général* denn verraten?«

»Ich dachte, er wäre …«

»Beantworten Sie meine Frage!«

»Madeleine … also Madame Millet wollte einen CIA-Agenten treffen. Wohl den, der auch beim Anschlag auf den Bus umgekommen ist.«

»Und was wollte sie von dem CIA-Mann?«

»Sie sagte mir, dass sie einen Verdacht habe. Einen ungeheuren Verdacht. Der sei so … bedeutend, dass sie nichts sagen werde, bevor sie mit diesem Amerikaner gesprochen habe.«

»Und Sie haben sie einfach fahren lassen?«

»Natürlich. Sie hätte nicht fragen müssen. Aber das tat sie, weil sie verantwortungsbewusst war. Sie ertrug es vielleicht auch nicht, die Sache für sich zu behalten. ›Jacques, das Schicksal der Welt hängt davon ab, dass ich jetzt keinen Fehler mache. Ich weiß nur nicht, wie ich das anstellen soll. Keinen Fehler zu machen … Tut mir leid, ich will nicht pathetisch sein.‹ Sie war nie pathetisch, sie schon gar nicht.«

»Und Sie haben nicht versucht herauszufinden, was ihr solche Angst machte?«

»Natürlich habe ich es versucht, Chef. Ich habe ihr auch gesagt, sie möge sich an Sie wenden. Wenn es so wichtig war. Sie würden sie bestimmt anhören.«

Prudence nickte. Vielleicht wurde es jetzt Martinique. »Aber sie wollte nichts sagen …«

Lebranc fragte sich, wie lange das Theater noch dauern würde. »Sie haben doch bestimmt schon einmal mit dem *Monsieur Directeur* darüber gesprochen …«

Jacques zögerte. Nickte.

»Vielleicht sind Sie im falschen Beruf?«

»Wie meinen Sie das?«, flüsterte Jacques.

»Am Theater wären Sie vielleicht besser aufgehoben. Die suchen … Statisten. Hab ich in der Zeitung gelesen.«

Entsetzter Blick zu Lebranc, dann zu Prudence.

»Sie können jetzt gehen. Halten Sie sich zu meiner Verfügung«, sagte Prudence.

Auf der Fahrt zur Polizeipräfektur schwieg Lebranc lange. Floire schimpfte über andere Fahrer. »Im Kreisverkehr blinkt man, Idiot!«

»Was haben Sie diesem Abteilungsleiter erzählt?«

»Gar nichts, er hat mir was erzählt. Sie wissen, was. Ich hoffe, er ist in seiner Darstellung … kongruent geblieben.«

Allein für das *kongruent* wäre die Prügelstrafe angemessen gewesen. Die war aber gerade verboten worden.

»Sie haben ihm doch erzählt, dass Sie der Chef seien.«

»Ach, daher rührt Ihr Missmut.«

Zwei Wochen Pranger.

»Nein, ich lüg die Leute doch nicht an. Ich habe ihm gesagt, wie dankbar die Polizei ist, dass er ihr helfen will.«

Ertränken in der Seine.

»Dieser Scheißkerl braucht aber ewig, bis er seine Frau Gemahlin aus dem Auto geworfen hat. Wir sollten ihm einen Strafzettel verpassen. Finden Sie nicht, Chef?«

99.

Wedenstein roch wie eine Parfümerie. Die Chemie-Kot-Urin-Suppe hatte ihn doch geekelt. Obwohl er am Anfang so getan hatte, als machte sie ihm nichts aus. Er hatte seit der letzten Vernehmung immer wieder geduscht. Über dem verletzten Auge trug er immer noch eine Klappe, wie über dem anderen. Die Schmerzen der Säure mussten heftig sein. Er aber saß da und grinste vor sich hin.

»Tut mir leid«, sagte de Bodt. Er stand hinter ihm an der Wand. Yussuf war bei Salinger geblieben. Die tat zwar so, als machte es ihr nichts aus. Aber de Bodt wusste es besser. Sie brauchte Hilfe. Aber sie würde sie nicht annehmen. Sich nichts anmerken lassen.

»Wo haben Sie Ihre hübsche Kollegin gelassen?« Bob schnüffelte wie ein Hund.

»Die hat keine Lust mehr auf Sie, jedenfalls eine Weile.«

»Sie tut nur so. Macht sich rar. Ich kenne die Frauen …«

»Das ist mir aber neu. Bisher kannte ich Sie nur als Killer, der für jeden mordet, wenn es genug einbringt.«

»Wir leben im Kapitalismus, de Bodt. Auch wenn Sie das als Beamter nicht so merken.«

»Für wen sind Sie diesmal in den Krieg gezogen?«

Wedenstein kratzte sich unter der alten Augenklappe. »Hab ich Ihnen doch schon verraten. Da war so ein Typ. Was ich fast vergessen hätte, der hat das Honorar im Voraus gezahlt. Wenn das kein Beweis für Seriosität ist …«

»Caymans?«

Bob lächelte.

»Wer hat Sie beauftragt, Ihren Komplizen zu töten?«

»Das war eine Eingebung. Außerdem war der scharf auf Silvia. Manchmal muss man Dinge klären. Das ergab sich so.«

Sie hatten alle Datenbanken der Welt durchsucht, aber den zweiten Entführer nicht gefunden. Was erstaunlich war, laut Salinger hatte der sich absolut professionell verhalten. Der Mann hatte keine Papiere bei sich. Besaß eine SIG Sauer M17. Standardpistole der US-Armee. Aus der schon geschossen worden war, wie Uhlenhorst berichtet hatte.

»Wie sind Sie an den Mann gekommen?«

»Tinder.«

100.

Der Chef tippte auf die Schreibtischplatte. Etwas zog im Magen. Das Mittagessen in seinem Stammlokal. Schwer, fettig, aber so mochte er es. Am besten war der Hammeleintopf. Mit viel Kümmel. Dem Chef konnten die Kalorienbomben nichts anhaben. Er blieb schlank, als folgte er einer Hungerdiät. Seit seine Frau gestorben war, ließ er die Dinge schleifen. Bewegte sich kaum. Aß wenig Obst außer Bananen. Nahrung fürs Hirn.

Adrian war also tot. Der Chef war zufrieden. Bob hatte Wort gehalten. Er würde es auch tun. Fast überall auf der Welt galt das Wort eines Mannes nichts mehr. Es wurde gelogen, dass sich die Balken bogen. Jeder wusste es, und nur übel gelaunte Moralinsäuerlinge regten sich noch auf. Vorhin hatte er im Restaurant unfreiwillig das Gespräch zweier Männer belauscht. Die über den Superlügner in Washington herzogen. Wie so ein schwanzorientierter Idiot Präsident werden könne. Das zeige besser als sonst was den Niedergang Amerikas. Dekadent, verkommen das Land. Keinen Glauben außer an die Wall Street. Oder Religionsfanatiker, die ernsthaft behaupteten, Gott habe die Erde vor sechstausend Jahren geschaffen, 4004 vor Christus. Der Chef lächelte. Recht hatten sie. Ein Land, das sich solch einen Präsidenten leistete, hatte sich ins Knie gefickt … Der Chef nickte. So klang es gut. Weil es wahr war. Die Wahrheit ist nicht vornehm. Etepetete. Die Wahrheit dampft, brodelt und stinkt. Das wusste niemand besser als der Chef.

Er lehnte sich zurück. Nickte mehrmals. Es lief.

101.

»Ich dachte, der Generalbundesanwalt hat übernommen und das BKA leitet die Ermittlungen«, sagte der Präsident des Verfassungsschutzes.

De Bodt hatte den ersten Flieger genommen und war schon genervt. »Gewiss, aber ich ermittle auch. Da gibt es eine Vereinbarung mit Herrn Becker.«

»So, so, mit dem Herrn Becker also. Ich weiß ja nicht, was … Gut, was wollen Sie wissen?«

»Wie Sie sagen, war Solms nicht verpflichtet, Sie oder jemand anderen über seine Reise zu informieren. Aber seine Sekretärin oder sonst jemand wird doch mehr wissen als Sie. Wenn Sie also nicht wissen, was in Ihrem Amt läuft, wäre ich Ihnen dankbar, mich mit den Leuten in Kontakt zu bringen, die wissen, was läuft. Wenn Sie Zweifel an meinem Auftrag haben …« Er griff in die Tuchtasche und legte eine Visitenkarte auf den Tisch. Die Kanzlerin. Mit Durchwahl- und Handynummer.

Der Präsident griff nach der Karte. Ließ sie aber doch liegen. »Solms flog nach London. Zum MI5. Um Ihrer Frage zuvorzukommen: Ich weiß nicht, warum. Ich weiß auch nicht, wen er dort treffen wollte.«

»Müssen Sie als Präsident nicht Ihrem Kollegen in London den Besuch ankündigen?«

»Nein, Solms hatte das Recht … aber er hat mich informiert. Da sei etwas im Busch. Wenn er aus London zurückgekehrt sei, könne man vielleicht einen Fall draus machen. Offenbar handelte es sich um eine größere Sache. Solms liebte die Tiefstapelei.« Die flache Hand des Präsidenten auf Kurzstreckentiefflug über der Schreibtischplatte. »Es ist ja auch nicht so, dass wir einen Pendelverkehr mit dem MI5 eingerichtet hätten. Die Kollegen sind doch arge Geheimniskrämer.« Er lachte.

Solms' Sekretärin war betrübt. »Einen so guten Chef werde ich nicht wieder kriegen.«

»Hat Herr Solms eine Andeutung gemacht, warum er nach London flog?«

»Schmittchen, das wird das ganze große Ding, hat er gesagt. Aber ich hab ihn nicht weiter gefragt. Sie wissen bestimmt, in so einer Behörde ist man besser nicht so neugierig.«

»Ich dachte bisher, das bezieht sich nur auf Nazis«, sagte de Bodt.

Sie blickte ihn an. Überrascht, dann unfreundlich. »Dass Sie sich von solchen … Verleumdungen …«

»Das ganz große Ding, was konnte das sein?«

Sie blickte ihn an. »Ich weiß es nicht. Wirklich nicht. Glauben Sie mir, ich täte alles, um Ihnen zu helfen, diesen Anschlag aufzuklären. Ich hatte mich schon gewundert, warum mich niemand befragt hat. Aber nun …«

»Überlegen Sie bitte. Der kleinste Hinweis …«

»Ich weiß«, unterbrach sie ihn. »Was glauben Sie, was ich in letzter Zeit gemacht habe … seit dem Absturz?«

»Wen wollte er beim MI5 besuchen?«

»Sir Hugh Simon, den Direktor.« Sie klang stolz.

»Höher geht's nicht.«

De Bodt lächelte sie an. Bereute seinen Nazispruch. Der war zwar wahr, aber warum die Frau gegen sich aufbringen?

»Die kannten sich ganz gut … Haben sich manchmal getroffen. Am Rand von Konferenzen und so. Wegen einer Nichtigkeit wäre Herr Solms nicht nach London geflogen.«

»Sie haben nicht die geringste Ahnung? Es fiel kein Wort, oder Sie haben etwas aufgeschnappt?«

Sie überlegte. Schüttelte den Kopf. Nachdenklich. »Da war etwas, das ihn … veränderte. Er war eine Weile kaum ansprechbar. Es wurde besser, aber seine … Stimmung. Die war am Boden. Als wäre … jemand gestorben, Vater, Mutter, Frau … Er schien erschüttert zu sein.«

»Vielleicht war es wirklich was Privates.«

Sie schüttelte wieder den Kopf. »Das hätte er mir gesagt. Wir hatten ein freundschaftliches Verhältnis. Ich war schon bei ihm und seiner Frau zum Essen, mit meinem Mann.«

Im Wartesaal des Flughafens Köln/Bonn spürte er seine Müdigkeit. Die Suche nach Salinger hatte ihn ausgelaugt. Die Angst um sie noch mehr. Er hatte ewig nicht mehr geschlafen.

Was sollte er mit all dem anfangen? Was mit Wedensteins Mord? Was mit den Anschlägen? Er versuchte klar zu denken. Wenn Wedenstein an den Anschlägen beteiligt war? Wenn er für die Leute arbeitete, welche die Anschläge befohlen hatten? Würde Wedenstein doch für den IS arbeiten? War das eine Frage des Geldes? Ab einer bestimmten Summe wurde jeder schwach. De Bodt nicht. Wedenstein auch nicht?

Er lehnte den Kopf zurück. Sah das Laufband eines Monitors, blauer Hintergrund, gelbe Schrift.

… US-Regierung verhängt neue Sanktionen wegen Libyen … Saudi-Arabien warnt Iran vor Atomrüstung … Washington fordert russischen Rückzug aus Syrien … Fußball-Bundesliga: neuer Zuschauerrekord …

Das Telefon vibrierte. SMS von Yussuf.

GBA/BKA übernehmen Wedenstein. Silvia genervt.

Fragte sich, was schlimmer war. De Bodt lachte. Die Dame neben ihm blickte ihn an. Griff ihre Handtasche und rutschte ein paar Plätze weiter.

102.

Salinger war die Decke auf den Kopf gefallen. Mitsamt dem Spinnenpärchen Ernie und Bernie, die sie in der Nacht kennengelernt hatte. Sie ging ins *Café Eliza*, winkte Anne zu. Zog nach einem Espresso aber bald weiter. Allein war das nichts. Sie würde immer daran denken, dass sie beim letzten Mal mit Eugen und Ali hier gewesen war. Sie würde seine Stimme hören und seine Blicke sehen.

In der Nacht hatte sie geschlafen. Wider Erwarten. Ihre Nerven hatten gezittert. Im Hirn spritzte alle paar Sekunden Chemiebrühe aus Klos. Dann war plötzlich alles schwarz. Sie war aufgewacht mit einem Sonnenstrahl im Gesicht. Der Rollladen war offen gewesen. Das Elend packte sie beim Frühstück. Sie sagte sich, dass ihre Nerven nur nacharbeiteten. Sich quasi eine Therapie verordnet hatten. Die Sache noch einmal durchlebten. Dann abschlossen. Es wäre nur schön gewesen, sie hätten sich beeilt.

Ihre Augen suchten. Transporter. Männer, die unbeschäftigt herumstanden. Überhaupt Autos, welche die Straße entlangrollten. Anhielten. Was sie erstarren ließ. Bis sie sah, dass der Fahrer in der zweiten Reihe gehalten hatte, um in einen Späti zu springen und mit ein paar Schachteln Zigaretten herauszukommen. Sie zwang sich weiterzulaufen. Lass den Wahn sich nicht festsetzen. Du bist tausendmal auf Bürgersteigen gelaufen, ohne dass etwas geschah. Wedenstein, das Arschloch, sitzt. Der andere Typ war tot. Sie war mitschuldig. Hatte den Mord nicht verhindert. Obwohl sie bewaffnet war und Wedenstein nicht. Schade war es nicht um das zweite Schwein. Der hätte sie abgeknallt ohne ein Molekül Bedauern. Nein, sein Tod war kein Verlust für die Menschheit. Erst war sie sauer gewesen, als Eugen sie von der Vernehmung Wedensteins ausschloss. Inzwischen hatte sie begriffen, dass der sowieso nichts aussagen würde. Jedenfalls nichts, was helfen konnte. Und auf die Anmachsprüche konnte sie verzichten. Ich hätte ihn einfach erschießen sollen. Als er den anderen umbrachte. Niemand hätte ihr einen Vorwurf gemacht. Nur sie hätte gewusst, dass sie ihn ermordet hatte. Und Eugen. Der hatte ein Gespür für so was. Er hätte kein Wort gesagt. Aber er hätte es gewusst. Dass sie eine Mörderin war.

»Halt den Betrieb nicht auf, Mädchen!«

Ein Elektroroller zischte an ihr vorbei. Der Typ beglotzte sie herausfordernd. Fuhr langsamer. Sie winkte ihn heran. »Fährst ja einen heißen Stil. Auf dem Bürgersteig.«

»Ja, na und? Sonst hätte ich dich ja nicht kennengelernt.«

»Und ich nicht dich. Papiere!«

103.

»Du bist sicher, dass wir da nicht mit drinhängen?«, fragte Katt.

»Nein«, sagte Merkow.

Sie saßen auf einer Bank im Tiergarten. Zu dritt, Merkow, Katt und die schlechte Laune.

»Beim letzten Mal … in Berlin …« Sie winkte ab. »Was für ein Affentheater. Die haben uns verarscht, ohne auch nur rosa anzulaufen.«

Sie hatte recht. Katts Zynismus passte. Sie hielten ihre Köpfe für Dinge hin, die sie nicht durchschauten. Waren Marionetten. Wussten aber nicht einmal, wer an den Fäden zog. Zu Sowjetzeiten war es überschaubar gewesen. Obwohl damals auch Grabenkämpfe ausgetragen worden waren. Aber heute wussten sie nicht einmal, ob es überhaupt einen Kampf gab. Ob das nicht Tänze für irgendein Publikum waren. Ob sie nicht glauben sollten, dass Schlachten geschlagen wurden, die es aber nur in der Einbildung gab. Oder es wurden Schlachten ausgefochten, die sie nicht sahen. Sie wussten nicht einmal, was ihr Präsident wollte. Was er tat, was er nicht tat. Was er nicht tat, um es dann doch zu tun. Was er getan hatte, ohne es getan zu haben. Manchmal glaubten sie, der Staat, dem sie dienten, wäre nur ein Bühnenbild. Um etwas darzustellen, das es nicht gab. Ein Riesenzauber, um etwas zu verbergen. Nur was?

»Wir haben nichts«, sagte Katt. »Die werden uns die Köpfe abreißen.«

»Oder nicht«, erwiderte Merkow.

»Schön. Nicht mal das wissen wir.«

»Die französischen Kollegen kriegen auch nichts heraus. Gut, das ist kein Trost.«

»Wedenstein wird nichts verraten. So weit kennen wir den.« Katt legte ihre Hände in den Nacken und zog. Einmal, zweimal, dreimal. Hielt den Druck. Stöhnte leise. Löste die Klammer. Schüttelte den Kopf.

»Ich hab die Kollegen von den Diensten angefunkt. Nichts«, sagte

Merkow. »Gut, da käme erst recht nichts, wenn einer von denen drinhinge.« Er überlegte. Brauengymnastik.

»Seit wann arbeiten wir mit dem IS zusammen? Nachdem wir den in Grund und Boden gebombt haben«, fragte Katt.

Merkow nickte. »Nicht mal de Bodt hat was. Immerhin konnten sie Salinger retten.«

»Die hat sich selbst gerettet«, sagte Katt. »Ich mag sie nicht. Aber Respekt.« Sie kratzte sich an der Wange. »Wir müssen das noch mal von Anfang an durchdenken.«

»Cui bono?«

»Du prahlst schon genauso wie de Bodt. Gewöhn dir das gleich wieder ab. Es nervt.«

»Wem nutzt es, wenn ein Flugzeug abstürzt und ein Bus explodiert?« Er schloss die Augen. »Die wollten unseren Botschafter nicht töten. Wenn jemand den umbringen will, überlässt er den Erfolg nicht dem Zufall.«

»Aber wenn Tschetschenen den Bus vor unserer Botschaft gesprengt haben? Um zu zeigen, wie toll sie sind.«

Merkow nickte. Es war nie falsch, das Naheliegende zuerst zu erwägen. Ockhams Rasiermesser. Darauf würde de Bodt verweisen. Aber das Messer schnitt manchmal nicht das Unwahrscheinliche weg. Sondern die Wahrheit. »Wie passt dann das Flugzeug ins Bild?« Er kannte die Antwort, doch die Frage half beim Grübeln.

»Vielleicht haben die tschetschenischen Arschlöcher eine Gruppe in Berlin.«

Diese Erörterungen nervten Merkow. Sie unterstrichen nur, dass ihre Ermittlungen nicht vorankamen. Es war kein Trost, dass es de Bodt und der deutschen Polizei nicht besser erging.

»Was Neues aus der Botschaft?«, fragte Katt. Sie hatte die Vernehmung der Botschaftsmitarbeiter Merkow und einem aus Moskau angereisten FSB-Typen überlassen.

»Nichts. Außer dass die Mitarbeiter ihren Chef für einen Choleriker hielten.«

»Vielleicht hat ein Mitarbeiter das Blechstück benutzt, nachdem der Bus explodiert war? Weil du ja so gern *cui bono* fragst.«

104.

Früher oder später mussten sie de Bodt ausschalten. Der Chef ahnte das. Bedachte die Möglichkeiten. Wer konnte es übernehmen? Es mangelte nicht an Mitarbeitern, die es versuchen würden. Es mangelte an Spitzenkräften, die es könnten. Auf die Verlass war. Hinzukam, dass de Bodt gewarnt war. Salingers Entführung war vielleicht ein Fehler gewesen. Jetzt allemal, da sie gescheitert war. Der Chef erhob sich und ging ein paar Schritte. Schaute zum Fenster hinaus. Ein Parkplatz, dahinter Wald. Er ging Namen durch. Sein Gedächtnis funktionierte ausgezeichnet. Normalerweise hätte er Adrian beauftragt. Aber der war tot. Der war offensichtlich doch nicht so gut gewesen, wie der Chef geglaubt hatte. Dann fiel ihm Erika ein. Das lag nah. Er hatte sie gerade losgeschickt. Erika war ein Deckname. Derzeit suchte sie einen Verräter in Österreich. Der war dorthin abgehauen. Wusste vielleicht was. Vielleicht aber auch nicht. Hing davon ab, ob er Bruchrechnung konnte. Ein bisschen schwieriger als zwei und zwei war es schon.

105.

Wiener Stadtpark. Schindler, der Maler, hing lässig im Sessel. Merkwürdige Statue. Erika lächelte. Sie folgte dem Mann. Der in der US-Botschaft gewesen war. Als er rauskam, winkte er einem Taxi. Ließ sich Richtung Stadtpark fahren. Eine Viertelstunde. Die Erika lieber gelaufen wäre. Trotz der Affenhitze. Sie musste aufpassen. Der Mann war erfahren. Er wusste, wie sie arbeitete. Kannte alle Tricks und Techniken ihres Gewerbes. Der Typ hatte sich auf eine Bank gesetzt. Um die Wege im Stadtpark unauffällig beobachten zu können. Erika hatte es vorausgesehen und sich hinter einem Baum versteckt. Wenige Meter weiter spielten Kinder einer Großfamilie. Gekreische, Lachen, Heulen. Normalerweise hasste sie Lärm. Aber in diesem Fall war er die perfekte Tarnung. Ihr Mann würde sich nicht über Bewegungen oder Geräusche wundern. Auf die Entfernung würde er sie für ein Mitglied der Familie halten.

Der Mann saß eine Viertelstunde. Beobachtete, grübelte. Sie wusste nicht, warum er gefährlich war. Sie war es gewohnt. Niemand sagte ihr mehr, als sie brauchte. Warum sollte sie sich mit der Biografie oder den Verbrechen von jemandem beschäftigen? Wenn ihr Auftrag lautete, ihn zu beschatten. Im Zweifelsfall zu liquidieren. Der Ausflug in die US-Botschaft würde ihn das Leben kosten. Das hatte sie beschlossen. Wer mit dem Feind sprach, war ein Verräter. Das hatte ihr der Chef gesagt. *Wenn du den geringsten Hinweis auf Verrat hast, schalte ihn aus. So schnell wie möglich. Bevor er weiter Schaden anrichten kann.* Er hatte seine Hand auf ihre Schulter gelegt. Sie angeblickt und sie auf die Wange geküsst. Links und rechts. Sie hatten eine Weile gestanden. Sie hatte seine Unruhe gespürt. Die sein Gesicht nicht zeigte. Er hatte zu viel erlebt. Nie Schwäche zeigen. Die Aasgeier kreisten. Er hatte Schlachten geleitet. Hatte gesiegt und verloren. Aber mehr gesiegt als verloren. Und für die Niederlagen hatten sich Verantwortliche gefunden. Wer einem Boxer einen Arm auf dem Rücken fesselt, sollte nicht auf ihn setzen. Sie mochte den Chef. War er auch manchmal ruppig, ihm hatte es nie an Verständnis gefehlt. Für die Sorgen seiner Leute. Die er schützte mit aller Macht. Sie ging für ihn durchs Feuer. Und wenn sie draufging? Dann war es so.

Der Mann erhob sich, betrachtete das Denkmal. Erika grinste. Der interessierte sich gewiss nicht für den Maler. Vielleicht wollte er jemanden hier treffen? Vielleicht zeigte er sich der anderen Person. Damit die sah, dass er allein gekommen war. Vielleicht bildete Erika sich das auch ein. Vielleicht wollte der Typ Zeit totschlagen und amüsierte sich über Schindler, wie er da mehr lag als saß.

Erika blickte sich um. Niemand steuerte den Mann an. Der stand lässig, die Hand in der Hosentasche. Die andere richtete die Frisur. Erika zog an ihren Ärmeln. Prüfte, ob das Dekolleté richtig saß. Und ging los. Als sie zwanzig Meter von dem Mann entfernt war, öffnete sie die Handtasche. Ließ ihre Hand darin. Der Mann drehte ab. Ging gemächlich. Als hätte er kein Ziel und alle Zeit der Welt. Blieb abrupt stehen, blickte sich um. Sah Erika. Erschrak. Er griff ins Jackett. Doch da machte es Plopp. Noch einmal. Ein Rauchschwaden wehte aus dem Loch der Handtasche. Der Mann riss die Augen auf und sackte zusammen. Sie beugte sich über ihn. Durchsuchte ihn eilig. Nahm Brieftasche und Telefon. Prüfte mit dem Finger am Hals. Er war tot. Beide Kugel waren in die Brust eingedrungen. Beide waren tödlich. Das wunderte sie nicht. Übung lohnt sich.

106.

Sie saß hinterm Schreibtisch, als wäre nichts gewesen. De Bodt überraschte es nicht. Er grüßte und stellte seine Aktentasche neben den Stuhl an der Tür.

»Du langweilst dich?«

»Ich werde gebraucht. Wir suchen Mörder«, sagte Salinger.

»Es war so schön ruhig hier«, sagte Yussuf. »Ich hab dich schon immer für eine Streberin gehalten. Du willst nur den Tilly beeindrucken, damit er dich bald befördert.«

»Wie du es immer wieder schaffst, meine geheimsten Wünsche zu erraten.«

»Die bist ein offenes Buch für mich.«

»Sag bloß, du hast auf deiner Eliteschule in Neukölln Lesen gelernt?«

»Scheiße«, sagte Yussuf. »Eine Leiche im Wiener Stadtpark. Würde mir nicht auffallen, wäre es nicht ein russischer Diplomat. Erschossen. Zwei Treffer ins Herz. Keine Spur des Täters.«

De Bodt rief Merkow an.

Der nahm gleich ab. »Wegen Wien?«, fragte er.

»Wegen Wien. Massensterben russischer Diplomaten. Hatten wir schon mal.«

»Gregori Selkin war stellvertretender Resident des SWR. Ich habe ihn gekannt.«

»Tut mir leid. Danke. Da schaltet jemand Agenten aus.«

»Ja.«

»Haben Sie eine Ahnung, warum?«

»Bisher nicht. Wir ermitteln. Arbeiten mit den österreichischen Behörden zusammen. Versteht sich.«

»Wenn Sie was herausfinden …«

»… melde ich mich. Versprochen.«

107.

»Ihr seid doch von der Polizei.« In der Hand den *Tagesspiegel.*

De Bodt nickte. Er saß mit Salinger und Yussuf im *Café Eliza.*

Sie tippte auf das Foto auf der Titelseite. »Ich kannte ihn.«

»Setz dich«, sagte Salinger.

Svenja stellte einen Stuhl vom Nachbartisch dazu. Setzte sich. »Er ist tot«, sagte sie. Als müsste sie sich selbst davon überzeugen.

»Ja«, sagte Salinger.

»Wo hast du ihn kennengelernt?«, fragte Yussuf.

»Hier.«

»Er hat dich angequatscht«, sagte Salinger.

»Ich ihn. Er gefiel mir. Und er hat mich immer so angeguckt. Ich gefiel ihm auch. Er war in eine Geiselnahme verwickelt?«

»Ja, er hatte mich entführt.«

»Dich?« Sie blickte Salinger an. Schrecken in den Augen. »Tut mir leid.« Senkte den Blick.

»Danke«, sagte Salinger. Drückte Svenjas Hand.

»Wie hieß er?«

»Adrian. Nachname weiß ich nicht.«

»Wo hat er gewohnt?«

Sie schüttelte den Kopf. »Wir haben uns bei mir getroffen. Einmal.«

»Du hast mit ihm geschlafen?«

»Ja.«

»Wie sah er aus?«

»Muskulös.«

»Ein Typ wie ein Zehnkämpfer«, hatte die Zander gesagt. Und

enthüllt, dass sie gerne Leichtathletik-Wettkämpfe anguckte. Wegen der Körper.

»Tattoos?«

»Nein.«

Sie sprachen vom selben Mann. De Bodt nickte.

»Der tauchte hier auf. Wann?«, fragte Salinger.

Sie überlegte. »Mit euch. Erst dachte ich …«

»Was?«

»Dass der zu euch gehört. Er kam mit euch, ging mit euch, folgte euch.«

»Du hast ihn beobachtet?«, fragte Yussuf.

Sie nickte. »Sag ich doch, er gefiel mir.«

»Der sollte uns beschatten«, sagte Salinger.

»Er sprach Deutsch?«, fragte Salinger.

»Ja, aber ein bisschen … osteuropäisch. Polnisch … oder russisch.«

De Bodt rief Merkow an.

»Wir sollten eine Standleitung einrichten«, sagte der.

»Kennen Sie den toten Entführer aus Kreuzberg? Könnte ein Landsmann von Ihnen sein.«

»Ich hab die Bilder gesehen und in Moskau gefragt. Nein, den kennen wir nicht.«

»Und Sie würden es mir sagen, wenn Sie ihn kennten?«

»Natürlich. Außer, ich dürfte es nicht.«

»Aber in diesem Fall dürfen Sie.«

»Das darf ich Ihnen nicht sagen.« Merkow schickte ein knarrendes Lachen hinterher.

»Vielen Dank für die gute Zusammenarbeit«, sagte de Bodt.

»Hat er erzählt, was er beruflich macht?«, fragte Salinger.

»Irgendwelche Sicherheitssachen … Er war dauernd auf dem Absprung … Er hat dich entführt?« Blickte Salinger mit ungläubigen Augen an.

Die nickte. »Ja.«

»Das waren also seine Termine.«

»Ja, Adrian und der Rollstuhlfahrer.« Salinger unterdrückte den

Ärger über sich selbst. Die beiden hatten sie überrumpelt. Nur zwei. Einer im Rolli.

»Wenn ihr noch Fragen habt … Ich muss wieder …«, sagte Svenja und ging ins Café.

»Sie haben sich die Entführung zugetraut, weil sie beide Spezialisten für solche Operationen waren. Dieser Adrian war ein Spezi von Wedenstein«, sagte de Bodt.

»Nicht Spezi genug«, erwiderte Yussuf. »Also, ich würde dir den Hals nicht gleich umdrehen.«

»Ich bin gerührt«, erwiderte Salinger.

»Die waren keine Kameraden. Es ist das erste Mal, dass Wedenstein einen Kumpel umgebracht hat. Normalerweise sucht der sich Leute, auf die er sich verlassen kann. Hat bisher ja auch geklappt. Wie kam der plötzlich darauf, dass Adrian ihm schaden könnte … wartet … ihm schaden, das war ihm egal. Wenn wir Wedenstein kriegen, sitzt der bis zum letzten Tag. Sicherungsverwahrung pipapo hat er schon. Und doch ist er wieder abgehauen und hat wieder Morde begangen. In Sydney und bei uns.« De Bodt schüttelte den Kopf. Sah Anne nicht, die vor ihm stand. »Der hatte von Adrian nichts zu befürchten. Bob hat das im Auftrag seiner Chefs getan. Die haben ihm gesagt: Wenn ihr scheitert, schalte Adrian aus. Dann, wir versprechen es, holen wir dich aus dem Knast. So und nicht anders geht das.«

»Ich erstarre vor Bewunderung«, sagte Anne. »Trotzdem werde ich dir einen neuen Tee bringen. Ist schon in der Mache.«

De Bodt grinste. »Her damit.«

»Vergiss die Bruchstücke nicht!«, rief Yussuf.

»Pfff!«, sagte Anne.

108.

Die russische Botschaft in Wien war auch nicht schöner als die in Berlin. Eher kitschiger. Und viel kleiner. Hier hatten die politischen Verhältnisse in Russland die Architektur endlich eingeholt. Der Präsident, einst KGB-Offizier, war fromm geworden. Besuchte er die russische Vertretung in Wien, hatte er es keine fünf Minuten zur Kathedrale des heiligen Nikolaus.

»Das Bündnis zwischen Staat und Kirche, enger steht es nirgendwo«, sagte Katt. Sie hasste alles, was mit Popen, Weihrauch und Ikonen zu tun hatte.

»Unser Präsident ist ein Vernunftfrommer«, sagte Merkow. »Er braucht die Idiotie der Landbevölkerung, wie Marx sagen würde.«

»Hör auf mit der Zitiererei. Dein deutscher Kumpel hat einen üblen Einfluss auf dich.«

Sie hatten mit dem Wiener Botschafter Wladimir Gonkorow gesprochen. Der war völlig fertig gewesen. Wollte sich nach Moskau zurückversetzen lassen. »Selkin war so ein angenehmer Mensch gewesen. Gebildet, mit Manieren. Was man leider nicht …« Er winkte ab.

»Er war für den SWR in der Botschaft«, sagte Merkow.

Gonkorow musterte Katt. Hob die Brauen. Wischte sich eine Haarsträhne aus der Stirn. »Natürlich. Aber ich kann Ihnen nicht sagen, was er für den Nachrichtendienst getan hat. Als Kulturattaché war er ein Gewinn. Er war in Wien bekannt wie ein bunter Hund. Hat viele Veranstaltungen besucht. Auch welche organisiert. Künstler aus Russland. Musiker, Maler, Dichter. Niemand hat Russland besser vertreten als Selkin.«

»Wer hat ihn ermordet?«

Gonkorow blickte ihn lang an. »Ich habe keine Ahnung. Die Polizei spricht von einem Profikiller. Im Stadtpark war nicht viel los, als es passierte. Zwei Schüsse. Niemand hat sie gehört.«

»Hatte Selkin Kontakte, die Sie erstaunt haben?«, fragte Katt.

»Viele. Viele, die mich erstaunt haben. Ich hatte den Eindruck, er kennt jeden Opernstar, Schriftsteller oder Schauspieler per Du. Ist vielleicht übertrieben. Er wusste ungeheuer viel. Spielte manchmal Klavier, wenn wir Empfänge gaben. Begleitete Sänger. Es war wunderbar.«

»Wer will so einen Menschen ermorden? Wer schickt einen Profikiller?«, fragte Merkow.

»Ich weiß es nicht. Wirklich.«

»Es wird ja kein Neider gewesen sein. Hatte er Liebesbeziehungen?«

Große Augen. »Ich weiß es nicht.«

»Auf Veranstaltungen, war er da immer allein? Keine Frau an seiner Seite … oder ein Mann?«, fragte Katt.

»Nein, natürlich nicht.«

»Warum natürlich?«

»Ach, das …«

Sie folgten dem Klischee und besuchten ein Café am Naschmarkt. Bestellten Torte und Kaffee. Wie Touristen.

»Ein Mann mit tausend Eigenschaften«, sagte Merkow. »Wer bringt so jemanden um?«

»Dafür gäbe es tausend Gründe«, erwiderte Katt. »Wenn das mit den anderen Morden zusammenhängt, was sagt uns das?«

109.

»Wenn das mit den anderen Morden zusammenhängt, was sagt uns das?«, fragte Merkow einen Abend später. Im Landeskriminalamt 1 in Berlin.

De Bodt blickte ihn an. Dann Katt.

Salinger mühte sich, ihre Mimik zu kontrollieren. Sogar wenn Merkow sich als Jesus II. entpuppen würde, es änderte nichts. Für Salinger blieben die beiden Abgesandte eines Mörderregimes. Dem sie nicht dienen mussten, wenn sie es nicht wollten.

De Bodt dachte schon länger darüber nach. Wenn alle Mordanschläge zusammenhingen, was bedeutete es? Wenn nun auch der Mord an diesem Selkin in die Reihe gehörte? »Haben wir schon die Handys ausgewertet, ob es Überschneidungen gibt? Dass die Opfer vielleicht Kontakt miteinander hatten?«, fragte er.

»Die Handys durften wir nicht auswerten«, sagte Yussuf. »Die haben die Regierungsvertreter gleich eingesammelt. Erst danach durften sie Trauer vortäuschen.«

»Uhlenhorst hat nichts abgezweigt?«

Yussuf blickte die Russen an. Dann de Bodt. »So was würde der nie machen. Kann er die Pension gleich vergessen.«

De Bodt verließ das Büro. Auf dem Weg zur Kriminaltechnik fluchte er laut vor sich hin. Übersah Krüger. Der ihm kopfschüttelnd nachstarrte.

In der KTU saß Uhlenhorst mit Kollegen zusammen. Er blickte zu de Bodt, der die Tür mit dem Klopfen aufgerissen hatte. »Okay, wir sprechen nachher weiter. Ich sag euch Bescheid.«

»Die Handys der speziellen Opfer, du weißt schon ...«

»Die waren verschlüsselt. Regierungshandys, Blackberrys. Die mussten wir den Vertretern der Regierungen geben. Befehl vom GBA.«

»Ihr habt keine Kopien gezogen?«

»Das hat Tilly untersagt. Außerdem, die waren verschlüsselt, wie gesagt.«

»Mist!«

»Und die anderen Stücke?«

»Sind in Wiesbaden, beim BKA.«

»Was ist dein Eindruck, den Mord in Wien eingerechnet?«

»Es stinkt. Gewaltig.«

»Nach was?«

»Nach einer Terroroperation. Mit einem Ziel.«

De Bodt nickte. Klopfte ihm auf die Schulter. »Das glaube ich auch.«

Zurück im Büro. Er stellte sich ans Fenster. »Fassen wir zusammen.«

»O Gott«, sagte Salinger. »Fast so schlimm wie die Zitiererei.«

»Anschlag auf einen Touristenbus, bei dem ein amerikanischer Agent und eine französische Agentin sterben. Dazu der russische Botschafter. Ein Flugzeugabsturz, bei dem ein Mitarbeiter des Verfassungsschutzes umkommt. Auf dem Weg nach London, zum MI5. Silvia wird entführt, entkommt aber. Wedenstein taucht auf, mit einem Kameraden. Beide Profikiller. Wedenstein bringt diesen Adrian um. Der hatte ein Verhältnis mit einer Deutschen, die im *Café*

Eliza arbeitet. In Wien wird ein Mitarbeiter des SWR umgebracht. Wieder ein Profikiller.«

Kurzer Blick zu Merkow. Der nickte.

»Unterstellen wir, dass alle Fälle zusammenhängen. Was sagt uns das?«

»Was sagt das dir?«, fragte Yussuf.

»Es ist eine große Operation. Der IS mag am Rand damit zu tun haben. Aber es geht nicht um ihn. Es ist eine Geheimdienstsache.«

Ein Blick zu Merkow. Der zuckte die Achseln.

»Fragt sich nur, von welchem?«, erwiderte Salinger. »Es muss ein mächtiger Geheimdienst sein. Wenn man ausschließt, dass ein Geheimdienst auch die eigenen Leute abknallt, bleiben die Chinesen und Israelis übrig, die Briten auch. Anderen traue ich so eine Riesenoperation nicht zu.«

»Vielleicht sind es auch zwei Operationen. Gegeneinander. Und der IS arbeitet für eine Seite. Weil er so sein Tötet-die-Ungläubigen-Programm weiterführen kann. Das doch zuletzt ziemlich ins Stocken gekommen ist.« Yussuf schnippte an seinen Hertha-Wimpel.

»Da hat jemand den IS eingeschaltet, um uns zu verwirren«, sagte de Bodt. »Wir sollten vielleicht überlegen, wem wir eine Zusammenarbeit mit dem IS auf keinen Fall zutrauen. Das könnten die sein, die wir nicht finden sollen.«

»Weit hergeholt«, sagte Salinger.

»Spekulation«, erwiderte de Bodt.

»Die Amerikaner, dazu sämtliche westliche Dienste, wir, die Chinesen, der Mossad.«

De Bodt nickte. »Die Frage hilft nicht weiter. Vielleicht. Am heftigsten mit dem IS aneinandergeraten sind die Amerikaner und Russen«, sagte de Bodt. »Also, wenn mir einer erzählte, die amerikanische Regierung führe eine gemeinsame Operation mit dem IS durch … oder die russische. Meine Fantasie hat Grenzen.«

»Hoffentlich«, flüsterte Salinger. Laut genug. Yussuf lachte.

»Ich wollte euch nachher befördern lassen. Damit ist es jetzt erst mal vorbei«, sagte de Bodt.

Yussuf tat so, als trocknete er sich Tränen.

»Schluchz«, sagte Salinger.

»Welches Ziel kann diese Operation haben? Es werden scheinbar wahllos Leute umgebracht… Geheimdienstleute.« Er erhob sich, machte ein paar Schritte. »Was, verdammt, könnte dahinterstecken? Was wäre eine mögliche Erklärung?« Schlug sich mit der flachen Hand gegen die Stirn. »Vielleicht Putschisten. Oder Leute, die als solche verdächtigt… ach Quatsch. Putsche in verschiedenen Ländern gleichzeitig. Unsinn.« Er setzte sich wieder. Ein Gedanke kreiste im Kopf. »Ein Dammbruch«, sagte er. Die Idee flog einen Bogen um sein Hirn und setzte sich wieder. »Wenn die etwas gewusst haben, das sie nicht wissen durften?«

»So viele?«, fragte Salinger.

»Wenn einer oder zwei gemeint waren. Und der Rest dient der Ablenkung. Spuren verwischen, indem man die richtigen unter einem Berg von Spuren versteckt.«

Merkow nickte. Kaute am Fingernagel, bemerkte es, steckte die Hand in die Hosentasche. »Dammbruch, wo?«

»Ein Sicherheitssystem hat versagt. Es droht etwas durchzusickern. Die Morde sind ein Versuch, den Damm abzudichten. Versteht ihr?«

»Und der IS? Du sagst doch, er war es, und er war es nicht?«, fragte Yussuf.

Merkow grinste.

»Er ist dabei. Vielleicht wissen die nicht, wessen Geschäfte sie betreiben. Im Augenblick ihrer fast völligen Vernichtung ziehen sie eine Aktion durch. Die so perfekt ist wie keine zuvor? Ich glaube, die haben ein Geschenk empfangen. In Form eines Bombenanschlags auf ein Flugzeug. Den beanspruchen sie gern für sich. Soll er doch den Anhängern zeigen, dass der IS weiterlebt. Und der Bus passt ihnen ebenso gut in den Kram. Aber glaubt einer, die wären gerade jetzt in der Lage, perfekte Anschläge zu planen und auszuführen? In Europa?«

»Schön, was verrät uns das? Es ist ja nicht so, dass wir darüber nicht schon mal nachgedacht hätten«, sagte Merkow.

»Selkin ist ein spezieller Fall. Der wurde auf klassische Weise umgebracht. Er war Agent. Das ist kein Geheimnis. Er hatte viele Kontakte außerhalb der Botschaft.«

»Vielleicht ein eifersüchtiger Ehemann?«, warf Yussuf ein.

»Der schickt keinen Profikiller.«

»Okay, ist selten.«

»Silvias Entführung richtete sich gegen … uns«, sagte de Bodt.

»Du kannst ruhig sagen, gegen dich«, sagte Salinger.

De Bodt schien es nicht gehört zu haben. Er lauschte einem Gedanken nach. »Sie haben die Hauptanschläge in Berlin durchgeführt. Und Wedenstein geschickt, um uns zu neutralisieren.«

»Gewagte These. Als Kind habe ich auch jedes Ereignis auf mich bezogen. Die Sonne ging nur für mich auf und unter«, sagte Katt.

»Ja, ja«, sagte de Bodt, ohne zuzuhören. »Vielleicht war das wichtigste Ziel Selkin. Ein einfacher, unspektakulärer Mord. Aber professionell.«

Er blickte Merkow an. »Ihre Leute haben nichts damit zu tun?«

»Natürlich nicht«, sagte Katt.

110.

»Dammbruch …«, sagte Katt, als sie in ihrem Botschaftswagen zurückfuhren.

Merkow überlegte. »Keine schlechte Idee. Warum werden plötzlich reihenweise Geheimdienstleute umgebracht? Da liegt ein Dammbruch als Grund nicht so fern. Eine undichte Stelle, vielleicht nicht nur eine.«

»Ich fürchte, das ist an den Haaren herbeigezogen.«

»Stell dir vor, es gibt eine undichte Stelle. Ein Geheimnis sickert durch. Leute erfahren, was sie auf keinen Fall erfahren sollen. Sie verbreiten das Geheimnis weiter. Es ist wie ein Riss in einem Staudamm. Der sich unter dem Druck des Wassers weitet. Neue Risse brechen auf. Man muss sie alle stopfen, damit nicht noch mehr durchsickert. Kommt schon hin. Wir haben schon aus weniger Gründen Riesenoperationen gestartet.«

»Was unsere Leute alles getrieben haben, erzähl mir nichts. Aber deswegen müssen die hier ja nicht durchdrehen.«

In der Botschaft gingen sie in den Chiffrierraum. Der Leutnant bestarrte Katt, bevor er seinen Auftrag erledigte. Schnelle Finger. Wieder ein Blick zu Katt. Die lächelte ihn an. Merkow grinste in sich hinein. Katt kam im Laufschritt voran. Vor zwei Jahren noch trug sie einen Panzer. Der sich nur mit Gewalt öffnen ließ. Vor einem Jahr kriegte sie kaum ein Wort raus. Um von einem Lächeln zu schweigen.

»Die Antwort übergeben Sie mir persönlich. Nur mir«, sagte Merkow.

»Ich kann mich doch auf dich verlassen?«, fragte Katt.

Der Leutnant strahlte sie an.

Unter den Linden war es heiß. Die Luft bewegte sich nicht. Wo sonst leicht das Gefühl aufkam, in einem Windkanal zu stehen. »Der Leutnant wird das natürlich seinem Chef beim SWR melden«, sagte Katt.

»Hoffentlich.« Merkow lächelte. Aber ihm war nicht danach zumute. De Bodt hatte Schlussfolgerungen aus Tatsachen gezogen. »Was Besseres als der Dammbruch fällt mir auch nicht ein. Die Hypothese ist einfach und kann besser als jede andere einen Zusammenhang zwischen den Ereignissen herstellen. Vorausgesetzt, die Ereignisse gehören zusammen.«

»Könnte sein, muss aber nicht.«

»Wie hoch ist die Wahrscheinlichkeit, dass eine Reihe von Anschlägen mit tödlichem Ausgang binnen weniger Tage nicht zusammenhängt?«, fragte Merkow, um sich selbst zu antworten: »Verdammt gering.«

»Stecken wir mit drin?«

»Den Methoden nach zu urteilen, ja. Könnte aber auch sein, dass unsere amerikanischen Freunde böse Russen spielen.«

111.

»Dammbruch«, sagte der Chef. »Interessante Theorie.« Er betrachtete den Zettel, den ihm sein Adjutant auf den Tisch gelegt hatte.

Daneben lag eine Nachricht von Frida.

Alles normal.

Nach dem Weltuntergang, den sie zuletzt angekündigt hatte. Frida war gut, abgesehen von der Belastbarkeit ihrer Nerven. Hätte er es vorher gewusst, hätte er einen anderen Weg gefunden. Aber immerhin, sie kam am Ende immer mit Iwan klar. Wie sie es hinkriegte, würde er wohl nie erfahren. Irgendeine Stimme sagte ihm, dass es auch besser so sei. Das Geheimnis würde sich als banal und eklig enthüllen.

»Dammbruch also«, sagte der Chef vor sich hin. Und dachte: Dann wollen wir mal weiterspielen.

112.

»Kommt mal vorbei«, hatte der Onkel am Telefon gesagt. Es hatte geklungen wie eine Fanfare. »Ich hab da was für euch.«

Auf seinem Besuchertisch hatte er Kekse aufgefahren und Kaffee, Cognac. Wovon Lebranc gleich zwei trank. Einen gegen den Frust, einen auf die Hoffnung. Vielleicht hatte die DGSI was herausgefunden. Aus Berlin kam nichts, die Ermittlungen im Fall Millet ergaben nichts. Und bisher hatte der Nachrichtendienst gesprudelt wie eine Quelle, die zur Zeit von Charlemagne schon ausgetrocknet gewesen war.

Der Onkel rieb sich die Hände und legte ein Papier auf den Tisch. »Ist eine Kopie. Können Sie behalten.«

Lebranc nahm das Blatt und las.

Verschiedene Quellen stimmen darin überein, dass es sich bei der Operation um einen Versuch handelt, einen Geheimnisverrat im Auslandsnachrichtendienst SWR zu stoppen. Offenbar ist es russischen Sicherheitskräften noch einmal gelungen, ein Durchsickern von Geheimnissen zu verhindern. Obwohl es im Bereich des Möglichen liegt, dass es irgendwo noch eine undichte Stelle gibt.

»Die suchen wir natürlich, die undichte Stelle«, sagte der Onkel.

»Ist das sicher?«, fragte Floire.

»Ich darf dir nicht sagen, woher wir das haben. Aber Nachrichten aus dieser Ecke waren immer korrekt.«

»Da habt ihr einen ganz oben drinsitzen?«

Der Onkel blickte ihn ein paar Momente an. Deutete auf das Papier. »Von mir habt ihr das nicht.«

113.

»Floire hat angerufen. Die sind wieder in Paris. Er sprach von einem *Dammbruch.*« Streckte den Zeigefinger in die Höhe. »Dammbruch, wirklich. Als hätte der bei uns zugehört.«

»Vielleicht hat er das ja.« Salinger tippte auf ihr Ohr.

»Es geht um etwas Wichtiges«, sagte de Bodt. »Man denke nur an den Aufwand. Bombenanschläge, Massenmord. Das macht man nicht, wenn man eine Sekretärin im Verteidigungsministerium vor der Enttarnung schützen will. Die zieht man ab oder lässt sie fallen.«

»Vielleicht geht es auch um eine Geldüberweisung. Um Waffenhandel …?«, fragte Salinger.

»Was könnte es sein? Das große Ding.« De Bodt erhob sich vom Stuhl neben der Tür und ging zum Fenster. »Geht es um eine Person?«

Klopfen. Merkow und Katt betraten das Büro im LKA.

»Wir reden gerade über Sie«, sagte Salinger.

»Wenn wir helfen können …«, erwiderte Merkow.

»Wer würde es wagen, eine Wahnsinnsoperation in Berlin durchzuziehen? Bomben. Wer schafft es, eine Bombe in ein Flugzeug zu schmuggeln? Wer hat nicht die geringsten Skrupel, einen Touristenbus in die Luft zu sprengen?«

»Der IS … zum Beispiel«, sagte Merkow. »Die CIA, wär nicht deren erstes Blutbad.«

»Das KGB oder wie das heute heißt? Das kommt nicht infrage?«

»Also, ich war's nicht. Katt auch nicht. Der kann ich ein Alibi geben.«

»Und Katt Ihnen, ich weiß.«

»Ich halte die Idee nicht für abwegig, dass einer Ihrer Geheimdienste mit drinsteckt«, sagte de Bodt. »Auch wenn Sie nichts davon wissen … wollen.«

Merkow blickte sich um. Als säße er im falschen Büro.

»Über Sie erfahren Ihre Dienste, was wir ermitteln, in welche Richtung wir ermitteln, gegen wen wir ermitteln. Das ist mir egal. Solange nicht die Drahtzieher informiert werden. Also jene Leute, die unsere Kollegin entführt haben und offenbar umbringen wollten. Sie verstehen mein Problem?«

»Wie kommen Sie darauf, dass es ein russischer Dienst sein kann?«

»Erstens Erfahrung. Die GRU hat vor Kurzem eine bewaffnete Aktion in Berlin durchgeführt. Sie werden sich erinnern …«

Merkow hob die Hand, senkte sie. »Die Verantwortlichen wurden verhaftet und sitzen ein.«

De Bodt nickte.

»Man fragt sich, warum die sitzen? Vielleicht weil es nicht geklappt hat?«, schoss Salinger dazwischen.

»Zweitens verrät uns Sherlock Holmes' Ausschlussmethode, dass es nicht die Chinesen, nicht die Amerikaner, nicht die Briten waren.« Vielleicht ist das zu scharf. In Wahrheit rate ich doch nur, dachte de Bodt. Ohne sich die Zweifel ansehen zu lassen.

»Ich dachte, Sie wären Realist«, sagte Merkow.

De Bodt fragte sich, warum Merkow nicht die Tür von außen zuknallte. Katt kochte vor Wut, sie verbarg es nicht.

»Und Sie glauben auch, dass wir mit dem IS Freundschaft geschlossen haben? Also mit den Resten, die unsere Bomber übrig gelassen haben.«

»Ich gestehe, dass ich Ihrer Regierung und Ihren Diensten einiges zutraue.«

»Und den Amerikanern?«

»Denen auch.«

»Warum verdächtigen Sie die nicht?«

»Wer behauptet das? Nur sehe ich gerade keinen Amerikaner im Büro.« Bleib ruhig, mahnte er sich. Bleib bloß ruhig. »Davon abgesehen, sind die Amerikaner in diese Fälle nicht verwickelt. Stattdessen haben wir russische Opfer …«

»Was uns natürlich besonders verdächtig macht«, warf Katt ein.

»Ja, wenn es um eine undichte Stelle geht, dann doch eher bei Ihnen. Immer unterstellt, es handelt sich um einen Dammbruch, dann sterben doch zuerst die Leute, die am Damm arbeiten. Diejenigen, die ihn zerstören wollen. Und diejenigen, die ihn abdichten wollen. Verstehen Sie?«

»Kann ich Sie unter vier Augen sprechen?«, fragte Merkow.

114.

»Ja, Herr Minister.« Fast hätte er *Genosse* gesagt. So sehr erinnerte ihn der Auftritt an verblichene Zeiten, die gar nicht so verblichen waren.

Der Minister saß hinter seinem Schreibtisch, der Chef davor. Im Gesicht des Ministers spiegelten sich Sorgen. Der Chef kannte den Minister lange genug. Um zu wissen, dass der seine Mimik steuerte wie einen Beamer. So wie Molotow, nachdem Stalin ihm erzählt hatte, dass das NKWD die Frau des Außenministers als Volksfeindin habe verhaften müssen.

»Sie sind sich schon darüber im Klaren, dass wir nicht scheitern dürfen?« Eine blöde Frage, wie sie nur Vorgesetzte stellten. Damit sie später sagen konnten, sie hätten rechtzeitig gewarnt. »Wenn die Operation auffliegt, dann gnade uns Gott. Sofern es den gibt.«

»Ja, Herr Minister.« Der Chef linste heimlich nach seiner Uhr. Seit einer halben Stunde musste er sich das Geeier schon anhören. Der Minister würde die Operation nicht abbrechen. Den Chef aber auch nicht auffordern weiterzumachen. Die *Operation Iwan* war ein irrsinniges Projekt. Zu Beginn waren fast alle dagegen gewesen. *Wir riskieren einen Weltkrieg.* Aber daran konnte sich keiner mehr erinnern. Lange Zeit, bis jetzt. Jetzt bekamen sie das Muffensausen. Hose voll. Dabei war nichts passiert. Gar nichts.

»Ich habe erwartet, dass unsere erste Linie überwunden würde. Es ist spät geschehen. Aber es überrascht mich nicht. Die Verlockungen. Reichtum. Verrat ist einträglicher als Treue.«

»Haben Sie alle … Löcher gestopft?«

»Hoffentlich nicht«, sagte der Chef. Und dachte: Wenn ihr wüsstet.

115.

Sie liefen ziellos durch Charlottenburg. Merkow hatte das Jackett ausgezogen und knüllte es in der Hand.

»Was ist denn plötzlich in Sie gefahren?«, hatte er gefragt. Er hatte sich an die blitzartigen Eingebungen von de Bodt fast gewöhnt. Aber das ging zu weit.

»Ich zähle zusammen, was ich weiß«, sagte de Bodt. »Wenn Sie etwas hinzufügen könnten, vielleicht änderte sich die Rechnung.«

»Seit wann verteilen Sie mal so eben die Schuld an Terror und Mord an uns? Ist das auch die Haltung der deutschen Behörden? Der Politik?«

»Letzteres weiß ich nicht. Aber was soll ich aus dem machen, was auf dem Tisch liegt? Außer dass einer Ihrer Geheimdienste dahintersteckt? Wäre ja nicht das erste Mal. Beim letzten Mal haben Sie auch erklärt, dass Sie nichts damit zu tun haben.«

»Es war die Wahrheit.«

»Sie haben auch diesmal nichts damit zu tun?«

Merkow blieb stehen. Falte an der Nasenwurzel. »Was glauben

Sie denn? Dass wir nach Berlin kommen, um Busse zu sprengen und Flugzeuge?«

»Nein, das glaube ich nicht. Aber Sie berichten doch nach Moskau?«

»Natürlich. Meine Chefs wollen wissen, wie sich die Ermittlungen entwickeln. Ob sie helfen können.« Merkow lief ein paar Schritte.

»Stellen Sie sich einen Augenblick vor, Ihre Regierung steckt hinter dem Grauen. Und Sie berichten, was wir tun, um es aufzudecken. Damit Ihre Sicherheitsorgane erfahren, was sie tun müssen, um unerkannt zu entkommen. In diesem Fall wären Sie so was wie der legale Arm des Staatsterrorismus. Natürlich, ohne es zu wollen. Natürlich.«

Sie standen sich eine Weile gegenüber. Eine Frau rammte ihren Zwillingskinderwagen in die Lücke zwischen ihnen. Merkow stellte sich neben de Bodt.

»Sie haben mir das Leben gerettet. Dafür bin ich Ihnen dankbar. Aber das darf die Ermittlungen nicht berühren. Verstehen Sie?«, sagte de Bodt.

»Gewiss«, sagte Merkow. »Ich habe irgendwo gelesen, Sentimentalität und Herzlosigkeit seien identische Begriffe.«

»Bei Kierkegaard«, sagte de Bodt. »Er hat recht. In diesem Fall.«

116.

Sie hatte zwei Tage gebraucht. Fliegen kam nicht infrage. Die Waffen lagen im Kofferraum. Sie hatte eine Mercedes-E-Klasse gemietet. Bequem und unauffällig. Sie war über Brünn in Tschechien gefahren und hatte in Dresden übernachtet. Im *Hotel Taschenbergpalais*. Einigermaßen bequem und groß genug, um nicht aufzufallen. Sie hatte bar bezahlt und durchschnittliches Trinkgeld gegeben. Um am späten Nachmittag in Berlin einzutreffen. Das *Adlon*, natürlich. Dort vermutete niemand Killer. Killerinnen schon gar nicht.

Ihr Hotelzimmer zeigte zum Pariser Platz. Sie brauchte das jetzt, ein bisschen Leben. Stille beunruhigte sie.

Sie klappte den Rechner auf und loggte sich in ihrem Mailkonto ein. Unter den Entwürfen wartete eine Nachricht. Verschlüsselt. Sie zog den schmalen Band aus der Tasche. Puschkins *Dubrowskij*, auf Russisch. Sie entschlüsselte die Nachricht und warf das Buch in den Papierkorb.

Wedenstein sitzt im Gefängnis. A. ist tot.
Alles läuft perfekt. Halte dich bereit.
Warte auf den Code.

Sie löschte die Mail auf dem Server. Zerriss den Zettel mit der Klarschrift und spülte ihn im Klo weg. Die Codes kannte sie auswendig. Sie würden sie per SMS erreichen. Ohne Absender.

Erika lehnte sich zurück. Sie war müde, aber zufrieden. Den Job in Wien hatte sie erledigt. Niemand suchte eine Berufsmörderin. Der Machismo hatte auch gute Seiten. Sie lächelte. Der Chef würde sie loben. Sie würde eine Gratifikation erhalten, der Chef war großzügig. Vielleicht musste sie in Berlin gar nichts tun. Aber sie hatte das Gefühl, dass noch etwas passieren würde. Umsonst hatte der Chef sie nicht hergeschickt. Der hatte einen Riecher.

Sie fuhr den Rechner herunter. Legte sich aufs Bett und döste. Sie malte sich ein exquisites Diner für den Abend aus und schlief ein, als der Champagner serviert wurde.

117.

»Mein Gott, war die wieder stinkig«, sagte Salinger. Während de Bodt und Merkow spazieren gegangen waren, hatte Katt an der Wand gelehnt. Sie rührte sich nicht, sie sagte nichts. Sie verließ den Raum zusammen mit Merkow, als der mit de Bodt zurückgekommen war. »Rück mal raus, die Geheimnisse«, sagte Salinger.

»Es gibt keine. Ich habe ihn gefragt, ob er nach Moskau berichtet. Ob er sich vorstellen kann, dass seine Berichte den Drahtziehern dienen.«

»Diese Fragen musste er ja nicht beantworten.«

De Bodt nickte.

»Ach so, Becker hat angerufen. Heute Abend 19 Uhr, Polizeipräsidium.«

»Endlich mal eine positive Nachricht.« De Bodt lächelte. Sie hatten ihn eine Weile in Ruhe gelassen. Jetzt paddelten sie auf dem Sandstrand. Suchten einen, dem sie ihre Unfähigkeit aufhalsen konnten.

»Komm doch mit.«

»Bin nicht eingeladen.«

»Sie werden es nicht wagen, dich rauszuschmeißen.«

»Und ich?« Yussuf spielte jammerndes Kind.

»Die Miene steht dir gut«, sagte Salinger. »Aber das ist wie im Pornokino, nur für Erwachsene.«

Die Tür öffnete sich. Krüger. »Wenn ich den Tempel der Weisheit betreten darf.«

»Stehst ja schon drin«, erwiderte Yussuf.

Krüger knetete sein Kinn mit Daumen und Zeigefinger. »Es geht das Gerücht, dass ihr eine … Spur habt …« Legte den Kopf schräg und musterte Salinger.

De Bodt blickte zur Tür des Nebenzimmers. Engel hatte was aufgeschnappt. Als sie gerade nicht mit Familiensorgen beschäftigt war. Zuletzt war das Meerschweinchen der Nichte eingegangen. Höchste Not. Grund für stundenlange Telefonate. Aber seit wann konspirierte die Engel mit Krüger?

»Wir haben den Fall gelöst«, sagte Yussuf. »Aber dir verraten wir's als Letztem.«

»Du bist ein Arschloch, Ali«, sagte Krüger.

»Das mit dem Sein und Haben fällt vielen Deutschen schwer«, sagte Yussuf. »Zum Beispiel: ich bin gegangen. Aber: ich habe mich gesetzt. Du würdest natürlich sagen, dass ich mich gesetzt bin. Aber wir sind hier großzügig.«

Krüger starrte ihn an. Seine Augen verrieten: Eines Tages würde er mit Yussuf den Boden des LKA aufwischen.

De Bodt überlegte, ob dieses Gerücht der Grund für Beckers Einladung war. »Wir glauben, dass es sich vielleicht um einen Dammbruch handelt.«

»Worum? Dammbruch?«

»Ich halte es für möglich. Einem Geheimdienst ist eine Operation zusammengebrochen. Es gibt Informationsfluchten. Etwas sickert durch, was auf keinen Fall durchsickern darf. Vielleicht hat ein Überläufer den Anstoß gegeben. Gestützt auf die Informationen des Überläufers kann man andere Geheimdienstleute locken oder erpressen. Was meist auf das Gleiche hinausläuft. Es ist wie bei einem Dammbruch.«

Krüger schloss den Mund. »Aha.« Kratzte sich am Ohr. »Habt ihr dafür Beweise, also so richtige Beweise? Und was ist mit dem IS? Da gab es doch die schöne Theorie, dass der es war und gleichzeitig nicht war.«

»Das halte ich nach wie vor für richtig«, sagte de Bodt. »Aber dabei geht es nur um die Ausführung und zusätzliche Motive. Verstehen Sie?«

Krüger starrte ihn an.

»Wir versuchen die ganze Geschichte zu verstehen. Warum die Anschläge? Verstehen Sie?«, wiederholte er.

»Ja, ja.« Zögerlich. »Welcher Geheimdienst?«

»Ein russischer.«

»Warum ein russischer?«

»Weil es hier bei uns spielt. Weil Russen betroffen sind. Natürlich auch Amerikaner, zwei Franzosen, der russische Botschafter. Dazu Touristen aus diesen Ländern. Weil es vor der russischen Botschaft stattfand. Weil das ein Ablenkungsmanöver war. Berlin ist das Epizentrum des Terrors.«

»Und das Ziel der Operation, die undicht wurde?«

»Das wissen wir nicht. Ich nehme an, dass die Russen jemanden in einem Nato-Staat ganz oben platzieren konnten. Dass vielleicht ein Überläufer aus Moskau etwas verraten hat. Vielleicht nur einen Verdacht geäußert hat. Und dass CIA und Konsorten jetzt suchen, wer es sein kann. Und wie sie den kriegen.«

»Ziemlich viele Vielleicht.«

De Bodt nickte. »Ist das am Anfang einer Ermittlung nicht immer so?«

»Bei einer normalen Ermittlungen hat man Spuren. Nicht nur Leichen.«

»Ich habe die Gewissheit durch ein Anderes, nämlich die Sache; und diese ist ebenso in der Gewissheit durch ein Anderes, nämlich durch Ich«, sagte de Bodt.

Diesmal blieb der Mund offen. »Sie werden noch an Ihrer Arroganz ersticken. Außerdem ist das falsches Deutsch, wenn wir schon mal dabei sind. Nicht wahr, Ali?«

»Beschweren Sie sich bei Hegel. Ich hatte wirklich gehofft, Sie verstehen das. Nun gut, ich muss weg.«

118.

»Sie haben geerbt, stimmt's, Herr Erster Hauptkommissar?« Der BND-Präsident deutete auf den Besuchertisch. »Was trinken?«

De Bodt winkte ab. Schwieg. Er fühlte, dass der BND-Chef noch was loswerden musste. Danach konnte man sich ernsthaft unterhalten.

»Sie haben die Gunst geerbt, die Gunst der Kanzlerin.«

»Das hoffe ich doch sehr«, sagte de Bodt.

Erntete ein Stirnrunzeln. »Die Kanzlerin hat mir auch gesagt, dass ich Ihnen vertrauen soll. Aber natürlich gibt es Gesetze und Vorschriften, die auch eine Kanzlerin nicht außer Kraft setzen kann.«

»Aber ein BND-Präsident?«

Der lächelte. »Auch für mich gelten Gesetze und Vorschriften.«

De Bodt deutete zum Fenster. »Da draußen tobt ein Agentenkrieg. Schlimmer als zu Sowjetzeiten.«

»Was wissen wir schon über Sowjetzeiten?«

»Aber Sie wissen etwas über das, was gerade geschieht. Es wurden in jüngster Zeit reihenweise Agenten getötet. Vermutlich kennen wir nicht mal alle Opfer. Es gibt ja noch Krankheiten und Autounfälle. Dahinter steckt mal wieder ein russischer Dienst, vermute ich.«

»Wir sind's nicht. Wir hätten gar nicht die Kapazitäten. Und: Sie haben recht. Es gibt weitere Mordfälle.«

»Wo?«

»Zwei in den USA. Schafften es komischerweise nicht in die Medien. Zwei FBI-Agenten. In Washington.«

»Die Russen verteidigen ein Projekt. Um es gegen den Dammbruch zu schützen.«

»*Dammbruch* ist ein passender Begriff. Wir und unsere amerikanischen Freunde vermuten, dass der SWR eine Quelle schützen will. Die ganz oben sitzt. Die an Sitzungen des Nationalen Sicherheitsrats teilnimmt. Sie verstehen?«

De Bodt nickte.

»Behalten Sie es für sich. Das gehört zum Deal mit der Kanzlerin.«

»Wir hatten schon auf so was getippt. Und unter Kollegen diskutiert.«

»Na, hübsch. Dann steht es morgen in der Zeitung.«

»Kann sein. Was weiß der VS?«

»Der Verfassungsschutz« – er dehnte das Wort – »weiß mal wieder nichts. Die jagen Linksextremisten, während die Nazis schon das Vierte Reich feiern. Ich hatte gestern Abend ein Gespräch mit dem Kollegen … ach, lassen wir das.« Er beugte sich vor. »Sagen Sie, Herr de Bodt, bei allem Respekt. Wie kommen Sie auf die Idee, dass der SWR jemanden platziert hat in Washington? Ohne nachrichtendienstliche Quellen?«

»Ich betreibe keine Kriminalistik in diesem Fall«, sagte de Bodt. »Zu viele nichtssagende Spuren, also keine. Diversion. Man erzeugt einen Berg von Verbrechen, Leichen und Spuren, um die Wahrheit darunter zu verstecken. Ich betreibe deshalb keine Kriminalistik«, wiederholte er. »Stattdessen spekulative Philosophie.«

»Spekulation? Das ist nicht Ihr Ernst.«

»Spekulativ ist eine Philosophie, welche die Ganzheit einer Sache betrachtet. Kommt von *specere*, und das heißt *sehen* und *übersehen* wie *Übersicht*. Ich betrachte einzelne verschwindende Momente, deren Wahrheit nur das Ganze der denkenden Bewegung, das Wissen selbst ist. Wie Hegel sagt.«

Der BND-Präsident lächelte. Wie man lächelte, wenn man unsicher war und diesem Zustand ein freundliches Gesicht gab. In des Präsidenten Augen stand die Frage, ob dieser Polizist wahnsinnig war oder ein Genie oder ein Angeber oder alles zusammen. Er bedachte die Erfolge des Kommissars. Erinnerte sich der Erzählungen über diesen seltsamen Mann. Der vielleicht Angst vor allem Möglichen hatte. Aber nicht davor, seinen Job zu verlieren. Der aus irgendeinem elenden Grund immer recht behalten hatte. Der die Gunst der Kanzlerin genoss. Der Kriminalfälle mit Hegel löste, wie geraunt wurde.

»Wird es weitere Anschläge geben?«, fragte de Bodt. »Haben Sie Hinweise, die CIA …?«

Der Präsident schüttelte den Kopf. »Offen gesagt, wir haben keine Ahnung. Wir müssten wissen, wie dicht das FBI dem Maulwurf auf den Fersen ist. Aber da hält Washington dicht.«

»Und wenn es der Präsident selbst ist?«

119.

Der Chef war zufrieden. Zumindest zwang er sich, es zu sein. Er war ein guter Schachspieler. Hasste den Augenblick, wenn der eigene Zug gesetzt war. Und alles abhing vom Zug des Gegners. Das war die Lage. Bisher hatte der Gegner die Erwartungen erfüllt. Aber es kam dem Chef vor wie die Abfolge von Zügen einer klassischen Eröffnung, die jeder Amateurspieler auswendig kannte. Der Meister zeigte sich erst, wenn es ins freie Spiel ging. Er war siegesgewiss. Aber glauben konnte er an einen Erfolg erst, wenn er ihn errungen hatte. Ein schwacher Zug im Endspiel, und es war aus.

Vielleicht sollte er einen Zug finden, um das Spiel noch stärker da hinzulenken, wo er hinwollte? »Werde nicht ungeduldig«, murmelte er. »Gemach, gemach!«

Aber er war enttäuscht. Von den westlichen Diensten. Wie lange die brauchten! Der FSB hätte die Sache schon erledigt.

Nein, er würde Erika einsetzen. Man muss dem Feind manchmal helfen, damit er auf die Idee kommt, die auf ihn wartet.

Er schrieb die Nachricht auf. Verbesserte sie. Schrieb sie in Reinschrift und läutete den Kameraden vom Chiffrierdienst herbei.

120.

Erika hatte wenig gefrühstückt. Die Nachrichten auf dem Telefon überflogen. Als sie das Notebook aufklappte, sah sie die Mail.

> *Endlich! Revolutionäre Methode zur Penisverlängerung macht Frauen glücklich!*

Das Signal. Sie loggte sich in den Server ein. Der seine Existenz hinter Hunderten anderer Server verbarg. Aber bloß nicht das Darknet. Da suchten sie zuerst. Die Bestätigungs-SMS klappte auf. Sie nahm das Handy, merkte sich den Code und löschte die Nachricht. Tippte den Code ein. Erhielt eine URL, kopierte sie in die Zwischenablage. Fügte sie in die Adresszeile ein. Stieß auf einen Mode-Onlinehandel. Sie brauchte eine Weile, bis sie den Seidenschal fand. Legte ihn in den Warenkorb. Bezahlte per Kreditkarte. Sah die Bestellbestätigung. Und einen Text samt Foto. Las, prägte es sich ein. Nickte. Schloss die Seite. Löschte den Browserverlauf. Fuhr das Notebook herunter. Der Typ sah nicht schlecht aus. Schade.

Holte die Smith & Wesson 3914 aus dem Zimmersafe. Zerlegte und reinigte sie, baute sie zusammen. Zog den Schlitten durch, drückte ab. Es klickte sauber. Sie lud das Magazin mit acht Patronen neun Millimeter Parabellum. Steckte das Magazin in den Griff. Lud durch. Entspannte den Hahn. Zog das Magazin heraus. Ergänzte die fehlende Patrone, die im Lauf steckte. Wischte die Pistole ab. Sie mochte den Geruch von Ballistol, aber das Waffenöl war schwer aus der Kleidung zu entfernen. Und es war eine Spur, obwohl Ballistol längst für hundert verschiedene Zwecke verwendet wurde. Von knarrenden Türen bis hin zu Mückenstichen.

Sie hatte die Wohnadresse im Kopf. Die Fahrtroute durch Berlin. Wo die Botschaft lag, wusste sie ohnehin. Sie guckte auf ihre Armbanduhr. Der Mann war längst in der Botschaft. Sie notierte das Fahrzeugkennzeichen aus der Erinnerung.

Sie hasste überstürzte Aktionen. Es fehlte an Gründlichkeit. Das Risiko stieg überproportional. Aber wenn der Chef es eilig hatte, dürfte er einen Grund haben. Sie würde die Zeit bis zum Abend nutzen. Suchte einen rumänischen Ausweis aus. Sonia Portescu, hübscher Name. Geboren am 23. Mai 1992 in Bukarest. Es gefiel Erika, sich jünger zu machen.

Sie zog ein Sommerkleidchen an. Setzte die schwarze Perücke mit Pferdeschwanz auf. Fuhr zum Alexanderplatz. Wählte Europcar aus unter den Mietwagenanbietern. Sie beschaffte sich einen Dreier BMW mit 3,3-Liter-Maschine und Automatikgetriebe. Eine schwarze Rakete, getarnt als Familienkutsche. Sie mochte schnelle Autos. Aber in diesem Fall war es auch nötig. Ein Sportwagen wäre aufgefallen. Aber mit diesem BMW verschwand sie im Verkehr und war schnell genug für alle Gefahren.

Sie fuhr umher, um den Wagen kennenzulernen. Sie war eine hervorragende Fahrerin. Sie fuhr auf der Autobahn Richtung Hamburg. Als sie Berlin verlassen hatte, bog sie ab auf eine Landstraße. Blickte in den Spiegel, niemand. Sie gab Gas. Die Schaltstufen wechselten schnell, so gut wie unterbrechungsfrei. Sie trat voll aufs Bremspedal. Genoss das Ruckeln des ABS. Der Wagen hielt die Spur und stand. Sie drückte das Gaspedal bis zum Boden durch. Steuerte mit einer Hand. Schoss in eine Kurve. Fand die Grenze des ESP. Schaltete es aus. Nahm die nächste Kurve. Das Heck schlingerte, sie ging kurz vom Gas, der Wagen fand zurück in die Spur. Beschleunigte wieder.

Zufrieden fuhr sie zurück. Füllte unterwegs ein paar Liter Superbenzin nach. Sie arbeitete immer mit vollem Tank. Erinnerte sich einer wilden Verfolgungsjagd in Sanremo, die erst kurz vor Monte Carlo geendet hatte. Aber diesmal würde sie vermutlich kein Auto brauchen. Außer, um abzuhauen.

Sie hielt vor einem Blumenladen. Kaufte Orchideen. Einen mächtigen Strauß. Ihr Plan entstand allmählich. Aber sie gestand sich ein, dass er löchrig war. Verdammt löchrig.

Meisenstraße 25 d. Eine Villa. Neben dem Gartentor eine Garageneinfahrt. Sie erkannte zwei Kameras. Und die nach außen geknickten und angespitzten Enden des Gartenzauns.

Erika fuhr ein Stück weiter, wendete in einer Einfahrt und parkte in Sichtweite des Gartentors, die Orchideen auf dem Beifahrersitz.

121.

»Herr Zehrer ist für unsere Verbindungen zu den *Five-Eyes*-Staaten zuständig«, sagte der BND-Präsident. »Vor allem für die USA und die Briten, versteht sich.«

De Bodt hatte über das Geheimdienstabkommen von 1947 einiges gelesen. Die USA und Großbritannien hatten eine enge Zusammenarbeit vereinbart, später hatten sich Kanada, Australien und Neuseeland angeschlossen. Längst standen die *Five Eyes* für die weltweite Überwachung von allem und jedem.

Zehrer war ein kleiner, untersetzter Mann. Er blieb stehen, bis ihm der Präsident einen Platz zuwies. Von dem das Gesäß nur die Vorderkante beanspruchte.

»Der Herr de Bodt – lassen Sie sich doch bitte bald zum Kriminalrat befördern –, der Erste Hauptkommissar de Bodt vom Berliner Landeskriminalamt 1 glaubt, dass Dump, also der US-Präsident, ein russischer Spion ist.«

Zehrer verzog keine Miene. »Das Gerücht gibt es länger. Nicht Agent, aber erpressbar. Sie kennen diese … unappetitliche Geschichte aus dem Moskauer Hotel. Leider ist es dem Präsidenten zuzutrauen.« Jetzt sah er doch betrübt aus.

»Nun hat das FBI ja ermittelt, und es gab den Sonderermittler …«

»Dessen Einsetzung Dump mit den Worten kommentiert hat, dass seine Präsidentschaft nun im Arsch sei«, warf de Bodt ein.

Zehrer nickte. »Meine Gesprächspartner in den USA sind im Zweifel. Einige mehr, andere weniger. Uns fehlt der Beweis. Ich muss Ihnen nicht beschreiben, was es bedeutete, wenn sich der Verdacht bewahrheitete.«

De Bodt nickte.

»Allein schon, wenn wir den Verdacht aussprechen, haben wir die größte Krise westlicher Politik seit 1945. Wir müssten das Weiße Haus von allen Geheimnissen der Nato ausschließen. Wie soll das funktionieren? Gar nicht. Am Ende würde die Nato zusammenbrechen«, sagte Zehrer.

»Man könnte glatt glauben, dass sich in Moskau ein paar Leute darüber freuten«, sagte der Präsident.

»Wenn Sie schlau wären, eher nicht«, erwiderte de Bodt. »Chaos bedroht jeden.«

»Gewiss«, sagte der Präsident. »Aber die in Moskau sehen nur den Feind. Den es zu schädigen gilt. Egal wie.«

»Wenn überall Chaos herrscht, wird umso mehr die Ordnung angebetet. Das, was Russland scheinbar verkörpert«, sagte de Bodt. »So denken die. Aber sie vergessen, dass einem im Chaos die Splitter um die Ohren fliegen können. Was, wenn Dump um jeden Preis an der Macht bleiben will? Und zum Beweis seiner Unschuld einen Krieg mit Russland anzettelt?«

Schweigen.

»Das ist möglich«, sagte Zehrer. »Zumal dieser Präsident das Gemüt eines größenwahnsinnigen Grundschülers hat. Es war vielleicht nicht so schwer, ihn anzuwerben. Aber er hat Geschmack gefunden an der Macht. Er entschwindet ihrer Kontrolle. Er war schon immer unberechenbar. Aber er könnte sich steigern. Zum vollendeten Wahn. Zumal er das Impeachment-Verfahren locker überstanden hat.«

»Er könnte erklären, dass er sich der dummen Russen bedient hat, um sie ein für allemal zu erledigen. Wäre ich in dieser Situation und auch nur halb so irre wie dieser Mann, mir erschiene dies als ein Ausweg. Im Krieg schließen sich die Reihen. Auch hinter so einem. Aber der kann ja erklären, was er will. Seine Fans glauben ihm alles.«

Wieder Schweigen.

»Es ist eine Krux«, sagte der Präsident. »Wir haben keinen einzigen Beweis. Und doch scheint dies die beste Erklärung für die Anschläge zu sein. Die Russen haben eine undichte Stelle entdeckt und schützen ihren Agenten, den US-Präsidenten. Mit allen Mitteln.«

»Für irgendeinen Verräter im Pentagon würden sie das Spektakel nicht veranstalten«, sagte Zehrer.

»Wenn das durchsickert, dreht die Welt durch«, sagte der Präsident. »Am Ende wäre es egal, ob es stimmt oder nicht. Das Chaos bräche auf jeden Fall aus.«

»Wenn durchsickert, dass Regierungsbehörden das glauben«, sagte de Bodt. »Das Gerücht geistert ja schon länger herum. Spätestens seit der russischen Wahlhilfe für Dump.«

Der Präsident erhob sich und ging zum Schreibtisch. Wie ein Greis. Nahm den Telefonhörer. »Besorgen Sie mir und dem Herrn de Bodt einen Termin bei der Kanzlerin … Wann? Gestern.«

122.

Erika beobachtete die Straße, während sie so tat, als läse sie auf ihrem Telefon. Es war unerträglich heiß. Aber sie verzichtete auf die Klimaanlage. Ein Auto mit laufendem Motor wäre aufgefallen. Und ohne Motor zog die Klimaanlage zu viel Strom. Der Luftstrom der geöffneten Fenster musste reichen.

Sie sah den Benz von Weitem. Er rollte gemächlich auf der Straße in ihre Richtung. Er war allein. Im Haus wohnte er zusammen mit Frau und Tochter. Vorher war er in Weißrussland Botschafter gewesen. Offensichtlich ein Diplomat mit Zukunft. Der sich auf einen weiteren Karriereschritt vorbereitete.

Daraus würde leider nichts werden.

Sie bereitete sich im Geist auf die Begegnung vor. Hoffentlich öffnete er die Haustür. Hoffentlich war die Tochter nicht da. Keine Zeugen.

Sie zog die Chirurgenhandschuhe über. Innen mit Talkum bestäubt. Vergewisserte sich, dass die Pistole mit dem Schalldämpfer in der Handtasche griffbereit war. Nur den Hahn spannen und abdrücken. Die nächste Patrone würde automatisch geladen.

Die Garagentür öffnete sich. Er hatte eine Fernbedienung. Sie hatte überlegt, diesen Augenblick zu nutzen. Aber Schüsse auf der Straße waren ihr zu riskant. Irgendeiner würde sich das Autokennzeichen merken. Die Polizei rufen. Der es leichtfiele, die Straße an beiden Ausgängen zu blockieren. Sollten gerade Streifen in der Nähe sein. Sie wollte auch nicht auf Kollegen vom russischen Sicherheitsdienst stoßen. Konnte sein, dass sie hier patrouillierten. Im Außenministerium war höchster Alarm ausgerufen worden. Für alle Botschaften und Konsulate in Europa.

Sie gab ihm Zeit, das Haus zu betreten. Stieg aus. Mit dem Blumenstrauß in der Hand. Zwang sich, ruhig zur Gartentür zu laufen. Eine Klingel ohne Namensschild. Sie drückte sie. Blickte lächelnd in die Kamera. Zeigte den Blumenstrauß. Hoffentlich macht er auf, verdammt.

»Sie wünschen?«, sagte eine Männerstimme.

»Ich habe Blumen für Herrn Ponomarjew.«

»Warten Sie!«

Mist. Sie hörte Schritte sich nähern. Das Türschloss klackte. Ein Mann, mittelgroß, grauer Anzug. Die eine Hand im Rücken. Das war ein Leibwächter. Damit hatte sie nicht gerechnet. Aber rechnen sollen.

»Einen Augenblick, ich suche gerade die Visitenkarte für den Strauß.« Hielt den vor den Mann. Fand in der Handtasche den Pistolengriff. Spannte den Hahn, drückte ab.

»Was …!«, entfuhr es dem Mann. Hielt die linke Hand vor den Magen. Bewegte die rechte Hand nach vorn. Darin eine Pistole. Sie schoss noch einmal. Traf ihn diesmal in die Stirn. Der Kopf explodierte nach hinten. Er fiel um wie ein Sack. Seine Pistole knallte auf eine Steinstufe. Sie zog die Tür zu, nahm die Pistole. Eine Glock 17. Sie kannte sie gut. Sie stieg die Treppe hoch.

Die Haustür war aus Eichenholz. Vermutlich hatten sie eine Metallplatte auf der Rückseite angeschraubt. Sie klingelte.

Wieder eine Sprechanlage. Diesmal eine Frauenstimme: »Ja, bitte?«

»Ich liefere einen Blumenstrauß für Herrn Ponomarjew aus. Ihr Leibwächter hat gesagt, ich soll schon mal vorausgehen.«

»Das möchte ich lieber von ihm selbst hören.«

»Gern«, sagte Erika.

Ließ den Strauß fallen. Rannte ums Haus herum. Auf der Rückseite eine Terrassentür. Geschlossen. Sie zerschoss sie mit zwei Kugeln.

Betrat das Wohnzimmer. Zwang sich stehen zu bleiben. Lauschte. Nichts. Dann sprang die Tür gegenüber auf. Ponomarjew hatte eine Pistole in der Hand. Schoss. Verfehlte sie. Sie erwiderte das Feuer und traf ihn in der Brust. Sie eilte in den Hauseingang. Sah zwei Personen fliehen. Eine Frau und ein Mädchen.

Sie riss die Haustür auf, es rannte hinterher. Als die beiden die Gartentür erreichten, blieb Erika stehen. Schoss zweimal. Die Frau fiel. Erika lief hinunter.

Das Mädchen hatte sich auf den Körper der Frau gelegt.

»Meine Mama«, sagte es unter Tränen.

Sie zog die Glock des Leibwächters aus der Handtasche, steckte die Smith & Wesson hinein. Schoss der Tochter ins Gesicht und der Mutter zweimal ins Herz. Steckte die Glock in die Handtasche, die Hand am Griff. Eiligen Schritts ging sie zu ihrem Wagen. Zündete den Motor und fuhr weg.

Sie sah das Blaulicht. Es raste ihr entgegen. Dann hörte sie auch die Sirene. Sie waren schnell, die Bullen.

123.

Sie blickte ihn durch runde Brillengläser an. »Sagen Sie das noch mal!« Ihre Hände umklammerten die Stuhllehnen.

»Es spricht viel dafür, dass der US-Präsident Dump ein Spion Moskaus ist. Des SWR vermutlich«, sagte de Bodt.

Der BND-Präsident saß neben dem Kommissar und nickte.

Die Kanzlerin wandte sich an ihn: »Sie glauben das auch?«

»Ich habe mir ein Bild aus den Fakten gemacht. Mit Herrn de Bodt gesprochen und komme zum selben Schluss wie er.«

»Um Himmels willen.« Sie murmelte irgendwas. Straffte den Rücken. Stützte das Kinn auf die Fäuste. Erhob sich und ging zum

Vorzimmer. »Rufen Sie den Vizekanzler, den Außenminister, den Innenminister, den VS-Präsidenten … Es ist egal, wo die sind und was die gerade tun. Sie sollen im Eiltempo erscheinen. Wir haben den … einen Notfall.« Sie überlegte kurz. »Nennen Sie dieses Wort nicht. *Notfall.* Verstanden? Nur dass es dringend ist.«

Sie setzte sich wieder an den Tisch, gegenüber von de Bodt und dem BND-Präsidenten. »Wir haben nicht den geringsten Beweis«, sagte sie. »Ich weiß ja, dass das immer so mit Ihnen ist, Herr de Bodt. Und dass ich mich trotzdem auf Sie verlassen kann. In diesen Zeiten brauchen wir jemanden, der das Chaos versteht. Verstehen Sie das Chaos?«

De Bodt lächelte. »Ich verlasse mich auf meine … Beobachtungsgabe. Die ist vielleicht nicht so schlecht.«

»Sie können ruhig sagen, dass Sie so ziemlich alle anderen für beschränkt halten.«

»Man kann in diesem Fall nicht leugnen, dass allein die Hypothese des Kollegen ein klares Bild herstellt«, sagte der BND-Präsident. »Es gibt Gründe, Motive, es gibt einen Plan, es gibt Verbrechen, die in diesen Plan passen. Es gibt Verbrechen, die zu einem Dammbruch passen. Es gibt mit dem SWR einen mächtigen Drahtzieher. Es passt zur Vorgeschichte. Russische Wahlhilfe für Dump. Russische Wahlhilfe auch in Europa für alles, was rechts, rassistisch und demokratiefeindlich ist.«

»Da ist diese eklige Geschichte mit den Prostituierten, die auf das Bett pinkeln mussten, in dem Obama in Moskau übernachtet hatte. Als wüsste Dump nicht, dass die Kameras in Hotelzimmer einbauen. War schon immer so. Und wird immer so sein. Die erpressen den«, sagte die Kanzlerin.

»Glaub ich nicht«, sagte de Bodt. »Die Geschichte würde Dump so wenig schaden wie all die anderen ekligen Geschichten. Nein, die haben den gekriegt mit Immobiliengeschäften, als Dump vor der Pleite stand. Dann haben die ihm den Wahlsieg verschafft. Dump bringt nun Gegenleistungen. Ist für ihn nur ein Deal wie alle anderen. Dass er dabei die USA verkauft, ist ihm egal.«

»Man muss schon ein finsteres Weltbild haben, um auf so was zu kommen«, sagte Kanzlerin.

»Ein realistisches«, sagte de Bodt.

»Danke für die Nachhilfe.« Ihre Finger klopften auf den Tisch.

Die Tür öffnete sich. Mit rotem Gesicht und Schweißperlen auf der Stirn. Der Innenminister. »Ihre Leute haben mich aus dem Flugzeug nach München geholt. Ich hoffe, Sie haben einen guten Grund für diese Panikaktion.« Warf seine Aktentasche auf den Tisch. Stemmte seine Hände auf die Tischplatte.

Während der Außenminister hereinschlich, musterte der Innenminister de Bodt. Sein Vorgänger hatte wegen des Kommissars dran glauben müssen. Gescheiterte Karrieren schmückten dessen Weg. »Was machen Sie hier?«

»Ich unterhalte mich mit der Kanzlerin«, erwiderte de Bodt.

Der Außenminister setzte sich an den Tisch und stützte sein Kinn auf den Handrücken. Als würde gleich die Meute der Pressefotografen den Saal stürmen.

Die Kanzlerin fasste zusammen.

Der Innenminister setzte sich. »Das meinen Sie doch nicht im Ernst?«

»Nein, ich lasse Sie aus Spaß aus dem Flugzeug holen«, sagte die Kanzlerin trocken.

»Das ist doch wieder so eine Idee von diesem …« Seine Hand zeigte auf de Bodt.

»Befassen wir uns besser mit der Sache. Sie haben also keine Beweise, Herr Hauptkommissar?«

»Nein. Aber keine bessere Erklärung, wenn man alles in der Gesamtschau betrachtet. Die Ereignisse passen zur Interpretation, die Interpretation zu den Ereignissen. Keine andere Erklärung kann diese Übereinstimmung herstellen. Es handelt sich mit Schopenhauer um die Übereinstimmung und Kongruenz des Begriffs oder Gedankens mit dem Anschaulichen oder der Realität.«

Der Innenminister hüstelte. »Was schlagen Sie vor? Wenn es ohne Zitat abginge, bitte …«

»Es ist nicht meine Aufgabe, Ihnen etwas vorzuschlagen. Ich bin Polizist, nicht Politiker.«

»Sie sind ein Möchtegern-Philosoph, de Bodt!«

»Ich bitte Sie, meine Herren«, warf die Kanzlerin ein.

»Sie haben das … entdeckt, Herr de Bodt. Sie haben bestimmt schon überlegt, was nun getan werden müsste.«

»Ich würde den VS-Präsidenten bitten, sich vorsichtig bei den FBI-Kollegen zu erkundigen.«

»Die trauen sich doch nichts mehr. Hat man doch gesehen bei diesem Sonderermittler«, schimpfte der Innenminister.

»Sobald der Präsident des Verfassungsschutzes erscheint, werde ich ihn fragen«, sagte die Kanzlerin.

Der Innenminister verdrehte die Augen.

»Sie wissen schon, dass der amerikanische Präsident im Besitz der Atomcodes ist?«, fragte de Bodt. »Wenn meine Hypothese zutrifft, sitzt Moskau an den Schalthebeln in Washington. Stellen Sie sich vor, der russische Präsident will einen Staat ausschalten.« De Bodt blickte sich um. »Dann kann er den mit US-Raketen vernichten. Und selbst empört protestieren gegen den Machtmissbrauch. Sie verstehen, was ich meine?«

Der Innenminister legte das Kinn auf die Brust und knötterte.

Der Außenminister riss die Augen auf. »Die wollen die Nato zerstören«, sagte er. »Ich will gar nicht überlegen, was da noch kommen wird.«

Der Vizekanzler und Finanzminister betrat den Raum. »Was gibt's?«

»Den Dritten Weltkrieg«, sagte der Innenminister. »Oder so ähnlich. Wenn man unserem Haus-und-Hof-Philosophen glaubt.«

Als Letzter erschien der VS-Präsident. Die Kanzlerin fasste noch einmal zusammen, was de Bodt herausgefunden hatte.

»Und damit soll ich das FBI kontaktieren?«, fragte er. Blickte den BND an, der ihm gegenübersaß. »Und Ihre Leute hatten keine Ahnung?«

»Zu wenig … in der Gesamtschau wirkt das erschütternd überzeugend. Ich rechne natürlich unsere Erfahrungen bei den … Ideen von Herrn de Bodt ein.«

Der VS nickte. »Um Gottes willen … deswegen musste Solms sterben.« Blickte die Kanzlerin an. »Was machen wir jetzt?«

Die erwiderte den Blick. »Sie haben keinerlei Hinweise vom FBI?«

»Wir wissen vor allem, dass die Angst haben, rasiert zu werden. Wenn da einer die Nase rausstreckt, ist sie ab. Dump hat seit dem Impeachment-Debakel keine Hemmungen mehr. Und seine Anhänger jubeln ihm zu. Deswegen.«

»Und wenn wir das der *New York Times* oder der *Washington Post* zuspielen?«, fragte der BND.

»Das können Sie vergessen. Die verlangen Beweise, und wir haben keine. Die wissen von den Anschlägen, haben darüber berichtet. Aber dass sie Hegels spekulative Philosophie als Beweis ansehen, das können wir vergessen.« De Bodt beugte sich nach vorn. Blickte die Kanzlerin an. »Wir brauchen Beweise. Wir brauchen Täter. Die auspacken. Haben Sie keinen Agenten in Moskau?«

Der BND zuckte die Achseln. »Das darf ich Ihnen nicht sagen.«

»Wiederholen Sie das bitte nach dem Dritten Weltkrieg.«

»Ich kann Ihnen sagen, dass unsere Quellen Hinweise gegeben haben. Aber nur, was eine gesteigerte Aktivität von SWR, GRU und FSB angeht. Fragen Sie doch Ihren Russenfreund, mit dem Sie seit Jahren zusammenarbeiten.«

»Hab ich. Der weiß nichts.«

»Aha«, sagte der BND.

»Die haben einen Stab ihrer besten Leute zusammengezogen. Niemand sonst erfährt was. Außer dem Präsidenten.«

In diesem Augenblick schoss eine Idee in de Bodts Hirn. Er hatte sie erst als Unruhe wahrgenommen, dann als begrifflosen Fetzen. Jetzt begriff er: Es war eine einfache Frage. Er würde alle Regeln brechen müssen. Angefangen beim Staatsgeheimnis.

124.

»Wir haben Frau Millets Unterlagen durchgesehen. Auch die im Tresor.« Sagte der Onkel. Tätschelte sich den Bauch. »Sie haben schon recht mit dem Dammbruch. Fürchte ich.« Blickte Lebranc mit verschwörerischer Miene an. Schob ihm einen Block über den Tisch.

Die Gesprächsprotokolle der Millet. »Sollte man in diesem Gewerbe nicht machen. Macht aber jeder. Das menschliche Gedächtnis ist nicht grenzenlos. Blättern Sie!«

Lebranc dachte nur: Merde, merde, merde.

Floire zog den Block vor sich. Las. Blätterte. Las.

Dump = KGB!!!

Blätterte weiter.

Moskau hat die Macht in Washington übernommen!!!

»Offenbar liebte sie das Ausrufezeichen«, sagte Floire. Aber den Witz fand er selbst nicht witzig. »Scheiße!«

Lebranc war wieder bewegungsfähig. Schnappte sich den Block. Las.

»Das wollte sie offenbar mit diesem CIA-Knickerbocker besprechen. Den kannte sie von Nato-Konferenzen. Fand den sympathisch, andere CIA-Leute hielt sie nicht aus«, sagte der Onkel. »Das bleibt unter uns. Wenn was durchsickert, weiß ich nichts. Und Sie können Streife in Saint-Denis laufen. Kapiert?«

»Ich muss das de Bodt mitteilen. Wenigstens andeuten. Als eigene Überlegung.«

»Brauchen Sie nicht. Der ist als Erster darauf gekommen. Unser Präsident hat mit der Kanzlerin telefoniert. Und mich danach gleich angerufen.« Einen Augenblick drohten sämtliche Hemdknöpfe zu explodieren.

»Was machen Sie jetzt?«

»Ich rede mit dem BND-Präsidenten. Der hatte auch so einen schlauen Vogel. Ist mit dem Flugzeug abgestürzt. Wir haben vorhin telefoniert. Er hat mir gesagt, dass er erst jetzt Andeutungen von diesem Solms verstehe. So hieß der VS-Agent im Flugzeug.«

»Wo hat der Dammbruch seinen Ausgang?«, fragte Floire.

»Wir haben keine Ahnung. Ich tippe, irgendein russischer Geheimdiensttyp fand das Unternehmen zu gefährlich und hat was durchsickern lassen. Sich bei jemandem beschwert, bei dem er sich nicht hätte beschweren sollen. Aber zitieren Sie mich nicht damit.« Hob die Brauen und blickte bedeutungsschwanger. »Auf jeden Fall wollen die Russen ihren Mann in Washington halten. Um jeden Preis. Deshalb ballern die wild um sich.«

125.

Salinger erwischte ihn im Auto. »Vierfachmord, der russische Gesandte, Frau und Tochter. Plus Leibwächter. Täter war eine Frau. Wir haben zwei Zeugen. Fahndung läuft. Kollegen hängen an ihr dran.«

De Bodt raste hin. Sah als Erste Salinger auf der Straße vor dem Grundstück. Überall Kollegen. Ambulanzen. Leichenwagen. Sie war blass. Die Unterlippe zitterte. »Der Gesandte liegt im Wohnzimmer. Gleich an der Gartentür die Frau samt Tochter. Der Personenschützer vor der Haustür. Die Täterin haben wir noch nicht.«

126.

Erika gab Gas. Sie hatte es bisher nicht geschafft, den Polizeiwagen abzuhängen. Weitere Polizeiwagen folgten ihr. Es schien aussichtslos. Aber warum sollte sie aufgeben? Sie zog die Handbremse, trat die Fußbremse, riss das Lenkrad nach rechts. Der BMW schleuderte in eine Rechtskurve. Das Heck streifte die Fahrerkabine eines parkenden Lasters. Erika blickte in den Spiegel. Sie hatte hundert Meter gewonnen. Nächste Rechtskurve, diesmal ohne Berührung. Ein Mann sah sie erschreckt an und sprang zur Seite. Sie trat das Gas durch. Schoss über eine Kreuzung. Bei Rot. Sah im Rückspiegel, wie Autos zusammenkrachten.

Der Bullenwagen war weg.

Sie bog in eine Seitenstraße ein. Rollte langsam. Nächste rechts. Bremste. Stieg aus. Warf die Tür zu. Ging gemächlichen Schritts weg. Ohne sich umzudrehen.

127.

»Ich will, dass Sie das sehen«, sagte de Bodt.

»Wir wären auch ohne Ihren Anruf gekommen. Wir müssen unsere Diplomaten schützen.«

»Das hat in diesem Fall nicht geklappt. Es handelt sich um eine Täterin. Profi.«

Merkow nickte. Betrat das Grundstück.

De Bodt war immer noch schlecht. Er schwitzte und fror bei über dreißig Grad im Schatten.

Die Zander stellte sich neben ihn und zündete sich eine Zigarette an. Yussuf nahm sich auch eine. Sie gab ihm Feuer.

»So weit sind wir also. Jetzt knallen die Kinder ab«, sagte die Zander.

Schweigen.

Salinger kam. Das Funkgerät am Ohr. »Sie haben das Auto gefunden. Die Fahrerin ist verschwunden. Es gibt einen Zeugen.«

»Ich möchte die Zeugen« – de Bodt blickte auf die Uhr – »in einer Stunde im LKA.«

»Du kannst hier schon mal anfangen.« Sie entfernte sich und kehrte zurück mit einer Frau. Zwischen fünfzig und sechzig. Drahtig. Jeans und T-Shirt. Turnschuhe. »Das ist Frau Seliger.« Salinger legte das Funkgerät ans Ohr und entfernte sich.

De Bodt nickte ihr zu. »Wir haben es eilig. Vielleicht kriegen wir die Täterin noch.« In seiner Stimme lag Verzweiflung. Eine Berufsmörderin, welche die Polizei abgehängt hatte.

»Es ist eine Frau, Sie können das bestätigen?«

»Ja«, sagte Seliger. »Vielleicht Ende dreißig. Sie hatte einen Riesenstrauß in der Hand. Orchideen. Sie hat geklingelt. Offenbar gab es einen Wortwechsel an der Sprechanlage. Dann öffnete sich die Tür. Eine kurze Weile später rannte sie heraus. Die Finger in der Handtasche …«

»Sie haben eine gute Beobachtungsgabe. Konnten Sie das Gesicht erkennen?«

»Sie war stark geschminkt. Das konnte ich durchs Fenster sehen.« Sie deutete auf das Haus gegenüber dem Tatort. »Aber wenn sie die Schminke abwischt …« Sie zuckte die Achseln.

»Wie groß?«

»Wie Ihre Kollegin.« Sie zeigte auf Salinger. Die ins Funkgerät sprach.

»Macht es Ihnen was aus, wenn wir Sie zum LKA mitnehmen? Wir bringen Sie wieder nach Hause.«

128.

»Wer war das?«, fragte Merkow.

Sie saßen im Auto. Vor sich Polizisten. Merkow erkannte Uhlenhorst. Die Kriminaltechnik.

»Keine Ahnung«, sagte Katt. »Ein Dreckschwein. Das steht fest.«

»War es ein Dreckschwein von uns?«

Sie schwieg.

»Man muss de Bodt gar nicht fragen. Der verdächtigt uns. Nicht uns beide, aber …«

Sie nickte.

»Ich fürchte, er liegt nicht falsch.«

»Du meinst die Kollegen vom SWR?«

»Die GRU traut sich so was nicht mehr.«

»Was beweist das? Nichts.«

Es klopfte ans Fenster. De Bodt. Merkow öffnete.

De Bodt beugte sich zu ihm hinunter. »Ich weiß nicht, was Ponomarjew oder Selkin verbrochen haben. Ich weiß aber, dass Ihr SWR den US-Präsidenten als Agent führt. Und dass all die Anschläge und Morde damit zu tun haben, dass Ihre Leute ihren Maulwurf um jeden Preis schützen wollen. Sagen Sie Ihrem Präsidenten, dass es nicht mehr nötig ist. Der Damm ist gebrochen.«

Merkow blickte ihn an. Schwieg. Fühlte, dass de Bodt recht hatte. Setzte man diese Hypothese, hatten alle Aktionen plötzlich einen Sinn. »Ich schreib es ihm.«

129.

Erika betrat einen Hauseingang. Wartete. Als sich nichts rührte, zog sie die schwarze Perücke vom Kopf. Bürstete die kurzen blonden Haare. Zog einen Spiegel und ein feuchtes Tuch aus der Tasche. Schminkte sich ab. Zog die Jacke aus, drehte sie um. Nun war sie schwarz statt beige. Sie stopfte die Perücke in einen Plastikbeutel. Und zusammen mit dem Spiegel in die Handtasche.

Sie spazierte Richtung Mitte. In einem Café kehrte sie ein. Bestellte Tee und Erdbeertorte. Nahm sich die Tageszeitung. Ging auf die Toilette, schloss sich ein und lud das Magazin der Smith & Wesson. Öffnete den Spülkasten und legte die Glock hinein. Klemmte den Spülkastendeckel wieder fest. Jetzt fühlte sie sich sicher.

130.

Es verstieß gegen die Regeln, aber er vernahm die drei Zeugen gleichzeitig. Ein Mann hatte die Frau aus dem BMW aussteigen gesehen. Schwarze Haare, schlank, sportlich. Beigefarbene Lederjacke. Jeans. Schwarze Schuhe. Die Zeugen von der Meisenstraße bestätigten diese Angaben. Sonst hatten sie nichts entdeckt. Offensichtlich arbeitete die Täterin allein.

Die Zander war im Büro aufgetaucht. Erschüttert, aber klar. »Profikiller«, sagte sie. »Die vier hatten keine Chance.«

»Neun Millimeter Parabellum«, sagte Uhlenhorst. »Riecht nach Smith & Wesson. Genaueres kommt vom BKA.«

Salinger hörte sich alles an. Die Zander, die Zeugen, Uhlenhorst. »Die Scheißrussen«, sagte sie. »Würde mich nicht wundern, wenn dein Freund Merkow mit drinhängen würde.«

De Bodt erwiderte nichts.

131.

Erika lag auf dem Bett. Schloss die Augen. Sah die des Mädchens vor sich. Der flehende Blick. Das Unverständnis. Sie fühlte sich mies. Aber sie war den Regeln gefolgt. Keine Zeugen. Um keinen Preis. Erika zweifelte manchmal an ihrem Job. Leise nur, aber es piesackte sie trotzdem.

Sie hatte das Studium abgebrochen. Hatte sich bei der Polizei beworben. Weil sie Ordnung liebte, Uniformen und einen sicheren Arbeitsplatz. Würde Russland untergehen, Polizisten brauchte es immer. Sie hatte Lehrgänge besucht. Sich nie vor Einsätzen gedrückt. Keine Handgelder angenommen. Obwohl es üblich war. Sie lebte in ihrer winzigen Wohnung in einem Plattenbau im Ismailowski-Distrikt. Immerhin nahe dem Park. Jeden Tag ewig lang mit der Metro ins Zentrum und abends zurück. Sie hatte ein paar Liebschaften gehabt. Die aber zerbrachen. Die letzte, weil Sergei eine Frau gefunden hatte, die nur für ihn da war und geregelte Arbeitszeiten hatte.

Irgendwann war ein junger Mann auf dem Polizeirevier an sie herangetreten. Sein Vorgesetzter wolle sie kennenlernen. Ihr Vorgesetzter, Hauptmann Litwenkow, habe das Gespräch bereits genehmigt.

Sie erinnerte sich daran, als hätte es gestern stattgefunden.

Der Chef war ein kleiner, dürrer Mann. Der sie anlächelte und ihr den Stuhl vor seinem Schreibtisch anbot.

»Sie arbeiten für die Sicherheit unseres Vaterlandes. Ich tue dies seit mehr als vierzig Jahren. Aber nicht auf den Straßen Moskaus, sondern auf den Straßen der Welt. Kennen Sie die *Sluschba wneschnei raswedki*, unseren Dienst der Auslandsaufklärung?«

»Ich habe davon gehört.«

»Der SWR ist unsere Polizei im Ausland. Er klärt feindliche Absichten auf. Verhindert Anschläge auf unser Land. Wir tun das im Ausland, was Sie in Moskau tun.« Er öffnete einen Aktendeckel.

Sie linste und erkannte ein Porträtfoto von sich. Das Foto aus ihrer Personalakte bei der Polizei.

»So, wie viele Bürger unsere Polizei noch Miliz nennen, so sind wir für manche noch das KGB. Das Bewusstsein der Menschen ändert sich langsamer als die Zeiten, in denen wir leben.« Er musterte sie eine Weile.

Sie war noch beeindruckt von der Fahrt durch den Wald von Jasenowo. Bewaffnete Posten überall. Einbahnstraße für alle, außer für ihren Chauffeur. Der sie im Revier abgeholt hatte. Aus den Augenwinkeln hatte sie gesehen, wie Kollegen geglotzt hatten.

»Sie haben vor drei Wochen zwei Drogendealer erschossen«, sagte der Chef.

»Ich musste. Selbstverteidigung.«

»Ihr Streifenkollege ist da nicht so … eindeutig.«

»Er hatte Angst.«

Der Chef nickte.

»Vor einem halben Jahr haben Sie eine Frau auf der Ustjinski-Brücke niedergeschossen.«

»Sie hatte auf mich gezielt.«

Der Chef nickte wieder. »Mit einem Telefon …«

»Es sah aus wie eine Waffe. Und sie hat die Hände nicht gehoben, als ich es ihr befahl.«

»Ja«, sagte der Chef. »Aber Sie haben in Ihrer Dienstzeit sieben Menschen erschossen.«

»Das stimmt«, sagte Erika. Bereit, Gründe zu nennen.

Der Chef wischte den Versuch weg. Kurze Bewegung der Hand. Nicken. Musterte sie. »Sie haben kein einziges Mal vorbeigeschossen.«

»Ich übe oft. Ich fände es schrecklich, würde ich einen Unschuldigen töten. Nur weil ich nicht genau schieße.«

Der Chef las in der Akte. Blätterte. »Ihnen wird hier ein starkes Gerechtigkeitsgefühl bescheinigt.« Wiegte den Kopf. »Vielleicht zu stark?«

»Ich weiß nicht, was das bedeutet«, erwiderte Erika.

»Ja, ja«, sagte der Chef. »Möchten Sie für uns arbeiten?«

Sie musste nicht überlegen. »Ja, natürlich.«

»Wir müssten vorher ein paar Tests mit Ihnen machen.«

»Selbstverständlich.«

»Das bleibt unter uns. Ist geheim. Sie wissen, was das bedeutet?«

»Natürlich.«

»Gut.« Der Chef erhob sich. »Sie kehren zurück an Ihren Platz. Wir werden Sie benachrichtigen. Wegen der Tests. Wir klären das mit Ihrem Vorgesetzten.«

»Ja, Chef.«

Sie setzte sich an den Hotelschreibtisch. Klappte den Rechner auf. Loggte sich ein.

Perfekte Arbeit. Warten Sie Befehle ab.

Sie musste also bleiben. Ein neuer Auftrag wurde vorbereitet.

132.

»Woher will er das wissen?«, fragte Katt.

Sie saßen auf einer Bank im Tiergarten. Im Schatten. Es war trotzdem zu heiß. Er öffnete eine Dose Mineralwasser und trank.

»Keine Ahnung. Aber wir sollten es ernst nehmen …«

»Dass unsere Leute Blutbäder anrichten, Mädchen abknallen …«

»Na ja, unsere Leute sind bei Kollateralschäden nicht zimperlich.«

»Die Amerikaner doch auch nicht. Die Spezialisten im Bombardieren von Familienfesten. Wie viele Kinder haben die auf dem Gewissen? Oder die Israelis …«

Merkow nickte.

»Wenn de Bodt recht hat, geraten wir hier in Teufels Küche«, sagte sie.

»Wenn wir das nicht längst sind. Ich berichte jeden Abend nach Moskau. Wenn de Bodt sich nicht irrt, mache ich beim großen Coup mit, ohne es zu wissen …«

»Wenn Dump wirklich einer von unseren ist, warum überzieht er uns mit Beschimpfungen und Sanktionen?«, fragte Katt. Nahm ihm die Dose aus der Hand und trank sie leer.

»Das passt doch sehr gut. Gehört zur Tarnung des Spitzenagenten. Man muss investieren, um ihn zu halten. Solange mehr rausspringt, als man investiert… Das gehört zum Geheimdienstgeschäft, seit es Geheimdienste gibt. Unsere Maulwürfe haben dem Feind oft richtige Informationen geliefert. Streng geheimes Material. Das ist der Preis, den man bezahlen muss. Ohne Investition kein Profit.«

»Du hast ja gelernt«, sagte Katt und grinste ihn an.

Ein Dackel schnüffelte an ihren Füßen. Die Besitzerin zog ihn an der Leine zurück.

»Wenn das so weitergeht, kriegen wir Stress«, sagte Merkow.

»Den haben wir längst. Irgendeine Idee im Fall Ponomarjew?«

»Nicht mal eine halbe. Erst der Botschafter, dann Selkin. Dann er. Wer knallt eine Frau samt Tochter ab? Das ist gegen alle Regeln.«

»Welche Regeln? Die waren Zeugen. Sieht eigentlich nach der GRU aus. Wenn die nicht im Arsch wäre dank deinem besten Freund.«

133.

Die Leiche lag auf dem Rücken. 19. Arrondissement, Rue Bison. Keine Papiere, kein Geld, kein Schmuck. Der Mann war ausgeraubt worden. Raubmord, das Opfer vielleicht ein Tourist.

Das glaubte Lebranc, bis der Polizeipräfekt ihn in sein Büro telefonierte. Die Stimme des Präfekten hatte nicht gut geklungen. Sie hatte jeden Grund dazu. Die russische Botschaft hatte angerufen. Der Tote war Mitarbeiter des Militärattachés. Sie hatten das Foto des Mannes im Fernsehen gesehen. Und jetzt war die Hölle los.

»Wien, Berlin, jetzt wir. Na, herzlichen Dank!«, schnauzte der Präfekt. »Irgendwer legt russische Diplomaten um. Wir sind es nicht.«

»Mitarbeiter des Militärattachés«, sagte Lebranc. »Also GRU-Agent. Oder SWR …«

»Was Sie so alles wissen.«

»Er passt in die Mordserie. Agenten werden umgebracht, die Kollegin Millet, Knickerbocker von der CIA, Solms vom deutschen Verfassungsschutz. Und Russen.«

»Hat Ihr schlauer Kollege in Berlin eine Erklärung? Der weiß doch sonst immer alles.«

«Der glaubt, dass der US-Präsident ein Maulwurf des SWR ist.«

»Hab ich schon gehört. Ziemlich verwegen.«

»De Bodt hat oft verwegene Erklärungen. Bisher hatte er aber recht.«

»Was sagt die Spurensicherung?«

»Nichts.«

»Keine Zeugen?«

»Bisher nicht. Vielleicht meldet sich noch jemand.«

»Da wird also einer in der Nacht von hinten erstochen. Und niemand hat was gesehen.«

Lebranc verließ einen angesäuerten Präfekten. Der unter Druck stand. Zweifellos klingelte jeden Tag der Innenminister. Die Medien veranstalteten Hetzjagden. Im Büro wartete Floire schon.

»Was gibt's?«, maulte Lebranc.

»In Berlin hat es den russischen Gesandten samt Frau und Tochter erwischt. Passt zur Dammbruch-These.«

»Noch was?«

»Nein … ja. Yussuf hat gesagt, dass sein Chef in letzter Zeit so schweigsam sei. Aber pausenlos mit dem BKA und dem Kanzleramt zu tun habe. Und kein Wort darüber verliere.«

Lebranc nickte. »Haben Sie mit Ihrem Onkel gesprochen?«

Floire nickte. »Ja.«

»Was sagt er? Wenn Sie mir das freundlicherweise berichten könnten.«

»Nichts Neues.«

»Wenn Sie mir die Bewertung überlassen könnten.«

»Dass der Vierfachmord in Berlin besagte These bestätigt.«

Lebranc lehnte sich zurück. Sortierte die Ereignisse und was er über Dump wusste. Verdammt, es passte wirklich alles. »Und wann hören die auf, massenweise Leute umzubringen?«

Griff nach dem Telefonhörer. Wartete einen Augenblick. »Herr Kollege, unser Mord hier und die Morde in Berlin … alles um Dump zu schützen?«

»Das stimmt«, sagte de Bodt.

134.

Vor der Kanzlerin lag die *Bild.*

DUMP RUSSENAGENT!

»Wer hat mit denen gesprochen?« Blickte de Bodt an.

De Bodt fand den Blick unverschämt. Er hatte sich einen Wutausbruch Salingers eingehandelt, als Yussuf auf die Nachricht im Internet gestoßen war. Warum hatte de Bodt kein Wort darüber verloren? Geheimniskrämerei, fehlendes Vertrauen. Und so weiter. Der Anruf aus dem Vorzimmer des Kanzleramts hatte ihn vor ihrer Wut gerettet.

Der BND schüttelte den Kopf. Der Verfassungsschutz hob die Hände. Innenminister und Außenminister schwiegen im Takt.

»Verfluchte …«, sagte die Kanzlerin.

»Kann auch die französische DGSE gewesen sein«, sagte der BND. »Wir haben mit denen gesprochen. Deren Direktor hat direkt danach gefragt.«

»Dann stünde das doch in einem Schmierblatt in Paris«, erwiderte die Kanzlerin. »Lassen wir das. Was nun?«

»Bestellen Sie den US-Botschafter ein und verlangen Sie Auskunft«, sagte de Bodt.

»Sie meinen, ich solle Dumps besten Freund fragen, ob sein Spezi für die Russen spitzelt?«

»Was sonst?«

Der Blick zuckte zu de Bodt. Sie schüttelte den Kopf. Ihr fehlten die Worte angesichts eines Mannes, der verrückt zu werden schien. »Ich möchte, dass Sie sofort nach Washington reisen.« Sie deutete auf den BND, den VS und nach einigem Zögern auf de Bodt. »Aber Sie halten sich zurück. Wir haben genug Stress mit denen. Einen Dritten Weltkrieg brauch ich nicht.«

»Lassen Sie uns noch über die ... strategischen Folgen sprechen«, sagte der Außenminister. »Während Ihr Vorzimmer die Reise unserer Abgesandten vorbereitet.«

»Sprechen Sie«, sagte die Kanzlerin.

»Wir müssen festlegen, wie wir uns gegenüber den Amerikanern verhalten. Und gegenüber den Russen. Das ist eine heikle Lage. Könnte sein, dass Dump in seiner Panik auf den falschen Knopf drückt. Der stärkste Gegenbeweis wäre ein Krieg gegen Russland ...«

»Aber wenn er doch Agent von denen ist«, sagte der Innenminister.

»Aber offensichtlich keine Marionette. Die Sache scheint mir komplizierter zu sein. Was sicher ist: Dump lässt sich nicht einfach so aus dem Amt vertreiben. Wahrscheinlich ist er fest davon überzeugt, dass er kein Agent ist. Sondern seine Arbeit für die Russen die schlaueste Politik aller Zeiten. Seinen Wählern ist das sowieso egal«, sagte de Bodt. »Dem russischen Präsidenten wäre auch ein begrenzter Krieg irgendwo kein zu hoher Preis, um seinen Mann zu halten. Obwohl der Herr in Moskau manchmal verzweifeln dürfte an den Aktionen seines Angestellten in Washington.«

Die Kanzlerin kam aus dem Kopfschütteln nicht mehr heraus. Als es ihr dann doch gelang, fragte sie leise: »Und wenn es gar nicht stimmt?«

»Dann sehen wir alt aus«, sagte der Innenminister. »Es braucht Generationen, um diesen Bockmist vergessen zu machen. Ich verlange, dass wir uns erst mal raushalten. Lassen wir doch den Franzosen den Vortritt ...«

»Und was sagen Sie der Pressemeute?«, fragte der Außenminister.

De Bodt musterte den Innenminister. Der beguckte die Decke. Als erwartete er einen Rat Gottes. Aber der zeigte ihm die kalte Schulter.

»Ich schlage vor, wir halten das offiziell für ein Gerücht. Das die deutsch-amerikanische Freundschaft beschädigen soll. Die Bundesregierung beteiligt sich nicht daran. Sie wird die vertrauensvolle Zusammenarbeit mit unseren amerikanischen Freunden fortsetzen«, sagte de Bodt.

»Vertrauensvolle Zusammenarbeit … Entschuldigung, Frau Bundeskanzlerin … wenn wir das übertreiben, glaubt es doch niemand. Es gibt kein Vertrauen zwischen der Dump-Regierung und uns«, sagte der Innenminister.

»Ich fände das sehr klug, es genauso darzustellen. In der Übertreibung steckt die Wahrheit«, sagte de Bodt.

»Ist das von Hegel?«, fragte der Innenminister.

»Danke, das ist von de Bodt.«

135.

»Und jetzt?« Salinger kaute auf irgendwas herum. Sichtbar war nur ihre schlechte Laune.

»Ich hätte wissen müssen, dass so etwas nicht geheim bleibt«, erwiderte de Bodt. Am Morgen würde er nach Washington fliegen. Mit den Präsidenten von BND und Verfassungsschutz.

Die Tür öffnete sich. Krüger. »Wie machen Sie das bloß, dass die Ihnen jeden Quatsch glauben? Die Medien machen einen Aufstand. Der Pressesprecher hat Sie nicht erreicht.«

Manchmal war es auch nützlich, dass Engel die Neuigkeiten mit Freunden und Verwandten bekakeln musste. Sie würde nach dem Abwurf einer Atombombe auf Berlin weiterplappern, bis ihre Zunge den Strahlentod gestorben wäre.

»Wenn Sie Lust haben, können Sie ja eine PK machen«, sagte de Bodt. Woher wusste der, dass de Bodt den Verdacht als Erster geäußert hatte?

Krüger blickte ihn an. »Das ist doch Unsinn.«

136.

»Und nun?«, fragte Lebranc.

Diesmal war der Geheimdienstonkel in der Präfektur aufgetaucht. Zehn Minuten vor dessen Ankunft hatte Floire sich dazu herabgelassen, Lebranc zu informieren.

Der Onkel setzte sich ungebeten an den Konferenztisch. »Sie müssen uns helfen«, sagte er. »Genauer gesagt, Ihrem Präsidenten.«

»Wie käme ich dazu?« Warum soll ich dem Schnösel den Arsch retten?

»Im schlimmsten Fall erhalten Sie eine Weisung Ihres Präfekten. Die Medien laufen Sturm. Die Journaille weiß, dass Sie de Bodt kennen. Und sie hat mitgekriegt, dass der diese Geschichte vom russischen Spion im Weißen Haus ausgegraben hat.«

»Sie glauben das doch auch. Setzen Sie sich doch aufs Podium.«

»Ah, sonst sind Sie doch immer der Erste, den es dort hinzieht.«

Lebranc blickte ihn an. Dann Floire. Klar. Sie wollten ihn den Löwen zum Fraß vorwerfen. Packten ihn bei der Eitelkeit, wollten ihn vorschieben. Ins Feuer der Hölle.

»Außerdem wollen die Medien wissen, wie es im Fall Millet steht.«

»Das hängt nicht von uns ab.«

»Aber Sie waren doch mit meinem Neffen in Berlin.«

»Zählt man eins und eins zusammen, dann waren das russische Killer. Vom SWR oder was die da sonst so haben.«

»Die Typen vom Anschlag in Salisbury haben die Engländer entlarvt. Die Kirchenfans, die so gern Türklinken mit Gift einschmieren. Und was machen wir?«

»Wir haben es nicht mit GRU-Dummköpfen zu tun, deren Personalkartei man im Darknet kaufen kann«, sagte Floire.

Ach, der war ja auch noch da. Hatte sogar was Sinnvolles gesagt.

»Da hast du einen Punkt. Hast du von deinem Vater geerbt. Meinem Bruder …«

»Ich könnte auf dieser Pressekonferenz nur sagen, dass wir nichts wissen und nichts ausschließen.«

»Das reicht doch schon«, sagte der Onkel.

»Ja, ja«, sagte Lebranc. »Ich soll etwas für möglich halten, dass sich unsere Regierung nicht traut, für möglich zu halten.«

Der Onkel grinste. »Wenn Sie dann noch sagen, dass Sie bei diesem Fall ganz von den deutschen Kollegen abhängen. Die natürlich ihr Bestes geben.« Er blickte Lebranc an. Lächelte. Zwinkerte mit einem Auge.

137.

Sie hatte die Adressen erhalten. Die vom LKA und die private. Ein paar Fotos. Dann hatte sie im Internet gesucht. Er war leicht zu finden. Der Typ gefiel ihr. Sie mochte große, schlanke Männer. Sie hatte sogar zwei Videos gefunden. Pressekonferenzen, wenn man so wollte. Bei der einen hatten ihn Journalisten am Flughafen Tegel abgefangen. Er musste etwas sagen. Ihr gefiel die Stimme. Der Typ war ruhig geblieben, obwohl die Medienleute Druck gemacht hatten. Sie fand auch Berichte über Wedenstein. Der schon wieder saß.

Zielperson liquidieren. Diesmal ohne Zeugen. Bereite dich gründlich vor. Ausführungsbefehl abwarten.

»De Bodt«, flüsterte sie vor sich hin. Sie hatte ihr Phantombild in der Zeitung gefunden. Mit langen schwarzen Haaren. Es hatte sie nicht überrascht. Vorher hatte sie das Hotel gewechselt. Ein mittelprächtiges am Gendarmenmarkt musste nun genügen. Konnte trotzdem sein, dass sich jemand vom *Adlon* an sie erinnerte. Auch bei der Autovermietung am Alexanderplatz mochte jemandem eine hübsche Schwarzhaarige aufgefallen sein. Stark geschminkt. Bis zur Unkenntlichkeit. Jetzt hatte sie nur die Wimpern ein bisschen geschwärzt. Ein schöner Kontrast zu blonden Haaren. Sie trug draußen nun eine modische Brille mit Gläsern, null Dioptrien. Niemand würde sie erkennen. Eng würde es nur, falls sie jemand sah. Wenn sie de Bodt erschoss.

138.

Der BND hatte schwer zugeschlagen beim Rasierwasser. Der Verfassungsschutz müffelte nach Altbaukeller, Paradies für Pilze, Schimmel und Kakerlaken. De Bodt saß in der Business-Class zwischen ihnen. Der BND arbeitete sämtliche Zeitungen durch, die angeboten wurden. Der VS lümmelte sich in den Sessel und schlief ein.

De Bodt tat es dem BND nach. Die Zeitungen überschlugen sich mit Spekulationen. Den einen Kommentatoren war es schon immer klar gewesen, dass Dump ein Russenspion war. Sonst hätten die ihm nicht die Wahlen organisiert, ihn nicht vor der Immobilienpleite gerettet. Ihn nicht vorm Pipivideo bewahrt. Das Ziel: die Zerstörung Amerikas. Dabei sei er schon weit gekommen. Die USA stünden wirtschaftlich am Absturz. Und rissen den Westen mit hinunter. Andere Kommentatoren entdeckten eine Lügenkampagne. In Moskau ausgeheckt. Besonders perfide, den Widersacher zu bezichtigen, ein Agent der eigenen Seite zu sein. Sie verwiesen auf die Biografie des russischen Präsidenten. Einmal Spion, immer Spion. Es war auch die Rede von russischer Paranoia.

Andere Kommentatoren erinnerten an die Angriffe des Militärgeheimdienstes GRU auf ein Atomkraftwerk mit Hunderten von Opfern. Und dass es allein dem Hauptkommissar de Bodt zu verdanken war, dass das Berliner Trinkwasser nicht vergiftet worden sei. *Man kann nur hoffen, dass dieser umsichtige Polizist auch in diesem Fall an den Ermittlungen beteiligt wird.*

»Die mögen Sie«, sagte der BND. Tippte auf die Seite seiner Zeitung.

»Und morgen ist die Hölle ein zu sonniger Verbannungsort für mich.«

»Sie haben's begriffen«, sagte der BND und grinste. »Kann man nur hoffen, dass niemand eine Bombe in dieses Flugzeug geschmuggelt hat. Wäre eigentlich logisch.«

Darüber hatte de Bodt in der Nacht gegrübelt. Wenn die Verbrecher so genau wussten, wer wann in welches Flugzeug steigt …

Aber die Sicherheitsvorkehrungen waren verschärft worden. Überall in der Stadt Kontrollen. Mobile Straßensperren. Tauchten mal hier auf, mal dort. Am Flughafen hatten sie die VIP-Behandlung genossen. Aber die anderen Passagiere begannen bald sich zu beschweren. Leibesvisitationen. Das Handgepäck wurde nicht nur gescannt. Sondern auch geöffnet. Geleert. Koffer auf versteckte Fächer geprüft. Alles wieder eingeräumt. Riesenschlangen. Verspätungen. Genervte Fluggäste.

»Die haben vielleicht einen Maulwurf im BND. Woher hätten die sonst wissen sollen, dass Solms mit besagtem Flugzeug reist«, sagte de Bodt. »Oder sie haben Solms beschattet.«

»Kann sein. Aber vielleicht sitzt der Maulwurf auch im MI5.«

»Die wussten nur, wann er bei denen auftaucht. Vielleicht wollte er vorher ein Geschenk für seine Frau kaufen. Oder hatte einen Dienstttermin.«

»Undichte Stelle oder Beschattung«, sagte der BND.

»Wenn dieser Flieger hochgeht, wäre das immerhin eine Bestätigung, dass es den Maulwurf gibt«, sagte de Bodt.

139.

»Michail Kolokow heißt der Mann. Beziehungsweise hieß er. Mitarbeiter des Militärattachés an der russischen Botschaft in Paris. Also GRU«, sagte Floire. Einen Ausdruck in der Hand. »Die Botschaft hat sich auch gemeldet. Spricht von einer Treibjagd auf russische Bürger in der EU.«

»Ja, die haben die Leichen schön verteilt«, sagte Lebranc. »Spuren?«

»Keine. Nach DNS suchen sie noch. Aber ich bin kein Hellseher, wenn ich einen Fehlschlag voraussage. Was im Umkehrschluss bedeutet, dass die jüngsten Morde und Anschläge alle zusammenhängen.«

»Was Sie so alles wissen«, sagte Lebranc. Natürlich hatte der Mistkerl recht. Kubikmeter von Schallmolekülen entflohen Floires Mund. Darunter ein paar Wahrheitsatome.

»Prüfen Sie die Passagierlisten der letzten Woche. Beide Flughäfen. Holen Sie sich die Verstärkung, die Sie dafür brauchen. Fangen Sie mit den Flügen aus Moskau und Osteuropa an.«

»Nach was suche ich?«

»Nach einem Profikiller. Ziehen Sie Kollegen von der DGSI hinzu. Die haben bestimmt eine schicke Sammlung von Russenspionen. Ich muss jetzt los.«

»Klar, Chef. Viel Erfolg auf der Pressekonferenz.«

Wollen Sie mich verarschen? Fast hätte Lebranc das gefragt.

Auf der Bühne immerhin der Polizeipräfekt. Neben ihm der Pressesprecher. Auf der anderen Seite Lebranc.

»Können Sie etwas zu dem Toten von der Rue Bison sagen, *Monsieur Inspecteur général?*« Ein älterer Mann mit Notizblock.

»Es handelt sich um einen Mitarbeiter der russischen Botschaft. Um Ihrer Frage vorzugreifen: Wir haben bisher keine Spuren.«

Der Mann notierte. Blitzlichtgeflacker.

Der Pressesprecher deutete auf eine Frau neben einer Kamera vom BMFTV. »Sehen Sie einen Zusammenhang mit den Anschlägen und Morden in Berlin und Wien?«

»Nur, dass dort ebenfalls Botschaftsmitarbeiter ermordet wurden. Vor allem russische Diplomaten.«

»Sie meinen also, die Affäre Millet hängt mit dem Mord an Kolokow zusammen?«

»Es gibt keine Affäre Millet. Der Herr Staatssekretär und seine Frau wurden Opfer eines Bombenanschlags auf einen Touristenbus. Wir gehen davon aus, dass sie in Berlin Urlaub gemacht haben.«

»Das glauben Sie doch selbst nicht«, rief von hinten ein junger Mann. »In deutschen Medien wird deutlich über den Zusammenhang zwischen den Morden gesprochen. Die wiederum damit zusammenhängen, dass der amerikanische Präsident ein russischer Agent ist. Die deutschen Medien gehen davon aus, dass Russen Mitwisser beseitigen. Die haben offenbar ein Informationsleck. Und das füllen sie mit Blei …«

Gekicher.

»Da wissen Sie mehr als wir«, sagte der Präfekt. »Wir möchten uns hier nur auf unseren Fall Kolokow konzentrieren. Alles andere ist Spekulation.«

»Es handelt sich um Serienmorde«, rief der junge Mann. »Wie wollen Sie da den Fall Kolokow unabhängig von den anderen Morden behandeln?«

»Es gibt Indizien, die für eine Serie sprechen«, sagte Lebranc. Seitenblick zum Präfekten. »Wir ermitteln in alle Richtungen.«

»Das sagt die Polizei immer, wenn ihr nichts mehr einfällt.«

Zurück im Büro des Präfekten, atmete dieser einmal durch. »Wie können Sie es wagen, mir in aller Öffentlichkeit zu widersprechen?«

»Ich habe Ihnen nicht widersprochen. Nur die Wahrheit …«

»Eine Pressekonferenz ist kein Ort für die Verkündigung von Wahrheiten.«

»Natürlich, Herr Präfekt«, sagte Lebranc leise. Es war sinnlos, mit dem Mann zu streiten. Erstens war der sein Chef, zweitens hatte er deswegen recht, und drittens vertrat der die Interessen der Polizei. Die Wahrheitsfindung stand nicht oben auf der Prioritätenliste. Vielmehr, was er tun konnte, um den Innenminister zu besänftigen, damit dieser den Premierminister besänftigte und der den Präsidenten. »Vielleicht sollte ich den Kollegen de Bodt einladen.«

»Warum?« Scharf. »Können wir unsere Fälle nicht mehr selbst lösen? Brauchen wir die *Boches* dafür?«

»Es sind Serienmorde, unterschiedliche Tatorte … vor allem Berlin …«

»Ja, ja. Das weiß ich doch alles. Das können Sie sehen, wie Sie wollen. Hauptsache, Sie lösen den Fall. Und wenn es geht, schneller als die *Boches.*«

Zurück im Büro. Auf dem Schreibtisch lag ein Ausdruck. Schlagzeile des *Figaro.*

Kommissar Lebranc tappt im Dunkeln

Und so weiter im Artikel. Floire, der Mistkerl, hatte ihm das als Begrüßung serviert. Der Chef ein durchtriebener Deutschenhasser, der Untergebene ein Klugscheißer, der gern provozierte. Über den Fall wusste Lebranc weniger als nichts. Das Einzige, was er wusste: Es war ein Riesenfehler gewesen. Ein Scheißriesenfehler, dass er sich hatte zurücklocken lassen in den Dienst. Er würde diesen Fall aufklären. Gemeinsam mit de Bodt. Und dann abtreten. Mit vollen Bezügen. Und ein paar Orden.

»Floire!«, brüllte er. »Floire!«

140.

Kaum gelandet in Washington, las de Bodt die Nachricht von Yussuf.

Russischer Diplomat in Paris ermordet. Mitarbeiter des Militärattachés.

Er zeigte die Nachricht dem BND. »Ach, du Scheiße«, entfuhr es dem. »Was heißt das?«

»Dass die Operation Dammbruch weitergeht. Auch wenn man es kaum glauben kann. So viele undichte Stellen an verschiedenen Orten. Zu viele, wenn Sie mich fragen.«

Sie standen in der Schlange am Taxistand. Offenbar hatte das FBI keine Zeit, sie abzuholen. »Die empfangen uns nicht gerade wie die Queen«, sagte der Verfassungsschutz.

Im Taxi wechselten sie kein Wort. De Bodt grübelte. Warum dieser Mord in Paris? Was war in Moskau passiert? Hatte es eine Konferenz von Geheimdienstlern gegeben? Auf der einem die Dump-Geschichte rausgerutscht war? Wäre eine Erklärung. Möglich. Doch beschlich ihn ein Gefühl. Das er noch nicht bestimmen konnte.

»Ich kannte Harry Knickerbocker gut. Hoffentlich finden Sie das Schwein, das ihn ermordet hat«, sagte der Special Agent Sunflower. »Wie die Sonnenblume.«

Der andere hieß Smith und bezwang mit aller Kraft seine Freude, die deutschen Kollegen zu begrüßen.

De Bodt trank einen Schluck des dünnen Kaffees, den eine Frau auf den Tisch gestellt hatte. In einer Thermoskanne. Mit Pappbechern. Der Besucherraum sah aus wie eine große Putzkammer ohne Schrubber und Eimer. An der Wand ein altes Werbeplakat für das Federal Bureau of Investigation. Passte gut zu dem Hochbunker, in dem es lag.

»Die mögen uns nicht«, flüsterte der BND. »Wir sind nicht brav. Seit der NSA-Sache gehören wir fast ins Feindeslager.« An Sunflower gewandt: »Wir haben erfahren, dass ein russischer Diplomat in Paris ermordet wurde.«

Sunflower wischte eine krause Locke aus dem Gesicht. Nickte. »Das ist eine Scheißgeschichte.«

»Ist Ihr Präsident ein russischer Agent?«, fragte de Bodt. Wie ein Windstoß. Frisch, am Morgen.

»Wir haben von dieser … bemerkenswerten Theorie gehört«, sagte Smith.

»Haben Sie keine Todesfälle in Washington? Vorzugsweise russische Opfer.«

Die beiden FBI-Männer wechselten einen Blick. Smith nickte. »Zwei.«

»Stand nicht in der Zeitung.«

»Sie wurden in der russischen Botschaft tot aufgefunden und bereits nach Moskau geflogen. Zur Beerdigung. Unser Direktor hat befohlen, die Sache vertraulich zu behandeln. Wir brauchen ein bisschen russische Dankbarkeit.«

»Warum? Haben Sie auch Leichen in Ihrer Moskauer Vertretung?«

»Nein«, sagte Smith.

»Aber wir haben ein gutes Gedächtnis. Wenn wir russische Hilfe brauchen … behalten Sie es für sich. Wir werden es dementieren, falls was durchsickert«, sagte Sunflower.

»Es sickert derzeit aus und in alle Richtungen«, sagte der BND.

Sunflower deutete ein Lächeln an.

»Der Sonderermittler hat keine Beweise für eine Verbindung zwischen Dump und russischen Organen gefunden«, sagte de Bodt. »Jedenfalls hat er nichts darüber veröffentlicht in seinem Bericht und seinen Aussagen dazu. Gibt es etwas, das er nicht veröffentlichen wollte? Weil er glaubte, nicht genug Beweise zu haben? Immerhin hat Dump erklärt, seine Präsidentschaft sei im Arsch, als er von der Einsetzung eines FBI-Sonderermittlers erfuhr. Offenkundig hat sich der Präsident in diesem Punkt geirrt. Es könnte also mehr geben, als im Bericht des Sonderermittlers steht.«

Smith lächelte ihn an. »Wenn der Sonderermittler nichts herausgegeben hat, warum sollten wir es tun?«

»Weil es helfen könnte, eine Serie von Morden und Anschlägen aufzuklären.«

»Sie sollten Ihren Verbündeten schon helfen«, sagte der Verfassungsschutz.

»Unseren Verbündeten helfen wir immer«, sagte Sunflower. »Unseren Verbündeten.« Lächelte.

Der BND schnaubte leise. »Wir sind Ihre Verbündeten.«

»Schön, dass Sie das so sehen. Unser Präsident hat da ... Zweifel.«

»Weil Ihr Präsident vermutlich den Auftrag hat, das westliche Bündnis zu zerstören. Wenn er für Moskau arbeitet.«

»Unser Präsident findet Bündnisse *obsolet*, wenn diese den USA schaden. Wir bezahlen seit Jahrzehnten für Ihre Sicherheit, aber Sie ... Sie wissen es ja. Und ändern nichts.«

»Das ist nicht unser Thema. Und es liegt außerhalb unserer Kompetenz, das zu beurteilen«, sagte de Bodt. »Melden Sie dem Büro des Präsidenten, dass wir Beweise für die Existenz eines Spions im Weißen Haus haben. Eines Spions, der die US-Politik wesentlich bestimmt. Das zum Ersten. Zweitens frage ich mich, seit wann das FBI seine Kernaufgabe, die Spionageabwehr, aufgegeben hat. Sie haben einen Maulwurf im Weißen Haus. Und Sie tun nichts?«

»Wenn einer in dieser Sache gründlich ermittelt hat, dann wir«, sagte Smith. Schob eine schwarze Locke hinters Ohr. »Geben Sie uns die Beweise.«

»Sie würden die benutzen, um Ihren Präsidenten rauszuhauen.

Und warum sollten wir Beweise einem Staat übergeben, der sich nicht als unser Bündnispartner betrachtet?«

BND und VS wurden aschfahl. Schweißtropfen auf der BND-Stirn.

»Vielleicht überlassen wir es unseren Außenministern, diese Fragen zu klären«, sagte der BND. »Wir danken Ihnen für dieses Gespräch.«

Kaum saßen Sie im Taxi zum Hotel, drehte sich der BND vom Beifahrersitz um. Blickte de Bodt an. »Das werden Sie bereuen. Ich werde mich beim Geheimdienstkoordinator im Kanzleramt beschweren und Meldung beim Außenministerium machen.«

De Bodt lächelte ihn an. »Tun Sie das. Vielleicht beschleunigt das die Sache noch.«

141.

»Was du meldest, dient einer Operation, von der wir vielleicht den Schimmer einer Ahnung haben. Oder nicht mal das«, sagte Katt. »Was bedeutet, dass wir in einer Scheiße stecken, die wir nicht sehen, aber schon riechen.« Für ihre Verhältnisse war das so was wie Filibustern.

Merkow nickte. Sie saßen auf dem Gehweg vor einem türkischen Restaurant in Kreuzberg. Kriegten kaum was runter. Nicht, weil die Sonne sie grillte. »Das ist die beschissenste Lage, in der ich jemals gesteckt habe. Wenn Dump unser Mann ist, hat die Mordserie einen Sinn. Da hat de Bodt recht. Ich habe keinen anderen Sinn gefunden. Nichts, das das Bild verändern könnte.«

»Was heißt, dass sie uns opfern werden, wenn es sein muss«, sagte Katt.

»Steht das nicht in unseren Arbeitsverträgen? Zwischen den Zeilen?«

Katt lächelte ihn an. »Nur in deinem.«

»In Wahrheit diskutieren wir über die Grenzen unserer Vorstellungskraft. Und machen den alten Fehler, dass wir für ausgeschlossen halten, was wir uns nicht vorstellen können.«

»Was können wir tun, um die Grenzen zu erweitern?«

»Wir werden ermitteln, und zwar nicht bei den Deutschen. Sondern bei uns. Fangen wir in der Botschaft an.«

»Na, das gibt ein Geschrei.«

»Gern. Der erste Kandidat ist der Stellvertreter des Stellvertreters. Mal sehen, was dem einfällt.«

142.

»Haben Sie mit denen gesprochen?« Lebranc deutete auf die Zeitung vor ihm.

»Wie kommen Sie darauf? Ich verweise alle Anrufer an unsere Pressestelle.«

»Wie können die so was schreiben!«, schnauzte Lebranc.

»Das ist wirklich … ungerecht«, sagte Floire.

»Das ist nicht *ungerecht*, das ist eine Sauerei.«

»Natürlich, Chef. Ich kann Sie gut verstehen.«

Mitleid vom Assistenten. Das hatte Lebranc gerade noch gefehlt. »Rufen Sie die Frau vom Präsidenten an. Wir brauchen einen Termin bei ihrem Mann. Und das gestern. Verstanden?«

»Klar, kein Problem.« Floire verschwand im Vorzimmer.

Dieser Scheißkerl. Diese arrogante Drecksau. Lebranc war berüchtigt dafür, seine Assistenten zu versklaven. Sie kleinzukriegen, bis sie mit dem letzten Atemzug um Versetzung baten. Egal wohin. Nur an Floire prallten alle Versuche ab, ihn in die Schranken zu weisen. Die Lebranc für nassforsche Nachwuchsbullen gezogen hatte.

Floire öffnete die Tür und klopfte. »Jetzt«, sagte er. »Der Präsident ist erpicht darauf, mit uns zu sprechen.« *Erpicht*, *mit uns*. Ein typischer Floire: Verpackte in zehn Wörter fünf Millionen Unverschämtheiten. Man sollte ihm die Zunge herausreißen.

»Meine Frau ist Ihnen unendlich dankbar«, sagte der Präsident, als er Floires Hand schüttelte. »Sie haben ihr das Leben gerettet.«

Lebranc gönnte er einen festen Griff. Um im Training zu bleiben, falls ihm der US-Präsident noch mal über den Weg lief.

Sie setzten sich in Kitschsessel in einem Kitsch-überladenen Saal, dem Arbeitszimmer des Präsidenten im Élysée-Palast. An der Wand Ölschinken. Lebranc konnte mit der royalistischen Pracht der Republik nichts anfangen. Ihn hatte das schon im Kleinformat in der bretonischen Provinz genervt.

Ein livrierter Diener schob mit lässiger Eleganz einen Teewagen an den Besuchertisch. Servierte Kaffee und Tee, Wasser. Kekse.

»Sie glauben also, dass Mister Dump ein russischer Agent ist«, sagte der Präsident. Beugte sich ein Stück vor.

»Es ist möglich«, sagte Floire.

Lebrancs Ellbogen fühlte seine historische Mission, Floires Rippen zu brechen. Der Kommissar hielt den Ellbogen fest. Der würde es gewiss mit schweren psychischen Schäden bezahlen. Der Ellbogen. »Unsere deutschen Kollegen untersuchen diese Mordserie in Berlin. Der Hauptkommissar…«

»De Bodt, so heißt er doch…«

»Genau«, sagte Floire.

»Der Kollege hat… ungewöhnliche Ermittlungsmethoden. Er philosophiert mehr, als den Regeln der Kriminalistik zu folgen. Er glaubt, dass er mit Hegel eine Vorstellung gewonnen hat, die…«

»Der Weltgeist«, sagte der Präsident. »Den kenne ich. Ich habe über Hegel promoviert…«

»Ach ja«, sagte Floire. Als wäre es eine bewundernswerte Neuheit. Dabei hatte es in jeder Zeitung gestanden.

»Ich würde den Herrn de Bodt gern kennenlernen. Die Kanzlerin hat von ihm geschwärmt.«

»Jedenfalls hat de Bodt eine Idee. Wenn Dump russischer Agent ist, passen alle Ereignisse in ein… System. Die Morde lassen sich erklären. Nur, wir haben nicht den geringsten materiellen Beweis für diese These.«

»Was den Herrn de Bodt nicht daran gehindert hat, die These öffentlich zu vertreten. Beziehungsweise sie durchsickern zu lassen. Und was ist mit dem IS?«

»De Bodt glaubt, dass der beteiligt ist. Dass der russische Geheimdienst dem einen Anschlagsplan zugespielt hat. Ihn unterstützt hat. Aber unter falscher Flagge.«

»Das heißt, man gibt sich für jemanden aus, der man nicht ist. Das KGB hat das früher gern praktiziert. Weil viele Leute nicht für Moskau spionieren wollten, hat das KGB so getan, als wäre es die DGSE oder der MI6. De Bodt glaubt, dass die Russen den IS auf ähnliche Weise reingelegt haben.«

»Am Ende entspricht die IS-Sache also alter KGB-Praxis«, sagte der Präsident. Lehnte sich zurück.

Floire nutzte die Millisekunden der Stille. »Die wollen ihren Maulwurf schützen. Um jeden Preis.«

»Halten Sie diese Idee für … realistisch?«, fragte Lebranc den Präsidenten.

»Ich traue dem Kerl in Moskau alles zu. Dem in Washington übrigens auch. Die einzigen Großmachtpolitiker, die noch berechenbar sind, sitzen in Peking. Was sagt es über den Zustand unserer Welt aus, wenn Unterdrücker als Vorbilder gelten?«

»Was sollen wir tun?«, fragte Floire.

»Unterstützen Sie de Bodt. Er hatte bisher recht gehabt. Obwohl es oft nicht danach aussah. Der hat ein *Näschen*, wie man auf Deutsch sagt. Beziehungsweise Hegel.«

143.

»Sie sind durchgeknallt!«, schnauzte Tilly. Der nie schnauzte. Der sich für den besten Chef aller Chefs hielt. Alle Lehrgänge mit Auszeichnung absolviert hatte. Aber jetzt fiel ihm nichts mehr ein. »Sie wollten vorfühlen. Fragen, was das FBI weiß. Stattdessen haben Sie uns abgrundtief blamiert. Sie haben die deutsch-amerikanische Freundschaft beschädigt.«

»Viel zu beschädigen gibt's da nicht.« De Bodt lehnte an der Wand. Mit Sicherheitsabstand zum kriminalrätlichen Gummibaum, der auch erstaunt zu gucken schien. Wahrscheinlich aber brauchte er nur ein paar Tropfen Wasser. Die Sekretärin war in Urlaub. »Haben Sie eine Gießkanne?«

»Eine was…?«

De Bodt ging ins Vorzimmer, fand eine Kaffeekanne. Ging in die Küche. Füllte die Kanne mit Wasser. Kehrte ins Büro zurück und goss den Gummibaum.

Tilly verfolgte es mit aufgerissenen Augen. De Bodt stellte die leere Kanne im Vorzimmer ab. Kehrte zurück ins Büro.

Tillys Mund schnappte zu. Öffnete sich. »Bisher hatten Sie Glück mit Ihren… Alleingängen. Diesmal haben Sie sich zu weit aus dem Fenster gelehnt. Das wird Sie die Karriere kosten. Ich verspreche es Ihnen.«

»Ich würde eine Beförderung zum Kriminalrat vorziehen. *Erster Hauptkommissar*, das ist doch ziemlich sperrig…«

Tilly starrte ihn an. Hätte er seine Dienstwaffe parat gehabt, er hätte de Bodt sofort erschossen. In Notwehr. »Hätten Sie nicht die Kanzlerin… verschwinden Sie aus meinem Büro.«

144.

Yussuf war mies drauf. Der Klassiker. Jasmin bewunderte ihn, weil er mal wieder die Welt rettete. Einsam wie Superman. Aber Superman hatte gerade wenig Zeit. Und Jasmin war nicht Louis Lane. Er hatte mit ihr geschlafen. Das erste Mal überhaupt. Schon deswegen war sie besonders. Aber sie war es vor allem, weil er sie nicht weniger bewunderte. Weil sie ihren Weg machte. Wie es seine Schwester geschafft hatte. Die nach ihrem Unidiplom in den USA sich die Arbeitsplätze aussuchen konnte. Und fröhlich wechselte. Immer höher hinauf. Jasmin studierte an der Humboldt-Universität Kunstgeschichte, Philosophie und Alte Philologie. Sie würde ihm über den Kopf wachsen. Wenn es nicht längst geschehen war. Nun, noch war er Superman.

»Und der Dump ist also Russenspion?«, fragte sie.

»Sieht so aus.«

In den Medien wurde die Geschichte rauf- und runtergejagt. Schlagzeilen, Sondersendungen. Talkrunden mit schlau daherredenden Ahnungslosen. Insofern war es wie immer. Nur auf höherer Ebene.

Sie nahm seine Hand. »Das ist zum Fürchten. Wenn der Typ in Moskau dem Typen in Washington die Befehle gibt, dann gute Nacht. Und unser Sultan hat sich dem Typen in Russland an die Brust geworfen und dem Typen in Washington auch. Was ist, wenn der Typ in Moskau dem Typen in Washington befiehlt, unserem Sultan den Garaus zu machen? Um der Welt vorzuführen, dass er kein Russenspion ist. Weil er des Russenchefs Lieblingsdiktator weggebombt hat. Verstehst du? Wenn die Anschläge in aller Welt begehen, nur um dieses Arschloch in Washington zu schützen. Was passiert eigentlich, wenn die in Washington Dump tatsächlich wegjagen? Ruft der Typ dann das Vierte Reich aus?«

Sie war verdammt schlau. Begriff den Mist bis zum letzten Strohhalm. Manchmal kam er sich klein und dumm vor. Kam dieses Gefühl wieder. Vom dummen Türken, der in der Grundschule nichts gerafft hatte. Weil die Eltern nur Türkisch zu Hause gesprochen hatten. Der keine deutschen Freunde gefunden hatte. Und die *Kartoffeln* deshalb Scheiße fand. Bis sich ein Lehrer um ihn kümmerte. Tatsächlich behauptete, dass Yussuf viel zu intelligent sei für die Hauptschule. Er packte ihn beim Ehrgeiz. Zeig's den *Kartoffeln*. Er hatte es ihnen gezeigt. Und der Spott verstummte. Er war der beste Schüler seines Jahrgangs, auch in Sport. Er kickte besser als der Rest der Bande zusammen. Vielleicht hätte er Profifußballer werden können. Aber es reizte ihn nicht. Er wurde Schiedsrichter. Und Polizist. Weil er fand, dass er allen beweisen musste, dass er, der Türke, es im härtesten Beruf schaffte. Und er schaffte es. Gehörte bei allen Lehrgängen zu den Besten. Zum Dank saß er auf dem Schleudersitz.

»Ihr habt so was wie eine … Bunkermentalität … folgt eurem Chef in den Untergang«, sagte Jasmin.

»Netter Vergleich. Ich wusste gar nicht, dass der Führer seine Untertanen mit Hegel gequält hat.«

145.

Erika versuchte ihre Nervosität zu zähmen. Sie hasste es zu warten. Ungewissheit war ihr Feind. Das Phantombild war nicht schlecht. Es reichte aber nicht, sie zu fassen. Und trotzdem war es ein blödes Gefühl. Sie hatten längst den Mietwagenverleih gefunden. Sie hatten zweifellos das Auto untersucht und etwas gefunden. Fingerabdrücke, ein Haar. Ohne Vergleichsprobe half es nicht. Aber sie rückten ihr näher. Sie wollte den nächsten Auftrag schnell erledigen und dann abtauchen. Sie fühlte sich stark. Wusste aber, dass niemand diesen Stress ewig aushielt. Irgendwann machten sogar die Besten Fehler. Der Chef würde sie bezahlen und ihr vorschlagen, wie sie auf komfortabelste Art unsichtbar werden könnte. So, wie er es immer machte. Neue Papiere. Neuer Lebenslauf. Das gehörte zum Service. Darauf verließ sie sich.

Sie hatte gerade gefrühstückt und las den *Tagesspiegel*. Der nur ein Thema kannte. Dass der Westen aufgeschmissen war mit dem Maulwurf in den USA. Der schon weit gekommen war mit der Zerstörung von Nato und EU. Dafür durfte er Russland mit Sanktionen bestrafen. Und auch sonst wild um sich schlagen. Eine Wirtschaftskrise würde zuerst die reichen Länder des Westens treffen, die sich noch nicht von der Finanzkrise erholt hatten. Natürlich würde sie auch die Russen erwischen. Aber das scherte den Präsidenten in Moskau nicht. Ihm würde es nicht schlechter gehen. Und sein Volk war opferbereit. Nicht umsonst zeigten sie im Fernsehen und Kino so gern Durchhaltefilme über den *Großen Vaterländischen Krieg*. Was die Sowjetunion nicht geschafft hatte, würde das neue Russland erreichen. Die Sowjetunion war im Wettbewerb der Systeme untergegangen. Russland holte zum Gegenschlag aus. Um den Feind zu vernichten. Von innen heraus. Wie einen Apfel, der einen rosarot anstrahlte, aber im Kerngehäuse faulte. Eines hatten sie schon geschafft. Die hatten Angst. In Paris und Berlin. Die Zerstörungsarbeit wirkte auch an den Rändern. Wo Russland europafeindliche Parteien finanzierte. Die gar nicht rechtsextrem genug sein konnten. Ein paar Millionen. Eine kleine Investition mit ungeheuren Erfolgen. In Italien, Österreich, Ungarn, Tschechien und auf dem Balkan.

Sie öffnete eher gelangweilt das Postfach und fand die Nachricht.

Sofort.

Sie löschte die Botschaft. Und lächelte. Der Urlaub winkte.

146.

»Ich bin der neue Botschafter, provisorisch, bis der Nachfolger kommt«, sagte Wassiljew. »Ich werde mich nicht akkreditieren. Lohnt sich nicht.«

»Sie sind ein mutiger Mann«, sagte Merkow. Klar. Wassiljew hieß nicht Wassiljew. Er war Offizier des russischen Auslandsnachrichtendienstes SWR. Sollte wohl ermitteln. Auf jeden Fall die Stellung halten. Nach Jasenowo berichten.

»Wir leben in schwieriger Zeit. Aber wir geben es den Amis richtig. Die sind schön beschäftigt.«

»Glauben Sie also auch an einen Zusammenhang zwischen den Mordanschlägen und dem angeblichen Maulwurf in Washington?«

»Es ist zwar geheim. Aber wir sind unter uns. Es gibt diesen Zusammenhang. Die Westmedien spekulieren, aber sie sind der Sache auf der Spur.«

Merkow blickte den Mann an. Zwischen nachdenklich und fassungslos. Der erzählte das einfach so. Etwas, das für den Dritten Weltkrieg reichte.

147.

»Passen Sie gut auf sich auf«, sagte Merkow.

»Wissen Sie mehr?«, fragte de Bodt.

»Ich weiß, dass Sie sich in Washington neue Freunde gemacht haben.«

»Was Sie so glauben. Als hätten Sie mit am Tisch gesessen.«

»Unterstellen wir, Dump ist unser Mann. Was geschieht als Nächstes?«

»Sie versuchen ihn zu halten. Um jeden Preis.«

»Solange die Amerikaner mehrheitlich zufrieden sind mit Dump, was soll schon passieren?«

»Außer einem Bürgerkrieg. Oder schlimmer.«

»Klar. Sie unterstellen uns ja, dass wir die USA und den traurigen Rest des Westens vernichten wollen. Da wäre ein Bürgerkrieg nicht übel.«

»Sie sind ja ein noch üblerer Zyniker, als ich gefürchtet hatte.«

»Das gehört bei uns zur Ausbildung. De Bodt, Sie wollen den Dritten Weltkrieg nicht, ich will den auch nicht.«

»Ich übrigens auch nicht«, sagte Katt.

»Sie meutern. Na so was«, sagte de Bodt.

»Wir haben aus irgendeinem Grund Lust, diese Scheiße zu überleben. Wenn's hart auf hart kommt, gehören wir zu den Ersten, die dran glauben müssen. Entweder bringen Ihre Leute uns um. Oder unsere. Weil wir zu viel wissen.«

»Wie im Wilden Westen«, sagte de Bodt.

»Oder im wilden Osten.« Merkow blickte sich im Büro um. »Hier hört uns doch keiner ab, oder?«

»Das müssten Sie am besten wissen.«

Salinger lachte.

»Unsere Regierung will am Ende ihre Hände in Unschuld waschen. Wenn Ihre Theorie stimmt, muss sie Katt und mich ausschalten. Wie sie so viele Kollegen hat umbringen lassen.«

»Die Erleuchtung kommt spät, aber immerhin«, sagte Salinger.

De Bodt ließ sich die Überraschung nicht anmerken. Merkow packte aus, als erzählte er vom letzten Barbesuch. Offenbar hatte er begriffen, worum es ging.

»Ich habe mit unserem neuen … Gesandten gesprochen«, sagte Merkow. »Der hat Klartext gesprochen. Als wollte er, dass die Sache weiter angeheizt wird. Die Gerüchte« – hob den Daumen – »oder Theorien treffen härter als Bomben. Aber das reicht denen noch nicht. Meine Regierung schlingert daheim auf Glatteis. Die Leute sind unzufrieden. Die Wirtschaft säuft ab. Es gibt überall Demonstrationen, Streiks. Die Inflation explodiert. Die glauben, die kriegen die Lage wieder in den Griff, wenn sie den Hauptfeind schlagen, ohne Krieg zu führen. Wie bei der Besetzung der Krim. Wenn die Gerüchte zur Gewissheit werden? Was glauben Sie, was dann los ist? Krieg gegen China? Um abzulenken. Oder gegen Venezuela, weil es nicht so teuer wäre?«

»Was mich erstaunt: Ihre Regierung hat offenbar keine Sorge, erwischt zu werden«, sagte de Bodt.

»Russland ist schon so lang der Paria der Weltpolitik. Unser Ansehen ist im Eimer. Wir sind am Boden, tiefer geht es nicht«, sagte Merkow. »Der Westen wollte uns erniedrigen. Er hat es erreicht. Aber die Folgen übersehen. Man kann ein Land wie Russland nicht demütigen, ohne dass es zurückschlägt.«

De Bodt winkte ab. »Das interessiert mich nicht. Wir haben Kriminalfälle, die in Wahrheit nur ein Fall sind. Wenn Ihre Regierung einfach aufhören würde mit diesen Attacken. Das geht ja schon eine Weile. Ich muss Ihnen nicht aufzählen, was geschehen ist.«

»Nein, müssen Sie nicht.«

»Dann helfen Sie uns doch, dass der Wahnsinn aufhört.«

»Wann hört er auf?«

»Wenn Dump abtritt, nehme ich an. Überzeugen Sie ihn. Suchen Sie sich eine schöne Begründung zur Gesichtswahrung aus. Krankheit, der Kandidat hat keine Lust mehr und zieht sich schmollend zurück, um den Rest des Lebens Cola zu trinken, *Fox News* zu glotzen und Dummheiten zu twittern. Oder er macht eine Ausbildung auf dem zweiten Bildungsweg und wird Evangelist. Da wäre er ganz dicht bei Gott.«

148.

Der Chef las sorgfältig. Er hatte zwar nie Zeit. Die Ereignisse galoppierten. Würde er etwas übersehen, kostete es aber mehr Zeit. Der Bericht stammte von einem hochrangigen Mitarbeiter des Sicherheitsdienstes, Konstantin Merkow. Der Chef hatte ihn mal gesehen, bei einem Empfang. Als Merkow neben dem Präsidenten stand und mit dem tuschelte. Der Präsident lachte. Merkow war sein Leibwächter gewesen, dann aber rasch befördert worden. Sondereinsätze. Zusammen mit Katt, dem Mysterium der russischen Geheimdienstszene. Ein erstaunliches Paar. Offensichtlich erfolgreich. Sonst würde sie der Sicherheitsdienst nicht ins Ausland schicken. Merkows Bericht an den Direktor des Sicherheitsdienstes bewies, dass die Aktion lief wie gewünscht.

Auch aus Washington gab es derzeit nur beruhigende Nachrichten. Frida hatte sich abgeregt. Meldete, dass Iwan immer nervöser werde. Dass er von Moskau verlange zu erklären, er sei kein russischer Spion.

An dieser Stelle hatte der Chef gelacht. Klar, sie könnten erklären, dass Iwan nicht für Moskau spioniere. Dass er nicht der gefährlichste Maulwurf der Geschichte sei. Das wäre das Dümmste, was sie tun konnten. Danach könnte Iwan sich die Kugel geben. Er war wirklich strohdumm. Wer hatte dem Idioten eigentlich diesen bescheuerten Decknamen gegeben?

Merkow beschrieb auch, dass dieser Kommissar de Bodt als Erster auf die Sache gestoßen war. Derselbe, welcher den Kollegen von der GRU die Aktion vermasselt hatte. Dem Moskau verdankte, dass es weltweit an den Pranger gestellt wurde. Natürlich war die GRU-Operation hirnrissig gewesen. Aber in der Not hielt man zusammen. Die Regierung hatte sich entschuldigt. Ein paar Offiziere waren versetzt worden. Den beiden Leitern hatten sie den Prozess gemacht. Um ihnen nach der Verurteilung zu lebenslänglich neue Namen zu geben. Und neue Jobs. Russland war groß. Es war nicht schwer, Menschen zu verstecken.

Dass er die Ereignisse zu einem Bild zusammengedacht hatte. Dieser Polizist war erstaunlich. Beziehungen zur Kanzlerin. Sonderrechte, die man ihm nicht gab. Die er sich aber nahm. Was so lange gut ging, bis er sich einmal verrannte. Der Mann hatte sich Feinde gemacht. Sie warteten darauf, dass er eine Ermittlung vermasselte. Um ihn dann zu köpfen. Wenn einer den Fall durchschaue, dann de Bodt. Wenn Merkow nur wüsste. Der Chef lächelte in sich hinein. Sie waren nicht mal bei der Halbzeitpause des Spiels angekommen. In der zweiten würde ihnen Merkow auch helfen. Aber de Bodt hatte schon vorher einen großen Auftritt. Er wusste es nur noch nicht. Es würde ihm nicht gefallen.

149.

Erika fühlte sich in den neuen Klamotten gut. Sportlich. Sie war jung genug für Jeans, Turnschuhe und T-Shirt. Und sie musste nicht mehr warten.

Sie hatte Fotos, die Privatanschrift. Stationen, die er oft aufsuchte. Darunter das *Café Eliza* in der Sorauer Straße in Kreuzberg. Ein Foto seiner Kollegin, verdammt hübsch. Sie hatte schon mit schlechteren Infos arbeiten müssen. Ein Kinderspiel.

150.

Uhlenhorst tauchte im Büro auf.

»Was Neues? Habt ihr etwa eine Spur?«, fragte Yussuf.

»Natürlich nicht.«

»Wie schön, dass du uns besuchst«, sagte Salinger.

»Chef im Haus?«

»Keine Ahnung«, sagte Salinger.

»Ich hab in der Nacht kaum geschlafen. Eugen ist in Gefahr. Die Russen wollen ihn vermutlich umbringen. Die kennen ihn spätestens seit der GRU-Aktion und wissen, dass er ihnen gefährlich werden wird. Außerdem dürften Merkow & Co. feinsäuberlich nach Hause berichten.«

Salinger nickte. Diesen Gedanken trug sie seit der GRU-Scheiße mit sich herum. Sie wollten sich rächen. Er hatte ihnen die Aktion vermasselt. Praktisch im Alleingang. Er hatte einen Schluss gezogen, den niemand anderer gezogen hätte. Hätte ziehen können. Er hatte in der Gefängnisbibliothek in Moabit einen Fall gelöst. Weil sich dort die einzige Spur fand. Wobei *Spur* schon zu viel gesagt war.

»Wenn die Russen auch hinter dieser Sache stecken, kannst du davon ausgehen, dass es ihnen auf eine Leiche mehr oder weniger nicht ankommt.«

»Ja«, sagte Yussuf. »Auf diesen genialen Gedanken bin ich schon länger gekommen.«

»Die Kumpel?«, fragte Salinger.

Yussuf nickte.

151.

Kreuzberg. Erika hatte die Haustür im Blick. Sie wartete. Beobachtete. Sie nahm sich Zeit. Bereitete sich vor. Sie wollte überleben. Ihre Blicke verfolgten eine alte Frau mit Einkaufsrolli. Ein junger Mann eilte irgendwohin, die Tasche am Riemen über der Schulter. Das Hemd schweißnass.

Eine Weile schon hatte sie einen aufgemotzten Dreier BMW im Blick. Der stand auf der anderen Straßenseite, direkt neben der Haustür. Aus dem Auspuff feine Wölkchen, die Fenster geschlossen. Die hinteren waren getönt. Sie konnte nicht erkennen, wie viele darin saßen.

Im Rückspiegel sah sie einen Golf. Breitreifen. Ein Mann am Steuer. Merkwürdige Verzierung auf der Motorhaube. Er blieb neben dem BMW stehen. Die Seitenfenster öffneten sich. Im BMW saß wohl nur einer. Jedenfalls beugte der sich zum Fenster auf der Beifahrerseite. Der Golffahrer winkte. Der BMW rollte weg. Hupte einmal und verschwand. Auf den Parkplatz stellte sich der Golf.

Wer waren die? Warum überwachten sie das Haus? Das jedenfalls war der Anschein. Sie musste damit rechnen. Beschützten sie de Bodt? Aber das waren keine Profis. Dilettanten. Deren Minderwertigkeitskomplex sich in ihren Autos ausdrückte. Erika überlegte. Sie konnte den Mann im Golf leicht ausschalten. Dennoch war es riskant. Fußgänger, Radfahrer, Autos. Wenn die Typen das Haus vierundzwanzig Stunden am Tag bewachten, sah es trüb aus mit ihrem Plan. Es wäre so einfach gewesen. In die Wohnung eindringen. Und warten, bis er kam.

Sie musste sich was Besseres einfallen lassen. Oder?

Sie grübelte. Wenn sie einfach ins Haus ging? Als wäre sie eine Bewohnerin.

152.

»Warum hat er mir das erzählt?«, fragte Merkow. »Die halten doch sonst alles geheim. Einschließlich des Backrezepts ihrer Großmutter. Ist der nicht bei Trost? Oder ist es Absicht?« Merkow flüsterte. Der Fernseher lief laut. Dump hoch und runter. Der natürlich alles als *Fake News* zurückwies. Die sehr, sehr bösen Medien. Die ihm, der Amerika wieder groß gemacht hatte, nur Übles wollten. Eine Verschwörung linker Umstürzler. Die Amerikas Ehre in den Schmutz zogen. Auf allen Kanälen, immer das Gleiche.

»Die schicken keinen Blödmann. Gerade jetzt nicht«, sagte Katt leise. Sie lagen im Bett. Auf der Seite, Mund an Ohr.

»Der will, dass ich das weitererzähle. Die wissen, dass ich mit de Bodt klarkomme.«

»Ja, aber warum? Inzwischen glaubt doch jeder, dass Dump unser Mann ist. Und dass unsere Leute ein Blutbad angerichtet haben, um ihn zu schützen. Weil es irgendwo ein Leck gab. Das vielleicht von einem Überläufer ausgeht. Wäre der Klassiker. Dem Überläufer folgt das Gemetzel.«

»Nein, ich habe nichts gehört von einem Verräter. Warum gibt dieser Wassiljew das einfach zu?«

»Du wiederholst dich.«

»Ja, ja.« Merkow kratzte sich am Knie. »Ob die uns verheizen wollen?«

153.

»Ich mach auch Mittag«, sagte Salinger. »Du passt schön brav auf die Jungs auf.«

»Ihr feiert eine Orgie, und ich muss schuften. Moderne Sklaverei.«

»Jedem nach seinen Fähigkeiten«, sagte Salinger. »Die einen kleben mit dem Hintern am Stuhl, die anderen arbeiten mit dem Kopf. Den man überallhin mitnehmen kann. Tschüss, bis nachher.«

Der Kugelschreiber zerschellte am Türrahmen.

Im *Nest* saßen ein paar Touristen draußen auf Bänken und Stühlen. Sie waren schon mittags superfröhlich. Sangen und schrien. Die Bezopfte lehnte drinnen am Tresen und tippte sich an den Kopf. »Immerhin lassen sie Kohle da.«

Im großen Gastraum saß niemand. In der hinteren Ecke setzten sie sich am langen Tisch gegenüber.

Sie blickte auf ihr Telefon. »Nichts. Luft ist rein.«

De Bodt nickte. Alis Freunde passten auf. Aber ihm war klar, dass die Täter es auf ihn abgesehen hatten. Wer immer diesen Wahnsinn zu verantworten hatte. Spätestens seit der Reise nach Washington. »Moskau ist pleite. Die Wirtschaft ruiniert. Dazu ein Irrsinns-Rüstungshaushalt. Und immer mehr Leute, die den lupenreinen Demokraten nicht mehr aushalten. Das mag eine Erklärung dafür sein, warum die wild um sich schlagen.«

»Vielleicht glauben sie, dass ihnen das Gerücht mehr hilft als der Spion. Zumal wenn es sich um einen wie Dump handelt. Ich würde den auch nicht gern führen. Hält sich für den Größten, begreift einfachste Zusammenhänge nicht. Die haben nicht nur Freude an diesem stabilen Genie. Jede Wette«, sagte Salinger.

»Der Coup, wenn es denn stimmt, ist Spitze. Die haben es geschafft, ihrem Feind einen neuen Anführer zu servieren. Den verteidigen sie mit allen Mitteln. Aber irgendwas klemmt. Ich habe letzte Nacht nicht viel geschlafen. Bei Aristoteles habe ich gefunden: ›Bei den Widerlegungen, die sich auf ein Nebensächliches stützen, geschieht die Täuschung, wenn der Gegner nicht unterscheidet, was dasselbe und was verschieden ist, und was Eines und was Vieles ist, und dass nicht alles das, was den von einem Gegenstande ausgesagten Beschaffenheiten zukommt, auch dem Gegenstande selbst zukommt.‹«

»Freut mich, dass du Zeit findest fürs Auswendiglernen. Du solltest nur hin und wieder ein paar Gedichte einstreuen. Fände ich unterhaltsamer«, sagte Salinger. »Wie sagt der: dass nicht alles …?«

»… was den von einem Gegenstand ausgesagten Beschaffenheiten zukommt, auch dem Gegenstand selbst zukommt«, ergänzte de Bodt. »Mir hilft das Lesen solcher Texte. Sie ziehen einen weg von den ausgetrampelten Pfaden. Gerade, wenn der Gegner mit allen Wassern gewaschen ist. Vielleicht sitzen wir gerade einem Verwirrspiel auf. Rennen in die Falle, die der Gegner uns gestellt hat. Glaubst du, dass es so viele Mitwisser geben kann, wenn ein Leck entsteht?«

»Ist möglich. Wenn die Opfer sich bei Konferenzen getroffen haben. Zum Beispiel. Oder bei irgendwelchen Geheimdiensttreffen. Und die Sache dort rumgegangen ist.«

»Stimmt. Ich werde Merkow fragen.« Verließ das Lokal. Ging auf Abstand zu den Touristen. Die inzwischen neue Höhen der Sangeskunst erforschten. Merkow nahm gleich ab.

»Könnten die Opfer vor Kurzem zusammengetroffen sein? Konferenzen, Treffen, Reisen und so weiter? Wir wundern uns gerade über die Größe des Lecks.«

Merkow stutzte. »Ich werde es herausfinden und melde mich. Manchmal übersieht man die einfachsten Dinge.«

Zurück am Tisch, standen darauf grüner Tee, dritter Aufguss, und ein Glas Apfelsaftschorle. Salinger prostete ihm zu.

»Essen kommt gleich«, rief die Bezopfte.

»Merkow prüft das«, sagte de Bodt. Goss Tee in die Tasse.

»Seine Rolle in diesem Verwirrspiel ist mir völlig unklar. Du musst damit rechnen, dass er uns ausforscht.«

»Das ist seine Aufgabe. Ich finde das nützlich. Gerade in diesem Fall. Ich werde ihm allerdings nicht verraten, dass wir ein paar Zweifel an der Sache haben.«

»Wir?«

»Klar, oder?«

154.

Ein UPS-Transporter verdeckte den Golf. Der Fahrer stieg aus. Ging zur Hecktür. Öffnete sie.

Erika verließ das Auto. Eilte zum Trottoir. Umkurvte den Transporter hinten. Verfiel ins Schlendern. Kramte in der Handtasche.

Der UPS-Bote klingelte. Wartete. Klingelte woanders. Erika hörte den Türöffner. Schloss die Handtasche und betrat hinter dem Lieferanten den Hausflur.

»Danke, ich hätte den Schlüssel noch ewig gesucht.«

»Nichts zu danken. Meiner Freundin geht's auch immer so. Je größer die Handtasche, desto größer das Chaos.« Lachte fröhlich.

Erika sah das Türschild. Selbstklebendes Etikett mit Großbuchstaben:

DE BODT

Sie kramte wieder. Der Bote sprang die Treppe hinunter. »Da kann ich dir aber nicht helfen.«

»Klar. Werd ihn schon noch finden. Vielen Dank und schönen Tag!«

»Dir auch.«

155.

Immerhin. Er hatte freie Hand. Kein Polizeipräfekt würde es wagen, ihm reinzureden.

»Kennen Sie die *Blues Brothers*?«, fragte Floire.

»Wen?«

»Den Film. Die beiden Hauptfiguren erklären bei jeder Gelegenheit, sie seien im Auftrag des Herrn unterwegs. Wie wir jetzt. Beim Präsidenten haben wir immerhin die Gewissheit, dass es ihn wirklich gibt.«

Was dieser Idiot so vor sich hin plapperte. Es drohte der Dritte Weltkrieg, und der Typ schwätzte von abseitigen Filmen. »Wir fahren nach Berlin. Im Auto. Packen Sie ein, was kracht und rumst. Und ein paar Flaschen Hermitage-Wein.« Ein Geschenk für Waltraud. Das ihn von dem Fusel befreite, den sie für Wein hielt.

156.

»Jawohl«, sagte der Chef. Er saß im Büro des Ministers. Der ihn ausgefragt hatte. Die Operation lief wie vorgesehen. Chaos in der Ordnung. Ordnung durch Chaos. Wie man es drehte. Dieser de Bodt würde von Dialektik reden. So oder so, sie wurden besser. Den Feind täuschen. Angreifen, wo er es nicht erwartete. Angreifen, wie er es nicht erwartete. Angreifen, ohne das Ziel des Angriffs zu enthüllen. Sie spielten um gewaltige Einsätze. Aber sie wussten, wie man es spielen musste. Der Minister hatte fast ehrfurchtsvoll geschwiegen nach dem Bericht des Chefs.

»Das wächst euch nicht über den Kopf?«, hatte er gefragt.

»Das soll der Feind gern glauben.«

Der Minister lächelte. Die Miene in seinem Professorengesicht glättete sich gleich. »Das hat mit Spionage nicht mehr viel zu tun.«

»Doch, es ist die Kunst der Spionage. Wenn Sie mir diese Unbescheidenheit erlauben.«

Der Minister nickte. »Sie wissen aber schon, dass ich nichts darüber weiß.«

»Natürlich. Wenn wir scheitern, bezahlen wir die Schulden. Also ich.«

157.

De Bodt hatte lang im Büro gesessen und kaum etwas gesagt. Dann: »Die verscheißern uns«, sagte er. »Kein Dammbruch kann diese Mordwelle noch erklären. Am Anfang sah es einfach aus. Ursache und Wirkung. Könnte doch sein, dass die Täter uns diesen Eindruck vor die Schnauze gehalten haben. Wie dem Hund sein Leckerli.«

»Ach, du lieber Hegel«, sagte Salinger.

Er nickte. »Irgendwas stimmt da nicht.«

»Aha, und was?«

De Bodt hob die Arme. »Feierabend.«

»Schön«, sagte Yussuf.

»Warst du fleißig heute? Darfst du schon nach Hause?«, fragte Salinger.

Alles in völkerrechtlich korrekter Reihenfolge: Erst der Mittelfinger als Kriegserklärung, dann das Radiergummi. Hohe V0, flache Flugbahn, großer Treffbereich. Treffer auf Salingers Kopf. Sie schlug sich mit der Hand an die Stirn, sackte im Stuhl zusammen. Und hauchte: »Ein neuer Fall, Herr Kommissar.« Schloss die Augen.

»Es geht doch nichts über klare Verhältnisse. Nachdem diese Plage ausgelöscht ist, können wir endlich in Ruhe arbeiten«, sagte Yussuf.

De Bodt erhob sich von seinem Stuhl neben der Tür. Nahm seine Aktentasche vom Schreibtisch.

»Wir begleiten dich«, sagte Salinger.

»Ich dachte, der hat dich erschossen.«

»Ich habe noch ein paar Reserveleben.«

»Ich bin aber schon erwachsen. Im Gegensatz zu euch«, sagte de Bodt.

»Klar, Opi«, erwiderte Yussuf. »Wir fahren dich nach Hause. Nicht dass die böse Killertante dich erwischt.«

»Wir wissen doch gar nicht, ob diese Dame auf ihn angesetzt wurde«, sagte Salinger.

158.

Erika brauchte eine Weile, um das Schloss zu knacken. Sie öffnete die Tür. Betrat den Flur. Schloss die Tür. Fand ein Schlüsselbrett und einen Wohnungstürschlüssel. Steckte ihn ins Schloss und drehte ihn um. Hängte ihn ans Brett. Am größten war das Wohnzimmer. Schlicht eingerichtet. Bücherregale an der Wand. Ein kleiner Flachbildschirm. Musikanlage, CDs. Eine Sitzgarnitur aus Leder und Stahl. Ein alter Holztisch. Die Küche war aufgeräumt. In der Spüle eine Tasse. Daneben zwei Kannen mit Sieb. Ein Wasserkocher, neueres Modell. Mit vorwählbarer Temperatur. Wasserfilter. In den Schränken Teller, Tassen, Gläser. In den Schubladen Besteck. Nichts Wertvolles und wenig. Das Bad klein und sauber. Das Schlafzimmer winzig, mit Regal und Radio. Auf dem Nachttisch Lukrez, darunter Hegels *Wissenschaft der Logik*.

Keine Bilder an der Wand. Nirgendwo.

Sie setzte sich auf einen Stuhl in der Küche und wartete. Die Pistole auf dem Tisch. Den Hahn gespannt. Den Schalldämpfer aufgeschraubt.

159.

Der General hob die Brauen. Sagte nichts. Hörte zu.

»Wir müssen herausfinden, was die Opfer miteinander verbindet. Es hat in unserer Geschichte einige Lecks gegeben«, sagte Merkow. »Meist durch eigene Dummheit. So, wie die GRU die Genossen der *Roten Kapelle* dem Feind ausgeliefert hat. Wie die gleiche Anstalt großmäuliger Idioten sich beim Mordanschlag in Salisbury blamiert hat. Wie sie sich beim Anschlag auf die Berliner Trinkwasserversorgung der Lächerlichkeit preisgegeben hat. Warum machen wir diesen Laden nicht einfach zu? Die richten mehr Schaden an, als sie jemals nutzen könnten.«

»Du weißt, wie das ist, Konstantin. Die Armee ist ein Machtfaktor. Der Präsident braucht sie. Sie ist der Stabilisator unseres Landes. Das Volk liebt sie seit dem Krieg. Unsere Größe beruht nicht auf Puschkin oder Pussy Riot, sondern auf der Stärke unserer Waffen. Unsere Armee lässt sich die GRU nicht wegnehmen. Das hat Jelzin nicht geschafft, das schafft auch unser Präsident nicht. Sogar wenn er es wollte. Ich kann dir aber versichern, dass die GRU mit diesen ... Sachen nichts zu tun hat. Die sortieren sich immer noch nach der Niederlage.«

»Die Deutschen ... de Bodt geht davon aus, dass einer unserer Dienste hinter der Serie steckt.«

Der General drehte den Kopf. Bedächtig, Genickgymnastik. Blickte Katt an. Blickte Merkow an. »Unsere Aufgabe ist es, unseren Staat zu schützen. Auch in schlechten Zeiten. Versteht ihr das?«

Merkow zuckte die Achseln. »Sagen Sie mir, was die Opfer verbindet. Haben die sich getroffen? Bei einer Konferenz? Woanders?« Er musterte den General. Fühlte sich bedrückt.

»Dein Auftrag besteht nicht darin, den Fall zu untersuchen. Oder *die* Fälle. Dein Auftrag besteht darin, die Ermittlungen der Deutschen zu beobachten. Und uns zu berichten. Natürlich könnt ihr so tun, als würdet ihr ermitteln. Wenn es hilft herauszufinden, was die Deutschen tun. Beziehungsweise dieser de Bodt. Du schätzt ihn, fürchte ich.«

»Ein interessanter ... Zeitgenosse. Und ein erfolgreicher.«

»Er hat uns und den Amerikanern einen Haufen Ärger eingehandelt. Ich hätte nicht gedacht, dass ein einziger Polizist dazu imstande ist.«

»Er genießt den Schutz der Kanzlerin.«

»Das erklärt das Problem zum Teil. Ich frage mich immer, wie ein Polizist solche Fälle lösen kann. Ohne jede Spur.«

»Er hat dich geduzt«, sagte Katt. Im Wartesaal des Flughafens.

»Das macht er manchmal. Wenn es ernst wird.«

»Du bist nicht zufrieden?«

»Ich würde gern wissen, was die veranstalten. Jetzt glaubt jeder, dass Dump unser Spion in Washington ist. Guck …!« Er zeigte auf den großen Monitor. »Die Kurse im freien Fall. Davon haben wir doch nichts.«

»Das gehört vielleicht zum Preis.«

»Wofür?«

»Für die Zerstörung der USA. Was wäre das für ein Triumph!«

160.

Sie fuhren durch bis Berlin. Pausen nur fürs Tanken. Kurz nach der Grenze ein Kaffee und Sandwiches. Floire am Steuer. Er brachte Lebranc zur Pension in Kreuzberg. Trug sein Gepäck hinein.

»Was machen wir jetzt?«

»Wir warten.«

»Worauf?«

»Auf den Weltuntergang.«

161.

Yussuf klopfte an die Fahrertür des Golfs. Die Scheibe senkte sich. »Alles clean?«

»Alles clean«, sagte der Fahrer. Startete den Motor und fuhr weg.

»Gut«, sagte Yussuf. »Ich hab jetzt noch einen Termin.«

»Jasmin ist kein Termin, sondern ein Rendezvous. Aber das lernst du auch noch.«

»Von solchen Sachen hast du noch weniger Ahnung.« Boxte sie an die Schulter und marschierte los. Pfeifend. Winkte, ohne sich umzudrehen.

»Spendierst du mir noch einen grünen Tee, siebter Aufguss? Nachdem du mich zuletzt schnöde rausgeschmissen hast.« Lehnte ihren Kopf an seine Schulter.

»Man kann Leute nur rausschmeißen, wenn sie drin sind.«

»Korinthenkacker. Du weißt genau, was ich meine.«

»Komm. Siebter Aufguss, dann schmeiß ich dich raus.«

»Mal sehen.«

De Bodt betrat den Hausflur. Zog den Wohnungsschlüssel aus der Tasche. Sie stand neben ihm. Er drückte die Tür auf. »Bitte sehr.«

»Ganz die alte Schule.«

Sie betrat die Wohnung. Blieb hinter der Tür stehen. »Jetzt versteh ich … du hast … Besuch.« Sie blitzte ihn an. »Riechst du das?«, flüsterte sie.

Er schüttelte den Kopf. Elvira? Nein, die würde sich anmelden. Er zog Salinger zurück. Legte den Finger auf die Lippen. Zog seine Pistole. Salinger ihre.

Jetzt roch er es auch. Ein Parfüm. Leicht, elegant. Sein Hirn ratterte alle Möglichkeiten durch. Er erinnerte sich dieses Geruchs nicht. Er erwartete niemanden. Er hatte keine Freunde. Schon gar keine, die in seine Wohnung einbrechen würden.

Er zog sie aus der Wohnung in den Flur. Flüsterte: »Geh in den Hinterhof. Falls die aus dem Fenster springt. Lass sie nicht entkommen.«

»Wir holen das MEK …«

»Wir sind zu zweit … vielleicht ist es ja harmlos …«

»Du blickst nicht mehr durch bei deinen Verehrerinnen.«

»So kann man es auch sagen. Ich kenne jedenfalls keine.«

Salinger ging zum Hintereingang und verschwand im Hof.

De Bodt stellte sich in den Flur, die Waffe im Anschlag. »Komm raus!«

162.

Erika hörte das Klacken des Schlosses. Nahm die Pistole in die Hand. Erhob sich. Visierte in die Öffnung der Küchentür. Sobald jemand auftauchte, würde sie abdrücken. Aber es kam niemand. Stimmen. Geflüster. Scheiße, sie waren zu zweit. Mindestens. Sollte sie fliehen? Sie hatte das Fenster zum Hinterhof geprüft. Es ließ sich leicht öffnen. Vorsicht, wenn sie es tat, gäbe es einen Luftzug. Solange die Wohnungstür offen stand. Sie stellte sich neben das Fenster. Drückte sich an die Wand. Sah eine Frau. Die Pistole in der Hand. Sie verschwand aus dem Blickfeld. An ihrer Stelle würde ich mich unter dem Küchenfenster an die Wand lehnen und warten. Erika überlegte. Sie brauchte einen Fluchtweg. Wenn sie etwas gelernt hatte, dann das. Sich das Umfeld einprägen. Mit allem rechnen. Sich nicht in die Ecke drängen lassen.

Die Wohnungstür schloss sich. Wieder klackte das Schloss. Ein Schlüsselbund klirrte.

163.

Salinger hörte, wie das Küchenfenster sich öffnete. Sie stand mit dem Rücken an der Wand. Direkt darunter. Sie erkannte einen Pistolenlauf, den Schalldämpfer. Dann den Arm. Sprang zur Seite. Geräuschlos. Kopf und Schultern ragten aus dem Fenster. Eine blonde Frau. Salinger zielte einen halben Meter zu kurz und drückte ab. Putz spritzte weg. Die Frau ruckte zurück.

»Hände hoch!«, hörte sie.

Flop, flop. Der Schalldämpfer. Dann knallte ein Schuss. Ein Schrei.

Die Frau sprang aus dem Fenster. Schrie. Rollte sich ab, während sie schoss.

Salinger spürte einen Schmerz. Heiß. Sie warf sich auf den Boden. Robbte hinter einen Müllcontainer. Und schoss zurück. Während die Frau aufsprang und zur Hoftür des Hauses gegenüber humpelte.

De Bodt schoss aus dem Fenster. Bevor Erika die Tür erreicht hatte, öffnete die sich. Eine alte Frau erschien. In der Hand einen Müllsack.

Erika riss die Frau vor sich. Und verschwand in der Tür. Die Frau stürzte und schlug lang hin. Der Kopf prallte auf eine Steinplatte.

Salinger rannte zu ihr. Fühlte den Puls am Hals. Nahm ihr Handy und rief den Notarzt.

164.

De Bodt sprang aus dem Fenster. Spürte einen Schmerz im Knöchel.

»Bist du verletzt?«

Salinger saß auf dem Boden. Lehnt sich an den Müllcontainer. Betrachtete ihre Schulter. »Nix. Streifschuss an der Schulter. Brennt ein bisschen.«

Er rannte zur Hoftür gegenüber. Öffnete sie und blickte in den Flur. Nichts und niemand. Er eilte bis zur Treppe, richtete die Pistole ins Treppenhaus. Sah niemanden. Er rannte zur Haustür. Riss sie auf. Betrat den Bürgersteig. Sah eine Bewegung. Weit hinten. Lief los. Steckte die Pistole in das Schulterhalfter. Zog das Telefon aus der Tasche. Rief die Notzentrale an. »De Bodt, LKA 1, wir brauchen das MEK. Die sollen die Schlesische Straße absichern. Geben Sie eine Fahndung raus nach einer flüchtenden Täterin.« Beschrieb die Frau. »Achtung, die ist bewaffnet. Berufskillerin. Und schickt den Notarzt, zwei Verletzte.«

Der Knöchel schmerzte. Es stach brutal.

Er humpelte. Blieb stehen. Scheiße, so eine Scheiße.

Salinger holte ihn ein. Das T-Shirt blutverschmiert. »Aber wir kriegen eine perfekte Beschreibung hin. Wenn du mich fragst, war das die Frau, die Ponomarjew ermordet hat. Stell sie dir mit langen schwarzen Haaren vor.«

Er nickte. »Das war sie.« Legte ihr die Hand auf die unverletzte Schulter. »Ohne deine Eifersucht wäre ich jetzt tot.«

»Formvollendet, dein Dankeschön.«

»Entschuldige.« Sein Hand strich über ihren Kopf.

»Du bringst meine Frisur durcheinander.« Nahm seine Hand und hielt sie fest.

»Das nennst du eine Frisur?«

Er humpelte zurück Richtung Wohnung. Sie folgte. Schon hörten sie die Sirenen. Die Kollegen waren schnell gekommen. Aber die Frau war verschwunden.

»Jetzt versorgen wir erst mal deinen Knöchel. Dann gleich ein Phantombild«, sagte Salinger. »Keine Widerrede.« Sie rief an. »Wie geht es der Frau im Hof?« Hörte zu. Nickte. »Wir kommen.«

Die Frau lag in der Notaufnahmestation der Uniklinik. Der Kopf verbunden.

»Hübsch sehen Sie aus mit Ihrem Turban. Vielleicht sollten Sie künftig nur noch so aus dem Haus gehen.«

Die Frau verzog das Gesicht. »Über Opfer spotten, das könnt ihr Bullen gut. Aber jede Wette, die blöde Kuh ist abgehauen.«

»Stimmt«, sagte de Bodt. »Deshalb brauchen wir Ihre Hilfe. Eine Beschreibung …«

»Morgen kommense und wollen, dass ich Polizeipräsidentin werde. Natürlich ohne Kohle. Nee, nee, helfen müssen Sie sich schon selbst.«

»Nur eine Personenbeschreibung, einverstanden?«, sagte de Bodt. »Und ich versprech es Ihnen. Ich rede meinen Chefs die Idee aus. Sie wären natürlich die Idealbesetzung …«

»Verscheißern kann ich mich selbst.« Sie fasste sich an den Turban. »Die wollen noch gucken, ob ich eine Gehirnerschütterung habe. Wenn ich dumm sterbe, verdanke ich das nur Ihnen. Sie hätten die Tante doch gleich abknallen können.«

»Da hab ich nicht aufgepasst«, sagte Salinger. »Aber die ist brandgefährlich. Hat schon den russischen Botschafter umgebracht …«

»Die war das? Die hat auch Frau und Tochter …« Sie zupfte an ihrem Turban. »Wenn Sie ihr Bild haben, kommen Sie noch mal vorbei. Ich sag Ihnen dann, ob es passt.«

Eine Krankenschwester betrat den Raum. »Kaum umgekippt, schon Besuch. Wie sehen Sie denn aus?« Deutete auf Salingers Schulter.

»Und ich?«, fragte de Bodt. Deutete auf seinen Knöchel. Der fröhlich angeschwollen war.

»Ich wusste schon immer, dass Männer Jammerlappen sind«, sagte die Krankenschwester.

»Der hier besonders«, sagte Salinger.

165.

Erika verfluchte sich. Und war doch ein bisschen stolz. Sie war davongekommen. Wieder. Sie zwang sich zum Schlenderschritt. Lief die Friedrichstraße Richtung S-Bahnhof. Sah einen Hutladen. Betrat ihn. Erstand einen breitkrempigen Hut aus Leder. Dunkelblau. Im Brillenladen ein paar Häuser weiter kaufte sie eine Sonnenbrille mit großen Gläsern. In einem Klamottengeschäft erstand sie einen Rock samt Bluse. Zurückhaltend, Geschäftsfrau im Urlaub. Die alten Klamotten ließ sie in eine Tüte packen. Sie fand noch einen modischen Rucksack, der sogar farblich zum Hut passte. Sie packte die Handtasche hinein. Samt Pistole.

Die Polizei würde Kugeln finden. Und die ausgeworfenen Patronenhülsen. Sie würde herausfinden, dass sie auch den Diplomaten getötet hatte. Aber das konnte sie sich auch so denken.

Sie hielt ein Taxi an. Ließ sich zum Hotel bringen. Packte den Koffer und checkte aus. Barzahlung.

»Kennen Sie eine ruhige Pension in Kreuzberg?«

Der Taxifahrer nickte. Reichte Erika eine Karte. *Pension Waltraud.* Er kriegte für jeden Gast, den er empfahl, zwanzig Euro.

»Soll ich für Sie anfragen?«

Ohne eine Antwort abzuwarten, tippte er eine SMS ins Telefon. Die Antwort erfolgte prompt.

»Sie haben noch ein Zimmer. Da haben Sie aber Glück. Mitten im Sommer.«

Die Polizei würde sie überall suchen. Außer nahe dem Tatort. Sie würde diesen Auftrag erledigen. Kostete es, was es wollte.

166.

Zuerst tauchten Merkow und Katt auf. Dann Lebranc und Floire.

»Wusste gar nicht, dass wir zur Interpolkonferenz in unserem Büro geladen haben«, sagte Salinger. Der Verband wölbte das T-Shirt über der Schulter.

De Bodt saß auf seinem Stuhl. Der eine Fuß in einer Sandale, der andere in einer Art Wanderschuh. Die Krankenpflegerin hatte sich fast amüsiert über das Gehumpel. Als sie aber die Schwellung betrachtete, pfiff sie leise. »Röntgen, sofort.« Es war nichts, eine Verstauchung, ein Bluterguss. »Der fühlt sich wohl in Ihrem Knöchel. Mit dem werden Sie noch eine Weile Ihren Spaß haben. Aber Kälte mag der nicht. Kaufen Sie sich Kühlkompressen in der Apotheke. Tiefkühlfach und dann drauf auf die Hinterpfote. Jetzt muss man den Bullen schon erklären, wie sie eine schlappe Verstauchung kurieren sollen. Mannomann.«

»Es kam in den Nachrichten«, sagte Merkow.

Waltraud hat's mir erzählt, hätte Lebranc sagen können. Aber das verkniff er sich.

»Sie wird es wieder versuchen«, sagte Yussuf. »Oder ein anderer.« Blickte Merkow an: »Könnte eine Kollegin von Ihnen sein. Wenn man zwei und zwei zusammenzählt.«

»Könnte auch eine Kollegin von Ihnen sein. Oder von der CIA …«, erwiderte Katt.

»Oder der Osterhase«, sagte Salinger.

Floire tuschelte die Übersetzung in Lebrancs Ohr. Wann hatte der Zeit gefunden, sein Deutsch aufzufrischen? War offenbar nicht ausgelastet. Das würde er sich merken.

Salinger hielt das Phantombild hoch. »Nennen wir sie Miss Moskau«, sagte sie. An Merkow und Katt gewandt, die neben de Bodts Schreibtisch standen: »Kennen Sie die?«

»Natürlich nicht«, sagte Merkow. »Sie sollten Ihren … absonderlichen Gefühlen besser nicht erlauben, Ihren Verstand zu trüben.«

»Geht's noch?«

»Ruhe«, sagte de Bodt. Er fasste den Stand der Ermittlungen zusammen. Wiederholte seine Theorie vom Dammbruch. Dass Dump womöglich ein russischer Spion sei.

Unterbrochen durch Salingers Bemerkung: »Herzlichen Glückwunsch zu diesem Idioten. Sie nehmen inzwischen wohl jeden Deppen, der an der Lubjankapforte klopft.«

De Bodt wischte es mit einer Handbewegung weg. »Alle unsere Einsichten beruhen darauf, dass im Weißen Haus ein Maulwurf sitzt. Ist es so, kann dies alle Ereignisse erklären, mit denen wir es zu tun haben. Ist es nicht so, können wir ganz von vorn anfangen.« An Merkow gewandt: »Das ist keine Racheorgie der GRU?«

Merkow schüttelte den Kopf. »Nicht, dass ich wüsste.«

Yussuf steckte hinter seinem Bildschirm. »Den Deppen, die Dump gewählt haben, ist es schnuppe, ob der ein Maulwurf ist. Die einen halten das für eine Lüge der Kommunisten in der Demokratischen Partei. Die anderen finden den russischen Präsidenten toll und würden sich über eine viel engere Zusammenarbeit mit ihm tierisch freuen.«

»Der erste Russenspion mit Fans in Amerika«, sagte Salinger.

»Wenn wir die Killerin finden, hilft uns das vielleicht weiter. Vielleicht will sie was erzählen, wenn wir ihr was anbieten.«

»Sie glauben, dass eine Berufskillerin auspackt? Die geht doch sowieso in den Bau«, sagte Floire.

»Wenn wir ihr einen schicken Knast mit einem schicken Einzelzimmer anbieten. Bei offener Tür tagsüber«, erwiderte de Bodt.

»So was können Sie?«

»Mal sehen«, sagte de Bodt. »Ich gebe zu, dass meine ethischen Anforderungen in solchen Fällen nicht allzu hoch sind.« Er lächelte. »Zu oft, wahrlich, folgte ich der Wahrheit dicht auf dem Fuße: da trat sie mir vor den Kopf. Manchmal meinte ich zu lügen, und siehe! da erst traf ich – die Wahrheit.« Er blickte sich um: »Nietzsche, falls das jemanden interessiert.«

»Ihrem Hang zum Übermenschen misstraue ich schon lang«, sagte Merkow trocken.

»Was können wir tun?«, fragte Lebranc.

»Halten Sie sich bereit. Wir können uns abends treffen und über die Ermittlungen sprechen. Ich habe auch so eine Idee im Auge. Da könnten Sie uns helfen«, sagte de Bodt. Floire übersetzte.

»Aha«, sagte Salinger. »Der Weltgeist bastelt was Geistvolles.«

167.

Wedenstein blickte ihn nachdenklich an.

»Können Sie wieder sehen?«

»Genug.«

»Überlegen Sie es sich«, sagte de Bodt.

»Sitzt ihr so tief in der Scheiße?«

»Tiefer.«

168.

Sie sah ihr Gesicht im Fernseher. Das Phantombild war verdammt gut. Sie würden die Passagierlisten der Fluglinien abklappern. Die Polizeidatenbanken. Kannten aber ihren Namen nicht. Sie würden dieses Bild überall aufhängen. Die Zeitungen würden es drucken. Jeder Polizist in der EU würde das Bild in der Tasche haben. Es wurde eng.

Erika stellte es fest. Sachlich. Ohne Angst. Es war nicht das erste Mal, dass es eng wurde. Es war ihre Schuld. Sie hatte schlampig gearbeitet. Das Parfüm hatte sie verraten. Und die Eifersucht dieser Bullin. Die was mit ihrem Chef hatte. Sie hatte diese Risiken nicht eingerechnet.

Sie würde ein paar Tage warten. Ein paar Ideen hatte sie schon. Ihn auf der Straße abpassen. Schüsse aus dem Autofenster. Und Gas geben. Riskant. Aber sie hatte keine Zeit. Vielleicht fiel ihr noch was Besseres ein. Jetzt musste sie erst mal an ihrem Aussehen arbeiten. Und dem Chef gestehen, dass sie einen zweiten Versuch brauchte.

Mach dir keine Sorgen, unsere Operation klappt auf jeden Fall.

Antwortete der Chef. Unsere Operation klappt auf jeden Fall. Was meinte er? Welche Operation?

169.

»Ein Hotel am Gendarmenmarkt. Ein Kollege hat angerufen.«

Salinger raste wie eine Irre. Sirene, Blaulicht. Nach gut zehn Minuten bremste sie den Wagen vor dem Hotel. Sie sprangen raus. Am Tresen eine Schlange mit Koffern. De Bodt voran, drängelten sie sich vorbei. De Bodt knallte seinen Dienstausweis auf den Tresen.

»Ach, Sie kommen wegen des Phantombilds«, sagte eine junge Frau. »Erwin, schau mal.«

Ein schmächtiger Bursche trabte heran.

»Du hast die doch gesehen …«

Yussuf legte das Bild auf den Tresen.

Leute in der Schlange zischelten und glotzten.

»Das ist sie. Hat gestern ausgecheckt.«

»War sie mit dem Auto da?«

Die Frau tippte, blickte auf den Bildschirm. »Einen Parkplatz hatte sie nicht gebucht.«

»Hat jemand sie abgeholt?«, fragte Salinger.

»Nicht, dass ich wüsste«, sagte der Schmächtige.

»Hatte sie viel Gepäck?«

»Eine Handtasche, ziemlich groß. Offenbar schwer. Und einen Koffer. Mittelgroß, Alu.«

»Machte sie einen unruhigen, hektischen Eindruck?«

Der Schmächtige schüttelte den Kopf.

»Wie hat sie bezahlt?«

»Bar.«

»Fanden Sie das nicht ungewöhnlich?«

»Geld ist Geld.« Zuckte die Achseln.

De Bodt hörte mit einem Ohr zu. Er grübelte.

»Dürfen wir ihr Zimmer sehen?«, fragte Salinger.

Die junge Frau blickte wieder auf den Bildschirm. »Sie haben Glück, der Gast ist noch nicht da.«

»Geben Sie dem ein anderes Zimmer. Das ist jetzt gesperrt. Wir werden es versiegeln.«

Die junge Frau nickte. »Natürlich.«

Yussuf rief Uhlenhorst an.

»Leider war das Zimmermädchen schon drin«, sagte die junge Frau.

»Vielleicht finden wir trotzdem was«, sagte Salinger.

»Ist das die …?«

»Sieht so aus«, sagte Yussuf.

»Klappern die Kollegen schon die Taxifahrer mit dem Bild ab?«, fragte de Bodt.

»Ja«, sagte Yussuf. »Ich gebe durch, dass wir einen Taxifahrer suchen, der die Frau hier abgeholt hat.«

»Vielleicht ist sie auch zu einem Taxistand gelaufen«, sagte de Bodt. »Wo gibt es hier den nächsten Taxistand?«, fragte er.

Der Schmächtige zeigte Richtung Friedrichstraße. »Spätestens am S-Bahnhof. Oder Kreuzung Unter den Linden.«

Yussuf telefonierte schon. Beendete das Gespräch. »Krüger ist derzeit so brav, wie kommt's?«

»Dem geht der Arsch auf Grundeis. Nicht nur dem …«, sagte Salinger.

Die junge Frau rümpfte die Nase.

De Bodt lehnte sich mit dem Rücken an den Tresen. Und überlegte, wo er sich verstecken würde. Wenn er vorhätte, einen Mordanschlag auf sich zu begehen.

170.

Abends, in de Bodts Wohnzimmer.

»Sie wird es noch einmal versuchen. Hoffentlich«, sagte de Bodt.

Salinger tippte sich an die Stirn. »Du musst jetzt nicht den Helden spielen.«

»Wir haben Wedenstein. Ich fürchte, der wird nicht auspacken. Obwohl ich da eine Idee habe. Im Fall des Falles. Wir brauchen jemanden, der uns was erzählen kann über die Täter.« Blickte Merkow an. »Haben Sie das Phantombild nach Moskau geschickt?«

»Natürlich.«

»Ich hoffe immer noch, dass sich ein Taxifahrer an die Frau erinnert«, sagte Salinger.

»Und wenn die sich wieder verändert hat? Perücke, Schminke, vielleicht Maske?«, fragte Floire.

»Wenn wir herausfinden, wo der Taxifahrer sie hingebracht hat, wissen wir mehr. Jedenfalls suchen wir die Richtige«, sagte de Bodt.

Uhlenhorst hatte mit seinen Leuten das Hotelzimmer nach allen Regeln der Kunst auseinandergenommen. Sie hatten Fingerabdrücke gefunden. Die keine Entsprechung beim BKA hatten. Sie hatten Haare gefunden. Ein schwarzes stammte offenbar von einer Echthaarperücke, ein kurzes blondes hatte eine Wurzel. Das BKA hatte die DNS abgeglichen. Hatte via Interpol angefragt. Null, nichts. Die Frau gab es nicht. Jedenfalls nicht bei der Polizei.

»Manchmal glaube ich, es ist alles egal. Selbst wenn wir die Frau fassen, was bringt uns das? Außer dass du nicht mehr den Helden spielen kannst?«, fragte Salinger.

»Was sollen wir sonst tun?«, fragte Floire.

Ja, was sollten sie sonst tun? Sie ermittelten in einem Fall, dessen Drahtzieher weit weg in Sicherheit waren. Es ging um eine Sache, die in Washington stattfand. FBI & Co. behandelten sie nicht mal wie kleine Brüder. Sondern wie einen Feind. Auf russische Hilfe konnten sie sowieso nicht rechnen. War es richtig, dass Merkow und Katt so tief verwickelt waren in die Ermittlungen? Sie meldeten natürlich alles an ihre Chefs. Und die konnten sich darauf einstellen. Allerdings, wenn er die beiden Russen ausschloss? Er konnte sie nicht mehr als Draht nach Moskau benutzen. Vielleicht sollte er noch einmal überlegen, ob er das besser hinkriegte.

Er nahm sein Telefon und verließ das Wohnzimmer. Wartete gute zehn Minuten. Als er zurückkehrte, schauten sie ihn an.

»Wedenstein packt aus. Ich habe ihm bei meinem Besuch den Himmel auf Erden versprochen. Er sagt, dass er genug herausgefunden und kombiniert hat. Wenn wir unsere Zusagen einhalten, wird er uns helfen, den Fall zu lösen.«

Im Augenwinkel beobachtete er Merkow. Der ließ sich nichts anmerken. Aber de Bodt spürte die Mühe, die es ihm bereitete.

»Wie bitte?«, fragte Floire. Nachdem ihm Lebranc ins Ohr geflüstert hatte.

»Sie können wahrscheinlich morgen heimfahren und ausrichten, dass der Fall gelöst ist.«

»Dieser Wedenstein, hat er Andeutungen gemacht?«

De Bodt nickte. Lachte. Vor Freude.

171.

»Ich bin Optimist«, sagte de Bodt.

»So eine Plattheit hätte ich bei Ihnen nicht erwartet«, erwiderte Wedenstein.

»Danke. Weil ich Optimist bin, habe ich im Kollegenkreis schon verkündet, dass Sie auspacken werden. Dass wir dank Ihrer Hilfe den Fall aufklären werden. Dass wir uns dankbar zeigen werden.« Natürlich hatte sich Bob entschieden, de Bodt nicht mal den kleinen Finger zu reichen.

Wedenstein riss die Augen auf. »Sind Sie wahnsinnig geworden?«, brüllte er.

De Bodt hatte ihn noch nie brüllen gehört.

Wedenstein holte Luft. »Sie sind ein verfluchter Scheißkerl. Sie haben mein Todesurteil verkündet. Wenn sich das rumspricht …«

»Dann schicken Ihnen Ihre Auftraggeber einen Killer in den Knast. Oder finden hier einen, der gegen einen Batzen Geld hilft. Das fürchte ich auch. Sogar wenn sie keinen schicken, Sie hätten keine Ruhe mehr. Sollten Sie jemals hier rauskommen, würde niemand Sie engagieren. Niemand würde Ihnen trauen. Und Ihre russischen Freunde würden Sie fertigmachen. In Ihrer Haut möchte ich nicht stecken.«

Erhob sich und verließ den Raum.

172.

Waltraud brachte ihm das Frühstück ans Bett. Lebranc aß langsam.

»Was ist?«, fragte Waltraud.

»Nichts ... wir hängen fest. Ich habe keine Ahnung, wie wir diesen Fall jemals aufklären. In Paris werden sie extra wegen mir die Guillotine aus dem Keller holen. Und Floire tanzt vor Freude.«

»Der sitzt übrigens im Frühstücksraum.«

Lebranc blickte auf die Uhr. »Dieser Streber.« Schob sich die Ecke eines Croissants in den Mund. Das war nicht schlecht, gar nicht schlecht.

Aß das Croissant auf. Spülte Kaffee nach. Ging ins Bad und duschte. Stieg gemächlich die Treppe hinunter. Kreuzte ein Paar, das sich stritt. Entdeckte Floire in der Ecke. Der blickte ihn an, winkte. Kaum stand Lebranc neben dem Tisch, sagte Floire: »Setzen Sie sich. Bitte.«

Lebranc setzte sich.

Floire beugte sich vor. »Drehen Sie sich bloß nicht um. Zwei Tische weiter, Richtung Eingang. Da sitzt eine Frau. Sie hat eine Perücke auf. Brünette Haare. In Wahrheit ist sie blond.«

Floire hatte einen Verdacht. Erinnerte sich des Phantomfotos. Hatte sich eine Zeitung am Ständer geholt. Und damit wie zufällig den Zuckertopf vom Tisch der Frau gewischt. Sich entschuldigt. Noch mal entschuldigt. Sich gebückt. Die Zeitung auf den Tisch gelegt. Um Zuckertütchen am Boden einzusammeln. Hatte sich wieder entschuldigt. Die Zeitung auf ihrem Tisch vergessen. War zurückgegangen, um sie zu holen. Hatte sie wieder gemustert, während er Entschuldigungen radebrechte. Stotterte, dass er sie gern wiedersähe. Beim Frühstück. Ob sie als Touristin in Berlin sei? Nein, hatte sie geantwortet. In astreinem Deutsch. Floire hatte die Frau noch mehrfach angeblickt. Wie ein Bewunderer. Zu schüchtern, die Hübsche eindeutig anzuquatschen. Gebrochenes Deutsch, durchsetzt mit Französisch. Genug Zeit, sie zu mustern. Gefärbte Augenbrauen, aber sie hatte zwei Härchen vergessen. Doch vor allem das Gesicht. Das war die Mörderin mit falscher Haarfarbe. In der Zeitung fand er das Phantombild. Fand seine Vermutung bestätigt. Lebranc verglich das Bild mit der Frau. Sie blickte zurück. Er lächelte, deutete mit den Augen auf Floire. Sie lächelte, er zwinkerte sie an.

»Wir müssen die Polizei rufen«, sagte Lebranc.

»Ich habe de Bodt eine SMS geschickt. Und Ali Yussuf.«

Immer diese Eigenmächtigkeiten. »Wir gehen jetzt raus. In meinem Zimmer lagert die Truhe mit den Waffen. Unterm Bett.« Er schob Floire den Zimmerschlüssel zu. Der steckte ihn ein und schlenderte zum Ausgang. Hielt kurz am Tisch der Frau. *»Pardon, vraiment.«*

»Ist nichts passiert«, sagte sie lächelnd.

»Leider«, sagte er. Und zog ab.

Die Frau schickte ihm ein Lächeln nach.

Lebranc verließ den Frühstücksraum. Ging zum Peugeot 508 mit Pariser Kennzeichen. Setzte sich auf den Beifahrersitz. Behielt die Haustür im Auge.

Floire erschien mit einem Rucksack. Nahm ihn ab und legte ihn auf seinen Schoß, als er saß. Reichte seinem Chef eine SIG Sauer SP 2022. Nahm sich selbst eine.

»Immer noch keine Polizei. Ich ruf mal an«, sagte Floire.

In diesem Augenblick verließ die Frau die Pension. Setzte sich in einen schwarzen Dreier-BMW mit Münchener Kennzeichen.

»Los, hinterher«, sagte Lebranc. »Aber vorsichtig.«

Floire ersparte sich eine Antwort. Steuerte den Wagen langsam auf die Straße. Beschleunigte sanft. »Wenn die unser Nummernschild sieht, glaubt die nicht, dass wir von der Polizei sind. Wo gibt's denn das, dass Pariser Flics in Berlin ermitteln?«

»Hier«, sagte Lebranc. »Konzentrieren Sie sich aufs Fahren. Nachher hängt die uns ab.«

173.

Erika hatte eine neue Waffe bestellt. Über das Mailkonto. Eine halbe Stunde später erhielt sie die Antwort. »Du bist unsere Beste«, schrieb der Chef. »Wiener Conditorei, Dahlem, Clayallee 175. Soll gut sein.«

Sie prägte sich die Adresse ein und löschte die Nachricht. Was war mit dem Chef los? Offenbar hatte er gute Laune. Wann hatte sie ihn je sich freuen gesehen? Sie glaubte, dass die Pflicht ihn fast erdrückte. Dass seine Chefs ihn zum Sündenbock machten, wenn sie versagte. Oder sonst was schiefging.

Sie hatte sich in der Nacht Vorwürfe gemacht. Aber der Chef verstand sie gut. In seiner Karriere war auch nicht alles rund gelaufen. Er hatte Andeutungen gemacht. Dass er gegen Oligarchen ermittelt hatte. Das hatte seinem Minister den Kopf gekostet. Und dem Chef eine Abreibung eingebracht. Aber sie hatten ihn nicht gefeuert. Dazu war er zu wertvoll. Es gab nicht viele wie ihn. Er hatte Erfolge vorzuweisen. Wusste viel. Und seine Vorgesetzten forderten weitere Erfolge. Mit denen sie sich schmücken würden.

Sie nahm die Stadtautobahn. Fuhr nicht zu schnell, nicht zu langsam. Sah die Wagen sie überholen. Übersah den Drängler an ihrer Heckstoßstange, bis der endlich auf die Überholspur wechseln konnte und Gas gab. Entdeckte einen Peugeot mit französischem Kennzeichen. Touristen.

174.

Floire vergrößerte den Abstand auf der Autobahn. Wechselte auf die Überholspur und zurück nach rechts.

»Das fällt auf. Lassen Sie das.«

»Wir fallen auf, wenn wir versuchen uns zu verbergen. Mit einem deutschen Nummernschild würde ich auch anders fahren.« Zog nach links. Überholte einen Laster, steuerte auf die rechte Spur.

»Wenn wir die verlieren, reiße ich Ihnen den Kopf ab.«

»Gern«, sagte Floire.

Der Kerl wollte immer das letzte Wort haben.

»Die fährt nach Dahlem«, sagte Floire.

Woher wusste der das? Woher wusste der, dass es Dahlem überhaupt gab?

»Schicke Ecke«, sagte Floire. »Villen, viel Grün. Die Uni …«

»Sie sollten Reiseführer werden.«

»Vielleicht. Eines Tages.« Floire grinste.

Was hatte der zu grinsen?

Die Frau fuhr auf die Clayallee.

»Ob die aus Berlin rauswill? Vielleicht flieht sie?«

»Vielleicht rufen Sie de Bodt an? Wenn er schon nicht auf SMS antwortet.«

Lebranc versuchte seine Wut zu unterdrücken. Nahm das Telefon, wählte die Nummer. Besetzt. Wählte die Handynummer. Besetzt.

»Versuchen Sie es doch bei Ali Yussuf.« Sagte die Telefonnummer auswendig daher. »Und Sie setzen die +49 vor die Nummer und lassen die führende Null weg?«

Lebrancs Hand zuckte. Dann hatte er sich unter Kontrolle. Bei Yussuf war auch besetzt. Vielleicht telefonierten die miteinander. Die Zentrale des LKA vermittelte ins Vorzimmer. Wo auch besetzt war.

»Wir werden doch mit einer jungen Frau allein fertig, oder?«

»Klar, Chef.«

175.

Jasmin war genervt. »Wenn du arbeitest, schiebst du Überstunden. Wenn du nicht arbeitest, stehst du auf dem Bolzplatz rum.«

»Erstens stehen Schiedsrichter nicht rum, sie müssen auf der Höhe des Geschehens sein. Also mitlaufen. Zweitens bin ich gerade mit Herrn Dump beschäftigt. Man kann auch sagen: damit, einen Weltkrieg zu verhindern.«

»Nun übertreib mal nicht.«

»Ich übertreibe keinen Millimeter. Mach die Glotze an, kauf dir eine Zeitung. Vielleicht glaubst du denen.«

So ging es hin und her. Es war immer so mit ihr. Sie war reizend, in jeder Hinsicht. Litt aber auch unter dem Klammeraffensyndrom.

De Bodt war auch genervt. Elvira entsann sich seiner und erinnerte ihn daran, dass er Vater zweier Töchter sei. Dass er gerade die Welt retten musste, war ihr egal. Sie genoss es, ihm Vorwürfe zu machen. Grüßte auch schön vom Senior. Und kam dann zum Punkt: dass er seinen Töchtern ein besseres Leben ermöglichen müsse. Sie wuchsen heran, die Bedürfnisse wuchsen mit, die Preise stiegen. Irgendwann konnte er es nicht mehr hören. Niemand verbot ihr, wenigstens halbtags zu arbeiten. Und wenn sie schon seinen Vater beglücken musste, dürfte der ihr was zustecken. In Wahrheit ging es nicht um Geld. Davon hatte der Senior genug. Es ging darum, sich selbst zu erhöhen, indem sie ihn erniedrigte. Es gab Leute, die brauchten das. Er hätte sie nie heiraten und nie Kinder in die Welt setzen dürfen. Nicht in diese Welt.

Nach dem Gespräch sah er auf dem Telefon eine französische Nummer. Vorwahl +33. Er tippte auf sie. Niemand hob ab. Vermutlich langweilte sich Lebranc gerade.

176.

Lebranc rieb sich die Hände am Hosenbein ab.

»Ist aufregend, nicht wahr, Herr Kommissar?«

Lebranc bezähmte seine Wut. Schwor Rache. Er würde dieses Arschloch fertigmachen.

»Die geht in dieses Café.«

»Wenn wir ihr folgen, merkt sie es.«

»Scheiße«, sagte Lebranc. »Wir parken gegenüber.«

Floire rangierte das Auto in eine enge Parklücke, als hätte er sein Leben lang nichts anderes gemacht. Holte den Rucksack von der Rückbank. Entnahm dem eine Ledertasche. Darin ein Fernglas. »Ich habe doch geahnt, dass wir es brauchen könnten.«

Lebranc nahm es ihm aus der Hand. Hantierte an der Scharfstellung, bis er ein gutes Bild hatte. Das allerdings vor seinem Auge exotische Tänze aufführte.

Doch er sah sie. An einem Tisch in der Ecke. Natürlich hinten. Teilweise verdeckt von einem Pärchen. Das unbedingt turteln musste. Wenn sie die Köpfe zusammensteckten, sah Lebranc nichts. »Was ist das nur für ein Benehmen. Dem anderen in aller Öffentlichkeit an die Wäsche ...«

»Es ist doch schön, wenn Menschen sich lieben«, sagte Floire.

In einem anderen Leben hätte Lebranc jetzt, spätestens jetzt auf den roten Knopf gedrückt. Um die Atomrakete zu starten. Die er für Floire reserviert hatte. Damit von ihm auch wirklich nichts übrig blieb. Kollateralschaden hin, Kollateralschaden her.

Die Frau zog ihren Kopf zurück. Um so richtig schön laut zu lachen. Als wollte sie Lebranc verspotten. Immer noch allein saß die Brünette, die in Wahrheit blond war. Eine Kellnerin brachte ihr eine Kanne und eine Tasse. Sagte irgendwas. Ging zum Nebentisch.

»Da!«, sagte Floire. Stieß dem Kommissar den Ellbogen in die Seite.

»Lassen Sie das!« Aber Lebranc sah den Mercedes auf der anderen Straßenseite. Ein Mann stieg aus. Betrat das Café. Fand den Tisch. Sie zahlte und verließ mit dem Mann das Café. Stieg in den Mercedes. Beifahrersitz.

»Jetzt versuch ich noch mal, de Bodt oder Ali zu erreichen«, sagte Floire.

»Das klären wir allein«, sagte Lebranc. Das Jagdfieber. Die Entschädigung fürs Warten. Der Trotz. »Lassen Sie sich nicht abhängen.«

Der Mercedes parkte aus. Wendete. Richtung Süden. Floire ließ den Motor an und folgte. In weitem Abstand.

»Der hängt Sie noch ab«, sagte Lebranc.

»Macht nichts. Wir wissen, wo sie wohnt, wo ihr Auto parkt. Wenn die im Spiegel wieder einen Peugeot mit Pariser Kennzeichen sieht, wird sie uns nicht mehr für Touristen halten. Die benutzt den Schminkspiegel nicht zum Schminken.«

Lebranc brummte etwas vor sich hin. Er würde sich alles merken. Spätestens in Paris würde er Floire zur Sau machen.

Er griff nach der Pistole. Zog das Magazin aus dem Griff. Geladen. Steckte es wieder rein. Lud durch. Entspannte den Hahn. Steckte die SIG Sauer zurück.

Holte den Rucksack nach vorn. Fand ein Sturmgewehr HK416F von Heckler & Koch. Nachfolger des alten FAMAS. Mit dem kannte Lebranc sich aus. Das neue Gewehr war leichter.

»Funktioniert genauso wie das FAMAS… im Prinzip«, sagte Floire. Deutete auf Teile und erklärte. Während er den Benz im Auge behielt. Lebranc begriff schnell. Sicherungshebel, Magazin, Abzug. Während er auf die Straße blickte, tippte er zielsicher auf den Sicherungshebel. »Sie müssen den nur umlegen und abdrücken. Aber immer nur kurz den Abzugshebel drücken. Sonst mähen Sie alles um.«

»Für wie blöd halten Sie mich?«

»Diese Frage käme mir nie in den Sinn«, sagte Floire.

Lebranc lockte die Versuchung, die deutsche Wunderwaffe gleich auszuprobieren. An Floire.

»Ah, jetzt biegt er ab. Potsdamer Allee…«

»Geben Sie Gas!«

Floire beschleunigte bis zur Abzweigung. Bog ein. Der Mercedes war weit vor ihnen. Floire verkürzte den Abstand. »Wenn es ernst wird, geben Sie besser mir das Gewehr. Ich habe damit schon trainiert.«

»Das zu entscheiden überlassen Sie mir.«

»Natürlich, Chef.« Gleichmütig. »Da hinten…«

Der Benz bog vor einer Bushaltestelle rechts ab. In einen Wald.

»Hier gibt's Friedhöfe. Passt gut«, sagte Floire. Ließ dem Benz einen großen Vorsprung.

Der bog wieder rechts ab. Ein schmaler Weg, holprig. Ein Schild zeigte *Stahnsdorf*.

Lebranc schickte de Bodt eine SMS. *Sind in Stahnsdorf. Schicken Sie Verstärkung. Verfolgen zwei Verdächtige wg. Mordes an Ponomarjew und des Anschlags auf Sie.*

Vielleicht kam die ja an.

Es piepte. *Unternehmen Sie nichts. Wir kommen. Geben Sie Ihre GPS-Position durch.*

Lebranc steckte das Telefon weg. So weit kam es noch.

Floire fluchte. Bremste, stieß zurück. Drückte den Wagen in die Böschung.

Vielleicht vierhundert Meter vor ihnen stand der Benz. Die beiden blieben sitzen. Sie schienen sich zu unterhalten. Der Bewegung nach zu urteilen, übergab der Mann der Frau etwas.

»Die besorgt sich eine neue Knarre«, sagte Floire.

»Was Sie so alles wissen. Haben Sie Röntgenaugen?«

»Wie Superman? Der war echt gut, Chef. Nennen wir es Intuition.«

»Ich nenn es erst mal Geschwätz. Wir werden sehen, ob sie zurückschießt.« Lebranc blickte ihn von der Seite an. »Haben Sie Ihre Nerven im Griff?«

»Klar doch, Chef.«

»Simsen Sie de Bodt und Ihrem Freund Ali unsere GPS-Position.«

»Ah, Sie haben es sich anders überlegt.« Fummelte an seinem Telefon herum.

Konnte der Scheißkerl Gedanken lesen? Hatte der ihm eine Wanze ins Hirn gepflanzt?

Floire zeigte ihm sein Telefon. *Wir kommen. Halten Sie Abstand. Kein Risiko. Wir brauchen die lebend.*

Na gut, dachte Lebranc. Er hatte doch keine Lust auf eine Schießerei.

Es knallte. Die Windschutzscheibe zersplitterte.

177.

Erika hatte die Glock 17 in der Hand. Eine gute Pistole. Ihr Selbstvertrauen kehrte zurück. Der Sendbote des Chefs hatte ihr Munition mitgebracht. Dazu ein Reservemagazin.

»Brauchst du noch was?«, fragte er.

Sie mochte seinen Geruch nicht. Er stank nach Rasierwasser, als wollte er den Gestank seiner Käsefüße damit übertönen. In Wahrheit mischten sich beide Gerüche zu einer Art chemischer Waffe.

»Scheiße!«, schimpfte er. »Ich hab doch gesagt, dass da was nicht stimmt. Die Franzosenkarre. Schlecht versteckt im Gebüsch. Ob die vom Geheimdienst sind? Wie kommen die auf unsere Spur? Wir müssen zurück. Aber ohne die im Schlepptau.«

»Da gibt es nur ein Mittel«, sagte Erika. Öffnete die Tür, kniete sich auf den Boden und feuerte.

178.

Sie rasten Richtung Zehlendorf, Kleinmachnow. Yussuf am Steuer. De Bodt auf dem Beifahrersitz, Salinger auf der Rückbank. Hinter ihnen zwei Streifenwagen mit je zwei Beamten. Weitere Verstärkung würde folgen.

»Hoffentlich bauen die Franzosen keinen Mist«, sagte Salinger.

Yussuf bremste scharf vor einer Bushaltestelle. Schleuderte den Wagen in einen Waldweg.

»Ein Stück geradeaus, dann rechts.«

»Wie bei einer Rallye«, sagte Yussuf. Trat auf die Bremse. Rollte zur Abzweigung. Schüsse fielen.

»Verfluchter Mist!«, rief de Bodt. Stieg aus. Die Waffe in der Hand. »Zeig den Kollegen den Weg und folgt mir.«

Salinger sprang aus dem Auto. Hielt die Streifenwagen an. Deutete auf den ersten. Zeichnete einen imaginären Strich über den Weg. Deutete auf einen Ort hinter der Abzweigung. Der Streifenwagen blockierte den Weg. Der andere blockierte den Weg hinter de Bodts Dienstwagen. Die Uniformierten stiegen aus. Einer hatte eine MP5 in der Hand. Die anderen Pistolen.

Eine Salve ratterte. De Bodt winkte alle zu sich. »Passt auf euch auf. Eigensicherung vor allem anderen. Klar?«

Sie nickten.

»Ihr beide bleibt hier. Packt euch in die Böschung. Dass keiner von denen abhaut. Wenn Verstärkung kommt, schickt die zu uns.«

Die beiden Uniformierten nickten. Einer tippte mit dem Finger an den Mützenschirm.

»Ich nehme an, die Franzosen versuchen, die Verbrecher zu stellen. Wir helfen ihnen am besten, wenn wir den Killern in den Rücken fallen. Dazu müssen wir einen Umweg durch die Wald machen.«

Er tippte ins Telefon.

Umfassen die Täter und schnappen sie von hinten. Feuer einstellen. Verkriechen Sie sich in Deckung. Schießen Sie nur, um sich zu schützen. Auf jeden Fall deren Wagen fahruntauglich machen.

Auf Französisch.

»Affenschnell. Wie ein Kid in der Tram«, sagte Salinger.

De Bodt steckte das Telefon in die Tasche. »Die sind vielleicht vierhundert oder fünfhundert Meter weg. Auf diesem Weg. Wir laufen mit Sicherheitsabstand durch den Wald und schnappen sie uns von hinten. Kann man nur hoffen, dass Lebranc uns nicht erschießt.«

Salinger lachte trocken.

Im Laufschritt in den Wald. Das Schießen hatte aufgehört. Was immer das bedeutete. Sie hasteten weiter. Mühten sich, wenig Geräusche zu erzeugen.

Plötzlich ratterte es. Sie duckten sich. Verharrten und rannten weiter.

»So, das reicht. Jetzt zum Weg.«

Gebückt eilten sie zum Weg. De Bodt hielt Salinger zurück. Legte sich auf den Bauch und robbte bis zum Wegesrand. Drehte den Kopf. Legte den Finger auf die Lippen. Nickte. Dann sah er Yussuf mit zwei Uniformierten. Ein Stück nach hinten versetzt, weg vom Auto. Auf de Bodts Zeichen zogen sie sich ein paar Meter in den Wald zurück. Und schlichen dann in Richtung des Mercedes.

Dann sah er sie. Einen Mann und eine Frau. Mit Pistolen bewaffnet. Unverletzt. Nur der Wagen hatte einiges abgekriegt. Offenbar waren die Hinterreifen zerschossen. Mindestens.

179.

Floire griff nach dem Gewehr. Aber Lebranc ließ es sich nicht entreißen. Rollte aus dem Auto in die Böschung und feuerte eine Salve in das Heck des Wagens. Eine zweite, gezielt auf die Reifen. Das Fahrzeug sackte nach unten.

Schüsse antworteten.

Sein Telefon vibrierte in der Hosentasche. Er zog es heraus. Las. De Bodt würde die Typen von hinten fassen. Wie ein preußischer General.

Floire hatte sich hinter dem Peugeot verkrochen. Er lugte nach vorn. Ein Schuss. Er zog den Kopf zurück.

Vorn rief jemand: »Geben Sie auf. Sie sind umstellt. Sie kommen hier nicht mehr weg. Verstärkung ist unterwegs.«

Ein Fluch. Unverständlich. Klang russisch. Lebranc versenkte eine Salve im Wagenheck.

Ein Schuss. Dann eine Frauenstimme. »Okay. Ich ergebe mich.«

»Werfen Sie die Pistole weg und treten Sie mit erhobenen Händen auf die Straße. Der andere auch.«

Lebranc sah die Frau mit erhobenen Händen. »Der andere ist tot.«

Mein Gott, sie hatte ihn erschossen. Zuckte es durch Lebrancs Hirn. Dieses Monstrum.

Lebranc sah de Bodt mit gezückter Waffe. Von der Seite näherte sich Salinger. Gegenüber traten Uniformierte auf den Weg. Angeführt von Yussuf.

Es war ein gutes Gefühl. Sie hatten eine Killerin gestellt. Lebranc erhob sich. Wischte Dreck und Laub von der Hose. Floire stellte sich neben ihn. »Alle Achtung. Denen haben Sie's aber gegeben.«

Lebranc blickte ihn von der Seite an. Wollte der ihn verarschen?

Floire blickte nach vorn. Näherte sich der Frau. Während de Bodt ihr Handschellen anlegte. Salinger hatte Gummihandschuhe übergestreift und die Pistole aufgehoben. Als Lebranc den Benz erreicht hatte, sah er die Leiche. Der Mann hatte einen Kopfschuss. Lag neben der hinteren Tür. Auf dem Rücken. Glotzte in den Himmel. Als würde er dort hinkommen.

180.

»Das ist eine dienstliche Anweisung«, sagte der Polizeipräsident. Tilly hatte de Bodt zu sich gerufen. Und ihm den Hörer in die Hand gedrückt. »Sie müssen das verstehen. Die Öffentlichkeit bezahlt uns, auch Ihr Gehalt. Die Leute haben ein Recht darauf, nicht nur auf Fantasiefürze angewiesen zu sein. Im Internet laufen Gerüchte, die sind wirklich übel. Wer hat diesem Scheißblatt das gesteckt?«

»Fragen Sie den Kollegen Krüger«, sagte de Bodt. »Der ist hier fürs Durchstechen zuständig.« Legte auf.

Tilly starrte ihn an. Dann: »Sie können doch nicht einfach so Krüger … und wenn er es nicht war?«

»Der ist es so oft, da kommt es auf den Einzelfall nicht an.«

Tilly schüttelte den Kopf. »Passen Sie auf sich auf. Sie verderben es sich mit den Kollegen.«

»Das habe ich schon geschafft.«

»War das Ihr Ziel?«

»Das ist das logische Ergebnis meiner Ermittlungsarbeit.«

»Ihre Fragen beantworte ich erst, wenn Sie mir den Kollegen nennen, der es Ihnen verraten hat. Wenn Sie dann noch das Honorar angeben könnten, dürfen Sie mir alle Fragen stellen, die Ihnen auf dem Herzen liegen.«

Die Blonde erstarrte.

»Es gibt ein Leck im LKA 1?«, fragte ein älterer Mann, dessen Kladde auf der Rückseite die Aufschrift *rbb* trug.

»Ja, seit Langem«, erwiderte de Bodt.

»Sollten wir uns nicht den letzten Ermittlungserfolgen widmen?«, schleimte der Pressesprecher. Er saß allein mit de Bodt auf dem Podium. Das hatte der sich ausbedungen. Nicht Staffage sein für die Eitelkeit seiner Vorgesetzten.

»Wo genau befindet sich das Leck? Können Sie Genaueres verraten. Einen Namen vielleicht?«

»Ich kenne den Namen«, sagte de Bodt. Hoffte, dass Krüger zusah und einen Nervenzusammenbruch kriegte. Zu wenig der Strafe.

»Wer ist es?«

»Ich haue keine Kollegen in die Pfanne. Nicht mal jemanden, der dieses Geschäft mit Vergnügen betreibt.«

Schweigen. Dann eine Frau in der letzten Reihe. »Offenbar stimmen die Gerüchte …«

»Berichte!«, unterbrach die Blonde in der ersten Reihe.

»Offenbar stimmt es, dass Sie die Täter gefasst haben.«

»Nein, das sind kleine Fische. Eine Frau und einen Mann. Die Frau hat den Mann erschossen, bevor wir sie festnehmen konnten.«

»Ein Mord unter den Augen der Polizei!«, sagte die Blonde. »So weit ist es schon gekommen.«

»Erklären Sie mir, was das heißt«, sagte de Bodt. »Was ist schon so weit gekommen?«

»Na, dass die Leute sich schon in Anwesenheit von Polizisten gegenseitig erschießen. Das hätte sich früher niemand getraut.«

»Eine Berufskillerin hat einen Komplizen ermordet, weil sie fürchtete, dass der nicht dichthält. Ich kann Sie beruhigen. Berlins Verbrecher begehen ihre Taten leider nicht unter den Augen der Polizei.«

»Dann hatte diese Schießerei doch was zu tun mit den Anschlägen«, sagte ein Bürschchen mit Lippenflaum und dem Mikrofon eines Krawallsenders in der Hand.

»Zu einer Schießerei gehört mehr als ein Schuss. Ich hoffe, Sie begreifen die Semantik.«

Der Knirps starrte ihn an.

»Ich gehe davon aus, dass die Täterin mit den Anschlägen zu tun hatte. Sie hat einen russischen Diplomaten samt dessen Familie ermordet …«

»Ponomarjew?«, rief einer.

»Ja«, sagte de Bodt. »Sie ist außerdem in meine Wohnung eingedrungen, um mich zu töten. Die Kriminaltechnik arbeitet. Mehr kann ich Ihnen nicht sagen.«

»Die Russen wollen Sie also ausschalten. Warum?«, fragte die Blonde.

»Will jemand anders diese Frage stellen?« De Bodt ließ den Blick schweifen.

Ein Finger schnippte. Ein alter Mann im Anzug und mit Glatze erhob sich. »Ja, ich würde gern wissen, ob Moskau dahintersteckt. Ob es mit der Dump-Geschichte zusammenhängt.«

»Ich weiß nicht, wen Sie mit *Moskau* meinen. Aber ich kann Ihnen sagen, dass es wohl mit der *Dump-Geschichte* zusammenhängt. Wie, wissen wir nicht.«

»Das passt doch gut«, sagte eine junge Frau. Zückte den Fotoapparat mit Monsterblitz.

»Wie jeder Fehlschluss den Anschein von Plausibilität haben kann. Lesen Sie John Stuart Mill, das wird Ihnen die Augen öffnen.«

Sie erschoss ihn mit einer Blitzsalve.

»Glauben Sie denn, dass Dump ein russischer Agent ist … ein Maulwurf?«, fragte der Oberlippenflaum.

»Nein, ich glaube nicht, dass Dump ein russischer Agent ist.« Er lehnte sich zurück. Sah im Augenwinkel das Erschrecken des Pressesprechers. »Wir sind hier bei der Polizei und nicht im Vatikan.«

181.

Erika schritt ihre Zelle ab. Das machte die nicht größer. Sie setzte sich aufs Bett. Erhob sich. In ihrem Hirn sagte es: Die holen dich raus. Auf jeden Fall. Sie haben Angst, dass ich auspacke. Sie behandeln ihre Leute gut, gerade wenn sie erwischt wurden. Und gleich kam der andere Gedanke: Am einfachsten für sie wäre es, dich umzulegen. Einen Mitgefangenen zu kaufen. Oder sie haben sogar hier ihre Leute. Die beiden Gedanken wechselten sich ab, als führten sie einen Dialog ohne Erikas Zutun. Was würde ich tun, wäre ich an seiner Stelle? Wenn ich verhindern müsste, dass ein Leck entsteht? Der Chef war ein guter Mensch. Aber zuerst kam das Vaterland. Säße sie auf seinem Stuhl, wäre es nicht anders. Zuerst das Vaterland. Und wenn sie auspackte? Gegen Zeugenschutz, Straffreiheit?

182.

Der Chef hatte sich die Pressekonferenz dreimal angesehen. Einmal in Zeitlupe. Um die Mimik des Mannes zu entschlüsseln. Aber da ließ sich nichts entschlüsseln. Als wüsste er, dass jemand danach suchen würde.

Nein, ich glaube nicht, dass Dump ein russischer Agent ist.

Was hieß das? Der Chef hatte die erstaunten Gesichter der Journalisten gesehen. Als hätte ihnen jemand einen Kübel Eiswasser über den Kopf geschüttet. Dann das Fragengewirr. Geschrei. Und dieser Mann saß ruhig auf seinem Podest.

Wir sind hier bei der Polizei und nicht im Vatikan.

Die beiden Sätze verrieten – nichts. Nur, die Zuhörer verstanden nicht, sie interpretierten. Wenn er es nicht *glaubte*, vielleicht *wusste* er, dass Dump ein Maulwurf war. Oder er dementierte den Verdacht. Nachdem sich nicht nur die Medien festgelegt hatten. Auch deutsche Politiker hatten den Rücktritt des Präsidenten gefordert. Dann Politiker in anderen EU-Staaten. Der Verdacht genügte, das letzte Molekül des Vertrauens zu verlieren in diese Figur in Washington.

Frida berichtete von ihrem Streit wegen der Frauengeschichten. Hier Zehntausende von Dollar, dort Zehntausende von Dollar. Nur weil der Idiot den Pimmel nicht in der Hose halten konnte. Er hatte Vorgänger im Oval Office. Trotzdem war es einzigartig, wie er sich immer wieder in die Scheiße ritt. Und wie wenig ihm der Gestank ausmachte, der ihm anhaftete. Der Chef musste immer grinsen, wenn er sich des Videos aus dem *Hotel Moskwa* erinnerte.

183.

Boris Borissowitsch Kornilow öffnete die Pforte. Notierte im Hirn: Das nächste Mal reißt die einer auf. Betrat den Flur. Zwei bewaffnete Polizisten. Der Mann an der Pforte blickte ihn fragend an. »Wen wünschen Sie zu sprechen?«

»Reden Sie keinen Unsinn. Ich bin Ihr neuer Chef. Hat man Ihnen nicht gemeldet, dass ich heute, um diese Uhrzeit, die Botschaft betreten werde?«

»Natürlich … Entschuldigung.« Der Mann erhob sich von seinem Stuhl. Nahm Haltung an. Die Polizisten salutierten.

Der Botschafter tippte auf den Bildschirmrand. »Das nächste Mal laufen Sie zur Tür und öffnen sie. Sobald Sie mich sehen.« Tippte wieder auf den Bildschirmrand. »Verstanden?«

»Jawohl, Herr Botschafter …!

»Exzellenz, Ihre Exzellenz …«

»Jawohl, Ihre Exzellenz!«

Kornilow blickte sich um. »Warum hat hier niemand den Dreck weggewischt? Sieht aus wie in einer Baugrube.«

»Hab ich gerade angeordnet … Handwerker. Die Heizung muss repariert werden … am besten ausgetauscht. Im letzten Winter ist sie immer wieder ausgefallen.«

Wie um das zu bestätigen, wummerte es vom Keller her.

»Wann sind die fertig?«

»Sie haben Glück. Heute Nachmittag noch. Die machen gerade einen Testlauf. Sieht gut aus. Haben die gesagt.«

»Was sind das für Leute?«

»Kommen aus Moskau.«

Kornilow nickte. »Rufen Sie den Gesandten runter. Er soll mich in mein Büro führen.«

»Der Gesandte ist … tot.« Klang wie: Das wissen Sie doch.

Kornilow wischte den Satz weg. »Rufen Sie den Ranghöchsten. Wenn der in der Lage sein sollte, den Weg zu meinem Büro zu finden.« Er sprach nicht laut.

Doch der Pförtner erblasste. Der Mann vor ihm war kälter als eine Tiefkühltruhe. Er telefonierte. »Ihre Sekretärin wird Sie abholen«, sagte er schließlich.

»Wo ist der Herr Wassiljew? Gibt's den nicht mehr? Der hat doch Ponomarjew vertreten.«

Der Pförtner krümmte sich. Zog die Schultern ein. »Die sind zum Essen.«

»Wann?«

Der Pförtner blickte auf die Uhr an der Wand. »Vor zwei Stunden, zweieinhalb vielleicht.«

»Sollten Sie noch einmal auftauchen, melden Sie mir das sofort.«

Eine zierliche Frau mittleren Alters. Stellte sich vor Kornilow auf. »Ich zeige Ihnen Ihr Büro«, sagte sie freundlich.

»Wenigstens eine, die hier funktioniert. Und beseitigen Sie den Dreck, sofort. Wir sind eine Botschaft und kein Schweinestall.«

Er folgte der Frau zum Aufzug.

Das Büro war immerhin groß und sauber. Ponomarjew hatte es aufgeräumt hinterlassen. Ein kleiner Stapel auf dem Aktenständer. Ein paar Telefonnotizen daneben. Mit klarer Handschrift.

Er blickte auf die Uhr. Sie hatten gewusst, dass er heute kommen würde. Und waren essen gegangen. Wahrscheinlich kamen sie angetrunken zurück. Man stand zwar am Rand eines Weltkriegs, aber was kratzte das die werten Kollegen.

Ein Knall. Der Boden zitterte. Risse an den Wänden. Eine Sirene heulte auf.

184.

Lebranc hatte sich den Artikel aus dem *Tagesspiegel* übersetzen lassen. Waltrauds Stimme klang stolz. De Bodt auf der denkwürdigen Pressekonferenz, Zitat in der Zeitung:

Den Ermittlungserfolg haben wir französischen Kollegen zu verdanken. Dem Inspecteur générale *Lebranc und seinem Mitarbeiter Floire aus Paris.*

Die Zeitung mutmaßte über die Hintergründe. Die Killerin, die den russischen Gesandten erschossen hatte. Samt Frau und Tochter. Es spreche wenig dagegen, dass dieses Verbrechen etwas mit den jüngsten Anschlägen zu tun habe. Von *Dammbruch* habe der Hauptkommissar de Bodt bis vor Kurzem gesprochen. Dass russische Geheimdienstler ihren Maulwurf im Weißen Haus schützen wollten. Und sich genauso dumm anstellten wie die GRU beim Angriff aufs Berliner Trinkwasser.

Sind sie wirklich so tollpatschig? Man sieht sich in eine griechische Tragödie versetzt. Alle Versuche, die Katastrophe abzuwenden, lassen diese nur gefährlicher werden.

Lebranc nickte.

Waltraud fuhr fort.

Umso verblüffender die Wende des Hauptkommissars, die auf der Pressekonferenz den stärksten Eindruck hinterließ. »Nein, ich glaube nicht, dass Dump ein russischer Agent ist.«

»Das gibt es doch nicht«, flüsterte Lebranc.

»Was sagst du, Liebling?« Sie umarmte ihn.

»Vielleicht soll das heißen, dass er es nicht glaubt. Dass er es aber weiß. Dass er einen Beweis hat. Hoffentlich.«

»Ich versteh dich nicht.«

185.

Bob saß in seiner Luxuszelle. Doppelt so groß wie die anderen. Eingebaute Dusche. Moabit tat was für Behinderte. Die Wärter kannten ihn noch. Sie hatten Respekt. Die Knastis sowieso. Bob musste niemandem was beweisen. Er war eine Berühmtheit. Aber sie hatten ihn erwischt, das Genie. Was bei Mitgefangenen auch Befriedigung hervorrief. Das ließ das Genie auf Normalmaß schrumpfen.

Bob saß im Rollstuhl und hörte Schlager. Sie hatten ihm sein Radio vom letzten Mal gegeben. »Du hast uns ja keine Zeit gelassen, dir dein Zeug ordentlich zurückzugeben«, sagte Walter. Bobs Lieblingsschließer. So konnte man einen Gefängnisausbruch auch verstehen. Bob mochte Walters Humor. Lässiger Typ. Ein Schrank. Muskeln bis an die Haarspitzen. Plauderte gern mit Bob. Genoss die Sonne der Prominenz. »Beim nächsten Mal sagst du vorher Bescheid. Dann bringen wir dir deinen Kram rechtzeitig in die Zelle.« Lachte fröhlich.

»Gute Idee«, sagte Wedenstein. »Bring ihn gleich her. Dann kann das nicht wieder passieren.«

Walter lachte wieder. Er lachte gern. »Gute Idee, Bob. Ich frag den Direktor.«

Bob mochte Schlager, weil er nicht zuhören musste. Weil er ungestört grübeln konnte. Wie er wieder rauskam. Sie hatten ihm versprochen, ihn rauszuholen. Aber derzeit waren die beschäftigt. Keine Zeit, ihn zu befreien.

Bob wollte nicht über de Bodts Vorschlag nachdenken. Er würde in Freiheit leben. Genug Dollar auf den Caymans. Aber er wäre raus. Für immer. Niemand würde ihm noch vertrauen. Wer einmal verriet, verriet immer. Bob hatte einen untadeligen Ruf in der Szene. Er würde ihn für immer zerstören, wenn er sich darauf einließ.

186.

»Scheiße!«, rief Yussuf. »Explosion in der russischen Botschaft.«

De Bodt nickte. »Die vergeuden keine Zeit. Sind auf alles vorbereitet. Nicht schlecht.«

Salinger runzelte die Stirn. »Hast du mit dem Saufen angefangen. Oder Koks?«

De Bodt hörte es nicht. »Wir fahren hin.«

187.

Merkow starrte Katt an. »Was soll das?«

Sie waren erschöpft. Hatten geholfen, Verletzte zu bergen. Den Pförtner hatte es böse erwischt, als er im Keller nachsehen wollte. Fraglich, ob er es überlebte.

Der SWR-Resident Wladimirow Lock war davongekommen. Hatte sich dafür einen Anschiss von Kornilow geholt. War im *Borchardt* gewesen. Mit anderen aus der Botschaft. Hatten Wassiljews Ausstand gefeiert. Sein Büro lag im dritten Stock. Neben dem von Merkow und Katt. Oben hatte das Gemäuer gezittert. Und Merkow hatte sofort verstanden, was es bedeutete. »Die übertreiben. Das glaubt denen doch keiner mehr.«

188.

Die Kanzlerin war blass. »Sie glauben nicht mehr, dass Dump ein Maulwurf ist?«

»Nein«, sagte de Bodt.

»Sie sind witzig«, sagte der Verfassungsschutz. »Erst trichtern Sie uns den Scheiß ein, und jetzt posaunen Sie das Gegenteil heraus.«

Der BND nickte. Der Innenminister war kurz davor zu klatschen. Der Außenminister saß still und wartete. Bis er wusste, wer die Sieger der Schlacht waren.

»Nur indem man den ganzen Verlauf auf den Kopf stellt, erhält das Ganze das rechte Verhältnis, worin sich der Zusammenhang von Grund und Folge und die Richtigkeit der Umbildung der Wahrnehmung in Gedanken übersehen lässt«, sagte de Bodt.

»Wie bitte?« Der Innenminister starrte ihn entgeistert an. »Wollen Sie uns verarschen?«

»Mit Hegel kann man niemanden verarschen, Herr Minister. Um bei Hegel zu bleiben. Sie kennen gewiss das dialektische Gesetz vom

Umschlag der Quantität in Qualität. Ich habe keinen Zweifel, dass ein russischer Geheimdienst dahintersteckt …«

»Haben nicht Sie uns diese seltsame Theorie verkauft, dass es der IS war und doch nicht war?«

»Das stimmt«, sagte de Bodt.

»Ich habe nie geglaubt, dass die Russen Harakiri begehen«, sagte der Innenminister.

»Seppuku«, sagte de Bodt. »So heißt es in Japan.«

»Nachdem wir endlich auch das geklärt haben, was machen wir?«

»Ich glaube, dass irgendjemand in Russland uns glauben lassen will, dass Dump ein russischer Spion ist. Sie wollen ihn stürzen, seitdem das Impeachment gescheitert ist. Oder es gehört zur Zersetzungsarbeit gegen den Westen. Oder beides zusammen. Es könnte eine Fortsetzung der GRU-Operation sein. Nur viel raffinierter.«

»Mit der Zersetzung haben Sie zweifellos recht«, sagte die Kanzlerin. »Aber dazu muss man Dump nicht treiben, das macht er aus eigenem Antrieb.«

»Vielleicht ist das nicht genug?«

»Sie meinen, die wollen die USA diskreditieren?«, fragte der BND.

»Ein Euphemismus«, sagte de Bodt. »Die wollen die USA zerstören. Genauer gesagt, dass die sich selbst zerstören.«

»Dump kein Spion, Quantität und so weiter. Können Sie das so erklären, dass auch ich es verstehe?«, fragte der Innenminister. Sein Blick sagte: Wir sind noch nicht fertig miteinander, Bürschchen.

»Ich will es gern versuchen. Für einen Geheimnisverrat sterben zu viele Leute, gibt es zu viele Aktionen. So groß kann ein Sicherheitsleck gar nicht sein. Es sei denn, es stellt sich auf einer Konferenz aller russischen Spione jemand ans Mikrofon und erklärt: Nun passt mal auf. Dieser amerikanische Präsident ist unser Maulwurf. Aber sagt es bloß nicht weiter. Dann klatschen die sich auf die Schenkel vor Freude.«

»Nette Geschichte«, sagte der Verfassungsschutz.

»Leider stimmt sie nicht. Kein Nachrichtendienst würde so was veranstalten. Es wäre aber die einzige sinnvolle Erklärung für ein Leck dieser Größe. Oder der SWR-Chef postet das im Geheimdienst-

Wiki für alle Mitarbeiter. In allen Nachrichtendiensten werden Geheimnisse geschützt. Niemand weiß mehr als nötig. Gerade wenn man einen Maulwurf in dieser Position hat, wissen das nicht mehr als drei Leute.«

Der BND nickte in Zeitlupe. »So ungefähr.« Nickte noch einmal. »Sie wollen das Gebäude auf den Kopf stellen …«

»Kriminalistik ist es nicht, was Sie da treiben«, blaffte der Innenminister.

Der Außenminister nickte mal hier, mal da. Ausgewogen. Er würde wie Phönix aus der Asche aufsteigen nach der Schlacht. Die Sieger ehren, die Besiegten bedauern.

»Das ist nicht falsch«, sagte de Bodt. »Mit Kriminalistik ließe sich ein solcher Fall auch nicht aufklären.«

»Der Hauptkommissar Hegel« – der BND, hüstelnd, lächelnd – »hat vielleicht nicht ganz unrecht …«

»Nur hat das Gebäude bisher auf dem Kopf gestanden. Und wir müssen es auf das Fundament stellen. Das ist der Umschlag von Quantität in Qualität. Die Geheimdienstler haben es zu gut gemacht.«

»Und die russische Botschaft?«, fragte die Kanzlerin.

Sie klang unsicher. Ihre Partei hatte de Bodt nie gewählt. Aber er wusste, dass er sich auf sie verlassen konnte. Dass sie Autorität besaß. »Die russische Botschaft hat ein russischer Geheimdienst gesprengt. Niemand sonst.«

Alle blickten de Bodt an.

»Hätten sie das nicht getan, ich hätte noch eine Weile nachdenken müssen«, sagte der.

»Sie halten die Russen für verrückt?«, fragte die Kanzlerin.

»Überhaupt nicht. Sie wollen uns glauben lassen, dass sie einen Dammbruch stopfen wollen. Dass das Loch riesig ist. Dass nun sogar die Botschaft angegriffen wird. In Wahrheit ist das alles nur Diversion. Das stinkt nach KGB. Sie geben etwas preis, warum nicht auch Menschenleben und eine Botschaft? Weil das eine Investition ist, die mehr Gewinn abwirft, als sie gekostet hat. Der Gewinn muss gewaltig sein.«

Der Innenminister lief rot an. Hechelte. »Was denn sonst, außer den Maulwurf zu schützen? Das ist der Jackpot, den sie behalten wollen. Ich gebe Ihnen ja ungern recht, aber Sie hatten recht mit Ihrer Erklärung vom letzten Mal. Dass Sie die jetzt einfach so aufgeben, versteh ich nicht. Für den Maulwurf im Weißen Haus würden die noch viel mehr investieren, Herr Hauptkommissar Hegel.«

»Sie meinen wirklich, dass die ihre Botschaft sprengen, um uns zu verwirren?«, fragte die Kanzlerin. »Mir erscheint das … verrückt.«

»Ich bin davon überzeugt«, erwiderte de Bodt.

»Was interessiert mich mein Geschwätz von gestern?« Der Innenminister grinste.

»Gerade Sie sollten mir das besser nicht vorwerfen. Ich urteile auf der Grundlage dessen, was ich begreife. Ich mache Fortschritte, also muss ich mich bewegen. Ich habe nicht das geringste Problem, meinen Irrtum von gestern als Voraussetzung für meine Meinung von heute zu verstehen. Es geht doch nur um die Tatsachen und die Vorstellungen, die wir uns von ihnen machen. Was bleibt, ist, dass der IS drinsteckt. Dass ein russischer Geheimdienst drinsteckt.« De Bodt ließ seinen Blick schweifen. »Und Sie, haben Sie eine Idee?«

Der BND verzog die Miene. »Unsere Quellen bestätigen die IS-These. Wir glauben, dass der mit drinsteckt. Nur arbeitet er nicht für einen russischen Dienst.«

»Es sei denn unter falscher Flagge«, sagte de Bodt.

»Was heißt das? Haben Sie Hinweise?«, fragte die Kanzlerin.

»Nein, aber der IS arbeitet nicht für Ungläubige. Schon gar nicht für die Russen. Aber wenn die sich hinter einer syrischen oder irakischen Rebellengruppe verbergen. Und diese Islamistengruppe an den IS herantritt mit einem tollen Vorschlag. Ihm die Pläne und das Personal für die Operation anbietet …«

»Das entspräche einer alten Vorgehensweise des KGB. Im Kalten Krieg haben die im Westen Spione gewonnen, indem sie den Kandidaten vortäuschten, dass sie für einen westlichen Dienst arbeiten sollten. Für die Franzosen zum Beispiel. Für die Schweden. Und so weiter. Warum sollten sie nicht den IS mit der Methode reinlegen? Der steckt so tief im Schlamassel, dass ihm diese Gelegenheit wie ein Wink Allahs vorkommen könnte«, sagte der BND.

»Bleibt die wichtigste Frage.« Die Kanzlerin blickte in die Runde. Musterte de Bodt. »Was soll das Ganze? Nehmen wir an, dass nicht Dump geschützt werden soll, wie wir geglaubt haben. Ich finde die Argumente von Herrn de Bodt einleuchtend. Gut, ich fand das Gegenteil vorher auch einleuchtend. Egal, was nun?«

»Vielleicht soll Dump doch geschützt werden. Indem sie die ohnehin kursierenden Gerüchte so weit verstärken, bis sie jedem als übertrieben erscheinen. Bis jeder glaubt, dass Dump ein narzisstischer Idiot mit der Reife eines Achtjährigen ist. Zu dumm, um als Maulwurf für die Russen zu arbeiten«, sagte der BND.

»Wäre auch möglich«, sagte de Bodt. »Ich komme nur mit dem Anschlag auf die Botschaft nicht zurecht. Wissen Sie da etwas?«, fragte er den Außenminister.

»Wir stehen natürlich in engem Kontakt mit der Botschaft. Es hat im Heizungskeller eine Explosion gegeben. Es gab angeblich drei Tote und einige Verletzte. Wir haben keinen Zweifel, dass es die Russen selbst waren. Dass einer ihrer Dienste durchdreht. Vielleicht wollen die jemanden einschüchtern. Oder nur ablenken. Ich weiß es nicht.«

»Sie wollen Dump aus der Schusslinie nehmen«, sagte der Innenminister. »Auch wenn Hegel mir das nicht glaubt. Sie haben den eigenen Leuten mit der Explosion mitgeteilt, dass sie keine Hemmungen haben, ihren Mann zu schützen.«

»Ich finde, dass die durchdrehen. Man muss sich das mal vorstellen: die eigene Botschaft. Wo jeder weiß, dass da niemand reinkommt, den die nicht reinlassen. Ich begreife das nicht«, sagte der Verfassungsschutz.

189.

Merkow hatte de Bodt eine SMS geschickt.

Wir müssen reden.

Nur, was sollten sie reden? Ihre Ahnungslosigkeit austauschen?

»Die Bombe in der Botschaft hat der SWR verzapft. Das ist an Blödheit nicht zu übertreffen«, sagte Katt.

Sie hatte sich bei ihm eingehakt. Spaziergang Unter den Linden. Auf dem gegenüberliegenden Bürgersteig. Vor der Botschaft ein Riesenaufgebot von Polizei. Schwer bewaffnete Sicherheitskräfte der Russen sicherten das Tor. Deutsche Beamte bildeten eine zweite Kette auf der Straße. Das Gehupe war höllisch.

»Da ist er«, sagte Merkow.

De Bodt parkte den Wagen und stieg aus. Stellte sich auf den Bürgersteig und bestaunte den Auflauf. Begrüßte Merkow und Katt.

»Sprengen Ihre Leute jetzt die eigene Botschaft in die Luft. Das ist so originell wie sinnlos.«

»Keineswegs«, sagte Merkow. »Wir sind jetzt Opfer einer Attacke. Es werden unsere Leute getötet. Es wird unsere Botschaft angegriffen. Das lässt Ihre Theorie vom Maulwurf in Washington alt aussehen.«

»Ziemlich um die Ecke gedacht«, sagte de Bodt.

»Die besten Geschichten sind um die Ecke gedacht«, sagte Katt. »Das beschäftigt die Leute mehr als alles andere.«

»Obwohl beide Dinge eigentlich nichts miteinander zu tun haben.«

»Bei Ihnen glaubt die Bevölkerung jetzt, dass irgendein Feind russische Diplomaten und Einrichtungen im Ausland angreift. Zu den Angriffen gehört die Behauptung, dass Dump für uns arbeitet.«

»Aber Sie glauben das nicht«, sagte de Bodt.

»Ich glaube es nicht. Wer immer die Botschaft angegriffen hat, hat überzogen. Die Medien werden voll davon sein. Die Dump-Geschichte verschwindet auf den hinteren Seiten. Jeder wird einen

Zusammenhang suchen zwischen den Mordanschlägen auf russische Diplomaten und der Attacke hier.« Deutete auf die Botschaft. Die von außen unversehrt aussah. Nur die Scheiben im Erdgeschoss waren gesplittert. Panzerglas vertrug auch nicht alles.

»Was meinen Sie?«, fragte de Bodt.

»Ich habe die Schnauze voll. In Moskau dreht jemand durch. Ich hoffe, es ist nicht der Präsident. Das habe ich natürlich nicht gedacht, geschweige denn gesagt.«

De Bodt betrachtete ihn verblüfft. Merkow musste stinksauer sein. Niemals hatte er so offen gesprochen. Oder wollte er ihn linken? »Ich glaube, dass jemand in Moskau dieses Spektakel inszeniert.«

»Ich weiß. Um unseren Maulwurf im Weißen Haus zu schützen …«, sagte Merkow lächelnd.

»Dump ist nicht Ihr Maulwurf.«

»Woher der Sinneswandel?«

»Weil Ihre Leute überzogen haben.«

Merkow lächelte. »Ja, wirklich?«

190.

Frida hatte geschrieben.

> *Iwan dreht durch. Hat Schiss, dass er auffliegt als unser Agent. Weil wir ihm geholfen haben. Er will neue Sanktionen gegen uns verhängen. Keine Rohstoffe in Russland kaufen. Soll ich es ihm ausreden?*

Frida gehörte zu den besten Agentinnen, die der Dienst je beschäftigt hatte. Mochte sie manchmal in Panik geraten, sie riss sich immer wieder zusammen. Und hatte einen untrüglichen Instinkt. Er entsann sich ihres ersten Gesprächs. Frida hatte an einem Schönheitswettbewerb in Moskau teilgenommen. Für Slowenien. Zuerst wollte sie sich nicht auf Iwan einlassen. Dabei war sie ganz sein Typ. Beuteschema. Schön, aber naiv. Diesen Eindruck wusste sie zu vermitteln. Sie wusste auch, was ein Dekolleté bei Iwan bewirkte. Er wollte sie haben. Unbedingt. Und der Chef sorgte dafür, dass er sie bekam. Frida war schön, vielleicht naiv gewesen, aber nicht dumm. Sie hatte nur eine Schwäche. Geld. Sie versprachen ihr, Dump zu unterstützen. Und ihr Geld zu zahlen. Viel Geld. Jeden Monat. Solange sie auf Iwan aufpasste. Natürlich wussten sie, dass man ihn nie völlig unter Kontrolle bringen konnte. Der Mann wusste selbst nicht, was er tat. Er war getrieben von Hass und Selbstverliebtheit.

Nein, nicht ausreden. Lass ihn machen. Das macht ihn nur noch verdächtiger. Früher nannten wir das Dialektik.

Der Chef lächelte bei diesem Gedanken. Es war wirklich witzig. Um drei Ecken gedacht. Wie diese Witze über Masochisten und Sadisten.

Sagt der Masochist: Bitte quäl mich. Sagt der Sadist: Nein. Sagt der Masochist: Danke.

191.

»Ich blick nicht mehr durch«, sagte Wedenstein vor sich hin. Sie hatten diese Frau gefasst. Die Killerin. Stand in der Zeitung. Kam in der Glotze. Im Radio. Dann hatte es in der Russenbotschaft geknallt. Warum? Sie wollten die Aufmerksamkeit von Dump ablenken. Der machte große Karriere in den Medien. Als Russenknecht. Mochte schon sein. Oder auch nicht. Aber was für ein Schwachsinn, die eigene Botschaft anzugreifen. Er hätte gern mit de Bodt diskutiert.

Er würde das Angebot ablehnen. Obwohl er sich vom Leben abgeschnitten fühlte. Draußen tobte der Bär. Und er saß in seiner Zelle. Jede halbe Stunde glaubte er, dass die ihn rausholen würden. Jede halbe Stunde war er überzeugt, dass die ihn verrotten ließen.

Aber waren sie nicht ihrem Ruf verpflichtet, die eigenen Leute zu unterstützen? Russische Geheimdienste hatten ihre Agenten immer unterstützt. Sich nicht von ihnen distanziert. Wie die Amerikaner. Welche die eigenen Leute fallen ließen, sobald der Gegner sie fasste.

Aber vielleicht war jetzt alles anders.

192.

Atemberaubend. Erika fand es großartig. Sie versetzten dem Feind einen Schlag nach dem anderen. Sie begriff den Anschlag auf die Botschaft als Warnschuss. Wir schrecken vor nichts zurück. Das sollte es heißen. Und sie schützten Dump. Darum ging es doch. Da war sie sich sicher. Durch die Gitter sah sie den Himmel.

193.

»Hab sie gefunden, die Liste«, sagte Yussuf. »Er ist nicht drauf.«

»Unfassbar. Man kann die Personalkartei der GRU im Darknet kaufen. Und die Liste russischer Diplomaten samt Stationierungsorten«, sagte Salinger.

»Boris Borissowitsch Kornilow steht nicht auf der Diplomatenliste. Aber sein Vorgänger, stimmt's?«, fragte de Bodt.

Yussuf blätterte im Dokument auf seinem Bildschirm. »Der alte Botschafter musste sich hochdienen. Mannomann, wo der schon alles war. Washington, London, Kopenhagen und so weiter. Nee, vom Nachfolger finde ich keine Spur.«

»Dann steht er auf einer Liste, die man noch nicht kaufen kann«, sagte Salinger.

»SWR, der Auslandsnachrichtendienst. Das waren schon im KGB die Besten gewesen«, sagte de Bodt. »Und sind es geblieben.«

»Dann ist Dump ein SWR-Maulwurf«, sagte Yussuf.

»Vielleicht, eher nicht«, erwiderte de Bodt.

»Den Meister beschäftigt wieder eine Idee. Oder er hat Kontakt zu Hegel im Jenseits aufgenommen«, sagte Salinger.

»Das Bewusstsein hat erst in dem Selbstbewusstsein, als dem Begriffe des Geistes, seinen Wendungspunkt, auf dem es aus dem farbigen Scheine des sinnlichen Diesseits und aus der leeren Nacht des übersinnlichen Jenseits in den geistigen Tag der Gegenwart einschreitet«, sagte de Bodt.

»Ist ja recht«, erwiderte Salinger. »Ich sag's auch nie wieder.«

»Brav«, sagte de Bodt. »Ihr glaubt also, die servieren uns Dump auf dem Silbertablett?«

Schweigen.

»Die schützen ihn. Mit aller Macht. Nie hatten sie so eine Machtposition erreicht. Dieser Maulwurf ist mit Geld nicht zu bezahlen«, sagte Yussuf.

»So einen Dammbruch hat es aber noch nie gegeben«, sagte de Bodt.

»So einen Maulwurf auch noch nicht«, erwiderte Yussuf. »Dagegen sind die Philbys und Felfes kleine Fische.«

»Du kennst dich mit so was aus?«, fragte Salinger. »Ah, stimmt ja, du bist deines Sultans Spion im LKA.«

Yussuf nahm das Gummiband aus dem Schreibtisch. Wickelte einen Krampen, so fest er konnte. Knickte ihn in der Mitte. Zog mit ihm das Gummi zurück und ließ es schnalzen. Salinger duckte sich. Streifschuss am Ohr.

»Gewalt am Arbeitsplatz«, maulte Salinger. »Sexistischer Angriff.«

»So sexy finde ich dein Ohr aber nicht«, sagte Yussuf.

De Bodt sah nichts, hörte nichts. Sprach mit dem Jenseits und Hegel. Was ja das Gleiche war.

194.

»Die haben Sie reingelegt«, sagte de Bodt. »Wie Wedenstein. Wie viele Jahre brauchen Sie, um es zu kapieren?«

»Nett, dass Sie mich besuchen«, sagte Erika. »Ein bisschen Abwechslung. Nennen Sie mich Erika.«

»Dann kann ich ja die Möglichkeit streichen, dass Sie so heißen. Erspart uns einen Haufen Arbeit.«

»Gern geschehen.«

»Fehlt es Ihnen an etwas?«

»Ja, lassen Sie mich abhauen.«

»Wenn Sie mitspielen, kriegen wir das hin.«

Sie legte den Kopf schräg.

»Ich kann natürlich noch eine Pressekonferenz geben. Und aus einem Vernehmungsprotokoll zitieren. Dass Erika ausgepackt hat. Dass die Ermittlungen vor dem Durchbruch stehen.«

Sie legte ihre Stirn in Falten. Fixierte ihn mit einem klugen Blick. »Das dürfen Sie nicht.«

»Na und?«

»Das trauen Sie sich nicht.«

»Haben Sie einen Fernseher?« Er blickte sich demonstrativ um. »Ich lasse Ihnen einen in die Zelle stellen. Morgen Abend die *Tagesschau.* Davor im dritten Programm, *rbb.*«

Erika überlegte. Zuzutrauen war es ihm. Das wusste sie vom Chef. Der hatte von de Bodt gesprochen. Mit einer Mischung aus Erstaunen und Hochachtung. »Der Mann ist gefährlich.« Und: »Er hält nichts von Vorschriften und kommt damit durch.«

»Sie können erzählen, was Sie wollen.«

»Stimmt.« De Bodt nickte. Sie bestätigte ihm, was er ahnte. Dass sie auf Moskau vertraute. Dass sie mit allem rechnete, um sie weichzukochen. Und dass sie sich nicht weichkochen ließ. Weil es bedeutete, sich dem Feind auszuliefern. Und Moskaus Hilfe zu verlieren.

Erika lächelte in sich hinein. »Sie wissen ja nicht mal, wie ich heiße.« Und dachte an Albert. Den Schließer, der sie bewunderte.

195.

Es fing an mit einem Kontoauszug. Zweihunderttausend Euro auf einem Konto bei der Northern State Bank, Caymans. Dann ein Scheck über fünfzigtausend Dollar. Zugunsten von Eugen de Bodt. Darüber die Schlagzeile:

WER KAUFT KOMMISSAR DE BODT?

Salinger hatte gedruckst. Ihm das Blatt auf den Schreibtisch gelegt. »Du sollst es von uns erfahren.«

»Kriegen wir was ab von deinem Reichtum?«, fragte Yussuf. Er klang aber nicht fröhlich.

De Bodt überflog den Text. Ein anonymes Konto, das aber aufgeflogen war. Weil ein Scheck für dieses Konto de Bodts abgegeben worden sei.

»Saubere Enthüllungsarbeit«, sagte de Bodt. Faltete das Blatt und warf es in den Papierkorb.

Schon klingelte de Bodts Handy. Sofort zu Tilly.

Auf dessen Tisch lag das Blatt. »Haben Sie das lesen?« Deutete auf die Titelseite.

»Ich hab's überflogen. Ich weiß, warum ich dieses Blatt nicht mal anfasse.«

»Was sagen Sie dazu?«

»Ich habe die Zeitung im Papierkorb entsorgt. Und werde jetzt meiner Arbeit nachgehen.«

»Mehr haben Sie dazu nicht zu sagen?«

»Nein.«

196.

Der Chef lächelte, als er die Schlagzeile las. Er hatte Merkows täglichen Bericht in Kopie vor sich liegen. Das Original ging an den General vom Sicherheitsdienst, Kopien ans Innenministerium, an den SWR.

Merkow berichtete von einer Sensation. Kommissar de Bodt sei bekanntlich an den Ermittlungen des »Russenfalls« beteiligt. Er werde nun beschuldigt, verdeckt abgesahnt zu haben. Es werde in den Medien und im Internet heftig diskutiert, wer der Geldgeber sei. Moskau, die CIA, irgendwelche Golfstaaten mit undurchsichtigen Absichten. Oder eine Gruppe amerikanischer Geschäftsleute, die Dump loswerden wolle. Weil der ihren Wirtschaftsinteressen schade.

197.

Bob hörte es im Radio und begann zu lachen. Laut zu lachen. Ein Schließer klopfte an und öffnete die Tür.

»Was gibt's, Wedenstein?«

»Das verstehst du nicht.«

198.

Am nächsten Morgen die Vorladung der Steuerfahndung. De Bodt schrieb darauf *Kompletter Unfug*, steckte das Blatt zurück in den Umschlag, ging ins Vorzimmer. Unterbrach Engels Telefonat, indem er auf die Gabel tippte. »Schicken Sie das an den Absender zurück.«

»Soll ich's vorher zukleben?«

»Ein genialer Gedanke.«

199.

»Schwarze Propaganda«, sagte de Bodt.

Merkow lächelte. Ihm war nicht nach Lachen zumute. Sie benutzten ihn für ihre Drecksarbeit. Sie benutzten seine Berichte. Sie benutzten seine Nähe zu de Bodt.

Er hatte mit Katt diskutiert. Beim Spaziergang. In der Mittagshitze.

»Sie treiben es zu weit«, sagte Merkow. »Er vertraut mir …«

»Nun werd nicht rührselig. Du solltest in ein Kloster gehen.«

»Warum, gibt's Loyalität nur unter Mönchen?«

»Ich frag Sie nicht, ob Sie was darüber wissen.«

»Im Allgemeinen oder im Besonderen?«, fragte Merkow.

»Im Besonderen natürlich«, sagte de Bodt.

»Nein.« Merkow lächelte. »Ich hab mal in einem Buch gelesen, dass die Desinformation oder Schwarze Propaganda eine Spezialität des KGB gewesen sei. Manches wirke nach. Wie die Idee, dass das AIDS-Virus aus einem Labor des amerikanischen Militärs stammt oder Amnesty International eine Filiale der CIA sei. Wenn's einem in den Kram passt, kann man den Quatsch heute noch glauben.«

De Bodt lächelte. »Danke. Ich bin für Literaturhinweise immer dankbar …«

»Zumal wenn die Sie aus Ihrem Hegel'schen Elfenbeinturm führen.«

»Auch dafür bin ich Ihnen natürlich dankbar.« Er blieb stehen.

Am Kanal drängten sich die Leute. Dauerfröhliche Hipster, aufgebrezelte Frauen, dicke Fotoapparate wippten auf Touristenbäuchen. Ein Radfahrer drängelte sich durch eine Menschentraube. Wütendes Geklingel. Ein Jogger folgte ihm mit Hund.

»Ich gehe davon aus, dass ich recht habe. Dass sonst niemand eine Kampagne gegen mich führen würde«, sagte de Bodt.

»Könnte ich mir vorstellen.«

»Ich weiß nur nicht, mit welcher Vermutung ich richtig liege. Ich glaube aber, dass die mich attackieren, um die Dump-Spur zu bestätigen. Wenn die wüssten, dass mir das zu dicke geworden ist? Dass ich gar nicht mehr auf dem Trip bin?« Blickte Merkow in die Augen. »Aber Sie werden es berichten, nicht wahr?«

»Wollen Sie denn, dass ich's berichte?«

»Vielleicht könnten Sie's eine Weile vergessen. Ich will doch erfahren, was die Freunde noch im Köcher haben. Bestimmt die olle Kamelle, dass ich die Vorschriften breche, weil ich was mit Salinger habe.«

»Sie haben was mit ihr, aber nicht das«, sagte Merkow grinsend.

»Wenigstens einer, der sich genau auszudrücken weiß.«

200.

»Du könntest uns schon an deinem Reichtum teilhaben lassen«, sagte Salinger.

»Ich denk drüber nach.«

»Ich hatte auf ein Hegel-Zitat gehofft.«

De Bodt lachte. »Der Reichtum ist das Gute; er geht auf allgemeinen Genuss, gibt sich preis und verschafft allen das Bewusstsein ihres Selbsts.«

»Schreib das dem Finanzamt.«

»Vorher muss ich noch klären, wie wir weiterkommen. Die Sache ist ganz einfach. So einfach, dass ich's nicht begriffen habe. Die wollen Dump abschießen. Inklusive großer Krise in den USA. Obwohl der Augenschein es nahelegt, der ist nicht Moskaus Maulwurf. Der betreibt keine Obstruktionspolitik im Auftrag des SWR. Das macht er, weil er ein durchgeknallter Narzisst ist.«

»Schöne Kehrtwende«, sagte Yussuf. Ohne sein Gesicht vom Bildschirm zu lösen.

»Die attackieren mich, um mich in dem Eindruck zu bestärken, dass ich richtig liege. In unserem Fall muss man immer das Gegenteil dessen denken, was einem als offensichtlich erscheint.«

»Darauf kommt man aber nur mit Hegel. Schlichte Gemüter wie wir und der Rest der Welt würden sagen: Die bekämpfen dich, um dich einzuschüchtern. Weil du richtig liegst«, erwiderte Salinger.

»Schön, dass du dir endlich ein schlichtes Gemüt bescheinigst. Aber halt mich da raus«, sagte Yussuf.

»Misch dich nicht ein. Hier unterhalten sich die Erwachsenen«, sagte Salinger.

»Liegt nahe, dass die diesen Eindruck erzeugen wollen. Passt aber nicht zum Bombast, den sie abgezogen haben. So einen Dammbruch gab es nie in der Geschichte. Und wird es nie geben. Hätten die nicht dermaßen übertrieben, ich hielte diese Scheiße« – deutete auf das Revolverblatt – »auch für einen Einschüchterungsversuch. Das gilt natürlich nur, wenn wir diese Ereignisse als Ganzheit betrachten. Möglich, dass es sich um verschiedene Sachen handelt. Dass sich einer an uns rächen will …«, sagte de Bodt.

»An dir, darauf lege ich Wert«, sagte Salinger. »Bist doch sonst nicht so bescheiden.«

»Aber es ist unwahrscheinlich. Und du, liebe Silvia, kommst auch noch dran.«

»Und ich?«, fragte Yussuf mit weinerlicher Stimme. »Niemand beachtet mich, nicht mal unsere Gangster.« Er starrte auf den Bildschirm. »Unser Chef ist Hellseher.« Drehte den Monitor um. Und rollte die Kabel an dessen Fuß auf wie Spaghetti auf der Gabel.

Der Skandal-Kommissar: Sexaffäre mit Untergebenen, Verdacht auf Steuerhinterziehung, Ermittlungen gegen die Wand gefahren. Wie lange wird der Polizeipräsident de Bodt noch halten?

»Die haben vergessen, dass ich ein schlechter Vater bin.«

201.

»Sie müssen abtauchen, de Bodt«, sagte der Polizeipräsident.

»Das ist eine Kampagne, ich habe Ihnen das erklärt.«

»Natürlich«, sagte der Polizeipräsident nach kurzem Zögern. »Natürlich.«

»Sie wollen, dass die mich abschießen? Mit Ihrer Hilfe?«

»Ich will Ihnen helfen. Sie aus der Schusslinie nehmen.«

»Indem Sie mich abschießen. Ganz Moskau klatscht sich vor Freude auf die Schenkel.«

»Sie haben uns auf die falsche Spur geführt.«

»Worum geht es? Sie wollen mich bestrafen, weil ich als Einziger überhaupt so was wie eine Spur habe. Davon abgesehen, die Spur ist gut. Sie ist heiß.«

»Wie kommen Sie darauf? Sie fantasieren …«

»Ich werde sie dialektisch aufheben«, sagte de Bodt nachdenklich.

»Herr Kollege, erlauben Sie mir festzuhalten, dass Sie überspannt sind. Sie hatten in den Jahren, seit Sie bei uns sind, reichlich Glück. So wie jemand, der eine Strähne im Casino hat.«

»Ich besuche keine Casinos. Davon abgesehen, bin ich der Einzige, der diesen Fall lösen kann.«

»Diese Fälle …«

»Nein, diesen Fall.«

»Auf Sie wurde ein Anschlag verübt. Die haben es auf Sie abgesehen.«

»Und ich auf sie.« De Bodt legte seinen Dienstausweis auf den Besuchertisch. Dazu seine Dienstwaffe. »Frohes Ermitteln.« Erhob sich, ging.

Verließ das Präsidium. Lief zum Tempelhofer Feld, dem ehemaligen Flughafen. Die Sonne ließ Luftschwaden aufsteigen. Als hätte jemand Vaseline aufs Objektiv geschmiert. De Bodt sah Leute mit ihren Rädern, Skateboards, Rollern. Und war zufrieden. Es gab kaum etwas Nützlicheres als das schlechte Gewissen eines Vorgesetzten.

202.

Lebranc erschrak. Es klopfte, schon stand de Bodt im Zimmer.

»Guten Tag«, sagte Waltraud. »Wenn Sie sich bitte umdrehen.« Sie lag neben Lebranc im Bett. Als er sich abgewendet hatte, kroch sie raus.

»Was kann ich für Sie tun?«, muffte Lebranc.

»Ich brauche erstens eine Pistole. Zweitens Ihre Hilfe. Drittens Ihre Bereitschaft, Ihre Pension zu riskieren. Und Floire.«

»Meinetwegen.« Alles war besser, als vor Langeweile zu krepieren. Als die täglichen Kontrollanrufe des Polizeipräfekten. Dem der Innenminister im Genick saß. Und dem der Präsident. Dessen Geduld war ein legendäres Vakuum. Seit ihm die Gelbwesten die Frackschöße angekokelt hatten, war es noch schlimmer geworden. Wo sie doch vorher schon gedacht hatten, dass *Monsieur Tout de suite* in Höchstform sei. Aber das war nur das Aufwärmen gewesen.

Lebranc nickte. Sie hatten die Artillerie in Schließfächern im Hauptbahnhof gelagert. Dann ein Möbellager an der Köpenicker Straße in Kreuzberg aufgetrieben. Dazu ein Stahlschrankmonster. Genauer gesagt, hatte Floire das erledigt.

»Floire müsste in einer Stunde hier auftauchen.« Der hauste auf einem Hostel-Schiff auf der Spree in Friedrichshain.

»Ich warte im Frühstücksraum.«

Bevor er sich dort hinsetzte, stellte er sich vor die Tür und rief Salinger an.

»Um Gottes willen!«, rief sie.

»Nein, das ist perfekt«, sagte de Bodt.

Floire war pünktlich. De Bodt blickte sich um. Sie waren allein im Frühstücksraum. Nur Geräusche aus der Küche. De Bodt erklärte seinen Plan. Auf Französisch.

»Sie sind wahnsinnig«, brach es aus Lebranc heraus. Wischte sich Schweiß von der Stirn. Sah sich um, ob jemand ihn gehört hatte.

»Toll«, sagte Floire.

203.

Kornilow empfing den Leiter der Bauarbeiter. Russische Bauarbeiter mit schneeweißen Personalakten. Der Chef war Verbindungsmann des FSB. Die Kollegen hatten ihn empfohlen. Der FSB hatte in allen besseren Unternehmen seine Leute sitzen. Des Präsidenten Tentakel. Eine lupenreine Demokratie kommt ohne Spitzel nicht aus. Wer sonst könnte dem Präsidenten sagen, was das Volk wollte?

Eine erste Inspektion ergab, dass das Fundament zwar schwere Schäden hatte, aber es war zu retten. Auf keinen Fall wollten sie die Botschaft abreißen. Der Feind könnte das als Niederlage missverstehen.

Am Nachmittag würde Kornilow den Bundespräsidenten aufsuchen. Ein formaler Akt bei der Akkreditierung eines Botschafters. Er hatte einiges gelesen über den Präsidenten. Dass der keine Macht hatte. Dass er es geschafft hatte, seine Partei in den Orkus zu reißen. Um selbst wie ein Fettklecks oben zu schwimmen. Der deutsche Freund des Moskauer Präsidenten war auch ein Freund des deutschen Präsidenten. Hatte in höchsten Tönen von ihm geschwärmt. Nur mit seiner Hilfe sei es damals gelungen, Deutschland wirtschaftlich aufzurichten. Gewiss, daran sei die Partei zugrunde gegangen. Aber das liege doch allein an der Unfähigkeit seiner Nachfolger. Er jedenfalls freue sich, dass der alte Kumpan die Ernte noch habe einfahren können. Auf den letzten Drücker. Und ließ das Lachen folgen, für das er berühmt war.

Nach dem Besuch beim Bundespräsidenten würde Kornilow sich mit dem beschäftigen, wofür er nach Berlin gekommen war.

204.

Merkow am Telefon. »Sie wurden suspendiert«, sagte er.

»Sie wissen es mal wieder früher als alle anderen.«

»Steht überall. Wenn man das so liest, könnte man glauben, Sie hätten die Anschläge selbst begangen.«

»*Café Eliza*«, sagte de Bodt. »In einer halben Stunde.«

»Soll ich das verwegen, verrückt oder durchgeknallt nennen, dass du dich hier herumtreibst, obwohl die dich gekauft haben?«, fragte Anne. Sorge im Blick.

»Ist mir wurscht«, sagte de Bodt. »Solange du meinen Tee servierst. Gleich kommt noch ein Kollege. Vielleicht nicht allein.«

»Ach, der da«, sagte sie. »Der hat noch gefehlt. Immer wenn er auftaucht, geht's rund.«

»Adlerauge«, sagte de Bodt. »Oder Hundeohr?«

»Beides«, sagte Anne trocken.

»Sei nicht so neugierig. Ist gefährlich.«

»Jetzt geht's aber los. Du drohst mir?«

»Nein, aber es ist brenzlig.«

»Wann ist es das nicht?«

Merkow erschien mit Katt.

»Sie genießen Ihre Freiheit«, sagte er. »Ja, wenn man sich verrennt …« Grinste.

Katt ging in den Gastraum.

»Haben Sie schon gemeldet, dass ich auf dem Holzweg bin?«

»Nach Moskau?«

De Bodt nickte.

»Ich weiß nichts von Holzwegen. Hier sind die Straßen asphaltiert oder gepflastert.« Deutete auf die Sorauer Straße. Rütteltest für Radfahrergesäße.

»Ich werde auf dem Holzweg ein bisschen weiterlaufen.«

»Das interessiert uns nicht. Sie sind ja suspendiert.«

»Ich habe mich selbst suspendiert.«

Merkow lachte. »Soll ich Sie beneiden?«

»Ihr SWR veranstaltet ein blutiges Spektakel, um den US-Präsidenten zu stürzen.« In das Lachen hinein.

Merkow wiegte den Kopf.

Katt setzte sich, stellte eine Limonade auf den Tisch. Trank aus der Flasche.

»Unser Freund hier erzählt gerade eine Räuberpistole. Das Beste hast du verpasst.« Auf Russisch. »Er glaubt, der SWR will den US-Präsidenten abschießen.«

»Warum, war der nicht unser Spion?«

Merkow wandte sich an de Bodt. »Wir haben Ihnen beim letzten Mal geholfen. Sie hatten noch was gut. Ich finde diese Operation auch beschissen. Ich weiß aber nicht mal, ob die wirklich auf das Konto des SWR geht. Ich weiß es wirklich nicht. Ihre Argumente sind aber nicht übel. Das gebe ich zu.«

»Diese Operation wird am Ende dem auf die Füße fallen, der sie verantwortet.«

»Wenn Sie unseren Präsidenten meinen, dann liegen Sie falsch.«

De Bodt verstand sofort, was Merkow ihm zwischen den Zeilen sagte.

»Schon klar. Da haben Sie recht. Aber wenn der SWR-Chef seine Pension ungekürzt einstreichen will …«

»Dafür wäre es zu spät.«

Wieder hatte Merkow recht.

»Wie und wann endet der Irrsinn?«

»Ich kenne den Plan nicht. Aber doch erst, wenn das Ziel erreicht ist. Oder?«

»Erst dachte ich, Dump sei Ihr Maulwurf in Washington.«

»Dachten wir auch«, sagte Katt.

De Bodt lächelte. »Aber so blöd kann der SWR nicht sein. Die wollen Dump abschießen. Was mich erstaunt. Warum dem Mann mit viel Geld und Einsatz den Arsch retten? Um ihn dann zu erledigen. Die Idee könnte von der GRU stammen.«

Jetzt lachten Katt und Merkow.

»Was erwarten Sie?«, fragte Merkow. »Wenn heroische Krieger der ruhmreichen Armee Geheimdienst spielen. Sie sind lernunfähig.«

»Für ihre letzte *Dummheit* werden noch in Jahrzehnten Leute mit Krankheiten, Missbildungen und Tod bezahlen.«

»Ich war im Auftrag meines Präsidenten am AKW Isar 3«, sagte Merkow. »Schauderhaft. Die Umgebung unbewohnbar. Die Krankenhäuser immer noch überlastet mit Strahlenopfern.«

»Wir haben auch in Berlin ein paar Tausend Patienten abgekriegt. Vielleicht sollte Ihr Präsident sich an den Reparaturkosten beteiligen? Sind angeblich mindestens dreißig Milliarden.«

»Ich werd's ausrichten«, sagte Merkow. »Und ein bisschen Luft im Koffer lassen bei der nächsten Tour Moskau–Berlin. Und du auch.« Blickte Katt an.

»Klar«, sagte die. »Nachdem wir nun das Geschäftliche erledigt haben: Was ist das Ziel der Operation?«

»Sie sollten Ihren Präsidenten fragen und der Ihre Geheimdienste.«

»Unser Präsident überlässt den Kleinkram der Regierung. Der Ministerpräsident beauftragt den Innenminister. Der den Staatssekretär. Der den Abteilungsleiter. Der schickt eine Rundmail an unsere Spione. Und kriegt keine Antwort.« Merkow sah nicht belustigt aus. »Und dann ist die Sache vergessen.«

»Klingt nach einem Staat«, sagte de Bodt.

»Ich habe Ihren Scharfsinn schon immer bewundert«, erwiderte Merkow.

»Der Scharfsinn des leeren Verstandes gefällt sich am meisten in dem hohlen Ersinnen von Möglichkeiten«, sagte de Bodt. »Das trifft es.«

»Hegel«, sagte Merkow.

Katt verzog das Gesicht.

De Bodt nickte. »Bei uns hat jeder Polizist eine eigene Theorie über diese Sache. Weil er nichts weiß.«

»Was machen Sie jetzt? Außer Hegel zu lesen?«

»Ich bin suspendiert. Habe kaum Urlaub gemacht. Das Wetter ist schön. Vielleicht fahr ich in die Uckermark. Weit weg, kein Telefon.«

»Ich glaub Ihnen kein Wort.«

»Doch, mich interessiert, wie die den Fall ohne mich lösen.«

Die Kanzlerin hatte angerufen: »Wenn ich was tun kann, um Ihre Suspendierung aufzuheben ...«

»Bloß nicht. Ich bin sehr zufrieden.«

Schweigen. Dann ein leises Lachen.

205.

Kornilow war hektisch durch den Keller gelaufen. Bruchstücke überall. Staubwolken, wohin die Füße traten. Die Bombe war neben der Heizungsanlage explodiert. Welcher Idiot ...? Gut, es war Sommer. Der Heizungskeller war besonders gesichert. Dicke Wände. Die Stahltür hatte offen gestanden.

»Tag, Chef«, sagte ein Mann im Blaumann. Staub im Gesicht, auf der Mütze. Irgendwo hustete einer. Der Mann lüftete den Mundschutz. »Wir haben einen tiefen Riss in einer tragenden Wand.« Deutete in die Richtung.

»Kriegen Sie hin, oder?«

»Klar, Chef. Der das Feuerwerk hier veranstaltet hat, wollte die Botschaft nicht wegsprengen. Oder er hatte keine Ahnung und zu wenig Sprengstoff reingeschmuggelt. Hat die Miliz das schon untersucht?«

»Keine Sorge, die waren gleich da«, log Kornilow. Wozu brauchte man die Kriminalpolizei, wenn die den gleichen Chef hatte wie die Bombenleger?

Natürlich gingen Gerüchte um in der Botschaft. Über die Leute, die plötzlich aufgetaucht waren. Eine Heizung reparieren wollten, die nicht kaputt war. Aber die Diplomaten waren vorsichtig. Wer zu viel sagte, riskierte zu viel. In der Beziehung hatte sich seit KGB-Zeiten nichts geändert.

206.

»Na gut«, sagte Lebranc. »Aber ich gebe zu Protokoll, dass ich das verrückt finde und prinzipiell ablehne. Aber mich unter dem Zwang der Ereignisse gezwungen sehe mitzumachen.«

»Vive la France!«, murmelte de Bodt.

»Sie haben gut lachen.«

»Ich lach doch gar nicht.« Was auf der Ebene der Erscheinung stimmte. Aber die musste das Wesen der Sache ja nicht preisgeben.

De Bodt hatte den Wagen schräg gegenüber der russischen Botschaft geparkt. Man musste schon genau hinsehen, um Relikte der Bussprengung zu erkennen. Über den grünen Mittelstreifen hinweg hatten sie die Einfahrt der Botschaft im Auge. Kinder bespritzten sich mit Wasserpistolen. Aber sie waren die Einzigen, deren Energie die Hitze nicht erstickt hatte. Sogar Hunde trotteten matt ihren Besitzern hinterher.

»Und dann?«

De Bodt hatte einen Lagerraum angemietet. In einer aufgegebenen Werft in Friedrichshagen. Floire war schon dort, um das Gelände zu überwachen. Falls jemand auftauchte.

»Da!« Eine Mercedes-S-Klasse schob sich aus der Einfahrt. Der Polizist in seinem Häuschen daneben legte den Finger an die Mütze. Sein Hemd war durchgeschwitzt.

»Das ist er«, sagte de Bodt. Startete den Motor seines Audi. Den er für diese Aktion durch eine Waschanlage gefahren hatte. Er erinnerte sich an Laura, die er im Kofferraum des Vorgängers aus Berlin herausgeschmuggelt hatte. Die sich wieder gemeldet hatte. Aber begriff, dass eine andere in der Reihe vor ihr stand. Sie hatte einen Job bei einer Versicherung am Spreeufer gefunden.

Die getönten Scheiben verbargen die Insassen. »Nur Chauffeur plus Botschafter«, sagte de Bodt. »Hoffe ich.« Betastete den Griff der SIG Sauer SP 2022. In der Nacht hatte er sich den Ablauf ausgemalt. Die Gefahren, die Ungewissheit. Auch die Frage, ob er sich auf Lebranc verlassen konnte, wenn es hart auf hart kam. Wenn es schnell ging.

»Hoffentlich sitzt da nicht noch ein Leibwächter mit drin«, sagte Lebranc. »Nach der Mordserie an russischen Diplomaten würde es mich wundern, wenn nicht.«

»Die wissen, dass Kornilow nicht angegriffen wird. Er ist einer der ihren.«

»Was Sie mal wieder wissen.«

»Aber der Chauffeur ist bewaffnet. Und hat eine Ausbildung als Personenschützer. Davon sollten wir ausgehen.«

»Tolle Aussichten.«

»Bange machen gilt nicht. Wir sind zu dritt.«

»Zu dritt?«

»Sie, ich und die Überraschung.«

»Da haben Sie in der Schule aber nicht aufgepasst.«

207.

Kornilow saß auf der Rückbank. Die Akte auf den Knien. Hinterm Steuer saß Jan. Den hatte er aus Moskau mitgebracht. Stammte aus dem Sicherheitsdienst. Wie Merkow, dessen Bericht Kornilow gerade las. Die deutsche Polizei kam nicht weiter. Sie glaubte, diese Aktionen dienten dazu, den Maulwurf in Washington zu schützen. Was Merkow aber erstaunte: dass Dump noch nicht gestürzt war. Er konnte sich alles rausnehmen. Wer ihn beschuldigte, war ein Feind der USA. Hatte er Moskau nicht mit Sanktionen überzogen?

Kornilow schüttelte den Kopf. Ein fragender Blick Jans im Rückspiegel. Kornilow winkte ab. Merkow hatte sich nicht mit Weltpolitik zu befassen. Er sollte in Berlin herausfinden, wie und was die deutsche Polizei ermittelte. Bisher hatten seine Berichte Hand und Fuß gehabt. Der hier aber war geschwätzig. Interessant eigentlich nur, was Kornilow schon wusste. Dass dieser Kommissar mit dem komischen Namen suspendiert worden war. *Wohl der Einzige, der unseren Bestrebungen hätte gefährlich werden können.* Was schwafelte der von Bestrebungen? Der wusste doch nicht, worum es ging. Aufgeblasener Wicht. Noch schlimmer war, dass der Präsident ihn schützte. Weil er sein Leibwächter gewesen war. Bloß nichts gegen Merkow sagen. Sonst beschwerte der sich beim General und der sich beim Präsidenten.

Er war ein blödes Gefühl, in Ponomarjews Villa einzuziehen. Die Spezialisten aus Moskau hatten aufgeräumt. Kein Blutspritzer mehr. Aber auf dem Grundstück war auch die Frau mit ihrer Tochter erschossen worden. Ein böses Omen, sagte eine innere Stimme. Eine andere, dass es Aberglauben war. Es war eine Villa wie andere auch. Allerdings war sie geschmackvoll eingerichtet. Ihm fehlte nichts. Seine Frau würde nichts vermissen. Sie würde am Wochenende nach Berlin reisen. Sie sollten Botschafter-Ehepaar spielen. Solange die Operation andauerte.

208.

Der Chef marschierte auf und ab. Betrachtete den Teppich, als könnte er Trittspuren finden. Es lief alles gut. Welch Glück, dass die Dummköpfe in Berlin ihren fähigsten Mann zum Teufel geschickt hatten. Kornilow nahm die Sache nun vor Ort in die Hand. Der war ein SWR-General mit KGB-Erfahrung. Ein Mann, der von Jugend auf gewusst hatte, was das Vaterland verlangte. Er war in Afghanistan gewesen, im Irak, in Syrien. In Serbien hatte er während des Nato-Angriffs die russischen Interessen geschützt. Milošević beraten, den Rüstungsnachschub organisiert. Verräter gejagt. Eine Tradition, die zurück in den Spanischen Bürgerkrieg reichte. Als das NKWD die Reihen der republikanischen Armee und der Interbrigadisten gesäubert hatte. Kornilow war Tschekist geblieben. Er war klug, taktisch schlau und ein Stratege. Gehörte zur Führungsreserve, würde vielleicht bald ein Mann mit großer Macht sein. Hatte schon viele auf der Karriereleiter überholt.

»Es läuft gut«, flüsterte der Chef. »Es läuft gut.«

Der Minister hatte ihn gefragt, wann das Ziel erreicht sei. Ihr großes Ziel. Ob sie nicht übertrieben hätten. Zu gründlich gearbeitet hätten. Vielleicht sei dies oder jenes nicht nötig gewesen.

Sogar wenn, die Operation würde bald abgeschlossen sein. Vielleicht morgen schon.

Er las jeden Tag US-amerikanische Medien. Der Druck auf den Präsidenten erhöhte sich, seine Wiederwahl war unwahrscheinlich. Was *New York Times*, *Washington Post*, *CNN* und so weiter nicht wussten: Diesmal würde Moskau Dump nicht unterstützen. Ihm nicht den Arsch retten. Diesmal würden sie ihn in die Hölle schicken. Schon vor den Wahlen. Das war der Plan.

»Es läuft alles gut«, erzählte er seinem Telefon.

Das klingelte, als wollte es ihm antworten.

209.

De Bodt folgte dem Benz mit großem Abstand. Er wusste, wohin Kornilow fuhr. Meisenstraße 25d. De Bodt rief Yussuf an. Der war bereit.

Dass jemand die Einfahrt blockiert hatte, war de Bodts zweitgrößte Sorge gewesen. Dass er feststecken würde. Rückwärts die Straße hinunterrasen müsste. Und hoffen, dass keiner auf die Idee käme, gerade jetzt in die Meisenstraße einzubiegen. Die ein Auto versperren könnte. Wenn es zwischen zwei am Rand parkenden Autos stehen blieb.

Ein Seitenblick zu Lebranc verriet ihm dessen Nervosität. Hoffentlich hielt der durch. Wenn nicht, waren sie angeschmiert.

Natürlich malte sich Lebranc ein paar Jahre im Knast aus. Den Absturz. Ohne Pension. Alles verlieren wegen einer Dummheit. Er hätte sich nicht darauf einlassen sollen. Aber wie fing man Verbrecher, die sich nicht fangen ließen von der Polizei? An deren Stellung alle Bemühungen scheiterten. Gangster, bewaffnet mit Diplomatenpässen. Das war nicht neu. Die Amerikaner machten es genauso. Der

Putsch in Chile 1973, organisiert aus der US-Botschaft. Andere Länder schickten auch keine Waisenknaben in ihre Vertretungen. Aber Moskau hatte es übertrieben. Der SWR benutzte seine Botschaft in Berlin als Hauptquartier in einem verdeckten Krieg. Nur, verdammt, was wollten die? Den Maulwurf Dump schützen? Dump stürzen? Was de Bodt inzwischen glaubte. Dabei hatten sie ihn selbst ins Amt getrickst.

Als der Benz in die Meisenstraße einbog, beschleunigte de Bodt. Lebranc wurde in den Sitz gepresst. De Bodt nahm die Abzweigung mit quietschenden Reifen. War gleich direkt hinter dem Benz. Dessen Bremslichter aufleuchteten, als er vor dem Auto hielt. Das quer auf der Straße stand.

Zwei Männer mit Masken und Maschinenpistolen. Standen neben dem Auto. Einer feuerte eine Salve in die Motorhaube. Der andere hatte plötzlich eine Panzerfaust in der Hand. Zielte auf den Wagen. Die Fahrertür öffnete sich. Eine Pistole flog heraus. De Bodt reichte Lebranc eine Sturmhaube, die nur Augen und Mund unbedeckt ließ. Zog selbst eine über den Kopf und sprang aus dem Wagen. Die Pistole in der Hand. Riss die hintere Tür des Benz auf. Schlagartige Erleichterung. Nur der Botschafter. Den packte er am Arm. Hielt ihm die Pistole an den Kopf. Kornilow verließ das Auto.

»Ich protestiere, ich bin Botschafter …«

»Halt's Maul!« Auf Russisch. Er hatte die halbe Nacht geübt.

Der Botschafter blickte ihn entsetzt an.

De Bodt wusste, was dem durch den Kopf ging. Ponomarjew. War er das nächste Opfer eines Feldzugs der Superstrategen in Moskau? Hatten sie ihn deswegen nach Berlin geschickt? Weil sie ihn für entbehrlich hielten?

De Bodt zerrte den Mann hinter sein Auto. Hände auf den Rücken, Handschellen. Kofferraumklappe auf. Wink mit der Pistole. Kornilow krümmte sich in den Kofferraum. Sagte nichts. Nicht mal: Das werden Sie bereuen oder ähnlichen Quark.

De Bodt stieß zurück in die Einfahrt. Wendete und fuhr den Weg zurück, den sie gekommen waren. Die beiden anderen Männer fesselten und knebelten den Fahrer. Brachten ihn zum quer stehenden

Wagen. Peugeot 407 Kombi. Außen schon mit Rostflecken, technisch aber tipptopp. Sie befahlen dem Chauffeur, sich in den Laderaum zu legen. Dann stiegen sie ein. Yussuf stieß zurück, der Wagen sprang hoch an der Bürgersteigkante. Dann steuerte er in die entgegengesetzte Richtung von de Bodts Fluchtweg.

210.

Jetzt blickte er gar nicht mehr durch. Bob hörte im Radio alle zwanzig Minuten, dass der neue russische Botschafter verschwunden sei. Eine Zeugin berichtete, sie habe gesehen, wie Kornilow in einen Kofferraum gezwungen wurde. Zwei oder drei Täter, vielleicht mehr, maskiert und bewaffnet. Nein, sie kenne sich mit Autos nicht aus. Die Farbe sei grau gewesen. Der eine Maskierte sei schlank und größer als der andere gewesen. Dafür Letzterer korpulent, untersetzt. Aber sie könne sich nicht verbürgen. Hauptkommissar Krüger vom LKA 1 im Originalton. Er sprach von einem weiteren Verbrechen in einer teuflischen Serie. Alle verfügbaren Kräfte würden versuchen, den Botschafter zu finden. Dessen Chauffeur habe die Polizei auf einem Autobahnparkplatz der A20 gefunden. In Wahrheit hatte ein Autofahrer ihn entdeckt, als er pinkeln wollte. Der Mann war an einen Baum gefesselt gewesen. Aber auf solche Details kam es nicht an.

»Sie sprachen von allen verfügbaren Kräften. Ist denn der Hauptkommissar de Bodt in den Dienst zurückgekehrt?«

»Nicht, dass ich wüsste.«

Bob schaltete das Radio aus. Stemmte sich aus dem Rollstuhl. Legte sich aufs Bett. Zerrte das Kopfkissen zurecht. Was für einen Sinn sollte es haben, diesen Botschafter zu entführen? Es passte nicht zu den bisherigen Ereignissen. Wenn die Dump schützen oder meinetwegen stürzen wollten? Warum Kornilow entführen? Hätten Sie ihn umgebracht, es hätte gepasst. Vielleicht fanden die bald seine Leiche. Wenn nicht, was dann? Hatte die CIA zurückgeschlagen? Er grübelte. Das mochte so sein. Dump hatte den Geheimdienst längst in ein willfähriges Organ verwandelt. Was ihm beim

FBI nicht gelungen war. Aber die CIA hatte so viele Schweinereien im Poesiealbum stehen, dass es auf eine mehr nicht ankam. Ja, das wäre eine Variante. Aber nur eine. De Bodt würde sich einen Reim darauf machen. Jede Wette.

Wedenstein schlief ein. Wachte wieder auf. Im Halbschlaf berührte ein Gedanke sein Hirn. Und wenn das etwas mit ihm zu tun hatte? Wenn es ein unsichtbares Band gab zwischen ihm und dem Botschafter Kornilow? Blödsinn. Aber so schnell gab die Idee nicht auf. Ideen haben es leicht. Nichts belästigt sie. Keine Schwerkraft zieht an ihnen. Manche überstrahlen jeden Widerspruch. Leben in neuer Gestalt weiter, sind nur scheinbar widerlegt. *Aufgehoben, dialektisch aufgehoben*, hätte de Bodt gesagt. So weit ist es mit mir schon gekommen, dachte Wedenstein und lachte. Setzte sich wieder in den Rollstuhl und griff nach den Hanteln. Üben für die Freiheit.

211.

»Soll ich den Innensenator anrufen?«, fragte die Kanzlerin.

»Bloß nicht«, sagte de Bodt.

Sie blickte ihn an. Als fragte sie: Was hast du jetzt wieder vor? Sie sagte nichts.

»Ich habe einen Plan«, sagte de Bodt. Ging zur Vorzimmertür und schloss sie.

Die Kanzlerin lächelte. »Ich ahne Schlimmes.«

»Noch schlimmer«, sagte de Bodt. »Viel schlimmer.«

212.

Eine Werft, die dichtgemacht hatte. Am Müggelsee. Daneben ein Altbau, der irgendwann abgerissen würde. Durch eine Hecke von der Werft getrennt. In der Halle zwei Bootsrümpfe. Und der Staub von Jahrzehnten. Die Halle hatte einen Nebenraum. Früher ein Konstruktionsbüro. In der Ecke stand ein Schreibtisch. Alle Schubladen leer. Eine lag auf dem Boden. Papier und Zeitungsreste. Die Tür zur Halle war massiv. Das Schloss schwer. Materieller Ausdruck der Angst vor Einbrechern nach dem Zusammenbruch der DDR. Auf dem einzigen Stuhl saß Kornilow. Das Fußgelenk umklammerte eine Schelle aus Stahl. Daran eine Kette, deren anderes Ende in der Betonwand verankert war.

Kornilow blickte den maskierten Mann an. Der zog die Tür zu. Der andere verriegelte sie von außen. Kornilow kam nicht raus. Sogar wenn es ihm gelingen sollte, sich von der Kette zu befreien. Yussuf hatte es zusammen mit Floire getestet. Wenn Kornilow auf Tür oder Wände trommelte, niemand würde ihn hören.

De Bodt lehnte sich an den Schreibtisch. Die Maske nervte ihn. Die Gummihandschuhe auch. »Sie sind ein freier Mann, wenn Sie mir erzählen, was hinter der Operation steckt …«

»Welcher Operation?«

»Halten Sie den Betrieb nicht auf. Sie sind Offizier des SWR. Sie gehören zu einer Gruppe von Geheimdienstoffizieren, die für Anschläge und Morde verantwortlich ist.«

»Das war doch der IS.«

»Wir werden herausfinden, was es damit auf sich hat. Sie können mich natürlich auch gleich aufklären.«

»Die Flugzeug … sache, das war der IS.«

»Aber Sie haben ihm die Operation zugespielt.«

Kornilow schwieg.

De Bodt wusste, was in dessen Kopf ablief. Er suchte nach einer Lüge. Die er de Bodt verkaufen konnte. Freigelassen werden, ohne zu bezahlen.

»Ich sage Ihnen, was Sie erreichen wollen. Sie wollen Dump als russischen Agenten denunzieren. Aber natürlich können Sie das nicht einfach so sagen. Niemand würde Ihnen glauben, dass Sie einen eigenen Maulwurf bloßstellen. Schon gar keinen, den Sie im Weißen Haus untergebracht haben. So einen Maulwurf würden Sie mit allen Mitteln schützen. Es wäre der Triumph über den Feind. Sie säßen in Washington am Ruder. Ohne eigenes Blut vergossen zu haben. Was dem KGB nicht mal im Traum gelungen wäre, Ihnen wäre es gelungen.«

Kornilow nickte. »Wir haben versucht, ihn zu schützen. Wir hatten ein Leck. Und wollten es stopfen.«

»Auf ein paar Hundert Leichen mehr oder weniger kam es Ihnen dabei nicht an.«

Kornilow zuckte die Achseln. »Die anderen sind auch nicht zimperlich.«

»Wo Sie recht haben, haben Sie recht.« Es juckte unter der Maske.

»Sie geben also zu, dass Dump Ihr Agent ist?«

Kornilow nickte.

De Bodt begann zu lachen. »Sie glauben, ich nehme Ihnen die Nummer ab? Sie hätten Schauspielunterricht nehmen sollen.«

Kornilow blickte ihn ungläubig an.

»Dump ist nicht Ihr Mann. Sie benutzen nur bekannte Fakten, um eine Intrige zu spinnen. Sie haben ihm bei den Präsidentschaftswahlen den entscheidenden Anschub gegeben. Die paar Stimmen in *swing states*, die den Unterschied ausmachten. Weil man in den USA Wahlen gewinnen kann, ohne die Mehrheit der Stimmen zu gewinnen.«

»Wir mussten ihn schützen. Müssen es noch.«

»Reden Sie keinen Quark. Sie wollen ihn stürzen. Deshalb haben Sie die Operation Dammbruch gestartet. Um den Verdacht zu verstärken. Schwarze Propaganda in Reinform. Man gibt vor, jemanden zu schützen, um ihn zu stürzen. Schlau, sehr schlau. Gingen Sie dabei nicht über Leichen, ich würde Sie bewundern.«

Er zog einen Schreibblock aus der Tasche und einen Kugelschreiber. »Schreiben Sie auf, wie es sich in Wahrheit verhält. Wenn Sie es nicht tun … Was sagten Sie? Die andere Seite geht auch über Leichen?«

213.

»Wir sind vollkommen verrückt«, sagte Salinger.

»Aber anders haben wir keine Chance«, erwiderte Yussuf.

»Sie schmeißen Eugen raus. Diesmal überzieht er. Und uns verpassen die auch was. Mindestens ein Disziplinarverfahren. Mindestens.«

»Willst du für Krüger arbeiten?«, fragte Yussuf.

Sie tippte sich an die Schläfe.

»Halt also die Klappe. Wir ziehen das durch. Wenn wir Erfolg haben, ist alles vergeben und vergessen. Das große Schweigen.«

Salinger hob die Brauen.

In der Hallenecke diskutierte de Bodt mit Lebranc und Floire. Es klang nicht so, als wäre Lebranc begeistert. Floire lachte.

»Sie passen auf, dass Kornilow keinen Unsinn macht. Und wenn jemand sich der Halle nähert, erklären Sie die zum Privateigentum. Sie sind Vertreter einer internationalen Immobiliengruppe.«

»Hoffen wir, dass der Eindringling Französisch spricht.«

»Sie kriegen das hin«, sagte de Bodt. Natürlich, Lebranc war nicht die Idealbesetzung für diesen Job.

»Warum nehmen Sie nicht Floire. Der kann sogar Deutsch.«

»Der hat eine andere Aufgabe. Eine schwere Aufgabe. Dazu brauchen wir seine Sprachkenntnisse.« Das schnell nachgeschoben. De Bodt wusste, dass Lebranc sich zurückgesetzt fühlte. Dass sein Assistent längst in allen Disziplinen besser war. Außer in schlechter Laune. Floire hatte sich im Eiltempo entwickelt. Ähnelte Yussuf.

Der und Salinger stellten sich dazu.

De Bodt nickte. »Lasst uns das neu durchdenken …«

»Och nee«, sagte Salinger. Und lachte.

»Bringen wir es hinter uns«, sagte Yussuf. »Ein Bus fliegt in die Luft. Der russische Botschafter ist unter den Opfern. Eher zufällig. Es sterben ein Staatssekretär und eine DGSE-Abteilungsleiterin aus Frankreich, dazu ein CIA-Agent. Sie wollten sich wohl treffen, um über den Maulwurf in Washington zu reden. Das Gleiche will der VS-Mitarbeiter Solms, dessen Flugzeug gesprengt wird, angeblich war es der IS.«

»Es war der IS, und er war es nicht. Wir wollen diesen schönen Satz doch nicht vergessen«, sagte Salinger. Genervt. Sie hasste dieses Ritual. Alles noch mal von vorn.

»Das ist auch wichtig«, sagte de Bodt ungerührt.

»Den Anschlägen folgt eine Mordserie«, sagte Salinger. Klang nach: Bringen wir es hinter uns. »Russische Diplomaten. Haben eine höhere Mortalitätsrate als die Opfer des Coronavirus. Beim letzten Fall erwiesen die sich auch schon als morbide.«

»Ave, Caesar, morituri te salutant«, sagte Floire.

»Ich bitte Sie …« Lebranc blickte ihn wütend an.

»Ich überstehe das nur mit Sarkasmus«, sagte Floire. Das Gespräch mit de Bodt machte ihn noch aufmüpfiger. Fand Lebranc.

»Wir interpretieren die Ereignisse als Dammbruch. Irgendwer hat was durchsickern lassen. Vom Umfang und der Brutalität der Verbrechen schließen wir auf deren Ziel. Kommen auf Dump. Maulwurf im Weißen Haus.«

»Du kannst auch gern sagen, dass das deine wirren Theorien sind. Hat Tilly doch gesagt, oder?«, fragte Salinger. Bittersüßes Lächeln.

»Die Operation erscheint mir aber überzogen, um diesen Zweck zu erreichen. Es gibt einen Dammbruch dieser Größe nicht. Jedenfalls mir erscheint das abwegig.« Blickte in die Runde. Lebrancs Ohr an Floires Mund. Der flüsterte die Übersetzung.

»Der Anschlag auf Ponomarjew …«

»Und dich«, warf Salinger ein.

»Und mich. Deine Entführung. Das war nicht nur eine Nummer zu viel. Ich musste also meine Theorie vom Kopf auf die Füße stellen. Die wollen Dump stürzen. Vermutlich, um Chaos zu erzeugen. Sie spekulieren auf eine Krise in den USA. Dump lässt sich nicht stürzen ohne Schießerei. Er würde verkünden, dass böse Sozialisten dem stabilen Genie mithilfe einer Lügenkampagne ans Leder wollten. Seine Anhänger glauben das, wie sie vorher jeden Unfug geglaubt haben. Moskau spekuliert auf einen Bürgerkrieg. Einen Zusammenbruch der Institutionen.« Er blickte sich um. »Jemand anderer Meinung?«

»Wie könnte es einer wagen?«, fragte Salinger.

»Ich«, sagte de Bodt. »Die haben Dump ins Weiße Haus befördert. Der erweist sich aber als unkontrollierbar. Vielleicht gab es Absprachen. Natürlich hält sich Dump an gar nichts. Heute so, morgen so. Die wollen sich nicht darauf verlassen, dass er die nächste Präsidentenwahl verliert. Die helfen nach. Entweder per Amtsenthebung oder per Wahlniederlage. Die wollen sichergehen. Wäre auch eine Theorie. Die sich mehr auf Dump konzentriert. Mir scheint, bei der gibt es weniger Hokuspokus.«

»Mehr Ockham«, sagte Yussuf. Und tat so, als wollte er sich rasieren.

214.

Kornilow betrachtete den Kettenring an seinem Knöchel. Wie in alten Filmen. Er mühte sich, ruhig zu bleiben. Wie kamen die auf ihn? Wer waren die? War das eine Geheimdienstoperation? Nein, nicht in Deutschland. Nicht die Deutschen. Er hatte sich vor der Abreise briefen lassen. In Jasenowo. Der Verfassungsschutz würde nichts riskieren. Der BND sowieso nicht. Die Polizei schon gar nicht. Verdammt, wer waren die? Er tat ein paar Schritte. Wie lange würden die ihn gefangen halten? Würden die ihn freilassen? Wenn es vorbei war? Sein Magen biss und drückte.

Es hing mit der Operation zusammen. Das schien ihm klar. Was sonst? Wie kamen die darauf, dass er was damit zu tun hatte? Der Chef hatte ihm erklärt, die wüssten nichts. Da gebe es eine Sonderkommission, BKA und so weiter. Der Chef hatte die Lippen aufeinandergepresst. Die Unterlippe gewölbt. Wie er es immer machte. Wenn es ihm nicht gelang, etwas ernst zu nehmen. Und nun hatte sich dieser de Bodt ins Aus schießen lassen. Suspendiert. Den besten Polizisten, den sie hatten. Der legendäre Erfolge verbucht hatte. Kornilow hatte Merkows Berichte aus Berlin gelesen. Auch den Vermerk, Merkow und Katt nicht zu trauen. Sie seien nützlich, hätten aber zu viel Kontakt mit de Bodt. Früher hätte das für Lager oder Genickschuss gereicht. Heute waren sie beweglicher in Moskau. Sahen eher die Chancen als die Risiken. Schluss mit der Paranoia, sagte der Chef gern. Es gibt den Feind, aber der sitzt nicht überall. Sie waren besser als der Feind. Wir müssen dicht an ihm dranbleiben. Alles erfahren.

Aber jetzt saß er auf einem Campingstuhl mit einer Kette am Knöchel.

Schritte. Die Tür öffnete sich. Der lange Typ mit der Sturmhaube. Er packte einen Mann an der Schulter. Jung, Angst in den Augen. Drückte ihm offenbar eine Waffe in den Rücken. Daher das Hohlkreuz. Die Hände vorn gefesselt. Schubste ihn in den Raum.

Der Maskierte blickte auf den Tisch, dann zu Kornilow. »Du solltest besser aufschreiben, was du verbrochen hast.«

Knallte die Tür von außen zu.

215.

»Wie ist die Lage?«, fragte der Minister. Als wäre er Schukow im Generalstab, der Berichte von der Front verlangte. Und sauer war, weil die faschistische Wehrmacht schon dreimal vernichtet war. Glaubte man den Berichten.

Der Chef zögerte.

»Also beschissen«, sagte der Minister.

»Wir haben ein Problem.«

»Welches?«

»Kornilow ist verschwunden.«

Der Minister erstarrte kurz. »So eine Scheiße.« Es folgte eine Serie von Flüchen.

»Wir konnten nicht erwarten, dass alles glattläuft.«

»Ja, ja. Aber Kornilow. Lebt er noch? Was meinen Sie?«

»Ich glaube, er wurde entführt.«

»Scheiße.« Natürlich, tot wär ihm lieber gewesen. Tote verraten nichts.

»Können wir uns auf ihn verlassen … wenn er verhört wird … robust verhört wird?«

»Er ist ein harter Hund, sagt man. Aber niemand weiß, wie sich jemand unter der Folter verhält.«

»Ja, ja. Suchen Sie ihn. Alle verfügbaren Kräfte …« Flüche. Dann: »Wie geht es in der Botschaft voran?«

»Alles gut. Die Schäden sind begrenzt und behebbar.«

»Das weiß ich. Wie reagieren die Deutschen?«

»Wie gewünscht.« Der Chef überlegte. »Fast scheint mir Kornilows Verschwinden gut ins Bild zu passen. Obwohl wir es nicht geplant hatten.«

»Sie haben Nerven. Nachher fliegt uns alles um die Ohren, weil Kornilow eingeknickt ist.«

»Der hält durch, Herr Minister.«

216.

»Ich bin suspendiert. Was habe ich da zu suchen?«

»Die Kanzlerin lädt Sie ein.«

So saß de Bodt in der Sonderkommission. »Ich bin zwangsbeurlaubt«, sagte er lächelnd, als er den Konferenzraum betrat.

Die Kanzlerin warf ihm einen Blick zu. Nervös. Ringe unter den Augen. »Haben Sie eine Idee, warum die russische Botschaft angegriffen wird? Und warum dann der Botschafter verschwindet?«

»Gerade eingetroffen in Berlin und schon weg«, sagte de Bodt.

Der BND runzelte die Stirn.

Der Verfassungsschutz, mit erstarrter Miene: »Die Russen sagen, dass sich einer aus dem deutschen Personal in den Keller geschlichen hat, um die Bombe zu legen.«

»Aber sie lassen die deutsche Polizei nicht an den Tatort«, sagte das BKA. Becker schickte de Bodt einen bösen Blick.

»Ich glaube, dass die Russen die Bombe selbst gelegt haben«, sagte de Bodt.

»Sie wissen natürlich auch, dass das Verschwinden des Botschafters nichts damit zu tun hat. In den Medien wird über eine Entführung spekuliert…«

»Nein, Kornilows Verschwinden hat nichts mit der Bombe zu tun.«

»Da sind Sie sich sicher?«, fragte Becker.

»Absolut.«

»Ich wurde nicht zu einer Hellseher-Séance eingeladen«, sagte der BND. »Sondern zu einer Krisensitzung. Warum sollten die Russen die eigene Botschaft angegriffen haben?«

»Weil sie stur ihrem Plan folgen. Sie wollen, dass wir Dump für einen Moskauer Spion halten. Und dafür spielen sie Dammbruch. Tun so, als müssten sie ein Riesenleck stopfen, damit bloß nicht rauskommt, dass sie einen Maulwurf im Weißen Haus haben. In Wahrheit wollen sie Dump loswerden.«

Der Verfassungsschutz wackelte mit dem Kopf. »Beim letzten Mal haben Sie uns das Gegenteil erzählt. Dass nämlich Dump ein russischer Spion sei.«

»Moskau hat einen Fehler gemacht«, sagte de Bodt. »Sie haben es überzogen.«

Die Tür flog auf. Der Innenminister. Winkte zur Entschuldigung. »Flug verspätet«, sagte er, während er sich auf einen Stuhl warf.

»Wir machen uns Sorgen wegen des russischen Botschafters«, sagte die Kanzlerin. »Haben Sie Erkenntnisse?«

»Ich fürchte, er wurde entführt«, sagte der Innenminister. »Der Außenminister hat mich unterrichtet, dass es eine Anfrage gibt. Aus Moskau. Sie wollen, dass wir Kornilow suchen.«

»Kornilow ist kein Diplomat. Er ist Offizier des SWR. Haben Sie sich seine diplomatische Karriere näher angeschaut?« De Bodt blickte sich um. Fragezeichen in den Augen der anderen.

»Der war nie Diplomat. Der hat den Job in Berlin im Auftrag des SWR übernommen. Die Botschaft ist das Hauptquartier der Operation Dump. Jedenfalls seit Kornilow hier aufgetaucht ist.«

»Und deren Botschaft in Washington?«, fragte der Innenminister. Klang wie: Erzähl keine Märchen.

»Die sind nicht so blöd, das Hauptquartier ins Operationsgebiet zu legen. Wo sie alle amerikanischen Nachrichtendienste überwachen. Die sich Sachen trauen, die sich hier niemand traut. Unseren Diensten fehlen auch die Mittel, um in die Botschaft einzudringen. Wir trauen uns nicht mal, denen eine Wanze zu verpassen.«

»Was Sie so alles wissen«, sagte der Verfassungsschutz. Beleidigt.

»Er weiß sogar, dass das Verschwinden des Botschafters nichts mit dem Anschlag auf die Botschaft zu tun hat«, sagte der BND.

»Entstammt diese Idee Ihrer Lektüre Hegels?«, fragte der Innenminister. Wischte die Frage gleich weg. »Halten wir uns an die Fakten.«

»Welche?«, fragte de Bodt.

»Erstens gab es einen Anschlag auf die russische Botschaft. Zweitens ist der Botschafter unauffindbar. Mir scheint, da könnte es einen Zusammenhang geben«, sagte Becker. »Sie zitieren doch so gern Ockham. Das Rasiermesser …«

»Manchmal irrt er sich.«

»Schön, dass Sie uns das verraten. Ich komme bei nächster Gelegenheit darauf zurück.« Der BND lehnte sich zurück.

»Wie mir der Innensenator vorhin geschrieben hat, sucht die ganze Berliner Polizei den Botschafter«, sagte der Innenminister. »Außer Ihnen natürlich.« Spöttischer Blick zu de Bodt.

»Halte ich für sinnlos«, sagte der.

217.

»Für noch jemanden gab's keine Kette«, sagte Floire. »Tut mir leid, dass es Sie erwischt hat.« Auf Deutsch.

»Sie sind Franzose?«, fragte Kornilow.

»Ja. Ich darf mich vorstellen. Leblanc … Sie kommen aus Osteuropa … Polen?«

»Nein. Warum sitzen Sie hier?«

»Ich habe keine Ahnung«, sagte Floire.

»Arbeiten Sie für einen Geheimdienst oder so …?«

»Wenn ich's täte, dürfte ich es Ihnen nicht verraten. Geheim.« Er lächelte. »Ich hab Schiss«, sagte er. »Ich glaub, die Typen sind von irgendeinem Geheimdienst.«

»Aha«, sagte Kornilow.

»Warum sitzen Sie hier?«, fragte Floire.

»Keine Ahnung. Ich fürchte, die wollen meine Regierung erpressen. Ich bin der russische Botschafter …«

»Ach, du lieber Himmel«, sagte Floire. Deutete auf den Block. »Was wollen Sie damit?«

»Ich soll ein Geständnis aufschreiben … nein, Scherz beiseite. Die wollen wissen, was … in der Botschaft so passiert.«

Floire setzte sich auf den Boden. Lehnte sich an die Wand. »Das glaub ich nicht.«

»Warum glauben Sie mir nicht?«

»Weil ich draußen gehört habe, dass die Sie bald umbringen müssen. Die Polizei sucht sie. Sie sollen auf keinen Fall gefunden werden. Weil sonst die Identität der Entführer auffliegt.«

»Wie denn? Ich habe keine Ahnung, wer die sind. Ich weiß nur, dass es keine Russen sind. Wahrscheinlich.«

»Bestimmt haben Sie recht.« Floire nickte. Blickte betrübt vor sich hin. »Wenn die Sie umbringen wollen, dann bestimmt auch mich.«

»Die wollen mich tatsächlich umbringen?«, fragte Kornilow.

Leblanc alias Floire nickte. »Sie wollen dieses … Wenn die es haben, dann wollen die Sie freilassen. Das sind Schweine, wirklich …«

»Ja …?«

»Sie reden … nein, das sollte ich …«

»Sagen Sie es. Bitte.«

»Die wollen die Wahrheit aus Ihnen heraus … im Notfall. Hat der lange Typ gesagt.«

»Für wen arbeiten die, verdammt?« Blickte Floire an. »Was wollen die von Ihnen?«

Floire grübelte. »Also, die behaupten, ich hätte was mit den Morden zu tun. Sie wissen, diese Anschläge. Mir wollen die den Anschlag … das mit dem Franzosenpärchen. Er Staatssekretär, sie beim Geheimdienst. Völliger Unsinn. Das interessiert die nicht. Die haben einen Boss, und der glaubt niemandem was …«

Schritte, der Türriegel. Die Tür öffnete sich. Der Lange, der Dicke. Der Dicke trug eine MPi, der Lange eine Pistole. Er winkte Floire zu sich.

»Was …?«

Wieder Winken, mit der Pistole. Floire näherte sich dem Langen. Der nahm ihm die Handschellen ab. »Hände auf den Rücken.« Fesselte Floires Hände auf dem Rücken.

Der Dicke schloss die Tür. Der Lange legte den Zeigefinger auf die Lippen. Sie durchquerten die Halle. Dann schrie der Dicke. Schlug Floire ins Gesicht. Einmal, zweimal, dreimal. Floire brüllte. Der Dicke brüllte zurück. Schlug noch einmal zu.

Der Lange fiel dem Dicken in den Arm, als der ausholte. »Es reicht«, sagte de Bodt.

Lebranc befreite sich wütend. Endlich hatte er zuschlagen dürfen. Ewig hatte er darauf warten müssen.

Floire hatte einmal gebrüllt, dann geschwiegen. »Das musste nicht sein, Chef«, flüsterte er. »Wir hatten einen Schlag verabredet.«

»Es muss glaubwürdig aussehen«, erwiderte Lebranc.

»Das tut es nun auch«, sagte Floire. Er blutete aus der Nase. Blaue Flecken kündigten sich an. Das Auge würde zuschwellen.

De Bodt reichte Floire eine Wasserflasche. Der trank.

»Und Kornilow?«, fragte de Bodt.

»Der tut nur so. Spielt harter Hund. Ich kenn solche Typen. Der hat Schiss.«

De Bodt nickte. Das hatte er gehofft. Dass Kornilow zu diesen Gestalten gehörte, die den Supertypen gaben. Im Inneren aber ängstlich waren. Es geschickt verbargen. Je höher sie aufstiegen, desto toller fanden sie sich. Bis es hart auf hart kam. Und sie vor Angst den Verstand verloren. Er kannte ein paar dieser Sorte. In der Gangsterszene wimmelte es von ihnen. Welche, die Schwächere traten und vor dem Boss Staub fraßen. Kornilow war so einer.

Sie gingen zurück zur Stahltür.

»Lassen Sie die Handschellen dran«, sagte Floire.

De Bodt nickte. Gute Idee. Schob den Riegel zurück. Riss die Tür auf und stieß Floire hinein. Der tat drei Schritte, wankte und brach zusammen.

Die Tür schloss sich.

218.

»So ein Mist«, sagte Merkow. »Die deutsche Polizei sucht überall. Straßensperren auf den Autobahnen. Keine Spur.«

»Das stinkt«, sagte Katt. »Vielleicht ist der übergelaufen. Zu den Amerikanern. Zeugenschutzprogramm, jede Menge Geld.«

Er musterte Katt. »Du hast Ideen.«

»Und die tun so, als ob sie ihn suchten. Was glaubst du, wie lange die in Moskau brauchen …?«

»Die fürchten es längst. Sie haben bestimmt schon Kollegen geschickt …«

»Und warum erfahren wir nichts? Warum sollen wir nicht mitsuchen?«

»Frag den General«, sagte Merkow.

»Weil der uns dann freundlich warnt. Passt auf, ihr steht auf der Abschussliste. Habt zu viel Kontakt zu dem deutschen Polizisten«, erwiderte Katt.

»Wenn der Abschussliste sagt, meint er Abschussliste. Aber den Kontakt zur deutschen Polizei hat er uns befohlen.«

»Vielleicht hat er einen Verdacht? Wegen der GRU-Sache?«, fragte Katt. »Manchmal ist es wie früher …«

»Wirklich merkwürdig, dass wir nicht suchen sollen. Vielleicht wissen die längst, wo Kornilow steckt. Vielleicht gehört das zu einem Plan.«

»Toller Plan, wirklich!«

»Der ist dann aber, sagen wir, verwegen … wie …«

»Ein Sprung aus tausend Metern ohne Fallschirm.«

Merkow nickte. Es sah mies aus. Sie hatten keine Nachricht erhalten. Was hieß, weitermachen wie befohlen. Berichten, was die deutschen Sicherheitsorgane ermittelten. »Was wir tun, ist zu wichtig, um uns auf die Suche nach einem entlaufenen Botschafter zu schicken. Den schon Tausende von Leuten suchen. Die wollen, dass wir über die Suche berichten. Und darüber, ob sie Kornilow finden.«

Er rief de Bodt an. Aber der hob nicht ab. Merkow schickte eine SMS.

219.

De Bodt las die SMS. Klar, der musste einen Bericht nach Moskau schicken. Später. Er beobachtete Kornilow und Floire auf dem Monitor. Sie lehnten nebeneinander an der Wand. Kornilow hatte den Kopf gebeugt. Floire blickte in die Kamera und blinzelte. Grinste für den Bruchteil einer Sekunde.

»Was bist du plötzlich fröhlich«, sagte Kornilow.

»Fröhlich wäre übertrieben. Aber ich habe eine Idee. Wenn du denen sagst, dass du überlaufen willst. Natürlich nur, wenn die mich auch freilassen ...«

»Du bist verrückt«, murmelte Kornilow. »Vielleicht sind das meine Leute. Vielleicht ist das eine Prüfung.«

»Ihr habt ja merkwürdige Diplomatenschulen«, sagte Floire. Ihm setzte der Modergeruch zu. Die einzige Matratze war von unten feucht. An den Wänden erfreuten sich Moose ihrer Vermehrung. Schimmelgestank, scharf. Brechreiztauglich.

»Kann man sagen.« Kornilow klang matt. Jetzt schon.

Vermutlich hatte er ein Büro in Jasenowo. Abteilungsleiter oder so was. Wo ihm dienstbare Geister alles abnahmen, was unter seiner Würde war. Wo er Halbgott spielen konnte. Der verwegene Kundschafter. Der auf seinen Einsatz im Feindesland brannte. Und jetzt in der Scheiße saß. Was er machte, konnte ihm den Kopf kosten. Wenn er nichts machte, konnte ihn das auch den Kopf kosten. De Bodt lächelte.

Floire deutete auf den Tisch. »Vielleicht solltest du nichts tun. Einfach abwarten.« Blickte ihn an. »Das haben die bestimmt nur so dahingesagt, dass sie dich sonst umbringen ...«

»Das waren wirklich Deutsche?«

»Dachte zuerst, es wären Russen. Aber dann fiel mir auf, dass das eher Deutsch klang. Russisch gestammelt.«

»Mit mir spricht der Typ aber Deutsch.«

»Bei mir haben Sie es mit Russisch versucht«, log Floire. »Weil ich später behaupten soll, dass mich Russen entführt haben. Je länger ich darüber nachdenke, desto klarer wird es. Das ist eine Verschwörung.«

Kornilow nickte. Bedächtig. Als hätte er Angst, ihm fiele der Kopf ab. »Wenn wir schon beide … Für wen arbeitest du?«

»Ich glaube, wir haben denselben Chef«, sagte Leblanc alias Floire.

Kornilow blickte ihn an. Hob die Brauen. »Denselben Chef?«, flüsterte er.

»Dump«, sagte Floire.

»Das also.«

»Wir sollten uns gegenseitig helfen.« Mach nicht so schnell, sagte eine innere Stimme. Überzieh es nicht. Aber er spürte auch, dass der Botschafter vor der Kapitulation stand.

Augenschlitze. »Weshalb haben die dich eingesperrt?«

»Keine Ahnung. Am Flughafen Tegel. Da haben sie mich festgenommen. Sie haben keinen Grund genannt. Taten so, als wären sie Polizisten. Ich glaub echt, die sind Geheimdiensttypen. Begründung: Gefährdung der Sicherheit Deutschlands. So ähnlich.«

»Haben die dich über deine Rechte aufgeklärt?«

»Kein Wort.«

»Das sind keine Polizisten. Das ist ein Geheimdienst. Aber der Verfassungsschutz hat so was noch nie gemacht. Vielleicht haben die ihre GSG 9 eingesetzt.«

»Die beschäftigen keine Fettsäcke«, sagte Floire. Und hoffte, Lebranc würde vorm Bildschirm sitzen.

»Dann ist das eine geheime Truppe, was Illegales.«

»Umso gefährlicher. Die Bullen hätten mich nicht so verprügelt.«

»Hast du ausgepackt?«

»Nein. Aber beim nächsten Mal. Die haben mir die Instrumente gezeigt. Wie im Mittelalter. Bügeleisen, Drähte an die Eier. Die Autobatterie steht da schon. Die haben sogar einen alten Bohrer. Den heute kein Zahnarzt mehr benutzen würde.«

»O Gott«, sagte Kornilow. »O Gott.«

»Ich soll dir sagen, dass sie mit dem Bohrer anfangen, wenn du nicht…« Deutete zum Tisch.

220.

»Ich war schon so gut wie im Flugzeug nach Washington. Was angesichts des Zustands unserer Flugbereitschaft ziemlich mutig ist. Ich wollte Dump zum Rücktritt auffordern. Aber jetzt sagen Sie das Gegenteil von dem, was Sie bis vor Kurzem behauptet haben.«

»Ja«, sagte de Bodt. Verscheuchte die Idee, dass die Kanzlerin eine Entschuldigung verlangte. »Die stellen es geschickt an. Tun so, als wollten sie Dump um jeden Preis halten. Nur um uns nahezulegen, ihn zum Teufel zu schicken. Beziehungsweise Ihren amerikanischen Freunden.« Warum wollte die Kanzlerin diese Wahnsinnsreise nach Washington antreten? Gut, die Umfragen waren im Keller. Da musste sie sich was einfallen lassen. Volkes Stimme. So groß war die Verzweiflung.

»Inzwischen bin ich überzeugt, dass die Dump stürzen wollen«, sagte de Bodt. »Vor den Präsidentschaftswahlen. Dass Sie sich zu deren Instrument machten, wenn Sie Dumps Rücktritt forderten.«

»Warum warten die nicht die Wahlen ab? Wenn die ihn nicht unterstützen wie beim letzten Mal, dann verliert er doch fast sicher«, sagte die Kanzlerin.

»Weil der SWR oder wer auch immer die demokratischen Institutionen in den USA zerstören will. Wenn Dump die Wahlen verliert, gehen seine Anhänger auf die Straße, und zwar bewaffnet. Man muss das nur anheizen, Wahlfälschung und so weiter. Es gibt ja schon Ankündigungen. Dass man den rechtmäßigen Präsidenten auch mit Waffen verteidigen werde. Gegen den Putsch der Sozialisten.«

Die Kanzlerin nickte. »Diese Theorie ist so überzeugend wie die vorherige.«

»Was sagen Ihre Berater? Was sagt der Außenminister?«

»Ach die… und der andere, na ja.«

»Also nichts?«

»Die Leute aus meinem Stab sind sich nicht einig. Ebenso wenig die externen Berater. Stiftung Wissenschaft und Politik. Die überschütten einen mit Seiten, vollgeschrieben mit *Wir wissen nicht so recht. Vielleicht ist es dies, vielleicht ist es das.*«

De Bodt nickte. Erhob sich. Blickte auf den Parkplatz des Supermarkts neben der Julius-Leber-Kaserne. Die immer noch als Ausweichquartier dienen musste.

»Ich soll also nicht fliegen? Ihrer Meinung nach«, sagte die Kanzlerin.

»Meiner Meinung nach sollten Sie fliegen und sich nur mit Dump und seinen Leuten treffen. Nehmen Sie Leute mit, die vor Ort analysieren können. Man erfährt ja viel, wenn Leute schweigen.«

»Das kennen Sie als Polizist natürlich.«

221.

»Was läuft hier?«, fragte Merkow.

Sie saßen vor dem *Café Eliza*. Anne hatte ihnen Tee gebracht. Merkow den ersten Aufguss des grünen Tees, de Bodt den dritten. »Den zweiten Aufguss trinkt Svenja.«

»Das fragen Sie besser Ihre Leute.«

Merkow nippte am Teebecher. »Hab ich«, sagte er leise.

»Und?«

»Keine Antwort.«

Salinger und Yussuf setzten sich dazu. Sie hatten an der Suche nach Kornilow teilnehmen müssen. Wobei Krüger sich aufgeführt hatte wie Moltke der Ältere bei der Schlacht von Königgrätz. Aber im Gegensatz zum preußischen General fehlte ihm eine Kleinigkeit: der Überblick. Er hetzte seine Leute durch die Viertel. Ließ zu spät Suchplakate ausdrucken. Gab eine jämmerliche Vorstellung auf einer Pressekonferenz. Die der Polizei böse Schlagzeilen bescherte. Von *Ahnungslosigkeit* war die Rede. *Überforderung*.

Katt fehlte. Das war ungewöhnlich. Hatte Merkow Geheimnisse vor ihr?

»Sie suchen Kornilow doch auch?«, fragte de Bodt.

»Ja«, erwiderte Merkow. »Mit allen möglichen und unmöglichen Mitteln. Fehlt noch, dass Moskau MiGs mit Wärmebildkameras schickt.«

»Wurde er entführt?«, fragte de Bodt. »Gibt es Forderungen?«

»Wir wissen es nicht. Es gibt keine Forderungen.«

»Entführer fordern meistens etwas.«

»Vielleicht ist es ein Geheimdienst, der ihn jetzt befragt.«

»Aber er wird doch nichts sagen. Wie man so hört, ist das ein harter Brocken. Vom SWR«, sagte de Bodt.

»Was Sie alles wissen.«

»Wir sind die Liste der uns bekannten russischen Diplomaten durchgegangen …«

»Verstehe. Weil er nicht draufsteht, ist er Spion.«

»Mit der Einschränkung, dass er es auch sein könnte, wenn er draufstünde.«

Merkow lächelte bitter. Trank. »Ich fürchte, da läuft was schief.«

»Dann kennen Sie also den Plan, der dahintersteckt?«

»Nein. Da fängt das Problem an.«

»Sie haben uns beim letzten Mal geholfen. Gegen die GRU. Weil Sie die Operation lebensgefährlich fanden. Auch für Russland.«

»Davon weiß ich nichts.«

»So ein Gedächtnis hätte ich auch gern«, sagte Salinger.

»Bestimmt nicht«, erwiderte Merkow. »Bestimmt nicht.« Er schloss die Augen. Es war nie einfach, für einen Geheimdienst des Zaren zu arbeiten. Aber nie war es schwerer. Er hatte keine Ahnung, was er tun sollte. Tat er nichts, wurde es ihm vorgeworfen. Das Strafgericht traf ihn auch, wenn er das Falsche tat. Was war das Falsche?

»Ich glaube, Ihr Präsident will Dump loswerden. Und wenn ein Bürgerkrieg dabei abfiele, warum nicht?«

Merkow zuckte die Achseln. Das hatte er sich auch schon gedacht. Aber was hatte Russland von einem Bürgerkrieg in den USA? Löste das auch nur ein Problem? Die russische Wirtschaft würde mit der amerikanischen abstürzen. Die Leitwährung, der US-Dollar, würde ausradiert. Der Welthandel bräche zusammen. Die Chinesen würden verlieren, die Russen würden verlieren, die Europäer würden verlieren. Wer könnte eine Operation planen, bei der alle verloren? Ging es bei Operationen nicht darum, dass einer gewann und ein anderer verlor?

»Mein Präsident will keinen Bürgerkrieg in den USA. Der würde auch uns treffen. Wirtschaftlich, finanziell.«

»Aber der böse Feind wäre am Boden«, sagte Salinger. »Da lohnt sich die Investition dann doch.«

»Die Macht meines Präsidenten beruht darauf, dass wir uns wenigstens einbilden können, uns ginge es demnächst besser. Wirtschaftlich vor allem. Der Nationalstolz ist wie ein Luftballon. Ich kenne keinen, dem nicht irgendwann die Luft ausginge.«

»Schönes Beispiel«, sagte Yussuf. »Aber vielleicht hüpft Ihr Präsident von einem Auslöser des Stolzes zum anderen. Erst die Krim, dann die Ost-Ukraine, und jetzt ein Schlag gegen die USA. Das reicht bis zu den Wahlen.«

Das hatte Merkow auch schon bedacht. Vielleicht die Ausrufung des Notstands, um die Alleinherrschaft zu verewigen. Aber brauchte der Präsident dafür einen Notstand? Reichte nicht die jüngste Verfassungsänderung und eine *Neuinterpretation* von Wahlergebnissen? Die Namen der Institutionen änderten sich, aber nicht die Machtverhältnisse. Es war zum Kotzen.

»Das sind doch nur Spekulationen«, sagte Merkow schließlich.

»Mehr haben wir nicht«, sagte de Bodt. »Aber halten wir fest, dass ein russischer Geheimdienst eine völlig irre Operation führt. Mit Hunderten von Toten. Als wäre es scheißegal. Ich mache Sie dafür mitverantwortlich …«

»Nun ist's aber gut«, schnauzte Merkow. Das hatte er noch nie getan.

»Doch, doch. Sie schreiben Berichte, täglich wohl. Und berichten von der Front. Das dient den Verantwortlichen dieses Blutbads, die nächsten Aktionen zu planen. Oder schreiben Sie etwa keine Berichte?«

Merkow zückte sein Portemonnaie, legte einen Zehn-Euro-Schein auf den Tisch und ging. Langsam. In Richtung Wrangelstraße.

222.

Die Befriedigung glühte nach. Lebranc saß auf dem alten Stuhl und beobachtete seine Gefangenen. Er hatte endlich zuschlagen dürfen.

Kornilow hatte sich erhoben. Lief bis zur Wand und zurück. Blieb stehen. Starrte auf den Notizblock. Ging weiter. Blieb stehen. Starrte auf den Notizblock. Lebranc hörte, wie Floire auf ihn einredete.

»Schreib es auf. Ich füge hinzu, was ich weiß. Dann verlangen wir, dass die Entführer es für sich behalten. Was sie ohnehin tun. Sie müssten sonst zugeben, dass sie uns entführt haben.«

»Was hast du denn zu schreiben?«

»Die Millet war bei der DGSE. Sie hatte wohl etwas herausgefunden über einen russischen Überläufer.«

»Aha«, sagte Kornilow. »Hast du es immer noch nicht kapiert? Es gibt keinen Überläufer.«

Floire blickte ihn erstaunt an. »Was soll dann das Spektakel?«

Kornilow kratzte sich am Kopf. Marschierte weiter. Diesmal hatte er sich die Diagonalen vorgenommen. Wobei er den Tisch umrunden musste. Gerade war die barocke Diagonale dran.

»Dump muss weg«, sagte Kornilow. »Vor den Wahlen.«

»Aha«, sagte diesmal Floire.

»Du kapierst es nicht, Leblanc. Falls es dich tröstet, ich auch nicht ganz. Bei uns spielen manche Schach mit dem Rest der Welt. Täuschen einen Angriff auf dem Königsflügel an. Um dann den Damenflügel anzugreifen. Obwohl die Mitte ihr Ziel ist.«

»Ach, du lieber Himmel!«

»Das verstehst du nicht, weil du von Schach keine Ahnung hast. Wir Russen sind geborene Schachspieler …«

»Bobby Fisher«, warf Floire ein. »Und dieser Norweger … Carlsen …?«

»Fisher war verrückt. Und Carlsen profitiert von Russlands Krise.«

»Krise? Ich dachte, unter dem Präsidenten flutscht das wie zu Zeiten Iwans des Schrecklichen.«

»Willst du mich verarschen, Leblanc?«

Dass dieser Idiot meinen Namen verstümmelt hat, dachte Lebranc. Dafür verdient er noch ein paar Hiebe.

»Natürlich nicht. Ich kann auch anfangen, was aufzuschreiben. Da, wo jemand es überprüfen kann, bin ich genau, aber lückenhaft. Bin ich allwissend? Wo sie nichts überprüfen können, verlass ich mich auf meine Fantasie. Ich will hier raus. Bevor die *poulets* uns finden und die Entführer uns abknallen.« Floire blickte Kornilow an.

Der lehnte in einer Ecke und nickte. »Beeil dich«, sagte er. Als hätte er gerade erst begriffen, dass es um seinen Hals ging. Dass Heldentum ihn ins Grab beförderte. Dass Beweglichkeit, nennen wir es Beweglichkeit, ihm aber eine Chance gab. Wenn er eine Ausrede fand.

223.

De Bodt bekam den Gesprächsmitschnitt per Mail, als er im Regierungsflieger saß. Er steckte sich Hörstöpsel in die Ohren. Lächelte.

»Schön, dass wenigstens Sie einen Grund zur Freude haben«, sagte Becker. Der seinen Ärger nicht verbarg, dass ein Erster Hauptkommissar mitfliegen durfte. Schon wieder. Die Reise war sogar de Bodts Idee. Hatte die Kanzlerin gesagt. Sie sollten herausfinden, was die Amerikaner wussten und planten. »Zeitverschwendung!«, hatte er de Bodt ins Ohr gezischt, als sie auf dem Rollfeld warten mussten. »Wenn wir in diesem Scheißflieger umkommen …«

»Ich frage mich schon eine Weile, warum die einen Regierungsterminal am neuen Flughafen bauen, wenn die Flugbereitschaftsflieger nie da runterkommen, wo sie es sollen.«

Becker verkroch sich seitdem im Loch des Schweigens.

De Bodt ließ sich die Aufnahme durch den Kopf gehen. Sie bestätigte, was sie geahnt hatten. Mehr aber nicht.

Er hatte Salinger und Yussuf gebeten, Lebranc zu helfen. »Du bist verrückt. Aber das ist nichts Neues«, hatte Salinger erwidert. »Falls Krüger uns erwischt, kannst du deine Pension in der Pfeife rauchen und trotzdem auf Staatsknete leben. In Moabit. Und wir auch.«

»Ich werde euch als arme Opfer meiner Verführungskunst entlasten.«

»Du hast auch auf alles eine Antwort.«

»Aber das, wovor man sich bei Antworten in Acht zu nehmen hat, darf man, wenn man selbst etwas durchführen will, möglichst nicht bemerken lassen.«

»Ach, du lieber Himmel. Hegel …«

»Aristoteles.«

»Das macht die Frechheit auch nicht besser.«

224.

Jetzt begannen sie Druck zu machen. Die Leute in der Botschaft in Berlin wurden nervös. Der Außenminister in Moskau hatte einen Hysterieanfall gehabt. Die SWR-Kameraden in Berlin drehten durch. Kornilow war verschwunden. Jeder dachte insgeheim: Und wenn der auspackt? Wenn der übergelaufen ist? Er wäre nicht der Erste. Langjährige Mitarbeiter erinnerten sich der KGB-Krisen, wenn ein Maulwurf aufgeflogen war. Wenn einer die Seiten gewechselt hatte. Trotz der Drohung mit dem Genickschuss. Verräter waren das Übelste im Geheimdienst. Und Kornilow wusste viel zu viel. Er könnte sich das bezahlen lassen.

Merkows Berichte trösteten den Chef nicht. Die deutsche Polizei suchte. Das hatte er auch in den Fernsehnachrichten gesehen. Fahndungsbild, Suchtrupps, Zeugenaufrufe. Das würden sie auch machen, wenn Kornilow zu ihnen übergelaufen sein sollte. Wenn er zu den Amerikanern gegangen wäre, würden die das den deutschen Kollegen nicht verraten. Nein, aus Merkows Berichten konnte er nichts ziehen.

Er spürte aber, dass das die Krise war. Jede große Operation geriet in eine Krise. Weil nie alles so klappte wie geplant. Der Feind war nicht blöd. Es kam darauf an, wie man der Krise begegnete. Ob man panisch reagierte. Den Überblick verlor. In einem Anfall der Hysterie alles abbrach und noch mehr Schaden anrichtete. Keine Sekunde dachte er daran, die Operation Iwan abzubrechen. Sie würden neu planen. Davon ausgehen, dass Kornilow übergelaufen war. Sie mussten ihn als Lügner unmöglich machen. Dokumente präparieren. Die zeigten, dass Kornilow die russischen Behörden getäuscht hatte. Dass er überschuldet war, dass er seine Frau betrog und ein Konto in Liechtenstein besaß. Dass die Moskauer Staatsanwaltschaft wegen Unterschlagung, Korruption und Dokumentenfälschung gegen ihn ermittelte. Alles war vorbereitet. Sie hatten Routine. *Desinformazia.* Die funktionierte auch, wenn der Gegner es wusste.

225.

Der Botschafter holte sie ab. Öffnete der Kanzlerin die Autotür. Verwies ihre Begleiter in den Kleinbus, der hinter dem Benz stand.

»Ich habe ein paar Termine vorbereiten können. Hatte aber zu wenig Zeit«, hörte de Bodt den Botschafter. Dann setzte er sich neben Becker in den Kleinbus.

Die Minikolonne hielt vor einem Stahltor, das sich geräuschlos öffnete. De Bodt erblickte mehrere Gebäude. Viel Stahl, Glas, Holz. Moderne Architektur, weit und hoch. Im großen Haus setzten sie sich in einem Konferenzraum zusammen. Kekse, Thermoskannen, Sandwiches.

»Was ist Kornilow passiert?«, fragte der Botschafter.

226.

»So eine Scheiße«, sagte Kornilow. Er stand vor der Wand. Als wollte er seinen Schädel dagegenrammen. Er hatte wenige Zeilen geschrieben und war aufgestanden. »Ich weiß doch nichts.«

»Das glaub ich nicht«, sagte Floire. »Du weißt zum Beispiel, warum dein Chef dich hierhergeschickt hat. Oder?«

Kornilow bestarrte die Wand. Nickte. Erstarrte. Nickte.

»Du musst gar nichts schreiben«, sagte Floire. »Du lässt es darauf ankommen. Vielleicht bluffen die nur.«

Kornilow nickte wieder. Als wäre er ein Wackeldackel. »Vielleicht bluffen die nur«, wiederholte er.

»Vielleicht auch nicht«, sagte Floire. »Was ich gehört habe, sollte ich nicht hören. Die waren unvorsichtig.«

Wackeldackel.

»Wenn man das durchdenkt, kommt man nur auf eine Lösung. Wenn ich die wäre, ich würde uns verschwinden lassen. Wenn du aber auspackst und das sind … Kollegen, dann kommst du nach Amerika. Kriegst einen Haufen Dollars, eine neue Identität, ein Haus. Dann bist du der King.«

»Und du?«

»Ich kann denen was über die DGSE erzählen.« Floire blickte sich ängstlich um. »Ich arbeite für die als *field agent*, wie die Engländer sagen.«

Kornilow musterte ihn. »Du bist ein Lockspitzel. Du sollst mich zum Reden bringen.«

227.

»Wenn ihr den zufällig findet, tut nichts«, hatte de Bodt gesagt. »Schickt mir eine SMS mit dem Text *Nichts Neues.*«

Salinger hatte ihn gleich verstanden.

Sie hatten nichts gefunden. Weil sie nicht suchten. Krüger schien es egal zu sein. Er trug sein Gestern-Nacht-habe-ich-wieder-mal-zu-viel-gesoffen-Gesicht spazieren. Am Abend spielte er General und teilte den Kollegen Stadtteile zu. Die sie mithilfe der Bereitschaftspolizei und der Streifen abklappern sollten. »Wenn dieser Kornilow nicht schon längst aus Berlin raus ist oder auf dem Grund der Spree liegt.« Das machte den Kollegen so richtig Mut.

Tilly raste durch das LKA wie Speedy Gonzales. Vermutlich, um Anrufen und Besuchen seiner Vorgesetzten zu entgehen. Dass solche Verbrechen geschahen und nicht gesühnt wurden! Wer glaubte da noch an den Rechtsstaat? Wenn die Polizei die Bürger nicht schützen könnte, tauchten bald Milizen auf, die das in die eigene Hand nahmen. Vom Grunewald drangen schon Gerüchte ins LKA. Die Villenbesitzer hätten eine Schutztruppe aufgestellt. Eine Mischung aus russischer Mafia und Rockern. Die Lügenblätter übertrieben, was nicht zu übertreiben war. Im Fernsehen Politiker, die Gesetze für alles Mögliche forderten. Als wären Entführung und Mord bisher keine Straftaten gewesen.

»Wer dauernd neue Gesetze fordert, gibt nur zu, dass er die geltenden nicht kennt oder die Leute belügt«, sagte Salinger.

»Fehlt noch ein Hegel-Zitat, und du wärst eine würdige Vertreterin des Meisters«, sagte Yussuf.

Normalerweise wäre jetzt ein Radiergummi oder eine Büroklammer geflogen. Aber nichts war normal.

»Vielleicht sollten wir Lebranc helfen? So allein, der langweilt sich bestimmt.«

Der empfing sie mit seiner Maschinenpistole im Anschlag.

»Alles in Ordnung?«, radebrechte Yussuf auf Yussuf-Französisch.

Lebranc nickte. Verriegelte die Tür. Yussuf setzte sich vor den Bildschirm. Er hatte die Kamera und das Mikrofon in einer Ritze versteckt. In der Kante zwischen Wand und Decke. Zu hoch, um sie zu ertasten.

Kornilow saß am Tisch und schrieb.

»Ist er endlich gar?«

Salinger stellte sich hinter ihn. »Ich fürchte, der Braten trocknet schon aus.« Sie sah Floire. Der lag auf der Matratze und nickte in Richtung Kamera. Kein Risiko, Kornilow hatte ihm den Rücken zugekehrt. Und schrieb eifrig am Roman seines Lebens.

»Es war nur eine Frage der Zeit«, sagte Salinger.

»Helden haben die auch nicht mehr. Ich sterbe für den Genossen Stalin und die ruhmreiche Sowjetunion! Nee, nee.«

»Da hast du doch gar nicht gelebt.«

»Und du hast in Windeln gekackt«, erwiderte Yussuf. »Tausende von Bäumen haben sie gefällt für deine Pampers. Mit so einem schlechten Gewissen könnt ich nicht leben.« Blickte auf den Bildschirm. »Da.«

Floire erhob sich. Blickte Kornilow über die Schulter. Faltete die Nasenwurzel.

»Wer kann Russisch?«, fragte Yussuf.

228.

Der Mann stellte sich als stellvertretender Innenminister vor. Machte einen abgekämpften Eindruck. Die Kanzlerin verzog keine Miene. Aber es war eine Frechheit, sie mit einem besseren Aktentaschenträger abzufertigen. Des Vizeministers Aktentasche trug eine junge Frau.

Sie setzte sich neben ihren Chef und klappte einen Rechner auf.

»Mein Chef ist leider verhindert«, sagte der Vize. »Sie können sich leicht vorstellen, dass bei uns der Teufel los ist.«

»Dann muss der aber aus Berlin hier eingereist sein. Was angesichts der Sicherheitskontrollen inzwischen selbst Satan schwerfiele.« De Bodt musterte den Vize. Der schickte ihm einen feindseligen Blick.

»Was mein … Sicherheitsberater Ihnen sagen will: Bei uns finden die Ereignisse statt, die Sie natürlich bedrohlich finden.«

»Ja, natürlich, Frau Bundeskanzlerin. Wir haben keine Zeit, unsere *Worte auf die Goldwaage zu legen.*« Die zweite Hälfte des Satzes auf Deutsch. »Ich erwarte Ihre Fragen.«

»Ich darf das Wort meinem Sicherheitsberater übergeben, Herrn de Bodt.«

»Ah ja«, sagte der Vize. »Wir haben von Ihnen gehört. Glückwunsch zur Beförderung auf einen Posten, der offenbar eigens für Sie geschaffen wurde.«

»Temporär«, sagte de Bodt. »Ich habe auf meiner letzten Reise nach Washington keine Antwort auf eine Frage erhalten. Ich würde immer noch gern wissen, ob das FBI Ihren Präsidenten für einen russischen Agenten hält.«

»Schön, dass Sie gleich zur Sache kommen. Nein, unsere Sicherheitsbehörden halten den Präsidenten nicht für einen Spion, von wem auch immer. Sie kennen die Ermittlungsergebnisse unseres Sonderermittlers …«

»So weit sie nicht geschwärzt waren.«

»Gewiss. Aber ich kenne auch die Stellen, die geschwärzt wurden. Ich kann Ihnen versichern, dass auch sie keinen Hinweis in besagter Richtung verbergen.«

Becker saß neben de Bodt und spielte mit seinem Kugelschreiber. Tippte damit auf die Tischplatte. Legte ihn darauf. Schrieb was auf seinem Rechner. Drehte den Bildschirm zu de Bodt.

Wer steckt hinter der Scheiße? Fragen Sie ihn das.
Hätte ich fast vergessen ☺

»Haben Sie eine Idee, wer für die Mord-und-Anschlag-Serie verantwortlich ist?«

»Die Russen, wer sonst?«, sagte der Vize.

»Was bezwecken die damit?«

»Wir haben keine Ahnung.«

»Keine Hypothese?«

»Vielleicht wollen sie unseren Präsidenten stürzen. Vielleicht einen Bürgerkrieg provozieren. Stellen Sie sich vor, der Präsident muss zurücktreten. Und einen Tag später sagen die Medien, dass der Mann unschuldig ist. Dann platzt der Kessel, wenn ich das so sagen darf. Deshalb hat unser Präsident beschlossen, auf gar keinen Fall zurückzutreten. Ich kann Ihnen versichern, dass er unter den Anschuldigungen leidet. Dass er auch Lust hätte, alles hinzuwerfen. Aber wir haben ihn überzeugt, dass dies in der Öffentlichkeit als Schuldbekenntnis wahrgenommen würde.«

De Bodt nickte. Der Mann hatte recht.

»Ich darf noch etwas hinzufügen, im Auftrag des Präsidenten.

Dass er nämlich Ihre Einladung« – Nicken zur Kanzlerin – »annehmen wird. Er kommt schon bald nach Berlin.«

»Wie schön«, sagte die Kanzlerin. Offenbar musste sie erst verdauen, dass Dump sich gerade selbst eingeladen hatte. Um seinen Fans zu Hause schöne Fernsehbilder zu liefern.

229.

»Schöner Reinfall«, sagte Becker, als sie wieder im Regierungsflieger saßen. »Der stellvertretende Innenminister, ein Präsidentenberater, der stellvertretende FBI-Chef. Die Amerikaner halten uns für Schuhputzer.«

»Ich weiß zwar nicht, warum gerade Schuhputzer. Ich bin mit der Reise zufrieden. Wir können die Amerikaner endgültig von der Drahtzieherliste streichen«, sagte de Bodt.

»Interessant.« Spöttischer Unterton.

»Der Präsident wird sich ja wohl nicht selbst einladen, wenn …«

»Es wäre nicht das erste Treffen, das er absagt.«

»Darum geht es nicht«, sagte de Bodt. »Der weiß heute doch nicht, dass er demnächst einen Termin absagt.«

Becker lachte. »Gut, gut, so kann man es sehen.« Blickte der Bodt von der Seite an. »Was wollen Sie jetzt machen?«

»Merkwürdige Frage, ich bin suspendiert.«

Becker hob die Brauen. »Ich erinnere mich, das ist nicht das erste Mal. Mir scheint, Sie lösen Ihre Fälle meist im Urlaub. Sei der freiwillig oder erzwungen.«

»Diesmal akzeptiere ich die Suspendierung. Ich will auch die Ermittlungen nicht weiter stören.«

»Deswegen fliegen Sie mit nach Washington?«

»Er fliegt auf meine Bitte hin mit«, sagte die Kanzlerin, die hinter ihnen stand. »Welche Schlüsse ziehen Sie aus der Reise?«

»Erstens sind wir bis jetzt nicht abgestürzt.«

Die Kanzlerin und Becker lachten. »Was nicht ist …«, sagte der.

»Zweitens habe ich gerade dem Kollegen Becker erklärt, dass wir die Amerikaner als Drahtzieher endgültig streichen können. Der Präsident käme niemals auf die Idee, Berlin zu besuchen, wenn er einen Bürgerkrieg oder was auch immer provozieren will.«

»Und wenn er das getan hat, um abzulenken?«

»Dazu ist er zu wirr im Hirn«, sagte de Bodt.

»Und wenn einer seiner Geheimdienste sich selbstständig gemacht hat? Wie bei den Russen die GRU?«, fragte Becker.

»Ausschließen kann man so was nie. Aber diese Leute in Washington haben bei mir nicht den Eindruck hinterlassen, sie wären besonders gut im Tricksen. Sie sind gute Lügner. Aber fürs Tricksen fehlt ihnen das intellektuelle Niveau. Bei solchen Leuten käme immer nur eines heraus: eine plumpe Lüge.«

»Hoffen wir, dass Ihr Eindruck uns nicht eines Tages trügt«, sagte die Kanzlerin. »Sie werden also weiter der Russenspur folgen?«

»Ich bin suspendiert, Frau Bundeskanzlerin.«

Da lachte sie. Nach kurzem Stutzen fiel Becker mit ein.

230.

»Der Floire ist richtig gut«, sagte Yussuf. »Irgendwas zwischen Delon und Belmondo.«

Lebranc verzog das Gesicht.

Aber Yussuf hatte recht. Floire spielte den Ängstlichen umso besser, je länger er eingeschlossen war. Die Schläge halfen ihm. Er hatte Schmerzen, brauchte sie nicht vorzutäuschen. Und Kornilow hatte die Hose voll. Er saß am Tisch und schrieb, schrieb, schrieb. Schrieb um sein Leben.

Ab und zu stockte der Schreibfluss, und er blickte Floire an. Ob der doch ein Lockspitzel war? Am Ende siegte die Angst über das Misstrauen. Und selbst wenn, überleben würde Kornilow nur, wenn er auspackte. Das hatte er begriffen.

Salinger verfolgte das Geschehen auf dem Bildschirm und im Raum mit einer Mischung aus Hoffen und Bangen. Vielleicht brachte die Aktion den Umbruch. Nur würde sich Kornilow beklagen, dass er entführt worden sei. Moskau würde sie mit Anschuldigungen überschwemmen. Das konnte nicht gut gehen. Eigentlich.

De Bodt betrat die Halle. »Sind die brav?« Fröhlich, als käme er von einem Waldspaziergang zurück.

»Wie war's beim stabilen Genie?«, fragte Yussuf.

»Der hat sich versteckt. Aber immerhin bin ich überzeugt, dass die Amis mit dieser Schweinerei ausnahmsweise nichts zu tun haben.«

»Schön, deine Überzeugung ist natürlich eine Tatsache«, sagte Salinger.

»Nicht weniger als anderer Blödsinn, von dem Minderbemittelte überzeugt sind. Beispiele gefällig?«

»Nein, ich habe auch schon AfD- und Pegida-Sprüche gehört«, sagte Salinger. Blickte zu Yussuf. »Nur bei ihm haben die natürlich recht. Die Invasion der Fremden, um die Deutschen auszutauschen.«

»Offenbar sind wir dabei noch nicht weit genug«, sagte Yussuf trocken.

»In dieser Halle fehlt es an Wurfgeschossen.«

Yussuf deutete auf einen rostigen Anker an der Wand. »Nimm doch den. Oder schaffst du das nicht mit deinen Spargelvorderbeinchen?«

Lebranc blickte von einem zum anderen. Dann auf den Boden.

»Ah, der schreibt. Wurde Zeit«, sagte de Bodt. »Das hat unser Freund Floire gut hingekriegt.«

Immerhin verstand Lebranc, dass de Bodt etwas Gutes über Floire gesagt hatte. Scheißentführung. Er verließ schweren Schritts die Halle. Früher hätte er eine geraucht. Oder getrunken. Oder beides. Er starrte zur alten Villa. Sogar das Efeu war verrottet, hing wie ein überdimensioniertes Spinnennetz an der Wand.

Er sah etwas. Eine Bewegung. Dann eine Polizeiuniform. Er rannte geduckt zur Hallentür. *»Police! Dehors!«*

231.

Floire lehnte an der Wand, den Hintern auf der Modermatratze. Er beobachtete Kornilow, dann blinzelte er in Richtung Kamera. Die Arme schmerzten. Folter war das. Die Hände auf dem Rücken fesseln.

Kornilow beachtete nichts außer dem Block. Die Angst führte seine Hand.

»Schreib bloß keine Lügengeschichte«, hatte Floire gesagt. »Die merken das und werden sauer. Und nieten mich gleich mit um.«

»Ja, ja …«

232.

Merkow steckte das Telefon in die Tasche. »Der US-Präsident kommt bald nach Berlin. Hat sich offensichtlich selbst eingeladen.«

»De Bodt?«, fragte Katt.

Merkow nickte.

»Erstaunlich, was der weiß. Ist doch gar nicht mehr im Dienst.«

»Sei nicht naiv. Als der das letzte Mal nicht im Dienst war, hat er uns in den Arsch getreten.«

»Meiner gehört nicht der GRU«, sagte Katt. Lachte. Tatsächlich, sie lachte. »Mach eine Eilmeldung an den General.«

Merkow nickte. Nachdenklich. Er lächelte. »Ja, mach ich.«

233.

Der Chef las die Nachricht. Kam vom General des Sicherheitsdienstes. Sein Mann in Berlin wollte rausgefunden haben, dass Dump Berlin besuchen würde. Der Chef überlegte. Rief das Vorzimmer des Ministers an. Bekam sofort einen Termin. Musste sich beeilen, um pünktlich zu sein.

Der Minister las die entschlüsselte Nachricht. »Und das ist sicher?«

»Bei Dump ist nichts sicher.«

Der Minister lächelte. »Da haben Sie recht.«

»Aber ich gehe davon aus, dass er kommt. Schließlich will er den Deutschen keine Insel abkaufen.«

Der Minister nickte. Blickte den Chef an. »Wie ich Sie kenne, haben Sie schon eine Idee.«

»Ja«, sagte der Chef. »Aber dazu brauche ich Ihre Genehmigung.« Er beschrieb seinen Plan.

Der Minister schwieg lange. »Aber wir müssten es den anderen in die Schuhe schieben. Kriegen Sie das hin?«

234.

De Bodt verließ die Halle. Winkte den Polizisten auf dem Nachbargrundstück zu. Deren Chef näherte sich. »Der Kollege de Bodt«, sagte Krüger.

»Wir haben hier alles abgesucht. Nichts.«

»Sie sind doch suspendiert.«

»Ich helfe Salinger und Yussuf.«

»Welch selbstloser Einsatz. Ich werde es vermerken, dann kriegen Sie ein Fleißkärtchen vom Kriminalrat.«

»Darüber würde ich mich wirklich freuen«, sagte de Bodt. »Sollte es mir erlaubt sein, in den Dienst zurückzukehren.«

»Sie waren mit der Kanzlerin auf Reisen?«

De Bodt nickte. »War nett.«

»Haben Sie was rausgekriegt?«

»Ja.«

»Darf man fragen, was?«

»Ja.«

235.

Lebranc lugte aus dem Fenster. Es war wie ein Blick durch eine verschmierte Scherbe. Sah de Bodt mit Krüger reden. Sein Puls schlug schon langsamer. Blickte auf Salinger und Yussuf. Die versuchten den Bildschirm mit ihren Körpern zu verdecken. Mühe gaben sie sich aber nicht. Sie schienen de Bodt zuzutrauen, die Kollegen zu verscheuchen.

Mein Gott, in was bin ich reingeraten? Lebranc sah die Polizisten abziehen. Die Gefahr war gebannt. Aber schon lauerte die nächste. Er wusste nicht mal, wo und wann.

De Bodt kehrte zurück. Winkte ab.

Salinger und Yussuf gaben den Blick auf den Monitor frei.

»Er schreibt nicht mehr«, sagte Yussuf leise.

Sie beobachteten Floire. »Bist du endlich fertig? Deine Sündenliste muss aber lang sein.«

»Halt die Klappe!«, sagte Kornilow. »Ich rette uns den Kopf. Da muss ich dein Geschwätz nicht hören.«

Floire grinste. Kornilow war fertig, in jeder Hinsicht.

Der Riegel schrappte. Sie blickten zur Tür. Der Lange und der kleine Dicke. Bewaffnet. Sie winkten Kornilow herbei. Der nahm seinen Block und näherte sich dem Langen, so weit die Kette reichte.

De Bodt nahm den Block. Blätterte. Alles auf Russisch. Er verließ den Raum. »Hoffentlich hast du keine Scheiße geschrieben.«

Die Tür schloss sich.

236.

»Kennst du jemanden, der aus dem Russischen übersetzen kann und die Klappe hält?«, fragte Salinger.

»Ja«, sagte de Bodt.

»Doch nicht etwa den.«

»Er kann das gern lesen.«

»Die bringen Kornilow um, wenn darinsteht, was darinstehen soll.«

»Hast du Mitleid mit einem Schlachtermeister?«

237.

»Das habe ich gefunden«, sagte de Bodt.

Merkow lächelte.

»Wenn Kornilow was passiert, schick ich den Text samt Interpretationshilfe an die Medien.«

»Dass würden Sie tun, ich weiß«, sagte Merkow. »Ich werde das nicht weiterreichen. Es ist gut, dass Sie mir das geben. Vielleicht kann ich etwas davon als Gerücht aus deutschen Sicherheitskreisen nach Moskau berichten.«

»Ich verlass mich auf Sie.«

»Das können Sie. Wie immer.«

De Bodt nickte. Sie konnten sich aufeinander verlassen. Solange sie beachteten, dass sie ihren Regierungen dienten.

Merkow überflog die Seiten.

»Steht drin, was ich glaube?«, fragte de Bodt.

»Es steht drin, was Sie ahnen.«

»Sie wissen, dass ich das Originaldokument besitze und Ihre Übersetzung jederzeit überprüfen lassen kann.«

»Entspannen Sie sich«, sagte Merkow. »Ich weiß von nichts, und Sie wissen noch weniger.«

238.

Der Chef las Merkows Bericht. Vom General geschickt. Kornilow hatte sich befreien können. War gemeinsam mit einem französischen Agenten eingesperrt gewesen. Vermutlich handelte es sich um eine Operation der DGSE. Natürlich suchten die den Mörder von Madame Millet. War logisch. Kornilow würde nach Moskau zurückkehren und geehrt werden. Aber nie mehr den Botschafter spielen. Er versicherte, keine Geheimnisse preisgegeben zu haben. Offenbar stimme das, schrieb Merkow. Wenn nicht, stünde die Geschichte längst in den Medien. Dort las man stattdessen, dass der Botschafter bei einem Spaziergang im Potsdamer Königswald ohnmächtig geworden sei. Dass er nach einiger Zeit aufgewacht sei und eine Ambulanz gerufen habe. Er sei nach Moskau geflogen, um sich medizinisch untersuchen zu lassen. Die Bundeskanzlerin habe ihren Pressesprecher erklären lassen, dass die Regierung Kornilow Gesundheit wünsche.

Die DGSE also. Schon klar, die hatten Kornilow einen Lockspitzel serviert. Der nicht mal Russisch konnte. Kein Wunder, dass die Franzosen in der Spionage unter ferner liefen kamen. Früher hätten die Kornilow den Amerikanern übergeben. Mittlerweile aber trennte nicht nur der Atlantik Europa von den USA. Dump war schon nützlich gewesen. Sollte mal einer sagen, Blödheit sei kein Konzept.

»Gut«, murmelte er. »Warten wir auf die Vernehmung Kornilows durch den FSB in der Lubjanka. Wir haben jetzt Besseres zu tun.« Adrian wäre der Beste dafür gewesen. Aber Adrian war tot. Wedenstein wäre vielleicht noch besser gewesen. Aber der saß im Rollstuhl und im Knast. Rausholen? Wie sollte ein Mann im Rollstuhl diesen Job erledigen? Nein, sie brauchten jemanden, der durchtrainiert war. Der seinen Atem schnell beruhigen konnte, wenn er gelaufen oder im Stress war.

Die GRU musste helfen. Auch sich selbst, das schlechte Gewissen zeigen. Das diese Idioten nicht besaßen. Vermutlich hatten sie bis heute nicht kapiert, was sie angerichtet hatten. Aber sie dürften den Mann haben, den er brauchte. Der Chef griff zum Hörer.

239.

De Bodt starrte an die Wand. Er hatte Merkows Übersetzung des Kornilow-Berichts gelesen. Großer Aufwand, mageres Ergebnis. Merkow hatte recht. Kornilow bestätigte, was de Bodt ahnte. Dass es sich um eine Operation handelte, die einen Maulwurf im Weißen Haus schützen sollte. Dass es Kritik im SWR gab. Weil manche Kameraden fürchteten, die Aktion laufe aus dem Ruder. Je öfter sie zuschlugen, desto größer die Gefahr. Allerdings: Je öfter sie zuschlugen, desto unübersichtlicher die Lage. Desto schwieriger für den Gegner, Motiv und Täter zu finden.

»Was Neues?«, fragte Salinger. Blickte auf die Blätter in de Bodts Händen.

Der schüttelte den Kopf. »Immerhin bestätigt er, was wir bisher geraten haben.«

»Da dir solche feinen Unterschiede angesichts deiner unübertrefflichen Ratefähigkeiten unwichtig sind … Was zählen Bestätigungen, wenn Hegel junior die Tatsachen erahnt hat?«

De Bodt winkte ab. »Mich beunruhigt die Idee, dass die uns vorführen.«

»Hat Kornilow gelogen?«

»Nein. Er hat aufgeschrieben, was er zu wissen glaubte. Glatt möglich, dass die diese Variante mitgedacht haben.«

»Dass er zu einer Aussage gezwungen würde?«

De Bodt nickte. »Wenn ich so eine Operation planen würde, würde ich das Scheitern einrechnen. Um es zu benutzen. Die haben das lange geplant. Und es fehlt ihnen weder an Rücksichtslosigkeit noch an Raffinesse. Noch an Zynismus.«

»Es kann das Gegenteil richtig sein«, sagte Yussuf.

»Das auch«, erwiderte de Bodt. »Vielleicht veranstalten die diese Scheiße, um die richtige Operation im Chaos zu verbergen.« Die Daumen fuhren Karussell. »Die wollen Dump beseitigen. Darüber denke ich schon länger nach. Und zwar vor den Wahlen …«

»Bürgerkrieg, hatten wir schon«, sagte Salinger.

»Nennen wir das Wissen den Begriff, das Wesen oder das Wahre oder das Seiende oder den Gegenstand, so besteht die Prüfung darin, zuzusehen, ob der Begriff dem Gegenstande entspricht«, erwiderte de Bodt.

»Ja, Herr Hegel.«

»Gut, ich bin stolz auf dich«, erwiderte er.

Die Tür sprang auf. Tilly baute sich im Büro auf. »Sie sind suspendiert, Herr de Bodt.«

»Ich besuche meine Kollegen«, sagte de Bodt.

»Die werden gebraucht. Der Hauptkommissar Krüger sucht Verstärkung. Wir müssen Kornilows Entführer finden. Die Russen machen Druck. Das Auswärtige Amt hat deren Außenminister direkt zum Polizeipräsidenten durchgestellt.«

»Wie aufregend«, sagte Yussuf.

»Kann man nur hoffen, dass der Präsident dem die Meinung gegeigt hat. Mir ist es scheißegal, was dieser Außenminister sagt. Die sind verantwortlich für dieses Blutbad«, sagte Salinger.

»Und dieser sogenannte Botschafter war in Wahrheit der Vertreter einer kriminellen Vereinigung«, sagte Yussuf.

Tilly erblasste, dann errötete er. »Was bilden Sie sich eigentlich ein? Wenn …«

»Wenn jeder hier nachdächte, würden wir nicht die Entführer eines Gangsterunterhäuptlings suchen. Sondern die Drahtzieher der Anschläge. Ein Massaker, um den Bekloppten in Washington abzusetzen. Die hätten dem doch Sibirien dafür anbieten können«, sagte Yussuf.

Tilly schielte zu den Blättern auf de Bodts Knien. »Dann wissen Sie also, wer diese Straftaten begangen hat. Und mit welchem Motiv.«

»Ja«, sagte de Bodt. »Und den Botschafter haben die Russen entführt.«

»Den eigenen Botschafter? Sie drehen durch.«

»Die haben doch auch eine Bombe im Heizungskeller der eigenen Botschaft hochgehen lassen.« Salinger hob den Zeigefinger. »Wir leben in verwickelten Zeiten.«

Yussuf hielt die Hand vor den Mund.

Krüger erschien. Mit seinem Wodka-Antlitz.

»Kommt mit, Kollegen«, sagte er.

»Entführer fangen«, sagte Salinger. »Als hätten wir nichts Besseres zu tun.«

»Motzen Sie hier nicht rum. Das hilft keinem«, sagte Tilly scharf.

»Doch, mir.« Sie stellte sich einen knappen Meter vor ihm auf. »Dieser Kornilow hat sich von den eigenen Leuten entführen lassen. So sehe ich das. Wir haben einen Bombenanschlag auf einen Bus, einen Flugzeugabsturz durch eine Bombe. Und Sie suspendieren Ihren besten Ermittler und jagen Entführer, die sich längst literweise Borschtsch, Kaviar und Wodka reinziehen. So, das hat mir jetzt geholfen.«

»Lass stecken«, sagte Krüger.

Yussuf verzog das Gesicht, als hätte ihm ein Hai das Bein abgerissen.

Als Tilly mit de Bodt allein war, sagte er: »Ich weiß nicht, was Sie mit der Kanzlerin verabredet haben. Ich kann in Ihrem Interesse nur hoffen, dass es aufgeht.«

»Ich weiß, dass Sie mich am liebsten gestern schon rausgeschmissen hätten. Machen Sie's doch einfach. Haben Sie Mumm!«

Tilly drehte ab und verschwand. Trippelnd entfernten sich die Schritte.

De Bodt überflog noch einmal Kornilows Bericht. So ein Mist. Der wusste gar nichts. Nichts jedenfalls, das sie weiterbrachte.

240.

Der Chef bat den Mann, sich zu setzen. Vor seinem Schreibtisch. Der Chef hatte eine Art Heft in der Hand. Blätterte darin, als hätte er es nicht längst gelesen.

»Ihre Schießleistungen sind beeindruckend«, sagte der Chef. Blätterte weiter.

Der Mann vor ihm war schmächtig und blass. Er nickte vorsichtig.

»Vincent Klodt, das ist kein russischer Name.«

»Mein Vater stammt aus Deutschland. Meine Mutter aus der Gegend um Minsk. Sie hat in einer Sowchose gearbeitet.«

Als wüsste der Chef das nicht längst.

»Sie waren in Venezuela.«

Klodt nickte.

»Und an Orten, über die wir besser nicht sprechen.«

»Danke«, sagte Klodt.

»Sie wurden jüngst zum Oberleutnant befördert«, sagte der Chef auf Deutsch. Es klang ein bisschen eingerostet. »So früh, nicht schlecht.«

»Danke, Chef«, erwiderte Klodt auf Deutsch.

»Deutsch ist Ihre zweite Muttersprache«, sagte der Chef.

»Ja. Ich spreche es fließend und ohne Akzent.«

Der Chef nickte. Er war zufrieden, so weit einer wie er zufrieden sein konnte. »Sie kennen Georgia schon?«

»Ich habe einen Teil der Schießausbildung mit ihr gemacht. Sie ist gut. Nur ihr Deutsch ist … Es klingt wie Sprachschule.«

Der Chef nickte. Vincent gefiel ihm. Er hatte Georgia überprüft. Sie konnte gut Deutsch, aber der Klang des Russischen schwang mit. »Du wirst für sie mitreden müssen. Ihr seid ein Ehepaar. Ihr habt eine Weile in Polen gelebt, um Georgias Großmutter zu pflegen. Kein Deutscher kann einen Russen von einem Polen unterscheiden. Du warst Student in München und Heidelberg. Mathematik.«

Klodt nickte. Als hörte er es zum ersten Mal. Sie hatten ihn getrimmt für diesen Einsatz. »Georgia hat in Warschau studiert. Germanistik. Sie hat das wirklich studiert, allerdings nicht in Polen. Und Mathematik war dein Hobby in der Schule.«

»Ist es noch. Und Schach.«

Der Chef lächelte. Es stand alles in der Akte. Aber es war gut, es vom Kandidaten selbst zu hören. Der Chef war zufrieden. Georgia war perfekt, und Vincent war es auch. Vincent, der nun Wolfgang Müller heißen würde. Und Georgia war seine Frau Emma.

»Darf ich fragen, was unsere Aufgabe sein wird?«, fragte Vincent alias Wolfgang.

»Sie sollen den Präsidenten der Vereinigten Staaten erschießen.«

241.

De Bodt lag auf dem Bett. Schloss die Augen. Neben ihm lag Hegels *Wissenschaft der Logik*, Band eins. Hatte ihm nicht geholfen. Weil ihm Tatsachen fehlten. Oder zumindest die Vorstellung von Tatsachen. Er hatte zusammenzusetzen versucht, was er wusste und ahnte. Ein übles Puzzle. Außerdem umkreiste eine Idee seinen Kopf. Er ging davon aus, dass Moskau Dump loswerden wollte. Oder war er wieder auf einen Trick hereingefallen? Vielleicht war es der Eindruck, den die Planer der Operation erwecken wollten? Dass die deutschen Behörden mit aller Kraft und allem Verstand ermittelten. Um stolz ein Ergebnis zu finden. Ein Ergebnis, dass sie finden sollten. Wenn de Bodt eine Geheimoperation vorbereiten würde, er würde den Gegner bei einem Missgriff belohnen. Nachdem der glaubte, alle falschen Fährten umgangen zu haben. Um ein Ermittlungsergebnis zu erhalten, das perfekt war. Aber grundfalsch. Was die Ermittler nicht merkten. Weil sie glücklich und stolz waren, den Weg aus dem Labyrinth gefunden zu haben. Dabei war der Ausweg aus dem Labyrinth erst dessen Eingang. Wer so plante, rechnete aber mit einem Widersacher, der den Eingang fand. War es realistisch? Konnte der Gegner sich darauf verlassen, dass die Ermittler den Ausweg überhaupt fanden? Je komplizierter sie die Geschichte anlegten, desto höher die Wahrscheinlichkeit des Fehlschlags. De Bodt nickte. Das Versteckspielen nutzte nichts, wenn es den Gegner nicht zum Ziel führte. Die Planer würden sich im eigenen Netz verfangen. Sie müssten Hinweise geben, dass das perfekte, aber falsche Ermittlungsergebnis an einem Ort wartete. Würde es nicht gefunden, wäre die Operation gescheitert.

Was müsste er tun, um das Ziel auf jeden Fall zu erreichen? Was war das Ziel? Er überlegte alles noch einmal von vorn. Erst hatte er gedacht, Dump wäre ein russischer Spion. Aber der war sogar als Maulwurf nicht zu gebrauchen. Ein Agent im Einsatz verhielt sich … sachlich. Er würde sich nicht in aller Öffentlichkeit einen runterholen. Würde er sich dem Beschuss des Gegners aussetzen? So leichtfertig, dass es die eigene Stellung untergrub? Würde er es riskieren, sich einem Amtsenthebungsverfahren zu stellen? Wäre er so dumm, sich das halbe Land zum Feind zu machen? Würde er die eigene Wiederwahl gefährden? Nein, Dump war ein unreifes Großmaul. Der auf dem Schulhof am Ende allein in der Ecke stünde, weil die Kameraden seiner überdrüssig wären.

Nein, Moskau versuchte nicht, einen Maulwurf Dump zu schützen. Moskau versuchte den Präsidenten zu stürzen. Vor den Wahlen. Weil niemand sicher sein konnte. Vielleicht inszenierte Dump irgendwo einen Krieg, um die Wahlen doch noch zu gewinnen? Zuzutrauen wäre es ihm. An Feinden mangelte es ihm nicht.

Dieser Fall hatte mit Kriminalistik nur noch am Rand zu tun. Man musste das ganze Spiel verstehen, um Schlussfolgerungen zu ziehen. Die falsch sein konnten. Aber besser waren als keine Schlussfolgerung. Wenigstens in diesem Fall. Er griff zum Telefon und wählte die Nummer.

242.

»Ganz Russland ist glücklich«, sagte Merkow. Ohne eine Regung.

»Freut mich«, erwiderte de Bodt.

»Herausgekommen ist nicht viel«, sagte Merkow.

»Außer dass Ihre Regierung in der Scheiße steckt«, erwiderte de Bodt.

Merkow blieb stehen. Blickte de Bodt erstaunt an. »Vermutlich«, sagte er endlich. »Aber das ändert auch nichts.«

Ein Rudel Radfahrer drängte sich klingelnd vorbei. Auf dem Kanal trieb ein Schlauchboot. Darin ein Pärchen. Er mit Kopfhörer, sie schien zu schlafen, den Kopf auf seinen Knien. Ein Elektroroller holperte ihnen entgegen. Er am Lenker, sie an seinen Hüften.

»Ich will Ihre Loyalität nicht testen. Aber was für einen Sinn hat das Blutbad? Wenn meine Regierung Ähnliches anrichtete, ich würfe ihr Stinkbomben ins Büro. Mindestens.«

»Ich bin Russe«, sagte Merkow ohne zu zögern. »Und ich habe Spielraum.« Als hätte sich diese Antwort lang in ihm vorbereitet.

Salinger hatte ihn vom ersten Zusammentreffen an abgelehnt. Ihm die Gewaltakte seiner Regierung vorgehalten. Von Tschetschenien bis zur Ukraine. Von der Schwarzen Propaganda bis zur Ermordung von Verrätern. Aber Merkow hatte sich nicht angreifen lassen. Er behielt seine Meinung für sich. Weil er wusste, dass sie ihm ohnehin nicht glaubte. Aber immerhin hatten Merkow und Katt de Bodt in Dänemark rausgehauen. Und geholfen, den jüngsten Angriff der GRU in eine Pleite zu verwandeln. Ja, Merkow war Russe, und er erlaubte sich einen Spielraum außerhalb der Befehlskette.

Doch gab es Themen, die de Bodt mit ihm nicht besprach. Gern hätte er ihn gefragt, wann der Killer komme. Der Killer, der den US-Präsidenten tötete. In der Nacht, mit Hegels *Wissenschaft der Logik* im Bett. In dieser Nacht hatte de Bodt zwei und zwei zusammengezählt. Beziehungsweise, was er für zwei und zwei hielt. Wenn der SWR, der Moskauer Präsident oder wer immer den amerikanischen Präsidenten loswerden wollte, konnte er sich abwarten nicht leisten. Die Präsidentschaftswahlen standen vor der Tür. Das Amtsenthebungsverfahren war gescheitert. Wer Dump loswerden wollte, musste ihn töten.

Aber das erklärte er Merkow nicht. Der müsste es in seinem nächsten Bericht melden. So waren die Regeln.

Davon abgesehen, Merkow kam selbst darauf. War vielleicht schon daraufgekommen. Was nicht ausgesprochen wurde, war nicht gesagt.

243.

De Bodt fuhr direkt zur Julius-Leber-Kaserne.

»Bei uns?«, fragte die Kanzlerin.

»In Berlin«, sagte de Bodt. »Es ist Dumps einzige Auslandsreise vor den Wahlen.«

»Warum nicht in den USA?«

»Weil die den Mann dort komplett abschirmen. Hier wäre es unsere Verantwortung. Außerdem hat Moskau das Feld schon bereitet. Die Botschaft ist das Hauptquartier. Was die durch den dilettantischen Bombenanschlag auf den Heizungskeller eher bestätigt haben.«

»Sind die so dumm?«

»Die sind nicht dumm. Aber manchmal sind Dummköpfe an Operationen beteiligt. Das soll sogar in Regierungen vorkommen.«

Die Kanzlerin lächelte. »Ich weiß jetzt wirklich nicht, von wem Sie reden.«

»Ich kann es nicht beweisen. Habe mich aber in die Lage der anderen versetzt. Wenn die Dump ausschalten wollen, das wäre die beste Gelegenheit. Solange Dump sich im Weißen Haus einbunkert, kommen die nicht an ihn ran. Im Flugzeug auch nicht. Ich habe überlegt, ob die einen Raketenangriff planen. Vielleicht, aber ich halte es für unwahrscheinlich. Erstens hat die Präsidentenmaschine Abwehrsysteme eingebaut. Zweitens wäre der Einsatz von Boden-Luft-Raketen verräterisch. Die Billigversionen genügen nicht. Die modernen, komplexen Systeme hinterlassen Spuren. Denken Sie an den Angriff auf die Passagiermaschine über der Ukraine. Ein Angriff dieses Kalibers bleibt nicht unerkannt. Und die Urheber werden entlarvt. Schießen Russen den US-Präsidenten ab, dann ist das der Krieg.«

Die Kanzlerin nippte an ihrem Tee. Draußen dröhnte ein Flugzeug nach Tegel. Vor dem Fenster Hitzeschwaden. Die Klimaanlage summte.

Sie überlegte. »Klingt überzeugend. Warum wollen die den umbringen? Er verliert die Wahlen doch sowieso, wie es aussieht. Er kommt nach Berlin, weil er einen tollen Deal machen will. Uns hat er aber bisher nicht verraten, was er will. Vielleicht Helgoland?«

»Die wollen jedes Risiko ausschließen. Vor allem aber die US-Wahlen torpedieren. Stellen Sie sich vor, der wird in Berlin ermordet.«

»Dann würde jeder zuerst denken, wir steckten dahinter. Mindestens haben wir nicht aufgepasst. Und in den USA gibt's Krawall.« Sie nickte. »Aber was haben die Russen davon? Die Märkte brechen zusammen. Der in Moskau auch.«

»Die haben andere Werte. Denen geht es um eine Art Schlussabrechnung. Vielleicht. In Wahrheit weiß ich es nicht.«

»Ich dachte, Sie wissen alles. Schade.« Nicht mal ein müdes Lächeln folgte. »Und nun?«

»Jetzt müssen wir den Killer suchen, den es in meiner Fantasie gibt.«

Sie hob die Brauen. »So eine Scheiße«, flüsterte sie. »Soll ich den russischen Präsidenten anrufen?«

De Bodt blickte sie an. »Ich weiß es nicht. Wenn die einen Killer schicken, wird er es abstreiten. Wenn sie keinen schicken, sowieso. Vielleicht würde er erst recht einen schicken. Um zu beweisen, dass er nichts damit zu tun hat.«

»Von hinten durch die Brust ins Auge.« Sie stellte sich ans Fenster. Zwischen den Bäumen schimmerte das Namensschild des Supermarkts. Gelb wie der Neid. »Der Wirtschaftsminister hat zuletzt einen Witz erzählt. Über Sie … dass mit Ihnen das Unglück über Berlin gekommen sei. So ähnlich …«

De Bodt grinste. »So ist es wohl.«

244.

Wolfgang und Emma. Man gewöhnt sich an vieles. Sogar an diese Namen. Vincent alias Wolfgang lächelte Emma alias Georgia an. Er hatte an *Georgia on my mind* gedacht. Aber es sich verkniffen. Tausendmal gesagt, tausendmal gehört. Sie gefiel ihm. Wie die Idee, mit ihr zusammenzuarbeiten. Pärchen zu spielen. In den ersten Tagen verhielten sie sich wie Touristen. Gewöhnten sich daran. Am ersten Abend hatte sie ihm erklärt, dass sie einen Freund habe. Dass ihr Aufenthalt vom ersten bis zum letzten Tag beruflich sein werde. Doch war sie freundlich geblieben. An der Rezeption hatte sie ihren Arm um seine Hüfte gelegt und ihn verliebt angelächelt. Gute Schauspielerin. Vincent hätte ein Abenteuer gern mitgenommen.

»Der gefährlichste Job meiner Karriere«, sagte er beim Abendessen im Hotel.

»Meiner auch.« Sie blickte ihn an. »Wenn wir es gut vorbereiten, klappt das. Auch wenn wir auf uns allein gestellt sind.«

»Wir können euch keine Verstärkung geben«, hatte der Chef gesagt. »Ihr versteht das.«

Natürlich verstanden sie das. Jeder Mitwisser konnte sie verraten. Zu den Deutschen oder Amerikanern überlaufen. Die CIA winkte mit Dollarscheinen. Viele Dollars plus Schutzpaket für den, der das Attentat verhinderte und die Täter auslieferte. Man hätte ausgesorgt fürs Leben.

»Wir brauchen keine Beschützer«, hatte Georgia erwidert.

Inzwischen hatten sie die Mail bekommen. Wo sie den Waffenlieferanten treffen würden. Sie hatten bei der Vorbereitung in einem geheimen Militärlager in der Nähe von Novosibirsk mit dem Armalite AR-50 geübt. Einer schweren Waffe mit einem Kaliber von 12,7 mal 99 Millimetern. Der Ausbilder hatte von seiner *Kanone* gesprochen. Das großkalibrige Gewehr hatte eine brutale Durchschlagskraft. Sie hatten die Kugeln der Nato-Patronen an der Spitze über Kreuz gekerbt. Sie würden im Körper der Zielperson aufplatzen und alles Gewebe zerfetzen. Georgia musste nicht genau schießen. Ein Körpertreffer, und der Auftrag war erledigt.

Der Schießtrainer hatte Georgia anfangs beäugt. Wie wollte eine solch zarte Person die fünfzehn Kilogramm und die Größe der US-Flinte beherrschen? Dann sah er, wie Georgia die Waffe aufs Zweibein legte. Das Zielfernrohr justierte und nach dem fünften Schuss einen Treffer nach dem anderen erzielte. Sogar noch auf einen Kilometer. Sie hatten von Hand gefertigte Dummys aufgestellt. Und an den Scheibenhaltern hing ein lebensgroßes Poster von Dump. Georgia schoss den rothaarigen Kopf weg. Später gelangen ihr Treffer in die Brust. Keinen einzigen Schuss hätte Dump überlebt.

»Ihr müsst den richtigen Moment abpassen. Ihr habt einen Schuss, vielleicht zwei. Unerwartetes kann deine Treffsicherheit beeinträchtigen. Wir schießen hier auf Scheiben und Dummys. Was anderes ist es, auf Lebendziele zu schießen, die sich erratisch bewegen. Passt den Augenblick ab, wenn Dump nicht vollständig vom Körper eines Leibwächters abgeschirmt wird. Musst du nachladen, nimm kein

Dumdum-Geschoss. Schieß durch den Leibwächter durch. Ein Treffer dieses Kalibers sollte noch für jemanden hinter Dump reichen. Prägt euch ein: Wenn es gelingt, einen Schuss auf Dump abzufeuern, wartet keine Sekunde. Lasst das Gewehr samt Patronen liegen. Wendet eure Jacken und verschwindet. Ich will euch gesund wiedersehen. Wenn sie euch auf den Fersen sind, nehmt das.«

Er stellte zwei Fläschchen auf den Tisch. »Im Gegensatz zu Zyankali schmerzfrei. Ihr bekommt auch Pistolen zur Selbstverteidigung. Oder für den Fall, dass ihr ans Fläschchen nicht herankommt. Der Feind darf keine Spur von uns finden.«

245.

»Sie sind … Sie haben die Wirklichkeit verloren.«, sagte Becker. Der seinen Zorn mühsam zügelte.

»Sie sprechen von einer Wirklichkeit, die nur in ein anderes Element erhoben worden, ohne in diesem die Bestimmtheit einer nicht gedachten Wirklichkeit verloren zu haben?«, fragte de Bodt.

»Das ist nicht die Zeit für Sprüche«, erwiderte Becker. An seiner Seite Krüger und Tilly. Die Dreifaltigkeit der Kriminalistik.

»Es ist immer wieder interessant, was Ihr Hirn so ausbrütet«, sagte der Kriminalrat.

»Schon klar, dass Sie Hegel nicht verstehen. Es wäre aber besser. Bei einem Verbrechen der üblichen Preislage genügt es, Fakten an Fakten zu reihen. In diesem Fall reicht es nicht.«

»Danke für die Belehrung«, sagte Tilly. »Das Gerede hilft nicht weiter.«

»Ihre Geistlosigkeit noch weniger.« De Bodt bereute sofort, es gesagt zu haben. Sie nervten ihn schon mehr als eine halbe Stunde. Er hasste dieses Gerede, das weniger sagte als Schweigen. Mit Hegel gesprochen, war dieses Geschwätz nur der materielle Ausdruck der Leere in ihren Hirnen. Aber es nützte ihm nichts, den Tillys dieser Welt die Wahrheit zu sagen. Sie verstanden sie nicht. Sie konnten ihm aber Knüppel zwischen die Beine werfen.

»Versuchen wir es noch mal«, sagte Tilly. »Sie wollen eine Sonderkommission zusammenstellen. Unter Ihrer Leitung. Und diese Sonderkommission soll den Attentäter ergreifen, der Präsident Dump ermorden will.«

»Das ist die einzige Idee, die ich in letzter Zeit gehört habe.«

»Immerhin hören Sie sich selbst zu. Vielleicht versuchen Sie es auch mal bei Ihren Kollegen und Vorgesetzten.«

»Von denen höre ich nur: Weiß man nicht. Glaubt man nicht.« Er ließ seinen Blick über die drei Männer ihm gegenüber streifen. »Haben Sie eine Idee, wie wir die Ermittlungen fortführen sollen? Und wie wir das Attentat verhindern?«

»Das ist doch ein Hirngespinst«, sagte Krüger. »Zu viel Hegel gelesen letzte Nacht?«

»Besser als Schnaps«, erwiderte de Bodt.

Krügers Gesicht verwandelte sich in eine Tomate, farblich gesehen.

»Attentat, wie kommen Sie darauf?«, fragte Tilly vorsichtig.

»Wenn die Dump loswerden wollen, dann wäre sein Besuch in Berlin die letzte Chance vor den Wahlen. Wenn Sie einverstanden sind, beende ich jetzt meine Suspendierung. Wenn jemand fragt, können Sie ja erklären, ich hätte mein Vermögen auf den Caymans UNICEF gespendet.«

De Bodt erhob sich und ging.

246.

»Diese Soko bilden jetzt also wir. Und du hast deine Suspendierung selbst aufgehoben.« Salinger musterte ihn. Wie einen, bei dem man nicht so recht wusste, wie er reagieren würde. Ob der durchdrehte und mit der Dienstpistole um sich schoss. Oder weinend zusammenbrach. Oder was dazwischen.

Aber de Bodt schoss und weinte nicht. Und auch nichts dazwischen. Er setzte sich auf seinen Stuhl neben der Tür. Einen Notizblock auf den Knien. »Wo fangen wir an?«, fragte er. »Logischerweise doch bei der Einreise.«

»Du meinst, dieser Killer hat sich ein K auf die Stirn tätowieren lassen?«, fragte Yussuf.

»Wenn wir die Passagierlisten der letzten Wochen mit unseren Datenbanken und denen von Europol und Interpol abgleichen … Natürlich hätten wir unwahrscheinliches Glück, wenn die noch mal jemanden schickten, dessen Daten man im Darknet kaufen kann.«

»Nee«, sagte Yussuf. »So blöd sind die nicht. Aber wir können Uhlenhorst bitten, die Suche anzuleiern. Dann wäre es getan, und wir hätten Zeit für die wichtigen Dinge.«

»Danke, Ali«, sagte Uhlenhorst. Der schon eine Weile in der Tür stand. Er wandte sich an de Bodt. »Interessieren euch Spuren vom Flugzeuganschlag?«

De Bodt zögerte. »Natürlich, natürlich …«

Uhlenhorst gab ihm einen Plastikbeutel. Darin verkokeltes Leder. »Das Papier ist nur teilweise zerstört. Das gehörte Solms. Offiziell weiß ich nichts davon. Du bist der Erste, dem ich es zeige.«

De Bodt holte Gummihandschuhe aus seinem Schreibtischschubfach. Streifte sie über und zog das Notizbuch aus dem Beutel. Als er es öffnete, fielen Fetzen auf den Boden. Er bückte sich und steckte sie wieder hinein. Legte das Notizbuch auf den Schreibtisch. Setzte sich dahinter. Faltete es auf. Blätterte vorsichtig. Asche rieselte auf die Tischplatte. Nachdem er geblättert hatte, begann er von vorn. Yussuf und Salinger blickten ihm über die Schulter.

»Ich mach jetzt mal unwichtige Sachen«, sagte Uhlenhorst und zog ab. Yussuf hatte es ihm erklärt.

Dump? Russ. Qu. Prüfen.

Dazu Flugdaten.

Davor eine Checkliste. Die offenbar nichts zu tun hatte mit Dump. Oder Solms' Reise zum MI5.

»Er wollte wohl fragen, ob der MI5 auch Informationen über Dump hatte«, sagte de Bodt.

»Na ja, er wird ja keine Geheimnisse in sein Notizbuch geschrieben haben«, sagte Yussuf.

»Er wäre nicht der erste Geheimnisträger, der was verliert«, erwiderte Salinger.

»Das bringt uns nichts«, sagte de Bodt. »Außer dass es unsere Hypothese bestätigt. Solms wurde ermordet, weil er was wusste. Oder weil Moskau wollte, dass herauskam, was er zu wissen glaubte. Wir gehen von Letzterem aus.«

»Du«, sagte Salinger. »Es gibt nicht den geringsten Hinweis aufs Gegenteil. Außer dass du die Operation zu groß findest. Und jetzt glaubst du, wir müssten einen Attentäter jagen.«

De Bodt blickte sie an. »Allein schaffe ich es nicht.«

»Wir helfen dir bei der Gespensterjagd. Vielleicht sind es auch Vampire. Dann sollten wir uns schnell mit Holzkeilen und Kreuzen bewaffnen.«

»Seit wann entscheidest du das für mich?«, fragte Yussuf.

»Du hast doch keine Ahnung von Vampiren. Schnitz dir einen Halbmond …«

247.

Wedenstein grinste. »Sie haben sogar den Traum meiner schlaflosen Nächte mitgebracht.«

De Bodt und Salinger setzten sich ihm gegenüber im Besucherraum. »Da draußen läuft jemand rum, der Dump umbringen will. Erschießen, nehme ich an. War das nicht eine Ihrer Qualitäten?«

Bob lächelte. »Warum soll den jemand umbringen? Der wird doch sowieso abgewählt.«

»Das frage ich mich auch«, erwiderte de Bodt.

»Vielleicht will jemand einen Bürgerkrieg in Amerika?«, fragte Salinger.

Bob lachte sie an. »So schön und so klug. Aber leider hast du charakterliche Schwächen.«

»Das muss es sein, Wedenstein«, sagte Salinger.

»Eine Idee, wer der Attentäter sein könnte? Säßen Sie nicht vor mir, ich würde zuerst an Sie denken«, sagte de Bodt.

»Sie wollen, dass ich jetzt die Leute aufzähle, die statt mir infrage kämen? Mit Personalausweisnummer, Adresse und so?«

»Wäre nicht schlecht.«

Wedenstein überlegte. »Sie haben offenbar nicht die geringste Ahnung, wer es sein könnte. Sie wissen nicht einmal, ob das Attentat wirklich stattfinden wird. Es entspringt Ihrer Fantasie. Mit der hab ich schlechte Erfahrungen gemacht…«

»Das tut mir natürlich entsetzlich leid«, erwiderte de Bodt.

»Das wärmt meine Seele«, sagte Bob. »Wirklich.« Er begaffte Salinger eine Weile. Dann: »Wenn ich hier rauskomme mit einem Flugticket und Zielflughafen meiner Wahl, fällt mir vielleicht was ein.«

»Das Rauskommen erscheint mir die niedrigste Hürde zu sein.«

Bob riss das Auge auf. Salinger warf de Bodt einen Seitenblick zu. Als fragte sie ihn stumm, ob er noch alle Tassen im Schrank habe.

»Dann mal los.«

»Wir wollen es nicht übereilen. Sie nennen uns die Kandidaten, die auch für russische Geheimdienste arbeiten. Wir überprüfen es. Wenn Sie recht haben, hole ich Sie hier raus. Auch wenn ich dafür den Knast überfallen muss.«

Bob blickte ihm in die Augen. »Und wenn die niemanden angeheuert haben. Weil sie selbst… Fachkräfte ausgebildet haben?«

»Dann schick ich Ihnen jedes Vierteljahr eine Pralinenschachtel in die Zelle.«

»Ihre Großzügigkeit verschlägt mir die Sprache.«

»Das ist ja wohl das Mindeste. Sie können gleich anfangen mit der Liste.«

248.

Sie blickte hinaus. Das Corbusierhaus. Dahinter das Olympiastadion. Auf der anderen Seite wäre es laut gewesen. Doch die Heerstraße war ein guter Fluchtweg. Sie hatten eine Suite genommen. Spielten verliebtes Pärchen aus Warschau. Erste Klasse in der Bahn. Fahrerservice ab Hauptbahnhof. Sie hatten sich in Moskau eingekleidet, bei Luxus-Modeketten aus dem Westen.

Das Gewehr und zwei Beretta-Pistolen würden sie am Abend erhalten. Vorher würden sie mit dem Überbringer im Hotel-Restaurant dinieren. Es gibt keine bessere Tarnung als aufzufallen. Durch Luxus, durch Sich-Zeigen. Wer sich nicht versteckte, war unverdächtig. Der Bote würde ihnen einen BMW 645 übergeben.

Auf der Rückbank ein Aluminiumkoffer mit Zahlenschloss und Alarmanlage. Ein GPS-Sender würde Berechtigten zeigen, wo der Koffer sich befand. Die Codes sollte der Bote ihnen in einem verschlossenen Briefumschlag überreichen. Dazu die Anleitung, wie man die Codes änderte. Darauf hatte Georgia in Moskau gepocht. »Wenn ihr uns folgen könnt, können das auch andere. Oder schließt ihr tausendprozentig aus, dass sich ein Ami-Maulwurf bei euch rumtreibt?«

Den BMW würden sie auf dem Hotelparkplatz stehen lassen, bis es zum Einsatz ging. Das Gewehr würden sie so bald wie möglich testen und das Zielfernrohr justieren. Drei, höchstens vier Schuss.

249.

»Ich wollte mir später nicht vorwerfen, dass ich eine Chance ungenutzt gelassen habe. Obwohl sie minimal war. Die Wahrscheinlichkeit verliert gegen die Wahrheit allen Unterschied von geringerer und größerer Wahrscheinlichkeit; sie sei so groß, als sie will, ist sie nichts gegen die Wahrheit.«

»Danke, Meister«, sagte Yussuf. »Endlich wieder ein schöner Hegel-Spruch.«

De Bodt nickte. »Bitte.«

»Übrigens habe ich aus Versehen einen Brief an dich geöffnet. Die Steuerfahndung …«

De Bodt nahm den Umschlag und warf ihn in den Papierkorb. »Habt ihr die Route, auf der Dump zum Bundeskanzleramt gebracht wird?«

»Die könnte der laufen, wenn er nicht so viel Cola trinken würde«, sagte Yussuf.

»Man könnte fast glauben, du hättest was gegen den geliebten Führer der westlichen Welt«, sagte Salinger.

»Er ist noch nicht ganz auf dem Niveau meines Sultans. Aber was nicht ist …«

Sie starteten am Flughafen. Yussuf schlich Richtung Saatwinkler Damm. Setzte bald das Blaulicht aufs Dach, um die Hup-Orgie hinter ihnen abzuwürgen. Keiner sagte was. Die Klimaanlage surrte.

»Hier ist zu viel los«, sagte Salinger schließlich. »Die Straße wird gesperrt, und die Jungs von der Bundespolizei und vom FBI treten sich auf die Füße. Höchstens ein Bombenanschlag. Aber da haben wir unsere Lektion gelernt. Die werden alle Fahrzeuge vor der Abfahrt checken. Sie werden die Straßen checken, die Kanaldeckel verschweißen. Nachdem sie die Schächte kontrolliert haben.«

»Und aus der Luft?«, fragte Yussuf.

»Möglich. Aber der Luftraum wird millimetergenau überwacht. Schon kilometerweit entlang der Route. Die schießen jede Drohne ab, bevor sie ihre Flughöhe erreicht hat«, sagte Salinger.

»Während er fährt, ist es auch nicht einfach«, sagte Yussuf.

»Außer man ist in Dallas und das Zielobjekt heißt Kennedy.«

»Der fuhr in einem offenen Wagen. Die Dump-Karre ist gepanzert.« Yussuf bog rechts ab. Hielt an.

»Der Attentäter weiß auch nicht, in welchem Wagen Dump sitzt. Das ist eine Kolonne«, sagte Salinger.

»Außer jemand beobachtet auf dem Flughafen, in welchen Wagen er steigt und wo der sich in der Kolonne einordnet.«

Schweigen.

»Die werden den Flughafen teilweise sperren und einen Sichtschutz errichten«, sagte Salinger. »Die Kollegen, nicht zuletzt des Secret Service, kennen alle Tricks. Sie werden wie üblich vorher anreisen und alles sperren, was gefährlich werden könnte.«

»Bleibt also nur ein Ort«, sagte de Bodt.

»Aha«, erwiderte Yussuf. »Bitte verrate uns, welcher, Meister.«

»Das Bundeskanzleramt, die Kaserne also.«

»Da kommt doch keiner rein, der nicht tausendmal gefilzt wurde. Und wenn dann noch im Perso *Attentäter* statt *Doktor* steht…«

»Vielleicht liegst du diesmal daneben? Ich wage es natürlich kaum, das auch nur anzudeuten«, sagte Salinger.

»Vielleicht irre ich mich. Und wir tun nichts. Wenn nicht, bringen die ihn um. Besser weiter von meiner Unfehlbarkeit ausgehen und falschliegen als andersherum.« De Bodt grinste.

»Du drehst dir die Sachen aber auch hin, bis es passt«, sagte Salinger.

»Was soll ich denn sonst tun?« Mit dem unschuldigsten Lächeln seit Maria und Josef.

»Und wir Sterblichen, was sollen wir tun?«, fragte Salinger. »Überall wird es von Bullen wimmeln, dem kann doch gar nichts passieren. Und wir sollen hier auch noch rumhampeln, weil du glaubst, ein Attentäter könnte eine Armee von Polizisten und Leibwächtern austricksen?«

»Was würdest du tun, wenn du ihn trotz aller Sicherheitsmaßnahmen umbringen müsstest?«

»Ich würde Miranda eine Mail schreiben. Mit einer Fotomontage. Darin Dump im Handgemenge mit allen Pornoqueens der letzten Jahre.«

250.

»Natürlich«, flüsterte der Chef vor sich hin. Leute, die schweigen müssen, sprechen gern mit sich selbst. Er saß gebeugt über der Nachricht. Lange nichts mehr gehört von Frida. Gestern hatte er ihr geschrieben. Er hatte immer wieder neu angesetzt. Die Entwürfe in den Reißwolf gesteckt. Bis er die richtige Formulierung gefunden hatte. Frida war gut, aber er verlangte mehr. Mehr, als sie gelernt hatte. Mehr, als sie riskieren sollte.

Umso erstaunlicher ihre Antwort.

Danach gehe ich in Rente. Warum hast du mich nicht darauf vorbereitet? Wer gibt mir das Zeug? Wer bringt mich in Sicherheit?

Er würde es ihr später erklären. Falls sie Frida retten konnten. Das stand nicht an erster Stelle der Prioritätenliste. Aber gewiss, es war besser, sie in Sicherheit zu bringen. Einer weniger, der auspacken könnte.

Er notierte seine Antwort. Las sie noch einmal. Und war zufrieden.

251.

»Wenn die einen Attentäter schicken, müsste der in die Kaserne eindringen.«

Becker blickte ihn an. Ungläubigkeit in den Augen. »Sie glauben wirklich daran?« Schüttelte den Kopf.

Der Innenminister bedeckte die Augen mit der Hand. Wie immer, wenn er etwas abwegig fand. Und niemand seine Miene lesen sollte. Wie Kleinkinder sich versteckten, indem sie die Hände vor die Augen hielten.

Der Generalbundesanwalt hatte in seinem Notizblock gekritzelt.

Der Außenminister saß dünn und gerade, blickte in die Runde. Bis sein Blick an der Kanzlerin hängen blieb.

Die erwiderte den Blick. »Gut, egal, was wir von der … Theorie des Ersten Hauptkommissars halten. Es wäre eine Katastrophe, wenn dem Präsidenten ausgerechnet in Berlin etwas zustieße.«

»Natürlich, ich erinnere mich … Sie hatten in der Vergangenheit nicht nur unrecht«, sagte der Generalbundesanwalt.

Becker hüstelte.

»Wenn Sie sich mit Ihren Mitarbeitern um diese … Ermittlungsrichtung kümmern wollen …«, fuhr der Generalbundesanwalt fort.

»Sie erhalten Ausweise fürs Kasernengelände«, sagte Becker. »Dann können Sie sich dort ungehindert austoben.« Blickte selbstzufrieden in die Runde. »Brauchen Sie sonst noch was?«

»Würde ich denn noch was kriegen?«

»Wenn Sie Verstärkung meinen, die nicht. Wir brauchen alle Leute, um den Präsidenten vor wirklichen Gefahren zu beschützen. Sie ausgenommen, natürlich.«

»Ich möchte, dass Herr de Bodt und seine beiden Mitarbeiter sich während des Besuchs auch im Gebäude ungestört bewegen dürfen«, sagte die Kanzlerin. »Ich glaube nicht, dass Dump in Berlin umgebracht werden soll. Aber es wäre nicht das erste Mal, dass ich mich geirrt habe.«

»Warum bringen Sie den Präsidenten nicht auf kürzestem Weg in die Kaserne? Das Flughafengelände stößt quasi direkt ans Kasernengelände. Bauen Sie einen Übergang. Lassen Sie Dump direkt am Flugzeug in seinen Wagen steigen. Der soll dann durch den gesicherten Übergang direkt ins Kanzleramt fahren. Bauen Sie vor der Einfahrt eine Art Schleuse, in die der Wagen passt und die ihn abschirmt. Niemand bekommt ihn von außen zu Gesicht«, sagte de Bodt.

»Der Präsident wünscht nicht durch den Hintereingang ins provisorische Kanzleramt zu schleichen«, sagte der Innenminister.

»Seit wann bestimmt Dump, wie er in Deutschland zu seinem Reiseziel kommt?«, fragte de Bodt. »Sie werden doch in der Lage sein, dem Mann die neue Route unterzujubeln. Sie müssen ihm klarmachen, dass extra für ihn ein neuer Verkehrsweg eingerichtet wurde. Dass er damit in die Geschichte eingehen würde. Dass künftig alle Staatsgäste in den Genuss dieser grandiosen Verbindung kämen. Dass man sie Dump-Allee nennen würde. Lassen Sie Ihre Marketingleute auf das Projekt los. Denen fällt doch sonst zu jedem Mist was Tolles ein.«

»Okay, okay«, sagte der Innenminister. »Ich kläre das mit der Bundeswehr und dem Berliner Innensenator. Die werden auch mehr Soldaten Streife laufen lassen.«

»Suchen Sie auch erhöhte Standorte außerhalb der Kaserne. Die Bundeswehr weiß besser als ich, von welcher Maximalentfernung aus ein guter Schütze trifft.«

»Mach ich«, sagte der Innenminister. Im Tonfall: Hoffentlich hört der bald auf zu reden.

252.

Sie betrachteten die Karte auf dem Tablet. Das lag auf dem Tisch im Salon ihres Hotelzimmers, das eher einer Wohnung glich. »Das mit der Kaserne gefällt mir nicht. Da wimmelt es von Soldaten, Personenschützern, FBI-Heinis, deutscher Polizei und Geheimdienstagenten.« Georgia kratzte sich am Kinn. »Ehrlich, noch nie habe ich an einer schlechter geplanten Operation teilgenommen.«

»Bist ja noch jung«, sagte Vincent.

Als hätte sie nicht zugehört, maß sie die Entfernungen zum Ziel. Es handelte sich dabei um einen großen Gebäudekomplex mit zwei zur Straße hin offenen Innenhöfen, wobei die Zielperson im kleineren rechten Hof aus dem Wagen steigen würde. »Dort bringen die ihre Gäste unter. Dort geht's ins Treppenhaus des Kanzleramts. Dessen Fenster sie mit Sicherheit abdecken werden.«

Ihr Finger bewegte sich auf der Straße, die zum fraglichen Gebäudekomplex führte. Das imaginäre Auto fuhr in den rechten Innenhof. »Hier muss er raus. Sie werden ihn von allen Seiten mit Leibwächtern decken. Muss ich also wenigstens durch einen durchschießen. Das heißt, nicht die Teilmantelpatronen. Gut, das ist geklärt. Und jetzt wandern wir im Wald. Vorher noch in einen Baumarkt.«

253.

»Wie würden Sie den amerikanischen Präsidenten umbringen?«, fragte Salinger.

Merkow lächelte. »Darüber hab ich noch nicht nachgedacht.«

»Da kann man schön sehen, wie es mit der Gleichberechtigung der Frau in Mütterchen Russland aussieht. Ich kann gar nicht mehr zählen, wie oft ich den erledigen wollte. Auf die schmerzhafteste Art und Weise«, erwiderte Salinger.

Katt grinste.

»Es gibt keinen Beweis, dass irgendwer Dump umbringen soll«, sagte Merkow. »Es gibt allein die Idee Ihres Chefs. Sie ist gewiss schlau, aber diesmal liegt er falsch.«

»Klar«, sagte de Bodt. Der auf dem Stuhl neben der Bürotür saß. »Sie sind nicht der Einzige, der sie mir nicht abkauft.« Er hatte das Gesicht des Innenministers vor Augen. Dem es Vergnügen bereitet hatte, de Bodt als Hysteriker dastehen zu lassen. Als armen Irren, als sturen Bock, den man mit Versprechen beruhigte. Von denen man keines einhalten würde.

»Er landet, wird im Flughafen in eine Angeber-Panzerkarre verfrachtet, umzingelt von todessüchtigen Leibwächtern, dann in eine Kaserne gefahren, in der sich lauter bewaffnete Helden gegenseitig auf die Füße treten … anders gefragt: Wie würden Sie die Aufgabe lösen?«, fragte Salinger. »Belohnung wäre Halbsibirien, einschließlich aller Bodenschätze.«

»Da könnte ich kaum widerstehen. Wenn Sie noch die Hälfte der Krim dazupackten, wäre ich zu allem bereit«, erwiderte Merkow.

»Die gehört mir nicht, Ihrem Präsidenten übrigens auch nicht.« Sie winkte ab. »Aber gut, ich schenke Ihnen die ganze Krim. Wären also Halbsibirien und die Krim gegen einen toten Dump.«

»Ein unwiderstehliches Angebot. Also, ich würde mir einen Ort suchen, von dem aus ich freie Sicht hätte, und würde ihn erschießen.«

»Mit einer Wasserpistole, gefüllt in der Moskwa …«

»Natürlich nicht. Mit einem Scharfschützengewehr.«

»Sind wir also schon weiter …«

»Da bin ich schon seit meiner Kindheit«, sagte Yussuf.

»Ich wurde nicht mit dem Krummdolch zwischen den Zähnen geboren. Muss mich noch an die Errungenschaften orientalischer Zivilisation gewöhnen«, erwiderte Salinger.

»Dann beeil dich mal«, sagte Yussuf.

De Bodt saß in sich versunken auf seinem Stuhl neben der Tür. Er schien nicht zuzuhören. Der Hauptkommissar war erst am Vormittag im Büro aufgetaucht. Hatte sich in der U-Bahn umgeblickt. Wo die Leute taten, als wäre nichts passiert. Warum nicht auch eine U-Bahn in die Luft sprengen? Nichts leichter als das.

Irgendwas stimmte nicht. Er hatte keinen Zweifel mehr, dass der SWR Dump umbringen wollte.

»Im Ernst, wie würden Sie es anstellen?«, fragte de Bodt.

»So was muss man planen, das dauert. Setzt Ortskenntnis voraus. Und dass man das Sicherheitskonzept kennt.«

»Wer Dump umbringen will, muss vor allem das kennen, was es offiziell nicht gibt. Die Schwächen des Schutzes.« De Bodt ging zu seinem Schreibtisch, nahm sein Tablet. Auf der Karte zeigte er die Kaserne. »Da treffen die sich. Und von dort« – er tippte auf den Flughafen – »kommen sie. Was ginge unterwegs?«

»Wenn die über die normale Strecke kommen, kann man die Kolonne immer dann am besten angreifen, wenn sie abbremst. Die Ampeln dürften auf Grün geschaltet sein. Bleiben noch die Abzweigungen.« Er tippte auf den Weg, der vom Saatwinkler Damm rechts abbog. »Von hier bis zur Kaserne gibt es zwei Stellen, wo die Kolonne langsamer wird. Hier hätte ein Schütze mit panzerbrechender Munition eine Chance.« Er betrachtete die Karte noch einmal genau. »Zu viele Bäume, eigentlich. Also, ich würde ihn gleich am Flughafen angreifen. Mich als Mitarbeiter ausgeben, ein Auto nehmen und mit einem guten Gewehr schießen. Dann Gas geben bis zum Loch im Zaun, wo mich meine Komplizen erwarten und mir Feuerschutz geben, falls es eng wird.«

De Bodt nickte. »Kein schlechter Plan. Aber den haben die Sicherheitsleute gerochen. Ich übrigens auch.« Und verschwieg, welche Schlüsse sie daraus gezogen hatten.

»Natürlich«, sagte Salinger.

»Wie gesagt, Planung ist alles beim Attentat.«

»Und wer ein Attentat plant, weiß, dass Sicherheitslücken als Erstes geschlossen werden.« Klopfte auf den Schreibtisch.

»Wir haben keinen Beweis, dass die ihn umbringen wollen«, sagte Salinger leise. Als fürchtete sie ein Donnerwetter.

»Ja, vielleicht irre ich mich. Vielleicht nicht. Ich mache mich lieber lächerlich, als dass ich ein Attentat hinnehme.«

»Also, wenn Dump erschossen wird, ich würde nicht rumheulen.«

»Da zeigt sich mal wieder, dass das Rumgedönse vom christlichen Abendland Heuchelei ist, jedenfalls bei dir«, sagte Yussuf.

»Mist«, sagte Salinger, »ich müsste mal wieder beichten gehen.«

»Befreiung von deinen Sünden garantiert, wie beim Online-Handel. Kannste auch jeden Mist zurückschicken.«

Salingers Mittelfinger streckte sich und beugte sich wieder, während sie mit der anderen Hand eine Kurbelbewegung simulierte.

»Ein typischer Christenpimmel«, sagte Yussuf.

»Ich werd mal Jasmin fragen …«

Die Büroklammerkartätsche traf sie voll.

»Der arme Kerl, der das nachher aufsammeln muss«, sagte sie. Schüttelte Büroklammern aus Haar und Kleidung.

254.

Es war fast zu leicht. Vincent stand vor dem Baum, als hätte er ihn erfunden. Er war hoch- und runtergeklettert. »Ich nagle dir ein Brett auf den dicken Ast oben. Auf dem kleinen darunter kannst du die Füße abstellen. Auf dem Ast vor dir legst du an. Lehn dich gegen den Stamm, wenn du abdrückst. Das Ding hat einen brutalen Rückstoß.«

»Ich weiß«, sagte sie. Als hätte sie nicht trainiert mit dem Gewehr. Wenn sie es nicht fest an sich drückte, würde das Gewehr ihr das Schlüsselbein brechen. Blaue Flecken aber waren eingerechnet.

Sie kletterte hoch. Fand den Platz. Prüfte die Sicht. Den Ast für den Sitz. Sie würden Schwierigkeiten haben, das Sitzbrett halbwegs waagerecht zu befestigen. Sie hätten doch zuerst hierherkommen und dann in den Baumarkt fahren sollen. »Beim nächsten Mal«, flüsterte sie. Die Sicht aber auf das Kasernengelände war perfekt. Sie hatte freien Blick auf die beiden Innenhöfe. Im rechten würde der Präsidentenwagen halten. Sechshundert Meter Schussentfernung. Ein Herausforderung. Wie sie es liebte.

255.

»Wenn Sie sofort freikämen, wohin würden Sie gehen?«

Erika blickte ihn an. Neigte ihren Kopf zur Seite. Wie ein Hund, dem der Schnauzbart die Sicht versperrte.

»Das ist ein Konditionalsatz«, sagte sie.

»Ich bewundere Ihre Grammatikkenntnisse.«

»Warum wollen Sie mich rauslassen?«

»Ich *will* Sie nicht rauslassen«, sagte de Bodt.

»Ich verstehe. Ihnen geht der Arsch so sehr auf Grundeis, dass Sie jeden Rettungsring ergreifen würden, den Ihnen jemand hinhält.«

»Ich würde es nicht so … derb beschreiben.«

»Sagen Sie gern vulgär.«

»Also nicht so vulgär. Aber sonst haben Sie recht. Lebenslang oder morgen raus. Sie haben die Wahl. Schlafen Sie drüber. Einen Tag Zeit habe ich schon noch.«

Sie musterte ihn. In ihrem Blick lag die Frage: Kann ich dem trauen? Sie wusste keine Antwort. Nickte. Sie konnte etwas sagen. Ohne etwas zu verraten. Für den Bullen könnte es aber wichtig sein. Wichtig genug, um sie zu freizulassen.

256.

Wenn die sie einfach rausließen, wäre sie verbrannt. Erika machte sich keine Illusionen. Wenn raus, dann per Flucht. Es musste danach aussehen. Aber wer sollte sie befreien, wenn nicht der Chef und seine Leute? Die hatten Besseres zu tun. Sie las Zeitung, guckte die Nachrichtensendungen im Fernsehen. Was sollte sie sonst tun?

Dump kam nach Berlin. Ein paar Tage noch. Hatte de Bodts Angebot mit dem Präsidentenbesuch zu tun? Oder war es Zufall, dass es zeitlich zusammenfiel? Egal. Sie wollte raus. Von ihrem Prozess erwartete sie lebenslänglich mit Sicherungsverwahrung. Von dieser Gefahr hatte ihr Anwalt gesprochen. Der plötzlich aufgetaucht war.

Natürlich sprachen sie nicht darüber, wer ihn geschickt hatte. Und dass er auf sie aufpassen sollte. Dass sie sich nicht auf einen Deal mit dem Gericht einließ. Keine Kronzeugenregelung. Der Anwalt hatte die Alternativen gezeigt. Sie sollte warten, bis ihre Freunde sich um sie kümmerten. Oder sie würde ihre Lebenserwartung verringern. Hätte er nicht sagen müssen. Das wusste sie auch so.

Sie bedachte die letzten Nachrichten des Chefs. Nachdem sie gescheitert war. Den Bullen nicht erledigt hatte.

Mach dir keine Sorgen. Wir helfen dir. Wir werden unser Ziel auf jeden Fall erreichen.

De Bodt hatte Variante drei ins Spiel gebracht. Sie müsste vor oder während des Prozesses verschwinden. Auf dem Weg zur Vernehmung zum Beispiel. War sie verurteilt, wurde es schwierig. Auch für den Chef und seine Leute. Sie mussten davon ausgehen, dass die andere Seite sich auf einen Befreiungsversuch vorbereitet hatte.

Version vier war ein Agentenaustausch. Dazu müsste der Chef bekennen, dass Erika für ihn arbeitete. Das durfte er nicht, das würde er nicht tun. Vielleicht ein geheimer Austausch? Wenn sie einen Spion aus dem Westen erwischten, der seinen Chefs mehr wert war als Erika ihren? Wenn sich der Deal auch für die Deutschen lohnte?

Viele Wenns, verdammt viele Wenns.

Klar war ihr nur, dass sie aus dem Knast rausmusste. Bis zum letzten Tag verrotten? Niemals. Morgen würde sie dem Anwalt erzählen, dass de Bodt ihr ein Angebot gemacht habe. Das würde die Kameraden auf Trab bringen. Hoffentlich nicht in die falsche Richtung. Sie setzte sich an den Klapptisch. Zog einen Papierstapel vor sich. Blinzelte, legte die Nase in Falten. Überlegte. Der Einzige, der einen Kassiber rausschmuggeln konnte, war der Anwalt. Und der arbeitete für den SWR. Oder eine mit ihm versippte Moskauer Behörde.

Diese Verzettelei brachte nichts. Noch mal zum Punkt. Sie würde dem Anwalt nichts sagen. Sondern erzählen, de Bodt habe Druck gemacht. Aber mit was könnte ein Polizist sie einschüchtern? Lebenslänglich ist lebenslänglich. Dieses Urteil würden ihre Richter fällen. Kein Zweifel war möglich.

257.

»Was machen Sie denn da?«, fragte der Mann. In grüner Uniform mit Kappe. Es gab hier einen Förster. Und der musste just in diesem Augenblick auftauchen. Was für ein Glück!

»Guten Tag«, sagte Vincent. »Ich stehe unter einem Baum.«

»Da gibt es noch jemanden. Ich habe die Stimme gehört.«

»Sie ist gut versteckt, meine Freundin. Sie trainiert für die Stadtmeisterschaften im Baumklettern. Sie ist richtig gut. Wollen Sie mal zugucken, wie sie den Baum hochsteigt? Sprintet würde besser passen.«

Der Förster zeigte auf die Werkzeuge und das Brett. »Sie dürfen sich aber nicht an Bäumen zu schaffen machen. Das ist verboten.« Er tippte auf den Kolben der zweiläufigen Flinte, die er nun in die Hand nahm.

»Hallo«, sagte Georgia. Steckte ihr Gesicht durch die Buchenzweige. Strahlte den Förster an.

Der trat einen Schritt vor. »Kommen Sie da mal runter.«

Gelenkig wie eine Katze sprang sie auf den Laubboden. Federte nach. Zog ihre Pistole. »Das Gewehr lassen Sie jetzt schön vorsichtig fallen.«

»Sie sind wahnsinnig.«

»Lassen Sie es fallen.«

Er blickte sie empört an. Legte die Flinte auf den Boden. »Sie leeren Ihre Taschen. Dann gehen Sie mit meinem Freund zu Ihrem Wagen.«

Vincent zog seine Glock 19. Der Förster erschlaffte. Schlich weg. Vincent im Schlepptau.

»Wir brauchen Werkzeug. Kapiert?«

Vincent winkte ihr zu, ohne sich umzudrehen.

258.

Am Morgen saß de Bodt wieder im Besucherzimmer in Pankow. Wo sonst weibliche Untersuchungshäftlinge mit ihren Anwälten sprachen. Oder mit der Polizei. Dass die Häftlinge in ihren Zellen aufsuchte, gab es nur im Fernsehen. Erika wurde gleich hereingeführt. Sie setzte sich. Anspannung im Gesicht.

»Haben Sie sich was überlegt?«

»Ja, Sie werden mich herausholen, sobald Sie begriffen haben. Versprochen?«

»Wenn wir den Fall dadurch lösen können.«

»Sie sollen ja noch nicht vollständig verblödet sein, wie man so liest und hört. Wissen Sie, was für einen Ruf Sie unter den Insassen dieses Luxushotels haben?«

»Sie werden es mir gleich verraten.«

Sie überlegte. »Donnerhall?« Blickte ihn an.

Er nickte. »Das Wort gehört zum deutschen Sprachschatz.«

»Einen Ruf wie Donnerhall.«

»Ich weiß, ich habe mir bei Ihren Kolleginnen nur Freunde gemacht.«

»Sie missverstehen mich. Niemand hat höhere Achtung vor ehrlichen Bullen.«

De Bodt nickte. »Es ist einfach. Wer ehrlich mit mir umgeht, erntet meinen Respekt.«

»Ich habe die ganze Nacht gegrübelt. Wenn ich etwas verrate, bin ich morgen tot. Wenn ich Ihnen nichts verrate, verrecke ich im Knast.«

»Man nennt das ein Dilemma. Es gibt einen dritten Weg. Sie packen aus. Dann gibt's Zeugenschutzprogramm und das ganze Spektakel.«

»Sie geben mir das ganze Spektakel. Dann pack ich aus. In dieser Reihenfolge.«

»Das wird nichts. Ich muss ein paar Damen und Herren überzeugen. Das kann ich nur mit handfesten Fakten. Sie müssen einen wesentlichen Beitrag zur Auflösung des Fall leisten. Danach gibt's das Spektakel.«

»Hab ich mir schon gedacht. Spielen wir also Rätsel.«

»Gern.«

»Es ist ganz einfach: Die werden ihr Ziel auf jeden Fall erreichen.«

De Bodt blickte sie an. Sie lächelte. »Sie wiederholen sich.«

Sie nickte. »Ich habe nichts verraten. Und Sie wissen jetzt alles, was Sie wissen müssen.«

Die Tür öffnete sich. Ein Schließer, im Schlepptau ein Herr im Anzug.

»Ah, Herr Anwalt«, sagte Erika. »Setzen Sie sich doch zu uns.« Sie deutete auf ihren anderen Besucher. »Das ist der Kommissar de Bodt, kennen Sie ihn?«

»Leider nicht«, sagte der Anwalt. »Aber gehört habe ich schon von Ihnen.« Reichte de Bodt die Hand. Setzte sich neben Erika. »Noch eine Vernehmung? Ohne mich zu unterrichten?«

»Nein«, sagte de Bodt. »Warum sollte ich jemanden vernehmen, der sich nicht vernehmen lassen will? Bei Ihren wirklichen Auftraggebern liegen die Dinge da ein bisschen anders. Aber hier darf ein Häftling schweigen, ohne misshandelt zu werden. Sogar wenn die Dame versucht hat mich umzubringen.«

»Schön, dass Sie's nicht persönlich nehmen«, sagte Erika.

»Ich nehme nur persönlich, was persönlich gemeint ist.« Nickte ihr zu. »Sie wollen also keine mildernden Umstände sammeln?«

Der Anwalt legte seine Hand auf Erikas Unterarm. »Meine Mandantin weiß, dass das Strafrecht in ihrem Fall mildernde Umstände nicht kennt. Versuchen Sie's also gar nicht erst.«

»Selten habe ich einen Anwalt erlebt, der sich so vehement für seine Mandantin einsetzt. Ich finde, Sie sollten angesichts der Lage Ihrer Mandantin auch noch die kleinste Chance suchen.«

»Wenn sie darauf besteht, ja. Aber ein guter Anwalt weiß Wunschdenken von der Wirklichkeit zu unterscheiden.«

»Nun, ich bin nicht Ihr Mandant. Wenn ich es wäre, ich würde mich nach einem anderen Anwalt umsehen.«

259.

Die werden ihr Ziel auf jeden Fall erreichen. De Bodt saß im Auto auf dem Parkplatz vor dem Knast. Was meinte sie damit? Er wusste nicht mal sicher, was deren Ziel war. Dump ausschalten, gut. Sie würden also Dump auf jeden Fall töten. Egal, was getan wurde, um ihn zu schützen. Wie konnte es funktionieren?

Wollte sie ihn täuschen? Er dachte es hin und her. Nein, unwahrscheinlich. Die wollte raus aus dem Knast. Sie wollte aber auch keine Verräterin sein. Aber sie musste ihm einen Hinweis geben, um sich vielleicht doch zu retten. Einen Hinweis, der nichts verriet. Aber alles, wenn er ihn verstand.

Im Büro setzte er sich auf seinen Stuhl. Salinger kramte in einer Akte herum. Yussufs Kopf versteckte sich hinter dem Monitor.

»Die werden ihr Ziel auf jeden Fall erreichen«, sagte de Bodt.

Salinger erstarrte einen Augenblick.

»Kann ich nach Hause gehen?«, fragte Yussuf. Jasmin war beim letzten Treffen maulig gewesen. Hatte sie am Anfang seine Erzählungen von der Kripo noch spannend gefunden, langweilten sie die jetzt. Obwohl Yussuf sie aufplusterte, den Thrill erhöhte. Natürlich war Superman eine Flasche im Vergleich mit ihm.

»Dieser Gedanke kam mir heute Morgen.«

»Konntest du nicht gleich wieder ins Bett kriechen?«, fragte Salinger. »Warum hast du mir das nicht heute früh gefunkt?«

»Bist du unter die Defätisten gegangen?«, fragte Yussuf.

»Nein. Ich spreche über die Planung der Scheißkerle. Wenn ich einen Anschlag verüben wollte, würde ich auch auf Nummer sicher gehen. Nur, was heißt es? Wenn wir das herausfinden, lösen wir den Fall.«

260.

Der Förster holte Säge und Spaten aus dem Kofferraum eines Land Rover, dem schon ein langes Leben beschieden war.

»Schlüssel«, sagte Vincent.

Der Förster gab ihm den Schlüssel.

Zurück am Baum reichte Vincent die Säge Georgia. »Falls dich was stört. Ich gehe noch ein bisschen spazieren.«

Sie gab ihm den Ausweis des Försters.

Vincent las. »Arnold-Zweig-Straße 16 d, Berlin. Pankow. Hast du Frau und Kinder?«

Der Förster antwortete nicht. »Also hast du Frau und Kinder. Wenn du artig bist, wird denen nichts geschehen.«

Er führte den Förster tiefer in das Wäldchen. Auf einer kleinen Lichtung blieb er stehen. »Grab hier. Aber flott.«

»Was? Wie groß? Wie tief?«

»Groß und tief genug für dich.«

»Nein«, sagte der Förster. »Wenn Sie mich vergraben wollen, müssen Sie das Loch selbst ausheben. Mit was wollen Sie mich dazu zwingen? Mich bedrohen? Lächerlich.«

»Arnold-Zweig-Straße 16 d«, sagte Vincent. »Schon vergessen?«

Der Förster zögerte, dann nahm er den Spaten und grub. Als ein Hubschrauber über die Lichtung flog, blickte er nach oben.

261.

Erika lag auf dem Bett in ihrer U-Haft-Zelle. Die Augen geschlossen. Ließ sich das Gespräch mit de Bodt durch den Kopf gehen. Suchte nach dem geringsten Hinweis. Fand auch nach dem fünften Mal keinen. Ob der das verstanden hatte? Er hatte keine Miene verzogen. Keine Braue hochgezogen. Kein Blitzen in den Augen. Kein Lächeln. Kein Nicken. Erika war trotzdem zufrieden. Sie hatte eine Formel gefunden. Und ihm auf diese Weise etwas verraten, das sie nicht wusste. Sich aber zusammengereimt hatte. Der Chef wollte Dump umbringen lassen. Das schien ihr offensichtlich. Er wollte es schnell und gründlich. Er wollte einen hundertprozentigen Erfolg. Ein Scharfschütze konnte gestört werden. Eine Bö konnte die Kugel ein paar Zentimeter wegdriften lassen. Außerdem müsste er aus großer Entfernung zielen. Jede Erschütterung seines Abschussorts konnte den Gewehrlauf ein, zwei Millimeter verziehen. Gerechnet auf ein paar hundert Meter waren das schon Dezimeter. Alles eine Frage des Winkels. Sie kannte es, hatte selbst mit Scharfschützengewehren trainiert. Der Erfolg hing von vielen Dingen ab. Windrichtung und Windstärke. Wetter, Temperatur, Sichtverhältnisse. Je größer die Entfernung, desto schwieriger war es, das Ziel zu treffen. Desto wichtiger die Störfaktoren. Dump wäre umringt von Leibwächtern. Der Weg vom Fahrzeug zum Eingang vielleicht abgeschirmt, sodass man den Präsidenten gar nicht erkannte. Es gab nichts Schwierigeres, als einen US-Präsidenten zu ermorden. Spätestens seit dem Anschlag auf Reagan.

Sie überlegte, ob sie dem Kommissar noch einen Hinweis geben musste. Falls der erste nicht gereicht hatte fürs Zeugenschutzprogramm.

262.

Sie hatte nur bestätigt, was er ahnte. Was wusste sie wirklich? Bestimmt hatten ihre Vorgesetzten ihr nicht mehr verraten, als sie für ihren Job wissen musste. Dazu ein bisschen Gelaber der Motivation halber. Vielleicht hatte sich die Frau ihren Reim darauf gemacht. Auf jeden Fall war sie intelligent und schnell im Kopf.

»Du bist mal wieder ganz weit weg«, sagte Salinger.

»Ich denke an eine schöne Frau.«

»Könnten Sie Ihre sexuellen Phantasmen bitte in Ihrem Schlafzimmer lassen, Herr Kollege?«

»Beim nächsten Mal«, erwiderte de Bodt.

In der Tür stand Tilly. »Sie wollen also Dump davor bewahren, in

Berlin ermordet zu werden? Ich würde gern wissen, woher Sie diese fixe Idee haben.«

»Sie entstammt meinem Hirn. Vielleicht drückt sich der Weltgeist in ihr aus.«

»So, so, der Weltgeist. Darunter geht's natürlich nicht.«

»Der Geist drückt sich in vielerlei Hinsicht aus, aber nicht überall.«

»Interessante Theorie. Und so lösen Sie also unseren Fall?«

»Ich bin recht optimistisch.«

»Ach ja?«

»Es handelt sich um den im Wesen der Logik verborgenen Optimismus, wie Nietzsche es gesagt hat.«

»Aha. Sehr aufschlussreich. Aber wenn Sie ein paar handfeste Spuren hätten ...«

»Das ist ein Gebiet, auf dem es sich um handfeste Tatsachen handelt, auf dem daher die rationelle Fantasie dem Flügelschlag ihrer freien Seele nur wenig Raum geben darf, weil die Gefahr der Blamage zu nahe liegt.«

»Vorsicht, Hegel!«, rief Yussuf, Kopf hinterm Monitor.

»Falsch, Engels«, sagte de Bodt.

»Schön, sind Sie jetzt fertig mit Ihren ... Sprüchen?«

»Damit bin ich nie fertig. Ich bin mit deren Hilfe aber sicher, dass Dump ermordet wird, wenn wir uns nicht etwas Außerordentliches einfallen lassen.«

»Das wäre?«

»Den Besuch absagen. Die hundertprozentige Lösung.«

»Das ist doch Unsinn, Herr Kollege.«

»Die Besuchsorte kurzfristig ändern. Attentäter bereiten sich vor. Wenn man in letzter Minute die Pläne ändert, wird Dump überleben ... vermutlich.«

De Bodt schoss eine Idee ins Hirn. Was hatte Erika gesagt? *Die werden ihr Ziel auf jeden Fall erreichen.* Wenn er das nicht nur als Geschwätz nahm, hatte es eine Bedeutung. Immerhin baute Erika ihre letzte Hoffnung darauf, dass es etwas bedeutete. Dass sie etwas verraten hatte, ohne ihren Auftraggeber zu verraten. Dass sie nur ihre

Meinung über die Chancen der Operation gesagt hatte. Konnte die Operation erfolgreich sein, wenn sie einen Schützen schickten? Der aus großer Entfernung auf ein Ziel schoss, das jederzeit geschützt war? Das er vermutlich gar nicht sah? Er schüttelte den Kopf.

»Was wollen Sie uns sagen?«, fragte Tilly.

»Dass ich jederzeit in der Nähe Dumps sein will.«

Die kriminalrätlichen Pupillen weiteten sich. Er öffnete den Mund, um zu sprechen. Schloss ihn wieder. Endlich: »Fragen Sie im Bundeskanzleramt.«

263.

Es waren zwei Polizisten. Sie näherten sich dem Förster.

»Guten Tag«, sagte sie.

»Ist Ihnen hier irgendetwas aufgefallen?«, fragte der Polizeiobermeister. Drei Sterne auf den Schultern. Neben ihm stand eine Frau, ein Stern weniger.

»Was soll mir aufgefallen sein? Hier ist alles ruhig. Wie immer. Wenn nicht, sind es junge Leute, die zu Hause nicht vögeln dürfen.«

Die Zweisternige blickte nach oben. Die Blätter hatten die Hitze bisher überlebt. Der Dreisternige zuckte die Achseln. »Was soll hier auch schon sein außer Füchsen, Wildschweinen und geschlechtsverwirrten Jugendlichen?«

»Das haben Sie schön gesagt, Herr Obermeister.«

Der nickte anerkennend. Traf man nicht alle Tage jemanden, der die Dienstgradabzeichen kannte. »Danke, Herr Forstwirtschaftsmeister …«

Der Förster lächelte.

»Dann ziehen wir mal weiter«, sagte der Dreisternige. Seine Kollegin blickte noch einmal nach oben, dann folgte sie ihm.

Als sie verschwunden waren, sagte Vincent: »Du kannst runterkommen.«

Es raschelte. Nach einigen Sekunden sprang Georgia auf den Boden. »Das war knapp.«

»Nein«, sagte Vincent. »Von unten sieht dich niemand. Von oben auch nicht unterm Blätterzelt. Perfektes Versteck. Und die Beute auf dem Präsentierteller.«

»Zu perfekt«, sagte sie.

»Miesmacherin.«

»Und wenn die den Wald mit Bullen vollstellen?«

»Erstens unwahrscheinlich. Zweitens finden wir eine Lücke. Drittens kann ich im Notfall als Förster hochklettern und schießen. Das Gewehr lassen wir oben. Hast du es in die Plane eingewickelt?«

»Natürlich.« Sie blickte ihn an. »Wenn du schießen musst, kriegen sie dich.«

»Erstens ist es unwahrscheinlich, dass ich schießen muss. Zweitens kann ich mich wehren. Wenn du die ablenkst.«

»Du hast auf alles eine Antwort.«

»Ich bemühe mich.«

264.

De Bodt legte eine Pralinenschachtel auf den Tisch. »Eine Anzahlung.«

»Sie lassen sich nicht lumpen«, sagte Wedenstein. Zog die Schachtel zu sich und entnahm eine Praline. Lutschte sie. »Nicht übel.«

»Mein Angebot steht«, sagte de Bodt.

»Ich nenne keine Namen, das wissen Sie doch. Aber« – die nächste Praline – »das würde Ihnen auch nicht helfen. Nenne ich einen Namen, ist der längst geändert. Nein, aber ich hab etwas für Sie, wenn Ihre Kollegin ihr Oberteil lüften könnte. Sie verstehen, Knast …«

Salinger lachte auf.

»Wir hatten über Pralinen gesprochen. Ich halte mein Versprechen. Sie sollten es auch tun.«

»Gut, Scherz beiseite. Ich wollte sie nur mal lachen sehen. Sie guckt sonst immer so finster. Das gibt nur Falten … das weißt du schon?« Er blinzelte mit seinem Auge.

»Nun kommen Sie zur Sache«, sagte Salinger.

»Wenn du so freundlich darum bittest …« Er kratzte sich unter der Augenklappe. »Wenn ich so eine Operation durchziehen würde, ich nähme keine … Freiberufler. Das wäre mir zu riskant. Deren Loyalität gehört zuerst dem Geld. Das gilt für die meisten. Und mich werden Sie hier nicht rauslassen, damit ich diesen Idioten abschieße. Der weltweite Intelligenzquotient würde einen Sprung machen …«

»Die hätten Angst, jemand bietet mehr?«

»Eine Möglichkeit. Könnte auch sein, dass der Vertragspartner sein Wissen gleich an die CIA verkaufen will. Könnte sein, dass er nach dem Attentat erwischt wird und seinen Auftraggeber verrät.«

»Der doch nicht in Erscheinung träte«, sagte de Bodt.

»Bei einer Aktion dieses Kalibers findet sich kein Profi mit Spielchen ab. Der will wissen, für wen er das tun soll. Und er will den kennen, bei dem er die Rechnung einreicht. Wenn nicht, könnte doch jeder Spinner …«

De Bodt nickte. »Also kein Freelancer. Wenn einer Dump umbringen will, dann kommt er direkt aus dem Dienst.«

»Achtzig Prozent, dass es so ist. Natürlich kann man Bekloppte nicht ausschließen.«

»Und beim Anschlag auf den Flieger nach London, war das nicht der IS?«, fragte Salinger. Im Tonfall einer Testfrage.

»Das war der IS, und er war es nicht. Hat irgendein neunmalkluger Philosoph erklärt. Der Kommentator im Radio hat sich einen runtergeholt, als er das wiedergekäut hat. Stand auch in der Zeitung. Ich sag Ihnen gern meine Meinung dazu. Die haben eine arabische Agentenzelle mit dem Anschlag beauftragt. Die bot dem IS an, sich damit zu schmücken. Wahrscheinlich durfte der IS sogar den Selbstmordidioten stellen. Der seitdem durchs Paradies rennt und seine zweiundsiebzig Jungfrauen sucht. Armer Kerl. Da oben gibt es doch nur Omas.«

»So sehe ich das auch. Leider hat der BND keine Ahnung davon.«

»Wundert mich nicht. Die sind immer noch damit beschäftigt, die Klos wiederzufinden, die ihnen im neuen Bunker während der Bauarbeiten geklaut wurden.«

265.

»Ich habe keine Zeit. Sie haben ja vielleicht mitgekriegt, dass Dump heute Nachmittag in Berlin landet …«

»Und dann sofort in die Kaserne gebracht wird. Ich weiß, Frau Bundeskanzlerin. Genau darum geht es. Ich möchte so eng an Dump dran sein wie möglich. Könnten Sie mich schnell zur Sicherungsgruppe versetzen und zum Personenschutz einteilen?«

Schweigen. »Sie haben Nerven. Warum?«

De Bodt erklärte ihr seinen Verdacht.

»Sie schließen einen Bombenangriff aus?«

»Ich schließe gar nichts aus. Nur ist in der konkreten Lage ein Attentat mit einem Gewehr wahrscheinlich. Der Flughafen wird seit Wochen überwacht und jeder Millimeter überprüft. Die werden einen Scharfschützen schicken. Und wenn der scheitert, werden sie nachlegen. Die sind sich hundertprozentig sicher, dass sie heute Dump ermorden werden.«

»Dann werden alle auf die Russen zeigen. Was haben die dann davon?«

»Erstens werden die es abstreiten, und sei es noch so offensichtlich. Zweitens setzen die auf …«

»Was ist, Herr de Bodt?«

»Ich habe was übersehen. Nicht verstanden.«

»Was?«

»Lassen Sie mich bitte als Personenschützer einteilen.« Er erklärte ihr, was er gerade begriffen hatte.

»O Gott«, sagte die Kanzlerin. »Hoffentlich ist das nicht wahr.«

266.

Sie saßen im *Strandcafé Kühlungsborn.* Hatten sogar einen Platz auf der Terrasse gefunden. Es gab nur wenige Gäste. Merkow blickte sich um.

»Die Anweisung kommt vom General«, sagte er. »Wir sollen bis morgen Mittag hierbleiben.«

Als er Katt erzählte, dass sie fluchtartig Berlin verlassen müssten, hatte sie ihren Koffer gepackt. Und er seinen. Sie hatte nicht gefragt, warum. Sie fürchteten Wanzen im Zimmer. Und auf der Fahrt hatte Merkow kaum ein Wort gesagt. Katt wusste, dass er es ihr erzählen würde. Wenn er so weit war. Schweigen hatte Katt noch nie lästig gefunden. Sie hatten sogar ein kleines Hotel in Kühlungsborn gefunden.

»Das heißt, dass es heute den Anschlag auf Dump gibt. Und dass unsere Chefs mit drinhängen.«

Merkow nickte. »Die sind wahnsinnig geworden.«

Katt musterte ihn. »So was machen die nicht ohne Genehmigung des Präsidenten. Niemals.«

»Uns haben sie weit weggeschickt, damit wir ein Alibi haben«, sagte Merkow.

»Und das hat dir der General mitgeteilt?«

»Nein, er hat befohlen, dass wir an einem Ort weit weg Spuren hinterlassen sollen. Was wir tun durch die Rechnung dafür« – deutete auf Tassen und Kuchen – »und die Hotelrechnung. Außerdem werde ich heute Abend irgendwo in der Gegend tanken. Dann werden wir in einem Restaurant auffallen, sodass sich Gäste und Personal an uns erinnern.«

»Sollen wir deinem Polizistenkumpel einen Tipp geben?«, fragte Katt.

Merkow sah sie verblüfft an. »Wenn du in einem Zinksarg nach Hause gebracht werden willst, mach es.«

Er war noch aus einem anderen Grund deprimiert. Er hatte Verbindungen zwischen den russischen Opfern gesucht. Und keine gefunden. Sie hatten nichts miteinander zu tun. Er hatte den Heizungskeller der Botschaft Quadratmillimeter für Quadratmillimeter geprüft. Während ein Moskauer Kriminalpolizist am Türrahmen lehnte und Kaugummi kaute. »Ich weiß wirklich nicht, was Sie hier finden wollen. Wir haben die Reste der Bombe analysiert, Fingerabdrücke und DNS-Proben gefunden, für die es keine Gegenstücke in unseren Datenbanken gibt. Auch Interpol konnte nicht helfen.«

Merkow fand auch nichts.

Beide Fehlschläge schickten ihm eine Botschaft. Es waren Profis am Werk gewesen. Sie hatten die Spuren hinterlassen, die sie hinterlassen wollten. Und aufs Botschaftsgelände kamen nur Leute, die bis auf die Knochen durchleuchtet worden waren. Auch die Handwerker mit Sondergenehmigung. Welche die Bombe eingebaut hatten.

»Haben Sie die Handwerker aufgetrieben und die deutsche Polizei informiert?«

»Erstens nein, zweitens selbstverständlich. Die Heizungstypen sind wie vom Erdboden verschluckt.«

»Die verarschen uns«, sagte Merkow. »Sie missbrauchen unsere Loyalität. Und das für einen Plan, der völlig wahnsinnig ist.«

»Götterdämmerung«, sagte Katt.

Merkow lächelte sie an. Woher kannte sie die Götterdämmerung? »Die erfolgt immer dann, wenn ein Reich abtritt.«

»Du vergisst, dass unsere Oberen den eigenen Abtritt für das Ende der Welt halten könnten.«

Er nickte. Dieser Gedanke hatte ihn auch angeflogen. Der Präsident musste die Verfassung ändern, um die Macht zu behalten. Mit einem anderen Titel. Er würde eine Figur zum Präsidenten ohne Macht wählen und einen Ministerpräsidenten einsetzen lassen, dem das Volk die Schuld für die Misere geben konnte. Irgendwann erkannten die Leute die Verachtung, die sich hinter diesen Schachzügen verbarg. Dass ihr Herrscher sie für debil hielt. Gelebter Zynismus.

»Der Präsident will, dass das Volk sich um ihn versammelt wie im Krieg.« Er überlegte. »Die greifen die Amerikaner an. Auf einem Feld, auf dem sie sich überlegen fühlen. Bei der Krim waren es grüne Männchen, in der Ukraine kämpfen natürlich nur vom großen Russland begeisterte Ukrainer. Und jetzt ziehen sie die ganz große Show ab. Sie haben mit alldem natürlich nichts zu tun. Die Welt glaubt denen kein Wort mehr. Uns …«

»Wenn es sich lohnt, kann die Welt uns gern nicht lieb haben«, sagte Katt. »Aber ich würde schon gern wissen, für welches Spiel wir gerade missbraucht werden.«

267.

»Haben Sie hier sonst jemanden gesehen?«, fragte einer der beiden Polizisten den Läufer. Einen großen, kräftig gebauten Mann. Mit Trekkingschuhen und eng anliegenden Klamotten. Rucksack.

Vincent lächelte. »Nein, Gott sei Dank. Ich bin gern allein unterwegs.« Er spürte, wie Georgia im Baum auf die Beamten zielte.

»Da haben Sie heute aber Pech. Bald wimmelt es hier von Kollegen.«

»Ach je.«

»Ja, der amerikanische Präsident ist zu Besuch.«

»Der wird doch nicht im Wald auftauchen?«

»Keine Sorge.« Der Polizist lachte. »Aber wir sichern die Umgebung des provisorischen Kanzleramts ab. Und kriegen nachher Verstärkung.«

»Langweiliger Job«, sagte Vincent.

»Sie sagen es. Aber wir wollen, dass nichts passiert.«

»Um Dump wär es aber nicht schade.«

Die beiden Polizisten blickten sich an und lachten. »Wir sind im Dienst und verzichten auf einen Kommentar.« Der Mann zwinkerte. »Wir ziehen dann mal weiter.«

Kaum waren die beiden verschwunden, erschienen vier Polizisten. Sie hielten Abstand und suchten. Zwei trugen Maschinenpistolen. Der Ranghöchste stellte sich vor Vincent auf. »Guten Tag«, sagte Vincent. »Da muss irgendwo ein Nest sein. Ihre Kollegen sind gerade abgezogen.«

Der Anführer bewegte sein Doppelkinn. Schaltete ein Funkgerät ein. »Alpha 3 an Alpha 11. Ihr habt den Jogger gecheckt?«

»Alpha 11 an Alpha 3. Ja, alles in Ordnung. Ende.«

Das Doppelkinn wurde gequetscht und gedehnt. »Schönen Tag noch.« Ein kurzer Wink, und sie zogen weiter.

Als sie außer Sichtweite waren: »Ich muss hier weg. Wenn die mich noch mal an derselben Stelle kontrollieren, kommen die auf blöde Gedanken.«

»Geht in Ordnung. Ich habe freies Schussfeld. Das ist das Wichtigste. Lauf schön.«

268.

Der Mann in Uniform steuerte direkt auf ihn zu. Reichte ihm die Hand. »Sie erinnern sich vielleicht nicht an mich. Ich bin ...«

»Georg Hoffmann, Chef der Sicherungsgruppe des BKA.«

»Ich bin immer noch beeindruckt, wie Sie diesen Fall damals gelöst haben, Herr Erster Hauptkommissar.«

»De Bodt genügt. Ich muss mich schnell zum Kriminalrat befördern lassen, damit ich diesen sperrigen Rang loswerde.«

Hoffmann lachte. »Es gibt schlechtere Gründe für eine Beförderung. Sie wollen also auch auf den Präsidenten aufpassen?«

De Bodt nickte. »Da versucht sich jemand in der Übung perfektes Verbrechen. Die glauben, dass sie Dump hier und heute erledigen.«

Hoffmann blickte ihm in die Augen. »Und Sie glauben das wirklich?«

»Sonst wäre ich nicht hier.«

»Es haben sich schon ganz andere Leute blamiert ... nehmen Sie's mir nicht übel, aber diesmal liegen Sie daneben. Wenn ich das so offen sagen darf.«

»Klar«, sagte de Bodt. »Nur glaube ich, dass die Furcht vor dem Irrtum schon der Irrtum selbst ist.«

»Das erzählen Sie mal unseren Chefs. Haben Sie sich den Spruch ausgedacht?«

»Nein, Hegel.«

»Muss ich meinem Sohn erzählen. Der lacht sich schlapp, wo ich ihm doch immer erzähle, dass sein Philosophiestudium für die Katz ist.«

»Das Böse ist – die Katze. Der Teufel hat also keine Hörner und

Pferdefuß, sondern Krallen und grüne Augen.« De Bodt lachte. »Vielleicht hilft Ihnen das in Ihrer Diskussion mit Ihrem Sohn. Stammt von Engels.«

»Igitt, nein, den zitiere ich nicht.« Lachte. Blickte de Bodt an. »Wie wollen Sie es anstellen? Nachher rollen hier die Agenten des Secret Service an. Die umringen ihren Chef wie ein Drohnenschwarm die Bienenkönigin.«

Die Haustür platzte auf. Ein stämmiger Typ. Uniform der Leibwächter: dunkler Anzug mit einer Ausbeulung unter der Schulter. Knopf im Ohr, Sonnenbrille. Stoppeln auf dem Kopf. Glatt rasiert das Gesicht.

Hoffmann eilte zu ihm. Gab ihm die Hand. Man kannte sich. Hoffmann deutete auf de Bodt. Der Supertyp winkte de Bodt zu sich. Der blieb stehen und musterte den Agenten. Der sich schließlich zu de Bodt bequemte.

»Ich gebe hier die Befehle«, sagte der Mann in breitestem US-Englisch.

»Sie sind Gast in Berlin. Ich unterstehe meinen Chefs. Und die haben mir befohlen, unsere Gäste zu schützen. Ich will Ihrem Präsidenten nicht auf die Pelle rücken. Das überlasse ich gern Ihnen und Ihren Leuten. Aber ich werde immer auf Sichtentfernung bleiben. Wenn Sie Zweifel haben, wenden Sie sich gern an die Bundeskanzlerin. Wenn Sie nicht verhindern wollen, dass Ihr Präsident einen Wahlkampf-tauglichen Staatsbesuch absolviert …«

Sie waren auf Augenhöhe. De Bodt womöglich ein bisschen länger. Dafür zeugte die Statur des Agenten von einem Leben in einer Muckibude.

»Okay, okay«, sagte er. »Sind Sie bewaffnet?«

»Nur mit meinem Verstand.«

»Darf ich nachschauen?«

»Wollen Sie meinen Kopf aufschneiden?«

Der Agent lächelte tatsächlich. Tastete de Bodt ab. Tätschelte dessen Schulter. *»Okay, man.«*

269.

Der Chef las Akten. Wie immer, wenn er angespannt war. Seine Untergebenen bewunderten ihn. Der las Akten, während die anderen ihre Aufregung kaum zügeln konnten. Ein Mann ohne Nerven. Der Chef war überzeugt, dass er nicht mehr hätte tun können. Dass er die Niederlagen in Siege verwandeln würde. Er bedauerte Erika. Sie würden sie austauschen. Eines Tages. Nach der Operation mochte sie verraten, was ohnehin alle wussten. Aus Moskau käme das übliche Dementi: Lügen der US-Regierung. Der neue Präsident in Washington würde ein bisschen herumwedeln, um die Sache schnell zu den Akten zu legen. Die Öffentlichkeit in den USA hatte sich an Skandale gewöhnt. Der Präsident in Moskau würde dem neuen Kollegen in Washington die Bereinigung aller Streitigkeiten vorschlagen. Und der würde darauf einsteigen. Und dann begann der Frieden. Sah man ab von Störenfrieden wie den Chinesen. Denen würden die Amerikaner weiter Knüppel zwischen die Beine werfen. Die Chinesen würden sich am Ende auch gegen die Russen stellen, vielleicht. Sich wenigstens über ein abgekartetes Spiel beklagen. Aber wenn die beiden stärksten Militärmächte sich zusammentaten, musste Peking weichen. Noch war China nicht stark genug. Und es würde es nie werden. In letzter Minute würden sich Moskau und Washington gegen die Gefahr zusammenschließen.

Es klopfte.

»Ja«, sagte der Chef.

Ein Oberst betrat den Raum. »Alles läuft planmäßig, Chef. Die Leute vom Secret Service sind schon angekommen. Der neue Transitweg vom Flughafen zum provisorischen Kanzleramt wurde abgeschirmt. Sie haben auch einen Sichtschutz vor dem Kaserneneingang errichtet. Alles, wie Sie es vorhergesehen hatten.«

Alles, wie Frida es berichtet hatte. Die nicht nur ihre Krise überwunden hatte. Sondern auch entschlossen war, den letzten Akt hinter sich zu bringen.

270.

De Bodt schlenderte umher. Er maß mit den Augen die Räume aus. Den Flur, den Konferenzraum, das Zimmer der amerikanischen Delegation, den Raum, wo sich die Bundesregierung versammeln würde. De Bodt hatte seine Theorie immer wieder durchdacht. Wie sollte jemand den Präsidenten erschießen, wenn er ihn nicht sah? Wenn er von vornherein wusste, dass er ihn nicht sehen würde? Dennoch war er überzeugt, dass draußen ein Schütze lauerte. Er hatte eine Idee. Wie er es machen würde. Er fand die Idee genial. Er kannte die erste Etappe des Anschlags. Die war erst originell, wenn sie mit der zweiten Etappe zusammengedacht wurde. Bei Etappe zwei aber brauchte er eine Person, die er noch nicht gefunden hatte. Die Person, die den Anschlag vollenden würde. Ohne dass jemand es merkte.

Er würde es so machen. Es war die beste Lösung für die Aufgabe, den amerikanischen Präsidenten zu ermorden.

271.

Georgia pinkelte in das Einmachglas. Schraubte den Deckel fest. Sie hatte das Telefon mit zwei Klebstreifen an einem Ast befestigt. Vincent schickte SMS über *Signal*, einen verschlüsselten Dienst. Er spielte den Trekker, die verschärfte Existenzweise des Joggers. Aber ähnlich albern. Fand Georgia. Sie verstand unter Sport Marathon, Turnen und Pilates. Von letzterem die ursprüngliche Variante, eine Art freiwilliger Folter. Körperbeherrschung.

Im Wald wimmelte es von Polizei. Die würden sie jagen. Aber erst mussten sie herausfinden, von wo die beiden Schüsse abgefeuert worden waren. Akustik war der Versuch, die Heimtücke von Schallwellen zu entlarven. Wenn Vincent sein Feuerwerk inszenierte, würde sie in ihrer Polizeiuniform herunterklettern und auf den Boden springen. Diese paar Sekunden entschieden, ob sie überlebte oder nicht. Sie sah das sachlich. Wenn sie auf dem Boden landete und nicht gesehen wurde, kam sie davon. Würde sie entdeckt, müsste sie ihre Pistole benutzen. Vielleicht kam sie davon, wenn das Chaos groß genug war. Vielleicht würde sie sterben. Das stand in ihrer Arbeitsplatzbeschreibung. Als Dozentin auf der SWR-Schule wäre sie auch gestorben. Langsam und schmerzhaft, vor Langeweile.

Die Geräusche unter ihr störten sie. Sie redete sich immer wieder ein, dass die Polizisten sie nicht sehen konnten. Sie hörte den Funkverkehr. Äste knackten. Befehle. Mahnungen, wachsam zu sein. Aber alles in einem gleichgültigen Ton. Der sagte: Mochte was passieren, hier nicht. Alles im Griff. Kein Attentäter traute sich in das Polizeigewimmel. Und überhaupt: Wer verließ sich darauf, bei sechshundert Metern Entfernung mit dem ersten Schuss zu treffen? Wie könnte einer nur so verrückt sein, ein Attentat von diesem Wald aus zu begehen?

Flapp-flapp-flapp. Georgia duckte sich. Instinktiv. Mit Hubschraubern hatten sie gerechnet. Wenn er nicht direkt vor dem Gewehr herumflog, sah der Pilot sie nicht. Wahrscheinlich nicht mal dann. Der Lauf ihres Gewehrs ragte aus einer Tarndecke heraus. Das Zielfernrohr aus einem größeren Loch darüber. Wenn er sie erkennen sollte, müsste sie ihn vom Himmel schießen. Und darauf hoffen, dass die Polizei zunächst an einen Unfall glaubte.

Sie hatte den Kopf des Piloten im Visier. Den Kopiloten dahinter konnte sie mit demselben Schuss erledigen. Der Helikopter wedelte hin und her. Dann drehte er ab.

Sie nahm das Fernglas und lugte an der Tarndecke vorbei. Sie hatte die Abschirmung vor dem Kaserneneingang im Blick. Sah die Personenschützer, deutsche und amerikanische. Nicht auseinanderzuhalten. Sie würden Dump mit ihren Körpern decken. Und sie würde durch die Abschirmung und die Körper schießen. Vielleicht traf sie Dump. Eigentlich war es egal. Der Chef würde es sogar vorziehen, dass sie ihn nicht traf. Er hatte es angedeutet.

272.

Vincent parkte den Wagen in einer Seitenstraße nahe dem Wäldchen. Es reichte, wenn er nicht allzu weit entfernt stand. Er prüfte den Zünder. Der nahm die GSM-Befehle mit ein paar Millisekunden Verzögerung an. Vincent montierte die beiden Kabel, die den Zünder mit der Bombe verbanden. Stieg aus und ging Richtung Wald. Sah die Polizisten. Einer lehnte an der Motorhaube eines Streifenwagens. Kaffeebecher in der einen Hand, die Zigarette in der anderen.

Sah zwei Zivilisten. Eine Frau, auffallend hübsch. Einen jungen Mann, vermutlich türkischer Herkunft. Sah, wie die Frau mit dem Polizisten sprach. Der schnippte den Zigarettenstummel weg, schüttete sich den Kaffee in die Kehle. Öffnete eine Wagentür und stellte den Becher aufs Armaturenbrett. Zuckte die Achseln und betrat das Wäldchen. Sein Körper dampfte den Kaffee aus. Und Unlust. Vincent sah es nicht, aber spürte es. Die Körperhaltung schlaff, der Gang schleppend.

Vincent ging vorbei. Winkte einem Polizisten zu. Der nickte.

273.

»Verfluchter Schlaffsack«, maulte Yussuf.

»Reg dich ab. Unser Herr und Meister hat erklärt, dass man von hier am besten ein Schlachtfest vor der Kaserne veranstalten kann.«

»Soll ich jetzt auf jeden Baum klettern?«

»Blödsinn«, sagte Salinger. »Der Oberschupo hat erklärt, sie hätten diese Ecke seit Tagen im Blick. Außerdem treibt sich hier auch ein Helikopter rum.«

Wie zur Bestätigung flappte es. Sie sahen das Rieseninsekt mit der Aufschrift *Polizei.* Es flog auf Wipfelhöhe. Blieb stehen, flog weiter.

»Was hat Hegel junior gesagt? Dass er mit einem Schuss rechnet, dass der Präsident aber im Gebäude ermordet werden soll.«

»Unergründlich«, sagte Yussuf. »Wieso kennt er den Plan?«

»Eugen wird uns bis zum Ende unserer Tage ein Rätsel bleiben.«

274.

»Die Airforce One landet in fünf Minuten«, sagte Hoffmann.

Er hätte es nicht sagen müssen. Die Leute mit den Knöpfen in den Ohren verfielen in Hektik. Alles noch einmal überprüfen. Die Abschirmung vor dem Eingang. Den Weg zum Eingang. Ein Mann zupfte an der Abschirmung herum. Einem Stahlgestell mit Plane. Der Teppich war ausgerollt. Ein Mann erschien mit einem Staubsauger, um ihn zu reinigen. Zwei Personenschützer standen seitlich an der Abschirmung und beglotzten die Umgebung mit schweren Ferngläsern. Eine Kolonne trabte heran. Zehn Männer mit schusssicheren Westen. Pistolen in Gürtelhalftern. Ihnen folgten vier mit Sturmgewehren. Gepanzerte Mannschaftswagen der Berliner Polizei stellten sich auf.

»Das bringt doch nichts«, sagte de Bodt.

»Das machen wir, um dem Gast zu imponieren«, erwiderte Hoffmann. »Er muss den Eindruck gewinnen, dass uns nichts wichtiger ist als seine Unversehrtheit. Das meiste hier ist Theater. Beim alten Kanzleramt lägen die Dinge anders. Aber was soll in einer Kaserne passieren? Niemand kommt rein, ohne gefilzt zu werden. Überall Soldaten. Kein Attentäter würde es wagen …«

»Ich fürchte, Sie irren sich. Es wird etwas passieren.«

Hoffmann blickte ihn von der Seite an. »Was Sie immer so wissen.« Ließ den Blick schweifen. »Kein Scharfschütze kann ihn erreichen. Er sähe nichts.«

»Jemand wird ihn im Gebäude umbringen. Wenn der Scharfschütze ihn nicht trifft.«

Hoffmann schüttelte den Kopf. »Normalerweise müsste ich wetten. Ich gewinne gern. Aber das wäre doch makaber.«

»Sie würden verlieren«, sagte de Bodt.

275.

Vincent sah die Airforce One. Ein mächtiges Flugzeug, das gemächlich sank. Darin ein Präsident mit verkürzter Lebenserwartung. Er blickte auf die Uhr. Die Maschine würde landen. Treppe ranfahren. Präsident steigt aus. Setzt sich ins Auto. Ein paar Minuten bis zur Kaserne. Bestimmt hatten seine Chefs über eine Bombe nachgedacht. Aber die Deutschen hatten eine neue Straße gebaut. Sie mit Stahlwänden gesichert. Tag und Nacht bewacht. Niemand hätte eine Bombe legen können. Das hatte sie gezwungen, sich diesen abgefahrenen Plan auszudenken. Das Scheitern als Bedingung des Gelingens. Wenn ihn die Kugel nicht traf. Erwartungsgemäß.

Ziel plus Madame sitzen im Auto.

Er grinste. Georgia verlor ihren Humor nicht. Ein gutes Zeichen.

Fall nicht vom Baum vor Freude.

Bevor Georgia schoss, würde sie die Bombe im Auto zünden. Darauf war Verlass. Auf sie war Verlass. Vincent konnte nur hoffen, dass auf den Kollegen vor Ort auch Verlass war. Oder auf die Kollegin. Wer immer es war.

276.

Frida spürte den Druck. Sie musste ruhig bleiben. Sie hatte sich den Ablauf tausendmal vorgesagt. Es war einfach. Im Kopf. Aber sie wusste, dass der einfachste Plan schwierig wurde, wenn es an die Umsetzung ging. Hatten sie wirklich alle Möglichkeiten beachtet? Sie hatte in den letzten Tagen geübt. Vor dem Spiegel. Im Weißen Haus hatte es gleich geklappt. Aber was geschah, wenn ein Haufen Leibwächter das Ziel beobachtete?

Sie redete sich Mut zu. Niemand würde es herausfinden. Sie würde diesen Typen los. Eklig, feuchte Aussprache, abstoßende Stimme, die Dumpfheit, die Frauenverachtung und Großmannssucht. Seine Primitivität. Seine Lügen. Sie hatte nie verstanden, wie so jemand Präsident werden konnte. Da sage noch einer, die Demokratie sei die beste aller Staatsformen. Ihr Präsident war gewiss kein lupenreiner Demokrat, wie dieser ehemalige Bundeskanzler getönt hatte. Der längst zur Nomenklatura gehörte und frech behauptete, er arbeite in Wahrheit im Interesse jener, die ihn nicht bezahlten. Darauf musste man erst mal kommen. Aber es fanden sich ja immer Leute, die jeden Quark glaubten. Wie Dumps Wähler. Sie hatte ihn tönen gehört. Dass er die kommenden Wahlen auf der linken Arschbacke gewinne. Dass sich die Demokraten mit ihrem Amtsenthebungsverfahren ins Knie geschossen hätten. Niemand habe ihm etwas nachweisen können. Natürlich war es ein Spaß, als er im letzten Wahlkampf die russischen Geheimdienste öffentlich aufgefordert hatte, die E-Mails der Gegenkandidatin zu stehlen und zu veröffentlichen. Natürlich war es seiner sympathischen Leichtgläubigkeit geschuldet, dass sich in des Präsidenten Nähe Hochstapler, Lügner und korrupte Gestalten tummelten. Der Weg vom Weißen Haus in den Knast war kurz geworden.

Er saß neben ihr. Fummelte an seinem Telefon herum. Würde gleich twittern. Wie großartig es mit der Kanzlerin sei. Und nach dem Besuch noch besser werde. Weil die dafür sorge, dass die deutschen Rüstungsausgaben stiegen. Er hatte eine Liste von Waffen dabei, welche er der Kanzlerin vorlegen wollte. Diese großartigen Rüstungsgüter könne sie in den USA kaufen. Das sei doch viel billiger, als Waffen allein oder zusammen mit Frankreich und anderen europäischen Staaten zu entwickeln.

Frida ließ ihre Hand in die Tasche gleiten. Fand den Flakon sofort. Aufschrift *Chanel N° 5*.

277.

Es waren dann doch keine fünf Minuten. Oder die First Lady brauchte länger bei der Kriegsbemalung. De Bodt war diese Frau ein Rätsel. Auf Bildern schien sie eine Maske zu tragen. Erstarrte Miene. Künstliches, faltenschonendes Lächeln. Dauerexistenz als Vorzeigeobjekt eines Mannes. Der jeder Frau zwischen die Beine fassen konnte, wenn er wollte. Und damit prahlte. Der Frauen auf Brüste und Gesäß reduzierte. Der nahm, was er kriegen konnte, wenn es ins Beuteschema passte. Der Anwälte losschickte, um das Schweigen von Nutten und Nackttänzerinnen zu erkaufen.

Was hielt die First Lady bei diesem Mann? Liebe schloss de Bodt aus. Das Geld auch, denn bei einer Skandalscheidung würde sie mehr ernten, als sie jemals ausgeben konnte. Allein schon, um ihr Schweigen zu kaufen. Da konnte sie die Ex von Berlusconi fragen. Und doch blieb sie, unbewegt hinter der Maske, die sie anstelle eines Gesichts trug.

Er hatte schon länger darüber nachgedacht. Wenn er alles zusammenrechnete, kam immer das gleiche Ergebnis heraus. Er wettete seine Freiheit darauf. Seinen Job auf jeden Fall. Vielleicht sogar sein Leben. Er musste die entscheidende Sekunde abpassen. Ohne zu wissen, wann es wo so weit wäre. Er wusste nur, dass es allein auf ihn ankam. Wenn er versagte, hatte Moskau gesiegt. Wenn er Erfolg hatte, war der Ausgang offen. Es war wie beim Roulette, eins zu fünfunddreißig. Oder schlechter.

278.

Es dauerte ewig. Salinger und Yussuf beobachteten das Flugzeug. Die Treppe stand längst bereit. Aber die Tür öffnete sich nicht.

»Vielleicht hat es den schon erwischt? Nach einem handfesten Streit mit Miranda. Die hat ihm vielleicht gerade jetzt mitgeteilt, dass er nicht den Größten hat?«, sagte Yussuf.

»Ich fand deine Analysen schon immer so scharf wie das Rasiermesser eines anatolischen Friseurs, dessen Vater Bestatter ist.«

»Das hab ich jetzt nicht verstanden. Was hat ein anatolischer Friseur mit einem Bestatter zu tun?«, fragte Yussuf.

»Du solltest an deinen kriminalistischen Kompetenzen arbeiten, sonst wirst du nie Oberkommissar.«

»Am Beispiel des Hauptkommissars Krüger kann man doch schön sehen, dass übertriebener Ehrgeiz der Beförderung nicht hilft.«

»Ich hab das gehört, Ali«, sagte Krüger. Der stand hinter ihnen. Jederzeit bereit, sich an Salinger ranzuwanzen.

»Du hast es gehört, Krüger. Aber hast du es auch verstanden? Weißt du, was das ist: eine doppelte Negation?«

»Werd nicht frech!«

»Da will man ein geistvolles Gespräch mit einem Kollegen führen …«

»Spar dir das für deinen Chef auf. Aber der jagt ja gerade Attentäter, die es nur in seiner Fantasie gibt. Spekulative Philosophie eben.«

»Was weißt du darüber?«, fragte Salinger.

»Genug, um es für bescheuert zu halten.«

»Sei vorsichtig. Nachher blamierst du dich wieder. Vielleicht solltest du dir die Ohren ausbrennen lassen bei einem anatolischen Friseur. Dann verstehst du besser, was wir sagen. Wenigstens akustisch.«

»Reg dich ab, Silvia.« Deutete aufs Flugzeug. »Der hat gar keine Lust auf Mutti.«

»Nee, Miranda schmiert sich gerade ihre Maske aufs Gesicht«, sagte Yussuf.

»Oder der wurde gerade abgesetzt. Heute schon Nachrichten gehört?«

Die Tür öffnete sich. Zuerst die Gestalt des Präsidenten. Dahinter versetzt Miranda. Er blieb stehen, reichte ihr die Hand. Sie zögerte, nahm sie aber.

»Sie findet den nur noch eklig«, sagte Salinger. »Geht mir bei vielen Männern so.« Seitenblick zu Krüger.

Der schwitzte. Aber nicht wegen der Sonne, die Hitzeschwaden auf dem Flugfeld aufsteigen ließ.

Unten empfing jemand mit Sonnenschirm in der Hand die Gäste. Der Präsident berichtigte die Schirmhaltung. Er war jetzt im Schatten, Miranda genoss den Freiluftgrill.

Der Chef der Protokollfritzen begrüßte den Präsidenten. Eine militärische Ehrenformation würde es nicht geben. Arbeitsbesuch. Der Protokollhäuptling führte das Präsidentenpaar zur US-Limousine. Schwarz, riesig, gepanzert. Getönte Scheiben.

»Der Wabbelsack könnte das locker laufen«, sagte Yussuf. »Ich möchte auch in so 'ner Karre kutschiert werden.«

»Kleinjungenträume. Wenn du mal groß bist, kommst du von dem Trip runter.«

Die Limousine fuhr nicht, sie glitt. Langsam. Davor ein schwarzer GMC-Transporter, dahinter ein GMC-Transporter. Bis zum Rand gefüllt mit Leuten und Knarren. Der Kolonne folgte ein Benz-Kombi der BKA-Sicherungsgruppe.

279.

Der Chef sah die Kolonne auf dem Fernsehbildschirm. So viele Personenschützer, so geringe Überlebenschancen. Die Vorfreude mischte sich mit der Anspannung. Seine Finger klopften eine Melodie auf den Schreibtisch. Er summte.

Atmet tief! Der Völker Frühlingsmorgen
leuchtet hell, von Wolken ungetrübt,
denn befreit von Sklavennot und Sorgen
wuchs die Welt, die fröhlich lacht und liebt.
Aber droh'n die feindlichen Banditen,
wir sind da und wachsam und bereit.
Dieses Land, wir werden es behüten.
Unser Herz gehört ihm allezeit.

Er drückte auf einen Knopf auf dem Telefon. Die Tür öffnete sich. Der Ordonnanzoffizier.

»Haben Sie den Text geschickt?«

»Wie befohlen.«

»Haben Sie eine Bestätigung?

»Jawohl.«

»Sonst was?«

»Der neue Präsident der USA grüßt herzlich.«

280.

»Wissen Sie, was passiert, wenn es tatsächlich passiert?«, fragte de Bodt. Während seine Augen am Fernsehbildschirm hingen.

»Was meinen Sie?«, fragte Hoffmann.

»Der Vizepräsident ersetzt den Präsidenten. Er wird vereidigt, sobald Dump für tot erklärt wird. Sie erinnern sich: wie Johnson, als Kennedy erschossen wurde. Der Vizepräsident geht nie mit dem Präsidenten auf Reisen. Damit die USA nicht plötzlich kopflos dastehen.«

»Ja, das weiß jeder.«

»Aber nicht, dass Dump getötet werden soll, damit endlich Terence an seine Stelle treten kann.«

Hoffmann starrte ihn an. »Sie meinen Vizepräsident Terence …«

»Genau den meine ich.«

»Wie kommen Sie darauf?«

»Es ist die einzige Erklärung, die passt. Dump würde die Wahlen vermutlich verlieren. Damit wäre auch Terence erledigt, der Maulwurf im Weißen Haus. Also muss Dump vor den Wahlen sterben, damit Terence als Präsident in die Wahlen geht. Wenn er gewinnt, sitzt Moskau im Oval Office und hat den Finger auf dem roten Knopf. Ein guter Plan. Und die einzige logische Erklärung für all die Morde und Anschläge.«

281.

Frida wischte sich die Hände an einem parfümierten Tuch trocken. Sie ekelte sich vor seinem Schweiß. Welch Erleichterung, wenn sie den Kerl loswürde. Sie ekelte sich vor seinem klebrigen Körper. Seinem Gesabber. Der Rein-raus-Nummer. Fünf Minuten. So erotisch wie Dosenravioli. Der Chef hatte sie unterstützt. In den Zeiten der Depression. Wenn sie alles hinschmeißen wollte. Wenn sie ein Leben führen wollte. Trotzdem war sie stolz auf sich. Der Chef hatte es ihr bestätigt. Das ausgehalten zu haben sei tapferer, als sich beim Angriff dem Feuer des Feindes auszusetzen. Und das so lange ausgehalten zu haben. Der Dank ihrer Wahlheimat werde sie für den Rest ihrer Tage von allen materiellen Sorgen befreien. Sie beschützen. Würde sie gefasst, die Kameraden des FSB gingen sofort auf die Jagd nach amerikanischen Spionen. Die Verhaftungslisten seien geschrieben. Sie würden sie gleich nach ihrem Prozess austauschen. Der neue US-Präsident könnte sie auch begnadigen. Der Vorwand würde gefunden werden.

Verlass dich auf mich. Verlass dich nur auf mich. Du bist unsere Heldin. Du wirst allen Kundschaftern als Vorbild dienen. Die Erinnerung an die Cambridge Five, Fuchs, Sorge, Felfe wird verblassen angesichts deiner Ruhmestat. Verlass dich auf mich.

Der Chef ging manchmal in die Vollen. Kitsch pur. Aber es gefiel ihr. Es kam von Herzen. Nie würden die Kameraden sie fallen lassen. Nie würde Frida sie verraten. Sie hatte durchgehalten. Und nun würde sie es zu Ende bringen.

282.

De Bodt steckte die Hände in die Hosentaschen. Gleich trafen ihn Blicke der Gorillas. Ihr Verhalten, ihr Gesichtsausdruck kündete von ihrer Auserlesenheit. Sie behandelten die Leute im Gebäude, als wären sie Untertanen. So was wie »Bitte« und »Danke« kannten sie nicht. *No, Sir. Yes, Sir.* Prätorianer. Ausgestattet mit der Arroganz geliehener Macht.

De Bodt betrachtete den schweren Sessel mit Goldtressen im Raum. Dort sollte der Präsident sitzen. Davor Stuhlreihen für die Berater. Und Miranda. An der Wand summte ein Kühlschrank. Darauf ein Tablett mit Gläsern. Er öffnete die Tür. Coladosen. Dazu drei Flaschen Mineralwasser. Eis im Tiefkühlfach.

Den Raum hatten US-Sicherheitsleute auf Wanzen, Kameras, Bomben und alles untersucht, was dem Präsidenten lästig werden könnte. Zwei Wochen zuvor hatten amerikanische Monteure eine Klimaanlage installiert, die den Raum auf 23 Grad kühlen und die Luftfeuchtigkeit verringern sollte. Weil der Präsident sonst vielleicht schwitzte. Für die Präsidentengattin zweigte eine Tür in einen Nebenraum ab. Ausgerüstet mit Sofa, Sesseln, Tisch, Satelliten-TV-Gerät und einem großen Spiegel über einem Schminktisch. Auf ihm lag ein Föhn. Auf einer Kommode ein Stapel von US-Magazinen. Mode und Lifestyle.

De Bodt streifte durch Flur und Zimmer. Immer wieder. Blieb stehen. Erdachte seinen Plan. Er hatte das Bild schon eine Weile im Kopf. Dump im Sessel. An der Wand hinter ihm Leibwächter. Zwei neben der Tür. Der Rest vor der Kasernentür und im Flur. Hier kam keiner rein, der nicht rein sollte. Wenn er nicht schon drin war.

283.

Salinger sah den Konvoi verschwinden. »Was für ein Spektakel, nur weil der Irre aus Washington uns mit seinem Besuch beehrt.«

»Fehlt noch mein Sultan und der Präsident in Moskau, und die könnten Mau-Mau spielen.«

»Das gäbe einen Weltkrieg, weil Dump selbst dafür zu dumm ist und nicht verlieren kann. Die anderen haben mit gefälschten Karten gespielt. Das ist sehr, sehr böse. Ich habe ein paar Raketen losgeschickt. Danach machen wir eine neue Partie.«

Yussuf grinste. »Los, zur Kaserne.«

Salinger steuerte den Dienst-Passat mit Blaulicht durch die Passage. Ein Wald von Gewehrläufen. »Kann man nur beten, dass keiner von denen einen nervösen Zeigefinger hat.«

»Da glaubt selbst eine Ungläubige an einen Gott, den es ihren Worten nach gar nicht gibt. Du solltest konvertieren, Allah wird uns schützen.«

»Da werd ich lieber erschossen«, sagte Salinger. Lachte.

Auf dem Kasernenhof erwartete sie ein Aufmarsch von Revolverhelden. Mit Mannschaftstransportwagen, Maschinengewehre feuerbereit.

Sie umringten die Präsidentenlimousine. Sie stand, die Türen waren noch geschlossen. Zwei Typen kontrollierten die Abschirmung.

Yussuf schickte de Bodt eine SMS:

Wir sind vor der Kaserne.

Geht in Deckung, erwiderte er.

284.

»Wie bei einer Treibjagd, nur andersherum«, murmelte Georgia. Blickte durchs Zielfernrohr. Sah den schweren Wagen hinter der Abschirmung verschwinden. Sah Typen, wie sie die Schutzwand prüften. Hier zupften, da zupften, als handelte es sich um ein Ballkleid.

Als die Zupfer verschwanden, zählte Georgia. Eins bis fünfzehn. Dann zielte sie auf die Abschirmung. Wo sie den Präsidenten vermutete, der inzwischen in einem Pulk von Personenschützern aus dem Auto ausgestiegen sein dürfte. Sie drückte auf die Handytaste. Schickte den Zündungsimpuls los. Zielte noch einmal und drückte ab. Die Bombe im Auto detonierte gleichzeitig, ein paar Hundert Meter von ihr entfernt. Georgia sah einen Feuerblitz. Sie lud nach, diesmal ein Teilmantelgeschoss. Drückte ab. Spürte wieder den gewaltigen Rückstoß gegen ihre Schulter.

Sie kletterte hinunter. Sah niemanden. Die Polizisten waren zum Ort der Explosion gestürzt. Sie rannte in diese Richtung. Mischte sich unter sie.

285.

Yussuf hörte es genau. Es waren zwei Detonationen, kurz hintereinander. Sie verschmolzen fast ineinander. Erstarrt sah er, wie die Abschirmung vor der Präsidentenlimousine zerfetzt wurde. Hörte den Einschlag des Geschosses in der Kasernenwand. Sofort verschwand Dump unter Körpern. Dann nahm ihn einer an der Hand. Geduckt und im Rücken geschützt durch eine Wand aus Körpern, rannten sie ins Gebäude. Ein zweiter Schuss. Ein Personenschützer blieb stehen wie angenagelt. Brach zusammen. Lag im eigenen Blut. Yussuf rannte hin. Ein Riesenloch im Rücken, der Unterleib ein Krater. Das war kein Gewehr, wie er es kannte.

Qualm hinter der Kasernenmauer.

Die Kasernentür war geschlossen. Der Präsident hatte überlebt.

»Der hat blind geschossen«, sagte Salinger.

»Mit einer Riesenknarre«, sagte Yussuf.

Sie betraten die Kaserne. Im Flur wimmelte es vor schwarzen und grauen Anzügen, Sonnenbrillen und Knarren. Die meisten hatten Pistolen in den Händen. Ein paar Pumpguns. Schrot für Eindringlinge.

Alle Rollläden waren heruntergelassen. Neonröhren im Flur.

Dump saß in seinem Sessel. Hielt die Hände vors Gesicht. Miranda saß auf der Lehne. Beugte sich zu ihm runter. »Hauptsache, du hast überlebt.«

Keine Antwort.

»Ich hol dir eine Cola. Wie du sie magst.«

De Bodt stellte sich neben den Leibwächter, der Dump an der Seite schützte. Sah Miranda eine Coladose aus dem Kühlschrank holen. Sie öffnete sie. Sie griff in die Handtasche, die über ihrer Schulter hing. Holte etwas raus. Parfüm vielleicht. De Bodt erkannte es nicht, ihr Körper verdeckte es.

Mit der Dose in der Hand kehrte sie zurück. De Bodt blickte ihr in die Augen. Ein Lid flatterte. Sie schwitzte am Haaransatz. Sie stellte sich vor Dump. »Ronald, trink das. Es wird dir guttun.« Sie setzte sich wieder auf die Lehne. Legte einen Arm um seinen Nacken. Die andere hielt die Dose. Dump griff nach der Dose.

De Bodt sprang, legte sich quer in der Luft. Traf die Dose mit dem Fuß.

Ein Schuss bellte.

De Bodt landete in der braunen Brühe auf dem Boden und schrie vor Schmerz.

286.

»Gut«, murmelte der Chef. »Sehr gut.« Georgia hatte den Schirm durchlöchert. Der zweite Schuss hatte einen Leibwächter zerrissen. Dem Reporter hatte es die Sprache weggeschossen. Dann meldete er sich zitternd. »Furchtbar, ein Anschlag auf den Präsidenten der USA. Welch Schande! Dass es auf deutschem Boden passiert. Mitten in Berlin.« Dann übernahm das Studio. Mit tragender Stimme.

Ein Schuss, aus dem Kasernengebäude.

Der Chef runzelte die Stirn. *Sie haben Frida erschossen?* Sein erster Gedanke. Sein zweiter: *Hat Dump von der Cola getrunken?*

287.

Salinger sah ihren Chef fliegen. Wie einen Fußballer beim Seitfallzieher. Er trat die Dose aus Dumps Hand. Dann schoss der Leibwächter neben Dump. Traf de Bodt.

»Nein!«, schrie Salinger. »Nein!« Sie rannte los. Landete in einer Leibwächterkette. Die sie überwältigten und zu Boden drückten.

»Holen Sie einen Arzt!«, brüllte Yussuf. »Einen Arzt!«

»Bin schon da«, sagte die Zander. Im weißen Kittel. Die Arzttasche in der Hand. Aufgetaucht aus dem Nirgendwo.

Miranda griff nach dem Ärmel der Zander. Die riss sich los. Kniete sich neben de Bodt. Sah das Einschussloch. Drehte ihn vorsichtig auf die Seite. Er stöhnte. Ausschussloch auf der Brust.

Ein zweiter Arzt erschien.

»Help the president!«, schrie Miranda.

Der Mann half der Zander, de Bodt zu entkleiden. Die Wunde zu versorgen. Sie zu verbinden.

De Bodt schlug die Augen auf. Blickte die Zander an. Legt seine Hand auf ihren Arm. »Untersuchen Sie die Cola. Jetzt. Es ist Gift drin.«

Salinger beugte sich über ihn.

»Nehmt die Cola, untersucht sie sofort. Jetzt!« Befahl er mit matter Stimme. »Verhaftet Miranda wegen Mordversuchs.« Sackte weg.

288.

Salinger fand die Coladose. Zog sich Gummihandschuhe an. Verpackte die Dose in einem Plastiksack. Ein Secret-Service-Agent griff nach der Tüte. Salinger riss sie ihm aus der Hand. Legte die Hand auf den Griff ihrer Pistole im Halfter. Yussuf drängte sich zwischen den Amerikaner und Salinger. Zog die Waffe. Draußen rief Salinger Uhlenhorst.

»Ich kann jetzt nicht.«

»Du kommst auf der Stelle. Ist ein Befehl von Eugen.«

Er brauchte zwei Minuten.

»In der Dose sind noch ein paar Tropfen. Untersuch sie. Schnapp dir jemanden von der Rechtsmedizin, am besten die Zander. Ruf mich sofort an, wenn du was findest. Sofort.«

Uhlenhorst rannte los.

289.

Der Chef starrte auf den Bildschirm. Die Kamera zeigte den Kasernenhof. Standbild. Der Sprecher faselte. Spekulationen. Die er selbst erdachte. Anschlag auf den US-Präsidenten. Ein Schuss im Gebäude. Krankenwagen mit Sirene und Blaulicht. Polizeiautos.
Eine Trage wurde herausgerollt. Darauf ein Mensch. Mit Sauerstoffmaske. Verdeckt durch Ärzte und Sanitäter. Die Ambulanz raste los.

290.

»O Gott«, sagte Salinger. »O Gott, hast du die Wunde gesehen?«

»Durchschuss, aber neun Millimeter. Das reißt …«

Sie saß auf einem Stuhl im Krankenhausflur.

Tilly erschien. Wo war der gewesen?

»Wissen Sie, wie es …?«

»Beschissen, danke der Nachfrage. Wir sollen Miranda Dump wegen Mordversuchs verhaften. Hat unser Chef befohlen.«

»Wie bitte?« Tillys Mund blieb offen stehen.

Der Polizeipräsident tauchte auf. Stellte sich neben Tilly. »Wie geht …«

»Beschissen, danke der Nachfrage. Verhaften Sie Miranda Dump wegen Mordversuchs. Hat der Erste Hauptkommissar de Bodt befohlen.«

»Sind Sie wahnsinnig?«, sagte der Polizeipräsident.

»Sie hat versucht, Dump zu vergiften.«

»Wie bitte?«

Salinger wiederholte es.

»Haben Sie dafür einen Beweis?«

»In der Coladose war Gift. Die Zander und Uhlenhorst untersuchen gerade die Colareste.«

»Um Himmels willen!«

»Der hilft uns jetzt auch nicht. Sie müssen verhindern, dass Frau Dump diesen Ort verlässt.«

»Das können wir nicht. Sie steht unter diplomatischem Schutz.«

291.

Salinger betrat Dumps Raum. Der Präsident saß immer noch auf seinem Sessel. Miranda kniete vor ihm. »Dieser Polizist wollte dich töten«, sagte sie. Sie wiederholte es ein paarmal. Aber Dump starrte an die Wand. Leichenblass sein Gesicht. Dann fixierten seine Augen Miranda.

»Nein«, sagte er. »Dieser Polizist hat mir die Coladose aus der Hand getreten. Wenn er mich hätte töten wollen, hätte er nur schießen müssen.« Er blickte sich um. »Wo ist der Agent, der den Polizisten niedergeschossen hat?«

»Beim Chef, draußen«, sagte einer.

»Dann holt ihn her.«

Als er vor Dump stand, mit zitternder Unterlippe. »Er hat mir die Dose aus der Hand getreten, stimmt's?«

Der Mann nickte. »Ich dachte …«

»Ja, ja«, sagte Dump. »Sie hatten keine Zeit nachzudenken. Sie wollten mich schützen. Dafür danke ich Ihnen. Sie haben Ihre Aufgabe sehr, sehr gut erfüllt. Sie können nichts dafür, Sie sind unschuldig. Aber Sie haben einen Mann erschossen, der mir vielleicht das Leben gerettet hat.«

»Wie?«

»Die deutschen Polizisten behaupten, es sei Gift in der Coladose gewesen.«

»Aber wir haben doch jede Dose kontrolliert! Da war nichts.«

»Als Sie die Dosen geprüft haben, war da auch nichts. Jemand, der mir die Dose gereicht hat, muss das Gift hineingetan haben. Ist doch logisch. Ich durchschaue so was. Wenn die Gift finden, war's das, Miranda. Elektrischer Stuhl.«

»Da war kein Gift drin. Der Polizist ist durchgedreht. Oder er wollte dich umbringen.« Miranda stand vor dem Präsidenten. Die Hände hochgereckt wie bei einer Opernarie. Plötzlich drehte sie sich um. Packte ihre Handtasche. Rannte aus dem Zimmer. Aus dem Haus. Zum nächsten Polizisten in Uniform. »Asyl! Ich will Asyl!«, sagte sie. »Bringen Sie mich in Sicherheit! Mir droht die Todesstrafe.«

Gleich waren sie umringt von Agenten des Secret Service und der Bundespolizei. »Dump hat mir den elektrischen Stuhl angedroht!«, schrie sie. »Ich will Asyl in Deutschland.«

»Haben Sie versucht, den Präsidenten zu vergiften?«, fragte Krüger, der herbeigeeilt war.

»Ja. Und jetzt droht mir in den USA die Todesstrafe. Ich befinde mich auf deutschem Hoheitsgebiet. Ich verlange Asyl.«

»Sie stehen unter diplomatischem Schutz. Ich darf Sie nicht festnehmen.«

»Sie verstehen mich falsch. Mir ist es egal, ob Sie mich festnehmen. Ich möchte in Ihrem Land bleiben. Ich verzichte auf jeden diplomatischen Schutz. In den USA habe ich keinen fairen Prozess zu erwarten. Mich erwartet die Todesstrafe.«

Salinger war vom Krankenhaus zurückgerast. Sie stand hinter Miranda, als ihr Telefon klingelte. »Es ist Maitotoxin-1«, sagte Uhlenhorst. »Die Zander ist sich sicher. Das ist ein tödliches Gift. Führt zu multiplem Organversagen und noch ein paar anderen Dingen. Eines der übelsten Gifte überhaupt.«

»Wer hat Ihnen das Gift gegeben?«, brüllte Salinger.

Miranda zuckte zusammen. »Das darf ich nicht sagen.«

»Das müssen Sie aber. Sonst glaubt Ihnen hier niemand die Mordgeschichte.«

Miranda erstarrte. Sie schloss die Augen. Sank zu Boden. Mehrere Agenten versuchten sie zu halten. Sie entriss einem die Pistole. Drehte sich mit der angelegten Waffe im Kreis. Dann ging sie in Richtung Tür. »Ich muss das Schwein umbringen. Wenn jemand es verdient hat, dann er.« Ein Mann stellte sich vor die Tür. Miranda drehte sich. Die Agenten wichen zurück. Miranda schoss auf den Mann, der die Tür versperrte.

Dann knallte es. Miranda sank zu Boden. Die Waffe fiel auf den Asphalt.

Salinger starrte auf ihre Pistole. Sie hatte geschossen.

292.

»Ich hab sie erwischt«, sagte Salinger. »Aber sie hatte Glück. Durchschuss am Oberschenkel, nicht der Rede wert.«

Sie saß an de Bodts Krankenbett im Urban-Krankenhaus. Seine Brust war umwickelt. Er war blass. Hatte viel Blut verloren.

»Du hattest keine Wahl«, sagte Yussuf, der auf der anderen Bettseite saß. »Du hast vermutlich ein paar anderen Leuten das Leben gerettet.«

Die Tür öffnete sich. Zwei Typen in dunklen Anzügen, mit Sonnenbrillen und Knöpfen im Ohr. Sie stellten sich in die Ecken. Die Pistolen in der Hand.

Zuerst die rote Tolle. Dann das feiste Gesicht und die Wampe. Dump betrat das Krankenzimmer. Blickte zu de Bodt. »Ihre Kanzlerin hat mir gesagt, Sie seien ein sehr, sehr guter Polizist. Sie hätten mir das Leben gerettet. Dafür danke ich Ihnen, vor allem im Namen des amerikanischen Volks. Das in eine schwere Krise geraten wäre ohne seinen Präsidenten. Niemand kann das große Werk fortsetzen, das ich begonnen habe. Den Wiederaufstieg der Vereinigten Staaten von Amerika.« Er wischte sich mit dem Handrücken den Mund ab. »Ich werde Ihnen einen Orden verleihen.«

»Nein«, sagte de Bodt. »Ich möchte keinen Orden.«

Dump schwieg verdutzt.

»Ich möchte mit Ihrem Sicherheitsberater sprechen. Jetzt und unter vier Augen.«

»Sie können es mit mir …«

»Sie wollten mir einen Gefallen tun, weil ich Ihnen das Leben gerettet habe«, schwindelte de Bodt.

Dump überlegte. »Das werde ich Ihnen nicht abschlagen … den Orden kriegen Sie trotzdem. Sobald Sie genesen sind, kommen Sie nach Washington. Ich bereite Ihnen einen Empfang vom Feinsten. Und verleihe Ihnen den Orden vor dem Kongress.«

»Ich melde mich bei Ihnen, wenn ich wieder auf den Beinen bin«, sagte de Bodt.

»Gut, sehr gut: Ich schicke Ihnen jetzt McLagan.«

293.

Der Chef blickte aus dem Fenster. Die Welt müsste verschwunden sein. Aber draußen liefen Menschen, fuhren Autos, sangen Vögel. Er hatte Merkow um Meldung gebeten, aber der hatte noch nicht geantwortet. Alles hatte geklappt. Nur der letzte Schritt nicht. Niemand hatte damit gerechnet, dass Georgia ihn treffen würde. Sie hatte ihre Aufgabe perfekt gelöst. Danach hätte Dump vor lauter Schreck an einem Herzinfarkt sterben müssen. Mit Nachhilfe aus einer Coladose, die Frida ihm fürsorglich gereicht hatte. Aber dann hatte dieser de Bodt eine Zirkusnummer gegeben. So was hatte der Chef noch nie gehört. Dass einer lossprang, um eine Coladose wegzukicken.

Und jetzt? Alles umsonst? Nein, das konnte er nicht akzeptieren.

Es klopfte. Die Tür öffnete sich. Wladimir Wladimirowitsch Wladimir trat ein. Der Mann, der die Personalabteilung und sonst wen ins Schleudern brachte mit seinem Namen. Der Vater musste Lenin für seinen Gott gehalten haben. Wladimir Uljanow, wie der Sowjetgründer in Wahrheit hieß. Nur dass dieser Wladimir kein Politführer war, sondern Generalleutnant und Chef der Luftabwehrtruppen.

Der Chef bot ihm einen Stuhl vor seinem Schreibtisch an. »Wladimir Wladimirowitsch, ich komme gleich zur Sache. Wir haben keine Zeit. Wir müssen die Airforce One abschießen. Sie steht derzeit in Berlin auf dem Flugplatz Tegel. Kriegen Sie das hin?«

»Sie haben Order von ganz oben?«

Der Chef drückte einen Knopf auf dem Telefon. »Es heißt Operation Küstenseeschwalbe.« Gab Wladimir den Hörer.

Wladimir grinste. Sah den Vogel im Sturzflug ins Wasser tauchen.

»Herr Generalleutnant?«, sagte die bekannte Stimme. »Ich hoffe, es geht Ihnen gut. Wladimir Wladimirowitsch, der Chef hat mir vorgeschlagen, dass ich Ihnen die Operation Küstenseeschwalbe befehlen soll. Was hiermit geschieht. Haben Sie noch Fragen?«

»Nein. Danke, Herr Präsident.«

Der legte auf.

»Können wir US-Waffen benutzen?«, fragte der Chef.

Wladimir schüttelte den Kopf. »Wir haben noch Sidewinder, aber gegen die ist das Flugzeug geschützt. Das ist eine fliegende Festung. Ich werde ein Mittel finden. Bis wann?«

»Planmäßig soll der Präsident übermorgen zurückfliegen. Aber ich weiß nicht, ob der Zeitplan jetzt noch gilt. Wen haben Sie als Personal vor Ort?«

»Vier, dazu kann aus der Botschaft Unterstützung organisiert werden.«

»Gut, ich werde Ihnen nachher eine passende Lösung anbieten.«

»Hoffen wir, dass Dump nicht gleich abhaut.«

»Gott belohnt die Tüchtigen«, sagte der Chef.

Der Generalleutnant blickte ihn erstaunt an.

294.

»Die Kollegen haben ein Armalite AR-50 gefunden, 12,7 Millimeter. Auf einem Baum verzurrt. Das ist kein Gewehr, eher eine Kanone«, sagte Yussuf.

Salinger hatte sich auf de Bodts Krankenbett gesetzt.

Die Tür öffnete sich. Eine Krankenschwester stürmte den Raum wie die Preußen die Düppeler Schanzen im Dänenkrieg 1864.

»Um Himmels willen«, sagte Yussuf. »Hat man Sie immer noch nicht rausgeschmissen?«

»Mich kriegen die da oben nicht klein. Bin gestählt im Klassenkampf. Diesmal hat's also den anderen erwischt.« Wandte sich an Salinger: »Sie sollten sich mit diesen Leuten nicht einlassen. Die ziehen Kugeln an wie Magnete.«

»Ich merk's mir«, sagte Salinger.

»Ein Zimmer voller Büttel der Bourgeoisie. Wie soll ich das aushalten …?«, sagte sie mehr zu sich.

»Sie haben Glück gehabt.« Stellte sich vor de Bodt. »Es hätte Sie übler erwischen können.«

»Tut mir leid«, sagte er.

»Sie erahnen meine geheimsten Wünsche. Dass wir unsere Unterdrücker nicht nur vom Mehrwert nähren, sondern auch noch gesund päppeln sollen, wenn sie die wohlverdiente Kugel gefangen haben. Logisch ist das nicht.«

»Sie haben sich echt radikalisiert seit dem letzten Mal.«

»Ich habe mein Bewusstsein erweitert, Bakunin und Kropotkin gelesen. Das öffnet einem die Augen.«

»Können Sie mit weiteren Bildungsmaßnahmen bitte warten, bis ich entlassen bin?«, sagte de Bodt.

»Keine Sekunde!« Wie ein Fanfarenstoß. Sie verließ das Zimmer und knallte die Tür zu.

»Ist doch schön, du bist in den besten Händen«, sagte Yussuf. »Das letzte Mal haben wir sie überlebt. Das gibt einem Mut.«

Leises Klopfen. Ein Kopf erschien im Türspalt. »Ich bin McLagan. Sie wollten mich sprechen?«

De Bodt deutete auf einen Stuhl. Der Winzling setzte sich ans Fußende. »Können Sie schweigen?«

»Das gehört zu meinem Beruf, an erster Stelle. Der Präsident hat mich beauftragt, Ihnen alles zuzusagen, was ihm nicht schaden kann.«

Yussuf grinste.

»Der SWR hat versucht, den Präsidenten zu stürzen. Erst wollten sie die Öffentlichkeit überzeugen, dass Moskau alles tut, um seinen Maulwurf zu schützen. Die haben das geschickt gemacht. Sie haben der Welt gezeigt, dass sie zu allem bereit sind, um eine Lücke zu stopfen. Jene Lücke, aus der die Botschaft entfleucht sein sollte, dass Dump Moskaus Maulwurf ist.«

McLagan nickte.

»Der SWR hat nachgeholfen, dass in Washington ein Impeachment-Verfahren eröffnet wurde. Vielleicht hatten sie gehofft, dass der Präsident hinschmeißt wie Nixon. Es gab ja eine Menge Beweise, die gegen ihn sprachen. Angefangen von einem Verhalten, das viele als eines Präsidenten unwürdig empfanden.«

McLagan nickte: »Bei uns sind Spitzenpolitiker schon abgetreten, weil sie fremdgegangen sind und darüber gelogen haben.«

»Genau, der immer gleiche Bußgang mit der Gattin an der Seite vor die Mikrofone«, sagte Salinger.

De Bodt nickte. »Nun hat Dump auf die Spielregeln gepfiffen. Und seine Frau ist erstaunlicherweise bei ihm geblieben. Weil sie eine Agentin des SWR ist.«

»Warum hat die ihn nicht früher umgebracht?«

»Weil das FBI dann in ihrer Biografie gefunden hätte, was Miranda verborgen hat. Nein, der SWR wollte zuerst kein Attentat. Er wollte ihn als das demaskieren, was Dump nie war. Moskaus Maulwurf. Der SWR hat so getan, als wollte er den Maulwurf Dump um jeden Preis schützen. Mit Mord und Totschlag. Gleichzeitig hat er Informationen durchsickern lassen, dass Dump ein russischer Agent sei. Das hat französische, deutsche und amerikanische Agenten nervös gemacht. Deshalb haben Frau Millet und der CIA-Agent sich in diesem Bus getroffen. Deshalb wollte Solms nach London zum MI5 fliegen. Sie wollten sich vergewissern, bevor sie mit dieser Ungeheuerlichkeit vor ihre Chefs traten. Die Anschlags- und Mordserie sollte sie unterstützen. Dass da ein Damm bei den Russen gebrochen sei und die den um jeden Preis stopfen müssten. Der SWR hat die Leute, denen er die Informationen zugespielt hatte, spektakulär ermordet. Er hat nicht mal vor eigenen Leuten haltgemacht. Aber er hat überzogen. Und Dump hat die Attacken ausgesessen. Das Impeachment hat er überstanden. Verstehen Sie, Herr McLagan?«

»Ja, auch wenn es mir schwerfällt.«

»Weil das Impeachment sich festgelaufen hat und Dump sich nach wie vor für den größten Präsidenten aller Zeiten hielt, hat der SWR die Taktik geändert. Nicht schlecht gemacht. Schüsse auf den Präsidenten. Die, wenn sie nicht trafen, ihm einen Herzinfarkt verpassen sollten. Vor Schreck und Angst. Aber der Herzinfarkt kam aus der Coladose, den die First Lady ihrem geliebten Gatten reichte. Und sie hat das Gift höchstpersönlich reingegeben. Unsere Kriminaltechniker und Rechtsmediziner haben keinen Zweifel daran. Ein absolut tödliches Gift, das einen Herzinfarkt auslöst und im Körper schnell nicht mehr nachweisbar ist. Aber in den Colaresten. Und im Fläschchen in der Handtasche.«

»Mein Gott!«, rief McLagan. »Das habe ich nicht gewusst. Der SWR … aber warum?«

»Zunächst glaubte ich, Moskau wollte die politischen und sozialen Spannungen in Ihrem Land verschärfen. Im günstigsten Fall einen Bürgerkrieg auslösen. Das hätte bei einem Erfolg des Impeachment klappen können. Das ist aber gescheitert. Dump tritt wieder an, und gerade das gescheiterte Impeachment hat ihn gestärkt. Ein Attentat aber löst keinen Bürgerkrieg aus. Im Gegenteil, die Amerikaner scharen sich fest um ihren Präsidenten, falls er überlebt. Wenn nicht, um den Vizepräsidenten. Um den ging es die ganze Zeit. Um Terence. Der SWR wollte einen Maulwurf ins Oval Office setzen. Deshalb hat er so getan, als wäre es ihm bereits gelungen. Was bei der Vorgeschichte Dumps nicht schwer war. Aber in Wahrheit musste er Terence zum Präsidenten machen, und zwar vor den nächsten Wahlen. Damit er vom Präsidentenbonus profitiert. Ein untadeliger Mann, strenger Christ. Den die Leute bestimmt wählen würden. Es wäre der erste Maulwurf, der in freien Wahlen ins Amt käme. Fünf lange Jahre. Bei Dump war die Lage gut, aber wer kann ausschließen, dass er sich seine Wahlchancen durch eine Dummheit selbst vermasselt.«

McLagan stand der Mund offen. »So was habe ich noch nie gehört.«

»Wenn Sie das Ihrem Präsidenten sagen, twittert er das in alle Welt. Und es würde seine Wahlaussichten drastisch verbessern.«

McLagan nickte. »Wie wollen Sie Terence überführen?«

»Wir nehmen Dump das Telefon weg und schließen ihn mit einem Hektoliter Cola und einem Fernseher ein.«

»Sie wollen den Präsidenten entführen?«

»Ihn herzlich in ein Gästezimmer einladen. Fällt Ihnen was Schlaueres ein?«

»Darüber muss ich nachdenken.«

»Wenn Sie es für sich behalten. Noch ist der Präsident in Berlin. Noch ist er unter Schock. Aber denken Sie nicht zu lang nach.«

»Sie haben Nerven.«

»Wenn wir Dump die Wahrheit sagen, wird er sie laut rausschreien. Auf allen Kanälen. Dann verschwindet Terence nach Moskau und gibt eine Pressekonferenz im Kreml. Wollen Sie das? Wir setzen Dump fest, erklären ihn für tot und erwarten, dass der Vizepräsident hier erscheint, um den Leichnam seines Vorgängers zu überführen …«

»Wie wollen Sie denn das erreichen?«

»Es ist Ihre Aufgabe, die Mitglieder Ihrer Regierung davon zu überzeugen, dass es eine Ehrerbietung höchsten Grades ist, wenn er den Leichnam selbst überführt. Die Demoskopen versprechen ihm für diesen Fall riesige Zustimmung im Wahlvolk. Da braucht man kein Hellseher zu sein. Die Wahlen stehen vor der Tür, und Terence will sie gewinnen. Das ist genau die Aktion, die er braucht, um zu siegen.«

»Womöglich haben Sie sogar recht.« Er knetete seine Finger. »Verdammter Mist! Wenn ihr gerade keinen Weltkrieg anzettelt, kommt ihr mit so einem Scheißdreck.«

»In Terence' Augen wäre das ein Triumphzug. Zweiundsiebzig Stunden Fernsehmonopol. Seine Konkurrenten müssten ihm ihren Respekt bekunden. Die Kommentatoren ihn preisen. Wenn es die eine Aktion gibt, die den Wahlsieg garantiert, dann die Reise nach Berlin.«

»Okay. Aber Sie wollen Dump kidnappen.«

»Herzlich einladen. Um Terence zu überführen.«

295.

»Ich hab ihn bestimmt verfehlt«, sagte Georgia. »Ich habe ihn nicht mal gesehen, als ich abgedrückt habe.«

Sie saßen in der Hotelsuite. Der Fernseher eingeschaltet. Tonlos. CNN. Man musste nichts hören, um die Hysterie zu sehen. *Kein Lebenszeichen vom Präsidenten.* Das Laufband bestand nur aus diesem einen Satz.

Vincent schaltete den Ton ein: *»Auf den Präsidenten wurde geschossen. Zeugen sprechen von zwei Schüssen.«*

Die Sprecherin hielt in der einen Hand das Mikro, mit der anderen rettete sie ihre Frisur vor einer Bö. Im Hintergrund war der Flugplatz Tegel zu erkennen. Dann drehte sie sich um, die Kamera schwenkte mit. Mit dramatischer Mimik zeigte sie auf die Kaserne. *»Dort irgendwo kämpft der Präsident um sein Leben. Nach unseren Informationen hat er die Schüsse überlebt, dann aber einen Herzinfarkt erlitten. Hoffentlich bleiben das Gerüchte.«*

296.

Hoffmann hatte dafür gesorgt, dass der Präsident in einen Nebenraum gebracht wurde. Er war vorsorglich als Krankenzimmer eingerichtet. Der Mann war alt, lebte ungesund, man musste auf alles vorbereitet sein.

Ein Chefarzt und sein Assistent stiegen aus einem Krankenwagen. Betraten den Flur. Drängten sich in Hoffmanns Schlepptau zum Krankenzimmer. Dann erschienen zwei weitere Weißkittel. Den Leibwächter neben dem Krankenbett warfen sie raus. »Stellen Sie sich mit tausend Mann vor der Tür auf, aber hier haben Sie nichts zu suchen.«

Kaum war der Mann draußen, sagte Hoffmann: »Meine Pension kann ich in den Wind schreiben. Leider hat Ihr Chef zu viel Überzeugungskraft. Und recht gehabt mit dem Attentat. Beten wir, dass er weiter recht behält.«

Der Präsident öffnete die Augen. Stammelte etwas. Die Krankenschwester verpasste ihm eine Pferdedosis Dormicum. Die Augenlider klappten zu. Salinger betrachtete die Spritze in ihrer Hand. »Habe gestern mit einer Gummipuppe geübt. Macht richtig Spaß. Willst du auch mal?«

Yussuf tippte sich an die Schläfe. »Diese Aktion ist nur was für Erwachsene.«

Sie hatten Dump ein Blutdruckmessgerät angelegt. Floire erledigte es wie ein alter Landarzt. Lebranc fuchtelte mit einer Spritze herum. Es sah zwar lächerlich aus, fiel in der Hysterie aber nicht weiter auf.

De Bodt war im Rollstuhl zurückgekehrt. Es schob ihn die klassenkämpferische Schwester, die Hoffmann beim Urban losgeeist hatte.

»Ich habe einen revolutionären Kampfauftrag für Sie!«, hatte de Bodt ihr erklärt.

»Sie und revolutionär. Salonhegelianer, höchstens.«

»Wir entführen den amerikanischen Präsidenten, und Sie müssen helfen.«

Zum ersten Mal in ihrem Leben fiel ihr kein Widerwort ein. Außer einem »Weeeen?«, das sie so stark dehnte, dass das Wort fast zerrissen wäre.

»Den US-Präsidenten Dump«, sagte de Bodt ruhig.

»Sie meinen dieses debile, sexistische, arbeiterfeindliche, ausbeuterische Arschloch?«

»Genau den.«

»Und warum?«

»Das verrate ich Ihnen vielleicht später.«

Sie überlegte: »Soll ich Urlaub nehmen?«

»Das ist der Typ nicht wert«, sagte de Bodt. »Das Krankenhaus hat Sie für uns freigestellt. Sie müssen mich in einen Rollstuhl setzen und immer an meiner Seite bleiben.«

»Mann, Sie haben einen Durchschuss.«

»Kein Organ verletzt. Antibiotika bis an die Haarwurzeln. Was soll da passieren außer Durchfall?«

»Hätte ich auch nicht gedacht, dass mich das Urban den US-Präsidenten entführen lässt. Vielleicht gibt es doch noch Hoffnung für die Welt.«

»Sie haben es erfasst.«

»Wenn die Waffe der Kritik zur Kritik der Waffen wird«, sagte sie. »Oder so ähnlich.«

»Die Waffe der Kritik kann allerdings die Kritik der Waffen nicht ersetzen, die materielle Gewalt muss gestürzt werden durch materielle Gewalt, allein auch die Theorie wird zur materiellen Gewalt, sobald sie die Massen ergreift. So heißt das …«

»Hab ich Ihnen eigentlich schon gesagt, dass Sie ein elender Besserwisser sind?«

»Nein.«

»Kritik der Waffen, Waffe der Kritik … das ist doch das Gleiche … also, am Ende!«

»Ganz wie Sie meinen. Und jetzt wird geschoben. Vorwärts, Genossin!«

297.

»Regen Sie sich ab. Wir werden sagen, Dump hätte einen Schock bekommen. Hat er schließlich auch.« Tatsächlich hatte Dump nach den Schüssen wie halb bewusstlos im Sessel gehangen. Hatte gesabbert und gestammelt.

Es klopfte kräftig. Yussuf öffnete.

»Ich bin der persönliche Arzt des Präsidenten!« Befehlston. Ein großer Mann im Weißkittel.

»Schön für Sie«, sagte Yussuf. Und ließ den Mann eintreten. Schloss die Tür. Hielt ihm seine Pistole an den Kopf. »Kein Wort.«

»Der Präsident ist tot«, sagte de Bodt. »Es hat einen Mordanschlag gegeben. Und Sie sind darin verwickelt. Sie haben Miranda Dump das Gift gegeben. Ich nehme Sie fest.«

Der Arzt schnaubte.

Getrampel vor der Tür. Rufe. Irgendeiner brüllte.

»Lange können wir uns hier nicht mehr halten«, sagte Hoffmann.

»Gehen Sie raus und sorgen Sie für Ordnung. Sie sind hier der Chef«, sagte de Bodt.

Hoffmann verließ den Raum. Sofort ging die Brüllerei los. Der Boss des Secret Service verlangte Zutritt zum Raum. Hoffmann brüllte zurück. »Das Verbrechen geschah auf deutschem Territorium. Die Tatverdächtigen haben wir festgenommen, sie werden von uns vernommen. Der Präsident wird von unseren Ärzten und seinem Leibarzt versorgt. Wenn Sie weiter Theater machen, wird er sterben. Lassen Sie die Ärzte arbeiten. Verdammt!« Winkte Leute der Sicherungsgruppe herbei, die gerade eingetroffen waren. Befahl laut, damit auch die Amerikaner es verstanden: »Sie sichern diese Tür. Wer versucht einzudringen, wird festgenommen. Im Notfall haben Sie das Recht, von der Schusswaffe Gebrauch zu machen. Verstanden?«

»Jawohl, Chef!«

Sie drängten sich durch und verstärkten die Reihe vor der Tür, die Pistole in der Hand.

Hoffmann wandte sich an den Chef des Secret Service. Auf Englisch: »Wenn Sie oder einer Ihrer Männer sich der Tür auch nur nähern, werden Sie verhaftet. Sollten Sie sich wehren, schießen wir. Haben Sie das verstanden?«

298.

Ein Leichenwagen rollte auf den Hof. Entsetzen machte sich breit. Der Leibarzt öffnete die Tür einen Spalt. »Der Präsident hat uns verlassen. Halten Sie es geheim.«

Er schloss die Tür.

Der Leichenwagen parkte vor dem Eingang.

Ein Mann und eine Frau in schwarzer Kleidung stiegen aus. Sie verrichteten ihre Arbeit gekonnt und mit Würde. Öffneten die Hecktür des schwarz-grauen Mercedes. Zogen ein Fahrgestell heraus. Dann einen Sarg aus grauem Metall. Stellten den Sarg auf das Fahrgestell. Die großen Räder erklommen mühelos die Stufen. Die Agenten und Polizisten bildeten eine Schneise vor der Tür. Die Mützen in den Händen. Kein Wort fiel. Die Frau klopfte an der Tür. Die öffnete sich. Der Sarg wurde hineingeschoben. Die Bewacher sahen einen schlaffen Körper auf einem Krankenbett. Aschfahl das Gesicht. Ein Arm hing hinunter. »O Gott!«, murmelte einer. Faltete die Hände und betete. Zwei, drei taten es ihm nach. Die Tür schloss sich.

»Geht's?«, flüsterte Merkow de Bodt ins Ohr.

»Noch. Irgendwann lässt die Wirkung der Mittel nach. Bis dahin muss der beseitigt sein.«

»Kriegen wir hin.«

Merkow nickte Lebranc und Floire zu. Katt betrachtete Dump. »Jetzt wäre es ganz leicht, dieses Arschloch in die Hölle zu befördern.«

Sie öffnete den Sarg. Schob ihn neben das Bett. Zu viert packten sie den schweren Mann in den Aluminiumsarg. Verschlossen ihn.

»Sicher, dass der jetzt nicht aufwacht?«, fragte Katt.

»Nicht vor morgen früh«, erwiderte Floire.

»Na, dann gute Nacht.«

Sie schoben den Sarg über den Flur. Zogen ihn vorsichtig über die Treppenstufen und ließen ihn in den Wagen gleiten. Katt schlug die Tür zu. Merkow setzte sich hinters Steuer.

Ein Secret-Service-Agent stellte sich in den Weg. »Wir begleiten Sie.«

Während alle Augen sich auf den Leichenwagen richteten, verließen Lebranc und Floire das Krankenzimmer. Setzten sich in ihren Wagen mit dem Notarztschild und fuhren gemächlich weg.

»Sie befinden sich nicht in den USA.« De Bodt hatte sich zum Leichenwagen schieben lassen. »Wir machen eine Leichenschau, wie es gesetzlich vorgeschrieben ist. Sie werden uns nicht daran hindern. Wenn die Leichenschau beendet ist, können Sie die traurigen Überreste Ihres Präsidenten abholen. Sie sollten auf den neuen Präsidenten Terence hören. Er hat schon angekündigt, dass er nach Berlin kommen wird. Ursprünglich wollte er ans Krankenbett. Jetzt wird er den Sarg nach Hause geleiten.«

»Wer sind Sie überhaupt?« Das Kinn vorgereckt, feuchte Aussprache.

»Wer sind Sie?«, fragte de Bodt zurück. Und legte viel Speichel in die Frage.

Der Agent wich zurück.

»Verschwinden Sie!«, sagte de Bodt. »Sonst lasse ich Sie alle festnehmen.«

Der Mann trat zur Seite. Schob die Anzugjacke zur Seite und legte seine Hand auf den Griff seiner Pistole.

De Bodt winkte Salinger zu sich. »Sag Hoffmann, der soll die ganze Bande festsetzen. Es reicht jetzt.« Während Salinger zu Hoffmann eilte, sagte de Bodt: »Sie sind verhaftet. Legen Sie Ihre Waffe auf den Boden.«

Der Mann rührte sich nicht. Blitzschnell zog de Bodt seine Pistole.

Totenstille.

Der Agent griff seine Waffe mit zwei Fingern und legte sie auf den Boden.

»Drei Schritte zurück.«

Der Leichenwagen fuhr los. Der Agent begleitete ihn mit einem verzweifelten Blick.

299.

»De Bodt, haben Sie den geringsten Beweis, dass Terence ein russischer Maulwurf ist?« Hoffmann neigte den Kopf. Als erwartete er die Klinge, die ihm den Kopf abschlug.

»Natürlich nicht. Woher?«

»Ich hätte mich nie darauf einlassen dürfen.«

»Beruhigen Sie sich. Der Bundespräsident wird Sie mit Orden überhäufen.«

»Ihre Selbstsicherheit möchte ich haben. Aber nur für fünf Minuten. Mehr wäre mir zu stressig.«

»Sie haben zu viel Schiss. Das Schlimmste, was uns passieren kann, ist der Rausschmiss.«

»Und eine Anklage wegen Entführung. Und für das, was Sie sich noch ausdenken.«

»Bei guter Führung sind Sie nach ein, zwei Jahren wieder raus …«

Hoffmann schlug sich die Hand gegen die Stirn. »Warum bin ich nur auf Sie reingefallen?«

»Weil Sie die Orden wollen? Die Beförderung? Im Fernsehen gefeiert werden?«

»Mein Gott! Mein Gott!«

»Wann landet Terence?«

Hoffmann blickte auf die Uhr. »Nicht vor zehn Stunden.«

»Schön, dann haben wir noch ein bisschen Zeit. Haben Sie Miranda gut verstaut?«

»U-Haft in Pankow.«

300.

Das stank zum Himmel. Der Chef sah den Leichenwagen wegfahren mit dem Sarg. Und wenn niemand drinlag? Oder jemand anderes?

Allerdings laberten die Kommentatoren über Dumps Tod. Und dass Terence den Leichnam seines Vorgängers überführen wolle. Das werde ihm fast schon sicher den Wahlsieg bringen.

Alles klang perfekt. Gerade hatten sie gemeldet, dass Terence nach Berlin kommen werde. Wegen des Wahlkampfs natürlich, obwohl es keiner zu behaupten wagte. Aber jeder es dachte. Eine perfekte Idee. Vielleicht zu gut?

Der Chef kannte diese Phase kurz vor dem Erfolg einer Operation. Wenn ihn die Zweifel überfielen. Die Ängste, dass im letzten Augenblick das Schicksal ihm ein Bein stellte. Aber das würde nicht geschehen.

301.

De Bodt ließ sich von der Krankenschwester zur Zander rollen. Die verloren im Hof stand.

»Was ist mit ihm?«, fragte sie.

»Wollen Sie mich ein bisschen umherschieben?«

»Mein Wunschtraum seit Jahren.«

Zur Krankenschwester: »Könnten Sie bitte eine revolutionäre Pause machen? Wir treffen uns gleich vor der Tür.«

Die Krankenschwester verschwand wortlos.

»Was ist los?«, fragte die Zander. »Der ist wirklich tot? Und ich wurde nicht hinzugezogen?«

»Erstens nein. Zweitens hätten wir Sie gerufen, wenn er tot wäre.«

»Was soll das? Leichenwagen, aber nicht tot.«

»Wir haben ihm eine Elefantendosis Dormicum verpasst.«

Die Zander hielt an.

»Schieben Sie weiter. Lassen Sie sich nichts anmerken.«

»Da lag also kein Toter im Sarg?«

»Nein. Ich habe im letzten Augenblick verhindert, dass er vergiftet wurde.«

»Ja, von Ihrer Turnübung hab ich gehört. Haltungsnote zwei, sagen die Kollegen.«

»Die sind nur neidisch.«

»Natürlich, de Bodt. Sie sind immer und überall der Allerbeste.«

»Endlich geben Sie's zu.«

»Also, was haben Sie fabriziert?«

»Ich will, dass Terence auf deutschem Boden landet.«

»Ja, und dann?«

»Verhaften.«

»Habe ich Ihnen schon mal gesagt, dass Sie völlig durchgeknallt sind?«

»Mehrfach, seit wir uns kennen.«

»Und was machen Sie mit Dump?«

»Wiederauferstehung, falls Sie die Bibel kennen.«

»Kommen Sie mir nicht mit Märchenbüchern.«

302.

Die Zander war immer noch verdattert, als sie die Zelle betraten. In der es sich einst Kornilow gemütlich gemacht hatte. De Bodt hatte die Krankenschwester verdonnert, in der Kaserne zu bleiben. »Sie werden nachher eine Schlüsselrolle spielen und können vor den Fernsehkameras vom Leder ziehen. Marx, Lenin, Stalin, Mao, ganz wie Sie wünschen.«

»Sie sind ein hoffnungsloser Fall für die Revolution.«

»Tut mir leid«, sagte de Bodt. Schnalzte mit den Fingern, und die Zander schob ihn zu seinem Wagen.

»Ich verpass ihm Adrenalin, dann wacht er auf.« Die Zander setzte die Spritze.

Dump schlug die Augen auf. »Bin ich im Paradies? Wo ist Gott?«

»Sie müssen sich einstweilen mit mir begnügen«, sagte de Bodt. »Wir mussten Sie hierherbringen, um ein Verbrechen aufzuklären und ein anderes zu verhindern. Terence wollte putschen. Er hat versucht, Sie vergiften zu lassen.«

Er legte den Kopf auf die Seite, um de Bodt zu sehen. »Ich erinnere mich. Sie sind gesprungen.«

»Ich habe Ihnen die Dose mit der vergifteten Cola aus der Hand getreten.«

»Vergiftet?«

»Maitotoxin-1«, sagte Yussuf.

»Um Himmels willen!«, sagte die Zander, als wüsste sie es nicht längst. »Davon genügen ein paar Milligramm, und man ist tot. Das Zeug ist im Körper kaum nachweisbar. Ein schlampiger Arzt könnte Multiorganversagen diagnostizieren. Herzinfarkt. Totenschein ausgefüllt, und schon ist man unter der Erde.«

»Aber das kann man nicht in der Küche zusammenrühren«, sagte Yussuf mit Blick auf den Telefonbildschirm.

»Nein, dafür braucht man ein gutes Labor und Spezialisten. Es hat eine ungewöhnlich komplexe Molekularstruktur. Man findet es in Fischen, die eine bestimmte Alge fressen. Jedes Jahr vergiften sich ein paar Zehntausend Menschen, weil sie Fisch gegessen haben, der an der Alge schnabuliert hat.« Die Zander betrachtete Dump. »Die für Sie bestimmte Dosis wäre garantiert tödlich gewesen. Danken Sie dem Herrn de Bodt.«

Dump nickte. Allmählich kehrte das Leben zurück in sein Hirn. Natürlich schneller als bei Durchschnittsmenschen. »Ich muss sofort Terence verhaften lassen.«

»Wir haben nicht den geringsten Beweis, dass er damit zu tun hat.

Nach meiner Theorie sollten Sie noch vor den Präsidentschaftswahlen ausgeschaltet werden. Terence wollte als Präsident ins Rennen gehen. Und jetzt ist er auf dem Weg, um Ihren Leichnam von Berlin nach Washington zu eskortieren. Staatstrauer ist schon angeordnet. Wenn alles so bleibt, wird er mit haushohem Vorsprung gewählt.«

»Ich muss hier raus!« Dump setzte sich auf, sank aber zurück auf die Liege.

»Nein, Sie müssen versteckt bleiben, wenn wir Terence als russischen Spion überführen wollen. Sie sind tot. Wir haben den Sarg verschweißt. Wir haben Miranda verhaftet. Ich werde sie vernehmen. Mal sehen, vielleicht kommt etwas dabei heraus.«

303.

Sie war bleich und hatte rote Augen. Übernächtigt. Einzelzimmer im Gefängniskrankenhaus. Sie lag auf dem Bett.

»Haben Sie Schmerzen?« Der Verband wölbte die Trainingshose.

»Es geht so.«

»Wir haben das Flakon in Ihrer Handtasche gefunden. Maitotoxin-1-Reste darin. Wie in der Coladose, die Sie dem Präsidenten gereicht haben.«

Sie blickte ihn an. »Werde ich an die USA ausgeliefert?«

»Das weiß ich nicht.«

»Und mein Asylantrag?«

»Schwierig. In Washington wurde die Todesstrafe abgeschafft. Sollte man Sie dort vor Gericht stellen wollen. Verlegen die den Prozess dann in einen anderen Bundesstaat, sieht es böse aus.«

»Die verlegen den? Dürfen die das?«

»Die Tat wurde außerhalb der USA begangen. Das FBI kann sich den Verhandlungsort aussuchen. Sie könnten Sie in Washington anklagen, keine Spritze. Sie könnten dann beantragen, den Prozess in einen anderen Staat zu verlegen, in dem es die Todesstrafe gibt. Zur Wahl stehen dann Spritze, der elektrische Stuhl oder das Erschießungskommando. Glauben Sie bloß nicht, dass mich das groß interessiert. Gehen Sie davon aus, dass Sie in den USA als Topspionin behandelt werden. Die Staatsanwälte werden Ihnen einen Haufen Verbrechen und Ihren Mordversuch anlasten. Wenn die Jury schlecht gelaunt ist… Lebenslänglich gibt es auf jeden Fall. In den USA heißt das, dass Sie im Knast sterben werden. Keine Chance, lebend rauszukommen.«

De Bodt glaubte allemal die Hälfte dessen, was er sagte. Er wusste jedoch nicht, welche Hälfte es war.

Aber es wirkte. »Ich möchte, dass Sie mich hier vor Gericht stellen. Ich werde alles gestehen. Ich verlange einen fairen Prozess.«

»Wissen Sie etwas über Terence? Wir glauben, dass er für dieselbe Firma wie Sie arbeitet, den SWR.«

Sie schwieg. Senkte den Blick auf ihre Knie. Schnaufte tief durch.

»Was wissen Sie über Terence?«

»Er ist Vizepräsident der USA. Mehr weiß ich nicht.«

»Meiner Meinung nach ist er ein Maulwurf des SWR.«

Überlegte. »Ich weiß darüber nichts. Wundern würde es mich nicht.«

»Haben Sie eine Idee, wo wir etwas finden könnten?«

Sie überlegte wieder. »Hm.«

»Wie schaffen wir es, die Leute aus Moskau herzulocken?«

Sie schüttelte den Kopf.

»Sie müssen mir schon helfen, wenn ich Ihnen helfen soll.«

Sie nickte. »Ich weiß.« Schnaufte durch. »Ich weiß aber nicht, wie.«

»Terence im Oval Office, das wäre ein einmaliger Triumph für Moskau.«

»Natürlich. Er käme sogar an die Atomcodes. Er könnte einen Krieg erklären. Der Präsident ist der mächtigste Mensch der Welt…« Sie überlegte. »Der SWR würde ihn um jeden Preis schützen.« Sie nickte.

»Er könnte den Coup nicht wiederholen«, sagte de Bodt. »Sie haben den Lottoschein mit den richtigen Zahlen. Jetzt, nächste Woche ist ein neues Spiel. Sie müssen ihn nur noch einlösen. Aber jemand will Ihnen den Schein stehlen.«

Miranda nickte.

»Wer hat Sie damals angeworben?«

Sie blickte ihn verzweifelt an. »Wenn ich es Ihnen sage, bin ich so gut wie tot.«

»Ich behalte es für mich.«

»Das hätte ich an Ihrer Stelle auch gesagt.«

»Bestimmt. Aber ich bin nicht Sie. Ich werde niemandem etwas verraten. Absolut niemandem«, sagte de Bodt.

»Wer würde das nicht sagen?«

»Haben Sie von Robert Wedenstein gehört?«

»Natürlich. Wer hat nicht von ihm gehört Im Fernsehen …«

»Er sitzt in Moabit ein. Er kennt mich seit Jahren. Hat schon versucht, mich umzubringen. Fragen Sie ihn, ob ich Versprechen halte.«

Sie blickte ihn lang an. Nickte kaum merklich.

»Ich lass ihn herbringen.«

304.

»Ich glaube, sie ist Ihr Typ.«

»Sie wissen, auf wen ich stehe?«, sagte Wedenstein. Nahm eine Praline aus der Schachtel, die de Bodt mitgebracht hatte.

»Lassen Sie sich überraschen.«

»Überraschungen liebe ich.«

305.

Sie mussten ihn festschnallen.

»Ich will hier raus! Ich will hier raus!« Wie ein trotziges Kind.

Alle starrten de Bodt an, als er die Tür öffnete. »Ich glaube, ich habe eine Idee. Aber dabei muss der Herr Präsident mitspielen. Wollen Sie, dass der Mordanschlag auf Sie aufgeklärt wird?«

»Natürlich. Sehr, sehr dumme Frage.«

»Löst ihm die Fesseln.« Nachdem Yussuf es getan hatte: »Sie müssen weiter den toten Mann spielen. Wenn Sie es nicht tun, brauchen wir gar nicht erst anzufangen. Dann wird man Sie da draußen für verrückt erklären. Ein amerikanischer Präsident, der sich aus Angst in einer Ostberliner Ruine verkriecht.«

»Aber Sie halten mich hier fest!«

»Irrtum. Uns gibt es nicht. Wenn Sie behaupten, dass irgendwelche Leute Sie gefangen gehalten hätten, kämen Sie gleich in die Psychiatrie.«

»Hurensohn!«, sagte Dump.

»Wenn Sie wollen, dass wir Terence auffliegen lassen, spielen Sie mit. Das wäre auch ein Trumpf bei den Wahlen. Dass Sie persönlich den gefährlichsten Russenspion aller Zeiten entlarvt haben … Was halten Sie davon?«

Dumps Miene hellte sich auf. »Sie sind verdammt schlau, Mann. Wenn wir hier fertig sind, stell ich Sie ein. Ich hab das natürlich gleich am Anfang … das ist meine Idee. Die Leute halten mich nicht umsonst für ein sehr stabiles Genie.«

306.

Salinger warf de Bodt einen Packen Zeitungen auf den Schreibtisch.

US-Präsident tot. Was verheimlicht die Bundesregierung?
Terence als Präsident vereidigt und im Anflug auf Berlin.
Sicherheitsbehörden ermitteln im Nirwana.
Opposition fordert Rücktritt der Kanzlerin!

Und so weiter.

»Hab ich schon gelesen«, sagte de Bodt.

307.

Miranda lag auf dem Bett. Die Verletzung am Oberschenkel war stramm verbunden und brannte nicht mehr. Aber es würde eine Narbe bleiben. Mehr nervte sie im Augenblick aber die Matratze.

Wer mochte schon alles seine Bazillen in diesem Bett hinterlassen haben? Sofern man das Bett nennen konnte. Dabei dachte sie nicht an den Angeberkitsch in Gold. Mit dem ihr Mann die Privatgemächer unbewohnbar gemacht hatte.

Dieser Wedenstein war ein finsterer Geselle. Zuerst hatten seine Augen sie ausgezogen. »Ich habe Sie im Fernsehen immer bewundert. Und jetzt habe ich die Ehre, Sie leibhaftig zu besichtigen.«

»Schenken Sie sich das Gesülze. De Bodt, Sie kennen ihn. Er hat mir was versprochen. Hält er es?«

Bob nickte. »Sie können sich auf ihn verlassen.«

»Aber er hat Sie verhaftet.«

»Er hatte nicht versprochen, mich laufen zu lassen.«

308.

»Ach, du lieber Schreck. Wenn das mal nicht nach hinten losgeht. Warum mussten Sie mich einweihen?« Die Kanzlerin nahm die Brille ab und putzte sie. Hielt sie gegen die Lampe. Setzte sie auf. Blickte auf den Mann im Rollstuhl herab.

»Sie haben sich den US-Präsidenten gewissermaßen unter den Nagel gerissen. So eine … Frechheit habe ich noch nie gehört. Das kostet Sie den Kopf. Ich kann Sie nicht schützen. Reißen Sie mich bloß nicht mit in Ihren Untergang.«

»Wir kennen den Drahtzieher. Es ist General Juri Gerassimow. Chef des SWR, der nichts täte ohne die Erlaubnis seines Präsidenten.« Im Geist sagte er: Danke, Miranda alias Frida.

»Dem ich allerdings alles zutraue«, sagte die Kanzlerin. »Nur, dass die sich schon wieder …«

»Das ist nicht so, wie Sie denken. Die russischen Geheimdienste halten die GRU für einen Haufen Testosteron-geplagter, hirnloser Superkämpfer. Der SWR zeigt denen jetzt, was eine Harke ist. Das sind die Eierköpfe bei denen. Dem Präsidenten ist übrigens unsere, also Ihre Reaktion völlig egal. Für Moskau kommt die Macht aus den Raketensilos.«

»Das ist bei unseren Oberfreunden nicht viel anders«, sagte die Kanzlerin. »Was ist Ihr Wahnsinnsplan nach der Wahnsinnsentführung? Oder sollte ich besser nichts wissen?«

»Sie sollten nichts wissen. Sie müssen eine gigantische Trauerfeier ausrichten. Damit können Sie Ihre Verbundenheit mit den USA zeigen.«

»Politisch keine schlechte Idee. Nur, wie ich Sie kenne …«

»Sie wollen es nicht wissen«, sagte de Bodt.

309.

Yussuf musste von jeder Coladose ein paar Tropfen in ein Glas schütten und sie trinken. »So werde ich also Diabetiker für ein Vaterland, das mir durch Geburt aufgezwungen wurde.«

Salinger grinste. Sie saß auf einem Stuhl. Und überlegte, was de Bodt vorhatte. Er war wieder einsilbig. Ein Zeichen, dass es hinter der Stirn arbeitete. Irgendein durchgeknallter Plan. Einen Durchschuss, im Rollstuhl. Als wäre es nichts. Wie konnte sie das nennen? Verrückt? Geschenkt. Nein, das war Spielsucht. Für ihn war alles ein Spiel. Schach dreidimensional. Und er musste gewinnen. Um jeden Preis. Er musste Schwierigkeitsgrade schaffen, die sonst niemand schaffte. Er hatte lange mit Miranda gesprochen. Die also doch nicht nur ein Kleiderständer war. Die sich das Lachen nur verkniff, damit die Schminke nicht abblätterte wie eine Vorkriegsfassade.

»Cola«, befahl der Präsident. Er saß auf einem Campingsessel, mampfte Sandwiches und soff Cola. Die Glotze lief ohne Pause. Er zappte, blieb aber meistens bei *Fox News* hängen. Fand langsam Spaß an seinem Tod.

Yussuf machte wieder den Vortrinker und reichte Dump die Dose. »Immerhin können die schon mal üben. Wenn Sie wirklich mal abtreten, garantiert das perfekte Nachrufe. Sie sollten mit diesem Typen mal reden, wenn Sie wieder zu Hause sind.« Yussuf deutete auf einen föhnfrisierten Moderator im Traueranzug. Tränen im Gesicht. *»Der*

Präsident ermordet, die First Lady in einem deutschen Gefängnis unter Mordverdacht. Gab es je eine größere Katastrophe für unser Land?«

»Pearl Harbor, elfter September, Vietnam … Ich muss die Liste nicht fortsetzen«, sagte Yussuf.

Dump blickte ihn an. »Der hat recht, junger Mann. Wie stünden die USA heute da ohne mich? Das werden Sie schon noch verstehen.«

Yussuf wandte sich ab und hielt die Hand vor den Mund. Im Fernsehen hatte Dump die Aura des mächtigsten Mannes der Welt. Hier, auf seinem Campingsessel, war er ein feister Laberheini mit einer lächerlichen Frisur, einer feuchten Aussprache und einem Mangel an Tischmanieren. Dumm wie Bohnenstroh. Eitel wie eine Primadonna.

»Ich will mein Telefon«, sagte er.

»Das hat Herr de Bodt mitgenommen.«

»Geben Sie mir Ihres.«

»Das ist ein Diensttelefon.«

Dump wandte sich an Floire, der auf einem Klappstuhl neben der Glotze saß. Und den Kopf schüttelte.

Lebranc tat erst so, als verstünde er kein Wort. Dann sagte er, er habe kein Telefon.

Salinger schüttelte den Kopf. »Es sähe schon merkwürdig aus, wenn ein Toter twitterte. Finden Sie nicht auch?«

Dump blickte sie eine Weile an. Dann beglotzte er wieder das Fernsehen. Das zeigte gerade Miranda. »Das Beste an ihr waren ihre Titten.«

310.

Die schwerste Etappe. Sie trotzten der Bruthitze im *Café Eliza*. Hatten einen Platz draußen gefunden, wo sie keiner hörte. Solange sie nicht schrien.

»Können wir uns privat unterhalten?«, fragte de Bodt. Dachte an Merkows gefährliche Aktionen, um de Bodt zu retten. Angefangen dereinst in Dänemark. Wie oft hatte er Merkows Kopf aus der Schlinge gezogen? Er wusste zu viel über den Mann aus Moskau und seine mysteriöse Partnerin. In den letzten Jahren hatte sich unausgesprochen eine Art Freundschaft zwischen den beiden Männern entwickelt. Sie beruhte nicht zuletzt auf der Einsicht, dass sie verfeindeten Systemen dienten. Dass sie mit ihren Systemen aber keineswegs einverstanden waren. Nicht mit deutscher Heuchelei, nicht mit russischer Gewaltpolitik. Sie würden die Seiten nie wechseln. Aber möglichst viel tun, um die Gegensätze zu mildern. Soweit sie ihre Arbeit betrafen.

Sie schwiegen lange. Auch noch, nachdem Anne Kaffee und grünen Tee, dritter Aufguss, gebracht hatte. Die sagte nur: »Schick siehst du aus in deinem Rolli.«

»Das kommt mir vor wie Homöopathie.« Merkow deutete auf die Tasse. »Das Wasser erinnert sich an den Geschmack von Teeblättern. Nur hat bisher noch niemand ein Gedächtnis im Wasser gefunden außer Gläubigen.«

De Bodt lachte. »Wir leugnen nicht, dass der Glaube selig macht: eben deshalb leugnen wir, dass der Glaube etwas beweist – ein starker Glaube, der selig macht, ist ein Verdacht gegen das, woran er glaubt, er begründet nicht Wahrheit, er begründet eine gewisse Wahrscheinlichkeit – der Täuschung.«

»Hegel ist es nicht. Wusste gar nicht, dass wir uns zu einem Ratespiel verabredet haben.«

»Doch, das wussten Sie. Es ist, erstens, Nietzsche. Und, zweitens, unser Ratespiel begründet nicht eine gewisse Wahrscheinlichkeit, sondern fast die Sicherheit des Scheiterns.«

»Sonst würde es Ihnen ja keinen Spaß machen«, sagte Merkow trocken.

»Ihnen doch auch nicht. Nur ist diesmal der Spaßfaktor unendlich klein.«

»Man muss ihn nur finden«, sagte Merkow. Als hoffte er, dass der Kelch an ihm vorüberginge. Ohne zu wissen, was im Kelch war.

Als de Bodt es ihm geschildert hatte, schwieg Merkow. Dann sagte er: »Sie haben übertrieben, da ist kein Spaßfaktor zu finden.«

»Passen Sie auf sich auf«, sagte de Bodt.
»Sie auch.«

311.

Russenbotschafter packt aus.

De Bodt kaufte sich das Blatt. Kornilow erzählte ein Schauermärchen. Wollte seine Haut retten. Bis heute kenne er den Grund seiner Entführung nicht. Er wisse nicht einmal, ob es um Politik gegangen sei. Seine Nerven erlaubten es ihm nicht, im diplomatischen Dienst zu bleiben.

»Na, das war ja eine kurze Karriere«, murmelte de Bodt.

Yussuf saß hinterm Steuer. »Könntest du mir erklären, wie es weitergeht?«

»Weiß ich nicht«, erwiderte de Bodt.

»Und was verrät dir deine Lieblingszeitung?«

»Dass Kornilow funktioniert.«

»Was haben wir sonst hingekriegt …? Muss dieses blöde Arschloch mir noch schnell die Vorfahrt nehmen … wenn der wüsste … Schnappen wir uns den?« Blickte de Bodt an. »Gut, ich sag nichts mehr.« Um gleich eine Frage anzuschließen. »Du warst bei Miranda. Wolltest sie mal begucken?«

»Unbedingt.«

»Hat sie was gesagt?«

»Nicht mal guten Tag. Die schweigt«, log de Bodt.

»Ich hab gehört, dass du die mit Bob verkuppelt hast.«

»Was du so alles hörst.«

»Hoffentlich zeugen die kein Kind. Ein Monster käme heraus, mit Plastikgesicht.«

»Pass auf«, sagte de Bodt. »Du wolltest doch unbedingt wissen, was ich mit Silvia besprochen habe.«

Yussuf hatte de Bodt und Salinger einen finsteren Blick nachgeworfen, als sie Dumps Zelle verließen. Und nach einer halben Stunde wieder hereinkamen.

»Der SWR-Chef General Gerassimow wird nach Berlin kommen.«

»Woher weißt du das?«

»Ich weiß gar nichts. Nur ist es die einzige Möglichkeit, mit seinem Spitzenagenten zu besprechen, wie es weitergehen soll. Wir haben Miranda. Sie werden versuchen, einen weiteren Agenten zu platzieren. Der soll Terence beraten, anleiten. Terence kann das Risiko nicht eingehen, mit dem SWR direkten Kontakt aufzunehmen. Eine kleine Charge im Weißen Haus aber kann Nachrichten übermitteln. Mit Terence sprechen, ohne dass es auffällt. Um das Prozedere zu beraten, wird Gerassimow nach Berlin kommen. Die Bundeskanzlerin hat den russischen Präsidenten zur Zeremonie eingeladen, neben allen europäischen Staatschefs. Zur russischen Delegation wird Gerassimow gehören.«

»Aha, du kennst die Einladungsliste.«

»Er steht nicht drauf. Das wäre zu offensichtlich.«

»Mannomann«, sagte Yussuf. »Das muss jetzt alles so passieren, weil du es dir ausgedacht hast.«

»Nein, weil es logisch ist. Wenn ich Spionagechef wäre und meinen Spitzenagenten auf eine neue Lage einstellen müsste …«

»Und was machen wir mit Gerassimow?«

»Wir hoffen, dass er gesund bleibt. Wir haben ihm schon mal die zweitschönste Suite im *Adlon* reserviert. Was tut man nicht alles für seine Gäste?«

312.

Der Chef las den Brief zweimal.

Ich ernenne Sie zum Helden der Russischen Föderation wegen außergewöhnlicher Verdienste beim Kampf für die Sicherheit Russlands. Sie haben in höchstem Maße dazu beigetragen, dass eine für Russland lebenswichtige Operation erfolgreich abgeschlossen werden konnte.

Auf einem zweiten Blatt lud der Präsident ihn ein, mit der russischen Delegation nach Berlin zu reisen.

So, wie Sie es mir vorgeschlagen haben.

Der Chef nickte. Orden und Auszeichnungen, damit konnte er seine Uniformbrust pflastern. Immerhin gab es Geld. Er würde seine Datscha renovieren. Aber jetzt war erst einmal Falke dran. Der zum Gipfel fliegen würde. Der Chef hatte ihn vor gut dreißig Jahren das letzte Mal gesehen, als er ihn für das KGB angeworben hatte. Damals war der Chef Militärattaché in der Washingtoner Sowjetbotschaft gewesen. Als Terence vergeblich fürs Repräsentantenhaus kandidiert hatte. Ein Perspektivagent. Von dem er nur verlangt hatte, so hoch aufzusteigen wie möglich. Dem er half mit Enthüllungen über politische Gegner. Mit Geld. Mit Rat. Als sein Führungsoffizier seinen Körper mit Hamburgern und Bier explodieren ließ, musste Frida einspringen. Am Anfang hätte der Chef keinen Rubel auf Dump gesetzt. Aber der schaffte das Unmögliche. Und Frida lag in seinem Bett. Obwohl sie es anwiderte. Frida übernahm auch Terence, der sich den Decknamen *Falke* aussuchte. Welch Glück hatten sie gehabt. Aber auch Klugheit, Schläue. Frida hatte Dump den Vizepräsidenten ans Herz gelegt. Einen Reaktionär, christlichen Fundamentalisten. Der den Anständigen im Weißen Haus gab. Und sich ohne Widerworte unterordnete, obwohl es ihm schwerfiel.

313.

Uhlenhorst blickte ihn lang an. Fragte sich offenbar, welcher Wahn de Bodt gerade ritt.

»Schnallst du das nicht?«, fragte Yussuf.

»Ihr wollt diesen General vierundzwanzig Stunden am Tag überwachen, ohne eine Kamera oder Wanze in seiner Suite zu installieren?«

»Ja«, sagte de Bodt. »Bevor der die Bude betritt, sucht ein halbes

Dutzend IT-Fachleute nach Mikros und so weiter. Die finden alles, was wir installieren. Und die suchen jedes Mal, wenn irgendwer außer dem General die Suite betritt. Die Zimmermädchennummer können wir uns schenken. Es gibt aber etwas, das nicht mal die finden. Und nicht finden würden, wenn sie ahnten, dass wir es einsetzten.«

»Wir versuchen es von der britischen Botschaft aus?«

»Nein, das Hotel bildet ein Rechteck mit einem Hof in der Mitte. Wir haben das Zimmer genau gegenüber gebucht. Und dafür gesorgt, dass der Vorhang der Suite ausgetauscht wird. Er lässt Laserlichtfrequenzen durch, und niemand merkt es. Wir haben in der Suite ein Bild mit einem breiten Goldrahmen aufgehängt. Der Rahmen reflektiert das Laserlicht, wenn der Sender im gegenüberliegenden Zimmer exakt ausgerichtet ist. Er überträgt so die Schwingungen des Rahmens zurück zum Sender, der sie in Sprache umwandelt. So weit die Kurzfassung.«

»Wie bitte?«, fragte Uhlenhorst.

Salinger saß hinter ihrem Schreibtisch und grinste. »Das hat sogar Ali kapiert. Okay, wir mussten es ihm zweimal erklären.«

314.

»Und wenn die das unterwegs in einem Auto oder beim Spaziergang oder in der russischen Botschaft ausbaldowern?«

»Dann wären sie wahnsinnig. Wenn irgendjemand den SWR-Chef zusammen mit dem gerade vereidigten US-Präsidenten sieht, nachdem die Russen das Spektakel hier veranstaltet haben …«

»Ist ja gut«, sagte Salinger.

315.

Lebranc war fertig. Er verstand kein Wort von dem Gefasel des alten Sacks auf dem Campingsessel. Der literweise Cola in sich hineinschüttete und die Lautstärke des Fernsehgeräts aufgedreht hatte. Immer wenn er auf dem Bildschirm erschien, beugte er sich nach vorn. Gab grunzende Geräusche von sich, wenn der Mund voll war. Oder: *»Very, very good.«* Das verstand sogar Lebranc.

Floire saß neben der Tür und las. Die Handys hatte de Bodt eingesammelt. Niemand würde sie in diesem Loch finden.

Salinger klopfte dreimal lang, viermal kurz. Floire öffnete die Tür.

»Wo ist Yussuf?«, fragte er.

»Der bastelt. In seinem Alter braucht man das.«

Floire grinste.

Plötzlich sprang Dump auf. Rannte zur Tür. »Ich will raus! Lasst mich raus!« Er schleuderte seine Coladose gegen den Fernseher. Funken stiebten, dann qualmte und stank es. Der Bildschirm erlosch. »Scheiße!«, brüllte Dump.

Floire versetzte ihm einen Schwinger ans Kinn. Und fing ihn auf. Salinger half, dann auch Lebranc. Sie hievten ihn in den Sessel.

»Endlich Ruhe!«, sagte Floire. »Man sollte Miranda einen Orden verleihen. Wie lang die das ausgehalten hat.«

316.

»Ich habe damit nichts zu tun«, sagte die Kanzlerin. »Ich veranstalte dieses makabre Fest für Sie. Wenn rauskommt, dass das … ich will nichts von Ihren Plänen wissen … sehen Sie zu, dass Sie mit Ihrem Kopf auf dem Hals aus der Nummer rauskommen.«

De Bodt nickte. »Ich brauche eine Vollmacht.«

»Gehen Sie zum Staatsanwalt.«

»Kein Staatsanwalt wird mir die geben.«

»Und eine Vollmacht von mir taugt rechtlich nichts.«

»Ernennen Sie mich zum Oberzeremonienmeister, mit dem Recht, die Zimmer unserer Gäste zu inspizieren. Ihre Unterschrift, die des Innenministers und des Generalbundesanwalts.«

Sie blickte ihn eine Weile an. »Solange es nicht der Generalschlüssel der Bundesbank ist.«

Sie drückte auf einen Knopf auf dem Telefon. Erklärte das ihrer Assistentin. »Nennen Sie den Herrn *Sicherheitsbeauftragter der Bundesregierung.*« Blickte de Bodt an.

Der nickte.

317.

Merkow hatte den Bericht noch einmal überarbeitet. Schrieb, dass die deutsche Regierung sich besonders auf den Besuch von General Gerassimow freuen würde.

> *Der deutsche Innenminister hat vorgeschlagen, einen Meinungsaustausch über Sicherheitsfragen zu beginnen. Mir scheint, dass die Bundesregierung zunehmend auf Distanz zu den Amerikanern geht. Sie erwartet von Terence eher noch weniger als von Dump. Die Sicherheitsbehörden in Berlin klagen, sie seien abgekoppelt von den Nachrichtendiensten der NATO-Staaten. Im Kampf gegen den Terror und zur Lösung anderer Fragen denkt die Bundesregierung an die Einrichtung russisch-deutscher Kontaktgruppen mit dem Potenzial eines Aufbaus gemeinsamer Sicherheitsstrukturen. Es gibt in der Regierung Stimmen, die auf eine Bereinigung des Ukraine-Konflikts zu Lasten Kiews drängen.*

Genug gelogen, um den General nach Berlin zu locken. Sollte der Präsident ihn nicht schon eingeladen haben. Zu wenig gelogen, um ihm einen Strick daraus zu drehen.

Hoffentlich.

318.

De Bodt und Uhlenhorst hatten sich seit dem Mittag um das Hotel gekümmert. Salinger und Yussuf waren dazugestoßen. Yussuf hatte eine schwere Kamera mit einem Achthundert-Millimeter-Teleobjektiv und ein Stativ geliehen. Er richtete die Kamera auf die Sitzecke in der Suite aus. Klebte eine Gaze auf die Fensterinnenseite. Die verschlechterte zwar die Bildqualität etwas, machte die Kamera aber von der Suite aus unsichtbar. Yussuf hatte die Idee durchgesetzt. Obwohl die anderen behauptet hatten, dass Terence und Gerassimow als Erstes die Vorhänge schlössen.

»Vielleicht machen sie es nicht gleich. Dann kann ich die beiden im Zimmer fotografieren. Vielleicht sogar ein Video drehen. Das könnten wir mit der Tonaufnahme synchronisieren. Der beste Beweis aller Zeiten.«

»Mach das«, sagte de Bodt. »Ich wär aber schon zufrieden, wenn wir ein paar Sätze auffangen könnten.«

»Ich auch. Sonst holt uns der Teufel«, sagte Salinger. »Übrigens wollte mich Ali mit dem Stativ verprügeln.«

»Klärt das unter euch, Kinder«, sagte de Bodt. Musterte sie: »Passiert ist ja nichts.«

»Leider nichts, wolltest du sagen.«

»Wie schaffst du es nur, meine geheimsten Wünsche zu erraten?«

»Ich könnte es nachholen«, sagte Yussuf.

»Wenn wir hier fertig sind, könnt ihr euch gern verprügeln. Dann kriegt Silvia aber auch ein Stativ.«

»Das nennt man Fürsorge für Untergebene«, sagte Salinger.

»Also«, sagte de Bodt, »die werden rasch die Vorhänge zuziehen. Vielleicht schaffst du zwei, drei Fotos. Das wäre genial.« Er wandte sich an Uhlenhorst. »Du hast die Wanze eingebaut?«

Der nickte. »In der Deckenleuchte. Wir wollen es denen doch nicht zu schwer machen. Eine Kamera hab ich in einer Bibel im kleinen Bücherregal über dem Schreibtisch untergebracht. Jetzt werfen unsere russischen Freunde uns bestimmt KGB-Methoden vor.«

»Alles geklärt. Nichts wie weg. Die Putztruppe vom russischen Sicherheitsdienst taucht spätestens in zwei Stunden hier auf. Nichts vergessen!«

Als die anderen draußen waren, kontrollierte de Bodt jeden Quadratzentimeter. Er stellte sich in die Mitte des Zimmers und blickte über den Innenhof hinweg zu Yussufs Zimmer. Er sah nichts von der

Kamera. Vielleicht hatten sie ja mal ein bisschen Glück. »Das Glück entscheidet ebenso wohl für einen schlecht bestimmten Zweck und schlecht gewählte Mittel als gegen sie.« Als stünde Hegel neben ihm.

319.

»Und wenn es schiefgeht?«, fragte Salinger.

»Sag bloß, bei euch klappt mal was«, sagte Anne und stellte das Tablett auf den Tisch. Trat den Rückzug an, bevor Yussuf seinen Teelöffel werfen konnte.

Bäume spendeten Schatten. Zeichneten ein Muster auf den Bürgersteig. Auf der Bank an der Mauer saß ein Pärchen, mit seinen Telefonen beschäftigt.

»Wenn es schiefgeht, werden Tilly und Konsorten mich schlachten. Ihr habt nichts zu befürchten …«

»Außer dass Krüger mit mir den Boden im LKA aufwischt. Und Silvia sich von morgens bis abends anglotzen und anlabern lassen muss. Nicht, dass sie es nicht verdient hätte …«

Die Zuckertüte platzte auf seiner Stirn. »Kopfschuss«, sagte Salinger. »Der Tag ist schon gerettet.«

»Hast du das gesehen, Chef?«

»Nein, ich befasse mich gerade mit dem Weltuntergang.«

»Du solltest deine Prioritäten überdenken«, sagte Yussuf.

»Seit wann kennst du so ein kompliziertes Wort?«, fragte Salinger.

»Ich kenne noch ganz andere Wörter. Aber des lieben Friedens halber …«

»Ich mag Gespräche, bei denen sich der eine auf die anderen bezieht«, sagte Salinger.

»Aber nicht mit mir«, maulte Yussuf.

»Ich sprach von Erwachsenen«, sagte Salinger.

»Becker habe ich eingeweiht. Ihm den Brief der Kanzlerin unter die Nase gehalten. Der stört uns nicht. Will mir sogar melden, wann Terence das Hotel betritt.« De Bodt zog ein Funkgerät aus der

Tasche. »Hat er mir gegeben. Und einen Code dazu. Ich informiere euch dann sofort. Und Ali, du stellst deinen Fotoapparat auf Video und lässt ihn laufen. Wir können dann Einzelbilder aus dem Video ziehen.«

»Ich habe eine zweite Knipse besorgt«, sagte Salinger. »Ich schieße gleichzeitig Fotos im Serienbildmodus.«

»Habt ihr die Laserinstallation getestet?«

»Hab ich mit Silvia und Uhlenhorst gemacht. Ist kein HiFi, aber man versteht alles. Der Bilderrahmen schwingt wie eine Balletttänzerin am Bolschoi. Klappt halbwegs durch den Vorhang. Im Notfall tut's auch die Deckenleuchte. Ich habe die Positionen im Gerät gespeichert. Können wir nur hoffen, dass die das noch nicht kennen.«

»Die Spezialisten von denen kennen das. Aber sie werden nicht damit rechnen. Die halten uns für naiv.« De Bodt runzelte die Stirn. »Hoffen wir es.«

»Wenn sie die Wanze finden, bestärkt die das nur. Eine gute Idee, die Wanze«, sagte Salinger.

»Stammt ja auch von mir«, sagte Yussuf.

De Bodt schwieg. Er berichtete nicht, was Becker ihm auch gesagt hatte: »Ich mag Sie, de Bodt. Auch wenn Sie mir das nicht glauben. Nehmen Sie es als Sympathieerklärung, wenn ich Ihnen verrate, dass so ziemlich die gesamte Hierarchie sich verabredet hat, Sie abzuschießen, wenn diese Operation nicht klappt. Die sind sicher, dass Sie scheitern. Die haben eine Liste Ihrer Sünden aufgestellt. Der Antrag auf ein Disziplinarverfahren ist schon formuliert. Die wollen Sie rausschmeißen.«

»Wenn auch nicht so genau, aber das weiß ich.«

»Obwohl ich Sie ja mag, finde ich auch, dass Sie gern überziehen. Könnten Sie nicht wenigstens darauf verzichten, die Leute mit diesen Zitaten zu beleidigen? Sie machen sich unnötig Feinde. Wenn ich Ihr Vorgesetzter wäre, würde ich verzweifeln.«

»Ich auch.«

320.

»Morgen werden Sie die Kronzeugenregelung fordern«, sagte de Bodt.

Erika lächelte ihn an. Sie fand es wirklich komisch. »Warum sollte ich jemals diese gastlichen Räume verlassen wollen?«

»Ich verrate Ihnen Ihren geheimsten Wunsch: Sie träumen Tag und Nacht davon, an der Wolga spazieren zu gehen. Ausgetauscht zu werden. Aber die deutschen Behörden können Sie nicht austauschen. Ihnen wird Mord vorgeworfen. Mörder lassen wir nicht laufen.«

»Es sei denn, es sind Nazigrößen.«

»Ich bewundere Ihre historische Bildung. Da die Nazis praktisch ausgestorben sind, gilt das nun ausnahmslos.«

»Warum werde ich morgen die Kronzeugenregelung fordern?«

»Warten Sie es ab.«

Nachdem Erika abgeführt worden war, brachte ein Schließer Miranda. An Krücken.

»Sie scheinen es gar nicht zu bedauern, dass Ihr Gatte tot ist?«

»Wie sollte ich? Zumal ich ihn umgebracht habe. Indirekt gewissermaßen. Ich bin froh, dass ich dieses Schwein los bin. Dafür sitze ich gern ein paar Jahre ab.«

»Und wenn ich Sie übermorgen rausließe, nachdem Sie alles aufgeschrieben haben, was Sie wissen? Sie kriegen einen neuen Namen …«

»Das Lied kenn ich.«

»Eine schöne Melodie. Wir ließen Sie nach Russland ausreisen.«

»Was bringt Sie auf die Idee, dass ich jetzt auspacken würde?«

»Übermorgen, Miranda, übermorgen. Machen Sie schon mal ein Konzept. Wenigstens im Kopf.«

Den schüttelte sie. »Die suchen und finden mich überall.«

321.

Sie waren zu dritt im Hotelzimmer. Hörten und beobachteten auf einem TV-Bildschirm, wie drei Männer der russischen Delegation die Suite des Generals durchsuchten. Sie benutzten elektronische Geräte. Einer legte sich auf den Bauch und leuchtete mit einer Taschenlampe unter die Möbel. Sie hatten eine Leiter dabei. Der Kleinste von ihnen pflückte mit professioneller Ruhe die Wanze aus der Lampe. Zeigte sie den Kollegen, lachte. Hielt sie sich vor den Mund und rülpste. Die drei lachten wieder. Dann zog er aus einer Art Pilotenkoffer eine Zange und zerquetschte die Wanze. Für die Bibel brauchten sie weitere zwei Minuten. Dann zitterte das Bild, wurde schwarz.

Yussuf blickte durch den Sucher der Kamera. Schaltete den Laserempfänger ein. Startete die Videoaufnahme. Die Stimmen klangen blechern. Aber die drei Spezialisten waren zu verstehen. Das Video rauschte zwar stark, doch die Männer waren gut zu erkennen. Wenn am Abend das Licht eingeschaltet würde, musste das Video besser werden. Salingers Fotos waren besser als die Videos. »Das Teil kann ISO 12800, ohne das Bild zu versauen. Es lebe der Fortschritt.«

»Hoffentlich klappt es. Wenn nicht, gnade uns Allah. Oder wer gerade dafür zuständig ist. Hast du dir schon einen Termin beim Arbeitsamt geben lassen?«, fragte Yussuf.

»Nachtwächter, da gibt's noch was«, sagte de Bodt.

»Ich wollte immer Verkäuferin bei Karstadt werden, aber das sieht inzwischen auch mau aus«, sagte Salinger.

»Ich bin Schiedsrichter, was soll mir passieren? Meine Kumpels sind übrigens in Wartestellung. Falls das hier jemanden interessiert.«

»Wir gehen selbstverständlich davon aus, dass deine Vorbereitungen perfekt sind. Die Texte schon fertig?«, fragte Salinger.

»Blöde Frage. Sobald wir das Zeug im Kasten haben, geht es ab.«

Eine Stimme schepperte durch den Raum.

»Hier Alpha 1. Alpha 2, hören Sie mich?«

»Hier Alpha 2. Ich höre«, sagte de Bodt ins Funkgerät.

Salinger kicherte, unterdrückte es mit der Hand vor dem Mund.

»Die Sau geht in den Stall. Ich wiederhole: Die Sau geht in den Stall.«

»Danke. Ich habe verstanden. Die Sau geht in den Stall. Danke und Ende.«

»Der General kommt. Gleich geht das Licht an«, sagte de Bodt. Sie standen in der Nacht und starrten auf die gegenüberliegende Suite. Das Licht flammte auf. Ein Mann in einem dunklen Anzug, mit Glatze.

»Das ist er«, flüsterte de Bodt. Obwohl er nicht hätte flüstern müssen.

»Hier Alpha 1. Alpha 2, hören Sie mich?«

»Hier Alpha 2, ich höre Sie.«

»Die Kuh geht in den Stall.«

»Die Kuh geht in den Stall«, erwiderte de Bodt. »Danke und viel Spaß noch.«

»Ich wette, die Kuh ist Terence. Auf so was Albernes kommen nur Jungs«, sagte Salinger.

»Du hättest Barbie und Ken genommen. Jede Wette«, sagte Yussuf. »Noch ist der Vorhang offen.«

Das Telefon in der Suite klingelte. Der General nahm ab. Hörte zu. »Danke.«

»Jetzt kommt Terence, und die beiden tanzen eine Polka. Sonst dreh ich durch«, sagte Salinger.

Der Laserempfänger übertrug sogar das Klopfen an der Tür. Der General öffnete sie. Sie erkannten Terence sofort. Salinger knipste, Yussuf drehte. Die beiden Männer umarmten sich.

»Arkadi, herzlichen Glückwunsch. Du hast unsere kühnsten Erwartungen übertroffen. Der Präsident lässt dich herzlich grüßen. Kein Kundschafter Russlands hat jemals mehr erreicht als du.«

»Juri, nun übertreib nicht. Ohne eure Hilfe wäre ich mit Dump unter die Räder gekommen. Der Plan, ihn hier in Berlin auszuschalten, war genial. Ich hoffe, unser Präsident wird dich mit seinem Dank überschütten.«

Der General ging zum Fenster und schloss die Vorhänge.

»Scheiße«, sagte Yussuf leise.

»Macht nichts. Die Bilder sind super. Und die Tonaufnahme läuft besser, als ich es erwartet hätte«, sagte Salinger.

»War das etwa ein Lob?«

»Ja, an Uhlenhorst.«

Er zeigte ihr den Mittelfinger.

Währenddessen besprachen der General und Terence technische Fragen der künftigen Zusammenarbeit. Terence würde einen Helfer bekommen für die Nachrichtenübermittlung. Den solle er als Mitarbeiter im Weißen Haus einbauen. »Du kennst das Verfahren ja schon.«

»Holt ihr Miranda raus?«

322.

Als Erstes reagierten die Online-Medien. Der *Spiegel* übernahm das Video und die Bilder von Youtube. Yussuf hatte seine Kumpels als Multiplikatoren benutzt. So wurde der Film binnen Stunden weltweit geteilt. Vier Stunden, nachdem Yussuf das Video hochgeladen hatte, hatte es mehr als vier Millionen Klicks. Hunderttausende teilten es auf Facebook und Twitter.

Das Weiße Haus dementierte sofort. Es sei eine Hasskampagne gegen die USA. Montierte Fotos, gefälschtes Video. Es rollte eine Internet-Welle gegen die andere. Virtueller Bürgerkrieg weltweit.

323.

Die Kanzlerin rief ihn im LKA an: »Gratuliere. Mit Gegenwind mussten wir rechnen. Und jetzt lassen wir die Sau aus dem Stall.« De Bodt ersparte sich den Witz mit dem Schwein und der Kuh, die in den Stall gegangen waren. Mitten in den sich aufschaukelnden Internet-Krieg hinein kündigte das Bundespresseamt eine Pressekonferenz des US-Präsidenten an. Um zehn Uhr am kommenden Vormittag.

Becker rief de Bodt an. »Stellen Sie sich vor, der Präsident Terence hat sich beschwert, dass das Presseamt eine PK angesetzt hätte, ohne ihn zu fragen. Angesichts der Umstände denke er nicht im Traum daran, sich auf eine Pressekonferenz zu begeben, die er nicht einberufen habe.« Becker zögerte. »Ich habe gehört, dass Sie PKs nicht mögen. Diesmal müssen Sie.«

»Nur, wenn Lebranc und Floire mit auf dem Podium sitzen.«

Becker stutzte. »Hm.«

»Ohne die hätte das nicht geklappt. Wissen Sie, was es bedeutet, mit Dump in einem Raum eingesperrt zu sein?«

Becker lachte wieder. »Ich sage es weiter. Sie haben mal wieder Ihren Kopf aus der Schlinge gezogen, de Bodt. Unter uns gesagt, ich freue mich darüber, obwohl Sie ein Kotzbrocken sind.«

»Wann nehmen Sie Terence fest?«

»Wir haben das im Blick. Das *Adlon* ist blockiert. Bundespolizei und Berliner Kollegen. Wir haben auch die Secret-Service-Leute unterrichtet, dass ihnen verboten ist, sich gegen unsere Leute zu wehren. Im Notfall werden wir schießen. Die haben gegen diese Übermacht keine Chance. Sobald Dump seinen Auftritt hat, erlebt Terence seinen Abtritt. Und der General dazu.«

»Washington und Moskau werden sofort verlangen, dass ihre Leute ausgeliefert werden.«

»Klar, den General werden wir nach ein paar Tagen laufen lassen müssen. Aber vorher ärgern wir ihn ein bisschen. Und Terence wird darum betteln, bei uns bleiben zu dürfen. Unsere Knäste sind besser. Aber das muss Sie nicht interessieren.«

»Miranda und diese Erika werden Aussagen liefern, die unsere Beweislage in Zement gießen.«

»Woher wissen Sie das?«

»Erika hat Schiss, dass sie in den Sog gerissen wird, den der Sturz des Generals und von einem Haufen anderer Leute auslösen wird. Die suchen Sündenböcke und würden mit Mörderinnen nichts zu haben wollen. Miranda hat versagt, als sie Dump vergiften sollte. Selbstverständlich will der SWR nichts mit dem Mordversuch zu tun haben. Wenn die Miranda kriegen, verschwindet die als CIA-

Agentin in einem Lager in Sibirien. Wir müssen beide abtauchen lassen, so schnell wie möglich. Auch wenn mir bei unserer Freundin Erika das kalte Kotzen kommt. Aber wie gesagt, wenn die detailliert auspacken, haben wir Moskau in der beschissensten Lage seit der Kubakrise.«

324.

De Bodt saß auf dem Podium. Lebranc neben ihm. »Nein, Floire hat hier nichts zu suchen«, war aus ihm herausgeplatzt. Dazu der Pressesprecher der Bundeskanzlerin. De Bodt hatte es sich verbeten, dass sich TV-geile Polizeichefs und Politiker auf dem Podium breitmachten.

»Kommt denn der Präsident wirklich?« Der Chef der Bundespressekonferenz blickte nervös auf die Uhr. »Oder ist der schon verhaftet?«

Auf dem Tisch vor dem leeren Platz stand eine Coladose.

Der Saal war brechend voll. Die Fotografen und Kameraleute drängelten nach vorn. An den Seitenwänden lehnten Redakteure und freie Journalisten.

De Bodt erhob sich, zeigte mit den Händen an, dass Ruhe einkehren sollte. Verließ das Podium. Ging zur Tür, öffnete sie und kehrte zurück. Mit ihm erschien – Dump.

Als hätte ein Unglück ihnen die Stimme geraubt, war kein Mucks zu hören. Dann sagten und riefen sie: »Herr Präsident, Sie leben. Sie leben wirklich. Wer liegt im Sarg?«

Dump grinste. Setzte sich auf seinen Platz und trank die Coladose in einem Zug leer.

Der Presseamtsfritze setzte zu einer Einleitung an, aber seine kräftige Stimme ging im Geschrei unter.

De Bodts Telefon vibrierte. Becker.

Wir haben Terence und Gerassimow. Kein Widerstand, seit die Dump im Fernsehen gesehen haben. Glückwunsch!

Als sich die Journalisten beruhigt hatten, sagte de Bodt: »Ich begrüße Sie herzlich zu unserer Pressekonferenz mit dem Präsidenten der USA. Er sitzt neben mir, auf der anderen Seite sehen Sie den *Inspecteur général* Lebranc der Pariser Polizei, der uns nicht zum ersten Mal entscheidend half, einen verwickelten Fall oder sagen wir besser, eine Serie verwickelter Fälle zu lösen. Sie gehen zurück auf den russischen Nachrichtendienst SWR, dessen Leiter heute in Berlin verhaftet wurde. Er hat eine unvergleichliche Mordserie zu verantworten, die allein dem Ziel diente, Terence noch vor den Wahlen zum US-Präsidenten zu machen. Terence sitzt ebenfalls bereits in U-Haft. Die Details entnehmen Sie bitte unserer Presseerklärung, die wir ausgelegt und auf der Website der Bundespolizei veröffentlicht haben.«

Dump drückte de Bodts Arm. Jetzt wollte endlich er sprechen. »Ein Mann, dem ich vertraut habe, hat einen Putsch gegen mich versucht. Ich habe ihn mit meiner Weitsicht und Genialität durchschaut. Der Inspektor Bott hat mir geholfen, die Übeltäter zu entlarven. Ich werde ihm einen amerikanischen Orden verleihen. Ich weiß noch nicht, welchen. Vielleicht müssen wir einen neuen Orden erfinden. Ich weiß das noch nicht. Durch meine großartige Idee, meinen Tod vorzutäuschen und mich eine Weile zu verstecken, konnten die Täter gefangen werden. Wir werden verlangen, dass sie in die USA abgeschoben werden. Ich will, dass die härteste Strafe …«

»Herr Präsident«, flüsterte de Bodt ihm ins Ohr. »Wir haben denen das Zeugenschutzprogramm versprochen.«

Dump stutzte. »… aber das müssen wir mit unseren deutschen Freunden noch besprechen.«

325.

Im Auto waren sie am sichersten. Keine Grenzkontrollen. Bei Chelm wollten sie die Grenze zu Weißrussland überqueren. Georgia hatte das Notsignal abgesetzt und die Aufforderung erhalten, sich sofort dorthin zu begeben. Dort würden Offiziere des SWR sie empfangen. Die weißrussischen Behörden seien unterrichtet.

Vincent hatte verlangt, dass sie dafür ein schnelles Auto mieteten. Einen Porsche 911 Carrera. Georgia hatte gelacht. »Ich erfülle dir deine Kinderträume gern.«

Vincent war gerast, wo es erlaubt war. Und hatte den Wagen missmutig gebremst, wenn das Tempo begrenzt war. Kurz nach der polnischen Grenze, als sie gerade Lublin passiert hatten, holperte ein alter Traktor mit Hänger von einem Ackerweg auf die Straße. Dessen Fahrer hatte Kopfhörer auf und beglotzte sein Telefon. Der Porsche knallte mit fast hundert Stundenkilometern auf den Hänger. Seine Insassen starben sofort, bedeckt von frischem Kuhmist.

326.

Sie saßen im *Café Eliza*. Ein paar Wolken warfen Schatten. Dennoch war es viel zu heiß.

»Wo sind dein Russenfreund und die Bügelexpertin eigentlich abgeblieben?«, fragte Salinger.

»Ich hoffe, es geht ihnen gut«, erwiderte de Bodt. Nie würde er erzählen, wie Merkow ihm mit seinem letzten Bericht geholfen hatte. Erst nach dem Gespräch mit dem Russen war de Bodt sicher gewesen, dass Gerassimow nach Berlin kommen würde. Ohne den General wäre das Spektakel nicht möglich gewesen.

De Bodt war mit Anrufen überschüttet worden. Der Innensenator kündigte seine Beförderung zum Kriminalrat an. Das Bundeskanzleramt wollte auch was ausgraben.

»Dabei haben wir nur einem Arschloch geholfen. Und nun wird Dump die Wahl haushoch gewinnen«, schimpfte Yussuf.

»Nein«, sagte de Bodt.

Er hatte sich mit Gerassimow in Moabit unterhalten. »Gibt es das Video aus dem Moskauer Hotel wirklich?«

Der General hatte gelächelt. »Interessieren Sie sich für Schweinereien?«

»Für manche schon. Wenn ein Video zum Beispiel einen späteren

Präsidenten zeigt, der Nutten anweist, auf ein Hotelbett zu pinkeln, in dem Obama geschlafen haben soll. Wäre es jetzt nicht an der Zeit, das in Umlauf zu bringen? Dump wird Russland mit allen Mitteln bekämpfen. Sie kennen ihn. Er wird sich bis zur Raserei steigern. Der Mann ist gefährlich, der Mann muss weg. Und jetzt, wo er auch Ihnen gefährlich wird, weil er sich rächen wird …«

Der General schmunzelte. »Das Pipi-Filmchen. So was Schlimmes trauen Sie uns zu?«

»Sie haben doch bestimmt auch Geschäftsunterlagen und sonstiges Material über Dump …«

»Wenn Sie es sagen. Auf die Idee, so was zu lancieren, bin ich noch nie gekommen.«

»Ich sehe, wir verstehen uns.«

»Was wird aus den beiden Damen?«, fragte Salinger.

»Die haben zwei sehr schöne Aussagen geschrieben. Der Staatsanwalt freut sich. Er wird sich bedanken.«

»Ich kann also ein paar Leute umnieten, und dann spendiert mir der Staatsanwalt einen Kuraufenthalt?«

»So ähnlich.«

»Und das findest du gerecht?«

De Bodt überlegte. »So ist weder Güte mehr Güte noch Gerechtigkeit mehr Gerechtigkeit.«

»Was sagt Meister Hegel uns damit?«

»Darüber denke ich schon eine Weile nach.«

Dank

dem Historikerkollegen *Dr. Alexander Ruoff* (Berlin), der schöne Fehler gefunden hat und seine überragenden Recherchekünste auf www.history-house.de besser – wenn auch zu bescheiden – vorstellt, als ich es könnte;

an *Klaus Viehmann* (Berlin), der sich glücklicherweise über jeden Fehler freut, den er mir unter die Nase reiben kann;

Dr. Elfriede Müller (Berlin) fürs Korrekturlesen;

meinem Lektor *Christian Rohr* (München), der mit Fleiß, aber vor allem Ideen beträchtlich zum Gelingen meiner Bücher beiträgt. Leider bei diesem zum letzten Mal, weil er in den Ruhestand geht. Viel zu früh natürlich;

Maren Arzt (München), die den Lektorenstab von Christian Rohr übernommen hat und bereits zum Gelingen dieses Buchs beigetragen hat;

Claudia Alt (Berlin) für ihre auch diesmal tolle Redaktionsarbeit. Sie findet wirklich alle Fehler, die großen wie die kleinen;

meiner Süßstoffvollversorgerin *Anne Hinkel*, deren Café Eliza (Sorauer Straße 6, 10997 Berlin-Kreuzberg, www.elizaberlin.de) die fast tägliche Rettung vor dem Schreibtisch ist. Nur montags nicht;

meiner Pilates-Tante *Ulli Zacherl*, deren Folterstudio (Cuvrystr. 35, 10997 Berlin, www.breathe-berlin.de) die beste Adresse für Masochisten und Eliza-Opfer (s. o.) ist, mindestens weltweit;

Dr. Monika Niehaus (Düsseldorf), die sich nicht nur mit Giften wie Maitotoxin-1 hervorragend auskennt;

Ulrike Zecher (Berlin) für heldenhafte Rettungstaten.

Die *De-Bodt*-Reihe

»Eine Krimi-Reihe mit Suchtfaktor.«
Ruhr-Nachrichten

»Rasant erzählte, spannende Unterhaltung, die auch zum Nachdenken über internationale politische Entwicklungen und Zusammenhänge anregt.«
Hamburger Abendblatt

»Ditfurth feuert seine smarten, schnellen Sätze so lässig hinaus wie seine Protagonisten die Kugeln ihrer Waffen.«
Literaturblog Künter Keil

Band 1 *Heldenfabrik*
Band 2 *Zwei Sekunden*
Band 3 *Giftflut*
Band 4 *Schattenmänner*
Band 5 *Ultimatum*
Band 6 *Terrorland*
Band 7 *Endzeit*